本书获2022年贵州省出版传媒事业发展专项资金资助

十年一剑

张兴 著

SHINIAN YIJIAN

贵州出版集团
贵州人民出版社

图书在版编目（CIP）数据

十年一剑/张兴著. -- 贵阳：贵州人民出版社，2022.10

ISBN 978-7-221-17184-9

Ⅰ.①十… Ⅱ.①张… Ⅲ.①报告文学—中国—当代 Ⅳ.①I25

中国版本图书馆CIP数据核字(2022)第137921号

十年一剑
SHINIANYIJIAN

张兴 著

出 版 人：	王 旭
责任编辑：	马文博 杨 悦
装帧设计：	唐锡璋
出版发行：	贵州出版集团 贵州人民出版社
地 址：	贵州省贵阳市观山湖区会展东路SOHO办公区A座
邮 编：	550081
印 刷：	贵州新华印务有限责任公司
开 本：	787mm×1092mm 1/16
印 张：	29.5
字 数：	450千字
版 次：	2022年10月第1版
印 次：	2022年10月第1次印刷
书 号：	ISBN 978-7-221-17184-9
定 价：	79.80元

序

顾 久

张兴老师退而不休,老当益壮,拖着病体,振作精神,驰骋于贵州大地之上。有感于安顺市西秀区大坝村的巨变,完成《大坝大兴》;受何士光先生《乡场上》的启发,深入黔北湄潭、凤冈、余庆三县,写就《乡场上下》;更耗时五年,走进贵州九个市州、五十七个县区、深入一百三十八个村寨、记完三个笔记本,最后凝成一百篇文章,集结为三卷本《大扶贫一线手记》。近来,有感贵州发展的"黄金十年",以农村变迁、工业发展、基础设施建设、生态环境保卫等为经,以其中的省内外干部、群众为纬,最终写成这本《十年一剑》,嘱我接续作序。

张老师的文章多为报告文学,富于故事与情感,生动感人。而我平素学习历史,在我看来,不同的历史时段就犹如一篇篇书页,信手翻来,前后对比,往往十分强烈。

翻看前几页:

一、进入农业社会以来,贵州一直土地贫瘠。山地面积约占国土面积的62%,丘陵面积约占31%,而平坝面积大约只占7%。而且未成岩的松散堆积层是贵州人主要衣食的依托;换句话说,其长期生存是建立在地质年代最年轻、岩石风化较慢、土壤比较稀薄、营养相对贫乏的地质体上的。

二、亩均产量自然不高。有专家研究,中国两汉时农产品平均亩产量"折合今制计算,大约 1 市亩北方可产麦 0.804 市石,南方产稻米 0.536 市石弱。"[1]即麦子亩产大约 80 斤,稻米大约 54 斤。贵州实际的平均产量应该比这一数据还要低一些。

三、农民耕种的面积小赋税却很高。清末是贵州土地开垦最多的时段,但全省农业人口的人均占有耕地面积 5 亩左右,其中户均耕地面积在 10 亩以下者约占农业总户数的 50%,此类人家的人均口粮不足 200 斤。也就是说,种田人一天本来还吃不到一斤粮食,而官府抽税的比率,即使不收苛捐杂税,也需要农家总收成的三分之一。到了民国时期,特别是军阀混战时,当局不断巧立名目搜刮,乃至超期预征谷税:1930 年,"军阀毛光翔主黔政,预征十一个年份;1933 年王家烈继主黔政,又令预征四个年份的丁粮"。在贫困的荔波县,"在民国十九年以前,历年都有丁粮抬垫,并已开始抬垫到民国三十五年"——竟然预征了 16 年的丁粮![2]

四、贵州人口一直很少。据汉代文献"南中七郡中,夜郎人口最少,……汉夜郎包括牂柯 9 县和犍为郡 5 县,14 县合计平均每县人口只有 2.8 万人。《华阳国志》云:'夜郎郡,夜郎国也,属县 2 千户。'每县只有 0.5 万人,更少"。[3]不仅人口数量少,其寿命也非常短暂:赫章县汉代可乐遗址 22 座坟墓出土的先民遗骨看:年龄最高的 40 岁,25 岁到 40 岁的占 36%;25 岁以下离世的占 64%。至民国时,1935 年南京金陵大学舍福德

---

[1] 余也非:《中国历代粮食平均亩产量考略》,《重庆师范大学学报(社会科学版)》1980 年第 3 期。

[2] 顾文栋:《从清末到民国时期贵州田赋征课的概略》,《贵州文史丛刊》1991 年第 1 期。

[3] 汪桓武:《夜郎地区的社会经济》,《贵州茶叶》2003 年第 3 期。

根据1929年至1931年对我国包括贵州省在内的16个省的人口抽样调查资料显示，男性平均预期寿命值为34.85岁，女性为34.63岁。另据1938年民国政府的统计，贵州人口的粗死亡率高达29.4‰，婴儿死亡率高达203.6‰，当年全国婴儿死亡率为163.8‰，贵州婴儿死亡率为全国的1.24倍。显然，在那个年代，贵州人口的平均预期寿命只会低于全国，肯定不会超过34岁。[4]

而今，那泛黄而破碎的"四页"书——土地贫瘠，产量很低，耕地少而赋税高，人口少而寿命短——已经翻过去了！而最近十年的贵州书页，显得那么鲜活明媚、令人振奋：自2011年以来，贵州省连续10年经济增速保持全国前三，地区生产总值从2010年的全国第26位上升到2020年的第20位，人均地区生产总值从第31位上升到第25位，真算得上是"黄金十年"！

细看数据，地貌土壤还是当年的地貌土壤，但至2021年：

贵州高产示范田亩均产量达562.08公斤，较相同区域相同条件地块提高88.97公斤；[5]

人口总量3852万人；[6]

人均寿命达到75.2岁。[7]

翻阅及此，相信不能不让人心生感叹："萧瑟秋风今又是，换了人间。"

---

[4] 杨宗贵：《贵州人口平均预期寿命研究》，《贵州社会科学》1993年第5期。

[5] 新华网：《贵州2021年粮食播种面积和产量实现双增长》，http://gz.news.cn/2021-12/07/c_1128138266.htm。

[6] 贵州省人民政府发展研究中心：《贵州省人口情况（2021）》，https://drc.guizhou.gov.cn/xxgk/sqjs/gzsq/202203/t20220314_72955205.html。

[7] 多彩贵州网：《贵州：三项措施提升我省人均预期寿命》，http://www.gog.cn/zonghe/system/2022/08/04/018196704.shtml。

至于这一切是怎样变革的、为什么会变、其间有哪些感人的故事和人物，打开这本《十年一剑》，张兴老师会绘声绘色地给你一一道来。

是为序。

（作者是著名学者，贵州省人大常委会原副主任、省文联原主席、省文史馆原馆长、《贵州文库》总编纂）

目　录

序　章　山间"剑"出鞘 001

第一章　在"缩影"的后面 031
　一　"一夜好风吹，新花一万枝" 033
　二　不仅仅是一次牵手 057
　三　热血"贵州魂" 082

第二章　贵州，离"蓝海"有多远 103
　一　登上最高的山 105
　二　贵钢，其实是一个"港湾" 132
　三　园区的天，好蓝 157

第三章　造一个"高速平原" 179
　一　陆海空、大动脉、微血管 181
　二　"喝令三山五岳开道，我来了！" 203
　三　轻舟已过万重山 224

第四章 我们的绿水青山 245
一 南明河，你听我说 247
二 最短的河，流向何方？ 266
三 造一片金山银山 288

第五章 希望的田野上 311
一 比山更高的，是人 313
二 耕耘山水间 337
三 乡村的诗与远方 358

第六章 一剑磨罢笑颜开 385
一 要的就是老百姓的"口碑" 387
二 阿妹戚托小镇的笑声 409
三 姹紫嫣红新风景 433

尾 章 再磨一把"闪光"的剑 449

后 记 459

序章 山间『剑』出鞘

序　章　山间"剑"出鞘

一

山海本是相连。

贵州地质博物馆偌大的展示厅里，可以清楚地看到，在波涛汹涌的大海中，矗立着黛青色无边伸展的山岩。

这是九亿年前的贵州，一片深藏于大海深处绵延起伏的群山。它的天空，就是海洋那广阔澄净的蔚蓝。

地球生命的起源，从贵州拉开序幕。

科学研究已经证实这一论断。

震旦纪，距今六亿多年前，瓮安生物群已经出现了最早的海绵胚胎。再以后，凯里生物群、盘县生物群、关岭生物群、兴义生物群，斗转星移，亿万斯年，贵州龙、贵州鱼龙等形形色色要数上半天的爬行动物，在这片大海里一轮轮争奇斗艳，贵州也因之被称为"海洋爬行动物的故乡"。

鱼翔龙跃，这是一个跃动着生命旋律的世界。

从四亿多年前开始，跨越两亿年的三次剧烈的地壳抬升运动，让贵州一跃而出海面。

贵州从此同山有缘，贵州从此开门见山。

大娄山、乌蒙山、苗岭、武陵山，群山环抱贵州。从海里走出来的贵州，是山的王国；山，是贵州的精魂。

很多事情能变，但没有谁能改变自然造化给贵州的定位——全省十七万多平方公里土地，山地和丘陵占百分之九十二以上，喀斯特地貌占总面积的七成。偌大的中国，唯有贵州是没有平原支撑的省份。

山里面的贵州，它的山山水水，可以给人无限的遐想。

> 旧说天下山，
> 半在黔中青。
> 又闻天下泉，
> 半落黔中鸣。

这是一千二百多年前，唐朝诗人孟郊留下的诗句。

黔中何地？众说纷纭。

只是自古以来，残存无多的典籍里，贵州就同"黔"字有说不清、理还乱的关系。与孟郊同时代的文学家柳宗元又创造出一个"黔驴技穷"的成语，愈发加深了一代代人的印象。长此以往，但凡提及"黔"，绝大多数场合是指贵州无疑。

明代著名的地理学家徐霞客也参透了贵州大山的不同凡响，写下如此诗句：

> 天下名山何其多，唯有此处峰成林。
> 峭峰离立分宽颖，参差森列拔笋岫。

可见贵州山水多么迷人。

但是，事物总有正反两个方面。绵延无尽的山，也成为贵州发展重峦叠嶂的羁绊。山外的人很难走进山里，山里人看不到山外的天，大山隔绝了一切，贫穷、荒瘠、闭塞、落后，就像瘟疫一般，与贵州长相厮伴。

于是，但凡有人问贵州怎么样？回答就是"三言"："天无三日晴，地无三尺平，人无三分银。"极言贵州之气候恶劣、地形复杂、交通落后、经济不振、民生艰辛。至于说到贵州人，从以讹传讹故事转化来的"两语"："黔驴技穷""夜郎自大"，贬损了人，也抹黑了贵州形象。

有人因此说，活在贵州，爬山又下山，永远看不到地平线；活在贵州，你必须小心翼翼，因为左边是悬崖，右边是深渊。

尽管有人说难于翻越的群山，保持了"安放人类灵魂最后一块净土"的尊严，甚至还有人把贵州比作"方寸之间气象万千的盆景"，为它魂萦梦牵，可是，徜徉于山水之间，并不总有诗情画意随行。

尽管贵州拥有锰、汞、重晶石、硫铁矿、铝土、锑、磷、煤、金、钼十种在全国排前十位的矿种，但富饶的贫困一直与它有缘。山里的风吹雨打从来没有止歇，在贵州身上刻下累累伤痕。很多山，不再是峰峦叠翠；有的水，听不见流泉叮咚。如果不是贵州人，可能对"石漠化"闻所未闻，而贵州山地上的生存空间，却不知早已被张牙舞爪的它挤压了多少个世纪，靠山却无法吃山，成为一代代贵州人的揪心之患。

都言蜀道难，其实"黔道"比"蜀道"更要难上加难。贵州山多、峡谷多、河流多，被称为"喀斯特王国"。用现代标准来看，在贵州修一条像样些的路，每公里平均造价一亿一千万元至一亿二千万元，建设成本比全国平均水平高出一半，何况古代，更无这种力量。行路难，让贵州干什么都难。

苦甲天下，仿佛是无边无际的大山给贵州规定的宿命。

一本刊行于元大德六年（1302）的志书，写到包括贵州的"西南远夷之地"，字里行间透着心惊胆战：

……陡涧深林，竹木丛茂，皆有长刺。军行径路在于其间，窄处容一人一骑，上如登天，下如入井。

明朝心学集大成者王阳明，辗转一年多时间，从京城走到贬谪地贵州龙场驿，眼前苍茫一片，才知道什么是被天下遗忘的地方，叹一声"连峰际天兮，飞鸟不通。游子怀乡兮，莫知西东"。当然，回应他的只有萧瑟山风。

贵州建省历史不算短，不仅早于东北、西北等地，当它已是明朝第十三个布政使司时，湖南、湖北还被合称"湖广"。只可惜，究其建省初衷，政治、军事考虑远胜于经济社会预期,没有更多的经济考量。古人就看明白了其中奥秘:"……(贵州)本非都会之地……我朝因云南从此借一线之道,以通往来。"([明]郭子章《黔记》)

先天不足,后天失调,让"天下第一贫瘠之地"立省几百年,依旧一贫如洗。

为写这本《十年一剑》,我曾经翻阅尽可能找得到的明清文档。不仅见到了广为人知直言贵州窘境的话语"贵州财赋不当中原一大郡""(贵州)无薮泽之饶、桑麻之利,岁赋所入不敌内地一大县",甚至还找到了"穷困贵州"连"官位"也不吃香的记载。囿于本省财力单薄,外省人入黔为官,大部分俸禄都要在原籍领取。嘉靖年间编撰的《贵州通志·职官序》有云:"守令以下,授之官而不赴者,十之八九也。"道理很简单,乌纱不大、收入太低、条件很差,千里赴任为哪般?两相权衡,大多数人只好选择放弃。

摆脱贫困、丰衣足食是贵州人的千年梦想,然而,贫困是人类最难治愈的创伤,战胜它,岂会毕其功于一役?

贵州历史上有几次难得的"变"的机会,但"变"的结果,离梦想的差距还远。

明代建省,"羁縻之地"纳入全国,贵州社会及政治、经济、文化,都发生了历史性变化,成为全国驿道网络的组成部分。湘黔、滇黔、川黔、黔桂及川滇黔五条驿道干线的畅通,使贵州成为西南几省的冲要之地,南来北往,东出西进,都要经过贵州,而云南的出入更以贵州为喉襟,战略地位凸显,但毕竟贫困积蔽太深,经济发展状况无法根本改观。

抗战时期,大批工厂企业和高等院校内迁,贵州工业曾有短时间的快速发展,到一九四〇年,工人总数由五百三十六人发展到三千五百余人,工业门类也显著增加。抗战胜利后,受整个经济环境影响,加之部分内迁企业回迁,贵州工业很快就陷入停滞甚至出现衰退,一九四五年九月至一九四六年一月,全省民营工厂有百分之四十三外迁或者停产。

序　章　山间"剑"出鞘

一九四九年新中国成立之时，贵州国内生产总值只有六亿两千三百万元，人均只有四十四元；农业人口占全省总人口百分之九十一点七，工厂工人不超过三万。铁路总里程只有一百四十八公里，公路通车里程只有一千九百五十公里，全省有百分之七十的县城和广大农村不通公路，全靠人背马驮。经过十多年的发展调整，各项主要经济指标不知比旧中国时翻了多少倍，但与全国平均指数的距离还在拉大。

二十世纪六十年代中期开始的三线建设，国家集中了大量的人力、物力和财力，在贵州开展大规模的基本建设。三线建设改变了贵州工业布局和产业结构，增强了工业和科技实力，川黔、贵昆、湘黔三条铁路干线和一些支线铁路的修通投运，大大改善了贵州交通运输条件，在一定程度上改变了贵州交通闭塞的落后状况，为贵州经济社会的进一步发展创造了必要的条件，但离现代化的建设目标仍然相距甚远。在三线工厂，"墙内卫星上天，墙外刀耕火种"的现象并不鲜见。

一九七八年，中国改革开放元年。那年公布的统计数据显示，贵州经济总量在全国占比超过百分之一。而在随后发布的《中国穷县情况表》上，贵州人均收入不足五十元的县却有四十三个，也差不多就是贵州的"半壁江山"，而且，这个数字，几近全国穷县总数的五分之一。

一九七八年至一九八五年间，中国反贫困斗争拉开战幕，贵州贫困人口从一千八百四十万减少到一千五百万，但仍占同期全国贫困人口的百分之十二，贫困发生率高出全国平均水平近三倍。

一九八五年五月，一位名叫刘子富的新华社记者，听闻乌蒙山区的赫章县发现花卉王国，在面积三千平方公里的区域内，不仅有姹紫嫣红的杜鹃花，而且有罕见的木兰、茶花等奇花异草。为找寻珍稀植物，偶然间走进大山深处一个叫海雀村的小村子，那里的贫困状况让他心惊，就着烛光连夜写道：

> 贵州赫章县各族农民中已有一万二千零一户、六万三千零六十一人

断饮或即将断饮。

记者走进苗族人家，安美珍大娘瘦得只剩枯干的骨架支撑着脑袋。……全家四口人只有三个碗，已经断粮五天了。

记者在海雀村民组一连走了九家，没发现一家有食油、有米饭的，吃的多是玉米面糊糊、荞麦糊糊、干饭菜掺四季豆种子。这九户人家没有一家有活动钱，没有一家不是人畜同房住的，也没有一家有像样的床和被子；有的钻草窝，有的盖秧被，有的围火塘过夜。

要知道极端贫穷是什么模样，你必须走进贵州绵延不绝的山。三十多年后，另一位新华社记者杨洪涛，在贵州山里一番感慨：

不踏上贵州的土地，不置身茫茫大山，你很难理解一条"路"与这块土地千百年来的万千纠缠；不走进苗乡侗寨，不涉足于茂密森林，你很难体会一捧"土"之于这里山民生存的重要意义；不深入深山区、石山区，你无法理解一滴"水"缘何"贵如油"。

也许他自己都没有想到，几句话会引发许多人思想的波澜：

"富饶的贫困"，莫非永远是贵州的专利？

"地无三尺平"，难道千回百转的山路尽头，依旧是苦难绵延的万重大山？

"人无三分银"，是不是世世代代贵州人都要定格成这种形象？

可也有人，在八十多年前就用另一种眼光看贵州的山。他从苍茫群山里看出了玄机，他在山里面看到了希望和力量。

一九三五年二月，遵义城北，娄山关峻拔的顶峰上，戎马倥偬的毛泽东，正站在那里向山和天空眺望。

这是一个霜华铺地、疏月在天的清晨，北上抢渡长江计划失利的中国工农红军，出其不意挥师南下，第二次占领娄山关，打了红军长征以来的第一场大胜仗。毛泽东和红军将士们没有被山难倒，此刻他心潮起伏头绪万千，信手写下《忆秦娥·娄山关》：

西风烈，长空雁叫霜晨月。霜晨月，马蹄声碎，喇叭声咽。

雄关漫道真如铁，而今迈步从头越。从头越，苍山如海，残阳如血。

山，在毛泽东眼中和笔下，是悲壮和豪迈的混合交响。

亘古不变，不是山的模样；人，具有排除万难，把不可能变成可能的力量。从头越，山里有无限风光。

这是一种底气，自然而然成为"长征精神""遵义会议精神"的核心内涵。新时代形成的"团结奋进、拼搏创新、苦干实干、后发赶超"贵州精神，依然闪烁着它们的历史光芒。

中国共产党人的奋斗史让贵州人相信，只要有坚持不倒的信仰，只要不放弃愚公移山一样的追求，没有什么憧憬和希望，不可以让人与人分享；没有哪一座山的尽头，不是诗和远方。

二〇一二年，贵州在盘盘山道上，走到一个新的节点。

东方风来满眼春，国发〔2022〕2号文件《关于进一步促进贵州经济社会又好又快发展的若干意见》，饱含着中国中央、国务院的关心厚爱和殷切期盼。

走过的路，成绩可圈可点。但是，再快一些缩小与全国发展越拉越大的距离，才是贵州一路前行要跨越的最高的山。

时不我待，贵州必须进行一次新的长征。

二〇一二年，春暖花开时节召开的贵州省第十一次党代会，最激动人心的话题，是贵州发展的"快"与"慢"；最铿锵的结论是，贵州非得"赶"和"转"。

在这次会上，高原上的贵州突然有了"洼地"的称呼，疑云写在一些代表的脸上。

释疑解惑的话穿透力十分强——贵州小康进程大体落后全国八年，落后西部平均水平四年，又是全国贫困问题最突出的省份。打开中国发展版图看一看，这不是"洼地"是什么？再不从"洼地"崛起，贵州将更加被动、更加落后、更加满足不了人民群众求"变"的心愿。

要么看着别人越走越远，自己只好望山兴叹；要么活出一种新鲜，把江山重新装点，让英雄气像山花一样绽放。一场贵州历史上从来没有的"洼地攻击战"就此打响。

关键词：工业化、城镇化、农业现代化，三个轮子一起转。

目标：奋力追、全力赶、努力超，改变贵州经济在全国的排位，重塑贵州的形象。

二〇一七年召开的贵州省第十二次党代会上，"后发赶超"被进一步具体化为"大扶贫、大数据、大生态"三大战略行动，让"赶"与"超"具有更加鲜明的时代特征和贵州特色。

核心指向：追求物质富精神也富，让老百姓享有更好的工作、生活条件，让人民拥有更多参与感、获得感和幸福感；让贵州山水"颜值"更高，让贵州大地"气质"更佳，让自然与人文美美与共，让多彩贵州更加珍贵。

两次党代会一贯十年，贵州人民发愤图强，坚韧不拔，不向困难低头，不向挑战示弱，不向挫折妥协，一步一个脚印走，后来居上的英雄气贯穿十年。

山还是那些山，山里的风光已不同以往。

冲出"洼地"的十年，赶超进位的十年，"蝶变"的贵州让人们刮目相看,"变"的内容、质量和速度在历史上空前。

这十年,创造出多个"贵州之最":

全国减贫人数最多;

全国易地扶贫搬迁人数最多;

建成世界最高公路桥;

建成世界最大跨径钢桁梁斜拉桥;

聚集超大型数据中心世界最多;

数字经济增速连续六年全国最快;

世界最大单口径射电望远镜建成;

全国世界自然遗产数最多;

全国森林覆盖率平均增速最快。

贵州穷,最大的根子在广大农村。全省上下拧成一股绳,悲歌慷慨,决一死战,彻底撕掉了贴在贵州身上的贫困标签。这一仗思想上闪耀着首创精神的光芒,行动上在全国领先。

二〇一六年,贵州省人大常委会表决通过《贵州省大扶贫条例》;二〇一八年,贵州颁布实施《精准扶贫标准体系》。同年,贵州省委、省政府作出了《关于深入实施打赢脱贫攻坚战三年行动发起总攻夺取全胜的决定》,各地精准扶贫步伐明显加快,以最后九个极贫县揖别贫困帽子收官。

贵州的大扶贫格局真正做到了纵向到底、横向到边、党委主责、政府主抓、干部主管、基层主推、社会主扶。省领导包县,市(州)领导包乡,县领导包村,乡领导包户,党员干部包人。层层有压力,层层有责任,确保"一个也不落下"。

二〇一八年起,连续打响"春风行动""春季攻势""夏秋攻势""夏秋决战""冬季充电"等战役,总体决战波浪翻卷。

贵州人民世代贫困的宿命被彻底改变。这个贫困面积最大、贫困人口最多的省，六十六个贫困县全部摘帽，九百二十三万贫困人口全部脱贫，一百九十二万群众搬出大山，被称为中国减贫奇迹中的精彩篇章。

工业落后是贫困落后的重要根源，反过来又加深着贵州的贫困落后。"黄金十年"，以工业强省起始，建设一批工业园区，提升原有传统产业，兴建一批新兴产业，工业带领其他产业发展。

贵州一改经济总量和人均GDP长期在全国挂末，基本全面垫底的局面。二○二一年，经济总量达到一万七千八百亿元，由二○一二年的全国第二十六位上升到第二十位，进入"第二梯队"。经济增速连续十年位居全国前三，数字经济增速更是连续五年居于全国第一。

与贫困死磕到底，打开山门是关键中的关键。交通建设是贵州发展的"最先一公里"，也是决定胜负的"最后一公里"。"黄金十年"，贵州把"交通优先"落在实处，让所有道路跨越高山深谷，愚公移山的故事数不清多少次在高原大地传扬。

"千沟万壑"变成"高速平原"，"三不沿"的内陆腹地成为风行天下的开放高地。率先在西部地区实现县县通高速，组组通硬化路；高速公路通车里程居全国第五，贵阳成为全国高铁枢纽之一，各市州都有一个至两个机场，重要河道航运能力升级。"陆海空"立体交通网络，在全国唯一没有平原支撑的省份初步形成。

生态环境是贵州最大的竞争和发展优势，但曾经没有被提升到应有的认识高度，甚至一度在某些地区出现过"先发展、后治理"的错误观点和做法。"黄金十年"，贵州尤为金贵的一笔，就是让山更绿、水更清、天更蓝，不负绿水青山，多角度展现最大优势。生态文明建设、环境质量实现了历史性提升，一些方面要力争走在全国前列。

森林覆盖率十年提高二十个百分点，达到百分之六十一以上；全省县级以上城市空气质量优良天数比率接近百分之百；主要河流出境断面水质优良率已经是百分之百。三十项生态文明制度改革成果列入国家推广清单，生态文明贵阳国际论坛，成为传播习近平生态文明思想的国家级、国际性平台。

更加难能可贵的，是人民群众不断提升的获得感、幸福感、安全感。

曾经被认为"人无三分银"的贵州，城乡居民生活水平接连改善。在西部地区率先实现义务教育基本均衡发展。在全国率先建成省市县乡四级远程医疗网。基本建成覆盖城市居民的社会保障体系。最短时间遏制了新冠肺炎疫情蔓延。

人民对社会主义制度优越性的肯定，完全来自切身感受。

贵州在后发赶超中崛起，说明只要思想解放，不甘落后，勇于担当，前面就永远是诗与远方。

习近平总书记高度肯定贵州十年来翻天覆地的变化，他说："贵州的发展，是党的十八大以来，我们党和国家事业大踏步前进的一个缩影。"

"黄金十年"，贵州从物质到精神，实现了两个层面的千年之变。

"资源变资产、资金变股金、农民变股民"的农村"三变"改革，从贵州起源，向全国推广。

思想解放了的贵州，敢试敢闯敢干，成为全国第一个国家大数据综合试验区，旅游业异军突起，新型工业化、新型城镇化、农业现代化加快推进，走出了一条有别于东部、不同于西部其他省份的发展道路。

山里的贵州，大声向山外宣示，一定要冲出封闭群山，一定要拥抱蓝色海洋。

到二〇二一年底，贵州平塘县大窝凼里的"中国天眼"，已经在浩瀚宇宙中发现了两百多颗脉冲星。如果把贵州假想成一颗星星，那"中国天眼"会发现，这颗星星正闪烁着从未有过的光芒。

"中国天眼"（FAST），是全球最大的五百米口径球面射电望远镜。二〇一六年六月九日，它在贵州深山大壑竣工，成为我国重大科学基础设施工程建设史上的一座里程碑，在全球大型射电望远镜建造史上创造了新纪录。同时，也成为见证贵州发展步伐的特定标志物。

二〇二〇年一月十一日，FAST通过国家验收，正式开放运行。二〇二一年初，中国宣布，FAST将向全世界科学界开放，"中国天眼"成为"世界巨眼"。

有人问，"中国天眼"缘何选址贵州？FAST为什么"花落"平塘？

这是经过无数次研究和调查，无数次跋涉在荒无人烟的崇山峻岭，经过反复论证，才确定的选址。

十多年的选址过程中，专家和工作人员穿行在贵州的青山绿水之间，对洼地形态、植被状况、居民情况、气候条件、水文地质等进行多学科综合评价后，才最终做出决定。

贵州省对"中国天眼"的选址和建设倾力支持，精诚服务，因为全省干部群众知道：FAST是贵州的，更是中国的，最终是人类的。在"中国天眼"建设过程中彰显出的科学精神和奋斗风貌，成为贵州发展史上一笔宝贵的精神财富；为"中国天眼"诞生而献出生命的科学家南仁东，是全省人民学习的榜样。这启示人们：只要在崎岖山路上不畏艰险地登攀，就没有实现不了的目标。

在从海到山又将重新拥抱海洋的历史上，创造了亘古奇迹的十年，被人们称作贵州发展的"黄金十年"。

"黄金十年"，贵州铸了也磨了十年的剑。

这把剑，一头砍掉千年贫困，一头直指现代化建设的远方。党，是引领者；人民，是"剑"的创造者；把"剑"铸得更利，磨得更亮，是贵州和贵州人不曾改变的初心和使命。

二〇二一年末，我去了贵州最后宣布退出贫困序列九个县之一的沿河县，这里我过去从未到过。县里的同志告诉我，兴许是苦日子过久了，这里的老百姓都变得有些沉默寡言。而我遇到的沿河人，个个谈话的兴致都很高，话题的范围也很广。有人高兴地告诉我，一个新的机场就要在邻县德江动工，机场修好了，沿河人再出山，就有东边（铜仁凤凰机场）、西边（德江机场）两个走向，哪边快哪边好走哪边，山里山外，更方便来来往往。还有人对乌江重新启航、首发船队飞越构皮滩船闸的新闻很感兴趣，热烈论着什么时候能乘船北上重庆、南下贵阳。一位女同志大声向我招呼："张老师，下次再来沿河，欢迎你从贵阳开阳港穿越乌江。"

山里实现的腾飞，让山里人心胸豁然开朗。

山里奇迹般的变化，使贵州视野更加宽广。

那个曾经让贵州人蒙羞和不安的成语"黔驴技穷"，现在有了新的解读："黔驴"本就是好事者"船载以入"的嘛，贵州老虎从未见过它，认为是庞然大物，开始有些怕纯属自然。但老虎一旦摸清了双方的优与劣，就以智慧和勇猛战胜了驴，老虎善于判定形势，舍得真情投入，敢想敢干又会干，最后尽展风光。因此，这个成语应该改成"黔虎生威"或者"黔虎腾跃"，这才是真实可信、可敬可爱，蓬勃向上的贵州的新形象！

撰写本书期间，我去省内许多地方踏访，不少人听了书名，都说贴切恰当。他们希望讲清楚"黄金十年"贵州磨了一把怎样的剑，这剑又是怎样磨出来的？

几百年前，超凡脱俗的明人刘伯温写过一首诗：

江南千条水，云贵万重山。

五百年后看，云贵胜江南。

贵州人一直喜欢这首诗，因为它是预言，代表一种期盼、一种向往。五百年后，预言成真，期盼实现，再回头读这诗，才发现说"变"的二十个字，重点其实就放在了"万重山"上。

一旦像山一样迸发力量，山里的巨变就不可阻挡。

二

高原，意味着海拔的不断增长，代表着持续上升的高度。

可是，有人看到的却是：高度不是海拔，而是信仰；他看见高原上的贵州，信仰这面灵魂的旗帜，迎着风，顶着雨，在天和地之间飞扬。

这样看的，其中一个是七十四岁的中国作家蒋巍。

二〇二一年，为着追寻改天换地贵州人的精神和情怀，找到他们信念、雄心、力量的源泉，记录他们的艰难与奉献，留下他们的名字和足迹，蒋巍从北京出发，已经在这片山里的土地上行走了大半年时间。我在贵州与他两次相见，一次是他的文学讲座，一次在他作品的首发式上。

他曾经是哈尔滨市《新晚报》副主编，我在原贵州日报报业集团做过十几年副总编辑。两人一见，都说：这叫有缘。

"有缘"的还不仅于此。

他在讲座上透露，正在写的报告文学《主战场：中国大扶贫——贵州战法》里，会说到贵州被历史洗过三次。被泪水洗过一次，而且一洗五千年，泪水是贵州流不尽的苦难；被血水洗过一次，贵州为中国革命的成功做出过巨大贡献，血水是寻求解放的洗礼；被汗水洗过一次，为了战胜大山的沉重，迎来石破天惊的日子，贵州人民从来没有停止过奋斗。

这样讲贵州走过来的路，我喜欢。

一个叫王明礼的人，在他的述说中频繁出现。我看过蒋巍发表在《光明日报》上的文章，知道这是铜仁市思南县的一位苗族退伍老兵。残酷的战争使他两条腿都只剩下半只，装上假肢后，身高整整缩短了四厘米。第一次大手术长达二十多个小时，医生从他身上取出一百多块弹片，后来做了多少次手术他实在记不住了，反正至今还有十多块小弹片无法取出。

就是这样一个艰难站起来的人，退伍回到还在为摆脱贫困"流汗"的家乡后，为了托举起一个个贫困山寨的幸福和欢笑，始终钢铁一样站立在贵州的大山上。记得当时读完这篇报告文学,泪水已经浸出了我的眼眶。

蒋巍说,他还得继续写这只深山里的"老军号",而且要写得更加形象丰满。"老军号?"这喊法一时让我诧异,满腹悬念。

后来,他送我一本出版了的主战场:中国大扶贫——贵州战法》,找到关于王明礼的章节,细细读了一遍,才知道,这位老兵一直把嘹亮的军号调成自己手机的铃响,军号响起,就要出征,只不过是在另一个战场。

一九九八年,全国兴起"建设新农村"高潮,王明礼主动申请驻村工作。这让亲友同事们大吃一惊:你一个双腿伤残的人,天天翻山越岭吃得住吗?王明礼笑道:"活着干,死了算!"

二〇〇七年,经过长时间奔走谋划,王明礼下决心把自己房子卖了,和几位战友凑了一笔资金,开始筹建万家山茶场。

……没有路,抡起锄头柴刀又砍又刨;资金不够,向亲朋好友一笔笔借贷;住帐篷没有电,点煤油灯;没有水,一桶一桶背上来,一棵一棵浇,漫山遍野的茶苗就这样种下去了。……可没想到,第二年铜仁地区发生罕见雪凝灾害,大部分茶苗冻死在地里。还没见收成就亏得倾家荡产,王明礼坐在山头,泪水一颗颗砸在雪窝子里。几位战友绝望了,想打退堂鼓。王明礼怒吼:"咱们都是当兵的,冲锋号一响,不死就得往上冲,眼下这点困难算什么?"

第二年万家山又绿了,绿得汪洋恣肆、碧波接天。为帮扶周边老百姓脱贫致富和实现更广泛的辐射力,王明礼和战友们先后成立了鼎盛生态农业开发公司、晨曦生态农业专业合作社、退伍军人创业培训基地。全国各地凡有想来学茶叶技术的退伍军人,都免费接待。

好一个"冲锋号一响,不死就得往上冲"。一个老兵,一把"老军号",一阵阵吹响在"希望的山冈"上。

多少年来，王明礼怀着深切的情怀，把周边十个贫困村、数十个山寨走遍了。一次次请村干部召开村民大会，动员大家就近上茶山务工，每天工资八十元并包三餐。仅二〇一九年，合作社总共发放工资就达二百一十九万多元。

如今，万家山茶园面积拓展到五千多亩，精品水果基地三百多亩，发展养殖鸡、鹅、羊四千多只。聘请专家精心打造的富锶"晏茶"，吸引了英国太古集团、立顿公司来思南落户，并投资建成驻中国茶叶销售总部。二〇一七年，王明礼和战友们又在新茶山开荒种茶两千多亩。二〇一九年底，万家山茶园周边十个贫困村全部脱贫摘帽。四千多贫困人口人均年收入近万元，八十个土地入股极贫户分红近百万元。

一个失去双腿的战士，在烽火战场上，是个打不垮、吓不倒的英雄；回到大声向贫困落后宣战的故土，还是一个铁骨铮铮、一干就根本停不下来的好汉！

蒋巍被自己眼前和笔下的王明礼深深感动着，他一直在想，应该怎样用如同大山风骨的词汇把这个人礼赞？

这句话最后敲定了：王明礼——贵州大山里"一个伟大的士兵"。既是"士兵"，又言"伟大"，普通、平凡中蕴含着势不可当的力量。不一定是高耸入云的巅峰，却是支撑着山岩上石缝中冒出片片嫩绿的脊梁。

"黄金十年"其路漫漫，在贵州，这样的"伟大士兵"何止千万！

二〇二〇年夏末，我和贵州省作协几位同志，一起去过台江县老屯乡长滩村。

巴拉河水绕着村子流，最后的归宿地是清水江。

雷公山北麓的青葱蓊郁，点染了村子；炊烟人声、牛欢鸡鸣，自然而然融入绿树和山花的簇拥中。云雾起时，像看一幅水墨画；阳光撒落，就不大分得清眼前情景，哪些是天造地设，哪些又属于人与自然的相融。

长滩村二百四十二户一千零九十一人，都是世代相因的苗族。村里获得"中国传统村落"称号，走在村子里，处处感受到苗族文化的厚重和久远。台江县有九项国家级非物质文化遗产，在长滩村被传承的就有七项。

风和日丽时，村民们划着独木龙舟在巴拉河上竞技，浪花飞溅处，船上岸上欢声一片；农闲时节，妇女们又会纷纷拿起针线，要在苗绣上比个手艺高低。姊妹节，家家把最好的菜肴拿出来共享，长桌宴成了一道别样的风景。苗族银饰、苗族服装、苗族古歌，哪一样不是浓缩着千年历史、千年智慧、千年传统的文化结晶？

可我们这次到长滩，并不是专程来品味独特的美丽，而是循着一个人的足迹而来，想在那山、那河、那阵风、那抹朝霞中，看见他的音容笑貌，找到他的身影。

要找的人叫王小权，是主动请战参加台江县定点扶贫的中央组织部干部。二〇一九年三月起，担任老屯乡党委副书记，随后又挑起长滩村"第一书记"的担子，这是王小权的一次"自主选择"，本来安排他去的是另一个村。

因为他实在太钟情这个有山有水有味道的小山村。

王小权和王明礼有些不同，他说话平和、处事低调，要办什么事总会用商量的口气。看准了的事，只要对老百姓有利，费多大劲也要干到底。他在长滩村履职只有九个月，二百多天里抓的几件事，却让干部群众牢牢记在心里。

他同长滩村支书和村委会主任第一次见面，就坦诚地讲出自己的观点：长滩村搞旅游看起来有点热闹，但还算不上真正的产业。长滩村发展旅游致富振兴的方向不能变，不过产业定位一定要变。

怎么变？开几家"农家乐"，办几桌"苗家饭"，就是旅游的看法做法，应该成为过去。在苗族文化上做足文章，让苗族文化走出大山，让外部文化融入山村；让更多山外面的人知道中国有个苗族长滩村，让所有长滩人和山外人合力打造乡村旅游新品牌。

这在长滩村是破天荒的事，他每走一步都仔细认真。

登门邀请专家为长滩村旅游做长远规划设计。把十多家行业协会和企业负责人请进村，让调查研究成为策划规划的"先行"。

王小权手机屏幕上一片热闹，他拉起个"长滩之友"微信群，旅游界三十多位"大咖""闻人"入群。长滩村乃至老屯乡、台江县苗族文化有哪些吸引人之处？发展乡村旅游碰上了什么新问题，希望得到哪些支持和帮助？众说纷纭，热点纷呈，多的时候，每天信息交流上百条。长滩的资源成为大家的资源，长滩怎样发展更加引人关注。

他为苗乡脱贫致富日夜奔波，功夫不负有心人。

这一年，名为"营动中国"的全国青少年夏令营，举办地花落长滩村。

来自全国各地的一百多名中小学生，在这里度过了终生难忘的五天。步道行走、荒野露营、龙舟竞渡、溪谷戏鱼、苗族歌舞、篝火晚会，苗族文化让心灵震撼，这是他们从未见过的世界。

这一年，湖北当代教育集团也与长滩村频繁交往，准备来长滩建设研学基地，开展"苗乡暑期游学"活动。

农文体旅一体化发展，在长滩村成了"热词"。

这一年，全村迎来了十万人次旅游者，旅游收入实现一百五十多万元，有十二户村民每户旅游收入突破三万元。

可惜王小权还没听够乡亲们的笑声，生命就意外地定格在四十五岁。为了同省外一家企业商定千人研学基地计划，在外地出完差的他急着往回赶，途中不幸遭遇车祸，四个月后伤重不愈去世。

王明礼，用昂扬的军号述说对家乡父老的一片赤诚。

王小权，用无私奉献彰显共产党人的本色。

信仰都是他们的旗帜，他们都是战斗在贵州"黄金十年"里的"伟大士兵"。

我曾经在夜深人静的时候，同远在北京的王小权妻子做过电话交谈，通过她了解更多王小权思想和生活上的"细节"：

一年前，小权决定到贵州扶贫。他毕业后一直在中央机关工作，几年前就跟我说过想去最基层的地方工作几年。我常笑他，你一温良恭俭让文弱书生去基层能做什么？他说，观世象、了疾苦、知大道、办善事。这次，我问他为什么选择贵州台江？他说台江很穷，像极了小时候他家乡农村的样子。他不仅想给予大家脱贫致富的信心，更要给予触手可及、真实可靠、足以信任、实实在在的帮扶。

长滩村现任驻村第一书记龙承元，回忆王小权的话很短却意味深长："小权书记对长滩村的最大贡献，就是带着大家找到了发展方向。有方向就有信心，有信心我们就接着干！"

听到了吗？

这就是赤子的初心，而初心正是力量的源泉。"黄金十年"，贵州英雄辈出，宛若天空灿烂的群星。

誓言"只要还有一个晴隆人没有脱贫，我就不能休息"的"拼命书记"姜仕坤；"水过不去，拿命来铺"的"时代楷模"黄大发；和乡亲们一起闯出脱贫致富路的"改革女先锋"余留芬；带领麻怀村冲破大山"围困"的"当代女愚公"邓迎香；在贫瘠大地上播种绿色，让老百姓活出尊严的文朝荣……他们是贵州"黄金十年"的贡献者，是"十年一剑"的打磨者。他们的名字，已经成为这段辉煌历史的组成部分。

还有更多的人是无名英雄。

二〇二一年四月公布的数据，全省有二百零九名同志将生命永远定格在脱贫攻坚路上。其中有县委书记、镇村干部、第一书记，也有驻村干部和志愿者。他们以生命践行使命，诠释什么是"丹心从来系家国"。

党的十八大以来，全省累计选派二十一万三千二百名干部到村帮扶，和贫困群众想在一起、过在一起、干在一起，用自己的"辛苦指数"换来老百姓的"幸福指数"。

还有东部对口帮扶城市，还有中央定点帮扶单位，还有统一战线各民主党派中央和全国工商联，还有参与帮扶的企业，他们"捧着一颗心来，不带半根草归"，彰显社会大爱。

他们和"敢教日月换新天"的广大贵州干部群众汇合起磅礴力量，组成矩阵，用各自不同的方式，让贵州活出了面貌一新。

青年作家萧子静，在交通系统工作多年。他讲过一个关于贵州"路"和修路人的故事。

杭（州）瑞（丽）高速公路在贵州境内建设地段，经过梵天净土铜仁、红色圣地遵义、神奇的百里杜鹃，便进入地貌切割严重、地质构造复杂的黔西北地区，这一地带的毕（节）威（宁）公路，建设难度成为贵州之最，有的还在全国甚至世界"领先"。

老鹰岩隧道和周驿隧道之间，连着一段一公里多长的田坝特大桥，漫山遍野红杜鹃盛开的时候，筑路大军正在冲孔浇筑桥墩。谁知三十立方米水泥浆灌下去，居然跑得无影无踪。原来桥基正好在采空区，填了漏，漏了填，连续十多次都不成功。

这个边坡工程打响信号弹时，人们还没有意识到，将是全国最高、最艰巨的高边坡之战。在坡面布局开挖时，人们傻眼了。全长五百七十五米、最大高度一百六十五米的坡面一揭开，"野"性立马暴露无遗——地形陡峭，岩体破碎，裂隙、溶洞、溶槽遍布。整座大山都像有崩塌的可能。

绕道而过，不行。

危险和困难避无可避。

高速公路，就要从这里过。

逢山开路、遇水架桥，贵州人活着，就有贵州人的精气神。

路硬是从这样"鬼门关"样的地段穿了过去。

最让六标段建设者一生都值得骄傲的事，是他们亲手修建了世界第一高墩的赫章特大桥。承台施工一次成型，是当时贵州土方量最大的项目，主墩一百九十五米高，创造了世界性的奇迹。

二〇一三年，工期紧迫，这座世界第一高桥墩都被冰凝冻住，施工无法进行，众人急得直瞪眼睛。

"兄弟们，谁敢上去，敲下悬梯冰凝！"项目经理大喝一声，一时无人敢应。

工人们慢慢回过神来，不破冰前行，工程岂不前功尽弃？"我不怕死，让我来！"请战声开始一声高过一声响起。上升一百米以内高度，由于体力不支，一连换下三十二个工人；攀爬到一百米以上时，换了一百个工人。于是，冰雪中出现一幅壮丽的画面：为了保证工期，建设者们前仆后继。最终，墩柱封顶顺利完成，底顶误差不到两毫米。

路修好了，桥架通了，建设者往往不留下自己的名字，而历史会将他们铭记。

这条路，有点像贵州"黄金十年"走过的路，透着坚强，透着志气，透着一股子英雄气。人民在党的领导下不停地艰苦奋斗，创造出一个又一个人间奇迹。

江山就是人民，人民就是江山。历史是由人民书写的，人民是历史的主体。江山和历史，都是人民创造的。

三

一滴水，可以折射阳光。

数不清的树，组成了广袤的森林。

走进贵州人的天地，你会更真切地体会到"黄金十年"贵州之变的力量。

我认识一个叫傅宇坤的老人，他一直有个"文化梦"，在故乡的村里办起书屋。书屋的变迁，一次次引发人们对时代变迁的联想。

早在二〇一九年七月，我去了一趟习水县。同车坐着一位约莫七十岁光景的老人。起初，我几乎没注意到他，因为他说话声音十分嘶哑，不仔细听，就不清楚他到底说了些什么。

车子弯弯拐拐进了习酒镇黄金坪村傅家田村民组，老远就看见"华君书屋"的大字标牌，立在一幢两层楼房上。这才知道原来傅宇坤是书屋的主人，是习水此行主要采访对象。

书屋一楼，十多个乡村学童围坐在长方桌前，在老师的指导下写毛笔字；习字的，还有当地一些村民。边厢几间房子，一架架书柜里书放得满满当当，信手一翻，天文地理、文学历史、实用技术，五花八门，应有尽有，远胜我见过的一些小型图书馆。傅宇坤用嘶哑的嗓音告诉我，这里藏书有两万八千多册，多半来源于社会人士的捐赠，也有一部分是他自己的藏书。

书屋还挂着赤水河乡村振兴陈列馆的牌子。再往楼上走，便是陈列馆。楼梯上摆放着带有泥土的犁铧，一间间房里，是现实生活中越来越少见的旧式家具和往昔乡村生产生活用品，大到床柜，小到提篮，四百多个品种一千件收藏品，古朴而陈旧，散发着不寻常的历史人文韵味，仿佛要把人引领到久远的年代、纯真的农耕生活氛围中去。一边看一边讲，傅宇坤仍然嘶哑着嗓子："收藏和展示这些东西，是想让更多农民子弟不要忘了耕读传家的古训。"

书屋和陈列馆将近四百平方米，是傅宇坤经过改造的老屋。在偏远的山乡里，突然看见这样一处荡漾着文化气息的所在，我不禁向傅宇坤多看了几眼，开始对这位起初没太注意的老人肃然起敬。

那时候，傅宇坤文化梦的核心，是别忘了耕读传家。

傅宇坤早年间在习水县做过乡镇干部、农行行长，后来因为调省里工作才离开家乡。

人走了，心却留在故乡。乡愁在傅宇坤老人脑中挥之不去。

乡愁是什么？傅宇坤说，一是家乡人盼望改变贫穷落后面貌的心情，一是从小养成的习惯——爱书如命。

小时候，读书真难！六七岁时，读小学要走五六公里山路。读中学，从家里到学校距离有四十多公里，住在学校里一个月只能回一次家。回家和返校的路都不顺，夏天在河边走，脚上没有鞋穿，走快了人累，走慢了脚烫。读完初中，上不成学了，但他没有丢书。

七年前，一次肺癌手术让他伤筋动骨，嗓子的嘶哑也从那时开始。夜深人静，他扪心长思：这一生说过去就过去了。我到底该给后人留些什么？他想到了书，想到了文化，想到了乡村里越来越被冲淡的农耕气息。

"不是有句话说，忘记了过去就意味着背叛吗？农村这些年脱贫攻坚很见成效，但精神脱贫的任务还相当重。农村文化是有根的，为传承农耕文化提供记忆材料，用书本和书法为农家子弟打开知识的窗子，这些事，我能做，也该做。"

说了就干。华君书屋、赤水河乡村振兴陈列馆就这样在傅家田应运而生，而且越办越红火。

傅宇坤开始圆他的"文化梦"。那时候，他想得最多的是别忘了"耕读传家"，别断了农村文化的根。

二〇二一年末，我又去了一次"华君书屋"。

同车去的，还是傅宇坤老人。

人相似，物不同。我们去的是距离傅宇坤老屋五百米远新修的"华君书屋"。

老书屋的地，已被习酒厂扩建征用了。新书屋建在一处向阳的山冈上，上下三层七百多平方米，面积比原来的将近大上一倍。因为是独立建筑，便有条单独的路开进来，多了些山环峰转、曲径通幽的意趣。站的地势高，山下的景色就可以一览无余，一同去的企业家杨开洪指指点点：那边是新扩建的习酒厂房，再远处是红军二渡、四渡赤水的主战场，那隐隐约约可以看见的，就是四川郎酒厂的厂区了。

新的"华君书屋",眼前是一片广阔的天地。

进了书屋,也有两年多前在老书屋没有的感觉。偌大的屋中,墙头横挂着"华君书屋第四期书法(公益)培训班开班典礼"的大红布标,一问,这个班是从暑期开始的。一二十个孩子分散在十多张桌子上练毛笔字,个个都写得像模像样的。

几个小女孩写字的场面挺有趣,自己写了几个字,又斜眼去看小伙伴写的,说了句什么,大家都笑了起来。我就近同其中十二岁姓廖的女孩说起话来,她是附近大湾小学六年级学生。开学了,她利用中午时间来习字,下午四点学校还有课。"在这里学写字,还学画画,也可以借书看。假期学校图书馆不开了,这里哪天都不关。"女孩说这话时一脸笑。一问,这群孩子里还有周边习酒镇中心小学和瓮坪小学的,几个学校有上千学生,"华君书屋"是他们爱来的地方。

旁边一位中年人说:"很多乡村孩子的家庭生活还是比较单调,除了上课,放了学就无所事事。书屋是想办法让他们眼界开阔、提高素质,在孩子们心中播下一颗种子,让它萌芽,让它成长,将来会受益一辈子。"

说话的人,是习水县书法家协会副主席、"华君书屋"志愿者徐坤。他连续四个寒暑假期来指导学生,除了书法,还教画画,就是想用自己的传授提高农村孩子的审美能力和审美眼光。

这显然就不同于两年多前,我在华君书屋听到的"耕读传家",书屋的主人,眼睛已经看到了正在进行的乡村振兴和将来的农村现代化建设,想让乡村的孩子们跟上时代的节拍。

为了让"变"的理想成为现实,华君书屋已不再是傅宇坤和几个人在奔忙。参加书屋活动的有五十六名志愿者。贵州民族大学副研究员王临川是我当天见到的志愿者,他认为:书屋不是不讲耕读传家了,而是要面对乡村振兴、农村现代化的形势讲,几个字的内涵不一样。耕,当然是对这片土地的感情,但怎么耕,就要掌握现代技术;读,是智慧,但今天智慧和往昔不一样;传家,时代不同了,要传的是现代化意识,使命感、责任感。

说话间,一位老人家拿着一本三十多页的打印材料走过来。他叫肖世发,习酒公司退休人员,也是书屋一名志愿者,材料是他精心整理的《红军长征在习酒镇的34天》。肖世发和杨开洪等着我去看红军二渡、四渡赤水河遗址,告诉我,书屋正准备把红色文化的传承放进课堂。

一万年太久,只争朝夕。

有人说,江南本是富庶地,繁华之变要看千年,要说贵州之变有多大?十年足矣。当然,这说的就是贵州"黄金十年"。

"华君书屋"两年间的巨大变化,是不是让人感到这种变本来就接着地气,很直观?

贵州在"黄金十年"究竟产生了怎样感天动地的"变"?省委书记谌贻琴在中共贵州省委十二届十次全会上,用"四个巨大转变"和"六个历史性跨越"来概括,现场引发掌声不断。

在党的带领下,贵州人民翻身迎来了解放,摆脱了被欺负、被压迫、被奴役的命运,实现了从封建专制到人民民主的巨大转变。贵州解放后,贵州人民在党的领导下革故鼎新、改天换地,进行热火朝天的社会主义建设,实现了从百废待兴到奠基立业的巨大转变。改革开放后,党领导贵州人民解放思想,以改革促发展、以开放促开发,多彩贵州迸发出前所未有的生机活力,实现了从封闭落后到开发进步的巨大转变。

这三次"变",一跃六十多年,奠定了坚实的基础,为贵州的起飞创造了条件。党的十八大以来,贵州终于实现了从发展滞后到赶超跨越的巨大转变。

赶超跨越,贵州风光无限。"黄金十年"贵州创造了最精华的历史,走进了最辉煌的阶段,写下了最精彩的篇章。

脱贫攻坚实现了历史性全胜。

综合实力实现历史性跨越。

开放格局实现历史性重塑。

环境质量实现历史性提升。

人民生活实现历史性改善。

政治生态实现历史性进步。

为什么人们用热烈的掌声，礼赞这些"全胜""跨越""重塑""提升""改善"和"进步"？因为，这一切对他们来说，都是那么可信、可知、可感。

"小康不小康，关键看老乡。"

"黄金十年"带来的获得感、幸福感、自豪感，人民群众最有发言权。每一个生活在贵州的普普通通的人，是不是都可以像感受"华君书屋"变化一样，用鲜活的故事，来证明这十年对自己的影响？

在冬日温暖的阳光里，我走进了毕节市七星关区柏杨林街道。

叫街道，其实是个易地扶贫搬迁社区。六千七百三十二户两万九千零一名移民，分别来自七星关三十四个乡、镇、办事处，面积一点一三平方公里，是全省最大的单体扶贫搬迁安置点。社区里其实还贯通着一条一公里长的街，宽阔的街两旁，一长溜排开各种各样的"扶贫车间"，有的做时尚服饰，有的做苗家刺绣，也有相连的几个门面，都在制作藤编；再往里走，车间的产品就是线圈一类电子元器件。陪我的当地同志说，这个社区有精神疾患、智力残疾的移民三千多人，占总人口百分之十二，一个负担如此沉重的移民安置点，却早就实现了每户有两人左右就业。收入好了，人们就开始注重生活质量。"你看，这些门面，这些路灯，这些绿化，都是按大城市标准搞的。住在社区里的'新移民'，常常觉得自己生活环境比老城区还好些。"

逛街之前，我去过离这条街不远的营盘山公园。

营盘山公园是社区的一部分，特别之处，是在入口处立着高高的字墙："民法典主题公园"，这在城市里很少见。绿荫流泉边上，通幽小径之间，隔不远就有一块块造型各异的宣传牌，我特意看了一块。只见左边是幅漫画，酒桌上两人一问一答。问的人说："你在银行工作，能不能帮我调一下买我房子那人的银行流水？"答的人很干脆："那可不行，银行流水属于受法律保护的客户个人信息。"宣传牌右边，便是《民法典》里"哪些是属于法律保护的个人信息"条款。有图有文、通俗易懂、一目了然。这样的宣传手法，相当"超前"。

二十年前，贵州水利水电勘测设计院成立了贵州东方世纪公司，青年技术人员李胜当了公司总经理。

十多年后，人们夸东方世纪公司只用三个字："不简单"。

他领衔开发的"东方祥云"和系列产品，颠覆了有关"水灾""旱灾"的传统观念。从被动应对到主动预警，实现汛情监测预警一张图全覆盖，达到分钟级洪水预报，人不再被灾害拉下长长的距离，为抢险救灾赢得了时间。

二〇一八年，借助这套系统，贵州成功地应对了十一次暴雨洪水侵袭；二〇二〇年，"东方祥云"平台提前十小时预测到，连接黔川两省的一段铁路有被淹没的危险，促使铁路局采取措施，把灾害损失降到最小。

"东方祥云"飘向了世界。东方世纪公司提供了全球最快的洪水预报方案——两分二十秒就能实现在全国六百七十余万计算断面七十二小时洪水预报，达到国际先进水平。他和他团队开发的测报系统，已经在为全国三十个省、二百零七个市、州和八百六十六个县的相关部门服务。

十年追赶和跨越的贵州，十年耕耘和收获的贵州，改变了自己的形象，也改写了生活在这片土地上人们的命运。

在采写《乡场上下》时，我在湄潭县兴隆镇龙凤村，一个叫田家沟的村民组，看到了一堵"笑脸墙"。四十五户农家，每家有一个代表，把由衷的笑貌照片，定格在村口的文化墙。成了寨子里最引人的风景，看的人会感觉到心灵的震撼。

我想追寻更多"黄金十年"里的贵州人，追寻他们的足迹、心声和思想，追寻他们的故事和喜乐悲伤，组成一面和山一样绵长的"笑脸墙"。

这"笑脸墙"真有，碑一样耸立在莽莽群山。

"笑脸墙"，刻在三千八百五十六万贵州人向前走的路上。

第一章 在『缩影』的后面

第一章 在"缩影"的后面

一 "一夜好风吹，新花一万枝"

1

乌江上游，六马河畔，大雾迷江。

这是二〇二一年十二月六日上午。

我们的车子，停在镌刻着"乌江源百里画廊"几个大字的石壁前，从公路边上望出去，一排排白色小楼在雾里面若隐若现，那儿就是黔西市新仁苗族乡化屋村。

二十二岁的苗族姑娘赵群，着一身白底蓝花的苗绣衣裙，给我们当向导。此刻，她白里透红的脸上露着些遗憾的表情："哎呀，怎么啥都看不清楚？"不过，马上又有了笑模样，像要拨开雾，手向远的方向指点：

"你们看，那天总书记也是站在这个地方，看的百里画廊。"

"我亲眼看见，总书记就是从这里进的村。虽然细雨绵绵、云雾缭绕，可全村人都穿上了节日才穿的盛装，打鼓吹笙、载歌载舞。大家用最真诚的苗家迎客歌，欢迎我们的总书记。"

她说的"那天"，是二〇二一年二月三日，刚好逢上农历立春。

这是习近平总书记到中央工作后第四次来贵州视察。在春节前看望慰问各族干部群众，第一站，便沿着蜿蜒曲折的山路，来到深山大河边的化屋村。

"黄金十年"，化屋村的变化喜人又惊人。

这里原来叫"化屋基"，苗语的意思是"悬崖下的村寨"，苗族人口占百分之九十七，全村二百八十四户一千一百三十三人。群山阻隔、险流环绕，贫困发生率曾经高达百分之六十三点六，是黔西最贫困落后的民族村落之一。

过去，进出化屋村，必过"手扒岩"。行走时要用手紧紧扒着岩，一步一步，小心翼翼地挪动双脚；稍有不慎，就会摔下悬崖。只有青壮年才敢经过这个"死亡地带"出山，许多村民一辈子也没离开过化屋村。

赵群曾经住在麻窝寨，因为行路难、学校远，寨子里同龄人只有她一个人读完初中。她哼唱了几句当年流传在村民中的歌谣，我印象最深的有两句："出山要攀手扒岩，吃水要到江边背。"住在低矮阴暗茅草屋里的化屋人，祖祖辈辈都靠房前屋后石头缝里开出的一小块土，勉强维持生计。十多年前，人均收入仅仅二百一十四元。

第一条从山岩上穿过的旅游公路，结束了千百年来"手扒岩"进出化屋村的历史。当两辆大客车开进来时，村寨一阵沸腾。从未见过汽车的孩子们奔走呼喊："火车！火车！快来看火车！"一辈子没出过寨子的老人，被年轻人背着来摸一摸这稀奇的大汽车。那一天，寨子里有人哭了，有人笑了，有人哭了又笑，还有人到神龛前去上香。

贵州是全国脱贫攻坚的主战场，毕节又是贵州脱贫攻坚要啃的硬骨头之一。二十世纪八十年代，国务院批准建立毕节"开发扶贫、生态建设"试验区，面对千年贫困，加大力度推进"破"与"立"。黔西就在这个试验区，化屋村春风化雨。人们这才发现，原来这个穷山恶水的小村子，其实是藏在深山大壑里的一个宝贝——

在"乌江源百里画廊"旅游线上，它"山似三峡而水胜漓江，水似漓江而景胜三峡"，集奇、雄、峻、险、秀为一体。

从谷底到山顶有二十八道拐弯，往日只是徒增行路难；路一打通，天堑之路变成一道亮丽风景。

歪梳苗民族风情独特，文化底蕴厚重，蜡染刺绣、多声部民歌有独特魅力；芦笙舞、板凳拳舞、打鼓舞别具一格。化屋村先后被命名为"中国民间文化艺术之乡"，入选"中国美丽休闲乡村"。

旅游业逐渐成为化屋村脱贫攻坚主导产业；特色种植养殖规模也越来越

大，做得风生水起。

一条条柏油路通村通组，一栋栋民族特色与现代感交融的民居掩映在花丛竹木之间；当年挑担水都要走一个多小时的麻窝寨，整体搬迁，新住房边上就是"扶贫车间"。二〇一九年，化屋村所有贫困人口全部清零；二〇二〇年，人均收入从二〇一二年的两千四百五十元增加到一万一千五百元。

习近平总书记一直牵挂着毕节试验区的发展。党的十八大以来，三次就试验区工作作出指示批示，在不同场合讲话中，多次提到毕节脱贫攻坚工作。

这次到化屋村，他要专程来看看乡亲们脱贫后的实际情况。

二〇二一年二月七日，《人民日报》刊发了关于习近平总书记化屋村之行的报道，我一直收藏着这张报纸。

记者在化屋村看到了什么？

> 走进村民赵玉学家，习近平总书记从客厅、厨房到卫生间，看得十分仔细。
>
> "做饭用电，电费贵不贵？有了自来水，洗澡都有热水吧？"
>
> 赵玉学指着客厅墙上的照片说，过去就住在这个麻窝寨里，透风漏雨，没水没电。四年前在易地扶贫搬迁政策帮助下，现在住进了这个一百五十平方米的二层小楼，水电路都通了，生活发生了翻天覆地的改变。
>
> 楼上三间卧室，紧凑而温馨。窗外，远处山势雄奇、风景如画。"这里抬头见景啊！"总书记称赞道。
>
> 在客厅，习近平总书记同赵玉学一家五口人聊起家常，详细询问家里多少地、都种些什么、在哪里打工、收入多少、孩子上学要不要交学费、将来有什么打算……
>
> 赵玉学告诉总书记，过去在山上种了两亩地玉米，生活很困难。现在夫妻二人在福建莆田打工，一年收入四万多元。三个孩子分别上初

中、小学，学费、住宿、吃饭都免费。

"看来两不愁三保障都有保障了。"习近平总书记说，"脱贫之后我们还要有一个五年过渡期，让脱贫群众生活稳定下来，在这个过程中，就业很重要，是生活水平提高的重要保障，是巩固脱贫成果、接续推进乡村振兴的基本措施。外出打工也行，在家门口就业更好，可以照顾孩子，把孩子教育培养好，未来就更有保障了。"

马上过年了，家家户户都在忙着准备年货。赵玉学妻子杨鹏英邀请总书记一起制作当地传统节日食品黄粑。

拿起一张粽叶，夹上一块糯米黄豆面，卷起粽叶，用线扎紧，习近平总书记亲手包了一个黄粑。

总书记笑着说："祝你们今后的日子过得更加幸福、更加甜美！"

雨后的山村，青山如黛，空气格外清新。

习近平总书记的话让大家明白：实现小康不是终点，而是新生活、新奋斗的起点。

那一天的场景，化屋村民至今提起来还很兴奋。"在家门口就业更好。""扶贫车间"精美的苗族传统服饰吸引了总书记的目光，车间负责人告诉他，这些产品有机器绣的、有手工绣的。机绣的，一套一千多元。手绣的，一套可以卖出一万八千元。不只是苗族同胞会买来穿，游客也喜欢。

"苗绣既是传统的也是时尚的，你们一针一线绣出来，何其精彩！"习近平总书记的勉励，坚定了化屋村人把苗绣发扬光大，既弘扬民族文化、传统文化，同时也为产业扶贫、乡村振兴做贡献的决心。

蜡染师彭艺，研究生毕业后回乡创业。她说"我是化屋村人。小时候，是沿着'手扒岩'爬出去上学的。上大学，也是靠社会资助完成学业。现在，我选择回到村里创业，就是要带动乡亲们共同致富。"

习近平总书记赞扬她："很好！你也是不忘初心啊！"

当场，感动的就不是彭艺一个人。

行走在化屋村山清水秀的乡道上，当地干部告诉总书记，这些年，化屋村重点发展生态鸡养殖、特色苗绣和乡村旅游产业，村民切身感受到巨大的变化。下一步，就是瞄准乡村振兴这个目标，推进标准化、品牌化建设，继续壮大特色产业，实现产业兴旺。

从总书记的笑容中，他们想到，化屋村这个春天，树会更绿，花会最红，人要笑脸迎东风。

那天，村文化广场上，习近平总书记走到正在开展民俗活动的各族村民中间，告诉大家："五十六个民族五十六朵花，全面小康一个民族也不能少，全面建设社会主义现代化国家，一个民族也不能落下。"

人群中爆发出阵阵掌声和欢呼声。

夜幕降临，乡亲们依依不舍簇拥着习近平总书记，唱起苗家留客歌，不少人流下了激动的眼泪。

这是人民群众对人民领袖的真挚感情。

千年贫困的贵州怎么变？中国共产党始终是指路明灯。

习近平总书记情系贵州发展、情系贵州人民。

化屋村只是其间一个动人场景。

青山作证，绿水作证，贵州变化着的每一天作证。"黄金十年"，每前进一步，都能感受到习近平总书记和党中央的无限关怀。

在采写本书过程中，我接触到的不少干部群众，常常一桩桩、一件件讲起，习近平总书记到中央工作之后，对贵州的一往情深——

四次亲临贵州视察指导；

两次参加贵州代表团审议；

四次向在贵州举办的论坛活动致贺信；

多次对贵州工作作出重要指示。

这些指示语重心长，涉及贵州工作的方方面面。既有总体要求又有具体部署，既部署怎样"过河"，又指导如何解决"桥或船"的问题。

"天无三日晴，地无三尺平，人无三分银"，千年来压得贵州人心寒。

贵州不沿江、不沿海、不沿边，山里的贵州怎样冲出大山？

贵州的劣势能不能转变成优势？习近平总书记的诠释和分析，让人眼前一亮、豁然开朗。

> 天无三日晴，证明贵州的空气好，经常下雨，把空气都洗干净了；地无三尺平，那是因为到处都是山山水水，风景秀丽，看得见山，望得见水、记得住乡愁，是搞旅游的好地方；人无三分银，看穿着盛装的少数民族，身上的银饰不要说三两，三斤都有，这说明贵州的经济发展很好。
>
> 贵州虽然是一个内陆省份，但实际上近海、近边，充分利用这些条件进一步扩大开放，以大开放促进大发展，大有潜力可挖。

辩证地看贵州。

科学地谋发展。

贵州的变，于是有重量，更有质量。

二〇一一年，正是实施"十二五"规划的开启之年，习近平同志视察贵州，指出工业化和城镇化是贵州发展的两块"短板"，强调坚持走新型工业化道路是贵州突破工业化和信息化两道"门槛"、实现跨越发展的必由之路，要求发挥黔中经济区"火车头""发动机"作用，壮大"经济骨骼"。

我查阅了二〇一二年《贵州省政府工作报告》，就看到这样的表述：

> 二〇一一年，贵州重要经济指标为近二十年来最高，几个重要经济指标增量突破一千亿元。

一千亿元，在发达地区或许不算大数，但在贵州却能让人激情空前高涨。

这一年，二〇一一生态文明贵阳会议、首届中国（贵州）国际酒类博览会暨二〇一一中国贵阳投资贸易洽谈会和全国民营企业助推贵州发展大会相继举办，还组织了香港招商等活动。山里的贵州向山外进一步推开门窗，当年引进的省外到位资金增长了百分之一百五十二，开放的力度、开放的效果多年未有。

这一年，产业园区建设在贵州土地上如火如荼。

这一年，贵州城镇居民人均可支配收入，农民人均纯收入，分别实际增长百分之十二和百分之十五，人民生活明显改善摸得着、看得见。

"黄金十年"，业已开篇。

有个这个基础，努力创造一个高于过去、高于西部、高于全国的"贵州速度"，变成贵州人的铮铮誓言和热切期盼。工业强省和城镇化带动战略步步推进，行之愈远。

两岸猿声啼不住，轻舟已过万重山。

二〇一四年和二〇一五年，正是完成"十二五"、谋划"十三五"的关键时刻，总书记在参加全国人大会议贵州代表团审议时指出，"贵州已经进入后发赶超、加快全面小康建设的重要阶段"，在这个阶段，要"实现百姓富、生态美有机统一"。在贵州视察时，强调"守住发展和生态两条底线，走出一条有别于东部、不同于西部其他省份的发展新路。""对贵州来说，保障和改善民生，最主要的是打好扶贫开发攻坚战"，还说"贵州发展大数据确实有道理"。

大扶贫、大数据、大生态三大战略行动应运而生。坚定地按照这条路子走，二〇一七年回望来路，人们有了更多惊喜的发现：

贵州走过了综合实力提升最快，基础设施变化最大、发展动力活力最足、生态建设成效最好、人民得到实惠最多的五年，经济增速连续居全国前三位，主要经济指标翻了一番以上。

贵州脱贫攻坚首战告捷，在全国率先打响易地扶贫搬迁第一炮，对四十五点八万户农村人口实施搬迁，极大改变他们的生产生活条件。

贵州在全国率先启动供给侧结构性改革，"三变"改革经验在全国推广，旅游业实现井喷式增长。

一个"新"字，足以概括发生在贵州之"变"。

获批建设国家大数据综合试验区、国家生态文明试验区和国家内陆开放型试验区，成功举办数博会。这些新平台，不但让贵州看到山外山，而且信心满满，走向无垠海洋和壮阔平川。

一批标志性重大基础设施花开贵州，"中国天眼"五百米口径球面望远镜落成启用，贵州成了同浩瀚宇宙对话最近的地方。世界第一高桥北盘江大桥竣工，贵阳至昆明高速铁路建成通车，乌江航道全线贯通，千沟万壑的贵州，快速变成四通八达的"高速平原"。

还有许多让人民满意的"率先"：

> 率先在全国实现"广电云"村村通；
> 率先实施农村学前教育儿童营养改善计划；
> 率先为所有乡村中小学配备校医；
> ……

城市和乡村，人民在贵州的赶超跨越中有了更多获得感。

二〇一七年，习近平总书记在党的十九大期间参加贵州代表团活动时，指出"实现第一个百年奋斗目标，重中之重是打赢脱贫攻坚战，已经进入倒计时，决不能犹豫懈怠，发起总攻在此一举"。

二〇二〇年底，贵州最后九个贫困县宣布摘掉贫困帽子，贵州彻底撕掉贴了千百年的贫困标签。

"一年四季包谷沙，过年才有米汤喝"已经成为过去。孩子告别了跋山涉水上学的历史，住学校、吃食堂，数百万贫困家庭的孩子们享受到更公平的教育机会。每个行政村都有了卫生室和村医，贫困人口全部落实"三重医疗保障"，不再"小病靠拖、大病靠扛"。三百三十万户农村群众从"忧居"变成了"优居"，居有所安的梦想变为现实。七百四十一万农村人口饮水安全问题得到解决，结束了人背马驮、靠天吃水的日子。贫困人口人均纯收入达到九千九百七十五元，贵州的"穷"开始成为历史，一去不复返。

二〇二一年，习近平总书记在春节前看望慰问贵州各族干部群众，又提出新的目标：贵州要以高质量发展统揽全局，在新时代西部大开发上闯新路，在乡村振兴上开新局，在实施数字战略上抢先机，在生态文明建设上出新绩。

"四新"是旗帜，带动贵州新型工业化、新型城镇化、农业现代化、旅游产业化"四化"宏图全面铺展。

我曾经在安顺市西秀区双堡镇，采访过在大山里打造出一个"别墅村"的大坝村党支部书记陈大兴。大坝村过去是个被绵延群山包围的穷村，贫困和闭塞，造成了村里人一代代的痛。

有人偶尔会想让眼光越过大山，知道山外的世界是不是也这么苍凉？

小时候，陈大兴问父亲："山外面是什么？"

父亲一脸无奈："山外是什么？我也不知道啊。"

不知道世界的宽广，找不到战胜贫困的方向。

在闯出带着乡亲们种金刺梨脱贫致富奔小康道路之前，陈大兴为了找"路"，不到四十岁就白了头。后来，他告诉我，头发是愁白的，千愁万愁，都是因为一时找不准方向。

大坝村这段历史成了过去，如同贵州告别过去、走向未来一样。

十年来，习近平总书记为贵州每一个进步和变化而欣慰。他说："贵州的发展，是党的十八大以来我们党和国家事业大踏步前进的一个缩影。"

理清了发展思路，指明了发展方向，增强了发展信心，注入最强大活力，还有什么变化不会发生呢？

"一夜好风吹，新花一万枝。"贵州走进"黄金十年"，"好风凭借力，送我上青云"。

2

二〇二〇年六月八日，我在纳雍县骔岭镇坪箐村一片高高的茶山上，见到了"茶老板"谭正义。

一见面，没说上几句话，他就冒出一句"我在两千米高山上等你千年"，便把人带进那片云雾缭绕的茶海，想知道里面的人和故事。

谭正义是个诗人吗？不是。他是个有二十多年党龄的老农民，经营着六千九百亩高山有机茶场，知道的人说，那是纳雍县雾翠茗香循环农业示范园最亮的一张名片。

他想在海拔两千三百米的高山，移植千年古茶树，等的是梦想成真。这梦想至今没有实现，可追逐梦想的经历却颇为传奇。

"你知道我梦是什么颜色的吗？"

"不知道。"这样回答的时候，我心中的满是诧异，"梦怎么还有颜色？"

谭正义见我的神情，咧开嘴笑了："信不信由你，我的梦就有黑和白两种颜色。"接下来的交谈中，我终于明白他说的都是同产业有关的"梦"，在山区农民中，他是比较早知道得靠发展产业脱贫致富的人。

黑色的梦，与煤炭相连。

都把煤炭叫作乌金，谭正义追的第一个梦，像煤一样扎实厚重，又有火焰藏在心里。有了第一笔积蓄后，二〇〇六年，他办起自己的煤矿，带动当地六百多名农民就业。

绿色的，就是关于茶树的梦了。

"煤炭再多也有挖尽的一天，什么才是山神箐大山里产业发展的长久之计？"他开始思考，也开始观察。

坪箐村所在的山神箐，群山绵延，海拔最高处有两千三百三十一米，海拔高、气温低，被视为种茶的禁区。谭正义却想，为什么坪箐村附近偏偏有不少跨越千年的古茶树？"这不说明我们家乡适宜茶树生长吗？说不定在这种条件下产出的茶叶，别处没法比。"正当此时，恰逢县里号召"靠山吃山，发展产业"，谭正义拿定了在山神箐一座座峰峦种下高山有机茶的主意。

流转土地，筹措资金，谭正义开始追逐"绿色梦"。

他敢下这个决心，与民革中央请到纳雍来的两位专家有关。

许允文，中国农业科学院茶叶所研究员，人称"纳雍茶叶之父"。接受民革中央邀请到纳雍后，一心一意想在乌蒙高寒山区，打造出具有地方特色的茶叶品牌。

二〇一三年八月，六十四岁的民革党员、资深培训专家任继成接过了"纳雍县茶产业发展特别顾问"的聘书。在此之前，他已连续三年为纳雍免费培养茶产业人才。

谭正义要在高山上圆"绿色梦"，专家的关注和帮扶也上了山。

二〇一〇年，直接入土种植的一百万株茶苗，熬过了冰雪严寒的不到五分之一。

二〇一三年，在专家帮助下，他转换思路，先用营养土在略低于"贵州茶园记录高度"的山上育苗，两年后再移植到更高的山地。这次，成功青睐了这个山里人，贵州人工种茶的高度，被谭正义破天荒地提升到海拔两千米。为了创造这个纪录，六年寒来暑往，五轮摸索试验，他说："中间的甜酸苦辣，除了我知道，还有专家知道。"

山神箐高山有机茶声名渐起。

长在高山、绝无污染、原汁原味、营养丰富，就是最好的品牌，市场的唯一，先后通过中国、美国、欧盟有机认证。带动一方百姓脱贫不说，蕴含其中的旅游价值也逐渐被人认识。"骔岭镇有一个泡在茶里的小山村,太美了!"游人口口相传。二〇一七年,坪箐茶场被新华网评选为"贵州十大名茶山",二〇一九年,又获评"中国三十六座最美茶园"之一。

那天,在坪箐茶场,谭正义为我沏了一杯"姑箐翠芽",看着在杯中热水里逐渐伸展的青翠叶片,谭正义又笑了:"这还不是我们最好的产品。明年开春以后你再来,贵茗翠剑、雍熙碧龙、康苠银针、府茗香云雾春,爱喝哪样你挑着喝!"一串名字,说得我云里雾里。他说的都是坪箐茶场的产品,其中一些在省内外和国外的展览上得过金奖、特等奖。

离开坪箐村不久,我接受民革贵州省委邀请,担负一本画册的文字统筹,画册叫《一路同行——民革帮扶纳雍三十年摄影图片集》。翻看了七百多幅照片,才知道这些年来,民革中央倾心为纳雍办的事,岂止发展高山有机生态茶一桩。

多少民革成员的韶华、初心、真情挥洒在乌蒙深山这片土地上,随着年轮演绎着平凡而动人的故事。

国务院批复建立"毕节开发扶贫、生态建设、人口控制试验区",一开始就确立了中央统战部牵头,各民主党派、全国工商联参与和支持试验区建设的大格局。

纳雍被确定为民革中央定点扶贫联系县。

这是一副光荣而沉重的担子,接过了担子,就不能让它有须臾闪失。

突出智力优势,全力帮扶纳雍,民革中央作为一项意义重大的政治任务。

"纳雍的事就是民革自己的事。"这是民革中央确立的全党共识。

"纳雍不脱贫,民革不脱钩;纳雍脱了贫,民革不断线。"民革中央作出庄严承诺。

五位担任过全国人大常委会副委员长和全国政协副主席的民革中央主席、常务副主席,先后踏上纳雍的土地。

来自天南海北的民革党员，在乌蒙山水间流下汗水与足迹。

加强基础设施建设、培育支柱产业、提高人口素质、推动经济发展与社会进步，每件事，都同重重困难甚至风险联系在一起。他们做得怎么样？"工作扎扎实实，成绩实实在在。"纳雍人民朴实的评价，已经被传扬得有口皆碑。

为了纳雍的改变，统一战线成员、各民主党派中央和全国工商联，火热的情怀都不会随时光远去。

建立和建设新中国，他们与中国共产党肝胆相照。

同千年贫困决战，他们扬鞭奋蹄。

二〇一八年一月，威宁县下了一场雪。那是新年后的第一场雪，大得有些让人称奇。

"瑞雪兆丰年！威宁十多年没下过这么大的雪啦。"有人望着漫天飞舞的雪花，说话里透着高兴。

家住五里岗松林村黎坪组的李世琴，却把这场雪当成不小的麻烦："夜里下的雪，好大！早上上班我不得不提前一个钟头出门。"她打工的地方是威宁雪榕生物科技有限公司二厂，由九三学社中央牵线搭桥办起来的，离松林村有十多公里。

再大的麻烦，再难走的雪路，也要去。李世琴知道，有了在雪榕公司的稳定收入，心里才会踏实。

三年前，她丈夫患上白血病，卧床一年多，欠下十多万元外债也没能保住性命，丢下五个孩子和两位老人，千斤的担子全让李世琴挑着。多亏有了雪榕公司，每月打工能挣两三千元，全家人的衣食和孩子们的学费才有了着落。她还指望靠这份工作，一直能供孩子们读书上学。

有记者去过李世琴的家，发现她日子过得艰难，却对生活不失望：

"家里实在不像样子，你们来都没什么好招呼的。"看着衣衫单薄的小儿子玩得一脸泥，李世琴一边打水给孩子洗脸一边窘迫地说。转头看见墙角堆放的土豆便张罗着刷锅添水上火煮，说是自家土里出的，原生态，没施化肥，一定要我们尝尝。以前没粮食的时候拿它当饭吃。到雪榕打工后家里的境况好了很多。

从拿土豆当饭，到客人来了让大家尝个新鲜，看得出李世琴家的日子在变。

雪榕公司有许多像李世琴这样的员工。

企业知道，九三学社中央把它们从上海引进威宁，就是要搭一个平台，尽快减轻压在和李世琴一样贫困农民身上的负担。

李世琴用自己的方式珍惜雪榕的工作。

雪榕公司也真心回报。

回报是什么？"在我们厂一年多，李世琴上班从不迟到。平时工作认真负责、任劳任怨，活路再多，加班加点也要当天完成。她被车间领导和工友们推荐评选为雪榕生物科技有限公司十大年度感动人物。明天公司开年会还要给她颁奖，奖金三千元！"

民主党派、工商联帮扶纳雍，能想的办法都想，帮扶的形式多种多样。

> 我们虽不曾见过太阳，七彩的阳光温暖心房；我们虽不曾见过大海，滚滚的涛声萦绕耳旁；我们虽不曾看到书本，但用双手一样能摸懂知识的篇章……

来自毕节地区的几名弱视女童，在钢琴伴奏下唱起自己谱写的歌曲，坐在她们身边，和他们一起唱的，是民盟中央"明眸工程"活动组的队员。

"明眸工程"启动当天，民盟中央牵头协调，温州医科大学附属眼视光医院与毕节地区中医院签约共建；三年时间免费做一批白内障复明手术，培养出一批本土业务骨干。

"我的眼睛亮了!"十三岁的女孩赵晓玉走出手术室,禁不住向身边的陈蔚博士高喊,陈蔚是专程赶来的温州医科大学白内障扶贫中心主任。那天,共有十二名毕节患者成为"明眸工程"首批受益者。

赵晓玉是一名初二学生,双眼都有严重眼病,左眼三年前做过手术,还是看不清;而右眼患的是先天性白内障,手术前一点看不见。靠同学帮忙,她学习名列前茅,但"看不清、看不见",总是让她心里发痛。"明眸工程"解了赵晓玉的"痛"。很快,六十六岁的吴长元老人、七十一岁的张祥福老人的眼睛也亮了,他们失明已有四五年,生活全靠家人照顾。

"亮了"的风,怎样从温州吹到了贵州?

民盟中央委员王勤美,曾经讲过一段亲身经历。他从温州背过来几十公斤重的仪器,到毕节乡下巡诊筛查。一位老人的举动让他心惊,他拿出一瓶治疗青光眼的药水,问王教授怎么这药不灵?这种药水老人已用了三年,是当地医生开的方子,用了三年不起作用。

现实让王勤美震惊。作为"明眸工程"的一位发起者,他觉得这是一件当仁不让的事情。

温州各界也闻风而动,很多人向素不相识的贵州人伸出援手。

"明眸工程"启动当天,温州蜘蛛王集团捐款二十万元,这是工程收到的第一笔善款。之后,一批企业家和市民纷纷加入。"两千元就可以点亮一双眼睛,改变一个家庭的命运,这样的善举,我们当然愿意资助。"

"点亮",一时间成了流行语,让温州人激动,使贵州人感动。

有人眼睛盯着老百姓身体上的疾苦。

有人想帮助解决乡亲们生活上的难题。

莽莽乌蒙山中,或在山顶,或在山腰,或在河谷,星星点点散布着许多村落,无论在哪里,要么沟壑纵横,要么身边整座山都是裸露的巨石,狰狞冷漠,让人喘不过气。

毕节市七星关区野角乡茅坪村就是这样一个村子。如果说它和别的村庄有什么不同，那就是更苦、更穷。

这个海拔两千一百米的山村，村民的印象好像都千篇一律：从未有站在山顶的开阔感，从村里通往外界的小路仿佛永远充满泥泞。村民每天吃的食物就是土豆，每一个土豆又都硕大无比，永远无法一次烤熟，烤一会儿就要从火里拿出来，吃掉熟的部分，然后再烤，吃完几个土豆，人就有了昏沉沉的睡意。

但是，同用水的困难比起来，别的困难似乎不值一提。茅坪村连条流过的小溪都没有，贫瘠的土地上也打不出水井。日常用水只靠几口水窖存点雨水，人家是"靠天吃饭"，他们是"靠天吃水"。旱季里老天水都不给了，村民只好到一两公里外的河边去挑水。运气好的，一桶水抬回家还剩半桶；倒霉的，半路摔上一跤，半桶水也喝不上。

茅坪村缺水，上面也着急。不仅为村里修了水窖，还计划从山脚取水点把水引上山，让村民喝上自来水。可这是要花不少钱才干得成的事，在村民心里还是个遥远的梦。

让他们没想到的是，事情到二〇一七年有了转机，那年是贵州脱贫攻坚战的第二年。

致公党贵州省委调研组到了茅坪村。按照致公党中央脱贫攻坚"六个参与"的倡导，致公党贵州省委决定在七星关区范围内找一个深度贫困村，扎下来解决最困难的问题，办好一件实事。

茅坪村的用水难，就这样进入调研组视野，成为致公党贵州省委要抓的一件大事。

就在这年底，致公党贵州省委向省水利厅发函，特别商请对茅坪村饮水安全工程建设提供支撑和帮助。二〇一八年初，省水利厅在分解下达的中央预算内投资中，对七星关区规划剩余的八万三千七百人一次性予以安排，用于七星关区饮用水安全工程项目建设，当然也包括茅坪村在内。

第一章 在"缩影"的后面

白花花的水流进茅坪村家家户户,村民的笑声和水声融在一起。也许他们不一定知道致公党贵州省委为这水费了多少心力,但他们渐渐从很多事情上感受到一种真情。

二〇一八年以来,致公党贵州省委对茅坪村定点帮扶向纵深发展,各种捐赠慰问和产业扶贫活动不断。经过一年多的帮扶,茅坪村贫困发生率就由百分之二十三点四下降到百分之十二点五。二〇一九年,茅坪村党支部书记接受记者采访,字字句句都充满信心和勇气:"除去享受政策兜底保障和已实现目标的贫困户,今年我们村贫困户中余下的七十七户,全部实现'两不愁三保障'目标没问题。"

黔西一直是民建中央的重点帮扶县。

老乡们说起民建中央这些年办的好事、实事,会扳着手指一个一个地回念:

没有他们,村里修不起第一条旅游公路,村民吃不上第一口"旅游饭"。

没有他们,化屋村解决不了"饮水难",保证不了用水安全。

没有他们,"化屋民族风情园"不会落地,山旮旯里也不会出现风情独具的"度假酒店"。

没有他们,樱桃、枇杷、金秋梨、葡萄、黄花梨不会种满山冈,水淋淋的原生态蔬菜不会给村民带来那么多惊喜……

在中央统战部引领下,毕节试验区专家组已历经五届。各民主党派中央和全国工商联在定点帮扶县留下深深足迹。

毕节相距北京两千多公里,山水迢迢,路途遥遥。

可毕节人常常自豪地说:"我们山旮旯可是连着皇城根的哟!"

因为,在毕节改变深度贫困面貌的路上,广大民主党派爱国人士始终与他们心手相牵、同甘共苦。

一部毕节试验区的历史,也是统一战线推进"同心工程"的历史。毕节试验区是"多党合作、同心共建"的典范。

为了一个共同使命携手前行,"黄金十年"十年一剑,这段特殊的历史,也是值得大书特书的大手笔。

3

金海湖!瓦厂塘?

冬日的阳光,暖暖地撒在身上,二〇二一年十二月六日中午,毕节市文联副主席林江带着我绕着这片水走了半圈,我还在一门心思梳理这"湖"与"塘"的关系,在想它们意味着怎样的"变"?

林江说,带你来看金海湖,可不是一般意义上的游山玩水。了解金海湖的过去、现在和将来,能为观察了解毕节试验区新发展推开一扇窗子。几个月前,我在毕节百里杜鹃景区见过林江,那时他是管委会副主任,说起漫山遍野杜鹃绽放的景象,满脸都是笑,而今天讲这番话的时候,神情却有些庄重。

一个个历史镜头在我眼前闪现。

一九八五年,时任中共中央政治局委员、书记处书记习仲勋,在新华社《国内动态清样》上,看到记者刘子富的文章"赫章县有一万二千多农民断粮,少数民族十分困难却无一人埋怨国家",当即批示:"有这样的各族人民,又过着这样贫困的生活,不仅不埋怨党和国家,反倒责备自己不争气。这是对我们这些官僚主义者的一个严重警告!请省委对这类地区,规定一个时限,有个可行的措施,有计划、有步骤地扎实地多做工作,改变这种面貌。"这个重要批示,催生了一个新试验,在毕节这个再也经受不起贫穷折腾的土地上出现。一九八八年四月六日,贵州省委、省政府向中共中央、国务院呈报《关于建立毕节开发扶贫、生态建设试验区的请示》;同年六月九日,国务院正式批复,建立毕节"开发扶贫、生态建设"试验区,后来又增加了"人口控制"的内容,是因为人口膨胀与生活贫困紧密相关。毕节要改变面貌,必须一改"越穷越生、越生越穷""越荒越垦、越垦越荒"的恶性循环。

有领导、有计划、有步骤地向极端贫困宣战,毕节试验区每一步都走得艰难,但每次艰难都同每个进步相关。到二〇一一年,毕节地区生产总值、财政收入、农村居民人均可支配收入,已经分别是一九八七年的四十一点三三倍、九十二点六八倍、二十三点一三倍。再到二〇一九年,别的不说,单是农民人均收入一项,就已闯过万元大关。一路走来,毕节试验区成功地实现了"三个重大跨越":人民生活实现了从普遍贫困到基本小康的重大跨越;生态环境实现了从不断恶化到明显改善的重大跨越;人口实现了从控制数量为主到更加注重人力资源开发的重大跨越。

艰难的步子终于走过来了,回头望,是一步跨越了千年。贫穷是人类共同的窘境,"三个重大跨越"的实现,使毕节试验区为人类反贫困交出了一份既是悲歌更是壮歌的答卷。

但是,历史永远没有终点。

毕节试验区走过的风雨路,像是万里长征走出第一步,不进还是会退。

中国特色社会主义进入新时代,毕节试验区必须进入新阶段。

党的十八大以来,习近平总书记三次就毕节试验区工作指示批示,他说:"要着眼长远、提前谋划,做好同二〇二〇年后乡村振兴战略的衔接,着力推动绿色发展、人力资源开发、体制机制创新,努力把毕节试验区建设成为贯彻新发展理念的示范区。"

"示范区"是"试验区"的升级版。

两个字的变化,后面是极其深厚的内涵。从"开发扶贫、生态建设、人口控制"到"绿色发展、人力资源开发、体制机制创新",改革到了新的风口浪尖,毕节试验区有了新的焦点。

金海湖新区,是二〇一五年将在七星关区的毕节市经济开发区和位于大方县境内的双山新区,一体化整合后形成的毕节经济发展新的"增长极"和"火车头"。

瓦厂塘到金海湖之变，是从"试验区"迈向"示范区"的一个脚印。

瓦厂塘，同人类对生态环境有意无意地破坏有关。相传明代时，奢香夫人为了修建宣慰使司官邸，命人在此挖泥以造砖瓦，大兴土木后，地面凹陷，风来雨往，形成一湾水塘，像大地流泪的眼睛，目睹着人民深重的苦难。

金海湖，则是依托原有自然景观，在瓦厂塘旧址上兴建的一座巨大的湿地公园。

在四千七百一十亩土地上，出现"同心荟翠""花谷幽潭""湿地寻芳""晓枫荷苑""葱茏岁月""闲逸动韵"六大景区组团，山、水、湖、林、路完美结合，融入众多人文景观。建设金海湖湿地公园，是一次建设代表贵州风格的新型山水生态园林城市的样本与实践。

与江南那些精致、小巧的园林截然不同的是，金海湖是个生态园林，又是城市综合体。突出特色文化、环境宜居、独特旅游、民族风情特色，游人走进"金海湖"，就感觉到建设者在绿地建设、生态环境、市政设施、节能减排、人居环境上的苦心和精心。

走进"金海湖"那天，色彩的斑斓让我震撼。

眼前的湖水，在阳光照耀下泛着微微的蓝，一阵阵的涟漪中又透着淡淡的绿光。湖边则是绿的天下，不过这绿也分了五色，高大的乔木是深沉的黛绿，矮小的灌木是活泼的翠绿，那些草坪铺开淡淡的绿，泼洒在树林中间。黑色的柏油路，穿插在绿和蓝中间，而且延伸得很远。我们坐上观光车顺着湖岸走，开了二十多分钟，司机问我们："还走吗？"四千一百多亩的面积，顺着一条条观光道走，车和人都还可以走得很远。

下了车，便是偌大一个广场。

广场门口立着个巨大的圆圈，被彝族的图腾老虎托着，圈被刷成黑红两种颜色，据说都是彝族崇尚的色彩。当地干部介绍，这里透着一股"彝族风"，但也是民族和谐的家园。果然，在广场上我看到了威风八面的八根浮雕立柱、八面硕大的铜鼓，又看到相距不远，一座座立着毕节世居其他少数民族造型塑像，还有相关内容的文字介绍。

我们去了一条风情街，石板路几乎被满挂在头顶的红灯笼遮住，一爿爿店铺，喜气盈盈，在迎接一拨拨游客。

当地同志手指向远方，说这边是绿色工业园；那些红白蓝交织的地方，是农民的新居；被绿荫和湖蓝簇拥着的，有学校、有小区、有医院……

穷山恶水曾经是毕节苦难的标签，一九八七年，毕节全区森林覆盖率仅为百分之十四点九四，水土流失面积有一万六千七百多平方公里，占总面积的百分之六十二以上。金海湖的出现，不能不说是一个奇迹。

创造奇迹，要有一山望着一山高、一山更比一山高的眼光，更要有敢为天下先的勇气。仅仅为一个阶段的战果沾沾自喜，不想向更高的地方攀登，不是贵州人的脾气，或许就是走了一辈子山路，"攀登""登高"这样的词语总是出现在毕节人嘴里，也成了他们生活不可或缺的部分。

在毕节，我听过这样一个故事。

毕节的工业基础非常薄弱，早就有人想让它像山一样站上一个高处。

他们理解的工业就是机器轰鸣、烟囱林立。一段时间，土法炼锌的浓烟遮蔽了山野，小河、树林、庄稼和人，都被迫生活在极端的环境里。小煤窑，像土地深处的伤痕，流出黑色的血，让清澈的小溪臭不可闻，让牛和羊找不到一块干净的栖息地，挖出"乌金"的代价是牺牲生态，人们看在眼里痛在心里。

有人想走一条新的路，在等待契机。

那年，春节将要临近，深圳火车站人流如织。

在拥挤不堪的人群中，一个年轻人拿出手机，一脸百无聊赖的神情，打算用手机打发候车前这点时光。

他叫王炉，二〇〇二年就离开家乡毕节市七星关区打拼创业。这次准备接还在老家的年迈父母，离开阴暗潮湿的老屋，上深圳去过一个温暖、温馨的春节。

王炉在深圳从事的是光伏产业，而且有了自己的公司。十多年没有回家，一遇到家乡人总要不停地打听，当然不是询问"寒梅著花未"？而是想知道毕节是怎样发展工业的，自己能不能在中间尽一分力。

　　其实，此刻王炉的心思不在手机上。他呆呆地望着手机屏，想的却是家乡那些难以忘却的往事：难于翻越的大山，艰难行走的山路，一日三餐吃得让人反胃又不得不吃的土豆。十多年没回去了，家乡还是老样子吗？

　　思绪突然被一阵阵哭喊声打断。

　　原来，车站里一位带着三个孩子的母亲，睡在地上铺开的一张凉席上。看上去大一些的孩子，坐在睡着的母亲身边哭喊，疲惫的妈妈竟然没有惊醒，她怀里还抱着两个更小的孩子。

　　沉睡的母亲被王炉叫醒，懵懵懂懂说了几句话，王炉一听，不是毕节口音吗？再一问，她周围一群疲惫的候车者，都是返乡过节的毕节人。此时，也多半睡得昏昏沉沉。

　　老乡见老乡，两眼泪汪汪。

　　王炉这下的泪水，却不是因邂逅的激动，而是充满一种无奈的悲凉。

　　难道真不能把现代工业搬到自己的家乡，让乡亲们少受些奔波外乡之苦，在家门口就能找到挣钱的活儿干？

　　回毕节投资办厂，让高科技产业成为乡亲们脱贫致富、改变生活的希望。

　　回到家乡，他反而有些失望。

　　从贵阳到毕节，还没有真正意义上的高速公路，毕节也还没有建起机场。一些账不能算：厂址的选择找谁？交通不便，怎么保证原材料和产品运输成本高不增加成本？一片荒山大野中，去哪里找支撑高科技产业的力量？

　　办厂的事按下暂停键，王炉始终心有不甘。

　　机会总是等着有准备的人。

　　契机出现在二〇一五年，毕节飞雄机场通航，贵毕高速公路通车，七星关区建设现代工业园。工业园区建设伊始,就把瞄准现代化标准追赶,争取让一批高科技企业落户的口号喊得很响。

关键时刻,王炉结识了七星关区区长助理、致公党中央社会服务部干部朱雅亮。

朱雅亮协助分管工业园区招商引资工作,满脑子想的是承接什么样的产业转移,引入什么样的企业入驻,才能让园区起笔不凡。王炉看到毕节交通条件改变和家乡建设现代化工业园,想回家乡干一番事业的心思也被点燃。

七星关区热切地想通过现代工业改变现状,朱雅亮想通过引入高科技产业把园区做强,王炉要实现报效乡梓的愿望,三个巴掌一拍即合。朱雅亮和王炉想到了一起,为什么不能用好园区优惠政策,结合王炉的技术、生产、资金资源,在七星关建一个LED产业园?朱雅亮向致公党中央和致公党贵州省委汇报后,得到的回答是"全力支持,坚决干!"一个叫"致福光谷"项目的启动,成为当时致公党贵州省委工作重点。当地党委和政府,也一门心思为项目进展顺利创造各种条件。

在戈壁上拓出一片绿洲;在平原上堆起一座入云的山。人们这样形容那些看起来很难办的事,很不容易达到的目标。

实际上,启动"致福光谷"最初的日子,有时比这还难。前后四个月里,朱雅亮买了一百张机票,往返奔波于北京、深圳、中山等城市之间,进行企业招商。两个六十天,他在飞机上度过四十七天。

王炉要过的难关,是冲破家人朋友的劝说和阻拦。事业有成了,有时反倒会成为一种羁绊。"你在深圳干得好好的,为什么还要回乡从头干?""贵州条件你真的算清楚了吗?谁知道哪里有什么山高水长?"选择当然很艰难,但他最后选择了干,再回到家乡时,他已经毅然决然。

几个月后,贵州致福光谷炬晟半导体有限公司,入驻七星关经济开发区,这是一家专门从事高效太阳能应用产品研发、制造、销售、设计、安装和售后服务的高新技术企业,达产后年产值超亿,税收有两千万元,王炉就是公司董事长。

他在深圳的一些合作伙伴，看到了"致福光谷"的潜力，一个接一个入驻七星关产业园，从发光管带到太阳能灯、LED系列灯具的产业集群，在"致福光谷"雏形初现。

"致福光谷"带来的不仅仅是一座工业新城梦幻般地，在乌蒙腹地初现，更重要的是带来一种不断革新、不断攀高的理念。

二〇一九年六月，由贵州致福光谷创新服务中心参与研究及制定的《中小学教室环境设计及测试评价规范》对外发布，这是国内第一个关于这方面的标准，说明"致福光谷"企业在行业标准上已经有了话语权。

也许王炉和他的伙伴们，起初并不明白什么是"新的发展理念"，但他们认了一个"死理"，贵州发展要打漂亮仗，一定要咬住超越其他人的目标，咬紧牙关干。

这就是贵州人；这就是贵州人的性格；一辈子活在山里，一辈子走在山里，下了山还要爬更高的山；翻过最高的山才能看到太阳在哪里升起，再高的山，走上去了，才是一条新路的起点。

有了这种精神，任何想象不到的事都会出现。今天的"致福光谷"，年产值已经过亿，正在实现成为西南地区最大LED产业园区的目标。

这样的人和事，在毕节试验区不是孤例，正在一日胜似一日地不断出现。

在"金海湖"那天，我参观了金海湖新区工业园里的贵州贵航新能源科技有限公司。公司是专门从事锂二次电池开发、设计、生产和销售制造的高新技术企业。去年产值达到四亿六千九百万元，三期项目完工投产后产值可以实现十亿元，目前是园区内规模最大、效益最好的企业。

走进厂区，你会怀疑，这是贵州，这是毕节吗？

绿荫掩映中的现代化厂房，由计算机控制的生产线，静静行驶在繁忙厂道上不发出一丝噪音的运输车辆，都能让人眼前一亮。

而更让人注目的，是工厂门口立着"中国西南先进电池研究中心"的牌子，和厂里那些带点神秘感的研究室、实验车间。

"研究中心"由中国科学院物理研究所与企业签约授牌。企业一直和清华大学、哈尔滨工业大学保持紧密合作。在生产线上参观时，我注意到一个细节：在墙上挂的众多宣传牌上，专家的介绍内容最为显眼；"不断创新，企业才有生命力；不断研发，企业就有动力之源"一类内容，有的被画成画，有的被编成短文，时不时就映入眼帘。

陪同我参观的公司人事行政部长张力中，身材不高口气却很硬："没有科技创新平台，我们怎敢提出在西南领先的目标？"

从"试验区"到"示范区"，毕节人让我又一次看到了他们精神的闪光。

以脱贫攻坚为主调的"毕节试验"是乌蒙高原最嘹亮的战歌。

"创新、协调、绿色、开放、共享"的"毕节示范"，人们等待着一张满意的答卷。

因为，一次艰辛的"试验"，使毕节与"苦甲贵州"渐行渐远。

因为，一次领先的"示范"，会让贵州乃至中国看到，"而今迈步从头越"，战胜了贫困的地区，应该怎样与现代化目标相连。

二　不仅仅是一次牵手

1

高峰村海拔一千多米。高峰养殖场，在比村子还高出好多的地方。

我们到养殖场那天下午，二〇二一年十二月十五日，山缝里面吹出来的风，好像夹杂着无数细小的水颗粒，一个劲往脸上刮，朝身子里钻。我不禁裹紧衣服，这才想起，为什么同行的铜仁市作协秘书长代劲华，来之前反复提醒:"一定要多穿点。"

场长杨文锋,穿着一身迷彩服,好像早已习惯了这种气候,没有怕冷的模样。他带我们看了几个大棚里饲养的上万只鹌鹑,听说场里还有生态鸡,我提出去看看,想不到他却面露难色:"别去了吧,老的卖了,新的没进场,剩下几只我们还得留着过年。"

这就怪了!早听出杨文锋不是本地口音,后来知道他来自江苏张家港市洋舍镇善港村,是善港村派驻高峰村的乡村振兴工作队队员。善港村离高峰村有多远?为什么他不回老家过年?而且他说,二〇二二年春节,是他要在高峰村过的第四个年。

带着一脸疑云,离开养殖场,进了高峰村村委会,见到善港村来的驻村工作队队长、一样穿着迷彩战斗服的徐华,他听我一说就笑了:"老杨没骗你们。真的留了几只鸡,我们几个工作队员都要在高峰村过年。"

他说善港村二〇一八年三月起,就决定派出村干部、村农业公司人员组成帮扶工作队,长驻高峰村,三个月一轮换,来过高峰村的工作队员有上百人。他在高峰村待了几年,不久前当上队长,连着几个春节都是在这里过的。

难道春节真的就不可以回家去过?

徐华说:"葛书记在看着我们呢,谁都不能轻易离岗!""葛书记"是善港村党委书记葛剑锋,派出第一支驻高峰村工作队时就有话在先:"咱们扶贫,不是人挂上一两年就走,得真正看见成效,从根本上解决老百姓'穷'的问题。要找最穷的村子,把它培养成一面彻底改变面貌的旗帜。"

脱贫攻坚、乡村振兴也是战场。一个士兵,接不到收兵的指令,就该像钉子一样,死死钉在战场上。

一个是江南水乡,自古繁华,文脉深远;一个在武陵深山,水阻山隔,落后边远。一个在东,一个在西,相隔千重水万重山。为什么看起来毫无关联的两个村子会像亲戚一样?为什么徐华、杨文锋同高峰村如此有缘?

缘起二〇一三年三月国务院办公厅印发的一份文件:《关于开展对口帮

扶贵州工作的指导意见》。"贵州是我国西部多民族聚居的省份,也是贫困问题最突出的欠发达省份。贫困和落后是贵州的主要矛盾,加快发展是贵州的主要任务。贵州尽快实现富裕,是西部和欠发达地区与全国缩小差距的一个重要象征,是国家兴旺发达的一个重要标志。开展对口帮扶贵州工作,促进贵州经济保持健康发展,是先富帮后富、逐步实现共同富裕的重要举措。"

自此,东西部扶贫协作拉开战幕。山和海牵手,让两只手高高举起来又紧紧握在一起的,是中共中央、国务院。

辽宁、上海、江苏、浙江、山东、广东六个省(直辖市)的八个城市,分别对口帮扶贵州的八个市(州)。上海市和遵义市,大连市和六盘水市,苏州市和铜仁市,杭州市和黔东南州,宁波市和黔西南州,青岛市和安顺市,广州市和黔南州(后来又加上毕节市),深圳市和毕节市,在战胜贫困、改变落后的路上,齐步走,同心干,结下无比深厚的"缘"。

张家港地属苏州市区域,善港村"对口帮扶",选的"最穷的村子",是铜仁市沿河自治县中界镇高峰村。

沿河"苦甲"铜仁市,是贵州省挂牌督战的九个深度贫困县之一。

高峰村,在沿河县最穷的村子中,排在第一名。

徐华接到上高峰村当工作队员通知时,还笑着跟同伴逗趣:"听说整个贵州都在大山里,我就爱爬山。贵州的山会不会跟我们这里的山一样,天天去爬它,不是天天能够锻炼?"

进了高峰村,他被眼前的山吓傻了:"妈呀!半辈子也没见过这么多的山,更没见过这么高的山,而且这么荒凉。"

怕一不小心会摔下山崖,开始,他走山路都要往中间靠,来了两三年才学会在山道上开车。

我在高峰养殖场遇上的农民工田祝梅,形容高峰村的"穷"更加形象,"知道吗?这地方过去喊作岩窝坨,石头起了堆垛,一听就知道活在这里有多惨!"

高峰村一百五十三户五百七十三人，分成了三个村民组。条件最好的子弟坝组，只有爬到海拔上千米的山顶，才能看见几片平整的耕地，村民日复一日爬山种地，辛勤和汗水却换不来几顿饱饭。最穷的岩窝坨（现在叫龙门组）就基本上什么都种不出来了，没有路、木板房、出门就是稀泥凼凼。

山高天寒、石多地少，高峰村长期在贫困落后的"高峰"上。有点胆量、有些想法的走出去了，再让他们回村就很难。

善港村工作队成员全是外地人，他们却把心思用在不让高峰村人再受穷上，而且要一步步发展。

"高峰村种啥啥难成！"徐华说："干吗信那个邪？天下哪有不生草的土，没有不挂果子的山。"我随他去看了大山中间的一个生态有机现代农业产业园，属于工作队来后成立的苏黔农业产业开发有限公司，大棚里瓜果蔬菜，山上有果树。徐华刚来高峰村的时候，草莓、瓜蒌、西红柿、黄瓜都试种成功了，金瓜刚刚下市；后来又种成了葡萄、无花果、橘子和猕猴桃。

山上原来有两百多亩茶园，效益差没人管，草长得比茶树还高。工作队流转过来，建成一个农旅一体的茶叶公园。

山高有好水，工作队利用高峰村的优质山泉水，建设饮用水加工厂。老乡们惊了："过去咋没发现，水也能够变成钱。"

高峰养殖场二〇一九年成立，养殖品种不止一样，光鹌鹑就有了万羽，鸡有一千只，还有牛、猪、羊。

改变面貌的路都按工作队的规划走，这个规划叫作"一水两园三产业"，种植、养殖、旅游各有特色，把高峰村的资源都盘活了。村民开始交头接耳："看来岩窝坨真要变成金山银山？"

这下，真就有已经出去的村民，想方设法要回村里，田祝梅就属于中间的一位。此前，她一直在城里照顾正在读书的三个孩子，当然，受不得高峰村的苦更是重要原因。孩子一个个长大了，她就显得有些无所事事，正当此时，工作队和村里希望她回村干。

田祝梅想去高峰养殖场，丈夫也想去。

从她家上养殖场，步行要走一个多小时，为此两口子拿出三千六百元，买了一辆摩托车。

临去养殖场上班头天晚上，丈夫还和她在灯下有一番争辩。

"到底是谁去养殖场务工？"丈夫并不想到千百公里外去打工。

"养殖场活重，干脆还是我去干。"

"想反悔不是？"田祝梅寸步不让。

"你能干的活路，我照样能干。就这样定了，怕在养殖场干活我还得行些，你在外地找你的钱，比到看！"

几十分钟后，灯熄了，胜利属于田祝梅一方。但那一晚上，她都没有睡踏实。

显然，工作队给高峰村带来的变化，已经在村民心中激起波澜。

第二天，田祝梅起了个大早，丈夫来回叮嘱："雨天路滑，开慢点！"她回了声："我晓得"，骑着摩托车绕着村子转了几大圈，才到养殖场报到上班。她是想试试这条新的就业路的深浅，还是要宣示喜悦的心情？不知道，或许二者都有一点。

去了才知道，养殖场工作真不算太累，主要负责给所有鹌鹑上水、打扫笼圈卫生；上料、去粪，都有其他人管。一月下来，能收入三千元。这下她真乐了，幸福的感觉就写在脸上。

与她感觉相似的，还有高峰村村民杨秀珍。

杨秀珍家三个孩子上学，幼儿患病，曾经是建档立卡贫困户。她去村里的现代农业产业园务工，挣钱顾家两不误。由于年轻能干，还被选为村民务工队长。对眼下这种生活方式，她很满意，也很珍惜："现在在村里务工的农民排着队，每个人都争相学技术。不好好干，谁输谁赢还说不准，我可不愿丢了这个'饭碗'。"

乡亲们渐渐在变，工作队队员却始终坚持不变。

我端详坐在"善港情深诚心克难扶贫不畏山川远，高峰奋袂协力攻坚济困结缘日月长"长联下的徐华队长，五十岁的他，黑红的脸膛上一副庄重神情。

"你在想什么？"

"不是说，我们要在高峰村一代接着一代干吗？我在想接着咋干？"

他说有几个想法，开春了就得抓紧兑现。产业园里市场效应不显著的品种得淘汰了，啥受市场欢迎就多种啥。养殖场还得主打鹌鹑，其他项目可以缓一缓，要让老乡找到实实在在的钱。

这一下子，我眼前立起一个高大又柔情的铁汉子形象。

对口帮扶干部刚来时，本地干部群众有些偏见："他们不过是来'镀金'和'刷简历'的，时间到了就走人，工作干不干一个样。"

"当然不是这样。"曾经在遵义市道真自治县任过县委副书记的上海援黔干部周灵说，"我们是怎样的人，全靠自己拿出答案。"

周灵在道真得了个"卖菜书记"的绰号，先是当地农民这样叫他，最后，同来的援黔干部也这样喊。

周灵一心一意要让道真的蔬菜卖出大山。

二〇一六年七月，他挂任道真县委副书记，当地农民的贫困给他空前的压力，他发誓，一定要培育出贫困户做得了的产业，让他们在家门口就实实在在数到钱。

他选准的是蔬菜产业。道真的生态环境和气候特点，都是种出与众不同蔬菜的条件，种菜，可以是人人都能在家门口从事的产业。在他的推动下，阳溪镇利民蔬菜合作社率先被激活。

当地农民可不这么想，"种菜都是自己吃，还卖给别人？"不只是山里人缺乏商品观念，而是一些人吃过亏，辛辛苦苦按某些老板的要求种好，结果农产品长出来没人收。这样没着没落的事，谁还愿意再干？

周灵想了好几天，终于理清思路，解决谁来卖、卖给谁、怎么卖？"卖菜书记"要把件件事抓在点子上。

谁来卖？合作社当仁不让。

村集体控股，贫困户以小额信贷"特惠贷"入股分红，村里带着大家干。承诺挺暖人心肠：菜怎么卖你们不用管，我们保底收购；如果卖得好，价格还能再涨点。吃下定心丸，七个镇十三个村兴起"种菜热"。

卖给谁？当然是城市里的大市场。

"是不是卖给超市，价格能高一点？"周灵经过一番调研，选择永辉超市作为突破口。最后感动了永辉华西区负责人，对方表态先给两千万元的供货额度试试看。双方谈话结束时，周灵深深地鞠了一个躬。

道真县委一位叫代立的女同志，记录下周灵怎样解决"卖给谁"的细节场面：

> 二〇一七年九月六日，遵义历史上直接发往上海的第一车二十二点七吨道真菜，驶上了征程，菜热坏了一半、青椒全部腐烂。代立一度泄了气，发第二车时根本没有信心。
>
> 周灵就手把手地指导。
>
> 花菜的温度对不对？一定要控制在零至六摄氏度之间，过高温度或过低温度都会坏掉。
>
> "书记，我们都用手试过，很凉。"
>
> "手感觉凉，温度不一定就能下来，你要测一个准确度数。"
>
> "你怎么测的？在外面吗？不行，要把温度计插进菜心里测内部温度。"
>
> 周灵仍不罢休，严谨到较真的地步。
>
> 最后，经过预冷八个小时，温度计插到菜心测到七摄氏度左右，用泡沫箱加冰打包等操作后，损耗率终于降到百分之十五，才让大家恢复了信心。

如此不厌其烦，感人的是一位上海援黔干部的细心。

怎么卖？一切为了道真菜更有竞争力。

道真菜的优点是绿色生态、品质好，缺点是卖相差、大小不一、无品牌标识、没有产品概念。周灵认定，这是把道真蔬菜产业做大的最后"一公里"差距。

一次，道真考察团到上海调研，团里的人连着两个晚上没见到周灵，都认为他是回去见家人了。哪知他是要夜逛市场，他说"这里的菜市场要凌晨四点才是交易高峰期，最好去了解别的卖家菜的品种、包装、价格和品相。"凌晨他准时出现在市场，向人家请教产销经验，问比贵州离上海还远些的云南客商："你们离上海那么远，保鲜却做得这么好，损坏这么少，有什么绝招啊？"虔诚得像初出茅庐的创业者。

道真蔬菜真的做得风生水起！二〇一九年，道真种植商品蔬菜二十万亩，建设蔬菜产业基地九十三个，累计新增无公害产品、地标产品、有机产品、绿色产品共四十六个。这年，全县农业总产值，破天荒上升到四十一亿元。

周灵结束援黔任务回到上海，仍然关注着道真"卖菜微信群"，觉得有什么问题，就打电话回来提醒。

一个人的人生、事业和记忆，一旦和一段终生难忘的历史叠印在一起，会是何等壮丽！

在对口帮扶贵州的大军中，杨文锋、徐华、周灵只是几名士兵。山海相牵、心心相印，把东部的脉动和贵州的奋起谱写成壮歌的，是一支庞大的帮扶队伍，他们个个都是好样的。

黔西南州，从宁波市海曙区挂职贞丰的方华锋，从一条"暖暖的鲁容"标语受到启示，同当地干部群众历经波折，打造出一个以百香果、火龙果、芒果为代表的"精品水果之乡"。

黔东南州，杭州帮扶队中唯一一名女队员盛春霞，智志双扶，从外地把农产品加工企业引到榕江，和团队协作培训贫困农民，被称为"巾帼战士"。

六盘水市，大连市经合办全体出征，整合金融、科技、产业资源，把对口帮扶乡引向深入，创造出项目化管理、制度化保障、平台化推进、多元化参与、品牌化引领的新经验。

毕节市，"赶不走的深圳女孩"孙影，两度放弃深圳令人羡慕的工作，只身前往贫困山区支教，五年里十次奔赴乌蒙山区，援建四所希望小学，为三百多名贫困生找到爱心资助，获评"全国道德模范"。

……

在贵州，你向老乡打听对口帮扶干部的名字，或许他们说不清楚。

可他们会指着脚下的道路、新修的水池、远山的果林，传出琅琅书声的学校、乡卫生室和镇卫生院、建在村头的农产品加工厂，说这些地方都能找到他们的脚印。

几年援黔行，一生贵州情。

贵州"黄金十年"的史册上，有他们情感的炽烈、智慧的闪光、汗水的晶莹。

东部的人，在西部砥砺了品格、增长了才干、升华了情感；西部的人，通过东部，开阔了视野，加快了脚步，逼退了贫困。从这个意义上讲，东西部扶贫协作并不只是一次简单的牵手。

2

安顺市西秀区有一条"青岛路"。

全长三千八百米、宽三十米的大道，贯穿青岛—安顺共建产业园。人说透过鳞次栉比的厂房，望着刚建成不久的酒店，会闻到一阵海的气息，会遥想山的那边，波涛汹涌中，海鸥奋飞，启航的船拉响汽笛。

青岛市市南区飘香安顺味道。

金茂湾购物中心"安顺特产·屯堡味道"专卖店，在送走海水退潮的最后一缕声音后，也送走了最后一批客人。店员们说起白天的场景还很兴奋：一拨一拨青岛顾客走进店里，窖酒、云雾茶、蘑菇酥、辣椒制品、豆腐乳，几十种产自安顺的原生态产品琳琅满目，让他们挑选起来有些踟蹰。把东西买到手里，又禁不住问：那边的山得有多高，水得有多清，才会出这么好的货。

东西部扶贫协作，让安顺与青岛难解难分。

进了腊月就是年，年味最足的就是为备年货逛大集，这在中国北方是传了千百年的老规矩。青岛市民爱逛大集，可开设在青岛长途客车站市民广场的一次大集，真让他们开了眼界。

"啥？鸡辣椒，没听过。"好奇的市民，你一瓶、我一瓶，风卷残云，开集不久，已经售罄。

"刺梨好，据说富含维生素C。"连问带买，有人一下子要了几十袋刺梨干。

波波糖、红芯红薯、山药、红酸汤，都有人询问，就连闻着有些刺鼻的折耳根，也有大胆地称了点，他们要去"吃螃蟹"……

二〇二〇年五月二十八日，第十二届贵州茶产业博览会——安顺市产销对接活动在贵阳开启，会上迎来一大队操着山东口音的客商。山东茶叶协会、青岛茶叶协会，会长带队，会员、茶商包乘四架飞机，分别从济南、青岛飞抵贵阳，品茶购茶，一片热闹，现场签约交易额超过六千万元。

东西部扶贫协作，使青岛与安顺越走越近。

算下来，青岛与安顺结缘，已有二十四年。

从一九九六年党中央、国务院作出对口帮扶重大战略部署，到二〇一三年明确青岛市"一对一"结对帮扶安顺市，安顺和青岛在共同进步的过程中产生了深深的情感和友谊。

优势互补就是一种优势，安顺人、青岛人都认定只有优势互补才会双赢。

安顺市地处滇桂黔石漠化集中连片特困地区，所辖六个县（区）均为贫困县，其中西秀区、平坝区属片区贫困县，普定县、镇宁自治县、关岭自治县、紫云自治县属国家扶贫开发重点县，紫云还是深度贫困县。

但安顺也有独特的优势。地处黔中经济区核心地带，是国家新一轮西部大开发着力推进率先发展的重点经济区，是国家重要的能源基地和"西电东送"工程的主要供电点，也是民用航空产业国家高技术产业基地。区位条件优越，文化资源丰富，旅游资源密集，能源资源丰富，立体交通便捷，民族风情浓郁，气候温润宜居，具有巨大发展潜力。

青岛在海的那边，地处黄海之滨，得改革开放风气之光，地理条件优越，经济社会发达。具有安顺不可比拟的产业、金融、人才、智力等多方面优势。

优势互补，是山海相连的先决条件。

发展产业，是先富帮后富的必由之路。

走向市场，是青岛对口帮扶安顺的初衷和归宿。

一九九五年，青岛红星化工集团决定西进贵州、扎根镇宁，就注定在改变安顺面貌的风云变幻中将是一个重要角色，二〇一三年青岛帮扶安顺大局已定时，这种作用更是凸显。

镇宁人把青岛红星在的地方称作"红星园"。

群山环抱、绿树掩映下的厂区，生产车间机器轰鸣，运送材料和产品的车辆往来穿梭，员工忙碌但都挺精神。

红星发展安全部副部长，提起红星集团，总是一往情深。他是镇宁人，又是退伍老兵，却常常自称"红星人"，这样说的时候，他满脸自豪表情。他有三个家，"镇宁是我第一个家，部队是我第二个家，而红星发展就是我的第三个家。"

"一人进红星，全家齐脱贫；三人进红星，全家奔小康。"这是在当地人人皆知的几句口号。

细数红星在镇宁留下的每一个脚步，你敢肯定地说：这话当真。

红星发展是贵州第一家利用重晶石生产碳酸钡的企业，工业产品的价值是原矿的十多倍。通过科研平台，公司不断开发出用于高档陶瓷、液晶玻璃面板、电子材料的高纯产品，价值又提升了数倍。

红星落户镇宁，最先是注意到当地的矿产资源，收购几近废弃的老旧工厂改造而成，但操作上全靠全新企业标准。最新目标是向精细钡、锶盐产品和新型锂电子二次电池产业链挺进。年产值五亿元，员工年均收入从建厂之初的五千八百元增长到六万元，进了红星厂，脱贫、奔小康，真的皆有可能。

青岛红星扎根镇宁，带来勃勃生机。

红星发展附近的街道，曾是一片荒凉，如今一家家餐馆开了起来，来往车辆川流不息。一问，家家都有不错的效益。

对地方的带动，还有更大的手笔。

二〇一八年，青岛红星与镇宁自治县共同出资建立贵州红星山海生物科技有限责任公司，主打辣椒产品。

公司开业不久，一位贵州日报记者去公司生产基地进行了一次采访。据他回忆，在辣椒培育大棚里，工程师李族德一边观察着辣椒的长势，一边将数据记录在本子上。他还告诉记者，"这个产品叫RS3-D1，是一种新型辣椒，目前，公司正在用它生产以辣椒为原料的辣椒油树脂和辣椒红色素。这种产品亩产利润可达五千元左右。李族德说，这种辣椒计划在镇宁种植一万亩，公司按每斤两元收购，这对当地农民来讲，可是一笔不小的收入。"

公司负责人的介绍更为详尽：公司拥有自己研发的高辣度辣椒，是目前世界范围内唯一可以规模化种植的同类品种。在当地党政支持下，辣椒种植已在丁旗、马厂等乡镇方兴未艾，企业收购加工，产品提高了附加值，农民增加了收入。

东西部合力打通产业路、市场路，产得出、运得出、卖得出，连台好戏。

赤水市"一根竹子吃到底","小竹竿"撬动大产业。

赤水的竹子遮天蔽日，赤水的竹子铺天盖地。全市竹林面积一百三十五万亩。但这差不多要把赤水长满了的竹子，千百年里，却没有变成赤水农民手中的钱、家里的财富。

记得二〇一七年五月，我到赤水市丙安镇采访，丙安除了像壁挂一样蜿蜒在赤水河畔的古镇，最让人心生感慨的就是漫山遍野的竹林。

风风火火的镇党委书记马红霞，带我去艾华村瓦屋组，说要让我看看满山翠竹的潜力和前景。"这里到处都是财富，到处都是风景，就看怎样开发出来，才能挖断根。"

一路走来，果然风景如画。

溪水浇着竹林，淙淙水声伴着楠竹、杂竹叶片在风中的摇曳声。隔不远处就淌出一道瀑布，远古遗存植物桫椤星星点点散在绿丛中，还有一株是罕见的四头桫椤。

突然，在藏满了风景的竹林深处，冒出几挂陈旧的农舍，板壁像是被风尘染了，有些窗棂上没有玻璃。这是一个小小的山寨，嵌在青山绿水中间，一下子刹了风景。

时任市委常委、赤水市常务副市长马华正在同一位贫困户交谈，我们顺势坐在旁边听。

"你家有多少竹山？"

"不多，二十来亩。"

"你觉得你是穷呢，还是富？"

"当然是穷！"

"其实你是个富翁。"

马华拍了拍村民的手，面带微笑帮他算账：家里二十多亩竹林搞得好会生出上万元收入。为什么守着金山会这么穷，是因为路没有通，竹料、竹笋烂在山里也变不成钱。我们当然知道，这路既指交通路，更指产业路。农民却听得似懂非懂，大声问，谁来给我们修路？

这路后来真有人修通了。

修"路"的人来自上海。

第二届"西洽会"贵州农业产业招商对接会上，赤水市政府与上海泰盛集团签约，建设"赤水纸产业园区"，预计投资三十五亿元。这以后，泰盛公司每年向农民收购竹原料九十多万吨，支付原料款五亿四千万元。六十多家村级竹片切割厂如雨后春笋般冒出来，带动二十多万农民进行竹子采伐、运输，实现两万七千名贫困群众脱贫。我们在丙安镇瓦屋村碰到那个将信将疑的农民，肯定也在里面。

一开始，赤水的竹子制成纸浆，有的还被运出山。"啃"着吃后来变成多种多样吃，泰盛公司产业链不断拉长，单一纸浆生产变成原纸和成本纸生产，以商招商，引进八个终端纸生产项目投产。这一下，赤水纸品企业年产能三十六万吨竹浆、十二万吨原纸、十五万吨终端纸，产值四亿六千万元，让老百姓"捧着受穷"的"金山银山"变成看得见摸得着的"金饭碗"。上海援黔干部牵线协调，遵义的竹子进一步与上海结缘。

赤水楠竹笋获得国家农产品地理标志，但大部分冬笋却被留在土里成竹，少部分被挖取食用。因为它的名声并没有走得太远。

二〇一九年十月，赤水来了一批特殊的客人，他们要到竹山里"挖"笋，这是来自上海的企业家，牵线的人是上海援黔干部。

赤水冬笋开始批量出现在上海市场，在上海知名生鲜电商平台"叮咚买菜""食竹生鲜"，赤水冬笋被贴上原生态标签，走进千家万户的菜篮。

过去，收冬笋要经过几级中间商，农民对价格哪有话语权？又靠上海援黔干部协调，上海的企业和终端市场同赤水的合作社、农户产销直接对接，终端市场价格引导原产地冬笋价格，笋农在赤水就可以了解到，自家的笋子在上海市场值多少钱，减少了中间环节，笋农收购价涨了将近一倍。

赤水旅游业火起来之后，竹编作为特色工艺品，市场需求量越来越大，竹编就成了很多赤水乡间人组织起来脱贫致富的手艺。

我去过赤水市大同古镇，整个镇子的韵味就藏在它的古旧里面。

最吸引人的，当然还是赤水竹编。大同古镇有几项省级非物质文化遗产，赤水竹编是其中之一。不过，产出的数量不大，兴许有看中的游客买几个回家摆设、送人，也有小批量销往城里市场。真的让竹编风光起来的，是上海援黔干部的指点，他们觉得古老的竹编再融合进现代意味，就会让天下人都知道赤水的竹子。

杨昌芹是最早洞悉了这种指点的人之一。

她是地地道道的农民，又是第十三届全国人大代表，贵州省第十二次党代会代表，还有一个身份：赤水竹编工艺第六代传承人，是农民心胸眼光却又超越了普通农民。依托祖传工艺，她办起一支竹编工艺志愿服务队，东边的大嫂、西边的小妹，只要想来就来，大家聚在一起，就是要把这门古老的手艺传授给更多农民，让更多的人走上致富道路，同时，也在更大范围为这项非物质文化遗产扬名。

大同镇竹编工艺志愿服务队的地址，在古街一幢古色古香的房子里，与杨昌芹的工作室、公司合为一体。我进去的时候，一阵惊讶，粗粗大大的竹子，怎么能做出这么多文化意味浓厚的制品，灯罩、果盘、器皿外套、竹编画、竹丝袋包，现代样式、传统底蕴，让人一见倾心。她说这些竹编不仅国内畅销，有的还是外销产品。

她还有自己的历史文化传承观："非物质文化遗产不是光拿来养着，只供人看的。乡村振兴需要文化支撑，文化的支撑不能千篇一律，不同地域要体现不一样的独特性。"

通过"公司+作坊+合作社"的模式，杨昌芹的志愿服务队已经向两千多人传授竹编技艺，在赤水全市范围内带动上千人创业就业。

巧的是，从杨昌芹的作坊里出来，正碰上有人在赤水河上划"独竹漂"。一个人踩在一根独竹上,水波里翻卷上下,掉下来了,迅速从水中爬起,继续着危险而刺激的运动。镇上干部说,这也是一项非物质文化遗产,准备把它同时下盛行的大健康理念捆绑在一起,发展旅游体育产业。

赤水的竹子,过去只能"编点农具、造点草纸",如今成了产业发展的排头兵,山上种竹、竹下养鸡、竹林育水、竹竿造纸、竹编兴文,竹子全身都是宝,围绕竹子发展出五大产业,援黔干部和当地干部群众一起干,竹子在赤水有了新的传奇。

上海有"鱼",上海更有"渔",授人以"渔",习水麻羊"奔"向了上海的餐桌。

近些年,习水县黔北麻羊声名鹊起,吃的是中草药、喝的是矿泉水、跳的是桑巴舞,这不天然就具有了原生态品味?正是城市里居民追求的"那一口",看准这一点,上海支援"三线"建设者的后代杨泽,卖掉自己在上海、无锡的医院和房子,回到遵义当"羊倌",办起育种场和育肥场,还办起了现代化的"习水黔北麻羊中央工厂"。

麻羊产业越发展,杨泽越感到面临种种困扰。一大堆问题无从解决,基因如何保护,产业链怎么延伸,产能靠什么拓展,品牌怎样形成,增收可不可以实现?这问题,那问题,搅得他有些昏昏沉沉。

解决难题的人来了。上海援黔干部习水小组有一套"随着发展找问题,带着问题找办法"的思路,帮助习水麻羊走出了一条"生产基地+中央厨房+餐饮门店",拉通产供销链条的道路。

我看到过一篇习水麻羊"奔"上海的文章。作者这样描述这个久久为功的过程:

"由于近亲繁殖等因素,部分习水麻羊基因在慢慢退化。"杨泽对麻羊基因的守护问题有些担忧,"如果让习水麻羊在放羊的过程汇总自由交配,基因估计还会退化。"

"守住品种基因，才能守住习水麻羊发展的根本。"习水小组将上海普陀区捐赠的200万元项目基金，用于习水麻羊育种、基因认证和示范园建设。

"这是这只小羊的外婆，那是这只小羊的奶奶，墙角那只是它的爸爸……"在公司的圈舍，杨泽指着羊圈里的麻羊比比划划，"在确保三代直系血亲不繁殖的前提下，让优秀的种公羊与优秀的母羊交配繁殖，两年时间，我们的麻羊，已经进行了五代的更造。"

"一代更比一代强了。"习水本地的大厨赵继中看到示范区里的麻羊说："将这羊肉先煨煮，冷却后切片，放锅里爆炒，再加上煨煮羊肉的原汤……没有哪一种美味能替代这道菜。"

美味怎样飘到上海去？

从缩短长长的运输短板做起。

习水县建设起总投资七千万元、占地四十亩、建筑面积一点八万平方米的中央厨房，一年可加工肉羊二十万只。上海市普陀区为此投入一百四十五万元帮扶资金。

中央厨房通过订单收购牧草，运用"公司+合作社+农户"模式，提高养殖水平、稳定销售市场。援黔干部习水小组也投入资金补助合作社，共同守护习水麻羊全村一百二十三页。

扩大养殖、扩大就地宰杀，运输成本不低也得低。

习水麻羊终于"奔"进上海。

杨泽在开办实体店的基础上，再度调整营销方式，习水麻羊"奔"向全国，还出口到新加坡、马来西亚、菲律宾等东南亚国家。

"赶着麻羊奔小康——全链条帮扶习水贫困户发展麻羊产业"，入选二〇一九年上海市精准扶贫十大典型案例。

山旮旯里的小麻羊，带动了习水一、二、三产业综合发展，习水人民不出深山就能享受经济快速发展的红利。

六盘水茶叶种植历史悠久,"水城春"是其代表作。有诗赞曰:"万绿丛中一翠茶,长在贵州屋脊下。天下尚未闻春雷,赢得东风第一把。"可茶产业长期没有做大。二〇一九年来自大连市的一百三十万元援助资金,专款专用,对水城区龙场乡、杨梅乡、顺场乡三个茶叶厂升级改造,指明要打造"扶贫车间"。三个车间当年生产能力、产值分别提高百分之十五到百分之三十,"水城春"走出水城有了数量保障。这个数字还在步步见涨。

"水城春"知名度越来越响,第一次获得第四届亚太茶茗大赛金奖,在园内赛事也频频获奖。"水城春茶,喝着喝着春天就来了!"人们回过头一看,才由衷地说,没有产业规模的快速提升,知名从何而来?"水城春的成功率,得有大连人的一大半。"

二〇二〇年,苏州蓝莓在铜仁市石阡县首次挂果,当年产量达到八千斤,盛产期年产量可以到十万斤,高效农业使老百姓又多了条致富路子。苏州蓝莓怎么到石阡落户?因为石阡与苏州相城区结成"亲戚",共同建设了一千亩农业产业园。

都匀市农产品直销粤港澳大湾区,计划一年起步,两年见效,三年成果蔚为大观。因为广州黄埔区帮扶干部把项目建设要破纪录的"秘诀"带到这里,山沟沟里也有"黄埔速度"。

"一只兔油盐醋,十只兔新衣裤。百只兔娶媳妇,千只兔进城住。"宁波干部到黔西南州帮扶,把长毛兔逮到了普安县。全县兔存栏二十多万只,综合产值五千多万元,一只兔子就是"扶贫阶梯",成了普安新民谚。

岑巩县少数民族农民过去从未听说过养蚕,来自杭州建德市的十六名技术人员,包村到户开展一对一技术指导服务,越来越多的乡亲用蚕丝编造致富的春天。

全方位、多层次、深领域的扶贫协作,东部援助干部带来好情怀、好理念、好做法,西部的干部群众真心学习、取长补短、实干苦干。

贵州的山里，万紫千红艳阳天。

3

那身材文弱、鬓发斑白的江南老人是谁？

为何学生们都叫他"陈爸爸"？

"陈校长不当我们校长啦！"消息一传出，为什么震动了苗岭深处的台江县？

他叫陈立群，二〇一六年从杭州学军中学校长岗位上退下来，来到贵州黔东南州台江县民族中学支教。

台江县教育本来就落后，台江民族中学又是当地人眼中的"差校"。

眼前所见直让陈立群震惊。

他回忆当时状况："简直令人不敢相信，偌大一所学校，只有一个食堂一口锅，几十个学生挤一间宿舍，垃圾四处乱飞。更可气的是，老师上课不带教案，课上到一半就草草结束。对学生上课睡觉、玩手机、吃东西视而不见。"

除了校风令人咋舌，学生成绩更让人不忍看。陈立群进校后做了一番调查，贫困家庭、留守儿童、问题学生占了将近一半，全校每年辍学学生一百多名。二本院校上线率仅百分之十，二〇〇八年和二〇一一年，全校竟只有一人考上一本院校。

陈立群有一个执念：这样的学校、这样的孩子交到我手里，必须让他们彻头彻尾地变。

靠什么促进"变"，陈立群只有一个办法，用大爱和责任感去面对现状。早在他来台江支教前写的《我的教育主张》一书中，就阐发了自己的观点："爱与责任是人类道德的基点，而教育就是给予学生不论长相、家境、智商等无差别的真爱。"

他要用"以身立教、以德育人"的信念，去感动所有学生，启发每一位教师，让校风大变，让教学方法改变。

为了把贫困学生从辍学边缘拉回来，帮助身处困境的孩子找到最好的自己，自信从容地走出校园，陈立群上任台江县民族中学校长后，制定了十六项管理制度，整顿校风教风、创新教学方法。

为了让更多山里孩子通过教育途径走出大山，陈立群把在浙江行之有效的教育理念和手段引进来，经过"本土化"改造，让孩子们知道，掌握更多知识文化，才能在茫茫大山里看到无限的希望。

从此，学生成绩直线提高，高考成绩一年上一个台阶。二〇一九年，五百六十一人考取本科院校，其中上一本线的首次超过一百人。二〇二〇年，一千零四十七名考生中，八百二十九人达到本科线，其中二百七十人上了一本线，本科上线率达到百分之七十九。

更重要的是，学生的思想观念也在变，考上大学的学生表示："学成归来，要为家乡贡献自己的力量，把自己做一个活教材，鼓励更多在校生努力向上。"还在就读的学生却说："我只有一条路，努力学习，跑步向前。"

陈立群的倾情付出感动了台江的老百姓。学生家长给他写信，用尽了想得到的美好语言："感谢您所付出的一切！是您让我们相信寒门照样可以出'贵子'，是您给我们贫困家庭的孩子点亮前行的路灯。"

对口帮扶，民生为本，教育为先。

解决山区群众看病难，给山里孩子带来教育之光，"点亮前行路灯"的人不止一个，不过他们的故事又各不一样。

有说，为的是让山里娃娃在家门口就读上好学校；

有说，建一座搬不走的医院，培养一支带不走的医疗队；

有的干脆说，一切为着既破短板，又筑保障墙。

目标却是一样：缩短东西部在医疗、教育上的距离，为贵州摆脱贫困、加快发展的跨越追赶尽一份力。

第一章 在"缩影"的后面

宁波市第九医院骨科医生杨凯、第七医院心内科医生符霞是一对夫妻，他们有过共同到黔西南州医疗扶贫的经历。而这段经历，让两口子有了共识：在贵州更能体现医生的价值。

"是我先报名来贵州的，我妻子是被我'诓'来的。"杨凯二〇二〇年初报名对口支援册亨县人民医院，一所山区县医院与东部临海城市的差距让他震惊不已。

册亨的儿童骨折发生率很高，但整个黔西南州没有一家儿童专科医院。患者家属需要带着孩子去广西或者云南治疗，路途遥远，医疗费用很高，一些家长选择放弃，孩子很可能落下残疾甚至失去生命。

"我看不下去了。"他通过医院渠道调配到手术器械，连续3个月做了多台儿童骨科手术，一时在册亨成了带点"爆炸性"的消息。

疑问又来了："杨医生，将来你离开了册亨，我们孩子再出问题找谁去？"

话听多了，杨凯渐渐明白，一个人浑身是铁又能打多少颗钉子？授人以鱼，不如授人以渔。

他为自己设定了目标，尽可能多地把诊治思路、手术技巧传授给当地的年轻医生，这一着很灵。变化几个月后慢慢发生了，刚到册亨时，杨凯看到科里的医生常常面对患者不知道如何处置，如今却能思路清晰、手脚麻利进行规范处理了。

这种成就感对别人不好说，只好常常在电话里告诉妻子。妻子说，作为同行很羡慕这样的机会。杨凯认为也不过是说说而已。他偶然一次在电话里对妻子说过一句："这里很多高血压病人用药不规范，你来肯定有用武之地。"没想到几个月后，妻子打来电话，说自己争取到了对口帮扶普安县人民医院的名额，他这才相信妻子的"羡慕"是动真格的。

二〇二〇年五月，符霞到了普安，越发觉得自己"羡慕"得有道理，她对朋友说："我来了才一个星期，发现这里确实像他们说的，更能体现医生的价值。"符霞希望自己在三月帮扶时间里,能够帮助当地医生提高常见心血管疾病的规范用药和管理水平。

夫妻俩都来了,孩子怎么办?他们六岁的儿子,二〇二〇年九月将上小学,符霞也胸有成竹,来贵州前,她给孩子制定了居家学习计划,公公婆婆支持他们的决定,要帮他们照顾孩子。每天还会把儿子学习的情况报给她看,就是怕远在千里之外的她担心。

夫妻俩虽然同在一个州帮扶,要见一面也不容易。册亨和普安相隔一百八十多公里,两个县城之间没有班车,必须到州府转车,路上要花一天的时间,平常主要靠网络联系。真见了面往往相视一笑。两个人都认为,说不一定将来会成为全家人难忘的记忆。

二〇一九年四月,遵义市迎来一场高规格义诊,上海市十一所三甲医院三十三名专家来市区和一些县巡回医疗,解了看病难的患者说这是来自海那边的一场"及时雨"。其实,"及时雨"下了很多次,二〇一三年以来,上海医疗卫生专家团队已到遵义举行大型巡回义诊十多回,受益群众有五千多人。

六年"健康情怀"靠什么支撑?六个字:走进来,送出去。

"走进来",是医疗资源的不断输入。

一开始,走进遵义的帮扶队伍就很耀眼——上海市瑞金医院、上海市儿童医院、上海市第一人民医院、杨浦区中心医院、上海市疾控中心、上海市第六人民医院、复旦大学附属妇产医院,九大医院,各展所长,从整体上提高了遵义医疗质量。几年间,上海共有二十三家医院与遵义七十家医院形成结对帮扶关系,建立十三家市级临床医学中心,帮扶五十多个县级重点专科,输出对技术和开展新项目共一百二十八项。二〇一五年,上海华山医院在遵义市第一人民医院建立的西部第一个神经外科周良辅院士工作站,更是一时传为美谈。

有两个人物不能不提,他们为医疗帮扶遵义作出了特殊贡献。我在中宣部重点主题出版物"苍山如海:东西部扶贫协作"丛书——《从上海到遵义》里找到了关于他们的记载。

二〇一四年十一月,上海市委组织部选派上海市第一人民医院的钟力炜和上海市瑞金医院的谢冰,作为管理干部赴遵义开展为期一年的对口帮扶。

钟力炜在遵义的身份是遵义市中医院副院长。他在医院建立了一套适用于当地的医疗管理制度。在他和同事的努力下,短短一年内,医院床位使用率从不到百分之五十提升到近百分之百。同时,还探索实施了"一一五人才计划",成立"一一五人才培训学院",由上海市第一人民医院牵头,在遵义各培养一百名骨干医生、骨干护士和五十名骨干医院管理者。

谢冰则在遵义市第一人民医院挂职,一年时间完成眼科手术三百多例,写了近五十万字的专业读书笔记,与同事分享。有他带头,全院优质眼科手术数量比上年翻了一番。还设计了"学科带头人后备人才计划""优秀青年人才计划"等为期三年的百人培训计划。帮扶期满后,他还主动延长了八个月帮扶时间。

"送出去",是搭建起一座座桥梁,让遵义的人才走出大山,开阔眼界,学习技术,快速成长。

到二〇一九年底,遵义市已有住院医生九十人,专业技术骨干一百多人到上海培训,其中三名优秀人才还被选送到国外学习。市县中医医院院长四十人次、市县技术和管理骨干五百人次到上海受训,一千余名优秀专业人才分派到上海各医院接受培养。

既输血,又造血;上海重点填补遵义医疗技术空白,遵义加强医疗人才的持续培训,两支箭射向一个靶心:解决贫困地区群众民生所急所盼,改变着山区人民的生存现状,不仅遵义,所有被对口帮扶的市州都不乏这样的实例。应该说,形成了"黄金十年"一个重要篇章。

知识改变命运,优良的教育能阻断贫困代际传递。

怎么办教育,一开始就进入援黔干部视野。

教育在他们心中有多重的分量,我们来读一份《援黔微感悟》,出自钟争光,二〇一六年七月至二〇一九年七月,担任上海市援黔干部务川小组组长，挂职务川县委副书记。

扶贫先扶智，这是上海对口帮扶的一个特色。

改善民生，要把教育事业放在优先位置，这是我初到务川就下了决心的。二〇一七年七月，"三年提质行动计划方案"正式发布，计划打造小而美，小而精，留得住学生，有家的味道、有文化、有内涵、有特色的村级小学。

以务川自治县柏林镇后坝村的后坝小学为例，过去学生们还因为房屋漏水经常让自己的课桌"打游击"，现在教室里课桌椅摆放整齐，孩子们在明亮的教室里上课。孩子们的幸福感，不仅在于课桌不用搬来搬去了、教学楼结实了，更在于食堂、活动区和厕所都焕然一新。

"小而美、小而精"，仅仅是外在的改造还不够，办好教育，还要从内在调动老师的积极性。我们全面推动村级小学精细化管理工作，实施文化、课程、德育、评价、环境等方面的内涵提质。

同时，自二〇一三年以来一直由奉贤区帮扶的务川自治县中等职业学校，在改善硬件设施的基础上，也与奉贤中专结对共建。

过去，务川自治县中等职业学校里还只有教学楼和宿舍，现在，上海援建的实训大楼、多功能报告厅、新公寓楼拔地而起，一座现代化图书馆也已经开放。奉贤区还和这所学校开展合作办学，多名教师前往上海免费进修、培训。

四十三岁的学校信息处主任刘宏就是其中之一。之前，他还从没有去过上海。根据安排，他参观了奉贤职业学校的实训设备，到工厂里学习观摩，并接受专家的授课。回来之后，刘宏便对我说："上海的对口帮扶，为我们打开了一扇窗，让我们看到了外面的世界。希望随着教育条件的改善，今后能有更多大山里的孩子走出去。"

掩卷而思，是不是可以看见对口帮扶干部心系教育的良苦用心。

扎扎实实抓教育，倾尽心力做教育，贵州的同志说得出太多实例。

六盘水市第八中学有个"大连班"，源起大连市信息高中副校长潘永久和支教团队的一次小聚。

那年，大连市教育局指派潘永久带队，领着五名大连教师来到六盘水八中"组团式"帮扶。两地学生基础和教学都有不小差距，学生和老师都有些不适应。虽然之前做了很多准备，但刚来的时候还是有点措手不及。

这时候就需要组团出击，"名校长+名师团体"的新组合"1+5大连班"应运而生。

"大连班"对原有的教学方式形成强烈冲击。

冲击在于强调引领。

引领教学和科研；引领教师成长；引领作风建设，引领综合发展。大连班还设计了"班级币"，课堂表现好甚至打扫卫生好的学生都可领取，"班级币"可以"购买"自己喜欢的座位，也可以增加三好学生评比的权重。巧妙地改善了班风班纪。

老师们的付出得到了最满意的回报——

大山里这群原本有些内向的孩子们变得充满自信，班级的整体面貌焕然一新，原本基础不算好的"大连班"成为班级竞相学习的榜样。

几个人改变一群人，这是鲜活的一例。

青岛有个美丽的"支教岛"，说它美丽，全是冲着内容来的。

这是青岛市名师名校的志愿者组织，组建几个联盟，开展多项活动，无偿为贵州安顺、铜仁、毕节等贫困地区乡村学校培训校长、教师。

名师联盟——让老师影响老师。

乡村老师不能出来培训怎么办？送培训下乡。

送什么？

"我们不缺理念，缺的是具体操作的途径和办法。"

于是，产生了城乡老师同上一节课的模式。课题由乡村教师确定，上课就用乡村学校的设施，课堂就是培训的现场，效果往往是润物无声。

校长联盟——让校长影响校长。

乡村校长缺乏管理经验，调动不起教师积极性。怎么办？校长联盟让城乡校长自由交流、平等探讨、共享经验，打通了城乡之间的围墙，促进大家共同成长。

大学生联盟——让青年影响青年。

家长联盟——让家长影响家长。

心理联盟——打造心灵的"桃花源"。

伟大的时代，一定会产生伟大的实践。

伟大的实践，必然要催生生动的诗篇。

二十世纪六十年代，贵州是"三线"建设的重要战场。来自天南海北的建设者，响应国家"好人好马上三线"的号召，来到贵州的千山万壑中间，献了青春献终生，献了终生献子孙。

那是一群有信仰的人，他们的信仰是：要让祖国早日强盛。

贵州"黄金十年"，跃动着一大批东部帮扶支援者的身影，他们相信，贵州的改变贵州的发展这场伟大的斗争，理应有他们一份。

这是一群有使命感的人，他们的使命是：让贵州早日崛起在中国奔向小康和建设现代化的方阵。

三 热血"贵州魂"

1

我参加过编辑一本叫《村魂：村支书的楷模文朝荣》的书。

第一章 在"缩影"的后面

这本书由中共中央党校出版社出版。作者在书里第一部分有几段话,至今回想起来仍然会热血沸腾。

北纬二十七点五度,有一个男人用一生的时光来描绘一幅巨画。那双粗糙的手在风霜雨雪阴晴圆缺的变幻中,以黄色为布底、以绿色为基调,以蓝天白云为衬托,表达的主题和意境一目了然——人与大自然和谐相处。

在贵州的地图上,几乎找不到这个男人绘画的地方,这个地方太细小,太边远。这个男人所描绘的那幅巨画,就隐在看不见的"那里",它彩虹般的色泽,不经意间已弥漫整个乌蒙山,浸润贵州高原,照亮时代的眼眸。

他用一生给生长他的那片山岭渲绿深色,最后,他把自己也种成了一棵树,永远站在了云盘山上。

为什么要把乌蒙深处一个小小山村的村支书说成"村魂"?

因为文朝荣带着一村人绝处突围,极地重生。

没有文朝荣,连基本温饱问题都解决不了,只能长期吃救济粮的海雀村,怎么会从被几十座荒山秃岭包围、绿化率只有百分之五的山旮旯变成人均拥有十五亩林地的绿茵茵的林海;更不可能让全村老百姓在鸟语花香、书声琅琅、新路一条条、新房子一栋挨着一栋、收入节节攀升的红火日子里,真正对"幸福"两个字有切身体验。一个人的生命,在高山上变成绚丽风景;这时候,人就成了高山,当它成为故事流传,高山的海拔就有了人文的高度。

所以,让海雀村发生历史性变迁的文朝荣,当之无愧就是一个村的"魂"。

千千万万个贵州的"村魂"叠加起来,就是"贵州魂"。

决心英雄一场、战胜磨难、跨越山河、创造辉煌的贵州,处处触摸和感受到这种感天动地的"魂"。

从未停下脚步,一直同贫困殊死斗争,要活就一定活出个新鲜的贵州人,个个都有"贵州魂"。

姜仕坤、黄大发、邓迎香、余留芬这样的贵州人自不用说,他们同文朝荣一样,或者为一县老百姓精准脱贫,或者要在绝命崖上凿开"天渠"造福乡亲,或者为大山里的麻怀村打开一条"生命通道",或者靠艰苦奋斗和聪明点子带来岩博巨变,用生命、思想和行动,引领了一个时代的磅礴洪流,发挥着无可替代的表率作用,创造出改变命运、改变生活、改变山河的一个个奇迹,他们如同天空上最亮的星星,是光彩夺目的"贵州魂"。

"贵州魂",其实就是一种不甘永远落后,不愿世代贫困,敢于同命运和困难抗争,最终让不可能成为可能的宝贵精神。

毛泽东同志说过,外因是变化的条件,必须通过内因起作用。贵州人有了自己的"魂",才能不负党中央和习近平总书记的期望和重托,用自己如火的激情和坚韧的努力,凭借着初心、信心和决心,融合第一轮"西部大开发"形成的动力,统一战线、各民主党派、工商联对口帮扶造成的推力,东西部扶贫协作从海那边携来的冲击力,甩开膀子干,实事求是干,遵循科学精神干,让贵州的"蝶变"不再是个梦,像船一样,越来越向曾经在梦中的港湾靠近。

除了最亮的星辰,还有无数颗发着光的星星,这才是一个完整的、灿烂的天空。

我曾和人讨论过,诗人杜甫为什么会在一场春雨后,写出"晓看红湿处,花重锦官城"的不朽诗句,因为他看到的无边无际开放在城头的芙蓉花,很多花兀自开着都是籍籍无名的。

那就看一看,普通贵州人身上怎样闪射着"贵州魂"?看一看那些用自己方式顶天立地的男人和女人。

二〇二〇年农历正月初六,一位中年汉子和一位年轻人,不约而同来到安顺市紫云县大营镇妹场村一座新坟旁。

年纪大些的，是村支书陆力学；年纪小的，是村委会副主任冯龙生。墓里，长眠着陆力学的"老搭档"、冯龙生上年七月病逝的父亲，妹场村村委会老主任冯登周。

两人各有各的心事，起头闷不出声，后来又都张开嘴，洒着酒，讲开了心里话。

冯龙生止不住泪水，他想听爸爸说说自己这一年有哪样长进？

陆力学双手颤抖着把一杯酒洒在冯登周坟头。他觉得老头子像正同自己面对面望着："登周，我和龙生来看你，你就安心走吧！我和你当初说欠下的'债'，正在一笔笔理清咧。"

他赶在春节里来给老冯上坟，就是想告诉"老搭档"，他没忘了与冯登周生前有个约定：妹场村脱贫攻坚"补短板"，没有不行两个字，只有行。缺哪个，补哪个；村民希望补什么，就补什么，老百姓的想法就是命令。老主任走了，这约定可没走。

陆力学借着乡亲们的话，表达对自己这位合作了十二年的伙伴早逝的痛惜："可惜了，太可惜！妹场村与周边六个村抱团发展生态养鸡，村里要建七十个鸡棚。为把鸡棚用地的事办妥，老冯翻了多少坡？跑了多少人家？他说不清楚；这中间扯了多少皮，受了多少气？他说不清，也不想说。养鸡棚建起来，你看他那一脸喜气！谁想到鸡苗还没进场，他人却走了，就差那么十几天啊！"

"办养牛基地还不是这样！难题一个个解决了，养牛场还在施工，他就倒下了。现在，大家在收益。这高兴的场面，冯主任没看到。"

冯登周走得突然，倒在脱贫攻坚岗位上，正好五十七岁。陆力学说："登周倒下去后的头一个月里，我工作上像是断了一条手臂，生活中像是失去了一个亲人，干什么都有些不在状态。"

但他知道，老主任不希望他在这种状态中沉迷太久。老冯活着的时候，就把要"啃"的硬骨头逐一梳理，任务一项项精准地落实到人头上。他管这叫

"把欠债理清"。

陆力学走出悲痛，要干的头件事，就是一笔笔理"账"。

大营镇和姝场村合作社，流转土地发展饲草、辣椒、红心薯种植产业，也部分种植黄豆、花生、薏仁米，最主要的受惠者是贫困户。这个项目冯登周没少费劲，好多基础工作是他一手在抓。"登周走了，我不能让他走得不放心。"田间地头、村寨人家，过去常常闪现冯登周身影的地方，现在陆力学跑得更勤了。

姝场村有十一个村民组，八个组4G网络全覆盖，其他三个怎么办？"解难题"报告递上去了，陆力学心里多了一桩事，隔三差五要打听。"不做好这件事，我心欠欠的，不办好，登周也放不下心。"

村里的产业路已经接近成型，但还有"拦路虎"。这事也成了压在陆力学心上的一块石头，他东奔西走，只想早日把事办成。有时他会自言自语："这石头压在我心上，我会想方设法把它搬开。压在登周心上，对不住他啊！"

如果说陆力学不想对自己的"老搭档"有"欠账"，而冯龙生则是用行动弥补父亲留下的遗憾。

冯登周在世时，冯龙生几兄弟一直没同父亲分家。虽然近在身边，但在他心目中，爸爸的印象却有些若远若近。为了村里的事，爸爸总是白天不着家；晚上回来，大家都睡了。看他忙成这样，冯龙生萌生了一个愿望，等到自己有了经济实力，一定让父亲过几天悠闲日子。他想作为对老人家的一种告慰，当然事实上并不可能。

谁知道，告慰竟以另一种形式实现。

冯登周在世时，冯龙生就是村里"脱贫攻坚奔小康知识青年"，还是村级农业公司负责人。父亲去世那天，他正在工商所办理养鸡场、养牛场有关证明。噩耗传来，他悲情难掩。随后，组织上的一个决定，又让他感到意外。

"让我挑起父亲的担子，先当村委会副主任。这太突然了，我真有些接受不了。"

不过,他左思右想,最后决定:"这任务,我接了。就像爸爸那样干,干得让村里人放心。"

冯龙生当村委会副主任已经九个多月。他也开始像父亲活着时那样,为了村里人的事早出晚归、走村串户、翻山越岭。听村民跟他讲父亲的故事,看到一些村民对他从不信任到信任,甚至拍着他的肩膀说:"你真没给你爸丢脸!"他越来越真切地感悟到,父亲活着的时候为什么累死累活?可不是为了每月几千元的补贴,那是他和村子里的老百姓贴心啊!

陆力学、冯龙生跟我讲这些故事时,神情真实而淳朴,冯龙生甚至还讲得有些不算通顺。看着他们,我想,在一个个贫穷而平凡的乡村里,是什么力量让众多的基层干部迸发出高涨的激情,为了老百姓早日过上好日子而尽心尽力,以至于不惜牺牲自己的利益乃至生命?

无疑,这得益于一种精神的力量、信仰的力量。妹场村的故事对此做了生动的诠释,不过,这种力量已经乡土化了,生活化了,不是华丽的句子,不是写在文件上、贴在墙上的标语,而是群众看得见摸得着的活生生的言行。

我在同陆力学、冯龙生的交谈中,一位驻村干部回忆的场景让我难忘。

一次重温入党誓词活动,他发现冯登周格外认真,念誓词,一字一句都像是从内心深处迸发出来的,眼里噙着泪水,望着党旗一往情深。他说,相信老主任的情感是真挚的,一生跟党走、人民至上的理念,已变成了他纯朴的理解,成为生命的组成部分。

对这个理念的认同,正是陆力学、冯龙生这样的基层党员与另一个基层党员生死相望的根本原因。

这是不是我们生活中的"贵州魂"?

二〇一九年九月,我在铜仁市石阡县伍德镇认识了两个驻村"第一书记",游龙和汪晓东。两个人都没有在乡村干什么惊天动地的事,可又让人怦然心动。

见到游龙是在桃子园村，他身上还背着引流袋，一会儿同老乡谈着什么，一会又向地头走去，显然，行动很不方便。他患肝囊肿已经一个多月，医生要求卧床休息，游龙却放心不下村里的大小事情。

二〇一六年他来时，桃子园还是一类贫困村，用水难、行路难、没产业。三年过后，由茶叶、花椒、魔芋种植和兔子养殖形成的长短期结合产业体系，在村里运行得有声有色。村子里都知道，没有游龙，这些变化不可能发生。

村支书杨昌勇说，可以讲自己是被游龙"逼"上位的。游龙建议他出任村支书时，他正开着茶叶加工厂，每月才九百元补助的半脱产支书岗位压根入不了他眼。他一回回拒绝了游龙请"能人出山"的邀请。最后，还是被游龙一个外乡人改变桃子园林面貌的决心勇气感动，终于答应和他一起干。

"他们来我们村，吃没吃处，住没住处，方便面吃了大半年，图的啥？一个外乡人把力气使出来想让我们脱贫致富，本乡本土的人再不使劲，好不好意思做人！"杨昌荣把游龙拉进自己的家，告诉他家里有什么吃什么，"你下次再吃方便面，就是打我的脸！"游龙领了杨昌荣的情，也趁机加强"游说"攻势："省里龙头企业你都搞得起，还怕搞一个村？"

一拍即合，两人一成搭档，桃子园村产业发展便是要雨得雨，要风得风。七十七岁的老人杨光玖见人就夸游龙："这个第一书记心里装的都是桃子园的事，他是我们村大家的亲人。有这样巴心巴肺的亲人，是好大的福气！"

游龙全身心融进了桃子园村，可夜深人静时，他也会强烈地思念县城里的亲人。他告诉我，经常扪心自问：这些年自己到底亏欠了家庭多少？孩子读幼儿园，几年里自己只接送过五次。老人生病，无法在床前伺候。本是人之常情，他却难以两头相顾。"遗憾太多了，可收获也太多了。人生能干一件要记一辈子的事，怎么想也值，人活一世，要有舍有得。"

游龙，这名字起得好，龙飞凤舞，活了一个村。平凡事、平常话，不平凡的效应，这是我们身边的"贵州魂"。

团结村"第一书记"汪晓东，"贵州魂"的展现形式又不相同。

汪晓东在村里待了两年多,要问最熟悉哪个贫困户,他一准回答:吴银菊。

一个是来自石阡供电局的年轻干部。

一个是丈夫已经过世七八年,智力、听力、语言表达都有严重障碍的六十岁独身农户。

谁把这样两个人紧密联系在一起?

汪晓东说,是脱贫攻坚一个也不能少的精准要求,难得的机缘让他顿生英雄气。

我们在团结村长坳组一间农舍前,见到了汪晓东,也见到了吴银菊。

农舍是吴银菊的家,房间和庭院内不显凌乱,偏房一个塑料盆里泡着待洗的衣物,她手上还沾着水滴,看来这堆衣物是准备自己来洗。

三十六岁的汪晓东一脸爽朗,六十岁的吴银菊一身清爽,她满脸堆笑,却说不出话,着急时会呀呀发喊。不过,她听汪晓东的,汪晓东叫干啥她就去干,汪晓东在哪落座她就坐在旁边。

"当初,我见到她,哪是这样!"汪晓东难忘第一次进吴银菊家的场景。

村里帮着装修的正房尚未完工,吴银菊住在潮湿阴暗的偏房里,推开门一股臭气扑面而来,乱七八糟的东西堆满屋子,人根本下不去脚。更要命的是,她不待见生人,跺着双脚,舞着双手,"啊啊"地吼叫,不准人近身。

学会洗头洗衣服,打理好个人卫生,是帮扶的第一步。这里面有多少艰辛,汪晓东不愿多讲,但他常说:"我妈也是六十多岁的人了,我帮助她时,常有帮助妈妈的感觉。"

通过观察,汪晓东发现吴银菊智力并没有完全丧失,教会她"自理"的范畴于是继续扩大。

每次上吴银菊家,他总忘不了烧壶开水,帮她洗头、教她洗衣。有一次,他有事去晚了些,发现她正用冷水洗头,心中顿时亦喜亦惊。惊的是大冷天用冷水洗头，怕伤了身体；喜的是，迫不及待用冷水洗头，说明在她心中，开始有了爱美、爱卫生的意识。

团结村周边有两个乡场。起初，汪晓东开车带她去学赶场，买上可以吃几天的菜。第一次坐轿车，吴银菊乐得不行，从场上回来，快到家门口，她一个劲向对面一位老人"啊啊"发声，提醒人家注意，自己是坐着车来的。

借着这股新鲜劲，汪晓东教她学会更多新鲜事。买来电炊具，手把手教她做饭炒菜；教她步行赶场，让她能够独自采购肉菜和生活用品。

村民们说汪晓东在团结村认了个"干妈"，汪晓东一笑："我对亲妈关系也不一定处得这么好！这样的特殊贫困户，你和她关系越牢，她越相信你对她好。"

汪晓东还有一句话："我们不可能一辈子帮她。她缺什么你送什么，这样扶贫治标不治本。关键是让她学会自理生活，不管我们在不在身边，都能活出生活的质量、生命的尊严。"

你在干，人在看。村里人提起汪晓东和吴银菊的关系就伸大拇指："我们好多年没看到这样的好干部了！""共产党的干部能同吴银菊这样的人都能处成亲人，他们为人民办事肯定不是搞虚的。"

一个驻村干部，在脱贫攻坚中，用别人难以想象的亲情故事，为党的形象赢得了口碑。在他身上洋溢的，也是满满的"贵州魂"。

陆力学、冯龙生、游龙、汪晓东，知道他们名字的人不一定很多，但贵州人都知道有"贵州魂"。

"黄金十年"磨好贵州这把"剑"，需要都有"贵州魂"的知名和不知名的人一起使劲。

2

正是"秋老虎"发威时，我来到火热的厦蓉高速公路一个桥梁工地。这条路一通，贵阳到广州一天可至。

合同段上的高晒溪大桥，正进行桥墩零号块施工。我乘坐施工电梯上到九十多米高的主桥墩，再上距离地面一百零七米的桥墩顶，就得爬一段十多米高的铁步梯。现场助理工程师蒋文洋恰恰从梯子上爬下来，他说："你们别上去了，铁梯在高空是晃动的，不安全，现在面上有三十多个工人，在大约半个网球场那么大的平台上施工，又热又忙。"见我从桥墩上眺望相距几十米另一座孤立的桥墩，蒋文洋笑了："零号块马上做完了，下个月大桥就要生'翅膀'，开始悬臂施工对接桥梁。"

蒋文洋告诉我，工地上的人都盼着桥梁快长"翅膀"，从大讲是工程进展顺利；往小说，桥修好了，和家人团聚的日子就快到了。他从桂林电子科技大学交通工程专业毕业后，到贵州省公路工程集团总公司干了两年。刚工作时，第一次上桥墩，脚不停发抖，不敢往下看。现在对工作环境适应了，唯一难忍的是对亲人的思念。

这时，他手机突然有了声响，看了几眼，他把手机递给我。手机屏幕上朝我们笑的，是一个估计有几个月大的孩子。蒋文洋一脸幸福表情，告诉我这是他的小孩，视频是前天拍的。孩子出生时，他得到几天假，回去看过孩子，如今孩子三个月大了。工期紧，回不去，妻子就时时拍些孩子照片，用手机彩信发来。

我一下子明白了，工地上的人们，为什么盼着桥墩快长翅膀。自古家国相连，为国的人也有为家的情怀，"贵州魂"里其实包容着细腻的情感。

我想起一个叫张兴燚的漂亮女孩。

二十七岁，还应该是女孩子的人生花季。可在这样的年华，张兴燚遇到的是抵挡不住的严寒。

二〇一三年二月，在厦门一家企业工作的她，回到家乡安顺市关岭县沙营镇纸厂村过春节，意外突如其来，一场车祸夺去了她的右手。危难时刻，丈夫留给她的不是患难与共的相守，而是一纸离婚协议和刚刚满月的儿子。

第一次手术后，张兴燚在朦胧中接到公司老总从厦门打来的电话。

"你什么时候回来啊？"

"回不去了！"

这四个字，她是流着眼泪说出来的。

手术第二天，苏醒过来的张兴燚发现了身体的异样：右肩被厚厚的纱布抱成一团，右手却找不着了。她脑子里一片空白，不知何时，身上那些输液管被自己一根根拔掉。生性爱干净的姑娘，跟跟跄跄地往卫生间走。她想洗洗手，结果被水泼湿了一身。家里人和医护人员愣住了，泪水湿透了张兴燚的衣襟。

一年后，她做了第二次手术。

这突然转折的人生路，张兴燚会怎样走？

二〇一九年八月八日，我在纸厂村见到三十三岁的张兴燚，她已是这个村的村委会副主任，人称"独臂干部"。"独臂干部"说话透着血性。

"你最困难的时候，好心人只能给你递上纸巾；擦干了眼泪，以后的路要靠自己走！"张兴燚说，她没想到，跨上脱贫攻坚这个平台，缺了右手的人生会是越走越顺。

坚强后面，其实藏着思想的波涛起伏。从第一次手术到第二次手术的一年时间，她心里一直为将来的道路选择着急。

张兴燚练起了十字绣。初心不是要拿出多么精美的作品，只是想把左手练成右手。可是她用半年时间完成的这幅名为"琴棋书画"的绣品，却让人看出来美丽：盛开的鲜花，飘飞的蝴蝶，或弹琴，或看书，或下棋的女子。她在美丽中悄然说着自己的心愿："我用一只手也要活出漂亮的人生。"

十字绣绣到一半，她去村委会上了班，成为村里的计生专干。

曾经在张兴燚最困难时给予帮助的县妇联主任恰好帮扶纸厂村。她知道小张中专学的是办公自动化，给村里负责人打了招呼："你们村不是有个一只手的姑娘吗？电脑打得好，找她不好吗？"村"两委"也正在物色这样的青年人，同时也想在危难时刻帮她一把。张兴燚本人更不想闲着度过后半生。于是，她成了纸厂村唯一的女干部。

村里一再建议她申请贫困户或低保户，她的回答直截了当："谢谢了！我手残，可心不残。不要看只有一只手，可我要靠它养活自己。把指标给更需要的人吧！"

用左手写字，手不停发抖。靠单手敲键盘，键盘不听使唤。数不清的苦和累之后，她成了纸厂村最熟悉电脑的村干部。主动承担起建档立卡贫困户"一户一档"资料整理归档和村里"三保障"、基础建设、电脑培训等七七八八具体工作，"职责范围"远远超出了计生专干。别人认为她是"新官上任三把火"，年轻干劲足。她私下也会和同事们说说"私房话"："其实我很累。为什么要累？不就是为了证明，一只手也能撑起生命的天空。"

二〇一七年，纸厂村决定大力发展种植产业。要让一千二百亩地长满刺梨树，资金从哪里来？七名村干部带头到银行贷款入股成立合作社，张兴燚第一个跑去贷了五万元。

光有钱不行，困难还在一堆堆地等着她们。有的村民土地丢荒一二十年，但怎么说也不愿意拿出来流转。去做这些老乡的工作，有时花上两三晚时间还"攻"不下"关"。张兴燚只好带头丈量了自己家七点五亩的土地去流转，尽管父亲满腹疑虑。

土地流转难，把流转来的土地平整好更难。多少年不耕种的地里，杂草灌木长得比人还高，清除他们得花上不少时间。张兴燚知道有上百双眼睛盯着她，看这个"独臂干部"在难题面前怎么办？"拼了！"她短时间学会了使用割草机，除草、挖坑、种树，啥活最累、最苦，都是她先干。山上泥泞路滑，摔倒了，她执意不让别人扶，硬撑着爬起来。一个月时间，她在山上刮坏了两家衣服，成了张兴燚用一只手体现人生价值的见证。

丢荒的土地变了样，漫山遍野是青翠的刺梨树。纸厂村栽下的刺梨树，成活率达到百分之九十，三年后产业会有百万元的收益，在林间套种的乌芋已经产生效益。村里那些当初挤兑和嘲讽她的人，也开始伸出大拇指。

张兴燚告诉我，刚刚从痛苦中走出来，闯自己人生新路时，并不是人人都善待和理解她。风言风语免不了往耳朵里刮："凭哪样她一只手可以进村委？""你一只手能干成哪样事？"那稿村民组贫困户罗国昌是出了名的"老顽固"，经常与村干部唱"反调"。一见到张兴燚，他就会用"一只手""一把手"等语言相讥。

张兴燚不记恨这些村民，她想实实在在走进他们心里。曾经的人生悲剧，让她懂得要珍惜自己的生命，也要努力让别人的生命活出意义。

她了解到，罗国昌虽然年纪较大，脾气也刁，但平时乐于助人，在村民中也有些威望。推选村民小组长，她推荐了罗国昌，还让他去参与产业基地管理。罗国昌家脱贫后，对过往的不敬之举愧疚不已。再见到张兴燚，称呼就变成了"张主任""小张"。

"我是从大难中走出来的人，自然也就成了有大爱的人！"张兴燚这话可不是随口说说的。

贫困户李国林，突发重病口腔出血不止，医院明确不收治，建议送回家准备后事，家里把棺材都抬出来放在门口，只等人落气。张兴燚力主必须救治，通过医疗保障专班协调，又把人抬回医院，李国林住院十多天基本康复回家。几位上了年纪的村里人当场夸奖道："小张从阎王手里拉回一条命！"

贫困户秦国仁，一家十口人，生活十分艰辛。刚满十岁的三孙女打算辍学帮爷爷奶奶干活，张兴燚一听毛焦火辣："这万万不行！"她晚上去秦家做工作，白天上县里红十字会协调生活和学习用品，终于让孩子重回课堂。知道的人都说："张兴燚帮学校'抢'回了一个学生。"

站在一片绿意的产业园里，我问她"一只手"支撑着走过来的五年，有没有最深刻的感悟，她用美丽的眼睛向四下里看，闪着泪光说："在生命的低谷期，我不等不靠不要，是想凭着一股志气，靠着一只左手，活出个样子。现在，我是要用自己'凤凰涅槃'的实例，鼓舞群众朝着脱贫致富的大道走！"

生活的跌宕，让她悟出了"真心为人、真诚待人、真情动人"的道理。她真正懂得了，要让群众跟你走，就得以心换心。

心心相印，心心相知，"唤起工农千百万，同心干！"也是"贵州魂"一抹惊人的亮丽。

写到这里，我不能不说说与转业军人杨开洪和贵州大学教授潘学军的一次下乡经历。

杨开洪转业后创业，是贵州中创生态农业发展有限公司董事长，帮农民改良"不挂果的核桃"很有名。潘学军是山东人，获得博士学位后便来到贵州大学农学院任教。

贵州大学与赫章县就核桃种植展开合作，潘学军是"主帅"。十年一战，在他带领下，赫章县新增核桃基地一百五十万亩，新增产量两万七千五百吨，果农新增产值十一亿元，十五余万户近六十二万人受益。潘学军培育出四个核桃新品种，以核桃为中心的产业链正在初步成形，仅黔北、黔西北种核桃就有八百万亩。

潘学军领军种核桃富了乡亲。他被评为"贵州榜样·最美人物"，与黄大发、文朝荣、姜仕昆一道，成为"贵州年度英雄十大人物"。记者采访他，发出的文章标题是：潘学军论文写在大地上。

这次下乡，他们去的是黔西南州，为了解多年前种下的核桃不挂果的难题。

解题办法有：对树进行改良。可费时又费劲。

走到一家核桃改良户门口，却敲不开门，主人不在家。潘学军本就一身"短打"，顺势从包里摸出一把修枝剪，就同杨开洪钻进被苞谷簇拥、叶片开始发黄的核桃林。

"哎，核桃怎么能同苞谷混种？你看看，树照不着阳光透不了风，怎么会好好结果？"

看着一大片被快成熟的苞谷抢去阳光空气、又没有修枝整理的核桃树，挂果少，而且染上了病虫害，潘学军、杨开洪一口接一口地叹气。

潘学军一边用修枝剪掏树上的天牛巢，剪掉染了褐斑病的枝叶，一边说："种果树就是科学和艺术的结合。三分种，七分管。果树是有灵性的，你不好好待它，怎么指望它知恩感恩回报你哩！它就像一个孩子，从小长到大，不知需要父母付出多少心血。"

到了贞丰县长田乡，眼前情形更让人震惊。连片地里，林木郁闭，却罕有挂果的。这些树已栽下七八年了，老百姓拿着有些左右为难。

潘学军说，解决这些问题，有技术有办法。关键大家要齐心合力。

杨开洪接上话茬："想联合一家企业，加上潘学军这样棒的专家，政府才体现出执行力，这里的核桃产业也会像赫章县做得风生水起。"

兴仁市巴铃镇战马田村原村支书罗云周，种的核桃林快到大山山顶。头几年，他对杨开洪种核桃能致富的说法和潘学军的技术指导也是将信将疑。如今怎么样了？我们爬了一个小时山去现场。这哪是路啊！泥一凼水一凼不说，还是将就着山石的经脉开出来的，得看准一个个石窝窝落脚。尽管他们给我寻来一根树棍当拐杖，但我一路上还是摔了七八跤。

不过这跤摔得也值。林地里，罗云周正带着人除草，一棵棵树左看右看前看后看，都是果实累累。罗云周这样算账：上拣核桃，前年初没什么收成，去年果挂得不少，但磨不过乡里乡亲面子，你一筐我一筐被大家摘了去，或者干脆自己摘了去送人。"今年不讲这个面子了，我要让它们都变成现过现的钱。"罗云周一脸笑，挺坚定的口气。杨开洪也粗略地帮他算了算，一棵树收五六百个果子，一斤卖二十元钱，这棵树上就是长出了三千多元钞票啊。一千多株，你看看是多少？

潘学军不愧是"核专家"，就着此情此景，他谈起了自己的见解："都说产业扶贫，种核桃就是贵州的一个上好产品。只不过发展核桃产业，要有信心，更得有耐心，方方面面还必须上心。几年不见效果，又要折腾转其他产业，其实是一种浮躁心理。"

这时，林子里微微起了风。在微风里听潘学军对农民说话，突然听出许多温馨。

这一路他对果农们说的话，顺着风像又在响起。

"明年，千万别在林子里种苞谷了。种黄豆、种辣椒、种土豆，只要矮秆的都行。"

"九月份，一定要认真给树施肥，收了果，这就是树的月子肥哦！"

"入了秋，记得把枝条拉直，枝条长成了几层，照得着阳光，吸得到空气，花多生果多。"

农民们也回答得认真。

"行，行！听你们的，如今不讲科学，搞不好农业哩！"

一切都是那么自然而然，像一家人分手时脱口而出的叮咛。

我问杨开洪、潘学军，听没听过"贵州魂"？

两人都有些发愣，显然对这个词有些陌生。

可我心里却有个越来越清晰的想法：这"贵州魂"或许真有些像我们在核桃林遇上的微微的风，并没有固定的形状，抚过时也不会有多大响动，但它就流淌在每一个不安于现状的贵州人血脉中，他们默默无言为贵州干的事，积累起来便是无声的惊雷。

3

我一生中两次去过王院村，那是安龙县笃山镇一个完全镶嵌在石头里的小村。

二〇一六年去的时候，遇上小堡营学校的校长，一个木讷的男人，行色匆匆，竟忘了问他姓名。可他说自己那个山村学校走出去几十个大学生，有些又回来乡里时那句话："文化高的人越多，山里变得就越快。"却让我时常想再到王院村做一次远行。

二〇一九年，我再到王院村，碰到的团省委派驻村里的第一书记陈厦，听她一番心语，才知道一个人为了一群人的精神脱贫，付出了怎样的艰辛。

到村里的第二天，村委会主任带她登上一座山坡。从上面看下去，村民们三五成群，在石窝窝地里种桑树。陈厦好感动，当场在手机上发出一条微信："劳动最光荣！劳动最美丽！"再凑近一问："你们对种桑养蚕发展生态农业有没有信心？"一些村民的回答却很提不起劲："这哪个说得清楚？还不是要等到看。"

村主任说，王院村人不是不想变，就是缺信心。这位省城来的年轻女干部把这句话揣摩了好久，决定分两步走"棋"。

农民其实挺会算账，那就得叫他们有账可算。算清了账，就算出了信心。

陈厦和村干部一起，爬坡翻山，一个组一个组地开会算账，看种桑养蚕怎么对王院村的路。王院村缺水缺劳动力，桑树正好耐旱，而且管理十五亩桑树苗才需两个人。种桑见效快，四个月就能出售桑叶；桑叶可以养蚕，桑枝还可以卖给食用菌企业加工菌棒。

群众认定这桩事干得，全村栽下两百亩桑苗，对靠着这漫山遍野的桑树发展产业充满信心。

省里鼓励农民在田地里种植经济收益高的作物，王院村选择了种高粱，做酿酒原料走进市场。

陈厦和村干部背着高粱种子，又开始翻山越岭，送到各个村民组。可事情没有想象的那么顺。

村民内心很矛盾。种种议论，归结起来就是一句话："现在种了，怕将来没人收。"

这下得靠村里组织村民同企业签订的高粱保底收购协议来说话。"这份协议，你们看清楚了。上面有你们按的手印，有企业盖的章。我们也承诺一定负责到底，还有哪样放不下心？"陈厦几句有分量的话，稳住了人心，提振了士气。当年，全村高粱种植面积一百八十亩，村民增收二十五万元。

带头人比信心还重要。陈厦在王院村的第二步"棋"，要下在战斗堡垒建设上。

"第一书记"第一次召开全村党员大会，场景让她很震惊。能参会的"八〇后"党员只有陈厦一人。再统计一下，村里二十六名党员中，五十岁以下仅有十人，两位老党员已经八十多岁。九名党员相对年轻，但八个常年在外打工。

破解这个难题，只局限在村里想办法，天不宽地不阔。

陈厦多年共青团工作经验有了用武之地。王院村出现"党团联建""脱贫攻坚青春联战队"两个新事物。

中建八局云贵分公司贵州经理部选派青年干部来村里任职，每月还派出"青年轮战员"到村里帮助工作。王院村还与贵州大学、贵州青旅、兴义师范开展党团共建，从产业、教育、就业、产销对接、招商引资、宣传推介等方方面面，为脱贫攻坚提供全方位支持。

"党团共建"的效果是双赢。村外的党员、团员和青年，用新思想、新办法来影响、支持王院村；王院村又为它们提供了了解实际、贴近实际、参与实际的现实土壤。一加一大于二，形成了一种前所未有的新鲜活力。

脱贫攻坚青春联战队，成员包括当地干部、帮扶单位选派干部、返乡创业青年、在外务工青年、致富带头人、志愿者、大学生等各类青春群体。四百多名青年，"线上"被联系交流群覆盖，"线下"服从于王院村各类具体工作。"联战队"成了村党组织发展后继有人的"生命链"，入党积极分子要在联战队员中产生。

老党员感慨："党团共建让党组织、团组织活了起来！年轻人高兴，这下我们有更大的用武之地！"村民们说："啥是党，啥是党员，他们能干什么？这下我们都看得明明白白的。"

一个人能力有大小，可只要认准一个理，专心致志做好一桩事，就会像盏灯，照亮很多人的行程。

点灯的人，燃烧着的"贵州魂"。

有三十年历史的铜仁大龙开发区，出来几代点灯人，燃烧着不灭的"贵州魂"。

一九九二年，省政府同意设立贵州省大龙经济开发区。办公场地是向银行借的，桌椅板凳则从县政府拉来，只安一部电话机，干部职工搭客车早来晚归。上规模企业只是几家化工厂、汽修厂和火电厂，外来企业少有问津，第二年，针对一些地方出现的"开发区热"，国家加强管理，大龙开发区进入困难时期。

这时的"点灯人"是一个群体，从当时地委、行署到所在县、开发区的领头人。开发区没有垮掉，反而升级为省级经济开发区。华电大龙发电公司六十万千瓦机组技改项目顺利完成，红星锰业、大龙锰业、大龙铁合金厂、星龙化工等先后落户，"点灯人"带着大龙逆势成长，保住了一颗铜仁市工业化的火种。

第一次听说有大龙经济开发区，是十多年前路经铜仁，顺道拐过去看了看。虽然已经打通了一条开发大道，但路面坑洼不平，空气中浮着烟尘，厂房灰暗破旧，出了太阳也觉得一片阴沉。

这时候，"点灯人"的责任，是快速提高大龙开发区的发展水平。

二〇二一年初冬，我又来到大龙，道路四通八达，厂房掩映在花草绿树中，不见了浓烟滚滚的烟囱，空气清新得让人有些不敢相信。

管委会副主任陶毅见我第一句话就是："二〇一一年理顺体制后，大龙开发区发展当得起四个字：突飞猛进。"他说，现在开发区道路是五纵五横，形成网络；投资一百多亿保水保电，同我十多年前看到的大龙不可同日而语。

大龙开发区告别了"傻大黑粗"的年代，现在有几块国家级"腰牌"。

以中伟循环为龙头的新产业集群，以金属表面处理为主的多家规上现代企业，以火机、箱包生产为主体的轻工工业园，以物流、医药中间体为代表的新业态，展现的是一片质量与进度同步发展的新天地。

母公司在湖南的贵州中伟资源循环产业发展有限公司，专注于废旧动力锂离子电池再生及梯级利用。不是亲眼所见，你很难相信这一大片白色的厂房建筑群是在贵州山区。更加让人吃惊的是企业技术和人才储备的丰富。中伟循环建立了两千平方米的中试车间、两万五千平方米的研发大楼，设立了院士工作站，苏州大学、东南大学、香港科技大学的教授常来常往，并拥有一批从美国、日本、韩国归来的留学人员和访问学者，技术研发团队在国内都很知名。

而中伟新材料股份有限公司，则依托中国工程院、剑桥大学、昆明理工大学等成立联合研究所，行业产量和出口量均居第一。而且参与起草国家标准和团体标准一百零二项，在行业内名气不小。

没有"贵州魂"，哪有大龙开发区一片勃勃生机。

离大龙不远的万山区，"贵州魂"更是让一幕幕大剧高潮迭起。

贵州重力科技环保有限公司董事长赵应黔，曾经是一名央企下岗职工，又是全国有色金属行业劳动模范、贵州省优秀共产党员、贵州省十佳民营企业家。称号的多元，映衬了他人生经历的坎坷不平。

贵州汞矿因资源枯竭而破产关闭，数千职工面临下岗，成千上万工人及家属生活陷入困境。已经在"中国汞都"打拼了十多年的赵应黔，拿出自己一次性买断工龄的微薄安置费，带着几十个同样拿出几万元"买断费"的下岗职工，自断归路，围绕汞化工产业，办起贵州银星公司，也就是现在"重力科技"的前身。

这一路怎样克难而行？赵应黔我没见着，倒是见到了感情色彩十分丰富的公司战略发展顾问、名誉董事长赵五四。赵五四人如其名，尽管六十八岁了，却口若悬河。这一路怎么走过来的？他一口气讲了七八个故事，个个扣人心弦，反正得了一个印象：走得很苦，走得很坚定，而且走得有成就感。

赵五四像是画了一幅画：赵应黔领着他的团队，一路向高攀登。企业年均超一千万元投入，当汞污染治理的尖兵。"锑汞分离技术""工业涉汞废气深度净化治理技术"处于世界领先水平；参与制定《汞》及《废汞融媒的处理处置方法》两项国家标准；企业入选"国家环境保护汞污染防治工程技术中心"核心成员单位，成为中心的技术研发及转化基地。

而他的初心只是：不忘万山情。

不忘初心的还有毛照新。

万山区敖寨乡有座中华山，主峰颇像石林，日出月照均成风景。但周边的中华山村，却曾是二类贫困村，老百姓过着原始的农耕生活，有一首民谣为证：

放牛为耕田，养猪盼过年。

喂鸡筹柴米，奔波挣油盐。

毛照新当选为村支书后，让村子面貌彻底改观，到二〇一八年底，全村人均收入接近万元。但他却说，我的路远远没有走完，为了发展产业，他曾经多次夜不能寐。

一次，偶然听到一位来中华山村探亲的浙江女婿几句话："浙江有不少农民靠种木耳、平菇致富，中华山村自然条件更好，为啥不试一试？"

毛照新真的要试。带人远赴浙江学习并引进菌种，成立了专门种菌的专业合作社。谁知不少村民并不领情，对此事强烈反对。有的背后议论："食用菌能当饭吃？"有的当面质问："亏了咋办？"他什么都不多讲，先在自家几亩地上搞"试验田"，终于让全体村民意见一致，中华山村变成了远近闻名的"食用菌村"。

在中华山村见到五十六岁的毛照新时，这人十分不起眼，就是个朴实的山乡老农民模样。可他有句话都说得很有分量："我在这里生，我在这里长，别的漂亮话讲不来，但我要对得起这方土地的老乡！"

"黄金十年"，贵州蝶变，显现着这样一些普普通通的贵州人巨大的精神力量。这种力量与党中央亲切关怀、社会各界鼎力支持融汇一体，便是一曲改天换地、奋斗向前的磅礴乐章。

我禁不住要说：热血"贵州魂"是山里人的血性；是山里人的追求和向往；是贵州人千年梦想在新时代闪射的动人光芒。

第二章 贵州,离『蓝海』有多远

第二章 贵州，离"蓝海"有多远

一 登上最高的山

1

当你仰望星空，可知道浩瀚星群中，有一颗小行星与贵州有关？

二〇一九年十一月，国际天文学联合会小行星命名委员会宣告，将一颗国际编号为"215210"的小行星，永久命名为"梵净山星"。

一座贵州境内的名山，在天空中找到对应的星座，贵州人心中知道这颗星星的分量。

可是，山里人走惯了山路，有时夜里赶路的时候，路没有了，他们会选择最高的山峰，举着火把，唱着山歌，奋力登攀。站上最高处，星空一片灿烂，那颗叫"梵净山"的星星，在群星照醒下，发着自己的光。这时的路，格外晴朗，走下去，可以到无垠的原野，还可以到蔚蓝的海洋。

当然，这只是一种想象。

跨越赶越的贵州人，要把想象变成现实；他们敢想，也敢干。

不光埋头拉车，更要抬头看路。

因为一直在寻找机遇，在"找路"的过程中，贵州发现："大数据"像天空中灿烂的星星，闪射着不同凡响的光芒。

二十一世纪，互联网以每天新增约七百万个网页的速度爆发式增长。仅二〇一〇年、二〇一一两年间产生的数据，竟然占到之前整个人类文明所获得的数据的百分之九十。

全新的数据技术体系应运而生，全社会开始重新审视数据的巨大价值和能量。

有人把二〇一四年称为"贵州大数据发展元年"。

在此之前，大数据发展规划图几乎在世界发达国家同时铺展，一些发展中国家也徜徉其间。

二〇一二年，美国"大数据战略"上升为国家意志；

二〇一三年，印度绘制基于大数据跻身全球五大科技强国蓝图；

日本发布"创建最尖端IT国家宣言"；

英国公布《数据能力发展战略规划》……

未来，数据的占有和控制，将成为陆、海、空、天之外的第五主权和另一种国家核心资产，全世界为之角逐鏖战。

"大数据"为什么称"大"？并不仅仅在于其巨大的容量，更多的"大"在于：通过对海量数据的交换、分析、整合和使用，会带来认识领域的"大知识"、工业革命的"大科技"、商贸博弈的"大利润"、人类文明的"大发展"。

这时候的贵州，在中国七千万贫困人口中占了近百分之十，工业化水平比全国水平落后六至十二年，小康进程落后全国八年。必须作出选择，是不是要站在高峰之上，看世界、看中国、看自己，找准一条"弯道取直、奋力追赶"的路。

其实，习近平总书记已经指了路，"守住发展和生态两条底线，培植后发优势，奋力后发赶超，走出一条有别于东部、不同于西部其他省份的发展新路。"

一边是时间之迫，一边是发展之急，一边是坚守之难。贵州，需要一个突破，需要一个奇迹出现。

贵州盯紧了"大数据"，认定它是大产业、大机遇、大红利。凭借这几个"大"，用好这几个"大"，贵州可以后来居上，甚至有可能一飞冲天。

时任省委主要领导同志鲜明地亮出观点："大数据是我省弯道取直、寻找'蓝海'的现实路径。要下定决心、众志成城、勇攀大数据发展高峰，实现后发先行、后发先至。"

二〇一四年六月，贵州确定，把大数据作为经济社会发展的重大战略选择，一时间石破天惊。

到二〇一五年，前后一年多时间，一批发展大数据的先行者，匆忙的脚印不仅留在贵州土地上。向南，从亚洲硅谷班加罗尔到新德里；北上，辗转于中亚金融中心阿拉木图；西飞，穿越莫斯科河，横跨德国汉诺威，直到爱尔兰。沿着"一带一路"，频繁奔忙。

贵州开启先河，在人类经济活动中，第一次把数字作为资源，进行系列招商。

有人诧异，有人不解，有人彷徨。

只有把发展意愿讲透彻，将优劣对比想清楚，才能真正统一思想，知道为什么干？明白要干成什么样？

我找到当时的两份演讲稿，一份演讲人是时任省经信委主任、后任省大数据局局长；一份来自时任省大数据产业办主任。读完它们，许多疑惑之处自然明朗。

前者面对母校清华大学的师生坦言心声："贵州是全国贫困人口最多的省份。这些人靠什么脱贫？靠产业。贵州的产业是什么样的结构？烟、酒、煤、电，四个产业占总量的百分之六十二，而在新形势下，这些传统专业的增长都遭受了巨大的压力和挑战。贵州必须转型，转型往哪儿转？必须培育新业态、新产业，在科技革命的机遇中寻找新的发展动力和发展模式。"

后者在一个系列论坛上，直言贵州为什么有抢占大数据发展先机的条件："大数据，给了贵州一个弯道取直的机遇。大数据对环境、产业基础的依赖和影响，有'一高两小'的特征。它对环境的要求非常高，这恰恰是贵州的优势。它对自然资源，对产业基础、包括工业基础，对物流交通的依赖相对都比较小，因为需要传输的是数据，而不像原来大量的矿产资源需要运输，况且贵州这方面也在变。同时，它对环境的负面影响也比较小。所以我们觉得，这正好与贵州要守住两条底线的要求高度契合。"

事情就是这样，贵州传统产业结构矛盾突出，既要守住两条底线，又要实现全面小康，只能另辟蹊径，走自己的路。

大数据带来的思维、财富与社会的变革，可以迅速打破由技术、人才、资本形成的壁垒，使后发展地区和发达地区站在同一条起跑线上。

新思路，新天地；眼界一新，境界赫然。

贵州发现，自己和大数据还真的有"缘"。

"爽爽的贵阳"已经传为口碑；贵州空气清朗、天气凉爽，被形象称之为"两口气"，可以直接为数据中心换新风，减少能源消耗。作为"西电东送"主战场，贵州水火互济、能源富集，电力稳而价格优。同时，远离海岸，地质恒稳。

工信部评估后表示，贵州是中国南方最适合建设大型绿色数据中心的地区。

贵州曾经错过一些发展机遇，没有理由再让机会擦肩而过。

贵州要先行先试，后发赶超，抢占大数据发展的先机。

面对机遇，有人视若无睹，有人一跃而起。

这是一次思想的解放。

思想的解放催促着匆匆的步伐。占得先机，贵州连续创造着一个又一个"率先""首先"和"第一"。

率先建设全国首个国家数据综合试验区；

率先创建全国首个大数据产业发展集聚区；

率先创建全国首个大数据产业技术创新试验区；

率先建成全国第一个省级政府数据集聚、共享、开放的"云上贵州"系统平台；

率先探索地方大数据立法，出台《贵州省大数据发展应用促进条例》；

率先设立全球第一个大数据交易所；

率先举办贵阳国际大数据产业博览会暨全球大数据时代贵州峰会；

率先举办云上贵州大数据商业模式大赛；

率先创建贵阳大数据战略重点实验室提供块数据理论；

创建大数据资产评估实验室推动大数据资产评估标准化；

成为首批国家绿色数据中心试点地区；

绿色数据数量贵州居全国第一……

曾几何时，谈起贵州，除了"夜郎自大""黔驴技穷"两句成语，和"天无三日晴、地无三尺平、人无三分银"的调侃，便只有"一瓶酒、一棵树、一间房"的认知，而如今谈贵州，必谈大数据的话题，大数据成为世界认识贵州的新名片。

大数据在贵州创造了一个奇迹，贵州成为中国大数据产业发展的战略策源地和风向标。

甚至有人疾言："贵州做了一个世界级的战略定位，为中国的大数据发展提供了无限想象。"

二〇一五年八月，国务院发布《促进大数据发展行动纲要》。大数据成为国家战略，贵州是文件中唯一被提及的省份。

一年之后，习近平总书记考察贵州大数据产业发展情况后，给出了一个让全省干部群众都精神振奋的评价："贵州发展大数据确实有道理。"

这次，贵州真正站上了高山的山顶。

我曾经几次同几位省内或来自省外的专家交谈，他们几乎都谈到了一种现象：二〇一四年、二〇一五年，关于大数据与贵州，更多的人是在"寻因"，为什么"大数据"能在欠发达的贵州最先发展？而到了现在，越来越多的人在"问果"：最先发展大数据究竟给贵州带来了什么？

这也是我一直在关注并想寻求答案的事。

秋日的一天，我在贵阳高新区的"国家大数据（贵州）综合试验区展示中心"，一条展示内容引起我的注意：

"贵州把发展大数据看成一场抢先机的突围战",怎么干？干成什么样？一开始就是顶层设计的聚焦点。

数据从哪里来？数据放在哪里？数据如何运用？一切探索和实践，要围绕这三个问题展开。

数据是资源、应用是核心、产业是目的、安全是保障。必须坚持这四个理念。

要打造五个层级产业链：基础设施层、系统平台层、云应用平台层、增值服务层。要发展三类业态：核心业态、关联业态、衍生业态。

实现三个目的：提升政府治理能力、推动转型升级、服务改善民生。

这个"54333"的发展思路，就是贯穿贵州大数据发展历程的一条红线。"

答案有了。思路如此清晰，实践必然精彩纷呈。

"云上贵州"自政府应用起。电子政务云、工业云、电子商务云、智慧交通云、智慧旅游云、食品安全云、环保云，七朵"云"在贵州飘，带来多重效应。政府机关和相关部门带头应用大数据，人民看到了坚定不移的信心和决心；七朵云惠及群众生产生活的方方面面，通过它们可以畅想大数据应用的广阔场景；七朵云大大提高了办事效率，让人们与党和政府更加亲近。

我去过"食品安全云"。

三十岁出头的邓泽芝正在电脑前操作，她说：正在做的项目与"黔货出山"有关，"有时看着这些来来往往、不断变化的数据，仿佛能看到农民和农村干部的笑脸"。她二〇一四年大学毕业后就到"食品安全云"的前身企业工作，那时数据由不同单位存储，被分割成一个个孤岛，很难发挥作用。现在数据可以直接为"黔货出山"服务。二〇一七年起，她去了二十几个县，做了几个农产品溯源项目。通过大数据，麻江葡萄、平塘百香果、修文猕猴桃都有了新的"身份证"，质量、营养成分、无公害情况，都贴在包装箱上，结果是促进了种植面积扩大、销售市场拓展、农民收益上升。

一旁的副总经理扶建接话："过去的数据又散又乱，不可能干成这样的事情。就是搞点局部的数据汇总应用，也全靠手写，数据的资源作用真难以体现。有了'食品安全云'大不相同，除了智慧监管，还建有智慧实验室，既要保证'舌尖上的安全'，还要为农业现代化、新型工业化服务，服务对象是三万三千多家企业，其中一些用户远在新疆、江西、陕西、广西。"

应用大数据，贵州大地彩云飞扬，水起风生。

承载着省级政府数据的"云上贵州"，三十七个政府部门的二百六十六个应用系统在平台上运行，日均十亿次以上访问量。云平台上，聚集了具有行政审批权的五十六家省级部门，可办理三百零八项行政评价、四百多项行政服务事项，审批时限由法定二十二点六个工作日压缩为十点九个工作日。

"人在干，云在算。"二〇一五年，"数据铁笼"在贵阳启动，仅一年多时间，就覆盖市政府所有组成部门。利用执法记录仪，交警执法过程实况可记录可追溯；依托窗口业务办理实时采集系统，业务流程全监控，杜绝办理"人情证"。"数据铁笼"倒逼行政权力部门规范执法，形成公平执法环境。

基于大数据技术的扶贫云，全面真实识别和评估贫困状况，缺什么补什么，分别提供不同的帮扶方式。

过去，贵州省曾受困于山，现在贵安新区有一座山十分出名，腾讯为大数据在这座山里安了"家"。里面有五个大山洞，总面积相当于四个足球场，房间层高超过六十米。这里安装着三十万台大数据服务器。苹果、华为、中国移动、中国联通、中国电信的数据中心都设在贵安新区。建在山洞里的数据中心，超过七成时间用不上空调，凉爽的气候和充足的电力，使贵州成为天造地设的大数据"中国机房"。

我在贵安新区走访时，管委会的同志带我去看了华为大数据中心。

穿过一片树林，经过花坛草地，突然听见潺潺流水声，近前一看，不高的山冈上，一挂瀑布飞流直下，竟在阳光下形成一道彩虹。瀑布淌进一条静静的小河，河那边绿荫掩映处，出现一片白色的建筑群，不但典雅庄重，还带些异国情调。绿草茵茵中，隔一段距离便有一张长椅，路灯也像古时的宫灯。

这是一个幽静的公园吗？不是。这就是我要来看的华为全球数据中心。

为什么把如此巨大，而又建设得这般温馨的数据中心放在贵州？任正非直截了当讲明原因："我们算过账，放在贵州，一年大概节约好多亿元电费，所有这一切投资、平时的运营费用，都是最具优势和竞争力的。天气凉爽的地方很多，北方就有，但现在面临很头疼的问题，空气的干燥加上粉尘的影响，静电吸附效应非常厉害。而在贵州，空气的湿度、洁净度正好。"

大数据引来四方客。

大数据激起英雄气。

大数据不流通，就变不成财富。谁来破笔？贵阳市要来做这个先锋和引擎。

千帆竞渡，万船待发。寂寂无闻多年的贵阳要给自己一个新定位——"大数据信息流时代的大码头"，自信地亮出了建设"中国数谷"的目标。

贵阳有这个底气。发展大数据实现了从"风生水起"到"落地生根"再到"聚集成势"的精彩"三级跳"，只有勇立潮头，才能跨进新天地。

"大数据+工业""大数据+农业""大数据+智能制造""大数据+社会治理"……大数据"数"融商业，大数据"智"兴万物，"数据"这个新型生产要素，是贵阳"做强省会"的强大动力源，越来成为干部群众的共识。

二〇二一年金秋硕果累累的时候，我踏上了贵阳的"数博大道"，感受一张铺展开的蓝图那震撼人心的气魄。

依托贵阳大数据生态产业园、贵阳国际会展中心、贵州金融城、贵州科学城、贵州大数据城，用三年时间建成"数博大道"，连通大数据企业云集的贵阳高新区和中国数据中心最密集地区之一的贵安新区，核心区七十四平方公里。建设这条大道，最响亮的宣传语，就是"让贵阳有一个永不落幕的数博会"。

贵阳市的同志带着自豪的神情告诉我："数博大道"就是打造中的"中

国数谷"核心区域，是容纳多个行业、多种业态、具备多种功能的综合载体。把这么多鲜活"因子"聚集在一起，全靠大数据。

产业大道——聚集大数据、人工智能、5G、互联网、区块链、量子通信等新领域；让航空航天、生物工程、生命科学、现代物流、电子商务、总部经济、会展经济、休闲娱乐、大健康等带着现代气息的产业、业态都有发展空间。

智慧大道——应用和创新大数据前沿技术，让智慧交通、智慧政务、智慧教育、智慧医疗落地，全民共享。

创新大道——推广和发展大数据应用场景，打造全国大数据创业创新的首选地、筑梦场和试验田。

展示大道——灯光秀、音乐秀、喷泉秀奇幻异影，让现代化色彩视觉与丰富的文化内涵成为新风景。

体验大道——在太阳和星光下感受大数据的无限神奇。

生态大道——用大数据把山、水、林、湖、园有机串联在一起。

文旅大道——让你在数据的天地里遨游，吃、住、行、游购、娱，称心满意。

"百亿大道""千亿大区""数博大道"是向世界敞开的窗口，让人们看到一个城市在大数据引领下转型升级的串串足迹。

星光不负赶路人。

到二〇二〇年，贵阳市生产总值总量五年跨越两个千亿级台阶，人均地区生产总值突破一万一千美元。在省会城市中，贵阳市国内生产总值增速位居全国第四，规模以上工业企业"上云"比例超过百分之八十五，大数据与实体经济融合指数达到五十五点一。"贵阳市、贵安新区大数据企业已发展到五千多家，规模以上的有一百一十七家。数字经济增加值达到一千六百四十九亿元，占地区生产总值的百分之三十八点二。"

贵阳只是鲜活的一例。"数字赋能"的浪潮涌动在贵州大地。

作为新锐企业，以晴电子认定贵州具有发展智能终端产业的基础和条件，从厦门来到遵义，实现了一百一十二亿多元产值，成为遵义大数据电子信息产业"领头羊"。

安顺市文旅产业数字价值共享联盟启动，让山水的美在数字的美中绽放，追求更大的经济社会效应。

黔南州"数字乡村"建设步步推进。

黔东南州，大数据走进扶贫领域。

多少年前，我因为参加马岭河首漂仪式，走进刚建成使用的兴义火车站，南昆铁路在黔西南州挂了一个角，出火车站不远是在峡谷谷里流淌的马岭河，车站周边除了贫瘠的土地就是险峻的山。二〇二一年冬天，我再去那边，车站附近已经建起占地一千三百多亩的义龙新区大数据产业园。这去在我心目中属于"贵州边远地区"的这方土地，数据中心挂有"云上贵州第三节点"的牌子，中心负责人笑着说："第一是贵阳，第二是贵安新区，第三块牌子就是我们的了。"大数据就这样改变了"远"和"近"的距离。

乘风而行，逐鹿"云"端；"云"上筑梦，波涌浪急。

一个站上"高峰"的战略选择——抢夺先机发展大数据，让贵州在中国、向世界展现出不甘落后、先行先试的胆识和勇气，迸发出来的是从未有过的青春活力。

2

在国家大数据（贵州）综合试验区展示中心外墙上，有只引人注目的"数据之眼"。"眼睛"一眨，便可立刻切换场景。人们发现，每个场景都是一次借"数"转型的"蝶变"。

说到"蝶变"，七次在贵阳举办的"中国国际大数据产业博览会"，无疑是贵州"黄金十年"中，一道璀璨夺目的风景。

接连如期而至的"数博会",一届比一届更强烈地引人关注;"数博会"成为国内和世界重新认识贵州的一个窗口。

这是一个历史性事件。它意味着贵州从此跨入一个新阶段——全国脱贫攻坚的主战场,蝶变成推动前沿科技的创新中心;以往总以山水和风情独特示人的贵州,现在手里拿着的却是一张展示时代风云的新名片。

我翻阅了一下从二〇一五年到二〇一九年五届"数博会"上,国外参与者和关注者的贺电、贺信和演讲稿,发现其中常常会将"贵阳是一个非常漂亮、绿色、干净的城市"同"大数据,我们一起共建繁荣"两个话题摆放在一起,形成非常强烈的对比。

甚至一些世界知名的学者、专家说,你要了解大数据,你要参与大数据,你要应用大数据,到贵州去,走进"中国贵州国际大数据产业博览会"。

人们对"数博会"期望值越来越高,肯定度也不断提升。

联合国秘书长古特雷斯在发来的贺信中,先是诚挚地祝愿"数博会"取得丰硕成果,随后希望"共同创造一个令人自豪的数字世界,并传给我们的子孙后代"。这,已经是面对渴求发展的世界发出的声音。

媒体对"中国国际大数据产业博览会"的宣传倾注极大的热情。

中央媒体:(贵州)"数博会"在大数据领域发出中国声音。

"数博会"已经成为国内数字经济领域最具影响力的展会之一。

"中国国际大数据产业博览会"是一场国际性的盛会,是一个世界级的平台。

让"数"风行天下。

地方媒体:更加关注贵州秉持"全球视野、国家高度、产业视角、企业立场"理念办会的实际效果,在看贵州怎样凭借"一会、一展、一赛、一发布"的数博会品牌,从行先试到大数据发展风向标,所走过的不平凡路程。

更不用说习近平总书记在中国国际大数据产业博览会召开之际,发来热情洋溢的贺信;李克强总理出席"数博会"开幕式。

"数博会"为贵州吸引来世界关注的目光，贵州这一回意气风发地走出了大山。

二〇二〇年，因为抗击新冠肺炎疫情，连续举办五届的"数博会"，以线上线下相结合的形式举行。

二〇二一年，传出"中国国际大数据产业博览会"将如期在贵阳举办的消息，一时间，成了贵州人热议的话题。在国际国内，也引起阵阵涟漪。

大会开幕第二天，我去了"数博会"现场。

数博会专业展厅里人流如织，为了确保参观的有序，工作人员让观众分成百人队伍，一拨拨分别从不同的门进馆，人流"神龙不见首尾"。几万平方米的展示区域，有人被完全通过大数据操控的工业生产流水线吸引；有人沉迷于上天入海的科学世界；有人看一个真人大小的机器人举着鲜花走过来了，口中用几种语言喊着："你好!欢迎!欢迎!"都抢着要上前与"她"合影……

走进会议区，我连着去了几个会议厅，里面几百张椅子都被坐满，来晚的人只好顺墙而立，一直排到门边。我最后去的会议厅，正在举行"大数据产业发展系列研究成果发布会"，同时还有"数博会十佳数据案例揭晓活动"，还好，找到了几张临时加的空位。

中国工程院院士邬贺铨正在作主旨演讲，偌大的厅堂里除开他的声音，听众席里却是一片安静。接下来的"十佳案例"揭晓和颁牌，整个会场充满了热闹的气氛。上前领牌的人发着不同的口音，有人来自江西铜业股份，有的是上海航天精密机械研究所的代表，有的从中车戚墅堰所工艺研究所有限公司赶来……天南地北，云集贵阳，共享大数据带来的"高光时刻"。

第二天的《贵州日报》，这样报道第七次召开、盛况空前的"中国国际大数据产业博览会"。

前几届"数博会"，被描画成一棵不断向上生长的大树，那越往高长，越是枝繁叶茂，葳蕤苍翠。

"数博会"越开规模越大，越来越有"国际范"。

第二章 贵州，离"蓝海"有多远

二〇一五年，首届"数博会"，以"互联网+时代的数据安全与发展"为主题，一批企业精英出席并演讲，全球五百强、知名央企和互联网、金融、通信、能源、民航、高端制造、电商行业协会等近四百家企业和机构三千余名嘉宾出席，实际到会人数超过一万三千人。有企业家在高声呼吁："再不可错过贵州发展的良机!"

二〇一六年，围绕"大数据开启智能新时代"的年度主题，举行了高峰会议、展览、论坛、中国国际电子信息创客大赛、痛客大赛系列活动。来自二十一个国家和地区的一万多名专家学者、行业精英云集"数博会"。超过三百家大数据企业带来了一百多项全球最新的科技产品和解决方案，吸引了近九万人观展。

二〇一七年，数博会正式升格为国家级博览会，以"数字经济引领新增长"为主题开展了一百五十六项活动，观展人次突破十万。

二〇一八年会议主题是"数化万物·智在融合"，围绕主题展开"两会、一展、一赛及系列活动"。参会和观展超过十二万人，国内外参展企业和机构三百八十八家，布展面积六万平方米。

二〇一九年，围绕"创新发展·数说未来"主题，一百六十四场活动中，包括高端对话、专业论坛和商业论坛、展馆活动，参会和观展人数超过二〇一八年。

二〇二〇年，受新冠肺炎疫情影响，采取线上线下结合形式，举办"永不落幕的数博会"。吸引专业观众八十一万多人次，共有两百多个国家和地区两千多家媒体(网站)报道和传播，全网阅读量超过四十八亿次。

二〇二一年，在报纸上的那棵"树"，已经长到离天越来越近，直指飘飘的云端。

除了向由界贡献一场场大数据的思想盛宴，引发一次次头脑风暴，数博会举办以来，全省一共签约六百九十二个项目，签约数为两千零二十七多亿元。

谈大数据，必谈贵州。

看大数据，请到"中国国际大数据产业博览会"。

数博会带着现代科技的风，春风化雨，滋润着新行业、新业态、新企业生长。

二〇二一年十一月八日下午，贵阳朗玛信息技术有限公司总裁助理李笑凡，在公司灯光明亮的展示厅里和我交谈。

李笑凡不到三十岁，说话时常常会露出微笑，眼光里看得出自信。见我总在观察他的神情，他说："那我就直截了当讲了，你去看我们公司的每个人，都能看到与我相似的目光。"

这种目光同朗玛公司创始人王伟直接相关。

王伟是个河南人，属于"狮子星座"，这个星座的人，性格特点就是敢想敢干。"我觉得自己真的有点像头狮子。"别人爱拿这点打笑他，他也经常在各种场合这么讲。

创业的激情，在他读研究生时就有了。毕业后进入中国普天信息产业集团旗下中讯通讯发展有限公司，成为端"国家铁饭碗"的人。进入"普天"，他研发的项目获得国家科技进步奖，在全国推广应用。"老东家"赠送给他一套北京的房子，不到两年，王伟就从研究室工程师晋升为副主任。

但王伟的眼睛看到了更远的地方，他想到市场的风浪中去闯一闯。

王伟工作后第一次坐上二十世纪九十年代的大众桑塔纳轿车，心里想的是总有一天我要拥有属于自己的高档桑塔纳。不久王伟要辞职的消息传到"普天"领导那里。为了留住这个人才，提出给他加薪并晋升为经理，但已经留不住他了，他回答："为这一天，我早准备好了。"

辞职后，他向领导交还了房门钥匙，回到家中，才意识到这件事应该先跟妻子商量一下。

他一直在家门口等着，一直等到妻子下班。

出乎意料的是，关于房子的事情，妻子并没有怪罪王伟，反而认为他做得对：

"老东家给的东西，你不在这干了，就应该还给别人，咱不占这点小便宜。"

可是，她脸上也明显露着不快。

因为她认为，像辞职这样的事情，本就应该两人商量后再说，哪能一个人就作出决定。

怎么办？她知道想创业、想干事一直是王伟的初心，夫唱妻和，只有跟着走下去，这个家才会有幸福和温馨。

于是，关于"朗玛"的故事就此产生。

王伟带着在"普天"结识的刘玲，本科生时代睡在上铺的兄弟黄国宏，两位研究生时期的同窗史红军和靳国文，五位都想"圆梦"的年轻人，把创业的"处女地"选在了贵阳。和这座城市的缘分，同"普天"有关，那时的"老东家"，常派王伟到贵阳研发项目，来来往往就同贵州电信管理局有了业务上的熟悉，局里曾把一个机房长期拿给他们使用。

在那个年代，机房似乎就是有中国特色的信息"创业基地"。

五个年轻人，在贵阳甘荫塘的电信分局不足五十平方米的机房里，五台电脑、一台笔记本电脑、一部电话，开始了创业之路。最初开发的是UMS（统一消息系统）。当时的互联网正处于拨号上网的阶段，使用他们这项新技术，用电话拨打一个号码就能收取电子邮件，也可以拨一个号码把语音转换成电子邮件。这个系统的研发，在业内引起不小的轰动。

这次成功，在五位青年中渲染出一种节日样的气氛。他们相聚在北京三里屯一个酒吧，兴高采烈地为公司取名。不知谁说了句"朗玛"，马上就是一片掌声。这个"朗玛"取自世界最高的珠穆朗玛峰，叫了这了名字，就意味要做行业中的珠穆朗玛峰，要永远站在行业的制高点。

珠穆朗玛峰是从曾经的海底隆起的高山，它的孕育经过亿万斯年，中间多少风云变幻？在现实生活中，朗玛公司也不是一直走得很顺。

"统一消息系统"的成功开发，朗玛如虎添翼。不少网吧都安装了朗玛UC。

二〇〇二年十一月在我国内地出现"非典"病例，并开始大范围蔓延，国内的产业进入了史无前例的灰暗时期，用户量都开始呈现逐步下滑趋势。

二〇〇四年七月，运营两年多的UC以三千六百万美元卖给了新浪公司，原UC项目组成员都成为了新浪员工，除了黄国宏以外的四名朗玛创始人也包含其中。

一个属于"朗玛"的创业的故事，难道就这样慢慢地被时代淹没了。

二〇〇六年，与新浪签署的三年合同期满，四位创始人集体辞职了，黄国宏终于在曾经孤守的"朗玛"等到了其他创始人回家的那一天。"朗玛"决定重振雄风。二〇一二年二月十六日，朗玛公司在深圳证券交易所正式挂牌上市，成为全省第一个在创业期上市的高科技企业，也因此被称为"省州闪亮的名片"。

这样的高光时刻，"朗玛"却又在准备一次新的转型。

他们的目光盯住了"大健康"，贵州一直在大力推动的新兴产业领域。

现实逼着他们作出这个决定，大数据的风潮提振着他们转向这个领域的决心。

二〇一三年，王伟带着团队去美国硅谷做前沿科技调查，开始思考如何通过互联网与大健康联系起来，决定"朗玛"转型驶进"互联网+医疗"蓝海领域。落子大健康，是因为贵州正敲响在大数据领域先行先试的鼓点。

他们对医疗并不了解，但却明白"互联网+医疗"的核心在于医疗，互联网只是医疗的放大器和连接器，一头连着老百姓的健康，一头连着日新月异的尖端技术。只要守住"敬畏医疗"的底线，没有什么跨不过去的山。转型后，王伟做的第一件事，就是以六亿五千万元人民币，全资收购国内最大的健康门户网站——"39健康网"。王伟说，有了它，朗玛才有全心全意为人民健康服务的本钱。

门户网站让"朗玛"有了医疗患者的流量入口,王伟还想有一个应用大数据参与"大健康"的医院。

海量的患者进入因特网。怎没有关联医院,怎样体现健康网络的不一般?

王伟收购"39健康网"后,并没有真正的处方权。贵州直接拿了一个地方医院给他,当然,最初也有"公立""私营"之辨,"门外汉"与专业机构隔着一道道高高的门槛。但最后,大数据的发展压倒了一切,王伟如愿以偿。

成都铁路局原贵铁分局职工医院,移交地方管理后更名"贵阳市第六人民医院"。二〇一五年,贵阳市决定改造六医,"朗玛"也正寻寻觅觅想让"互联网医疗"真正落地,两下一拍即合,朗玛公司被引进作为战略投资人,完成股份制改造,再次更名为"贵阳市第六医院"。再过一年,加挂"39互联网医院"牌子,"朗玛"转型"互联网医疗",从此有了两只翅膀。

这头,健康网覆盖诊前、诊中、诊后全医疗健康环节,与全国百分之九十五以上知名三甲医院、知名药企有着长期稳定合作关系,积累的医疗健康信息堪称海量。

那边,互联网医院选择中老年人常见的呼吸、消化、心内、泌尿外科为重点,通过远程医疗模式,帮助基层医疗机构。二〇二一年采集的一组数据很直观:医院注册用户超过一百万,业务咨询次数超过三百万,签约合作市县医院一千三百多家,与院士、专家合作超过两千余名,累计完成二十七个省(市、区)四十一万次医疗服务。

二〇一七年,贵阳市调查表明,八家市属医院中,这家医院患者总体满意度排名第二。二〇二一年,"朗玛"凭借实力和转型实践,登陆全国"5G+医疗健康应用试点项目"和"二〇二一年软件百强企业"。

去"朗玛"采访那天,李笑凡在公司展示厅里请我接受了一次远程会诊。

电视大屏幕幕上那面带笑容的女医生姓潘,来自贵阳市第二人民医院。

医生：您感到哪里不舒服？

我：我是个有四十年历史的糖尿病患者，最近快步走以后，总感到腿脚不如从前方便，手脚有时候还感到有些发凉。

医生：那你可要注意了，多半是出现了糖尿病引起的神经末梢炎。建议你快步走，像吃饭一样要分成几次，每次几千步，不要超限。还有，要调整好作息时间。我看你眼圈有些发黑，是不是熬夜？熬夜是一个很不好的习惯。

我：现在大医院太难排队，您能不能介绍几家距离不算太远，又有一定资质的中等医院，我好找医生经常看看。

医生：好，我建议你去……

像两个好朋友在无拘无束地聊天，没说上多少话让你至少明白了几点：一是很多病重在治更重在养；二是做什么事都要把握住度和极限；三是医生其实离你很近，他们随时可以帮助你。

大数据帮助王伟创造了一个人和一个企业转型的奇迹。说到自己，他用了一句话"行走半生，归来仍是少年"，他说，自己已经年届五十，算下来是个老资格"贵漂"了，是大数据，是抢滩争先的贵州，给了他生命中一个新的春天。

比起"朗玛"，贵州华泰智远大数据服务有限公司只能算个"小不点"。可它也感受到了大数据那一阵阵春天的气息。

在高楼林立的贵阳国家高新区一条林荫道往里走，有个启林创业小镇。林荫道两旁种着些法国梧桐、冬青树，小镇也是利用老房子改造的，在周边高楼的夹缝里，显得不那么起眼。可它在很多大学毕业后第一次创业的人心中，却是一个温暖的"家"。挂在它门口的两块牌子，一块写着"国家级科技企业孵化器"，一块写着"国家小型微型企业创业创新示范基地"。

第二章 贵州，离"蓝海"有多远

工作场地三十至一百二十平方米不等，一间寝室住得下三四个人，低成本、甚至零成本提供服务，把一批批燃烧着创业激情的年轻人吸引过来了。孵化三年左右，这到上市条件，你就要走人，办"小镇"的人、来"小镇"的人，都管这叫"毕业"。

小镇工作人员王鑫告诉我，也有例外，他指的就是"华泰"。

二〇一七年夏天，刘南余带着省邮电设计院几个二十多岁的小伙子，来到启林小镇，租下几间房子要办"自己的企业"。理由听起来就很新鲜，大数据在贵州搞得有声有色，贵州却每年都要花很多钱请大城市的专家，来评审大数据项目建设方案。"难道我们不能成立个本土企业来干这件事？"刘南余也不止一次做过评审专家，他认为能建好自己智慧之乡的人，一定是个爱家乡的人。

开始的日子很忙，甚至有时候可以说得上忙乱。小镇孵化的企业中，数"华泰"的灯关得最晚，十一、十二点走人是家常便饭。可几个人的团伙怎么就不散？他们的理由很简单："贵州大数据是埋在地下的矿，我们就是矿工，把一个个部位找准了，矿在哪里？矿有多少？搞清楚多少就能创造出多大价值。"凭什么喊苦，要干就拼命干！

"华泰"把业务定位在服务上。接待我的公司副总经理，陈寅打了个比方：都知道香猪是个好东西，把它拿来了，问怎么养、怎么杀、怎么吃，很多人都是一脸茫然。一个苍白的数据，要让它成为故事，需要人去做，需要服务。

不卖产品，只卖服务，说着容易做着难。

都知道大数据是好矿石，可挖出来了对工作对生活意味着什么？公司去问客户，客户多半答不上。二〇一九年、二〇二〇年，"华泰"为消防队建立大数据管理体系，来验收的领导中有人说："这东西看着很时尚，你们也很辛苦。但我们就是有些看不懂，不知道怎么用。"

"华泰"的业务就是教人家用好大数据，用出真效益。

我看过他们的培训教案，顺手摘下几段：

今天早操，一百个人中有三个未到，什么情况？怎么处理？让数据找答案。

三个人未到，是在营房休息？是碰上什么特殊事情？还是故意偷懒？或者就是本来管教不严，他们无所忌惮？

大数据就是眼睛，它能从时间、空间上对缺席者做出准确定位，下一步解决，目的性、针对性会很强。

只要功夫深，铁杵磨成针。

我不想多讲述"华泰"这群人经历了千难万难，只知道他们最后把大数据服务做到了北京、山东、云南、广西、海南，甚至更远。他们只想专心做好一件事，为用户和大数据搭桥，让更多企业分享大数据红利。

公司有人写了诗"像梦想的种子，小镇给了土壤，小树长成大树，终于也迎来满园果实，我们还在奔忙不息。""我们多像船，在风浪里张帆，把一拨又一拨人，送往大数据的彼岸。"

这就是情怀。

这就是业绩。

一晃就是五年，华泰智远大数据服务有限公司，在启林小镇扎下根来。当年两间房子起家，现在整个租下一层楼，把业务做得有声有色。正像一位诗人写榕树那样，无限伸展的根连着无限量的大数据用户，无论它们在身边，还是在远方。

在贵州抢占数字应用先机的队列中，朗玛和华泰只是两个案例。贵州发展大数据八年来，数字应用增速连续六年全国第一，大数据引领的电子信息快速发展为"千亿级"，白云山、易鲸捷等本土大数据企业发展壮大，平台经济等大数据新业态、新模式蓬勃发展，"云服务"成为贵州发展大数据产业的一个响亮品牌。

贵州在全国率先制定实施大数据与实体经济深度融合指标体系,"千企改造""万企融合"有大数据助力,三个"超"做了最有说服力的注脚:云上企业超两万家,"贵州工业云"用户超十七万,"一码贵州"智慧商务大数据平台入驻企业超四万家。仅在贵阳贵安新区,到二〇二〇年,大数据企业就有五千多家。新冠肺炎疫情是一次新的考验,也检验了贵州的实力,较早推出使用"健康码",率先与全国互联互通,疫情精准防控和复工复产,贵州都有坚定的底气。

"数博会"直通未来;大数据产业鲜花遍地;"贵州速度"风驰电掣,经济既要赶又要转的文章,一笔一画,写进春光明媚的土地。

3

二〇一五年,第一届"中国国际大数据产业博览会"在贵阳举办时,一位有心的记者在街头做了一次随机采访:"你觉得大数据与你有什么关系?"

被问到的市民多半神情茫然。

"我真不清楚它与我有什么关系。"

"最多是厂里用用,是不是可以减少废品率?"

"或者车站、机场拿来有用,可以对游客量多与少、密与疏有个估量。但是我很少坐高铁、坐飞机,看不出它和我有什么关系。"

一位孩子回答得更逗:"可不可以计算出来我一天到底做了多少题,现在作业真的太多了。"

可见,当时的"大数据",对很多人说来是个虚无缥缈的谜,而且与生活有很远的距离。

二〇二一年,我在恢复线下举办的数博会展览大厅里,也问了身边观众与那位记者同样的问题。

一群青年，正在一组设备前排着队体验。其中一位女孩听了我问话，表情仿佛觉得我有些孤陋寡闻，她说："怎么会没关系？你看，戴上那个眼罩，就可以看到中国和世界的著名风景。现在到处都在防疫，有了大数据，我们足不出户，就可以去旅游一圈！"

一套住房，安装了智能管控系统，一个真人大小的机器人指挥着这个系统，根据主人的习惯，打扫卫生、点上早餐、调开电视、播放歌曲。两位老夫妇看得一脸笑容，他们说："生活中有了大数据，这日子过得爽。你问关系，这就是关系。"

一间档案室里，查资料的人来了，输入想找文档的类别，再传进几个数据，马上温馨的喇叭提示响了：你要的材料在A区B柜，第三排存储区。

这都是展览馆上的现实应用场景。

来参观的人，不论男女老幼，干的哪样职业，都能感觉到大数据丰富了生活、方便了工作，改变着思维。

在贵州，找大数据、用大数据、靠大数据，渐渐成为一种大众化的共同观感，不知不觉中成了生活中的必需。

全中国的货车司机几乎都知道贵州有个"满帮货车帮"。

二〇〇九年，国外出现了一家新型企业，没有车辆，也没有司机，仅凭对大数据的抢先挖掘，颠覆传统出租车生意，估值高达五百一十六亿美元。

"货车帮，帮货车"。"货车帮"是一家帮助货车司机提高作业效率的企业，没有货车，也没有司机，就是靠着大数据技术，构建起全产业综合服务生产圈，用技术杠杆撬动万亿级别的货车服务市场。

大数据财富，漂若浮云，跃若腾龙。只要搭上了它的车，惊艳的成功之花可以在任何地方绽放。

二〇二一年十一月十五日，我来到位于贵阳小河国家级经济开发区开发大道上的货车帮，第一个感觉就是这里的办公场地不一般。庞大的工作区被分隔成数不清有多少的小间，外边的通道宽大、干净、清爽，一间间小屋子里几乎都有人或站或坐，轻声或高声交谈，听口音是来自天南地北、祖国的四面八方。

满帮集团党委副书记赵强说，中国的货车司机都可以把这里当成他们的家。他和公司副总经理夏虎建议我，先去一个能更集中了解货车帮业务的地方。

这是"货车帮"交易展示大厅。两边墙上各有一块巨大的荧屏，滚动播出的是此时此刻帮货找车、帮车找货的情况。

有中国地图的这面，地图上闪烁着点点星光，最集中的在中国的华北、华东、华南和西南。"这里不断变幻的是现在有多少司机在找货，又有多少货在找司机。"赵强话还没说完，我注意到，这时候，荧屏上滚动的数字是"全国成交量10287905/月"，右下角又出现一票新单："货主刘先生，货类设备零配件，路线阜阳至亳州，货量四吨。"显然，国内任何一地的司机都可以成为接活的对象。

另一面屏幕上，背景是贵州地图，标识的数据是"成交量2193348；成交司机数56807/年"，下面一张比例图，说明在贵州有多少货车司机与"货车帮"有缘。进口，占比百分之三十六，货类是建材、食品饮料、农用物资；出口，占比百分之三十二，拉的货主要是建材、蔬菜、食品饮料；省内运输又占了百分之三十二。进口、出口跑的路线是四川、重庆、云南、广西，省内路线最频聚的是在贵阳、遵义、毕节之间。像不像一张网？大数据画了一个大圈，来自全国各地的货车司机，拉着"黔货"出山，又把人民群众需要的生产、生活物资运进高原。

赵强书记二〇一六年从贵州工投集团来到货车帮。他说，有了货车帮，看着货车司机境遇一年年在变。"过去，中国百分之九十以上的货车司机坐在'信息孤岛'上跨省运输，两眼一抹黑，平均七十二个小时才能找到货源。几天吃住、停车费不是一笔小账，接到货跑下来也没多少赚头，运行效率低得可怜。"赵强认为，"货车帮"最能吸引四面八方司机的，就是打通了这个"信息孤岛"。

货在哪里？货由谁拉？任你南来北往，手机上几个小时就能搞定。货车帮平台，向全国货车司机提供两类数据，有交通数据，还有行为数据，包括司机生活和工作习惯。从成都迁往贵阳开始，他们就注意收集和应用这些数据，不但让你知道哪里有要运输的货，还要告诉你哪条线路最经济？哪有合适的休息地？哪有加油站？服务线上还有线下，八十亩场地被充分开发利用，餐饮、维修、保养、娱乐一应俱全，尽量让过往司机觉得方便。这种吸引力别处少见，货车帮平台上司机累计注册数很快突破一千万，线上活跃司机和车辆每天约有七百一十万。

货车帮依靠大数据创造了一个全新产业，但管理层认为只是冰山一角。

赵强算的账，想到了很远。

一台卡车就是一个小企业，年产值怎么也有十几万元到百万元。

全国一千七百二十八万辆货车，哪怕只做个百分之十，一年就是几个亿，事实上，货车帮创造财富超过一千亿元。

关键是他们还在不断往前走。二〇一七年与江苏满运科技有限公司战略合并，贵州货车帮、江苏运满满，合起来叫满帮集团，抗击越来越激烈的竞争风浪。全国同类企业从两百多家到只剩下两家，满帮业绩不凡，二〇二〇年，撬动交易量两千七百多亿元，二〇二一年已达到三千六百亿元以上。

满帮是个存量企业，把它做活了，路会更宽。比如，用掌握的数据来预测未来市场走向，帮助决策整车制造厂是不是要落户贵州，配套工厂该怎样布局？

货车帮，用大数据勾连车与货。满帮集团，用大数据打开车和货同社会生活紧密关联的新局面。在满帮，现在最热的话题是：大数据的真正魅力还在后边。

办教育也离不开大数据。

在贵安新区，我见到了贵州树精英教育有限公司董事长、三十九岁的余月清，他说大数据圆了他的一个梦，现在他想通过大数据让更多的人在教育上梦圆。

余月清十八岁之前生活在贵州省盘州市，当时也不叫这个名字。说来也是个"传奇少年"，读到初三突然迷上了写小说，据他回忆手写了二十多个日记本。初中毕业没上高中，竟到社会闯荡了三年多，一边打工、一边自学、还写小说，二〇〇二年重回镇上，跳过高一高二，直接上了高三。他跟最要好的朋友讲过：我就是想让日子过得不一般。

上了贵州财经大学，发现大学生活完全与想象的不一样，一下子就有失重感。从小就想做不凡事的他又开始"折腾"了，大一去做兼职，一直做到大二；大二靠兼职赚到的一点钱，开起一家美容院。二〇一六年成立树精英集团，总部在北京。听说举办"云上贵州大数据比赛"，同事们形容他兴奋的状态，"像一把干柴突然被烈火点燃"，他作了决定，家乡的比赛，贵州人哪能缺场？

比赛的结果，国外、北京和深圳的公司分别夺走了前三名，"树精英"这家贵州人办的企业虽然只得到第四名，但贵州发展大数据的激情却在余月清心中点了一把火。

他把"树精英"搬回了贵州，让大数据和教育培训"联姻"，越办越有名气。

一次，媒体记者去采访他，问到大数据怎样圆了他干一番事业的梦？他拿起电脑笔在显示板上写了一行字：要从"树精英"三次搬家说起。

刚回贵州，他们落户在贵安新区大学城数字经济产业园，基地给了二百平方米场地。后来搬到新区电子信息产业园，场地变成两千平方米的四层楼。还要准备搬，要去十多公里外的新区重点规划区域科创城。那里要建一批大学、研究院、医院和高新企业，要修地铁、高铁、高速通道，是个未来的繁华之地。预计"树精英"过去，场地会有三千平方米。

三次搬家是"树精类"从小苗长成大树的标志，大数据让余月清"圆梦"经历风生水起。为什么这棵"树"越长越壮实?因为他们把大数据同教育巧妙地连在一起,干的事很接地气。

高考咨询、学习数据分析、专升本培训,面向青少年,面向家长,面向社会,但做法又别具一格,自然欢迎者众。

学生考试成绩不理想,其实最急的是老师。"树精英"给出的方案是:不急,试试分类施教怎么样?这就用上了数据分析,某个学生只考了八十分,不一定期望他非上一百分,综合平均成绩数据研判,最理想考试分数应是九十分,那该得的十分丢在哪里?分析清楚了再精准辅导,有目的地补习,成绩就容易上去。一个班有五十个学生,水平不一,成绩不一,用大数据排列组合后,可不可以考虑,不同能力水平线上,学习作业也不一样,体现差异化。

这一试,还都灵。老师、学生再碰到难题,最佳解法就是:找"树精英"去。因人施教,前提是心中有数。"树精类"开发出一种电子笔,功能就是靠大数据来摸这个"底"。在公司采访时,我试用过这种笔。

黑色的笔杆,看不出它与其他笔有多大差异。可拿它做了几道题,你的书写习惯、思维方式,解题习惯都会变成数据,通过蓝牙传到终端。分析数据,就知道一个人学习上的"长板""短板",精准学习就不是一句空话。学生用上这种笔,老师还有个"短平快"的好处,不见到学生的作业本,也可以远程批改。

用上这种笔,老师的学生都有了精准学习的武器。

余月清精耕数据教育六年,作出了一个结论:"数据是我们生活的一个部分,大数据只有融入生活,才是真正的钻石矿。"

结论来源于一个现象,在贵州,大数据已经融入生活的方方面面。

生活中的一些镜头虽小,但组合起来却像一副新的"清明上河图",整体呈现出大数据在这片土地上的"烟火气"。

二〇二一年五月二十一日,沪昆高速公路镇胜线上,云南往贵州方向,一辆货车发生故障后停在了应急车道。很快,车辆信息及车主联系方式,显示在贵州高速公路调度云系统中控大屏上。救急人员随即赶往现场。

这个云平台系统利用大数据技术，可以整合现有信息资源，具有展现路况推送、气象信息、道路巡查、清障状况、应急指挥多种信息的功能。

数据不只在高速信息的网上传输，雷山县大塘镇新塘村，过去村民出行，得花很长时间等待客车。现在要出村，大家都习惯打开"通村村"手机客户端，查看客车到达村里的时间，或者直接预约司机按时间上门来接。

梵净山脚，一壶干净好茶的孕育，靠着大数据的支撑。

印江自治县罗场乡广东坪村的茶叶基地里，一根根高杆子矗立在茶海中，高杆上的摄像头，观察守护着茶叶生长；气象监测传感器则实时收集气压、光照等信息，把它们变成大数据。

一旁的茶叶加工厂里，可以通过手机应用连接万千消费者；而在未来，还能通过虚拟现实技术，让客户远程也能"身临茶境"。

贵阳市乌当区新光路街道生活桥小区，门口的人脸识别系统把陌生人挡在了门外。一旁的门岗不见保安值守，但车辆进进出出井然有序，原来是无人值守终端设备，自动识别车辆号码进行管理，再也无需走取卡，取票、刷卡的老程序。

走进小区，智慧服务站里的智慧垃圾站、智慧储能柜、电动车智能充电站，都让人大开眼界。特别是无人智慧微菜场，更是充满温馨气息，一个个小格子里装满各种果蔬，丰富、新鲜、价格合理，只要会用手机支付的，"扫码开门，自由选择，关门支付"，一次简单的"三步走"，就能买到满意的商品。

天柱县三门塘村的村民，坐在卫生室里就让省人民医院的专家把病看好了，他们觉得有些不可思议。其实是当地医院把病历资料通过远程医疗系统，上传给省医专家，才让乡村群众享受到城市的医疗服务。

运用大数据技术，省医已经实现科学会诊、专家指导全程通过手机终端进行。

中车贵阳车辆有限公司，前几年一直被原材料和人工成本上涨、铁路货车检修难度加大等所困，探索"大数据+工业"深度融合发展模式，有了两只"火眼金睛"。

从两条路径降低成本、提升效益。对数据实时采集、自动判断、自动报警，检修生产实现了"过程管控"；智能化数据采集、存储与分析，又能精准分配日工作量和所需材料，自动排产，降低生产服务成本。

这样一来，铁路货车检修路效率提高一倍以上，货车生产效率提高超过了百分之三十，具备年检修一万二千辆、新造三千辆铁路货车的实力。二〇二一年一季度，实现营业收入两亿一千六百元，同比增长百分之十五点八。

八九年前对大数据几乎闻所未闻的贵州，现在甚至连偏远的乡村，大数据都有了用武之地，改变着人们的思维模式、生活习惯和活动轨迹。

今天的贵州与昨天的贵州不可同日而语。

当初认定大数据，是一次有眼光、有胆识，有境界的战略选择。

现在发展大数据，伴随着经济变化、社会变化、思维变化，正如狂飙巨浪，又如和风细雨，迅速改变着这片充满生机的土地。

二 贵钢，其实是一个"港湾"

1

可能是因为在报社工作过多年，我对老报纸有一种特别的珍爱，它会带你走进许多早已流逝了的历史瞬间。

我费了很大的劲，找到几张表面已经泛黄必须轻拿轻放，但内容至今还很让人心激荡的《贵州日报》，几张报纸，再现了六十多年前几个难忘的场面。

你看：

第二章 贵州，离"蓝海"有多远

一九五八年九月十三日：

《为一千零七十万吨钢而奋斗 我省轧出第一根钢材》

……从前天晚上到昨天天亮之前，贵阳钢铁厂轧钢车间里照射着耀眼的灯光，运转着的马达和轧钢机发出轰隆的吼声，厂、车间的领导同志一夜没离开过机器，刚接班的工人同志们一个个生龙活虎地进行战斗准备。领导和工人们既高兴又紧张，高兴的是贵州快要结束不出钢材的历史，而自己担负了生产第一根钢材的光荣任务；紧张的是全省人民在日夜盼望着钢材的诞生，自己一点也不能疏忽。

……四时正，一声叫笛传达了战斗命令。守护在炉旁的工人从一千三百多度的加热炉中拖出一根红钢交给了机旁的工人……在短短一分钟内，红钢经过了四个机架里九个槽孔，最后，从第九个槽孔里迅速地飞出了一根二三丈长的钢条。这就是我省的第一根钢材——二十四厘米的原钢。

一九五八年九月三十日：

《共产主义协作结出丰硕之果 贵钢炼出第一炉钢》

为了纪念贵州这次"破天荒"，新闻报道旁边还配着激情四时射的"特写"《出炉前的决战》。

一九六〇年一月二日：

报道说的是贵钢进出第一炉铁水，又专门发了一张大大的照片，一百立方米高炉前一片繁忙，几个工人舞弄长钎引着奔流的铁水，那一脸的笑容，六十多年后看，仍然像新鲜的花朵在开放。

曾经创造过几个"第一"辉煌的贵钢，风风雨雨走过来的路，就是贵州现代工业发展的缩影，也是中国钢铁工业发展史中不可或缺的重要篇章。从无到有、从小到大、从弱到强一度山穷水尽、走投无路，却又绝处逢生、柳暗花明。

"黄金十年"，它更是打造了一个万众瞩目的"贵州传奇"，成为我省传统工业通过"赶"和"转"，重新迸发生命力和创造激情的成功范例。

二十世纪五十年代的"大会战"，奇迹般地造就了贵钢，也让顽强和倔强的性格因素，在几代"贵钢人"的血液里流淌。逐步建成全国最大的凿岩用钢钎生产科研基地，成为中国具有区域特色的特殊钢企业，产品广泛使用于基础设施工程、交通运输机械、军工装备制造等领域。

在庆祝首期工程建设完工的日子里，周恩来总理曾经来到贵钢；中央和国务院部委领导、省和贵阳市的负责人，经常出现在贵钢建设现场和生产车间。那时候，小伙子能在贵钢找到工作，是可以引来姑娘爱慕眼光的体面；外省人问贵州有什么值得一提的工业，回答多半是"我们有贵钢"。

但是，危机是荣耀的孪生兄弟。

从计划经济到市场经济，再到为绿水青山让路，贵钢经历了从未有过的严峻考验。

贵钢地处贵阳图云关下，图云关是始建于宋嘉泰元年（1201）通往湖南、广西的关隘，是贵阳东边的咽喉锁钥，遥遥相望贵阳另一座名山南岳山。关上有一副形象的对联：

一亭俯览群山，吃紧关头，需要看清岔路；
两脚不离大道，站高地步，自然赶上前人。

每每站上高处，透过贵阳森林公园的层层绿色，映入眼帘的却是贵钢炼钢炼铁形成的几条"大黄龙""大红龙"，肆意在天空盘旋。

一天，贵钢保卫科向厂领导汇报，说抓住了一个可疑的日本人。据说这人在厂区里四处转悠,还拍了不少照片。后来才搞清楚,这是个日本记者,那天从入住的贵州饭店朝窗外一看,怎么了?城区一边有个地方浓烟滚滚,还时黄时红,便决意打车来看个究竟。

贵钢的滚滚烟尘,确实给油榨街老厂区附近的居民生活带来诸多麻烦。谁家也不敢在户外晒衣服;一到下午四点,正是出钢时间,第一件事就是赶紧关窗子,晚了满屋会被一层红灰落满。

"还贵阳一片蓝天",是贵阳人民的心愿,也是压在贵钢前行路上一座沉重的山。

有时候,"祸不单行"像是十分灵验的誓言。

二〇〇八年,贵州省出现了有气象记录以来最严重的凝冻灾害,冰雪灾害造成电网瘫痪,贵钢被迫停产两个月。本来凝冻过后,贵钢生产任务还算饱满,职工月收入能维持到两千元。可随后钢材市场价格"高台跳水",企业只能勉强维持百分之二十的产能。

难事叠加在一起就如浮云遮望眼。

在接踵而至的困境中,"贵钢地盘要卖完了""贵钢要垮了,贵钢不行了",坏消息在职工中口口相传。看着自己为之付出血汗和青春的工厂成了这样,一些人甚至说:"千不该,万不该,不该来到油榨街。"

是凤凰,就要浴火重生。

贵钢必须成为一只面貌全新、朝着太阳翱翔的金凤凰。

契机就在此刻出现。首钢集团决定重组控股贵钢,贵钢更名为首钢贵阳特殊钢有限责任公司,简称首钢贵钢公司。启动贵钢城市钢厂搬迁工程,在贵阳修文县扎佐镇兴建新特材料循环经济工业基地,曾经的浓烟工厂要走绿色发展的路。

这个举措后来正好与"黄金十年"贵州工业强省战略同步,涅槃了的贵钢会是什么样?

二〇二一年十一月三日,我来到扎佐新厂区,带着些许山东口音的公司总经理助理王衍东说，要先带我去看一个"港"。

又不在海边，大山里的工厂，哪里来的港？

王衍冬口中的"港"，其实说的是首钢贵钢全资子公司——贵阳东方鑫盛钢材物流有限公司的铁路大货场。

几条专用铁道线在"新贵钢"厂区铺展，一直通向远方。鑫盛公司的货场上一溜一溜摆放着几百个绿色的集装箱，有的刚从火车卸下来，有的等待装车外运。公司副总经理黄维说，扎佐是贵阳工业重镇，首钢贵钢公司周围有几十家工厂，按照搬迁后"钢业、物业、物流业"三大产业同时发展的规划，东方鑫盛整合首钢贵钢另两家子公司物流资源，规模化转型，引进港口业务合作，实现"公海铁"多式联运，融入西部陆海新通道，成了贵阳境内第二大"物流港"。二〇二一年收入近亿元，二〇二五年的奋斗目标是物流量五百万吨，经营收入十六亿元、利润总额六千八百万元。

既然是"港"，就要向四面八方开放。这里的物流业务，大多数不属本厂。我们走进一个货仓，几百平方米的场地上琳琅满目，黑色的是贵州轮胎厂使用的黑碳素和准备外运的成品轮胎；白色的，有轮胎厂的白碳素，也有纸品厂、包装厂购进的纸张；黄色的，货主则是一家大型化工厂。贵钢的"港"打动了不外来的投资者，看好这里的物流条件，纷纷到扎佐来新建工厂。

"港"是个巨大的窗口，展示出解放思想，改变观念，去旧迎新、八面来风的全新景象。

采访的时间很长，中午去用工作餐的路上，王衍东提醒我注意看路边的草坪。花草中立着环境监测显示屏，环保数据不断更新，噪声强度、PM2.5、PM10浓度，二氧化硫含量，钢铁企业常见的"环保杀手"是被密切监测的对象。

绿色，是"黄金十年"首钢贵钢最亮丽的颜色。"十三五"期间，进入工信部"合规企业"名录和"绿色制造"名单，兑现了"还贵阳一片蓝天"的庄严承诺。

还有一组对比感十分强烈的镜头。

公司办公楼前只有七十二个车位，一般只停公车。

生活区广场上的轿车却是排得神龙不见首尾。一问，车位有八百个，而且都是"私家车"。

新厂老厂之间有几十公里距离，老厂来的职工，当地新招的工人，都是"私家车"来往，一些上夜班的人，车还没有开来。车多，看来职工收入不差。

那天采访快结束，已到下班时间，我们执意不在厂里用餐。公司的同志建议：那也别急着走，顺道去看场球赛，说不定还会加深你们对首钢贵钢的印象。

球场上激战正酣，天空有些微微飘雨。正在进行的是首钢贵钢公司篮球赛争夺第一名的决赛，钎具公司对设备公司。观众里有部门领导，更多的是从生产线上下来的工人。啦啦队里站出个戴眼镜的中年男子，主动要求与我谈谈。

他是轧钢事业部党总支书记韦平，他的球队已获得比赛第三名，今天决赛后要参加颁奖，"那还不如提前到场，痛痛快快喊两嗓子。"韦平说，让人高兴的事太多，轧钢事业部由搬迁前的一、二、三轧厂和钢管厂组建。是贵钢搬迁后建设的第一条生产线。过去两千多人，只有五万吨产能。提出二十万吨生产目标时，大家的反应是简直不可思议，结果产值达到二十三万吨。现在只有三百多人，二〇二一年钢材产量却第一次超过四十二吨，实现了几代贵钢人的梦想。人逢喜事精神爽，在老贵钢，下班后大家讨论的是晚上去哪里喝酒打麻将，现在最热闹的是健身中心、图书馆、运动场。搬前与搬后，人和人变得完全不一样。

在首钢贵钢公司，写过长篇报告文学《熔炉——一个城市的钢铁记忆》的青年女作家奚婧说要带我去见一个人，"到时候，你肯定有些意外之感。"

见到的人竟然与我同名同姓，首钢贵阳特殊钢有限公司党委书记、董事长张兴。

张兴是贵州安顺人,却在十七岁时就离开了家乡。大学毕业后进入首钢,一直干到北京京唐公司总经理助理兼板材加工部部长,还是首钢总公司冷轧镀锌薄板厂厂长。经历过首钢两次搬迁,也经历过企业转型的变迁,有"搬家经验"。

二〇一四年,首钢集团决定派这个几十年没回过贵州的"贵州人"带领贵钢搬迁工程,他的第一反应却是拒绝。是的,离开家乡那么多年了,他已经在北京成家立业,连老母亲都习惯了北方的生活。更让人闹心的是同事的相劝:"京塘公司每年有千万吨的产值,而贵钢年产量才三五十万吨。"

这个与我同名同姓、但却年轻十多岁人的特殊经历,引发我的兴趣,开始认真观察眼前另一个张兴。他戴着一副眼镜,头发有点花白,圆圆的脸上带着笑的模样,但笑容不简单,看得出坚毅和信心,显然这个人经历风霜。

我问:"后来你怎么又来了?来了之后怎么干?"

答:"组织上给了我一年适应和调整时间。盛夏时节我回到贵阳,天气很凉爽,贵钢的现状更让我从心里发凉。走访了很多贵钢人,当然其中不乏抱怨和失望,但更多的是'痛心'。不少干部职工找到我,说话的词语不一样,但内容都是一个,贵钢还有没有重新找回希望的一天?能否再现一张'工业名片'的曾经辉煌?一个有代表性的钢铁企业去向何方?让我燃起重新创业的激情。"

二〇一五年,首钢总公司宣布张兴担任首钢特殊钢有限公司党委副书记、副董事长。二〇一六年,股东会、董事会选举他为董事长。上任伊始,他和总经理汪凌松做的决定是:老区要开发,家必须要搬。

此时,贵州省委、省政府实施"工业强省"战略进入攻坚阶段,钢铁工业产业布局要优化调整,贵阳市生态文明建设要加速进展,企业生存和转型发展的愿望与地方党政的要求无缝衔接,贵州省、贵阳市对首钢贵钢的搬迁坚决支持直至给予具体的支援。

凤凰涅槃的蓝图一点点铺展。

搬迁时，贵钢提出一个口号："让每一个离开的职工都有尊严，让每一个留下来的职工都有勇气。"其中两千余名职工自愿申请与企业解除劳动合同的方式得到安置，四百余名员工通过转岗培训在公司内部实现重新上岗。

二〇一六年一月三日，贵钢老区最后一条生产线钢铁和机器的轰响戛然而止，"老贵钢"全面停产。拄着拐杖、白发苍苍的老工人，带着爱恨交织感情的下岗工人，曾经饱受烟尘之苦的市民，纷纷到车间与老厂房、老设备合影留念。悲壮的告别之后，留下来的两千多人勇气将如何展现？

张兴说，背水一战，没有退路，只有向更高的山峰攀登。

二〇二一年十一月三日，他向我介绍了首钢贵钢一开始确立并不断完善的"三足鼎立"的发展方向：

一只足，是在钢产业上做成适度规模，保持特殊钢产品特色。短期目标是超过历史水平，三五年后的目标是达到八十万吨，成为在区域内有竞争力的特钢企业。

二只足，发展城市配套服务业。把老城区地产盘活，让那里的房产开发、服务业升级成新的盈利渠道，也让首钢贵钢"还贵阳一片蓝天"后为城市增加一道亮丽的风景线。

第三只足，就是将结合贵阳市北部工业的发展，借助贵钢的专业铁路线，满足周边企业物资进出，配套需要，既开辟新财源，又创造一个共享的新天地。这，就是我们在新贵钢厂看到的那个"港"。

一句话："钢主业做特做强，非钢业做实做活，老厂区开发做精做优。"贵钢搬迁后，仍然面临"两头在外"的难题，原料大多从省外购进，优特钢产品主要在临海发达地区销售。有人说，钢铁就是个夕阳产业，更何论贵钢。

汪凌松总经理却不这样看，他认为搬出油榨街，贵钢就翻开了新的一页。

不管发展到什么阶段，钢铁都是工业的脊梁。通过新技术、新理念调整结构，传统行业、企业可以走上从制造型向服务型转变的路。为了印证自己的观点，他打了个比方："一个岛上没有人穿鞋子，可能没市场，也有可能是最大的市场。所以这是个问题，也可能是最大的契机。"言下之意，只要贵钢不与促进优势转化的机遇擦肩而过，也就能够创造奇迹。

发生在贵钢新厂区的第一个"变"，竟是员工上岗首先要把工作服穿上，不是为了好看而是展示认识的统一，表现出每一个留下的员工都有团结奋战、改变面貌的勇气。接下来是不断推进"三个百分之百"工程；在岗党支部达标百分之百，党员优称率百分之百，干部优称率百分之百。二〇一八年"三个百分之百"获得北京市国企党建研究会年度课题研究优秀奖；而在头一年，公司已经获得首钢集团"六好班子"的奖旗。

人的问题解决了，首钢贵钢的建设让人刮目相看。

贵钢搬迁之时正值"十三五"规划开启。张兴为我在纸上画了一条下行曲线和多条上行曲线，它们是这家企业浴火重生后走过的不凡轨迹。到"十三五"末，资产负债率下降二点七个百分点；钢业实物劳动生产率增加九点四倍；工业总产值平均每年增长百分之十八；钢材总量增长一点七倍；实现扭亏二点二二亿元；从三种特色产品发展到初步形成"十大产品"格局；职工年均收入从四万多元上升到七万多元；成为全省钢铁行业第一个"绿色工厂"，环保质量在全国一百一十六家同行业企业中排名前十。

首钢贵钢不仅创造着钢产业和物流港的辉煌，老厂区的开发改造，也给人以"忽如一夜春风来，千树万树梨花开"的印象。

钢铁厂搬迁至扎佐后，贵钢老厂区在贵阳中心城区很是抢眼。抓住贵阳市南明区以大发展视野全力推进城市更新、贵阳地铁二号线启动建设两个契机，贵阳首钢房地产开发有限公司成立，"首钢·贵州之光"项目应运而生。在五百四十万平方米的大城里，拥有七十二万平方米精品高端休闲主题街区，第十代红星美凯龙旗舰店，日均人流量十万的花鸟市场，将在一块曾经烟雾弥漫的土地上，开启人流爆棚引领生活的新时尚。

这里成了新贵钢非钢产业前行发展的半壁江山。

在熙熙攘攘的人群里，在促销声和叫卖声此起彼伏的人间烟火中，我来到房屋显得陈旧，色彩却温馨大方的贵钢职工医院。《熔炉——一个城市的钢铁记忆》的作者奚婧说过，这是于人间烟火之处、解烟火之伤的地方。

医院曾经是个小小的医务室，靠着"虎杖汤""紫草油"两种"神药"和长期技术积累，成为一家在特大面积烧伤、深度烧伤、电击伤、慢性溃疡、压疮和整治瘢痕挛缩畸形、医学美容美型等方面有丰富临床经验的特色医院。

现任院长龙奕是盘江矿务局子弟，一九九七年大学毕业后就到贵钢医院参加工作，一干就是二十四年。她记得自己曾经不止一次忧虑过："如果哪一天没有了烧伤病人，我们怎么生存？"

让人忧虑的事情真的来了，但却不是烧伤病人的减少。贵钢医院除了加挂贵阳烧伤医院牌子，也是一家综合性医院，原来的就医对象主要是本企业员工。首钢贵钢开始对贵钢职工医院"断奶"后，总厂不再补贴，贵钢医院被倒逼着喊出"要么创新，要么死亡"的口号，开始一场"变"。

首钢贵钢要把特殊钢产业做大做强，贵钢职工医院要把品牌擦得更亮。

烧伤专科从一层楼发展到三层楼，一个病区变成四个病区，床位从二十多张发展到一百张，二十人的医疗团队扩展成七十名医护人员，设备达到同领域"高配"。"治烧伤，去贵钢"的口碑不胫而走，社会影响扩大，经济收入也在上涨。

盯住烧伤治疗，贵钢医院闯出了活下来的路，但能不能活得更好，却成为新的忧患。医院当时流传一句话："我们不做井底之蛙，要跳出来看天下。"这个"天下"对贵钢职工医院来说，就是在"整合"两字上做足文章，扩大收治企业外多发病、常见病患者，不让医院"吊死在一棵树上"。

贵钢医院周边有省人民医院、贵医附院几家三甲、二甲医院，怎么生存？只有让患者感到这里看病方便又有效，才会成为社会上中小病患者的首选。

很快又出现很多新的"变"。

外科，从外面聘请学科带头人，开展手术范围，在一般二级医院很少见。

五官科，过去只设门诊，现在能进行多项手术。

中医科，因为疗效好，病人量成倍增长，新冠肺炎疫情期间不降反升。

内科，分析区域周围人群收入普遍不高的现状，一手提升医疗水平，一手改善服务质量，门诊、住院病人明显增长，有病人说来这里就医的理由：方便、省钱、治疗效果也和大医院有一比。

见到龙奕院长那天，她正领着一群孩子来医院打新冠疫苗。在孩子的笑语中，她说："我很忙，长话短说，活得出来不是最高境界，活得好不好，才是我们的理想，至于怎样越活越好，全看我们自己怎么干！"

在贵阳首钢物业管理公司，我听到总经理刘国冰说过与龙院长意思相近的话："过去我们是贵钢资产的守门人，不管经济价值怎样产生效益；现在我们把资产运营放在第一位，成了资产价值提升者和财富创造者。这就叫干一行，像一行。"

在贵钢阳明花鸟市场入口外，开着"王牛角梳子店"的王成德，欢乐地敲击象脚鼓，对着麦克风唱因为怪异而吸引顾客、自己编的歌："我叫王牛角，老家是四川安岳，从小没文化，人家不要我，只好回家卖牛角。"这一来，马上引来不少顾客。一下子卖出几把牛角梳。他仿佛要为刘国冰的话做注脚。当年想找间门面做生意，问下价来，十八平方米月租五千至七千元，贵钢物业公司开的价却只有两千元，关键是取消了中间环节。一把梳子能赚了几元钱。可客人多了，月收入也会有上万元。

五千多名从业者，从不同方面享受到物业管理提供的优惠，结果是双赢局面，客户赚了钱，贵钢资产价值得到变现和提升。

第二章 贵州，离"蓝海"有多远

一个个镜头、一个个场景、一个个人物，让我突然想到，新生的首钢贵钢，其实就是一个百舸竞渡的"港湾"，许多人命运从此改变，很多船要扬起风帆，从这出发驶向理想的彼岸。

我想起在贵钢事业部，党总支书记唐飞，那个五十五岁的"老贵钢"，说贵钢怎么变我说了不算，要找几个人"现身说法"。

首先进来的是一位戴口罩的高个子青年，他叫王纯海，一九九三年出生，二〇一四年贵州师大毕业进厂。干了七年已经当了三年多电炉班组长。这可是一副重担，产量数量质量要把第一道关，为了让有学识的人把关，几位有技术的老班长都退居"二线"，顶着他们向前。同时进贵钢的三十位大学生只留下六个，但他说，就冲着这样尊重人才的气氛，这辈子都得交给贵钢。

再进来的是大班调度陈昌贵。

贵钢生产任务不饱和时，陈昌贵曾起了个念头，去一个民营企业试试看，哪边待遇好上哪边。岂料一个月不到，他就打道回府，要求回岗上班。光算干下来的账是：那家企业待遇是虚高，贵钢一天开四班，为的是减轻劳动强度，而那家企业一天只开三班甚至两班，不但干活时间长工作累，而且污染严重，出气都困难。有了比较更有归属感，他对我讲的是真心话："别觉得我俗，现在贵钢的收入是一个台阶向上长，这个月我到手的收入有八千多元。"

在贵钢人看来，作为引导者和参与者，张兴书记对贵钢之变最有发言权。他说："贵钢曾经经历苦难，一度滑到破产的边缘。但是贵钢有巨大的发展空间和发展潜力，我敢说，再过几年，贵钢一定会发展得非常好。我从最开始不愿意来贵钢，到现在不想离开贵钢，我甚至希望能在贵钢退休。"

这是发自肺腑的由衷之言。贵州省的传统规模以上的企业，"黄金十年"，都像大小不等，深浅不一的"港湾"，驶出千千万万只船，在风浪中向着"赶"和"转"的目标，曲折向前，却一次次勾勒出"风正一帆悬"的画面。

2

一南一北，与贵钢遥相对望，还有一个"大厂"叫贵州铝厂。

贵州矿源好、电力足，一九五八年，国家把建"大厂"的棋子落在这里，想把资源变成财富，当年，贵州不少传统工业企业诞生和成长，走的不外乎是这条路。不过，贵铝规模远超出贵钢，名牌也更加响亮，人称"共和国铝工业的长子"，建成很多年后，依旧戴着中国最大铝工业基地的"桂冠"。

因为要建这个"大厂"，贵阳市行政区划作了新中国成立以来的第一次大的调整，原来属于乌当区的两个人民公社，就是今天叫做"艳山红"和"大山洞"的地方，组建成新的市辖白云区。

生活在这个"高原铝城"的十多万铝厂职工和家属，爱操一口夹杂着东北和山东尾音，很特别的一种"普通话"，同流行一时，带着浓浓四川味的"铁路话"一样，形成地域文化"孤岛"现象。爷爷、爸爸老了，儿孙又顶上来接班，很多人会一脸自豪神情，称自己是"铝二代""铝三代"，声情并茂地告诉别人，什么是草创之初的万般艰难，怎样去感受如今铝城的耀眼辉煌。

曾经，全国一些事关"铝"的重要会议和论坛，一定会选在贵铝举办；贵铝是中国铝工业行业标准的一根标杆。有一段时间，贵阳外国友人往来频繁，其中相当部分是援助贵铝的专家，他们就住在厂里一处叫"外宾楼"的地方。由于具备省内一流的场馆条件，贵阳乃至贵州的一些重大文化体育活动，会在贵铝举办。那时的贵铝，真是贵州拿出来倍感骄傲的一张工业名片。

二〇二一年五月和十一月，我曾经两度去贵州铝厂，参加接待的原厂办主任赵力和他的后任孙捷，都是地道的"铝二代"。说起贵铝，他们明显流露出十分复杂的情感。

从他们的话里我听出来了，星星也有黯然失色的时候，这些年来，曾经光芒四射的贵铝，走过的路并不平坦。

孙捷是位诗人，不少作品散见于国内各种文学期刊。他说工厂就带点诗的味道：贵铝从高高的顶峰滑落下来，现在正铆着劲爬更高的山。六十七岁的赵力，在办公室主任的位子坐的时间不短，曾经与几任厂领导为伴，心里有一本贵铝风雨变迁的账。他说贵铝巨变就更直截了当："那得从二〇〇八年开篇。"

二〇〇八年，贵州铝厂迎来了有史以来最寒冷的一个冬天。落叶被风无情地吹着在地上旋转，十几平方公里的铝城里，却少了好多机器的轰鸣声，一些高大的烟囱也开始不再冒烟。严寒凝冻造成的断电、限电，市场看不见的手让运价高企产品跌价，更要紧的是体制机制弊端积累后爆发，综合发力，足以把以资源开发为特点的传统工业击打得踉踉跄跄。从这年起，贵铝"大厂"几乎扭转不了连续亏损的局面。

中国铝业总公司很着急：小苗已经长成了参天大树，怎么能让它毁于一旦？

省里也着急，传统工业转型正一波深似一波地开展着，把贵铝弄砸了岂不是个消极的示范？

贵铝人更着急：几代人都把青春和心血献给了这个厂，死都得死在这片土地上。救不下这个厂，我们的心和身都难找地方安放。

三个巴掌一起拍，终于敲定"救"贵铝的方案——退三进三：退城进园、退低进高、退二进三。

第一个退和进，产业布局要彻底调整，生产线搬出城区，去五十公里处的清镇工业园，转型升级改建新型科技企业。第二个退和进，效率要由低变高，向效率要效益。最后一个退和进，就要用退出来的"城"发展三产，安置富余职工。

贵州铝厂最盛时员工两万五千人，计划在清镇建设的两个新厂，加起来只要两千多人，退城进园，意味着一大批"贵铝人"因此丧失一线工作岗位。难以割舍的感情和对切身利益的忧患交织在一起，这些人心中掀起从未有过的波澜。买断工龄、签约解除劳动合同，一件比一件难办。有人默默淌泪，有人愤而呼喊，有人心存怨气，有人什么都不说，只是走进熟悉的车间，抚摸使用多年的装备，凝视凭望，一站就是几个小时，不管怎样，其实都是心有不甘。此时的领导层说得上是心神憔悴，一头要安抚人心，一头要组织精干队伍，去开辟新局面。

二〇一四年一月四日，"清镇项目启动大会"在建设现场召开，清镇工业园将出现脱胎于贵铝、又独立于贵铝之外的两个铝业有限公司。叫"华锦"的生产氧化铝，叫"华仁"的生产电解铝。建设者和员工近半数来自老厂。

华锦公司综合部的姜文卓，至今还能说出当时的一些细节。

二〇一四年年初，姜文卓接到通知，让他去清镇项目指挥部，指挥部具体在什么地方，去了之后干什么？全不知道。三月到了现场，眼前是荒凉的群山，指挥部离现场有三公里远，利用当地已废弃的民企老房，他工作的综合部，是个地道的"杂活部"，小到办公场地清洁卫生，大到整理简报、起草文件，几乎什么细活、累活都要干。为了节电，取暖只能用"小太阳"，还出现过几个月都只发一半工资的事。困难如此，姜文卓却从来没有过走的打算，企业的生死存亡就是自己的事，他的经历让想法很自然："我的出生地不在医院，就生在氧化铝厂宿舍，明摆着企业就是我的家，从小受的教育是爱党爱国爱企业。我很骄傲，父辈们建设了老贵铝，我们要建设一个新贵铝，不能喊难。"

在那几个火红的年头里，这是一种普遍观念。每个到了清镇工业园的贵铝人，都有回忆，都有故事。满怀激情建新厂，最让一些"贵铝人"震惊的是"退低进高"路径的见所未见。

"华仁""华锦"都是混合所有制企业，中国铝业总公司股份占比百分之六十。民营企业杭州锦江集团有限公司股份占比百分之四十。可控股的国企方，却将两家"华"字企业都交给民营企业管。"杭州锦江"派出的张建阳，是华仁铝业有限公司和华锦有限公司的总经理。

"杭州锦江"近年来在国内铝行业声名鹊起，现代化管理机制趋于成熟，经济效益十分可观。引进它的管理理念和制度，就是要为"华锦""华仁"造血，让它们活力显现。可在国企氛围浸润了几十年的贵铝人，却一时转不过这个弯，有人提出不想来，有人兴冲冲来了，一看这情况，又什么都不想干。

张建阳只从"杭州锦江"带来几个高管，几个人却撬动了沿袭几十年的国企老习惯。人们马上发现其中的大不一样。

老贵铝机构臃肿，人浮于事。年产一百二十万吨氧化铝生产线占地六平方公里，员工五千多人，最多时有二十四个车间。工艺流程也很复杂，料进去到产品出来，要转上三到五天。

张建阳的做法是，"一竿子插到底"，没有车间层级，管理层直通工序。年产一百六十万吨氧化铝占地只有零点七平方公里，八百多人，二〇二〇年就盈利数亿元。

老电解铝厂最高年产量四十三万吨，工人有五六千人。华仁铝业有限公司年产电解铝五十万吨，用工只需七百多人。

比起贵铝老厂，"华仁""华锦"算是"螺蛳壳里做道场"了，可这"螺丝亮"里偏偏做出了奇迹。贵铝人的火热情怀和"杭州锦江"的科学精神一经碰撞，便成了一种创造历史的全新力量。

熊万彬是贵铝最早到"华仁""华锦"现场抓基建项目的人，起初对张建阳这样的民营企业也不够了解。张建阳的个人魅力和严谨态度，拉近了他们之间的距离。民营企业让他脑洞大开，足迹还走出了清镇工业园。去山西一个大型项目建设工地，他一眼就看出了"痛处"和解决之道，结果是当地厂方大喜过望。

铝工业生产一线，在清镇工业园找到了重振雄风的"彼岸"，当然经历了一场鏖战。而退出来的城，"城"里留下来的人，"退二进三"的文章就做得更难。因为这"城"中弥漫着浓厚的烟火气，有更多千丝万缕的人情世故羁绊。

二〇一三年，是李锐最困难的一年，曾经当过贵州铝厂团委书记、厂办主任的他，到贵铝技校任校长，来了不到半年，圆脸盘子瘦下去一圈。按说技校在贵铝原也算是个响当当的地方，本为培训本厂职工和子弟兴办，厂里中层以上干部多半有在学校学习的经历。那时候，学校根本不愁生源，甚至有人求领导写条子来"插"班。

李锐看到的却是另外一番景象。

贵铝格局大调整，没能进"园"的人自然有些心中惶惶，出路都看不到，哪有读书心肠？他来技校那年，在校生只有四十来个，与往年至少百人的反差太大。况且，因为收入低，估计学校迟早要垮，辞职的教师员工已有十多个。

李锐到技校，本来就有些不情愿，而且正在攻读研究生，接到这样一个烂摊子，说他铁了心要干下去，显然有些勉强。

一天，他正在办公室里想心事，突然听到几下小心翼翼的敲门声。

"谁啊？请进。"

停顿了一会儿，推门进来一个老师模样的人。

"你是？……"

"我是陶兴春，就在学校上班。"

"有啥事？你讲。"

陶兴春告诉他，今天一要来诉诉苦，二是讲讲老师们的愿望。

李锐想起来了，一来就听说这位陶老师在外兼职上课挣收入，他有什么话讲？陶兴春说："在技校工作真的很难。爱人内退，工资一千四百元，我一千六百元不到，到外面兼职收入低不说，也累得慌。"不过，还想留下来的老师，都觉得不能吊死在本厂生源一棵树上，该去闯闯市场。陶老师忧愁又带着期望的眼神，在他看来就是电石火光。

休说"自古华山一条道"，技校起死回生的路真得"闯市场"。他不再犹豫不决，社会化招生、市场化培训、向规模要效益的思路渐渐明朗。得到副手韦婕、舒琦的赞同与支持，又具体形成"一年打基础、两年有进步、三年有发展"的《行动方案》。

二〇一三年，集中教师员工的意见，学校开设了厂内技校从未有过的七八个新专业。二〇一四年，李锐来后学校第一次盈利，在校学生三百多人。二〇一五年，这个数字上升到四百多人。二〇一六年，也就是《行动方案》说"有发展的一年"，在校生人数已经破千。

再没有老师递上请辞报告，也没有人再去外校兼职，员工有了归属感、幸福感。二〇一七年，全校工资翻了一番，以后便是每年七八千元地线性上升。到二〇二一年，员工工资已经翻了三番。

那天，李锐去上厕所，在走廊上碰到了陶兴春。陶老师想讲什么又不大好意思开口，连问几声，他才压低声音，但掩不住兴奋地讲："校长，我上月收入九千多，这个月超过了一万，不用再到校外去兼职了，就这些钱，我一家子也用不完。"

二〇二一年，省政府批复贵铝技校升格为贵铝技师学院，成为全省十一所职业学校之一。学院有品质、有内涵、有声望，当年招生规模已有五千多人，而且绝大部分是省外生员。

二〇二一年十月的一天，我在学院绿草如茵的足球场上，看见上百名身穿迷彩服的学生正在军训。其中一位少年的父亲也在现场，他是一位来自浙江的老板。儿子在家乡学习不长进，他经人介绍让孩子考上了贵铝技师学院，儿子在这里学到了东西，还兼职做电商，上个月收入上万元。欣喜之余，父亲决定让二儿子也来上这个学院。

贵铝保安分公司有六百多名职工，在"退二进三"中成了一块牌子。经理邓铭说，这是贵铝精神在新时代的闪光。保安分公司二〇一八年注册成立，前身是几年前组建的护厂大队，招进来的，就是产能转移后，"华仁""华锦"不能安置和其他部门、单位得分流余人员。从战斗到一线到"看大门"，在心理上的落差是天上地下，进来的人，不少认为不过是来"混口饭"，上班心不在焉，甚至躲躲藏藏，怕看见熟人难堪。

军人出身的邓铭学着和风细雨地做思想工作。身上总揣着几支烟，碰上心里面不舒服的队员，散散烟、吹吹牛，直到员工脸色好看些才分手。最"狠"的一招，是像部队一样训练队员。来一批训练一次，军人动作、理论技能、法律法规、应急管理都是必学内容。你为什么自惭形秽？来，把胸膛挺起来，把脚站直了，骄傲啊，你是光荣的安保人员，贵铝变局后的发展，有你的贡献。军人也需要细心，安保人员得有军人一样的责任心。

这样调教出来的队伍确实同一般安保公司不一样，走到哪里都受欢迎。贵铝安保分公司一半人员在本厂上班，另一半却分布在地方上的政府机关、商业网点、学校、医院、宾馆。二〇二〇年创收七百九十四万元，二〇二一年头十个月已经有六百万元入账。

坐在邓铭身边的公司一大队队长周云贵忍不住插话："我在保安公司找到了感觉。"氧化铝厂停产后，他因工伤去不了新厂，进了护卫大队，最初的想法就是过一天算一天，上一天休息三天。他想"混"，保安公司却不让他"混"，知道他爱拍照爱写，专门安排他摄影、摄像，收集整理照片音像资料。他把自己的摄影器材都拿了出来，每次大型活动都让他有用武之地，做的影集还获了奖。他说："我在保安公司找到了第二个春天。"

我在贵铝走访了四天，听到的一种说法很普遍："不要说只有生产第一线是战场，转向服务行业，同样有战火硝烟。"贵铝人，在完全陌生的一个战场上，照样证明自己特别能战斗。在利用老办公场地改建的贵铝智慧养老院，在原来机械厂出现的中铝彩铝厂，都让我感受到重新创业的激情如熊熊燃烧的火焰。

3

哲人有言：思想之树常青。

第二章 贵州，离"蓝海"有多远

精神的力量有多大，人的脚步就能走多远。

二十世纪六七十年代，"好人好马上三线"一声号令，几万、十几万东部发达地区、中部重要城市的干部、工人、技术人员，风尘仆仆来到从未来过的贵州，走过深山老林，甚至钻进万年古洞，把"建设大三线"的鼓擂得山响。献了青春献终生，献了终生献子孙，卫星上天、潜艇入海、导弹巡游、银鹰远航、信息超越、钢水流淌、煤海波澜……中国工业的每一个进步，都有他们无声的贡献。同时，也从根本上改变了贵州工业格局，除了烟和酒，增加了不少张制造业的新名片。更为珍贵的是，还留下了"三线精神"这样的思想遗产。

一九七〇年到一九七八年初，我曾经从贵阳到凯里在一个三线工厂工作过七年。二〇二一年十一月，我回到已经搬迁到贵阳新添寨的中国振华集团。集团宣传部的杨部长是个细心的女子，她问我："早听说你是从新云厂出去的，你们厂现在叫新云电子元件器材有限责任公司，是集团效益最好的企业之一。出去这么多年，你就不想回去看看？"

新云公司随处可见，或大或小的"三线精神、军工品质"标语，让人陡然生出熟悉感、亲切感。待到见了宋娅美、张先觉、唐绍荣等几位青少年时代的伙伴，谈起当年挑夜战突击重要军品、往返步行三十多公里为进城买本书、想打次"牙祭"走着去七公里以外的下司赶场之类的过往趣事，仿佛回到了旧时时光。宋娅美和我，那时不过是十五六岁的少年；张先觉、唐绍荣大些，也不过十八九岁。我上大学离开后，他们分别当过厂领导、中层干部，我问："'三线精神'现在还讲不讲？"回答："当然讲。不过有很多新的说法。"

后来，杨部长也知道了我的问题，她建议去振华新材料股份有限公司走走看看。她说："我觉得到了那里，肯定找得到让你满意的答案。"

贵州振华新材料股份有限公司在贵阳高新区沙文工业园。厂子是生产锂离子电池正极材料的，厂区却绿化得像庭院。顺着月亮拱门里绿荫环抱的路，可以走进车间，实验室和办公楼。

五十六岁的总经理向黔新，口气不像这个年龄段上的人。第一句话就让我觉出个性有点不一般。

"这算什么？你找时间去在兴义新的分公司看看，那这里可是小巫见大巫。好，我们的谈话要限定时间，下午我就要去那边一趟。"

公司二〇〇九年从深圳搬到贵阳，全年度销售收入两百万元；到了二〇二〇年，销售收入五十亿元，资产增长二十倍，在国内同行业是数得上的排头企业。

何以造就辉煌？

副总经理王敬冒出话来："一靠传承发扬三线精神，二是必说向老总，总想干件不一样的事的这股劲。"

"总想干件不一样的事情。"和新云公司一样，在贵州振华新材料公司，很容易见到"三线精神、军工品质"的标语，但在重要生产、科研环节，和这句话一起映入眼帘的，往往是"创新是企业的生命"。向黔新名字中就带着了"新"，人如其名，他办企业眼睛盯住"新"。

一九九九年，深圳满眼春色。从贵州去的"深漂"向黔新，坐在办公室里总不安分。自己搞了个小工厂，做得很辛苦，但却"痛并快乐着"，他相信有一个脑袋两只手，老天不会辜负有想法的人。机遇真被他逮着了，振华集团去深圳同产品、找市场，找到了向黔新。振华出钱，他出技术，三百万元注册办起电子元器件厂，主要客户是通讯信息产业。工厂一直盈利，但到了二〇〇一年，他却被一个问题弄得寝食不安。

企业该向何处去？是现实逼着早判断、早决定。

电子元器件虽然做得还算风生水起，但竞争激烈、产品增量不大、市场有限的隐患已被明眼人看在眼里。日本锂电池进入中国市场，抓住机遇的人并不为多，后面将会是一场革故鼎新的风景。

鱼和熊掌不可兼得。向黔新选择了从主要生产数码产品到动力能源产品跨越式的"新"。二〇〇二年，振华深圳分公司新材料厂成立，开业伊始，他语惊四座：不走别人的路，要搞，就搞和国外不一样，最有竞争力的产品。二〇〇九年，贵州振华新材料有限公司挂牌，来贵州办厂，这是向黔新乡愁使然。但更主要的是，他要就近依靠中国振华集团这棵大树，造出无法复制的中国锂电池正极材料。

向黔新带我去看过一个展示，"振华"产品果然与欧美日韩产品在显微镜下大不相同。外国产品像一串葡萄，"振华"晶体机构却如叠在一起的鹅卵石。"我们有专利，别人根本无法复制。有了自己的技术路线，就是到了国外，我们照样可独树一帜。"为了打通这条路线，整整用了八年时间，所以他说话时十分有底气。这就是向黔新要做的"不一样的事情"。不是忙着要去兴义新的分公司吗？他一看还有点时间，又讲了一个让别人看到"不一样"的故事。

二〇一五年，中国一家最牛的电芯巨头企业，接下欧洲某型名车研发项目，一路跑下来，二十五台试验用车出现不同问题，还有五台没问题的车，用的都是振华新材料提供的正极材料。从此，"振华新材料"成了这家巨头企业最大供货商。二〇一六年公司收入五亿多元，二〇一八年达到二十八亿元。技术创新使这家企业一直站在同行业第一集团方阵，在国内排行保持前五名。

向黔新肺腑之言："有想法的企业研发就要随时跟进，不能搞一个东西吃一辈子。我在班子里年龄最长，但手下的人普遍年轻，让年轻人干事有机会有平台，这是企业最重要的'不一样'的事情。"

他知道企业要常新，不能只靠一个人冲杀打拼。

在公司工作十了几年的王敬副总经理，是振华子弟。他一直在比较分析"振华新材料"与其他老三线企业的异同。他说："我到过振华集团的其他企业，那里不管职级多高，人和人之间都非常客气，但'新材料'就不一样，不需要打招呼，干好自己的事情，就是对领导对别人最大的尊重。"

起初，他对向黔新的用人方略有些纳闷：吸收大学毕业生，家庭困难、来自农村的优先，本省院校毕业的优先。后来才明白，这是向老总又一个"不一样"，用这种人，他们能吃苦，不"眼高手低"，安得下心来，踏踏实实搞研究、干事情，更容易有获得感和幸福感。

后来，他这样诠释"振华新材料精神"："三线"精神的传承、国有企业的行为规范，加上民营企业的灵活性、创新欲望和人情味，就是能把员工扭成一股绳，齐心协力干"不一样的事情"，有追求、有抱负的黏合剂。这种精神不仅感动人，更能留住人。

周朝毅十年前毕业于贵州大学材料科学与工程专业，是当时一起进厂同校同专业几十名毕业生中唯一一位女性。毕业时拿到了研究生录取通知书，但她选择了放弃。十年后，我和她讨论一个问题：当年的放弃可不可惜。

三十多岁的周朝毅，眼镜后面闪现出一抹不容易察觉的遗憾神情，但马上又恢复了平静。她说并不是我第一个同自己谈及这个话题，这几年和留下来的同学聚在一起，同学也问过她，这里收入不一定比有的同学去的地方高，而且毕竟失去了一次难得的机会，你心理平衡吗？她每次的回答几乎大同小异："向经理气场太强，我喜欢他总想'折腾'出新东西的脾气。在实战中当'研究生'，得到的多于失去的，离开这'气场'，我不可能拿到'中国电子科技人才奖''贵州科学创新小能手'。像是什么力量推着你走，叫我离开我是不干的。"

顾然从一条泥巴路走进贵州振华新材料有限公司。8年前，她从海南大学毕业，回到家乡六盘水，正碰上公司来招人，从此便和公司的缘分难聚难分。

"公司真有那么大吸引力？"我问。

顾然睁大眼睛："莫非骗你不成？这企业就是和别处不同。"

领导鼓励她独立思考，然后相互交流探讨。只要在家，总经理办公室总是敞开大门，员工可以直接找他讨论。这让顾然很开心，甚至有点小小的骄傲。毕竟在公司里是差了几个层级的人，他却对一个初出茅庐的小姑娘的话听得那么认真，而且每次都会鲜明给出自己的结论。

一次，顾然正为工艺上一道难题所困，向黔新敲开她工作间的门，要带着看这位普通检测人员去做实验。实验室此时寂静无声,只听见器械的声响和向黔新时不时的提示声。顾然向我讲述了自己当时的心情:为了创新,头头带着个小兵冲锋上前,这样的企业上哪去找?能在这里干一辈子是福分。

工作五年后,她当上了公司品质保证部副经理。肩上的担子重了,对公司的感情更深。

二〇一五年正是公司最艰难的时候,疲惫的顾然想放松一下身心。一个周末,她从成都转机到稻城亚丁,准备在原汁原味的原生态环境里养养精神,便顺手关了手机,处于失联状态。哪知道星期天回到厂,打开手机,竟有一百多个未接电话和未看信息。眼前的第一个镜像,是向黔新带着她这个"小兵"一起做实验的情景,这让她马上来了精神,去找什么清闲清净?有一直想干"不一样事情"的领头人,自己就该永远做一个干"不一样事情"的兵。

培养出一支总想往高处走的团队,也是向黔新的一种创新。

二〇二一年九月十三日晚上,贵州振华新材料创业板上市启动仪式在上海香格里拉酒店启动。上台启动的八个人,四男四女,正好是公司中层干部中工龄最长的。台上的人热泪盈眶,向黔新的泪花也在两眼里闪动。

他后来获得贵州省首届杰出人才奖提名奖,公司上下共同的看法是,这是对"振华新材料"既出好产品又出好团队的充分肯定。

离开在贵阳的贵州振华新材料有限公司一个月后,我终于有机会去了在兴义的贵州振华义龙新材料有限公司。

比起沙文工业园区的老厂,新厂果然气度不凡。厂区占地五百五十亩,三十万平方米、分成片、连成线的白色厂房,被绿树和红花掩映,那绿的是种下去几年的红豆杉,那开得正艳的是三角梅。厂道上看不到多少人影,生产线上人更少,透过长长的玻璃隔墙看,全都是自动化操作,二〇一七年注册成立公司,定位就是智慧化工厂。没想到大山沟里现代气息这么浓。

负责人闵沛农,也是第二代"振华人",还是新云厂的女婿,这一下子拉近了我们的距离。说起话来有点像家里人讲家里的事情。

他二〇〇九年起，就负责在贵阳的新材料厂的基建和生产，亲历了从年产一千五百吨新材料到年产一万吨新材料的艰辛过程。而在义龙这家厂，产能已经达到四万吨，是贵阳那边的三倍。而且方向各有侧重，这边全是新能源汽车锂电池三元材料，那边在生产能源汽车锂电池材料同时还兼顾手机、电脑所用传统正极材料。这边和那边相比，还有一个明显优势，既可利用本地资源生产产品，还大量回收废旧电池再造新产品，老闵说，这不就是循环经济吗？因为是多条腿走路，"义龙新材料"更有可能在较短时间内做成千亿级产业。榜样的力量是启示行动，一个月前，向黔新急着要来义龙，正是这边的成功，倒逼着那边生产线、生产环境进行大的改造。

"振华新材料""义龙新材料"，都是贵州振华新材料股份有限公司的子公司，加起来不过一千四百人，却要在贵州撬动一个产业的产生和转型凭的是什么？可以找出很多原因，但关键的只有一个，常怀创新之心，自然路找得准；注重研判形势，决策自然到位；有一个上下合拍的团队，就能干出"不一样的事情"。

回到贵阳后，我想再找向黔新谈谈，但他事务太多、行踪不定。于是我和公司其他同志又有一次交谈，毕竟他们对向总和振华新材料知根知底。

"你觉得'三线精神'和'创新精神'结合起来，形成一种新的精神力量，推动企业发展，是不是对原来的所有'三线企业'都有实用价值！"

"至少在实践中会鼓励企业去做多种形式的探索。百厂百事、千企千路，但创新应该是普遍性极强的'灵魂'。"

"向经理还会为'干不一样的事情'鼓捣什么？"

"我想，下一步该考虑的大事，应该是跳出新能源看产业前景，电能储存、电能转换、蓄电电站、储电工具，锂电池应用前景十分广阔，向经理还能带着我们干很多'不一样的事情。'"

一个"振华新材料，"不是自己在闯路，实际上也是一大批曾经的"三线企业"重现活力的缩影。

他们种下的思想之树，会引来千树万树的苍翠欲滴。

三 园区的天，好蓝

1

二〇一一年盛夏，我去了一趟遵义。

那时候，贵州开始拼抢"洼地效应"之战，喊出的第一个口号是"工业强省"。战法也比较特别，轮着在省内不同地方的工业园区召开项目建设现场观摩会，既要仔细看，更得认真想。结果是，跑得快的人知道还要快马加鞭；慢了的人，汗颜之后，找到了差距，只能奋起追赶。

现场观摩会首站选择了遵义。我跟着几百名代表，在三十三摄氏度的阳光照射下，参观了十多个项目的建设和生产现场。

遵义，工业化的推进速度让人赞叹。

半年时间，长征电气易地搬迁项目快速推进，美高美艺术钢化玻璃塑料胶产品下线，陆圣康源茶多酚有机饮品生产线竣工投产……仅湘江工业园区和遵义国家经济技术开发区就有一百五十一个工业项目开工。

工业经济总量增长让人眼睛不能不亮。全市规模以上工业企业数量比三年前翻了一番，已有五百多家，规模工业增加值首次跃居全省第一。而且，发展势头不减。

当晚，我在采访日记上写下了一段话："遵义，因遵义会议而留名青史。如今，正日盛一日显现出工业发展的诱人前景。内聚外引，资源重组、跨越发展，这片红色土地正迸发出多少让人提振精神的创造活力，还能激发出多少告别穷困、奔向未来的想象？"

这样写，与我在园区所见所闻有关。

在遵义南部工业集聚区正在拓展的东南大道上，高悬着的一幅跨街大型标语牌吸引了我："融资融智融天下、创业创新创未来"，何等坦荡的胸怀，何等长远的眼光！遵义工业化真是这么走，真是这样干。

如何融天下。湘江工业园区对接广东产业集群和一批企业、院校、科研机构达成入园意向。深州飞能达科技有限公司节能灯生产线，是最早一批进入南部工业聚集区的项目，产品即将下线。湘江工业园区已同二十九家企业签约，十六个项目在建；和平工业园区十一家企业入驻。其中，外来企业占相当比例。

怎样创未来。贵州钢绳（集团）公司在建新厂、面积为老厂的两倍，入园后产能翻番，高附加值产品占比提升，销售收入倍增，还有一批上、下游企业准备入园跟进。汇兴铁合金公司、遵义钛业股份公司，遵义碱厂等老牌企业加快"退城入园"。

仁怀名酒工业园、湄潭绿色食品工业园，务正道煤电铝循环经济工业园、赤水竹业循环工业园、凤冈有机生态工业图……园园"亮剑"，个个都是创业新天地。

我记得，那是一个火热的夏天，天空一直很蓝，在历史名城土地上展开的创造新历史的酣战，给我留下很难忘却的印象。

所以，当遵义的同志谈到他们的测算，到二〇一二年，遵义工业园区实现产值将占全市工业产值百分之七十以上，再过些年，工业的带动作用将全面体现，我带头鼓了掌。因为，这样的目标有理有据，只要紧紧抓住不放，以更大的魄力去"闯"，以更强的意识去"抢"，以更猛的劲头去"争"，以更足的力气去"拼"，红色遵义肯定会红得更加鲜艳。

十年后，我又去了一个规模不小的工业园区，不过是在初秋，天空依然像水洗过一样蓝。去的不是遵义，而是与贵阳紧邻的黔南州龙里县。

龙里县城距贵阳市区只有二十多公里，可这个在省城边上的县，于我而言,很长时间里在感觉上都是既熟悉又陌生的地方。

说熟悉,是因为人称龙里是贵阳的"后花园",城里人放松心情郊游的首选。就说自己吧,那片开阔起伏的龙里大草原,我不止一次在上面驰马奔走,也一回回悠闲地在绿茵间滑草,完全放开了的心情,如空中的鸟,放飞的风筝,印在脑海里了,就再也抹不去。至于笔架山的风韵,要在青山绿水间去细细品,方才哑得出清静幽深的意味。还有,县城边上那个其实不小的双龙小镇,顺着古色古香的街巷逛,思绪能飞得很远;中间又夹杂些真山真水,让你回归自然,要真正把这个不小的小镇走完,怕一天时间远远不够。几次夜游小镇。望着景区山崖上凿出来的巨大龙头,在月色和灯光下喷吐着水花,神思逸飞的想法就飘然而至了。

一直感到陌生的原因,是虽然去得多,但多半只是游玩,没机会真正融入这片土地,星星点点的美好印象,无法勾勒出完整的真实感观。这个县多项发展指标在黔南州颇不起眼,常常挂末。总觉得贵阳城边这个小县,除了美景美食,好吃好玩,别的方面就有些乏善可陈。

二〇二一年九月,我去龙里县采风,县文联主席熊轶指着双龙小镇那标志性的龙头问我:"你觉不觉得这象征龙里的龙头水流得更大,喷得更欢?"

我认真地朝龙头那观察了一番,觉得确实与过去不太一样,眼睛更有神了;嘴里喷出来的水流,射得更高、溅得更远。

熊轶笑了,她说,住下来看看,你会感觉到龙里的变化让你吃惊呢!

她的话果然应验。

在龙里县城住了两天,清晨出去锻炼,竟有了差点迷路的经历。印象里的小县城只有两条十字交叉的街,用上一二十分钟能走个来回,这次不同以往,一条条新建的街道让我眼花缭乱,甚至于问一段路、打一段车,才回到入住的酒店。县里的同志听我讲这件事,全都笑了起来。他们说,你越往下走,看到的事会越来越新鲜。

我心中埋了个"伏笔",选择采风路线,多数人要去看乡村风光,我却去了龙溪内陆开放型经济发展先导区和龙里经济开发区。显然成了"少数派",但我不打算改变主意,头脑里记住到龙里后听人讲得最多的话:"这两个地方你非得去。看了,你才知道龙里这些年是咋变过来的。"

走进龙里先导区展示大厅,就像走进了一个汇聚了多种先进技术,声光电一体化的梦幻世界,这在几年来为写作去过的省内其他县并不多见,甚至可能是唯一的。最忘不了的,是过去从未接触过的屏幕体验,观众席整个像只船,在波涛中轻摇了十多分钟,就穿越了龙里境内各个工业农业开发园区,游历了县里有名的山水人文景点,一会儿人会钻进巨大的山洞,一会儿又漫步在绿色水岸,体验完了,我长长出了一口气,近乎于喊地对着当地的同志说:"真不想走了,真想来龙里当回仙。"

问我感观,我想都没想就答了:"再木讷的人来了先导区,也会长出想象的翅膀。"

龙里经济开发区又不一样。这些年,龙里县跻身全省县域发展第一方阵;二〇二〇年,进入中国西部百强县。人均GDP从黔南州挂末到全省第二,人均财政收入全省第四。接连获得中国刺梨之乡、国家科技富民强县、中国物流试验基地、中国最美健康养身旅游名县美誉。最强有力的支撑,就是园区给工业搭了一个起飞的平台,带动龙里五业兴旺。

数字是枯燥的,但有无可争辩的说服力。事实的鲜活程度,让枯燥的数字变得活力四射。

我和龙里当地的干部群众讨论过龙里之变,最后结论有三。

打好"地缘"这张牌该放在首位。

龙里紧邻贵阳,省级工业园区到贵阳龙洞堡国际机场距离不足二十公里,县里几条直通贵阳的市政大道,来来去去也就十几、二十分钟时间。湘黔、黔桂、株六、贵广、沪昆多条高铁、铁道穿县而过;加上厦蓉高速、兰海高速、210国道、贵龙大道、花溪大道、贵惠大道等公路干线,构成通江达海的立体交通网络。人在贵阳工作,家在龙里落脚的故事越来越多;省城的辐射力日渐明显，一方面可以借贵阳之力发展；一方面又能进"强省会"战略图。认清了大势，龙里工业园区与龙溪先导区、双龙航空港经济区、贵州快速物流集聚区互为依托，逐渐向生态特色食品、健康医药、新型建材、装备制造、机械加工为主的新型工业化产业示范基地、民营经济示范基地和省级绿色园区的目标靠近。

本来"工业强省"战略已是"天时"，加上"地利"，手中顿时操有两张"胜券"。

"人和"更加重要。龙里工业园区的"人和"，就是让有投资办厂意愿的人都感受到这里既有真诚迎客的热心肠，又有希望高新技术产业入园的时代眼光。

园区已经入驻的企业有三百多家，规模大小不一，分属不同产业，然而大小企业对为什么入园，入了园为什么都想大干一番？有一个几乎异口同声的回答："在这里找到了'家'的感觉。"

怎么真心诚意把企业引进来，怎样想尽办法让企业留下来，怎样创造条件让入园企业健康发展？龙里县定了规矩，这几条都做得令人满意，工作考核才能算"功德圆满"。

卡布控股集团贵州卡布生物科技有限公司负责人邓延，见着我第一句话是："你想不想知道卡布为什么在龙里创造了一个奇迹，从签约到投产只用了八个月时间。来龙里之前，这种事我们想都没有想过。"

谈话间，他笑指站在身边的开发区招商投资局长、政府派驻企业特派员董卫红，"精彩故事全在他肚子里呢"。

董卫红不肯讲，邓延有些着急。"还有啥不好意思的？你不讲我讲。"

二〇一四年，省外企业"卡布"决定在龙里工业园区建厂，热情虽高，难题也不小，邓延忙得团团转，还经常"找不到北"。特派员董卫红比他还火急火燎，干脆直接每天泡在建设现场。用邓延的话说，"来得比我早，走得比我晚，有时干脆不回去，心里比我还急十倍百倍"。园区特派员与企业关系特殊，还有本地政府工作经验，又有广泛的人际关联，这三点成了他们的优势，企业入园遇到的很多困难，真的要靠他破解才行。有新的政策信息，他第一时间向企业反馈；需要协调疏通，他一出面既能少跑路又能提高效率。"卡布"要在当地招两百名工人，告示贴出去没有人应答。董卫红几句话就让企业安了心："别着急，我试试看。"他本来是以乡村干部身份考入开发区的，走村串寨都是熟人熟路，几声吼，几番商量，便解了企业的这个大难。

"卡布"在龙里工业园区如鱼得水，创造着建设和生产上的高速度。这家一次性护理用品生产企业，二○一七年完成主打婴幼儿产品的一期工程建设，当年产值直冲十一亿两千万元。二期工程跟着上马，指向是老年、妇女用品。那天，在一片蓝天下，邓延站在厂区一块开阔地，指着远处的一片厂房告诉我，那就是正在争分夺秒建设的二期工程。邓延说，我不太喜欢舞文弄墨，但龙里工业园使得我越来越有想象力。"卡布"计划还要布局无纺布、复合芯体等相关的上下游企业，在龙里形成"一条龙"态势，成为一条完整的产业链。说着他还提高了嗓门："我看龙里就是条正在腾飞的龙。既然在这里找到了家的感觉，我们为什么不让这个家不断长大呢？"

"卡布"的眼睛盯着二○二五年。"十四五"规划结束之际，这家企业主体配套产品产值将分别达到六十亿至六十五亿元和三十亿至三十五亿元。这种前景当然是值得期待的。

四川人黄朝安，在啤酒行业差不多干了半辈子。从四川蓝剑啤酒公司到华润雪花啤酒集团，从四川到广东，从广东到贵阳，从贵阳到龙里，现在是华润雪花啤酒黔南分公司经理。

我还没开口，这个爽快的四川人已经抢了先，他说先让自己讲几句心里话："我知道你们主要问对龙里工业园的印象。告诉你吧，走了几个省，龙里的营商环境那真是没得说的。"至于龙里的营商环境好在哪里，他扳起手指排了个一二三四：一是工业强县不是一句口号，而是很多实实在在的行为；二是有越来越好的法治环境，依法办事，企业放得开手脚；三是当地干部们的办事热情确实让人感动，不办好企业都愧对他们；四是有一定工业基础，有良好交通条件。有这样的外因，内因不发挥最大潜能怎么都说不过去。

在公司的生产线上，瓶装、听装雪花啤酒源源不断地下线，却只见到了少许工人的身影，这是工厂智能化生产的成果。华润雪花啤酒黔南分公司，在省内还收购了另外两家啤酒厂，年均产量已突破八十万吨；新建成的每小时十二万吨生产线，产出的"听装雪花"覆盖贵州、广西两地市场。黄朝安说："现在我们考虑的不光是量的大，而是质的精。"华润集团是个有红色基因的企业，在龙里工业园找到了新的"家"，不过更准确地说，是找到了适合落地、生根、开花、结果的土壤；而这块土壤，是龙里干部群众同外来企业一起开拓培育的。

龙里工业园布局落子有没有特别之处？有，最值得思考的是眼光的长远。

以刺梨原汁、饮材和食品为主产品的贵州恒力生物科技有限公司，是园区最早派驻特派员的企业。集团常务副总经理、福建人林建已经在贵州打拼了二十年，他以公司生产贵州特色刺梨产品为骄傲，也以"贵州人"自居。

恒力源为什么看准了贵州刺梨？这与恒力源与贵州龙里"家"的情结不无关系。恒力源闯入刺梨加工行业，要解贵州刺梨的加工能力弱和对接市场难题，是它的初心。

龙里是贵州刺梨产地之一，加工能力却让人心寒。一个个小作坊，吃不下越来越高的刺梨产量，老百姓种了刺梨不好卖，有着鲜明贵州印记的小小刺梨果，变不成黄金果，走不进市场。

恒力源迎难而上。开宗明义的建设目标是：在贵州办一座工业化、标准化的刺梨加工企业，既要为农业现代化铺路，也要为刺梨走出贵州、走向中国，走向世界出力。

龙里领悟了恒力源的初心，把支持恒力源刺梨加工生产线作为重中之重。

目标正在一步步实现，目前，公司年销售额已上亿元，不仅与王老吉、娃哈哈合作，是"刺梨吉"饮料的唯一供应商，而且还形成了以刺梨为原料的产品系列。

"贵州人"林建与我交谈时，言辞激烈而亲切，心思全在刺梨上。"刺梨产业有可能是将来与茅台酒比肩的一张贵州名片，关键在加工，关键在市场，关键在怎么走出去。""为什么不可以办一所高水平的刺梨研究所？""为什么不像茶博会那样，每年办刺梨产业专题博览会？""为什么不能围绕刺梨和刺梨产业，开展更多的主题文化活动？"这就是赤子之心，赤子情怀了。

工业园区为贵州发展带来了什么？工业园区像什么？在龙里的那几天，我一直在寻找答案。

还是一片蓝天，我来到在谷脚镇的观音山红军战斗遗址。那是一片绿荫苍翠的山地。一九三五年四月，中央红军红一军团一部，完成佯攻龙里的任务后，占领观音山，截断老湘黔公路南段，阻击驻防滇军，掩护主力南移，成就了"兵临贵阳逼昆明"大剧的一个精彩部分。如今红军工事依然，却已物是人非。我突然闪过一个想法：在贵州"工业强省"大潮中建起了一个个工业园区，是不是有些像这些当年的红军工事，让工业带动贵州加快发展的构想，有了可以落地实现，可以扩张外延的平台，才打了一个又一个胜仗。

2

夏天到了的时候，远远近近的人们，邀约着，一群一群地去安顺市平坝区看盛开的樱花。

那是怎样惊心动魄的花海？在一片蓝天下，白色的樱花才谢，落英在绿茵茵的草地上雪片一样飘洒；粉红的、淡紫的樱花，又争着抢着在人声的喧闹中，在鸟鸣叽喳里，撒向枝头，团团簇簇、层层叠叠，把视线能及的地方，都染得灿若云霞。

二〇一二年花事正盛时节,当时的安顺市委宣传部负责人,邀我去看花。第一次看到樱花开成了海,我心无比震撼,当场写下一首诗:

你云霞般绽放的刹那/看花人潮水一样地来了/人与花,成了说不尽色彩的图画。

少男少女,歌唱在有了梦的树下/扯住阳光、细雨及鸟鸣/想象明年,花会怎样非花。

中年或者老年,慢慢读你/像翻页面渐渐发黄的书/看欢喜拉着惆怅的手走/日子化作阴晴圆缺的字码。

都不喜欢倏忽如电/想用笑或不笑的故事/拧成绳子把花期捆扎/生命像不断流的河/河里总有云帆高挂……

二〇一四年,人们再去看开得灿若云霞的樱花,却发现这里已不归属于安顺,现在划给横空出世的贵州贵安新区管辖。

年年岁岁花相似,岁岁年年人不同。

二〇二一年,无边樱花落尽,果实开始挂满枝头。贵安新区办公室两位女孩车丹和杨睿,开车拉着我用几个小时在新区里走了一圈,拿出一份介绍性的文字:

贵州贵安新区是国务院二〇一四年批准设立的第八个国家级新区,位于贵阳市和安顺市结合部,黔中经济区核心地带,是贵州省地势最为平坦开阔的地方,规划面积一九七五平方公里,直管区面积四百七十平方公里。

新区生态环境优美,田园秀美,河流湖泊纵横,空气质量优良率多年保持百分之九十八以上,拥有世界级遗产和国家级风景名胜三十二处，是唯一担负生态文明示范区使命的国家级新区，无与伦比的纬度、高度、温度、湿度、浓度、风度是贵安新区的亮丽名片。

新区区位交通优越。位于中国西南出海大通道，是连接成渝、长三角、珠三角和东盟自由贸易区的十字交通节点，基本构建起贵阳贵安"半小时通勤圈"，可通过高铁二至四小时直达周边省会城市，六小时抵达出省港口，基本建成西部陆海新通道交通枢纽体系。

新区产业功能强劲，以大数据电子信息产业为主体，中高端制造业和现代服务业支撑的现代产业体系正在加快形成，打造数据中心聚集区，电子信息制造业、软件和信息服务产业"三个千亿新产业集群"，规划建设大数据科技创新城；抢滩布局先进装备制造，高端纺织针织，生态特色食品加工等主导产业，一批重大项目开工建设……

这是一个气势恢宏、生机勃勃的新城。

这也是一个高端化、绿色化、集约化、理念全新的一个巨大园区。

它的目标是：西部地区重要经济增长极、内陆开放型经济高地、生态文明示范区。

贵安新区的同志说，这里每天的太阳都是新鲜的，人一走进新区，就与蓬勃朝气走在了一起。

恒力（贵州）纺织智能科技有限公司办公室主任陈洁，是如此说的人之一。

眼前的她，文文弱弱，不过三十岁左右年纪，不太标准的普通话里带着浓浓的吴侬低音，是个典型的江南女子。可是，在镜片后边闪射的目光，有柔情，也有刚毅，说话也干脆，不拖泥带水。我猜想，这估计与她人生经历有关。一问，果然她父亲曾与恒力集团创始人陈建华共事多年。作为恒力"第二代"，她来贵州参与开拓新事业，集团希望年轻人在新的环境中得到磨砺。

恒力集团是个了不起的企业，陈建华也是个不简单的人。

一九九四年靠收购江苏省一家村办企业起家，发展成炼油、石化、聚酯新材料和纺织全产业链发展的国际型企业，全球产能最大的PTA工厂，全球最大的功能性纤维生产基地和织造企业，恒力都占了一席之地。员工已有十二万，二〇二一年总营收七千三百二十三亿元，企业竞争力和产品品牌价值进入国际行业前列，位列世界企业五百强第六十七位，中国企业五百强第二十一位，中国民营企业五百强第三位，中国制造企业五百强第六位。

这样一个东部旗舰企业，为什么把投资开发的目光望向贵州，要在贵安新区建设规模硕大的恒力工业园？陈洁印象中，她们的"陈建华老总"在多次实地考察后，主要是坚定不移地相信两点：西部大开发正逢其时，贵州空前强烈的思变，贵安新区政策氛围、投资环境最好；水电、能源、用地条件最优惠；不断改善的交通状况、丰富的人力资源，足以使这块热土成为恒力开创新事业地点的首选。恒力纺织布局贵安新区，一定会出现双赢局面。多元化产业链在地域上的拓展，会推动"建世界一流企业，创国际知名品牌"的"恒力目标"早日实现。在贵安新区，恒力可以算是"关键少数"，百分之二十带动百分之八十，对贵州新型工业化的贡献也无可限量。

在蓝天映衬下，恒力（贵阳）产业园的一幢幢厂房色彩显得更蓝。蓝色是希望和梦幻的色彩。走进正在运转的生产线，壮阔的场景让人不能不浮想联翩。

一眼望不到头的纺织机，现场却看不到多少操作者，智能化、信息化颠覆了惯常的纺织厂概念，电脑代替了人手人眼。

几十幢厂房生产现场的地面都刷成淡淡的绿色，和机中吐出的白布构成和谐的画面。机器、厂房、布料、纺线，像色彩不同的花，这让她想起十年前看过的樱花花海，不过眼前的震撼程度大大超过当年。

恒力（贵阳）产业园规划用地八千亩，围墙以内七千亩，墙外还有一千亩。"饭要一口口吃，仗要一仗仗打"，前几年主攻一期工程，生产高端仿真丝等高档纺织面料，设计产能一万台设备运转，年产十亿米布料，产值一百个亿。二期工程是高端特种功能性聚酯膜项目。三期工程转战墙外一千亩地，主打微晶石地砖等新型建筑材料。项目全部建成后，实现年产值两百六十亿元，解决就业一万五千人。

宏图正在铺展，恒力集团派来贵安新区创业的五六十个中层干部和技术干部没有把事情想得那么简单。"企业家要心怀天下。"这一句鼓舞着恒力集团不断创造辉煌的话，在恒力（贵阳）产业园，也几乎成为人人皆知的格言。他们确定一个当务之急：授人以鱼，不如授人以渔；技术本地化，用人本地化，动作不能慢。

与本地大专院校合作建设教学基地，技术、智慧成果要东西共享。当地招收的员工带薪培训三个月，生产组长还送到苏州集团总部学习，只为将来活跃在生产、科研前沿的更多贵州人成为恒力（贵阳）产业园的人才骨干。

有人问陈建华，企业不就是图个效益好吗，为什么这样干？他的回答很简短："什么时代干什么事，到了什么时代做什么事。贵州给恒力一片热土，恒力不能忘了贵州工业化还在'追'和'赶'。"

贵安新区掂得出恒力产业园落户这件事的分量，特事特办，急事急办，事事都要打漂亮仗，只为恒力集团来得了、留得住、干得欢畅。

这里早有让企业暖心的"贵人服务"，按照恒力的需求，来了个提级升档，量身定制出一条"N对1"的服务路线，许多新做法在新区首次出场："五大专班"专攻招商引资、规划建设、用地保障、项目审批、能源保障、资金顺畅碰到的难题；综合办公室牵起"龙头"，统筹部门之间无缝衔接，有事"当天转接，限时办结"，想方设法在合规前提下压缩审批事项办理的时间；"最快速度""最大力度"，是检验恒力项目推进的最重要标准；通过恒力项目创造一个贵安新区营商安商的"金口碑"。

五十二天，把不可能变成可能；五十二天，贵安新区书写了"恒力项目"从签约到开工的奇迹。

一边带着先进理念、先进技术参加贵州工业化向先进目标的追赶；一边敞开胸怀、情怀满满迎接代表时代方向的企业入驻贵安新区。山和海相遇，激起不能止息的波澜。

贵安新区产业发展局的同志说，恒力项目是特例，但不是孤例。拥抱新机遇，融入新格局的努力，在贵安新区还引发了很多足得称道的"事件"。

贵阳的城市资源、城市价值优势与贵安的战略空间，政策机制创新优势相互叠加，一加一加一等于三或者大于三。引进了中国人民银行数据中心、华彬快消品等重大项目四十三个，总投资九百三十多亿元，新开工了中航发、中粮可口可乐等重点项目二十七个，推动贵阳市六城区及四个国家级开发区与贵安新区共建产业园，发展"飞地经济"。

一盘"棋"谋划，一股"绳"使劲，贵阳贵安已经捆绑在一起，一个经济体量大能级城市的雏形已经浮出水面，贵安新区会为贵州"强省会"战略贡献更大力量。

震撼人的乐曲不一定都是黄钟大吕，有时，小桥流水，也能动人心弦。

在贵安新区高端装备制造产业园南部园区一幢楼里，东江科技有限公司与恒力（贵州）产业园相比，算是真正的"小桥流水"。生产线只占了两层楼，注册资金一千万元，但它的业绩也很抢眼，同时有贵州省高新技术企业，贵州工贷目录企业、专精特新目录企业、贵州千企改造重点扶持项目企业和国内军用连接器配套骨干企业5块牌子。

"东江科技"董事长、总经理张俊是从国有企业脱身"杀"进贵安新区的。名字里带个"俊"字，可身段不高，还有副瘦黑的脸庞，他自嘲"我五行缺水，所以没生成张白脸。"自嘲的人其实心中一直有些"自命不凡"，他自己说："我小学一年级就想要考大学，进了大学想得最多是要办企业，当企业家。"

一九九七年以凤冈县高考第三名的成绩进入沈阳航空工业学院，学习飞机制造专业，这下正对路，因为从小就喜欢航空航天。在校时，六个贵州老乡发誓毕业后要回老家。毕业后，如愿以偿来到航天行业六大上市公司之一的航天科工集团下属的贵州航天电器股份有限公司。

开始的日子总是顺风顺水，后来他成了公司中层干部，担任了航天科工集团专家组成员。这样的日子波澜不惊，时不时还会卷起一两朵浪花。如果一直走下去，他的生活将永远是通常人们认为的幸福美满。

矛盾在不经意间出现。军工企业铁的纪律不容侵犯，一次他因违反厂里规定面临着处分，自知有错在先，甘愿受罚，唯一的要求，是希望处分他的事不要在网上发布，知识分子脸皮薄，不想让事情闹得沸沸扬扬。后来没能如愿，他退意已定，不是在说腾笼换鸟吗？自己这只鸟为什么不能换个生存环境和空间？找到公司领导，一边认错，一边表达辞职心愿。公司领导左右为难。谁不知道张俊是顶得起梁柱的技术骨干？他执意要走，对企业是个损失，对个人也不一定是最佳选择。见张俊认了死理，领导只好留个活口："我知道你的理想是干事创业，但企业也有企业的规矩。支持你上外边闯一闯，先停薪留职两年，干得好继续在外边干，干不下去你乖乖给我回来上班。"

谁承想张俊一走再没有回来，但与公司的联系没有中断。他自己创办企业，基本业务是各类电连接器及核心零部件的研发、生产和销售，很多时候要接"老东家"的单。

企业发展速度超乎想象，在贵阳小河国家经济开发区盛不下了，先后考察了惠水、小孟工业园，都觉得不够理想，后来辗转找到贵安新区。他说当时一段对话终生难忘。

产投公司董事长问他来有什么条件？

"我要厂房免费租。"

"前三年全免，第四年减半！"

"把租金都让给我了，你们的经济利益怎么体现？"

"小张，企业更注重当下效益，你来了，要吃不？要穿不？要住不？给你减了负，生产能快上。政府考虑的是十年、二十年的利益，企业发展好，我们就不亏，这账得这么算。"

"东江科技"决定落户贵安新区，发生的事都让张俊感到新鲜。办事没请过任何人吃饭；打电话，领导们晚上十一二点还在开会，但一定会给你吃颗"立马办"的定心丸；没去找过谁，各种服务都送到身边。张俊开始见人就宣传："在贵安新区干起来爽快，这里才是我们企业成长的土壤。"

企业安在贵安新区，张俊的心也越来越和新区相连。

二〇〇九年，在航天电器工业研究所任所长时，张俊到日本本田汽车公司学习过，一位丰田专家的话很形象："一个企业就像中国的长江，把很多支流带到海里，形成无边无际的蔚蓝。水代表财富，大海代表市场，支流代表股东、员工、客户。看清了这一点，企业知道该干什么，怎样才能永远兴旺。"张俊觉得这与东江科技"主动配套，优化联接"的行事风格有些不谋而合，在贵安新区这片土地上，东江科技应远把市场、财富、员工、客户放在一个棋盘里越下越活，越下越好。

他们的产品，配套到航空、航天、兵器、船舶、电子设备、机车等多个制造行业，以重量轻、体积小、高精度、高可靠、复合化等特点吸引用户；还特别擅长制造小型接触件，多项技术处于国际先进水平。公司还是贵州军工行业自动设备的主要研制企业，专门为航空航天企业研发专业自动化生产线及相关设备。我在参观他们生产线时，公司的同志专门引我去看了正在改造升级的自动化车间，而完成改造任务的，正是公司自己的技术骨干。

一个个高新技术企业在贵安新区安了家，贵安新区拿出一年比一年耀眼的成绩单："十三五"期间，贵安新区直管区经济总量年均增速百分之十八点三。二〇二〇年，直管区地区生产总值完成一百三十九亿多元，同比增长百分之七点六，固定资产投资完成一百九十五多亿元。

贵安新区本来担负着产城融合的责任，一个新的城市框架正在拉开，建成面积五十四平方公里，骨干路网超过四百公里，况且还拥有众多众创空间、孵化平台、跨境电商等新业态，融进贵州"强省会"五年行动，真会成为一个宜居能创业的好地方。

"融合"，正在成为贵安新区使用度渐高的语言。在贵州大学城，曾经的贵州大学明德学院，已经易名贵阳信息科技学院。在学校入门处左边，一片古色古香的建筑群分外显眼，飞檐走壁的大门挂着一副对联，上联曰"立功立德立言真三不朽"，下联是"明理明知明教乃万人师"。这里是学校的阳明书院，书院执行院长是来自江西的一位企业家。他已创办了三个书院，在贵安新区办书院，要想做一个实践性很强的实验，看看在一个高速发展的国家级新区。怎样让经济张帆远行的同时，思想政治教育、传统文化研习、提高人的素质不会成为"短板"。"与圣贤对话""与智者同行""知行合一，拥抱未来"，从书院的讲课题目里，感受得到创办者的良苦用心。

我不能不再一次提起十年前为之心动的那片樱花之海，行进中的贵安新区，花开似海，不过色彩更加绚烂，香飘更加悠远。

3

正是一个周末前的下午，赶到遵义高坪国家级高新产业园，已是下班时间，贵州中航电梯有限责任公司一大片蓝白相间的厂房里，此刻没有机器的喧闹声，纵横交错的厂道上也几乎见不着人。公司总经理朱洁却一直在等，我因另一个采访耽误了时间，她看看手机说："今晚还有件事，谈四十分钟，行不行？"声音很温和，还有些不紧不慢，我心里犯起了嘀咕："四十分钟？又是这么个柔弱女子，不知道她讲的故事能不能将我吸引？"

谁知她讲这个在园区成长壮大的企业，开始三个"活"字，便让人顿时长了精神。

开始，活得下来；渐渐，越活越好。现在，活出精彩。

这样来勾勒一个企业的昨天今天，很刚劲！我禁不住多打量几眼女经理，想象四十分钟里，会有多少风声雨声雷电声。

制造飞机的中航工业集团，大本营在安顺、贵阳，遵义只有一家天义厂，二〇〇四年分出两个民品厂，其中之一就是"中航电梯"的前身。

再是造民品，处境也和地方企业截然不同。

浑身都是流着军工的血液，军工产品最讲使用价值，成本、市场往往忽略不计，军工企业普遍不设销售部门。最初的中航电梯公司，没有有效的成本控制手段，缺乏广泛的市场网络，面对的主要矛盾是产品"卖不卖得动"？分了家后有点一头雾水的感觉，耳边响着的是有些凄厉的风声雨声。

"公司怎么活下去？"上上下下都急。二〇〇八年捆绑上市，不符合条件没有成功。在这期间，公司换了三任主要领导，都在做这道题："怎么想办法活？怎样拿出有竞争力的产品？如何在技术、管理上都创新？能不能在市场上杀出一条路？"

真还倒逼出了成果，进了园区，一步走得更比一步快。

进了园区的企业，一家比一家成本账算得精。"中航电梯"也捋了一遍自己的成本生成过程，决定断腕翻身，只负责组装成品，贴别人的牌子，生产过程不在厂里，这样不用养人，材料成本一降低，产品就有了盈利空间。

设计自己的特色产品，等于领到了一张特别的市场通行证。在"打包"制造电梯的过程中，他们同外省一些电梯厂技术团队有了联系。一来一往，竟然引进一支技术团队。四川一家电梯厂十几名技术骨干，因为理念冲突，决意"突围"，他们被集体请到"中航电梯"，"不是为了钱，而是想干成一件事。"

成本降了，技术提升了，"中航电梯"怎么活出来已然不是问题。越活越好，活出精彩，这篇文章公司决定自己来做，从"借力"到"发力"，一字之差，两点推进。创新需要人来完成。公司把特别的温暖给予有志创新的人，技术、管理上创新，大到专利发明，小到小改小革，都是精神物质奖励并重。目前，公司获得发明专利超过两百项。

电梯属于相对成熟产品，技术上高精尖不太好说，公司选择应用上的开发创新，老百姓需要什么就开发什么，果然招招都灵。小井道电梯，通用性强，特别适用于旧房改造，需求量日增。新冠肺炎疫情暴发后，无接触式、感应式、消毒式电梯应运而生。公司很快"搭车"，又抢得市场先机。体量比不过大厂家，可不可以在服务上较劲？贵州中航电梯公司提出口号"让我们的产品更有温度，更有感情，更有舒适度"，自行开发"电梯物联网"，二十四小时监控，把服务质量问题解决在萌芽状态中。这时，还要巧借母厂之力，打出"航空技术、军工品质"的牌子，两点发力，收获颇丰。二〇二〇年，曾经一年只卖出几十台电梯的"中航电梯"，创造了五亿五千万元的产值和五亿两千万元销售收入。二〇二一年，产值五亿八千万元，销售收入五亿六千万元。

朱洁一脸感慨，说一个曾经可能自生自灭的企业，是在工业园区"悟道明性"，翻开了精彩的一页，而且下边的文章会更耐读。这话，我信。

在园区里"悟道明性"的，可不止一家两家。

广州与毕节开展东西部扶贫协作，在金海湖新区建设"毕节·广州产业园"，广东省渔政总队南沙大队队长罗卫斌是招商引资的牵头人。他一来就碰上难题，听不懂当地方言。每一次会议结束，四下找人询问，花很大功夫去"翻译"和研究会议的内容。也难不倒他，找机会就同本地人聊天，他形容这"好比学外语"。任职三年，他能讲上一些简单的毕节方言，但已经听得懂毕节话。

这个外来干部不"见外"，不仅听懂了方言，还学会了吃辣椒，工作起来就很顺。

广州市南沙区三十七批次三百一十二人来金海湖新区考察调研，金海湖新区也多次到南沙衔接，他在中间穿针引线，终于在上千公里距离间架起合作建园区的热线。南沙区每年安排一百万元协助金海湖新区招商引资，组织企业送岗位上门，将十多家锂电池企业引进新区，当地近千人就业，大量"黔货"，也搭上顺风车进入广州。

园区为贵州工业化搭起一个个平台，政策、资金、技术、人才各方面优势聚集起来，就形成让工业在传统农业地区发挥带动作用的动力。

二〇一六年八月，我去了一次在遵义市播州区的鸭溪工业园区。人还未下车，就闻到弥漫在空气中的酒香味。

酒香不是来自酒，而是酒糟。

茅台生态循环经济产业示范园的负责人讲话干脆："哪个给你们说？这项目就是个废物利用，变废为宝。"

茅台酒生产过程中，每年会产生不少"丢渣"。为什么不叫"废渣"？就因为它做茅台酒达不到标准，酿中低档酒却是好原料。茅台集团为处理它伤透脑筋，得找地方堆，得防着变成了污染源，可拉到几十公里外的生态循环经济产业示范园，丢渣就是真宝物。

丢渣能变，头一道做复糟酒，据说生产线全部建成，产量有5万吨，产值超过三十亿元。酿过酒的丢渣还能生产天然气和生物有机肥料，算下来也不是小收入。负责人手指前方，一块高高低低的绿地："看见没？那儿叫浪头坝，最后要把肥料送到坝上，养我们的生态农业区。想想看，几千亩地，开满荷花菊花，长着菌子，喂着食用昆虫，有味道吧！"

十三万平方米的复糟酒厂厂房称得上壮观，厂房里机器也十分气派。机器长龙阵一样摆开，蜿蜿蜒蜒的。人在玻璃隔开的长廊里行走，看流水生产线，就有些望不到头的感觉。"我们这里是全流程自动化控制的！"线上工人话语里听得出自豪。不久前，他们还是地地道道的农民，因为建厂失了地，便有现在这个身份。讲到满不满意，他们算了几笔账：饲养土地，拼死拼活月进账千把元钱，现在月工资三千多元。村里有不少家里两口子都进厂，算下来，一个月"真金白银"得有六七千元，包装、运输，将来搞起观光农业，哪里不要人？找钱的路真是越来越宽。

贵州的工业园分几个层级，国家级、省级，也有县或者企业办起来的。它们星星点点洒满大山，层级不同，初心一样，都是新产业、新业态、新事物源源不断出现的平台。

"工业强省"不仅是一句热情洋溢的口号，而是千千万万人的实干。省里建立了省级领导挂帅的十大工业产业工作机制,组建"十大专班"。把基础能源、清洁高效电力、优质烟酒、新型建材、现代化工、先进装备制造、基础材料、生态特色食品、大数据电子信息、健康医疗这十只拳头握紧,而且不断为它们赋能加力。

二〇二一年三月九日,省政府新闻办信息发布大厅,外面春寒料峭,厅内人声鼎沸。发布的消息振奋人心:"贵州发展的差距在工业,潜力在工业,希望在工业"的科学判断有了最有力的诠释,实施"工业强省"战略十年,是贵州工业大发展快发展看得见摸得着、感受得到的十年。

公布的数据显示:

> 全省规模以上工业增加值年均增长百分之十以上,增速持续位居全国前列。二〇二〇年,全省工业增加值达四百六十亿元,是2012年的二点零六倍;全省工业总产值达一点四万亿元,比二〇一〇年增加一万亿元;工业增加值总量在全国排位从第二十七位跃升到第二十一位,创造了贵州工业史上含金量最高的"第一"。

这十年,贵州工业结构优化,转型加快,"千企改造"企业六千余户,一批大项目建成投产,大数据新等型产业从无到有,快速发展。贵安新区成为全世界聚集超大型数据中心最多的地区之一,三十八个园区产值近百亿元。

这十年,贵州工业带动有力,贡献突出。二〇二〇年工业税收占全省税收百分之三十四点六。规模以上工业企业带动就业七十六万人,农产品精细加工带动就业超过一百万人。

"十大专班"抓的十大工业产业全部迈入千亿级,全省建成千亿级园区两个,两百亿元以上园区十九个,百亿元以上园区三十八个。

有记者当场提问:贵州将从哪些方面推进开发区高质量发展?在支持培育企业将采取哪些措施?在推进新型工业化进程中,会如何守住发展与生态两条底线？

当场回答也得具体，但归纳起来就是几句掷地有声的话：抓主导产业，抓龙头企业，抓产业链条，抓园区建设，抓要素保障，抓生态环境，立足自身实际高起点谋划发展定位，突出目标导向高标准制定发展目标，强调"项目为王"，高质量推进重点任务。可见的目标是：到二〇二五年，全省工业总产值突破两亿八千万元。

新中国成立以来，贵州工业发展一直走着上行路线，但也曲折不断。

一九六四年开始进行大规模三线建设，大批工业企业内迁贵州，相继建成航空、航天、电子、煤炭、电力、冶金、有色金属、机械、化工工业生产基地。

一九八五年至一九九一年间，贵州主要通过三大国防科技工业基地空间布局调整，带动了全省不同规模、不同层次开发区的发展。一九九二年以后，加大工业发展增量的投资力度、新建、改建、扩建了一批能够有效发挥贵州工业优势的大中型项目。

改革开放推动西部大开发，一九九一年至二〇一一年，工业发展建设最快的二十年。到"黄金十年"之前，全省工业产值达到六十多年来的最高点四千多亿元。

"黄金十年"以一亿四千万元刷新了六十多年形成的最高点，工业产值翻了两倍多，这是一次必须载入史册的大步流星般的跨越，这也是贵州工业融入现代化建设洪流的一个最新起点。千企改造，多少家传统企业、老企业恢复青春、焕发生机，成为工业发展力量的中坚；作为最有温度的土壤，大大小小的园区，让政策、资金、技术、人才的潜力充分释放，新兴产业的花，日甚一日开放在贵州工业化的版图上。大数据产业异军突起，前无古人地在贵州造就耀眼辉煌，成为世人认识贵州、后来居上的标杆。

贵州工业经济"时代特征"越来越彰显。创新引领转型升级，事实胜过万语千言。仅在"十三五"期间，六千余户企业实施改造升级项目七千多个，拉动技改投资近五千亿元；华润、恒大、苹果等一批世界五百强、全国五百强企业入黔投资兴业；"产学研"通道进一步畅通，规模以上工业企业研发经济经营年场支出增长百分之十六以上，建成五个国家重点实验室、省级及以上企业技术中心一万五千二百三十九户；产业结构优化也很明显，制造业占全部工业比重超过百分之七十三，比二〇一五年提高十一个百分点，高技术产业工业产值年均增长百分之十一。贵州工业发展让人刮目相看。

新时代的贵州像一艘巨轮，驶离了港湾，有了明确导向，闯过千重险难，行了万里路，还要继续破浪向前。

第三章 造一个『高速平原』

第三章 造一个"高速平原"

一 陆海空、大动脉、微血管

1

什么是路？鲁迅先生说过，这世上本没有路，走的人多了，便成了路。

这是"路"的最初概念。

贵州山高谷深，水流纵横；"隔山喊得应，望山跑死马"；河溪不大，却又湾急滩险。所以，没有哪一个省份的人比贵州人更渴望道路的通达。限于生产力水平的低下，贵州最早的路，就是人们出山进山用脚板踩出来的一条条羊肠小道，一处处田间阡陌。

贵州第一条通往外界的路也是靠脚踩出来的。

战国时代的楚国将军庄蹻，公元前279年奉命率兵进发黔滇。他最终想去的地方是今天的云南，要走一条从东向西的路线，途经且兰、夜郎、宛温等地，就是今天的福泉、安顺、兴义。这些地方甚至连羊肠小道也是支离破碎，庄蹻的士兵们用脚板把一段段小道联结起来，尽管非常简陋，但从荒野林间到内陆中原毕竟不再是无路可走。

真正工程意义上的修路，始于秦始皇时的"五尺道"。这种官道是否修进了贵州？因为秦朝运祚短暂，典籍并无明确记载。倒是汉武帝命唐蒙攻伐南越，夜郎是必经之地。为了战争需要，士兵们硬是在崇山峻岭中开出一条路来，贵州才有了一条贯穿全境真正通过人工修建的道路。

贵州建省本为沟通云南。决定贵州建省的明朝开国皇帝朱元璋，对贵州交通尤其用心上心，不惜人财物力，在贵州全境古道之上修建驿站。按那个年代的标准看，这些驿站还称得上先进。五十里一驿，快马时刻备用，人和马不分昼夜换班奔跑，足以保证上情下达、下情上达。明朝大军通过贵州抵达云南实现有效管辖，同时又进一步改善了贵州交通条件。

但是，驿站的作用仍然有限。远离驿站的地方，仍然要面对道道天堑，山还是贵州与世隔绝的千重屏障。

贵州为何修路难？因为放眼全是山，不仅遍地都是山，而且六成以上是石头山。这石头山是发育在以石灰岩和白云岩为主的碳酸岩上的地貌，又称喀斯特岩溶地貌。在生产力达不到一定水平的年代，喀斯特岩溶地区修路架桥，难于上青天。

清代学者陈法说到故乡，满纸都是无奈语："黔处天末，重山复岭、鸟道羊肠，舟车不通、地狭民贫。"

到了清代康熙年间，贵州巡抚佟彩凤奏章仍言："天下之苦累者莫过于驿站，驿站之险远最苦者莫过于黔省。"

一九二六年，时任贵州省政府主席周西成下令修建贵阳"环城公路"，里程虽短，却是贵州历史上第一条近代标准的公路。有路就得有车，当时的省政府安排，从香港购入福特轿车一辆，开到广西柳州就再也无法北上，因为没有连通贵州的公路。只得走水路运到三都，上岸后把车"大卸八块"，靠人扛十多天后运到贵阳再重新组装。恰巧贵阳正在召开运动会，这前前后后经历五十多天，才到达贵州的第一辆汽车直接开进会场，引发万众轰动。不过这风光只是昙花一现，由于贵阳周边公路太少，车子顶多只能在城里有数的几条街上和环城公路上开着兜兜风，多半时间只能当个摆设。老百姓没见过汽车不懂避让，政府还专门贴出警告："汽车如老虎，莫走当中路。若不守规则，碾死无告处。"省会尚且如何，其他地方更是可想而知。

那个时代的贵州，并不是完全没有公路，可已有的公路都有着不理想的路况。

黔西南州晴隆县城南郊，有个重要地方叫作"鸦关"。这关集雄、奇、险、峻为一身，说"一夫当关、万夫莫开"毫不夸张，可它还有个名字

"二十四道拐",却比"鸦关"更响亮。从山顶到山脚直线距离约三百五十米,垂直高度二百六十米,一条四公里的公路在倾角约六十度的斜坡上,以"S"型依山型修建,是滇黔公路的一段。让它名震天下的原因,缘于"二十四道拐"是抗战时期国际援华物资运输的"咽喉要道"。援华物资运抵昆明后,要通过这里才能运抵抗日前线,因此被称为"国际援华生命线"。

我去过这条著名的公路,尽管它已受到必要的保护,但坡度、路面质量的因陋就简痕迹仍然依稀可见。

拐来拐去的公路,在贵州太容易找到。

遵义桐梓县黄连大山里有条公路叫"七十二拐",方圆不足三平方公里地界内,路面由海拔八百米上升到一千四百五十米;十二公里地段上,有七十二个回头弯。

在这样的路上行车,除了技术,更要胆量。

三十多年前,听不少人讲过一个大致相同的故事:在北方平原上习惯于公路上多拉快跑的司机,进到贵州的公路上竟然傻了眼,没见过这么陡的路,不知道路上会有这么多"拐";他们不敢开了,于是贵州早早出现"代驾"这个行业。

我也有感同身受的经历。二十世纪八十年代初,我是贵州日报社驻毕节站记者,从毕节乘客车出发去纳雍县采访,迷迷糊糊在车上醒过来,从车窗向外一看,车子开过来的路竟像飘带一样挂着陡峭的山壁上,这"带子"很长,而且车子继续行驶在带子上。几十年过去了,很多事情已经忘却,但至今仍清楚地记得,当时全身惊出了冷汗。

著名经济学家厉以宁为贵州说过一句公道话:"不是夜郎真自大,只因无路去中原。"道出了贵州人对道路的无奈与辛酸。

看一看这组数据,大体可知为什么总说贵州行路难。

新中国成立时,当年贵州拥有总长四千多公里的公路干线和支线,但实际通车里程不到两千公里。铁路更少得可怜,全省总里程只有一百四十八公里。

直到一九六四年,贵州才实现县县通公路。这个成绩当然可圈可点,是贵州几代人艰苦奋斗的结果。

"三线建设"给贵州交通发展带来一次千载难求的机遇。

一九六四年至一九八〇年,贯穿三个五年计划的十六年中,国家在属于大小三线地区的十三个省和自治区中,基本建设投资全国总投资百分之四十以上,贵州是重要的受惠省。

一九八五年,贵州全省公路通车里程已达两万七千九百九十九公里,初步形成公路网。可这些路多半等级低、质量差,顺着山势建路,贴着河谷架桥,别说汽车开了,人走着也不易,依靠汽车让贵州走出大山,依然是贵州人一个遥远的梦想。

交通是制约贵州发展的最大瓶颈。

贵州是山的世界,水的故乡,贵州的山山水水让人产生创造的梦想。

新中国成立以来,改变交通落后的状况是贵州历届领导班子不变的一个传统。进入二十一世纪后,连续几任省委和省政府主要领导,都坚持一张蓝图绘到底,紧紧抓住大交通战略不放。

这里,我想提到曾任贵州省省长的林树森,虽然他任职时段在"黄金十年"之前,但任上一个虎啸山林的大手笔,却至今让人难忘。

记得他刚来贵州不久,就在一次会上提出,北京路是贵阳的一条主动脉,但现在却成了"断头路",必须向东西两个方向拓展,才能为贵阳提供必要的发展空间。这以后,北京西路修建,老城区直接连通金阳新区;再以后,北京东路也修了起来,为贵阳与双龙开发区一线相连创造了条件,当然这是后话。因为报纸版面安排上的一些问题,我和他在他办公室里有一次交谈,提及这件事,他莞尔一笑,说:"贵州要发展,交通就得真正优先。"

抓贵州发展,先从交通抓起,这是他的一贯观点。

多年以后,已经不再是贵州省长的林树森写道:

第三章 造一个"高速平原"

"解决贵州的空间——距离——可达性是贵州跨越式发展的先决条件。"

要实现贵州跨越式发展也就应该有各种相应的对策。如何发挥自然地理的优势，我们提出了加快生态文明和生态现代化的发展方向。中科院中国现代化研究中心发布的《中国现代化报告》对二〇〇〇年和二〇〇四年全国各省区市生态现代化的实现程度进行了研究，结果显示，二〇〇〇年贵州生态现代化指数在全国排名第二十八位，但仅仅用四年时间，到二〇〇四年贵州省的排名提前了九位，在全国排名第十九位。这说明，如果我们能抓住机遇，追上并跳上生态文明这班车，那么贵阳将有可能从工业现代化的起步阶段直接进入生态现代化这个人类现代化进程的最新阶段，从而实现经济社会发展的历史性跨越。

从提高广大农村农民的商品生产水平到加速工业化、城市化或上面所说的加速进入生态现代化都需要一个先决条件，迅速改变贵州的空间——距离——可达性现状。

可以说，睿智的林树森，说出了当时贵州广大干部群众的共识。但怎样"改变"，还得找到落脚点。

"改变"就从打通贵州到广东的直线大通道开始。

贵州不沿边、不沿海、不沿江，区位上难得高分。但凭借新中国成立后和"三线建设"时期建起西南区四条最重要的铁路：黔桂线、川黔线、贵昆线、湘黔线在贵阳形成十字交叉状，一举成为中国西南铁路交通的中心枢纽。重庆、四川往东，云南北上，珠三角、长三角、京津冀和西南之间来来往往，必须先经过贵阳。这说明，交通发展可以造成区位态势的改变。

可林树森省长面临的态势是：贵阳铁路大枢纽已经风光不再。二〇〇七年中国铁路第六次大面积提速后，由成都、重庆开往华东、广东方向的十二趟列车已经不再走运行速度和效率都相对低下的川黔线，改行更短更快捷的渝怀铁路，不经过贵阳、遵义等地，贵州已被边缘化。贵州，必须交出答卷，不仅仅是为曾经的辉煌扼腕，更要创造新的辉煌。

哪里是自己最佳的出海口，要做出准确判断。

上海，与贵州距离太远，中间地带不发达地区尚多，上海带动贵州，恐怕有些鞭长莫及。成都、重庆，一旦发力首先带动周边，轮到贵州，可能时间、空间都不理想。而广州则不一样。它是珠江三角洲中心城市，与贵阳的直线距离只有七百多公里，不到贵阳与上海距离的一半。一旦有了快捷的通道，贵州就可以跟中国南方最富饶、最有发展活力的地区广州、深圳、香港一体相连，拓宽出可以想象和难以想象的发展空间。

贵州下定决心要修通贵广客专（就是后来说的贵广高铁）。这个项目当时并没有列入"十一五"规划，若到"十二五"再列，又要再等五年。贵州不能等，贵州也不想等。

赴京汇报的队伍一轮轮派出，省内各项准备工作也一环紧扣一环。

好在贵州的想法得到党和国家领导人的高度重视，国家有关部委也觉得此举可以带活中国好大一片地方。这里有账可算：贵广客专（高铁）一旦开通，贵阳到广州，就会从原来走湘黔线二十一个小时、走黔桂线二十七个小时，缩短到六个多小时，首先重庆要动心，谁会放着近路不走绕远路。有了这条路，昆明经贵阳到广州，比原来规划的客专（高铁）线少了整整十五公里。更重要的是，两条高等级铁路相连，昆明到广州可以节约两个小时左右的时间。如果作更远的展望，云南与越南、老挝、缅甸接壤，一旦广州—贵阳—昆明与将来的泛亚铁路接通，云南一直在实施的"桥头堡"战略就得了一盘活棋好棋。

广东方面积极性也很高。他们算过账，能为本省增加一条高铁不说，最重要的是这条铁路将穿过贫困的粤西、粤北地区，能为当地脱贫作出贡献。

于是，中国铁路建设史上一次"从无到有"的跨越式事件在贵州发生。

一条长达八百多公里的全国路网和区域性主干线，从提出请求到补编列入"十一五"规划，再到具体方案、可行性报告、评估立项，仅仅只花了十个月的时间，这十个月，四两拨千斤，是一次创造奇迹的贵州速度。

这次，贵州下了一着险棋，更下了一盘妙棋。

妙就妙在贵州凭借一条快速通道，让昆明、重庆、成都为了更快到达广州而主动选择连接贵阳，让贵州重新坐回西南地区铁路枢纽的头把交椅上。

别小看了这把"交椅"的失与得，它让贵州将要来到的"黄金十年"有了实在的起跳点，拥有过去未曾有过的话语权。

贵州有了一条更快通达珠江三角洲的快速通道，盘活经济有了前所未有的基础和条件。"西南煤海"的煤和形形色色的黔货要出山，丰富的红色文化、旅游资源希望山外更多人领略共享，东部的企业要进入贵州，贵州的富余劳动力要进军沿海市场，多少能够让贵州快一些变、快一些富的计划不再是梦想。

老百姓的幸福感简单明了。贵阳到广州，朝发夕至，早上吃一碗贵阳有名的肠旺面，几个小时后可以坐在广州喝下午茶；事情办完了，赶上顺趟的车，说不定还赶得上吃贵阳夜市的卤菜烤串串。这样的生活，谁不说"爽"。

领导层面的思考就更为深远。

贵州"争"来一条高铁，带来多项效应，说明"世上无难事，只要肯登攀"。这次成功，对"黄金十年"贵州敢于后发赶超，让不可能的事变为可能，也是一种重要启示。

只要思想解放，只要对大势有科学的预判，只要有常人没有的信心和勇气，敢想敢干就不会是盲干乱干，干就干成个样。

在贵州交通大发展期间，同属西部地区的甘肃省某部门到贵州参观学习后，给省委、省政府写了一份调研报告《贵州大发展对甘肃的启示（一）：绿水青山换来金山银山》，其中大量篇幅讲贵州确保"交通优先"，实现交通大突破，县县通高速，村村通公路，认为贵州抓到了点子上。

陕西作家钟法权认为，"启示"讲到了点子上，但还有更深层次的东西需要揭示，那就是发展观的异同。

贵州人要后发赶超，要实现跨越式发展，走常规路不行，按部就班不行，墨守成规不行，必须大胆创新、另辟蹊径，走一条前人和别人没有走过的路。别人搞经济是扬长避短，贵州偏偏"以短补长"，明确提出"交通优先"理念。

有的地方是招商引资先挣钱，有钱之后再修路；而贵州用的是"笨"办法，先栽梧桐树，不怕鸟不来。这是最有效、管长远的策略，从最花钱、最费力、最难马上见到成效的交通起步，夯实可持续发展的基础，构建后发赶超的引擎。其实，这才是真正的高招。

后来，从一份资料上看到，修建贵广高铁，贵州作出在贵州段承担百分之四十九投资资本金的承诺，花了五十七个亿，相当于二〇〇五年省市级财政支出的三分之一。这钱花得值不值？事实已明摆在那里。

要想富，先修路。贵州，用石破天惊的想象，苦干实干的实践，敢于"抢"在前面的勇气，变劣势为优势的智慧，印证这句至理名言。

2

记得还是在二十一世纪头几年，一次全国党报总编辑会议上，一位来自东部城市的省报代表，见着我和《甘肃日报》的同志，大概有些好奇，顺口便问："你们兰州是不是得骑着骆驼上班？""贵阳看电视方不方便？怎么你穿着打扮和我们没有两样？"

有些半开玩笑的成分，但相信真实的疑问至少占了一半，否则这样的问话很难出口。

若干年后，这位已经退休的代表旅游途经四川到贵阳，还没出贵阳北站就给我打电话，说是在车站里被弄得有点晕头转向，要我赶快去帮忙。到贵阳后，我带他去参观建设中的观山湖区，一次次发现他惊讶的目光，还一个劲讲："是不是有些夸张？""黄金十年"，贵州交通的大发展，确实颠覆了很多人的观感。

"高速平原"代替了"地无三尺平"，"高路入云端、大道驶出黔"让"无路去中原"成为历史。还在公路建设模式、桥梁建设技术上取得创新性的突破，创造了发展交通的"贵州模式"，实现了"小省办大交通"的壮丽蝶变。

交通优先，首先体现在舍得在交通发展上花钱。最近五年，全省累计完成公路水路固定资产投资六千四百四十八亿元，年均增长百分之二十一点九，是改革开放前三十五年的二点八倍。二〇一六年投资总量位列全国第一，二〇一七年位列全国第二。连年创新的投资纪录，反映出贵州后发赶超自交通始的眼光和胆识。

贵州抓交通，眼光放得很长远，"陆""海""空"同步开展，意在建立四通八达、快速安全的立体交通网络。山路难行的贵州高原，变成了让人羡慕的"高速平原"。

二〇一五年，贵州成为西部地区第一个、全国第九个县县通高速公路的省份。到二〇二一年底，全省高速公路总里程已达八千零一十公里，排名全国第五位，西部地区前三名，与周边各省区至少各自形成三个省际通道。八千多公里高速公路、两万七千多座桥梁、两千五百多条隧道，在贵州铺展开六百多平方公里、一马平川、四通八达的"高速平原"，拉近了贵州与长三角、珠三角、京津冀、粤港澳大湾区、成渝经济圈的距离，区位优势更加凸显。昔日"飞鸟不通"的荒蛮之地，如今形成一个又一个"一小时""二小时""三小时"经济圈。

贵州交通发展的"赶"与"超"，有很强的节奏感，围绕一个时期的中心任务，事事有目标，年年有大战。

二〇一二年，面对既要"赶"又要"转"更要"改"的三重任务与压力，抢抓国发二号文件《关于促进贵州经济社会又好又快发展的若干意见》重大历史机遇，"乡乡通油路、村村通公路"、通县高速公路项目百分之百开工建设。

二〇一三年，启动高速公路三年会战、普通国省干线两年攻坚、"四在农家·美丽乡村"小康路行动的计划。当年全省高速公路里程突破三千公里，建设普通公路一点三万公里。

二〇一五年，以县县通高速为重点。全省高速公路通车总里程突破五千公里，提前三年实现县县通高速的目标。

二〇一六年，水运建设成为重点。建成乌江构皮滩翻坝运输系统，都柳江从江航电枢纽等一批标志性重大项目。乌江复航，航电开发实现"零突破"，水运三年会战圆满收官。全省高等级航道里程达八百五十一公里，居全国十四个非水网省（市）第一位。

二〇一七年，以"村村通"建设为重点，实现建制村通畅率、通客运率双"百分之百"，"乡乡通油路、村村通公路"跨越到"村村通硬化路、村村通客运"，农村交通几年跨千年。

二〇一八年，以提升交通运输服务供给质量为重点，创新研发新农村交通综合服务开放平台，成为交通运输部农村客运智能化应用唯一示范项目。"多彩贵州·最美高速"创建品牌受邀参加世界交通运输大会。"互联网+交通运输"广泛运用，城乡居民"手机上下单、家门口坐车、服务点取货"变成生活中屡见不鲜的场景，越来越多的村民享受到和城市居民一样的交通普惠便捷服务。

二〇一九年，以"组组通"硬战收官为重点，用不到两年时间建成七万八千七百公里通组硬化路。在西部地区率先实现三十户以上自然村寨百分之百通硬化路，四万个村寨一千二百万农村人口受益。为中国减贫奇迹的贵州精彩篇章奉献出交通经典战例。

二〇二一年，突出人文关怀，加强安全管理。全年交通运输事故大幅下降，人民群众更有获得感、幸福感、安全感。

修路是最大的政治。修路是最大的民生工程。这是贵州全省上下高度认同的观点。

省交通运输厅主要负责人谈及贵州农村公路三年大会战和农村"组组通"公路三年大决战，会回忆起很多难以忘怀的数字和事件。

他说，脱贫攻坚交通先行，处于"毛细血管"位置的农村公路，更应该是优先中的优先。因为农村公路一头连着广大百姓，另一头连着致富希望，农村公路担负着打通贫困地区交通普惠便捷服务的重任。荒山僻野的"最后一公里"打通了，新时代、新生活走进大山，农民群众走进市场，走向幸福。你去乡村采访，人家告诉你的首先是村里又增添了多少部轿车、汽车、摩托车。手机一点，出租车、网约车、学生班车用不了多久就开到身旁。从大城市寄来的包裹几天时间可以到深山，大山的"黔货"被电商平台插上飞出山的翅膀，在平原地方，这或许早已成为生活习惯，在贵州乡村，却被看成又一次"翻身解放"。

基础设施"最后一公里"的重任，松懈不得、马虎不得，也要像修高速公路那样，一张蓝图绘到底。在他看来，最近五年，是贵州交通史上农村群众受益最多的五年。

二〇一九年底，全省六十六个贫困县公路里程由两万四千二百公里增加到十六万一千九百公里，等级公路由两万三千九百公里增加到十三万五千一百公里，高速公路由三千七百九十七公里增加到五千一百九十公里。十六个深度贫困县公路里程由六千八百二十五公里增加到四万九千三百公里，等级公路由六千七百三十公里增加到四万两千四百公里，高速公路由八百七十三公里增加到一千四百八十四公里。二十个极贫乡镇建成快速通道三百六十九公里，大部分实现二级公路连接。两千七百六十个贫困村在全省率先实现爱村通组公路连接。

闭目想想，这么多贫困县、乡、村被公路插上隐形的起飞翅膀；下去走走看看，昔日的穷乡僻壤被公路改变了发展条件。交通的改变，带来漫山遍野水果飘香、塘中鱼跃、园中牛羊肥壮，黔货源源不断出山，是真正的"脱贫路""发展路""振兴路"，下不好这着"先手棋"，换不来老百姓的欢声笑语。

贵州山大，没有火车一驰千里的力量大；贵州山高，翱翔的飞机可以比它飞得更高；贵州水长，正好顺流驶进奔腾的长江、珠江。俯瞰贵州大地，一张纵横南北、横跨东西、腾空入海的现代化立体综合交通网已经基本形成。

二〇一九年，贵州高铁营运里程就已达一千四百三十二公里，排全国第十位、西部第二位，在建铁路重点项目十个，省境内高铁建设规模约六百九十公里。高铁基本实现各市州全覆盖，并以"米"字形通往六个方向，与周边省会及全国重要城市联通，标志着贵州已成为西南地区高铁中心枢纽。

过去贵州只有贵阳磊庄一个机场，离贵阳城区较远。当年流传一个"段子"，有人从广州飞回贵阳，用了不到一小时时间，下飞机后贵阳道路不畅，到家反而用了两个多小时。现在不可同日而语，九个市州都有机场。

全省民用运输机场规划为"一枢纽十六支"，即一个枢纽机场和十六个支线机场。到二〇一八年底，已建成一个枢纽机场（贵阳龙洞堡国际机场），十个支线机场（遵义、六盘水、安顺、荔波、黎平、天柱、铜仁、德江、毕节、威宁、六盘水、盘州、兴义）。贵阳枢纽机场旅客吞吐量二〇一八年突破两千万人次，十个支线机场吞吐量也达成七百九十万人次。二〇一九年，全省机场吞吐量首超三千万人次；贵阳机场连超沈阳、大连、三亚，进入全国大型繁忙机场行列。贵阳机场航线近两百条，磅礴大山挡不住飞越大山的愿望。

新的蓝天计划更加耀眼。二〇一七年省政府批复《贵州省通用机场布局规划》，目标是：二〇三〇年基本实现通用航空县县通，构建以贵阳为中心的全省一小时空中交通圈，以及以县城为中心至县城重点乡镇十五分钟空中交通圈。

打通水路，也是"黄金十年"贵州交通发展的一个亮点。

第三章 造一个"高速平原"

贵州水多。但河流并不壮阔。尽管条件险恶，但水运自古以来就是贵州与山外联系的重要通道。岁月变迁，一些河道变小变浅，已无法通航；修水库、建电站，造成一些河道水流消减，通船非常困难。

打通贵州"水路"，也投入大量人、财、物力。

到二○一八年底，全省内河航道里程三千六百六十四公里，北入长江的乌江、南下珠江的南北盘江及红水河，建成了八百多公里的高等级航道。

关于乌江，二○二一年在贵州有两个掀起波澜的重大事件。一是十四艘满载六千八百吨磷矿石的货船从贵阳开阳港出发，经过重庆涪陵港，运抵安徽芜湖港，千里乌江全线复航。二是构皮滩水电站翻坝船闸创造了六项世界之最。货船经此过，呈现出一派"水往高处走、船在天上行"的壮美景观。

二○○二年，我去过建设中的构皮滩水电站。记得那天早上我们乘车，从乌江右岸的余庆县构皮滩镇向工地驶去。一条十四公里长的砂石公路弯弯曲曲，忽高忽低，坐在车里摇晃颠簸。倒是路两旁郁郁葱葱的林木，袅袅绕绕的山岚，时时吸引我们的目光。这是二十世纪七十年代为电站开发而修建的地勘公路；左岸石壁上还有几十个更早年代留下的地勘洞。开发建设构皮滩电站，早在二十世纪五十年代便开始规划设计，凝聚着几代人的心血和希望。绵延几十年的构皮滩开发之梦，终于在实施西电南送进程中找到真正"圆梦"的历史性机遇。但令人遗憾的是，电站设计上却没有考虑船闸工程，千里乌江将被拦腰截断，将要出现的宽阔水库上将无法向下游行船。

那是十分郁闷的一天。我站在乌江岸边有些神伤，突然，一行白鹭掠过江面低飞，在人们的惊喜中渐渐远去。我突发奇想，这是不是好兆头，乌江通船是不是会有让人惊喜的方案？这一等就是将近二十年，是梦想总有实现的一天。

十四艘标志乌江通航的船队通过构皮滩电站船闸时，我不在现场，但媒体争抢着报道了当时场景的壮观。

运输系统工程线路全长两千三百零六米。它创造的六个"世界之最"

是：世界上首座采用三级升船机方案的通航建筑物；世界上通航水头最高的通航建筑物；世界上水位变幅最大的通航建筑物；世界上单级提升最高的升船机；也是世界上规模最大、提升力最大的下水式升船机；还是世界上规模最大的通航渡槽。所以被称为"升船机博物馆"。

两千三百零六米的"顶级工程"，打通了一条渴盼已久的黄金水道。五百吨的船，清晨从余庆大码头启航，当晚就能停靠重庆市涪陵区，再往前走，就会听见长江滚滚的涛声。

贵州北上长江的夙愿终于得偿。

贵州交通快速发展集中在二〇一一年至二〇二一年，这是贵州交通发展史上的"黄金十年"。

十年来，贵州交通实现了从"西南地理枢纽"到"西南陆路交通枢纽"的历史性跨越，初步走出了一条有别于东部、不同于西部其他省份的交通发展新路。贵州交通从"跟跑为主"进入"并跑领跑"新的发展阶段，反过来又支撑了全省经济社会大发展的"黄金十年"。

这十年，全省各级领导干部争当"开路先行官"；这十年，人民群众为贵州交通建设一马当先敢洒血和汗。

站在全省层面看，这是贵州交通建设史上投资规模和力量最大的十年，是交通建设速度最快的十年，是发展成效最好的十年，是道路运输实现根本性转变的十年。

县县通高速，村村通沥青（水泥）路，村村通客运，组组通硬化路，加上市市通民航，市市通高铁，贵阳凸现西南重要交通枢纽优势，成为实施"一带一路"和长江经济带战略的重要通道，缩短了中西部陆路交通的时空间距离，为西部省份优化资源配置创造了空前良好的条件，"山间洼地"转身为"开放高地"，交通功不可没。全省全社会货物运输量年均增长百分之十四以上。二〇一八年，贵阳物流时效提升幅度拿下了全国第一。

许多大企业、投资商因为交通条件的显著改善，增加了对贵州的投资信心。微软、西门子、阿里巴巴、修正等一大批世界五百强企业纷纷入驻；随着立体化、全域化交通体系形成，贵州所有的AAAAA级和主要的AAA、AAAA级以上景区，都可以实现三十分钟进入高速公路系统。

二〇一六年贵州被《纽约时报》评为世界上五十二个"必到旅游胜地"，旅游业逐年井喷。

二〇一六年至二〇一九年，贵州接待游客分别为五亿三千一百万人次、七亿四千四百万人次、九亿六千九百万人次，每年分别增长百分之四十一点二、百分之四十点一、百分之三十点二。交通扶贫效果也十分明显，在贫困地区，改一条溜索，修一段公路，就能为群众打开一扇脱贫致富的大门。高速公路、高速铁路"主动脉"和"普通公路""毛细血管"的加速成型，再加上空中和水上"道路"的日渐丰满，贵州已然是投资商青睐的地方，有志者创业的战场。

人民群众看贵州交通快速发展的十年，更加直观，还带着浓浓的人情味。铜仁市文联副主席谭晓红拿今天同二十多年前做了一个比较。过去坐火车去铜仁万山，下了火车就要坐马车，才能到达客车站坐农公车下乡。出差到别的县去，因为路烂，要一两天才走得到。现在是高铁、高速公路、飞机任你选，哪个更快捷舒适方便便选哪个。

《梵净山》编辑部主任、市作协秘书长代劲华，前段时间回了趟河北老家，发现平原上的交通并不比山里的铜仁方便。她把亲戚们请来贵州，都说贵州不但山美人美，而且对交通的好也打心眼里夸赞，他们没想到山里的贵州在交通建设上抢了先。看来，贵州交通建设的"好"与"快"，是上上下下、内内外外都认可及称赞的巨变。

大交通凸显大区位。大交通引领大产业。大交通助力大开发。大交通促进大旅游。大交通助推大扶贫。大交通推动大物流。大交通支撑大数据。大交通激活大城镇。大交通带动大投资。大交通改善大民生。贵州奔驰在"高速平原"上，前景无比灿烂。

3

我必须辟出专章,来讲贵州的桥。

因为贵州桥梁建设水平已经处于国际领先水平,被誉为"世界桥梁博物馆"。

二〇二一年底出版的《贵州桥梁志》如此写道:

> 桥梁是贵州交通发展变化最亮丽的一张名片。
>
> 贵州坚持交通先行、交通引领的发展理念,雄居大山中的三万多座桥梁,让天堑变通途,创造出数十个"世界第一",共同打造了数量多、类型全、技术复杂、难度极大的中国桥梁省,赢得了"世界桥梁看中国,中国桥梁看贵州"的美誉。
>
> 从花溪松柏山大桥开始,到江界河大桥、坝陵河大桥、平塘大桥、大小井大桥……一座座或世界第一,或亚洲榜首,或国内领先的大桥,如雨后春笋般相继建成。仅"十三五"期间,贵州就建成世界级桥梁十八座。
>
> ——贵州桥梁科技成果丰硕。一座座桥梁无论是施工工艺,还是结构形式,都极大地丰富了贵州峡谷桥梁的科技含量,为贵州峡谷桥梁的建设奠定了坚实的技术基础。
>
> ——贵州桥梁文化内涵丰富。贵州无桥不成路,桥梁已经融入人们的生活当中,成为贵州域文化不可或缺的一个部分,蕴藏着深厚的人文底蕴。
>
> 一座座桥梁,见证了贵州交通发展巨变。红枫湖、夜郎湖上三桥交相辉映,乌江、北盘江上五桥跨越峡谷,天桥飞渡,美不胜收。一座座桥梁,既是"民生之桥""产业之桥",也是"致富之桥",更是"希望之桥"。桥梁建设大跨越,助推交通大提升。如今,万桥飞架,大道

纵横，成为引领贵州经济社会追赶超越的强大引擎，书写了贵州人民决战贫困、同步小康的精彩篇章。

这些不是诗的诗句，透出贵州人因桥而生的万丈豪情。

贵州目前有两万一千多座桥，数量是一九七八年的四十多倍，加起来的长度有二百七十多万延米，相当于贵阳到北京再到朝鲜平壤的距离。

已建成的桥梁，创造了数十个"世界第一"：坝陵河大桥——世界山区第一座千米级钢桁梁悬索桥；鸭池河大桥——世界跨径最大的钢桁梁斜拉桥；毕都高速北盘江大桥——世界第一高桥，高达五百六十五米；水盘高速北盘江大桥——世界跨度最大的钢筋混凝土梁桥；赫章大桥——世界梁式桥梁最高墩，墩高一百九十五米；江界河大桥——世界跨径最大的桁式组合拱桥……

世界高桥前一百名中，有八十多座在中国，贵州就有四十六座；世界高桥前十名，贵州占了六席。《中国高速公路建设实录》收录了一百座特大峡谷桥，其中一半在贵州。因为这么多形形色色的桥，贵州才当得起"世界桥梁博物馆"的称号。

在桥梁建设界，贵州发布桥梁技术指南二十部，地方标准七部，申请专利十七项，填补了多项国内技术空白，国内外三十多家主流媒体做过报道。

好山好水是贵州的宝贝；大桥高桥也是贵州的宝贝。

怪不得有外省人来贵阳游走一遍，会为贵州的桥感慨不已："在贵州看山、看水，还应该看桥，唯有把山、水、桥当作一体看，才算找到了欣赏贵州的途径和钥匙。只有把贵州的路和桥的作用和要义领悟透了，才能找到贵州快速发展的秘诀。"

因为要寻找走出大山的路，贵州的发展史几乎就是一部路桥史。桥在贵州，是最重要的交通设施之一。

山川阻断、行路艰难，建设桥梁往往成为打通道路的关键工程。简易的桥、竹桥、石桥、溜索桥是早期桥梁形式。新中国成立时，贵州还保存有清代以及更早之前的不少桥梁，多为古驿道上的桥梁，以拱桥、梁桥为主，索桥、浮桥次之。南宋嘉定年间始建，位于遵义市江红花岗区的普济桥；明代平越卫（今福泉市）人葛镜独资兴建，位于福泉市东南郊的葛镜桥；位于贵阳南明河上的明代古桥浮玉桥，横跨潕阳河的镇远祝圣桥；见证过抗日战争的独山深河桥等，都当属此例。古桥览尽历史烟雨，具有极高的文物价值。

比如葛镜桥，著名桥梁专家茅以升主编的《中国古桥技术史》就有记载：（葛镜桥）工程艰巨、雄伟壮观，为"西南桥梁之冠"。茅以升本人更是夸赞："北有赵州桥，南有葛镜桥。"只不过一路至今，多数古桥的实用价值逐渐消退，更多的是为人欣赏和研究。

改革开放四十多年来，贵州桥梁建设进入一个新的发展时期，建材、工艺、技术都发生了根本性变化。"黄金十年"，公路桥梁、铁路桥梁、市政桥梁，更是如雨后春笋般雄起，出现了一批极具代表性、典型性的"特色桥""明星桥"，与贵州的山山水水相映成趣。

说贵州是"桥梁省"毫不为过，而且还囊括了当今世界全部桥型。走在贵州的公路、铁路线上，一个惊喜连着一个惊喜。桥桥相连、桥隧相连、桥站相连，桥上有桥，洞中有桥。有的峡谷水面上，三桥、四桥并存是寻常事，甚至连火车站都修建在桥上，形成贵州交通线上的奇观。贵州桥梁创造出众多中国之最、亚洲之最、世界之最。桥，是最具贵州特色的一道风景。

造桥，印证着贵州后发赶超、奋进前行的一路风云。在造桥人的眼里，很多时候是自己打破自己创下的世界纪录，没有极限。贵州山高谷深，地貌复杂，本来是造桥的劣势，可建设者却把它看作难得的优势，当作可以自由驰骋的想象和创造空间，流汗甚至流血，在大山里绘制出洋洋洒洒、震撼心灵的画卷。这正与贵州人一定要走出大山、一定要拥抱海洋的渴盼契合。

世界第一高桥梁毕格公路北盘江大桥，穿越两个一江之隔的村庄，贵州六盘水市水城区都格镇龙井村与云南省宣威市普立乡腊龙村。两个村看似近在咫尺，往来却要翻越三座大山，走上四十多公里，而且两岸怪石林立，河滩上湾回浪转，是名副其实的天险。

云贵两省连通，需要架一座大桥。两岸村民想图个近便，也盼着有一座桥。

二十世纪七十年代，两省隔江相望的两个村子之间，终于架起了一座铁索大桥，从此贵州、云南两省一桥相连。但这桥只能走人，不能行车。即便人行，不知什么时候峡谷里会吹起强劲的风，走在桥上的人，便在风里面摇摇晃晃。这时，所有走在桥上的人都只会有一个念想，什么时候能走在一座风雨无阻、坚实牢固的大桥上？

杭瑞高速公路的修建圆了这个梦，而且要建的桥远远超出了他们的想象。

规划中的北盘江大桥，一头连接毕节至都格高速，过了桥便是云南省普立至宣威高速公路，因此而成为杭瑞高速公路连接云贵两省的重点控制性工程。也就是说，桥能不能如期完工，直接影响到整条路建设进程的"快"与"慢"。

在云南和贵州两省之间架一座门户之桥，在险峻雄奇的北盘江上造一座世纪之桥，光荣而艰巨的任务，落在贵州公路集团第四分公司肩上。

接到任务，一个难关接着一个难关。正式动工的时间是二〇一二年，可在之前对北盘江都格标段考察时，就曾发现一个足以容纳二百多人的超级大溶洞，溶洞裂隙发育能力对桥梁建设意味着巨大风险。地质勘查结果显示，将要建设的北盘江大桥两岸均为高达五百多米的高陡边坡，桥位处的喀斯特地貌和卸荷裂隙非常发育，为避免溶洞和裂隙对大桥基础安全产生影响，虽然北盘江第一桥的桩基只有六十多米深，但为确保桥梁稳固，地质钻孔须深达一百一十米至一百二十米。无论怎么讲，建设者们面对的将是一场未有过的挑战。

陕西作家钟法权，写过一本名为《人间飞虹》的书，专讲贵州建桥的难与险。在北盘江高桥的建设团队中，他听见了许多鲜为人知的事，认识了不少值得永远记住的人。

虽说只是一江之隔，但云南这边不仅地质条件更为复杂，交通条件也差于贵州。十号桥台及主塔区为古岩溶塌陷区，岩溶发育程度最高，给桩基施工带来极大困难。仅有的一条经过普立乡连接宣威市和水城区的盘山路没有硬化，不仅坎坷不平，遇到下雨更是泥泞难行。

开工并不顺利，一下子落后了十个月工期。

为了追赶工期，贵州公路集团决定从主塔施工时开始发力。采用六米模液压爬楼施工工艺，投入人力物力，二十四小时不停歇施工，最终将整个工期差距缩短至五个月。接下来还能抢回时间的，就是钢桁梁桥拼装施工，这恰恰是"短板"，施工人员个个都是新手。

问题促进逆向思维，压力就是动力，既然是"新"，为何不让它一"新"到底？首先从顶推施工工艺上优化，成功将单个节段顶推时间从一天降至四小时左右；同时采用新工艺，二天就可以完成一个节段拼装及顶推，终于如期啃下了这个"硬骨头"。

最后一战是中跨钢桁梁纵移悬拼。这是国内乃至世界首次使用的新工艺，而且初战并不顺利，千辛万苦缩短的工期一下子又被拉大了，对建设者信心是一个打击。关键时刻，项目负责人周大庆站了出来，带领技术人员每天蹲在现场，经过几番研究和设计，完成了桥面吊机的局部改进，解决了纵移时间过长的难题。经过仔细统计、分析每道工序的实际施工用时和所需工人人数，采取多种办法，最终实现五天一个节段的目标，有六个节段还平均只花了四天时间。六年努力不平常，建设者们终于在二〇一六年九月中旬实现了大桥按期顺利合龙。

据建设者们事后回忆，能在如此险恶条件下保质按期完成造桥任务，借力科技创新攻克技术难关是最大亮点。建桥过程中投入的科研经费高达一千五百八十多万元，针对桥梁结构设计、施工架设技术和运营及养护管理关键技术三个方面深入研究。气候条件多变，钢桁梁结构指标该怎么定？运输条件差，桥梁部件怎样安全抵达现场？空气湿度大，如何确保焊接质量？每一个解题过程就是一个厚重的故事，每个题解出来了就是后来施工的经验。每座大桥都是一种挑战，同时也是一次机遇，在莽莽群山中凸显出独特的价值和力量。贵州人用行动证明，能够在万般复杂的地形地貌中，修建出能与山比高的桥，靠的是顽强拼搏、奋勇争先的劲头。山间造桥的"贵州经验"，印证着"中国速度"；一座座世界级桥梁在贵州横空出世，是贵州用另一种形式发出的"追""赶""超"宣言。

主塔相当于一百一十层楼高的平塘特大桥，被业内专家称为当今"最高、最美的天空之桥"。二〇一六年四月开工建设，历时三年半顺利合龙。三座桥塔矗立在峡谷之上，远远望上去，像是三颗巨型钻石半隐半露在云雾缭绕的山谷间；若是云雨天气，桥塔透过云层浮现，颇有些海市蜃楼的意味了。

平塘大桥作为贵州大外环的"闭环工程"，它的建成将平塘县至罗甸县的车程，由两个半小时缩短为一个小时，成为横向连接贵州南部的交通要冲。

大桥建设之初，就遇到难题——怎样才能打牢地基？地基牢固才能支撑数百米塔柱，所以桥塔基础采用了直径三点五米的超大直径群桩。造这么大的群桩基础，用材、施工运输都十分困难，市场上没有合适的大型设备能运到现场，况且桥位地形险峻也无法采用机械成孔。破解的办法是：用人工挖孔，每个孔桩由两个人共同施工完成，而每个孔桩就有近三个篮球场大。可以想见，这是一个多动人心魄的施工场面？

平塘大桥整体要使用上万个钢构件，总重量两万两千多吨，通过每个桥塔上二十二对斜拉索高悬于峡谷之上。这么多钢材是怎么安装上去的？

如何破解这种世界级的技术难点，建设者几经思考和摸索，拿出了自己的办法。较之以往工艺，平塘特大桥最大的工艺难点在于必须应对桥塔高、安全风险大的情况。采用"钢主梁整体吊装"工艺，能解这个难。就是通过桥面悬臂吊机将整段钢梁运输到悬臂端进行安装，把大量桥上拼装工作转移到稳定拼装场内完成，高强度螺栓的施工质量和整体拼装线得到保障。如此一来，不仅加快了桥梁架设速度，确保质量又降低了安全风险。针对峡谷深、施工条件不理想的情况，平塘特大桥建设中，还进行了高空大体积混凝土施工、钢筋网片整体安装、高扬程机制山砂等一系列科研攻关，在沿线沟谷纵横、地质复杂、气候恶劣的条件下，顺利推进项目。建设者们说，凝聚着我们心血和智慧的平塘特大桥，高架于雄峻大山之间，百米深谷之上，就是让人们看到，贵州人有压不弯、折不断的脊梁。

世界跨径最大的钢桁梁斜拉桥鸭池河大桥，也是在恶劣天气中造就的奇迹。

一群记者在一个天气晴好的日子里，来到位于贵阳清镇市和毕节黔西市之间的工地上。尽管阳光很强烈，但站在大桥上，从侧面吹来的风却呼呼作响，头发都被风吹得飞了起来，让人进行正常的交流都很困难。可项目负责人却对记者说："你们遇到的还是最正常时候的风速，大约只有四五级，平常这里都是七八级风速，很大，最大时有十一级的。"

气候条件不好、场地狭窄、施工精度高，是建设鸭池河大桥的"三难"。

桥址正好是风口处，风大不能不建桥。按照规定，风力达到六级以上就不能进行施工，为了随时监测风速，项目花了一百多万元建立起气象观测站。建设者最终想出了办法，按照十二级风力设计结构缆索吊、爬模，他们说："这叫办法总比困难多。"

鸭池河大桥雄居群山之间，美丽壮观。可壮观后面是更有冲击力的创新工艺和技术含量。

为了解决技术难题，确保鸭池河大桥建成优质工程，建设者们以"中国建设工程鲁班奖"为目标，开展科技攻关，在"索塔吊段钢筋整体吊装施工技术""冬季高塔蒸养成套技术""三百五十吨大跨径缆索吊装工程应用技术""钢桁梁组装与整体吊装联合施工技术""连体挂篮悬臂与落地大钢管支撑施工工艺"五个方面取得重大突破，实现了重大创新。

"我曾经提出，也怀疑过这座桥到底能不能修建成功；现在我悬着的心落地了。"来自同济大学桥梁工程系的陈德伟教授,是鸭池河大桥的技术监控专家。他对这座桥评价很高:"中国的桥梁设计和施工技术,在世界上到底是处于强国地位还是大国地位,业内一直有争论。鸭池河大桥的建成,在大国和强国的争论之间为项目投上了一票,也增加了中国桥梁在世界上的地位。"

桥,只是路中间的一小部分,而每一座桥的建成,都是贵州人走出大山的一大步。

二 "喝令三山五岳开道,我来了!"

1

二十世纪八十年代建成的贵阳至黄果树汽车专用线,是改革开放以后贵阳修建的第一条高等级公路,它串起了黄果树、红枫湖、龙宫等黔省西线一路风景,但从严格意义上讲,这并不是一条高速公路。最窄处双向都只有一个车道,全路投资不过区区三亿两千三百万元。

可路修通了,并非所有人都额手称庆。

那段时间我因采访接触的人比较多,各个层面的人都有,经常可以听到这样的议论:"贵州本来就穷得叮当响,农村学校普遍破破烂烂,农民住的房子七倒八歪,与其花那么多钱修条高级的路,还不如把钱用来改善学校和农舍的条件!"

其实就是不修这条路,专款专用也使不到改造那些房子上。但是,这样的解释,并不能使所有疑惑消散。

贵州村村寨寨都有无路之苦、修路之痛,贵州人吃够了"路"的苦头。但是,究竟是攒足了钱再修路,还是钱少也要先修路,看法却不完全一样。

经过不断的论证和协商,贵州省委、省政府提出了"十年左右实现县县通高速公路"的宏伟目标。

有人质疑：有这个必要吗？质疑原因主要集中在三个方面。一是贵州高速公路规划建设里程，超过了英国全国高速公路里程，更远超印度的几倍，作为中国西南一个小省，有必要如此规划吗？二是贵州修路成本高，一个穷省哪有那么多钱来修路？是不是先发展经济，挣了钱再说修路的事？三是贵州山高谷深，按照高速公路建设标准，动不动就要穿隧架桥，没有足够多的建设队伍和科技攻关力量，十年实现八十八个县通高速可能吗？

省委、省政府用"不争论"来统一思想。其实心里已铁定了一个念头：贵州不能有一块钱只修一块钱的路，有十块钱再修十块钱的路。没有资金怎么办？要用别人的钱修自己的路，用明天的钱修今天的路。贵州人要后发赶超，实现跨越式发展，走常规之路不行，墨守成规不行，必须走一条前人和别人都没走过的路。

省委书记、省长都是"开路先行官"。每一次事关全省"修路"的大动作，都由省委、省政府统领全盘。

二〇一三年，贵州启动实施"四在农家·美丽乡村"基础设施建设，涵盖"小康路、小康水、小康房、小康电、小康讯、小康寨"六项行动计划，其中小康路计划被列为重中之重，到二〇二〇年，总投资超过一千亿元。

二〇一五年，省委、省政府又启动农村公路建设三年会战，力争到二〇一七年建制村道路通畅率百分之百，通客运比例百分之百。结果到二〇一七年底，全省农村公路路网总里程十六万两千公里，不但建制村通沥青（水泥）路率达到百分之百，而且贵州成为西部第一个、全国第十四个实现建制村道路通畅的省份。

二〇一七年，贵州省开展脱贫攻坚秋季攻势行动暨农村"组组通"公路三年大决战。省委主要领导在主会场宣布决战开始，各市州县设立分会场，省里下达"军令状"，形成"省级指导、市州统筹、县区主责、乡镇实施、村民参与、多方协作、各方监督全省'一盘棋'局面"。两年时间建成七万八千七百公里通组硬化路，实现三万九千九百个三十户以上村民组百分之百通硬化路。

二〇一八年，贵州省政府印发《新时代高速公路五年决战实施方案》，明确到二〇二二年，高速公路完成投资五千亿元以上，通车里程突破一万公里，形成连通更加便捷、覆盖更加广泛、保障更加有力的高速公路网络。

省委、省政府把一个充满激情色彩、又需要苦干实干的交通发展大蓝图呈现在全省干部群众面前：构筑以贵阳为中心双通道连接各市州中心城市三小时交通圈，建成市州中心城市连接周边县的两小时交通圈及相邻市州中心城市的四小时交通圈，形成贵阳中心城区一小时快捷交通圈。四小时、三小时、两小时、一小时经济圈，贵州"高速平原"将风光无限。建成环贵州高速公路，建成九个市州中心城市绕城高速公路。加强与周边省区市互联互通，快速连接珠三角、长三角、成渝、长株潭、北部湾、中等重要经济体和城市群，七小时到达周边省区市中心城市，全面融入"一带一路""长江经济带"等国家战略。

贵州交通发展一步步走进春天，总是春色满园，没有省委、省政府和各级党委、政府一马当先，这春雷怎么会声声炸响？

二〇一五年底，一篇由贵州大学教授袁本良撰写的《县县通高速公路记》，被勒成碑文，立在贵阳东南西北各个高速公路省界点上。其中有这样一段：

当代黔人兴路，励志后发争先。国发文件，西部陆路枢纽；部省接续，交通优先发展。厅局联动、规划修编施行；创新模式，多方融资共建。云端高路，寄托千秋梦想；大道出黔，承载万民夙愿。

可以说，这段文字对贵州干部群众为改变贵州交通落后面貌，埋头苦干，奋力向前作出了中肯评价。

值得一提的是，贵州省财政以十亿元为基数，每年递增百分之十的专项资金用于高速公路建设，各市州县按四比六的比例，与省财政共同筹集高速公路建设资本金。调动多方积极性，手上有钱，好做文章。

一级一级带头抓交通，一件一件真正抓交通，这样的事，在全省各地都不鲜见。

二〇二一年末，我在铜仁市待了一周。当时，贵阳凉意已浓，而铜仁的气候却暖意融融。当地干部群众谈起修路的事，个个神采飞扬，热烈的程度比天气的温度还要高涨。

市里的领导同志执意要让我去看一条路。

二〇二一年十二月十八日一早，铜仁市作协的小戴陪我乘车去江口县，车开出市中心十多分钟，到了碧江区一个叫八官溪的地方，小戴喊我下车。八官溪大桥雄伟壮观，桥这头是个面积不小的停车场，桥那头是条显得有些不一样的公路。她说，这就是领导们想让你看的路。

这是铜仁市新建成的一条旅游路，路不算长，却像一根带子，把铜仁市发展旅游的两个"核"——山水甲天下的梵净山景区和人文底蕴厚重的中南门古城区联结起来，在当地被称为"一带双核"。

八官溪大桥南岸，停车场如矩阵似的，一个个片区分别摆放着观光车、双轮四轮自行车，还停放着悬挂着不同省份牌照的车辆；北岸，黑黝黝的柏油步道被划出很多色彩斑斓的线，这里可以举行山地马拉松赛、汽车拉力赛，据说有人在道上步行四十多公里，从铜仁中南门古城区到达梵净山山下广场。

小戴说，过去铜仁以路烂车慢闻名，现在高速路多了、县乡公路好走了，旅游公路也开通了，可领导心中总有本"交通账"，带着干部群众一笔笔向"账"上增加新内容。

铜仁市地处黔、湘、渝三省市交界，像纽带一样把西南地区和中国中部、东部连接起来，素有"黔东门户"之称。作家贾平凹谓铜仁"山城在山窝子里的多，但江从城中穿过的少，竟然三江穿过，城分为四，十三桥卧波的只有铜仁。凡到各地,差不多的都自撰有八景,最不牵强附会,其景雄沉,能销魂摄魄,又全绕着城廓的,也只是铜仁。铜仁之所以为黔中独美,美在有梵净山的蕴蓄,美在有锦江水的茂阔,活该是桃源的深处。……世上有美丽富饶一词,却往往是美丽者不富饶,富饶者不美丽,铜仁可以说占得四字。"从湖南凤凰县走出来的作家沈从文,二十世纪三十年代享誉中国文坛,他的家乡距铜仁只有几十公里,他作品中经常出现的贵州人,多半是从铜仁沿江漂下去的。

"黔中各郡邑,独美于铜仁。"历史上的铜仁,因水兴旺,舟楫往返,商贾云集。但随着社会的进步,由于山大地偏、交通不便,曾一度陷于有区位没优势的境地,地方发展受限,长期背负贫困落后的符号,负重前行。

铜仁的同志说,铜仁有两张截然不同的交通版图。老版图对应的是"十一五"计划期间。铜仁一万八千平方公里的土地上,只有沪昆高速公路从边缘穿过。这仅有的二十八公里高速公路,让被称为"黔东门户"的铜仁尴尬不已。全国、全省的高速公路路网布局显示,铜仁曾经是一座交通"孤岛"。水路交通没落了,铜仁在发展上被甩到了后位。交通落后更让铜仁的"欠发达、欠开发"窘态凸显。高速公路不仅意味着交通上的便利,更重要的是能带领铜仁走进高速度与高效率并存、大竞争与大融合同步的快速发展轨道。仅有的二十八公里高速公路,还是地委、行署(当时尚未改市)主要领导同志无数次上北京、跑贵阳,做工作争取来的。

新版图反映的是"十二五""十三五"期间,铜仁交通态势的巨变。到二〇二一年底,全市高速公路已有十二条七百八十九公里,基本在城内形成"四横三纵一环"高速公路网络。全市公路通车里程三万四千公里。建成农村公路两万一千七百五十六公里,成为创建"四好农村路"全国四个示范县之一。新增内河四级航道二百四十七公里,总里程位于全省第二。高速铁路运营里程八十四公里多,接通了与中东部的时空距离。铜仁凤凰机场完成改扩建,成为全国百强支线机场;黔北(德江)机场动工,铜仁"一市两机场"的愿景将要实现。

"外出靠走，回家靠爬"的时代一去不复返。一条条美丽的生态公路、快捷的高速铁路、蔚蓝的水上通道、高远的空中航线，纵横编织成多彩交通网络，把铜仁载向跨越发展的诗和远方。

没有一个统筹兼顾的指挥系统，没有领导者铁定的"造路"理想，这样的雄奇画卷不可能在铜仁出现。如果说省委、省政府和各级党委、政府是"开路先行官"，省交通运输厅就是全省的"开路执行官"。

党的十八大以来，省交通运输厅党建扶贫阵地先后转战威宁、开阳、从江三县，加强交通基础设施建设无一例外地列入"七项攻坚行动"之首。

决战从江，是贵州省委、省政府赋予他们的重大政治任务和光荣使命，且看他们如何担当？

二〇二〇年五月二十七日清晨六点，我已在从江县城鼓楼广场快步走半个小时了。头天上午八点半从贵阳出发，来到从江县城已是中午一点多钟。匆匆吃了饭就往丙妹镇大歹村赶。在那里，又是座谈，又是专访，还有参观，多少有些累。回到住宿地，一觉睡得香，也睡得深。

黎明即起，才发现住宿地外旁边有这么一道风景。两棵前后相望的古榕树，撑起两片硕大的绿荫。在各色树木的映衬中，高大的侗家鼓楼和早晨的微风一样平和安静。倒是广场上晨练的人影，发散着"动"的意蕴。再往远走些，都柳江急匆匆地流着，屏住气息听，听得见一阵紧似一阵的水击声。

风景当然迷人。可更叫人眼睛一亮的，是广场绿荫中时时闪现的一幅幅标语："从江脱贫大舞台，有你参与更精彩。"看得出来，如期打赢脱贫攻坚战，在这个挂牌督战的省内九个尚未"摘帽"的贫困县之一，已经成为众力所为、众望所归的事。

在丙妹镇大歹村的走访，让这种感觉有了坚实印证。

大歹是从江县具有代表性的深度贫困村。三个自然村寨五个村民小组，居住着二百八十七户两千多名苗族村民，贫困发生率曾经高达百分之五十二点五六。大多数村民听不懂普通话，生活习惯虽然古朴，但与移风易俗、文明卫生的乡风相较，差别不是一句两句话就能说清。

省交通运输厅派驻的第一书记唐隽永说，一切变化要从交通的变说起。他说的"变"，我们一进村就开始品味。

下午三点二十分，车停在小融至大歹旅游公路起点上。但见这条五点八公里长的柏油路，飘带似的在青山中时隐时现，把人的眼光和想吸引到山顶上的丛林深处。县里的同志介绍，这条路刚开通不久，是省交通运输厅投资三千多万元兴建的。有了这条路，不仅大歹村出行条件大为改善，而且增加了大歹村发展民族乡村旅游业的底气。

到村办公楼还有一段距离，有人建议弃车步行，领略一下人称"山脊上的非遗走廊"大歹村原汁原味的"山野之气"。

山坳里古老的四方井，让人啧啧称奇："高山顶上怎么会有这么清冽的泉水？"沿石阶拾级而上，参天古木越来越多，高高树枝上垂下的长长绳套，便是青年村民喜欢的秋千。禾晾、谷仓，展示的是苗民古老的农耕文化。再往高走，向下一看，村里一排排木楼依山而建，一条条村道全部硬化，一座座农舍炊烟缭绕，我竟一时想不起用什么词形容眼前所见。

同行的黔东南州文联主席李文明，一路走一路讲："苗族同胞世代传承了不少美德，与你们见到的这些美景交相辉映。"村道旁、树荫下，总会摆几张"阴功凳"，让走累了的人有个歇处。桥头放着几双草鞋、一棵拐杖，行路人只管取用，放的人也不求回报。他说："这些都是发展乡村旅游的基础条件。旅游公路修通，形成了旅游产业，山里面的这些'瑰宝'才会真正有用。"

在省交通运输厅和相关省直单位支持下，大歹村脱贫攻坚一步一个脚印，走得扎实，效果也经得住检验。

在从江县扶贫就业服务专业合作总社，喧闹的服务大厅里，一批即将赴广东务工的农村青年正在填表。县委常委、宣传部部长孟荣林告诉我，把农民零星外出打工变成组织化实现劳动就业，一个重要条件是得益于交通状况改善，路通了、路好了，才能使得县里认真考虑把少数民族农民组织起来外出打工的事，当然也会想尽办法抓交通。成立这家就业服务总社，由县里直接领导，在全省也是个首创的新事物。

"喝令三山五岳开道，我来了！"不是一句只有豪情没有行动的口号。领导层、决策层把大交通当成不可动摇的"一把手工程"，没有条件创造条件来抓，就是在给广大干部群众做不用解释、不需说明的示范。

千千万万干部群众同心干，一定能"愚公移山"。

2

道路，像无字丰碑，刻在大地，深入人心。

记不记得冰心的一首诗？

> 成功的花，
> 人们只惊羡它现时的明艳！
> 然而当初她的芽儿，
> 浸透了奋斗的泪泉，
> 洒遍了牺牲的血雨。

用这诗句来形容比喻贵州交通在"黄金十年"里的奋斗者、开拓者，贴切而相宜。

前面提到过的省交通厅宣教中心主任萧子敬，在一篇文章里还讲过一个关于"挂壁公路"的故事。

赫章县白果镇石板河村，藏在峰峦刺天的群山之中。从村里到镇上，要走三十多公里的山路，大约需要五个小时，运输物品全靠"人背马驮"，一般人根本不可能进得石板河村。山路又陡又悬，出行只能靠双脚或者马匹。深山里断壁陡崖林立，走上去只有一个字：险。一路上有很多要命的地方，特别是要过一道梯子岩，山道不及一米宽，下面就是见不着底的深渊，平时走着脚也要打战，要是碰上个雨雪凝冻天气，人们就根本无法出山。

生活和农用物资难得运进来，主食只有洋芋和苞谷，不到年底，就有群众开始缺粮断炊。看病就医也极为艰难，小伤小病只能"硬挺"或者挖草药吃；重病重伤无法动弹了，就要躺在滑竿上，由人抬着翻山越岭出村就医。碰上恶劣天气出不了山，生死只有听天由命了。

这样的山路也是村里马的鬼门关，前前后后，摔伤的马有几十匹。一次，村民唐学坤过生日，请人用马从山下集市驮菜回家准备招待亲友，驮马走到梯子岩失足摔下悬崖，连马带肉菜一齐滚落崖底，村民提起这件事，个个心惊胆寒。

村支部书记王连科看不下去了，决心带着村里人修一条像样的出山路。

支书带了这个头，村民吃够了没路的苦，当然热烈拥护。镇党委、政府也坚决支持，还想方设法争取到八十吨雷管炸药。

石板河村两千多名各族村民都成了"愚公"，在山沟大岩上开始了艰苦漫长的凿路工程，每家每户都义务出了劳力，最大的七十多岁，最小的有十二岁，上工人数最多时可能达到六百多人。由于要在悬崖峭壁上凿路，人们都是从山顶攀绳下到半山腰才能施工，双手不知磨出了多少血水。中午不能回家，到了吃饭时间，男人们就把绳子从悬崖上缓缓放下来，妇女们在崖下的沟里把装着食物的篮子系在绳上，男人们拉到半山腰吃。日复一日，吃的就是洋芋、苞谷，偶尔吃上一次鸡蛋，吃的人都高兴地说今天加餐。

为了节省上下山时间，大家夜里裹着被子直接住在半崖上，深更半夜马灯还亮着，那是人们挑灯夜战在悬崖。

在石壁上凿出一条路有多难？请看萧子敬在书里的记载：

> 一天，姚文举和他的老父亲向崖壁发起进攻，老父亲双手稳住钢

钎,姚文举高高举起大铁锤狠狠地砸。突然,他脚底一滑,整个人悬空荡出崖壁外,眼看就要跌落深谷。山风猛吹,令他魂飞魄散,慌忙中幸好被腰上捆的绳索带回,手中的大锤竟然硬生生砸在父亲的胸膛上!老人喉头涌出一股咸味,那是吐出来的血啊!姚文举对着脑门一顿乱拍,懊悔不已。

五十一岁的杨文光老人,在一次爆破中右眼炸伤,永久失明。第一次刚爆破完,殷开举、殷开顺和唐兴方进场施工,没料到爆破的巨石瞬间滚落。千钧一发之际,共产党员、退伍军人殷开举将其他人猛力推开,自己却不幸被巨石砸中身体,不知道被砸成了多少块,无比惨烈!殷开顺肋骨骨折,唐兴方右腿折断,最后都落下了残疾。

殷开举妻子史洪琴抹干泪水,坚强地说:"他走了我很痛苦,但打通路是他的心愿,他的命不能白丢,再苦也要打通这条路。"面对亲人的离世,这位朴实的农村妇女将悲痛转化为动力,毅然把绳索套在腰上,飞身攀岩,代替丈夫继续修路!大家看见她咬紧牙关、汗流浃背的模样,都受到了鼓舞。和史洪琴一样,唐兴芳的妻子刘朴香、殷开顺的妻子王美仙,都相继投入修路,失去右眼的杨文光,缠着绷带也回到了凿路队伍中。

历经八百四十多天,一条四百七十米长的"挂壁公路"终于出现在石板河村的山上,出山路修成了,合计七公里多长。尽管付出了一人牺牲、两人致残、一人重伤、一百多人轻伤的沉重代价,但村民们还是喜地欢天。

第一辆汽车开进了石板河村,全村男女老幼,全部跑到崖口来看新鲜。被人用门板抬来的八十多岁的苏连学,高兴地摸了摸汽车,"哈哈,汽车原来就是这个样子的。"他连声感叹:"共产党实在太厉害了!这条挂壁公路就像腰带一样挂在山崖上,连雀鸟飞来都站不稳的地方,硬是修了一条路通进村来了!"

路修好了，电线杆也能抬进村里，这年春节除夕夜，村里家家户户早早等着过一个有路有电的年。晚上七点过，家家户户鞭炮齐鸣，有的人划拳喝酒，有的人干脆拿着火炮到变压器下面燃放，炸开的纸花推了厚厚一层，全村人想着法子庆祝石板河村第一个亮起电灯的除夕夜。

"挂壁公路"让石板河村彻底变了样。村民走出家门就可以买到各类生活用品。全村有四十多名大学生、二百多名高中生。村里小汽车有一百四十多辆，人均纯收入达到八千五百多元。

在贵州知名度很高的邓迎香，也是一个领着一村人，硬是在半山腰上凿出个"麻怀隧道"，让两个多小时的崎岖山路变成十五分钟坦途的村支书。

罗甸县沐阳镇麻怀村，同样是深藏大山行路难的村庄。邓迎香三个月大的孩子得了病，因为道路崎岖救治不及时，逐渐在她怀里变得身体冰凉。当时她差点都把牙咬碎了："我恨死了这一座座大山，如果有一条出山的路，那可以有急救车来，我这孩子还有救。"

"七〇后"的村支书邓迎香，决心为修一条出山路大干一场。"我们村的人不应该这样生活！苦熬不如苦干，苦干不如实干。"这是想修路的邓迎香唯一的念想。她开始打村口滚山坡一个四十多米深溶洞的主意。六名共产党员用绳子拴在腰间，从洞口吊下去勘察，然后开始从洞里向山外凿隧道，谁知这一凿就是十三年。

用的是最简陋的工具钢钎、铁锤，没有专业测量工具，就买爆竹放响，听崖壁回音找准方向。日夜三班倒，一班八个小时。

邓迎香大女儿出嫁，是村子里第一个穿婚纱出嫁的新娘子，但她和新郎弯着腰走进那个山洞，婚纱变成了"烂盐菜"。这一幕深深刺激了邓迎香，她发誓："再不能让我们麻怀村的新娘子变成泥人了，一定要把山洞再抬高拓宽。"

用了整整十三年的时间，二百一十六米长的人工隧道终于在邓迎香和村民们手中扩建成功了。穿过麻怀村公鹅山半山腰的"麻怀隧道"，大货车、面包车、小轿车、摩托车在村子和山外之间来来往往。"路通了，心就通了。心通了，村路就通了。"路通那天，邓迎香在山洞里大哭一场，这哭声夹杂着对过去痛苦的追思，更多的是对未来的希望。人们在她意断柔肠的哭声中感悟到，只要有不向山低头的志气，就一定会像愚公那样移山！

贵州有五个叫"鸡鸣三省"的地方，五个地方都有修路的悲壮，路修好后的欢畅。

铜仁市松桃县迓驾镇石头村村口立着块牌子。

一块，"一脚踏三省"，一边是湖南边城茶洞镇，一面是重庆的洪安集镇，还有贵州的石头村。另一块，"一锅煮三省"，火上架起热锅，可以在三省的菜园子里就地取材，三个省的人都可以同锅吃菜。

第三块路牌叫"三不管岛"，现在是观赏之地，过去可是块是非之地。若是遇上什么解决不了的问题，各方邀约人马，在"三不管岛"决斗，谁胜就依谁的，死伤各自负责。

贵州这边发展，很长时间不如湖南、重庆。如今组组通公路，石头村超过三成农户有轿车，农用车、摩托车几乎家家户户都有。

黔西南州兴义市三江口镇，清水河从云南的崇山峻岭中奔流至此，与广西林县马蚌镇鲁维村边上的多依河和贵州的黄泥河汇合，形成一个水深二三十米的巨大旋涡，成为珠江水系南盘江的起点。一路走一路"制造"景点，沿江有雄中带奇的万峰林和如梦似幻的万峰湖。

三江口镇党委书记李炜初到镇上却没有这种美感，他苦笑着说："我第一次来到镇上报到，走的全是'轨道交通'。就是基本上不用摸方向盘，整个路面就是两条深陷的沟槽，完全是车轮碾压出来的，只有硬着头皮走……"连下个村都要到云南的地盘上绕一圈。

如今，三江口镇"四好农村路"催生了整个镇的蝶变。路旁影彬林立，甘蔗和芒果随处可见。家家户户的"小洋楼"掩映在青山绿水间。在三江口乘船，一路春风，推开波浪，那就是当地干部群众的诗和远方。

第三章 造一个"高速平原"

遵义市习水县三岔河镇，黔、川、渝三地交界，一路上地里种的全是高粱。明清时代以至民国时期，这里是川黔要道，常有马帮往来，也常有盗匪出没。一个不大的镇子，曾经办有四十八家工厂，产品包括数得出的百姓生产生活用品。后来的交通不便，很难让人想起这里原来是个万商云集、车水马龙的地方。

历史的浮沉起落有时让人不忍相看。水井组的村民说，村里人去镇上赶集，步行得走三个多小时；孩子上学途中要采食野果才有力气走下去。村民赶场，事先用口袋包好烤熟的红苕，放在半路草丛中。场散了赶回村把红苕找出来，填饱肚子才有力气回家。现在好了。公路通百业兴，村里的花椒、蜂蜜颇受市场青睐。精准扶贫二百三十户一千零一人，一个不落地全部脱贫。

毕节市七星关区林口镇地临贵州、四川、云南三省地界。一九三五年二月五日，长征到此的中共中央、中革军委召开著名的"鸡鸣三省会议"，载入史册。至今在会址纪念馆里，还可见中国工农红军使用过的党旗，马克思、列宁画像；战士们的蓑衣、草鞋、扁担、木箱、马灯、罐子和土碗。

原来的林口镇，穷得吓人。

一次，省里一个调研组来镇上了解乡村治安状况，听说这里好多村子夜不闭户，就想深入调查。结果才发现是一穷二白、一无所有才造成"夜不闭户"。这里好多农民都住过"杈杈房"，就是说房子是用树杈建起来的，床也是树杈搭起来的，生火是用捡来的木杈，吃饭是用木杈当筷子。土墙加木杈，再盖上茅草，就成了一个家，门是半截门，木墙加篾条，用牛屎敷上去阴干凝结，可以挡挡风雨。这样的门，哪需要"闭户"？

高速公路穿峡过岭，跨河建成大桥，交通跨越带来林口镇旅游产业的兴旺发达。

年近九十六岁的侯明扬，是他那个村里唯一目睹红军经过的老人，几十年沧桑巨变，老人看在眼里，喜在心里。他说："原来不通公路，到林口赶场全靠脚走。后来有了小马路，可基本通不了车，到峡谷那边的云南、四川、走亲戚赶场，纯粹要走古驿道，还要坐渡船。现在旅游路连着高速路，村村通、组组通水泥路，轿车可以直接开到家门口。"身体硬朗的侯明杨能吃能走能接电话，他中气十足地说："我还想活超过一百岁，现在国家政策太好了，好到你想都想不到。我还想多活几年，看看这种好日子还要好到什么样子！"

湘黔桂三省交界的黔东南州黎平县雷洞乡培福村，只要你愿意听，乡亲们人人都会讲述关于路的故事和路带来的变迁。以前没有盐巴吃，要到广西三江县城去买，来回一百公里小路，去一天，来一天。买不起肥料村里种田基本靠农家肥，农忙时节家家门口都堆满粪草，脚都下不去。粟昌明五十年前是村小老师，进门出门都爱带根扁担。因为每逢到县城为全校学生领新书，一趟要走两天一夜。带一根扁担，一可以挑书，二可以防青蛇钻裤脚。吃的嘛，带上三斤糯米饭，饿了，就着山泉水可以吃上几顿。

雷洞乡人大主席还讲了一个令人尴尬的故事。由于雷洞乡偏远，干部中男生多、女生少、调出多、调进少。十几年前，听说雷洞乡中心学校要调进一个新老师，叫作杨丽美，乡里的男人早已望穿秋水，争抢着要去水口车站接人。谁知走出来的杨丽美竟然是男的！

如今的培福村，百分之九十五的媳妇是从广西那边娶进来的。一些有广西媳妇的人户说起这件事，脸上掩不住笑容："现在交通好了，样样都好，找媳妇其实很简单，手挽手就过来了。"把肉、酒、粑粑、大米、鸡鸭、腌肉等礼物挑到女方家过礼，就成了一家人。

路通了，人来人往就方便。每逢秋收过后，广西独峒那边的亲戚会成群结队，凌晨悄悄摸进培福村，猛然芦笙齐奏，琴笛合鸣。

老乡们唱的是《交通扶贫感恩歌》："听我来唱对比歌，这些都是老人经历过；在旧社会苦得很，什么东西都要挑；山路弯弯草多又狭窄，穿着草鞋脚皮都磨破了；不像现在通公路，汽车开到门槛脚；都是党的政策好，百姓歌舞升平乐呵呵！"

沙子坡是铜仁市印江县的沿边小镇，镇上最醒目的标语是："有路不忘无路苦，好路不忘烂路苦。"

多年来，路不通一直是村民心头第一痛。如今，蜿蜒的通村通组路把十里八乡连接起来，贫困的历史画上了休止符。村民黄友忠拿着扫帚扫路归来，他发誓要守护好这来之不易的路："路是命！路在一天，我就养护一天，一直养到自己不能动。"

萧子静花了一周时间，踏访了五个"鸡鸣三省村"。我问他总的观感怎么说？

他回答：当然是路！

贵州的路，是老百姓用一片真心，拼着命修出来的。路，就是他们心中的希望，他们相信，顺着这些路走，会一直走到幸福。

贵州曾经的穷与苦，因为路。

贵州现在的"变"与"干"，也是因为路。

广大干部群众就是豁出命来，也要修出一条又一条幸福路、发展路、未来路。

3

逢山开路，遇水架桥。

在贵州，这是源之久远的一种习惯。

山里面的贵州人知道，不如此，永远走不出大山，只不过，由于时代的限制，开路架桥的事，往往是个人行为，大不了也是小群体的善举，对整个经济社会的影响力有限。"黄金十年"，贵州逢山开路，遇水架桥从内涵到外延都发生巨变，写出了遍地英雄下夕烟的雄壮诗篇。为了实现摆脱贫困和转越发展的梦想，广大干部群众都成了开路先锋，十七万多平方公里大地上，猎猎战旗下，奋起数不清的凿山开道铁汉！

"中国天眼"——五百米口径体面射电望远镜（FAST）落户贵州平塘县大窝凼。因为超高的灵敏度和精密性，要求在五公里半径范围核心区域内杜绝电磁干扰，甚至最大程度减少人类活动。

为了"大国重器"，国道G552必须限时改移。

这条国道起于黔南州荔波县，终于黔西南州安龙县，先后穿过平塘、罗甸、望谟、安龙等地。其中，平塘县孤家坳至罗甸县董家桥镇路段，有七点四公里穿越了"中国天眼"核心区，公路距FAST直线距离最近处仅有二点六公里。

这条路是平塘和罗甸之间主要通道，日均车流量一千多辆，对两县经济意义都很重大。但"天眼"试运行后，拿出来的数据证明，这条路的运营确实对FAST功能发挥造成了影响。

没什么道理可讲，搬！

在贵州省委、省政府安排部署和指导下，省交通运输厅进行专题研究，决定国道G552平塘孤家坳至罗甸县董家桥段改线，迅速为"天眼"让路。

方案是两地之间新建一条十六点五公里、宽八点五米的二级公路，离FAST最远距离九点四公里，最近处也有五点四五公里，完全避开了FAST正常运行的五公里核心区。

执行项目的贵州省公路局态度很明朗："这个项目责任感太强，我们责无旁贷，只能不讲条件、不打折扣完成任务。"两亿多元经费全部由省交通运输厅支出。

短短十七公里的公路，要达到"一石三鸟"的效果。为"天眼"让路首当其冲，建成扶贫路、民生路也是重中之重。如此比较，才能完全体现交通建设部门的担当。

改线后的国道，连接罗甸和平塘的六个村，涉及一万七千多人。建设者的初心是，让这条路为原来交通不便的六个村出行条件彻底改善，为村庄的发展打牢基础。

那速度就叫一个快。

到刚完成平罗高路公路施工项目经理石继光回想起这个"快"字，脸上透着红光："拆迁时，上午完成画线量测，下午就进场开工，在施工便道打通后，二十八个班全部铺开，以每月两千万元的产值全力推进，一个月完成产值为一般二级公路的四倍左右，比我们之前修建平罗高速公路时产值还高。"

为了方便村民出行，改移项目边沟全部按高速公路标准施工，二级公路常用的浆糊进沟改用混凝土浇筑。为了车辆行驶安全，项目沿线以高标准建设了交通防护设施；为了促进临线产业发展，项目选线格外上心，串起了路两边百香果、藏香猪、梅花鹿、无患子等种植养殖产业，按产业致富路修建。

区区十七公里路，却是难题一串连着一串。改建的部分大多是在原有宽度仅三四米的村道基础上改扩建，另外八公里多完成是在崇山峻岭中开山凿岩扩建，难度大大超出想象。

在罗甸和平塘交界处一座大山上，难题让建设者一度争论开了钻隧造桥和开山辟路两种方案。

最后开山辟路获胜。桥联隧方案虽然相对成型，但是喀斯特地质复杂，不可控因素会随时出现。在悬崖上辟路，难是更难，但更便于确保工期，难的办法"高票当选"。

劈山开路谈何容易？

FAST工作环境要求，整个线路的最高点必须在它的高度之下，因此，从山顶到路基的土石方工程仿佛楼顶和楼脚，最大高差五十多米，用眼睛看到就急，更无论施工了。

"别说大型机械上去，人上去都难。"项目路基土石方班组长蔡长坤记得当时的无奈，因为坡度和高差太大，地质结构不稳定施工难度及风险系数高，找到一名合适又愿意干的挖掘手都十分困难。先后换了十二名操作手，有的连一天都没干满就辞工了，觉得太危险。

工程怎样知难而进？更多的干部和工人能把形形色色故事讲上几天几夜，但他们来了往往要加上几句话："只要心中有了责任感，我们面前就无所谓有没有困难风险！"

连续"劈"开四座山头，施工中没有发生任何一起工伤事故，却让一条七百多米长，八点五米宽的路段完美展示在人们面前。

全部路面厚度达到六十厘米，完全是高速公路标准，铺设是成本比普通砂石价高四五倍的砂石。复绿工程与主体工程同步推进，改移后的国道G552从青翠的群山中蜿蜒而出，道路两旁的树和草错落有致。"天眼"身边增加了一条高颜值景观大道。

短短九个月，这条路不仅创造了贵州二级公路建设的"平罗速度"，而且用最真实的语言诠释了贵州"建品质工程、筑绿色道路"的理念。"在贵州修路没有什么不可能的事，只要有初心，一定就能实现所有心愿。"

桐梓，在贵州算得上座"边城"；出了桐梓，便是重庆地界。兰（州）海（口）高速公路重庆至遵义段从桐梓穿过，它的交通地位凸显。

这段高速公路运营经年，在不断增大的运力和运量面前显得有些不堪重负，二〇一八年，渝遵高速扩容工程正式开战。桐梓隧道是个入手笔，全长十点五公里，横贯大娄山脉，穿越桐梓县三个乡镇，地质条件多变，施工难度极大，是当时中国在建最长的三条道路隧道之一，也是贵州最长的道路隧道。

隧道起于桐梓县楚米镇，止于马鬃乡，采用双向六车道高标准设计。抛开其在中国高速版图的地位不讲，老百姓看在眼里的好处就是，原来楚米和马鬃两地来往，要在山路省道上盘旋近一个小时；有了这条隧道，车程仅需七分钟。当地百姓兴奋地说，这样的事，可以说是马车换成了飞机。

实现蓝图美景的代价往往是历经艰险磨难，关键看这重担落在谁肩上。桐梓隧道是全线控制性工程，整条隧道要通过三条断层破碎带，十二次穿越不同地层，突水、突泥、溶洞、暗河、瓦斯、高地应力等风险张牙舞爪，不知什么时候就可能使工程中断。根据估算，现场涌水量大得惊人，每天排出水相当于十几万人口城市日均用水量，还不仅有此"难"。施工区下游是水源保护区，环保要求高。六车道大断面特长隧道，施工合同工期仅为四十一个月，单洞综合进度指标之高，在国内同类隧道工中尚属首见。

中交集团第一公路局承担了桐梓隧道出口端四点五公里施工任务。他们的口号和行动是：在最恶劣的施工条件下，把"贵州第一长隧"戴上"高品质"之冠，打造成国内长大公路隧道施工示范工程。

有万丈豪情固然可喜，可战场不相信眼泪，怀中揣有金刚钻，才敢揽下瓷器活，这才是真正的英雄好汉。

中交一局的"金刚钻"，就是在隧道施工中广泛应用新设备、新工艺，专注"专业化、标准化、数字化、精细化"精准发力。

隧道工区右洞施工开工那一天，现场颇有些仪式感。现场主管随同瓦斯检测员，利用光干涉瓦检仪检测瓦斯浓度。结束检测符合施工条件后，隧道内务工序才正式开始。开挖班九名工人听完班前教育讲话，经过安检人员检查，再通过人脸识别系统和门禁后，方才进入隧道作业。

隧洞内电气设备全部是矿用防煤型，作业机械、工程车辆进行过防煤改装。洞内安装了高清视频监控，设有瓦斯自动监测系统和独立集成化监控中心，实时反映隧道内瓦斯监测情况，超限将自动声光报警并实现瓦电闭锁。

建设者们都知道，这样不是做给谁看。高质量工程每一步都要有高质量。

在海拔一千零七十九米的隧道出口段掌子面开挖现场，出现了建设者过去施工时从未见过的场面。两名工人坐在一台酷似变形金刚的大型机械上，只见机器舞动着三条灵敏的长臂，精准地钻进岩壁，熟练地进行钻孔作业。旁边看的人议论纷纷，多半是对引进的三臂凿岩台车交口称赞："过去要九个人一起开挖，现在一台车加两个人就搞定了，效率还更高。不相信都不行，这高科技就是厉害！"

指挥部引进全电脑三壁凿岩台车，就是专门用来应对桐梓隧道复杂的地质情况。相较于之前三个小时钻孔五米的传统人工作业，台车超前钻三十米多只需一个来小时，而且在打钻过程中，大大减轻了灰尘污染。

不仅是一部凿岩台车，工程不断推进，湿喷机械手、防水板铺设钢筋精准定位台车、自行式液压移动栈桥、电缆沟整体滑模一体机、自动喷射养生台车等"新玩意"纷纷在隧道里亮相。项目负责人说，我们只有一个目的，高品质的隧道施工，就应该完全实现机械化、智能化。

工人们此前对这些新设备、新工艺闻所未闻、见所未见，眼神里难免就多了很多迷茫。

干脆就在现场培训工人，工地成了课堂。技术人员将施工可视化动画搬上讲台，采用BIM（建筑信息模型）技术和施工图纸相结合的方式，为工人释疑解惑。这样做的效果立竿见影。以前施工只能参照图纸，很多工人看不懂；现在可视化一目了然，工人理解起来不再困难，新设备、新技术让他们眼界大开，都明白了它们的巨大作用不可小看。

大胆采用新设备、新技术、新工艺，在贵州大大小小的交通建设工程中越来越普遍。对此，有过不解，也有争议，但最后的局面是大家达成共识同心干。因为它不但能够确保施工高标准、高速度、高质量，关键时刻，还是定心丸、英雄气、壮士胆。

德江特长隧道，也是德江至务川高速公路的一个控制性工程，这条隧道长度虽然只及桐梓隧道的一半，但"难关"并不少，地势起伏大，德江端进口位于深谷中，务川端出口是山间斜坡，交通都很不方便，地质结构更是复杂多样。

建设者迎难而上，开头的日子总是阳光灿烂。二〇一七年三月，左洞开挖任务率先完成过半。两个星期过后，捷报也从右洞工地传来，开挖任务也实现过半，加起来完成总长度的百分之五十，乐观的气氛在工地荡漾，工人们互相开着玩笑："这下子我们要开开心心过年了。"

险情的出现总是让人猝不及防。

二〇一七年底，隧道左洞出口突发涌水；刚迈进第二年的门槛，涌水又在右洞出口出现。涌水来得气势汹汹，左洞水面上涨到掌子面，施工位置成了孤岛，右洞高压涌水淹了掌子面不说，还浸到倒拱附近。最后，再次发生的大规模涌水，把左右洞都淹在水里，施工现场成了大山里一窝水凼。

人们的好心情被泼了一瓢冷水，急着要找应急的药方。

涌水在贵州高速公路建设过程中并不稀见，但德江隧道这股水却来得不平常。汇水面积有二十九点六平方公里，在隧道上方形成巨大的地下暗河系统，水头高达二百一十米，在全省乃至全国都很罕见。

"药方"就是多方联合，技术攻关。

行程很急，日程满满。

从二〇一八年一月六日至五月二日，四个月时间里，所有参建单位铆足了劲想办法。一次次调研，一次次会商，一次次论证，关心就是一件事：究竟能不能用全新的技术来战胜这突如其来的水患。

有记者梳理了当时的日程表：

一月六日，召开安全质量交流会；

一月十六日，召开水文地质研讨会；

三月十三日，初步确定"膜袋注浆堵水法""速凝膏浆高压注浆堵水法"处治方案；

三月十三日，召开涌水处治方案研讨会，明确试验地段；

三月十七日，召开现场会，确定"以堵为主、堵截结合、抽排为辅"处治方案；

三月二十日，中国水电顾问团、贵州交通勘察设计院进入左洞，采取往向固结注浆和止浆墙墙背注浆，分两班倒不分昼夜施工，四月三十日完成左洞固结注浆；

五月二日，对隧洞右跖孔封堵，五月六日封堵成功。

七月一日，在涌水停工半年的德江隧道左洞重启开挖施工，标志着这一场罕见的隧道洞水处治工作取得突破性进展。

这是一次智慧的碰撞；

这是一次新技术的较量；

这是任何艰难困苦也压不倒的建设者迎接的巨大挑战。

事后交谈中，工程指挥者做了这样一个比喻：当时涌水有多大，相当于二百二十吨的重物通过一平方米面积压在地面。解难唯有技术攻关。

"膜袋注浆堵水法""速凝膏浆高压注浆堵水法""以堵为主，堵截结合、抽排为辅"的处理方案，不是一用就丢，它们被整理归纳成山岭隧道高压涌水注浆堵水施工法，成为有全国意义的"德江隧道"参考样本。依托处治技术，已经形成一项公路工法、四项企业级工法，"岩溶区向正斜段公路隧道高压涌水堵水关键技术研究"，已经立项为重点科研项目。

地理条件的复杂使后续施工依然一波三折。探索新技术，采用新办法，成为交通建设者们敢揽"瓷器活"的"金刚钻"的"关键一招"。

在报社工作时，我曾有不短时间负责组织交通建设的报道，还直接对不少重点工程进行过采访，因此，在交通战线的熟人也多。一天，一位合作过多年的"老交通"发来一条长长的微信，其中一些话让我心头一震："贵州的交通建设者，个个称得上愚公。可他们是新时代的愚公，不光每天挖山不止，还要想方设法摸清山的走向、山的造型、山的结构，保证挖得快、挖得准，每一次挖都有质量。"

我想，这不正是贵州崇山峻岭中逢山开路、遇水架桥的交通建设者的生动画像？

三　轻舟已过万重山

1

打开一扇窗子，本来黯淡的小屋会迎来一米阳光；推开一道门，可以去你未来要去的地方。倘若打开的不是一扇窗子，推开的不止一道门，那又是一种什么景象？

山外唱来的风，会让所有屋子里飘逸着新鲜的味道，透过窗子，可以听见小苗拔节、百鸟鸣唱。从门里走出去，才发现原来世界这么宽广，只要你肯走，一定能像拥抱广袤的原野和蓝色的海洋。

"黄金十年"，贵州构筑起"陆海空"立体交通体系，恰像在山里猛然间推开一重重门和窗。打开门窗的好处，很多人从经济的发展和变化着眼。我却更注意从另一个角度去观察：思想的解放、视野的开阔、精神的巨变，找回了自信，找到了自豪。

将近三十年前，我去过黔北一家转产民用品的国防工厂。当时他们制造的电冰箱卖得很火，在省外都有不小的市场。可我发现这冰箱从机壳到包装盒，都看不到"贵州"字样，于是向厂方人员发了问。岂料回答是："在外省人眼里，贵州就是个天荒地老的地方，打上贵州的牌子，人家会怀疑我们产品质量。"

有人去省外出差或旅游，人问来自哪里，支吾着不想回答。再问你是不是从四川或者重庆来？模模糊糊点点头，实在怕说是贵州人让人另眼相看。

现在就大不一样。

再有人问你来自哪里？回答往往很爽快："贵州！贵州你知道吗？就是那个年年要举办大数据博览会和生态文明国际论坛的地方。当然，我们的茅台酒也是美名远扬。"

又问："听说交通不太方便？"回答更是充满精气神："都是过去的事了，现在坐飞机、乘高铁、走高速路，样样都方便。我们贵阳人早上坐高铁去广州，晚上还可以赶回来贵阳吃夜宵！"

人从大山的束缚里走出来了，想的事，过去不敢想，也没有条件想。

二〇一九年春节刚过，时任石阡县委宣传部部长杨玲发来微信："你不是要听脱贫攻坚的故事吗？河坝镇美星村就很好！那里路通了以后，什么都在变。群众在村口竖起一块牌子：车严禁进村！很有意思。"还发来一张河坝镇镇长柴进的电子名片。那意思是说先别急着上县城，柴镇长会带着你去美星村。

那天中午，在高速公路余庆站停下，从贵阳赶去的我，见到了柴进。

我就有些诧异了：明明去的是铜仁市的石阡，咋要在遵义地界的余庆见面？柴进镇长连忙解释，这你就不清楚了吧？河坝镇在石阡县要算最边远的乡镇，离自家县城远，足足八十七公里；距余庆县城近，只有四十五公里。余庆修通了高速公路，当然要"搭"它的车，况且准备要去的美星村，离石阡县就有百十里路了，所以要从余庆走，"抄近道"。

车上路了，想想杨玲的微信和柴进的话，脑子里又有了新的诧异：只见过"脏车严禁进城"的牌子，那块"脏车严禁进村"的牌子，怎的就会立在一个如此偏远的小山村里？立牌子的那帮村民，当时该是什么样的心境？

从河坝镇到美星村，在十多公里的通村公路上走，有些像坐"过山车"的感觉。

那蜿蜿蜒蜒的水泥路，却是两车道的；车顺着它陡陡地上的峰顶，到了最高处，又曲曲弯弯往下盘，像个倒扣"U"型。上行、下行，都有路段挂在峭壁上，路显然是从石头上凿出来的。在高处一望，散在山窝窝里的农舍田畴隐约可见。美星，就是个嵌在大山深处的小村。

峰顶，也就是美星村村口。果然有一块红底白字大铁牌立在路边，"脏车严禁进村"几个大字格外打眼。离铁牌不远，是我进村看到的第一家农舍，只见院坝里拉着水管，放着水盆水桶。柴进说，这是村民的自办的洗车点，不但自家车要勤洗，还免费帮人洗，在共有一百八十四户人家的美星村三个村民组，像这样的洗车点，每组都是三四家。柴进指了指在山上盘旋的通村路说："不修路，不会有这么多洗车点；村民进城看得多了，不准脏车进村，是他们自己提出来的。"

美星的农舍因地势而建，散落在高高低低的坡坎上。大大小小，宽宽窄窄的通组路、串户路地都顺了房势，像树上发出的粗粗细细的枝条，丫丫杈杈地通往家家户户。不管道路怎么起起伏伏，都一律是硬化路面，一律能用两个字形容：干净！路面上见不着垃圾杂物，农家院落里没农村常见的鸡鸣犬吠，猪牛羊都实现了圈养。走近一些养殖大户家，竟闻不出来什么异味。猪粪便要及时清洗，混合饲料被装进一排塑料大瓮还加上盖子，那意图当然是为了不破坏空气的清新。

美星村的农舍也有特点。大多数虽然还是黑瓦木墙的老屋，不如有些地方新建的"别墅式"农舍那般气派，但推门进去，倒是有些老瓶装新酒的感觉。不少人家摆放的是新款家具，用了新型装修材料。厨房、厕所经过改造，即便还在使用柴火，屋外的柴火也码放得整整齐齐。在偏远小村农舍间穿行，你能在纯朴自然的原生态中，感受到现代文明之风的拂动。

一家男主人请我喝杯茶再走，他说有些话一直想找外面进村的人讲讲："有了路，我们农民才知道生活原来有另外一种样子。为什么不能像城里人那样过？"

柴进镇长说，这几年农村基础设施的变化特别是路的变化，必然带来群众观念的变化，思想的变化又反推生产方式，生活方式的变化。改变经济发展模式，改善村民生活条件，农村群众的自主意识越来越强，正在经历从"要我干"到"我要干"的蜕变。

二〇一五年前，美星村没有一条硬化路，上河坝镇赶场都要走上两个多小时，而且真是晴天一身汗、雨天一身泥。山里货出不去，城里的工业品难进来，手里没有钱，土里刨食还不一定保证得了温饱，跟城里人比，美星村人说话就觉得矮了一截。

脱贫攻坚让美星村变化翻天覆地，三年时间修建全部硬化的通村通组路有二十多公里，串户路两万五千平方米。改厨改厕改电改水惠及每个家庭。看着这些鲜活的身边事，村民心态发生了巨大变化，越来越多的村里人走出去，接触城里生活，美星人越来越爱拿自己现在的生活环境、生活方式与城里对比。村民聚首，驻村干部随口几句话，就能撩拨起一番热议："平时我们进城，都要把衣穿干净点、漂亮点，那是觉得城里人比我们过得爽气，怕他们看不起，要随他们。现在农村的日子天天像过年，生产生活环境越来越好，为什么不让城里人反过来羡慕我们呢？"柴进镇长常去美星村，他爱说的几句话让村民记在心里："城里人也不要以生活优越的身份自居，他那里空气环境不如我们这里；农村人不要像低人一等似的自卑，脱贫攻坚，乡村振兴，就是要让乡村成为城里人向往的地方。"

看见脏车，特别是载货脏车时常在村里进出，一些村民就吼开了："'城市进口就立着、脏车严禁进城'的牌子，那是为保护城里的美。莫非美星村就不该保护乡下的美？我们敢不敢在村口立块'严禁脏车进村'的牌子？"

立这块牌子，农村确实少见，显然是在"吃螃蟹"。柴进和驻村干部、村两委干部反复合计，不含糊地表了态：这螃蟹我们敢吃！

二〇一八年十二月十五日，柴进带着村干部、村民组长、村民代表十多人，在山顶上的村口立起了"脏车严禁进村"的铁牌。柴进形容当时的情景："上山时，大家都信心满满。牌子立起来，下山时，大家的神情又都很凝重。"

神情凝重，是感受到了责任压在肩上的分量。

在美星村，我走访了当时树这块牌子的一些当事者，说起心里那份纠结，他们至今掩不住感慨："这牌子就是全村人想把日子越过越好的承诺！不能今天立了，明天自己取下来或者由别人取下，美星人丢不起这脸。"立起这块牌子，一来是给美星村带来的自信感，一来是重重的责任感。

村党支部、村委会团拢村民，把怎样让"脏车不进村"牌子不白立、不空立、不虚立，作为村民自治"一事一议"的重点。

村民组长串家走户，挨家讨论咋个抓落实。

村民代表反复宣传，让大家都受益的事，得大家干得齐心。

众人拾柴火焰高。果然"脏车严禁进村"令行禁止。村民自家车脏了，不洗干净都不好意思进村出村。外面脏车来了，要么进村洗了再走，要么干脆掉头离开。这就是每个村民组都有几处洗车点的原因。

美星村党支部书记张再刚、村委会主任吴孝益这下有共同感受：村里人把村里事当自家的事来想、来办、来投入，再难的事也不难。

过去，打造美星村美好形象，村里人当作上面派发的任务，出力不一定上心。现在，大家觉得干不干得好，干成什么样，与自己的生活息息相关。

二十公里的通村、通组路，延伸到家家户户的串户路，不用招呼，不要报酬，村民都是义务保洁员。道路通了，心路也通了。大家知道该活成什么样。

一户人家，生活习惯懒散，爱人又有残疾，家里卫生状况与周围农户形成鲜明对比。村民组每户出一个代表，一二十人一起走进他家，七手八脚进行"大扫除"。一些伶牙俐齿的妇女，还就眼前情景编成说词歌谣，既有批评又有提醒和希望。看着、听着，主人家一阵脸红耳赤，从此，把家庭卫生当成一件大事来为。

石阡县里不少到过美星村的干部，都有一个趋同的印象，清洁卫生文明，已经成为村民的自主行动，不用事前打招呼的安排，这个村可以随时开门迎检。一些曾经家里"脏、乱、差"的村民，看到周围四邻人家生活越来越美越来越好，深感自己不变和大家生活下去都困难。他们的变，是发自内心的变。

在美星村"村两委"办公室门前场坝，立着"村规民约"牌。二十八条村规民约，条条同村民利益相关。定了规矩就要不走样地执行，村里至今没有"网开一面"的先例。张再刚、吴孝益都有体会，拿着上面的指示、要求去照本宣科，开再多的会，串再多的门，往往收效甚微。会开多了，话说多了，人家心不在焉，甚至会滋生出一种反感情绪。换个角度，变种办法，找准办这件事与群众利益相关点，让群众自己教育自己。响鼓不用重槌敲，人家会自觉自愿去办。

柴进镇长是个肯思考的人。他说一条路带来众多变,最重要的是人的思想得变。他们说几句话时,车子正在村口,我叫车放慢些速度,想再看着"脏车严禁进村"的牌子。果然,美星村的人和事很有意思,正是春寒料峭时,却没有挡住我心中涟漪叠起。

在惠水县也有一个与"路"直接相关的故事,说的是一条路能让山里的人心灵的窗户敞亮。

那是一天清早,惠水县王佑镇董上村十三岁的苗族女孩梁白花,套着一件橘红色的外衣,急匆匆走到村里刚修好不久的大路边,要等姐姐。"姐姐"李赟娴今天要来村里,她们那"贵州财大商务学院济学社"的外套就是橘红色的,颜色也有这么鲜亮。

在村口的阳光和风里站了很久,从刚修好不太久的通村路开来的车停了下来,小姑娘终于接到了"姐姐"。

两个人拥抱在一起,眼睛里都闪着泪花,有好多话要讲。周末了,"济学社"三十个同学,专程从惠水县城坐车来到董上村,看望梁白花和她的"留守儿童"小伙伴。

赶得巧,省社科联组织一拨专家学者,也从省城驱车来董上村,开展社科宣传普及活动,我也是其中一员。见离开活动还有段时间,大家说要去偏远的寨子里看看。我被梁白花和李赟娴们故事撩起了兴趣,留下来和她们交谈。

"济学社"社长李赟娴是个成都姑娘。董上村通了路,她就想到董上村开展助学活动。第一次到董上村,她便被这里的贫穷和闭塞震撼。更让她难过的,是刚识的梁白花一脸木讷,什么话也不愿和别人讲。

李赟娴和同学们商量,光是给山里的孩子送些衣物和文具,能不能让他们真正照射到关爱的阳光?到底有了共识,要让他们从已经开通的山路上走出来,打开心里的门窗。

"你长大想上大学吗?"

"想。"

"你猜猜大学是什么样?"

"嗯,是不是和我们村里小学差不多?"

"不!"

李赟娴们一点点走进孩子们心里,给他们讲大学时光的多彩,城里生活的纷繁,让孩子们生出念头,想走出大山看看。

梁白花话多了,越来越开朗。

现在站在我面前的梁白花,眼光扑闪,一口普通话字正腔圆:"我想到北京去读大学!我读了大学,要像姐姐她们一样,去帮助更多穷孩子改变家乡。"

她们的故事讲完了。打电话联系,我们的"科普大部队"这下还在远山。

"济学社"社长盛必清和几个伙伴,自告奋勇带我去岩脚寨找他们。

盛必清告诉我,他也是个农民的孩子,到董上村来了好多次,心里装着好多放不下的事。

一次,他们送一个受资助的孩子金俊平回家。山道盘盘,大家走出一身汗,有人问了:"你爸爸妈妈还好吗?"金俊平闷了好久,走到一座坟前:"爸爸就睡在这里,妈妈又嫁人了,去了很远的地方,叔叔养着我,我好孤单。"

盛必清看到,讲这话的孩子,一脸无奈,一脸彷徨,"他怯生生地看着我们,问我们能不能做他的朋友,常来常往?还非得和我们一起照张相,送他到家,他又把我们送了好远。"

他们与金俊平真的变成了好朋友,只要来村里,第一件事就是带他到村口大路去看看,想让他的眼光越过大山。以后的金俊平,逢人便讲,我有了好朋友,知道大路一直通到比我们村美很多的地方。他们帮我,可我要靠自己活出新模样。金俊平变了,他的变化又成了山村里好多心灵闭塞孩子的榜样。

"从金俊平身上,我们想通了一个道理,授人以鱼,不如授人以渔。帮助山里的孩子,真要帮在心上。要像修路一样,把山门心门一起打开,心里敞亮了,再穷再难,都不愁没法改变。"

说话间,村民们从山上一拨一拨地走过来,去参加科普讲座活动。一个身板不高但硬朗的汉子也边走边和我们拉话:"你们是省里来的领导吧?这个寨子的路已经修通了,我们寨咋就不见动静?还不快修路,我们有意见!"

讨论一直延续到科普活动会场。

专家学者讲完后,一些青年村民来到主席台旁,发表他们对扶贫工作的意见和希望。帮扶到不到位,力度够不够?看着村组里的路修得怎样?其他什么都不用讲?

打通路,让群众心头的希望之火烧得更旺。路通了,就一定有诗和远方。"黄金十年",建设起多少路,就在老百姓心里打开了多少门窗,让他们的目光穿越山的阻隔,让他们知道自己努力,也可以让生活充满阳光。

2

"长征是独一无二的,长征是无与伦比的。而四渡赤水又是长征史上最光彩神奇的篇章。"美国作家索尔兹伯里在他的《长征——闻所未闻的故事》里,这样把发生在"四渡赤水"故事的习水县向世界推荐。

二〇一六年,赤水河谷旅游公路全线完工。二级公路与自行车道并肩而行,山和河之间多出一道美丽的风景线。

这条路,是省地共建共同打造的高品质旅游路。

要在自己住的地方修条不一样的路,老百姓都举双手赞成。但真的要征用自己赖以为生的土地,他们心里又打起鼓来。没有地种了,吃啥?房子扒了,咋住?因此,这条路从征地拆迁开始,当地党和政府的承诺就是:"一定要把这条路修得不一般,带来的效果也不会一般。"

遵义市组成了由市长担任组长的建设工作领导小组。项目涉及的仁怀市、习水县和赤水市，全力组织沿线十二个乡镇全力配合，在快速完成征地拆迁工作同时，对沿线风貌整治和景观改造进行提升。

艰苦奋战十五个月，一条当地人从未见过的旅游公路出现在人们眼前。在阳光照耀下，黑色的机动车道、红色的自行车道都分外抢眼。一路上，有二十三个观景台，十二个驿站、二十六个露营地，一个直升机停机坪、一百六十二座桥梁和两座隧道。可以说，回路本身就是个有山有水又有人造景观的风情园。

我找到了当时的一些报道，想对这条公路了解更多一些。结果，眼前就在这许多文字里形成了一幅生动的画面。

遵义交通运输局负责人说："路在景中，景在路上，路景相融，相得益彰。修路一开始就坚持了这个理念，把赤水河流域优美生态、旅游景点、历史古迹、文化热点都串联起来，这就是设计赤水河谷公路的初衷。当然，最大的初衷是通过这条路把老百姓带富起来。"

黑色机车主线、红色自行车慢行线和绿色河道三者高低错落，相互呼应，宛若一条三色彩带，人在风景里穿行。路不仅仅是一条通道，而成了赤水河河谷风光的一个组成部分。

自行车道一部分建于机动车道之下的半山腰，拉开一定距离，既保证了骑行安全，又减小了慢行线的坡度，方便了游客。慢行系统走到猴子岩，还单独为自行车修建了一处桥梁，让游客从空中穿过竹林，竹子形成了为骑行者遮风挡雨的天然屏障。慢行于竹林中间，再加上两侧悬崖峭壁，脚下流水淙淙，那种快感别处没法体验。

道路红线范围内的植被和景观资源最大程度地保护利用。赤水河谷拥有大量古树名木、溪流瀑布却和岩石滩涂，都整合进公路景观体系。这样的旅游公路确实还不多见。交通与特色产业一经融合，带来的是怎样一种"变"的局面。

盛产柚子和甘蔗的淋滩村，来回运输主要靠赤水河上的小船。过去把东西运到市场上去卖，就常常出现怪象，"白天基本没人来买，到了傍晚，很多人会来杀价，低价买走我们柚子和甘蔗。因为顾客们很清楚，我们是坐船来的，傍晚再卖不掉也不方便运回去，一定会打折促销的。"说完这些，老乡们脸上又堆起了笑："路修好了，这样的故事就再也听不到了。"有了改造拓宽的路，因为淋滩的柚子、甘蔗品质优良，商家们都开着车找上门来采购。

赤水河谷旅游公路修通不久，赤水市元厚镇又一届金秋龙眼节开幕。元厚镇镇长雷小容一脸喜色。元厚龙眼有一千多年的种植历史。作为贵州最大龙眼基地，种植面积近一千亩。配合旅游公路，镇上又在龙眼种植区建了观景廊道，方便旅客进入龙眼种植区，既尝美果又赏美景。

"这条公路是一条致富路、健康路、文明路、亲情路。"雷子容说，原来镇上的居民晚饭后都会打打小麻将。如今，麻将桌上人少了，红色自行车道上的人多了。一家骑上租来的四轮自行车，边聊天边锻炼身体，家人之间的沟通多了，欢笑声也多了。

"让游客留下来，是修建赤水河谷旅游公路的一个重要目的，也是沿线地方政府和老百姓的期盼，因只有游客能和美景亲密接触，获得深度体验感，沿线老百姓才能分享旅游业的实惠，得到红利。"事实上，在这条旅游公路沿线，"景点经济"正在向"全域旅游"转变，"门票经济"开始变成"产业经济"。还在旅游公路建设期间，元厚镇就拆除了沿线破旧房屋六百七十处，不和谐的宣传标语上百处，就是提前等着这个"变"。

把分别位于安顺市和黔西南州两个曾经的穷县串起来的高速公路，同样为两地经济腾飞插上了翅膀。

望谟在专家帮助下，种植早熟蔬菜已有多年经验，牌子在省内省外都打得响，但常常会被恶劣的交通条件"卡脖子"，这就是经济发展、产业发展的"最后一公里"。紫望高速公路把这"最后一公里"彻底打通了，大量种植早熟蔬菜的平洞街道平洞村村民自然喜笑颜开。

望谟是国家级贫困县，全县干部群众都知道一条高速公路的贯通代表着什么？不仅为大众提供了出行方便，更要紧的是打破制约经济社会发展的瓶颈，有了这条路，望谟发展只会加快。

笑容也挂满了柴云县火花镇老乡们的脸上。

柴云县按照"一园两区四带"的发展规划，大力发展现代农业，短短几年时间，建成了火花地热河谷蔬菜园、紫王葡萄园、紫葡萄园、茶叶园、蓝莓园等六个省级高效农业示范区。

火花镇地处低热河谷地带，种植的葡萄要比湖南、广西早熟二十天；紫望高速公路建成通车，又为他们新"抢"到一些时间。为了让早熟葡萄更早些抢占早鲜市场，镇上的动员工作比往年更早地开始了。还抽调人员帮助种植户采摘葡萄，一切为了赶早。

"今年，火花镇采收葡萄四百八十万斤，通了高速路，我们不愁难卖。记得今年采摘的第一批葡萄，是拉往湖南怀化去销售的。为了保证凌晨把早熟葡萄运抵怀化鲜果市场，我们这边下午六点就新装车上路。在高速路上跑，误不了事。"镇党委书记刚送完一批外运葡萄归来，说话一字一句，很有底气。他们相信这些葡萄因为运输时间短，一定会卖上好价钱。

为了抓住高速公路通车契机，镇里还专门成立葡萄协会，生产上引导农民种植葡萄，技术上指导种植户种好葡萄，销售上专人去跑市场拓展销路，收集行情信息。这就不同于农民单家独户去闯市场，协会派出的人，会做三方面的"联系"：联系客商到基地采购，联系货运车辆将采购的葡萄销售省外，联系深加工企业来收购葡萄。望谟县紧邻广西。紫望高速公路一修通，紫云就一直在盘算一件大事，怎样让火花葡萄通过望谟直接进入广西市场，怎样让更多的自驾爱好者来紫云的葡萄园里摘葡萄，他们得到体验，农民得到实利。

都匀至安顺高速公路是都匀至香格里拉高速公路中的一段，在国家发改委的《城镇化地区综合交通网规划》中，对这条路的定位是：不仅要完善国家高速公路网布局，还要为当地经济发展和城镇化助力。因而，一段高速路，带来的是多方面综合效益。

首先是这条高速公路与贵阳强省会战略规划十分默契。都安高速是贵阳"外环"的重要组成部分，道路连接起产值五百亿级的清镇经开区、贵安综保区和产值百亿级的惠水、长顺两个经开区。而且往远些看，作为贵阳"新四环"的南段，它的建成将为"新四环东段、西段"建设提供一条运输通道，既能为新四环建设提供技术支撑，又能加快建设速度。

都安高速公路的建成，可以说是为贵州核心地带发展史安上了一台新的"马达"，南到珠三角、东到长三角、西到云南，打通了"任督二脉"，意义不可小视。

都安高速打通了，都香高速工程还在继续，贵阳人已经在相互邀约："待到主线贯通，我们一起开车上香格里拉去。"这条二百七十六公里的高速公路开工伊始，最响亮的口号就是"把百姓利益放在第一位"。一条高速公路的修建，对沿线老百姓会产生双重影响，一方面是会影响他们现时的生产和生活，一方面会影响他们今后的发展方向。建设者如何倾听他们的声音，对企业和地方政府的智慧和能力都是严峻考验。

都安项目开工第一天起，便在相应的市州、县区成立了指挥部及办事处，一个重要目的就是自下而上响应地方政府和人民群众诉求。贵州省高速公路集团有限公司与当地政府协同合作，最大程度回应群众诉求。

一边抓修路，一边为群众做实事、好事。传统的公路服务区实现封闭式运营，离城市远，一般只提供休息、如厕等功能服务。而当车开进都安高速长顺县广顺服务区，人们马上就会发现它的不同之处。

在设计阶段，查阅了大量资料，经过专家论证，决定修建对内、对外相结合的商场式服务区，以新型购物中心形式，统筹地方经济。当地产品可以进入服务区，当地群众可以参加经营。广顺服务站本来就有地理优势，靠近具有城市通道性质的广（顺）凯（佐）大道，周边又有集镇，把这些优势组合在一起，做好黔货出山这篇文章，就有可能打造出当地一个新的经济增长点。

广顺服务区只是一例。在建设都安高速公路过程中，沿线充分利用地理优势，打造了多个创新性的服务区，为当地经济发展预留了接口，将地区的长远发展纳入规划，既改善了交通条件，又能直接带动地方实现高质量发展。

这实在是公路建设中的一个生花妙笔！我不禁想起十多年前采访一条新修通的铁路时的经历。一个县破天荒地开来了火车，可当地干部群众高兴中又夹杂着几分忧郁。他们说县境里只设了一个小站，而且停靠时间极短，大家感受不到一条路给当地带来太大变化。都安高速在服务区建设和运营上的大胆创新，一下子拉近了地方与道路，人民与道路的关系。

都匀市中寨村的村民，爱讲一个关于挖掘机的故事："公路项目部的挖掘机，为我们修建机耕道出了力的。"

中寨村翁勇寨，位于大山深处，以种植水稻为主。最大一方水田居于寨西，虽然距寨子直线距离只有三百多米，但苦于没有道路，农耕机械无法入场。村里开始修建一条机耕道，开始还算顺利，可快修到水田附近，前方拦路的岩石让村民犯了难。有人想起附近都安高速公路的建设队伍，提出向他们"求救"的建议："村中挖掘机太小使不上劲，到外面请大型挖掘机要花近八千元，这钱我们付不起。只要工人老大哥愿意帮忙，就不是个问题。"

当时，都安高速正好在当地修好翁勇大桥，队伍还没有撤走。中交二航局知道了老乡的需求，什么条件都没讲，当即派了一台大型挖掘机帮村民"救场"。只用一天时间便打通了道路，解了村民的烦心事。

都安高速的品牌效应也成了沿线日后发展旅游业的潜在"利器"。这是贵州历史上投资最大项目，起自黔南州都匀市王司镇乌养村，止于安顺市镇宁县东北杨家山，全长二百七十六公里，体量大，难度高。全线共三十一个标段，由来自全国各地的施工单位承建。建路时就明确了目标：要让都安高速公路成为省内一流、全国知名的高速公路。

都安高速T5段位于都匀市东镇桃花村，五公里多的路段上有二十一座桥梁。标段总工程师陈宜蒙一年只有两次探亲时间，最长的一次不超过十天。曾连续三天从白天一直工作到凌晨三点钟。问他想法,他说没有什么想法,"我是一名党员,理应在岗位上坚守,带头示范。"在项目实施初期,他的主要任务是做群众工作,去了解征迁群众的诉求,走访时间足足用了一个月,"为了项目顺利推进,我做什么都是值得的。"抢抓工期,风雨兼程,建设者们在乌养隧道突击阶段,二十四小时冒雨施工,终于如期完工。所有建设者们的话都同陈宜蒙一样:这样做是值得的。

贵定县云雾镇境内,矗立着全长一千七百二十米的云雾大桥。这是都安高速的全线控制性工程,目前在折H型索塔高度中居世界第一。面对复杂的梁结构和庞大的施工体量,建设者们组建起效能型突击队,冲在最前面的是共产党员。在云雾大桥建设期间,常见几十个工人同时在两三百米的高空同时作业,持续时间长达六七十个小时,任凭风吹日晒雨淋。

路修通了,大桥建好了,当地干部群众的感慨非常相似:建设队伍既是物质财富创造者,也是精神财富的创造者。他们用路和桥在贵州大地竖起一座座物质丰碑;他们用为民情怀和奋斗理念也在人们的心中立起一座座入云天的精神山峰。

这些丰碑和山峰,是"黄金十年"贵州最有特点的亮色之一。

3

二〇二一年五月二十日,中共中央宣传部在北京举行庆祝建党一百周年贵州专题新闻发布会。贵州省党政主要负责人谌贻琴、李炳军受邀参加,围绕"弘扬遵义会议精神,走好贵州新时代长征路"主题,介绍贵州发展情况。

参加发布会的有我熟悉的媒体朋友。事后,他通过电话和微信与我多次交流,中心话题之一是贵州的交通发展。他在电话中说,这些年的跨越发展,让人对贵州刮目相看,但也有一种忧虑,贵州农村还有没有返贫风险?贵州的发展会不会受到什么干扰?会总是高歌猛进吗?这次发布会上关于贵州"路"

的介绍，让他放心了。

贵州困也因路，贵州兴也因路。认准了路能带来方方面面的巨变，从此不再动摇；为了修更多的路，苦熬不如苦干；不做井底之蛙，知道每条路都不是终点，找到与先进地区的差距，斗志从不懈怠。贵州有这样难得的自信、自强和自警，这里的干部群众精神状态就始终是昂扬向上，他们新生活、新奋斗的脚步就停不下来，贵州只会有新的跨越。

而在此前贵州省召开的一次新闻发布会上，省交通运输厅主要负责人作的介绍，题目就叫《"十三五"，贵州交通为乡村振兴插上隐形的翅膀》。有一段话给记者们留下了深刻的印象："发展永无止境，奋斗未有穷期。贵州交通建设永远在路上，展望'十四五'，仍是后发赶超、大有作为的重要战略机遇期，贵州交通定将以更加饱满坚毅的姿态，击楫争先、破浪前行，继续奋力谱写交通强国试点的贵州精彩篇章，为全省经济社会高质量发展当好先行。"

精彩篇章怎么写就？一个个镜头聚合在一起就是高光画面。

透过记者、作家们的笔，看看"路"怎样为乡村振兴插上翅膀。

路通，新村新貌新气象。

走进威宁县草海镇吕家河村，一条条宽阔平坦的水泥路蜿蜒伸展，直通农家院落；一个个蔬菜大棚成片分布道旁。"组组通"公路的建成，让吕家河村下定了决心，要唱一台把乡村振兴与产业发展扭在一起的"大戏"，全体村民都是"演员"。

这前面还有个故事。

听说吕家河村土壤优质，适宜种植蔬菜瓜果，李云慧带着资金来到村里，承包了三百零九亩土地，办起蔬菜种植专业合作社。不到一年的时间，蔬菜迎来大丰收，交通不便却让人犯难。蔬菜运不出去就只能烂在地里，雇人把菜背到村口再找拖拉机拉到县城，卖到市民手里时，已离采摘下来过了十多个小时，实在谈不上新鲜。李云慧在吕家河种了两年菜，也连续亏了两年。

"组组通"公路给吕家河的菜带来转机。蔬菜采摘下来，从田间头运到县城只需四十分钟，县城居民来买吕家河的菜，认可的标准都一样，"吕家河的菜，新鲜！"

一路通，百业兴。李云慧做了样子给大家看，不学，是不是真有些"憨"？村委会组织村民依托道路发展种植养殖业，光是蔬菜种植面积就有五千亩。铺平了道路，山里的货才能源源不断出山，经济活了，乡村振兴有了"第一条件"。

路通，乡村振兴才有底气！

盘关镇，原来是盘州市政府机关所在地，人口七万多，刺梨、中草药、蜜蜂都是代表性特产。"组组通"路没修成前，这些山货要走出座座大山，全靠人背马驮，盘高了人工成本。比如刺梨靠这种办法运输，一斤的成本达到了一点五元，保底收购价是两元一斤，只有很小的利润空间。村组通了路，小货车可以直接开到产业园，人工成本降到一斤三毛钱，工人不用在路上来回跑了，运输成本呈几倍降低，大大刺激了当地种刺梨促进乡村振兴的雄心。天富刺梨产业园种植面积从三千六百亩猛增到三万一千亩，刺梨间还套种中药材地参一万多亩、养蜂五百群，想着用这办法来实现产业多元化发展。

黔南州作家雷远方，来到平塘县卡蒲毛南族乡，亮寨村翁弄组公路旁功德碑上的两句诗引起他注意。

两句诗是："历年疑是沧桑路，甲申终见通车时。"干部和老百姓都说，这两句诗道出了翁弄人对公路的期盼和通路后的幸福感。

他详细记录下刻着这两句诗的"功德碑"碑文：

历年疑是沧桑路，甲申终见通车时。自古以来，翁弄通往独山塘头的路是一条坎坷、崎岖的山路，我们的祖祖辈辈及过往行人途经此路是艰难而行或肩挑马驮，其状苦不堪言，尤其是长期制约着经济的发展。"要想富，先修路。"在翁弄全体村民的艰苦奋斗和塘头组的合力支持下，历经三年时间的开山劈石，以及得到家乡社会热心人士的大力资助,该路于甲申年竣工通车……

甲申年,是二〇〇四年。

这质朴带着乡土味的碑文,说的是那个年代修一条路的艰险。

真正让老百姓通过"路"得到幸福感的是二〇一四年。国家实施的交通项目,把亮寨上坝经翁弄至独山县塘头组的公路,全部打成水泥硬化路面,道幅也拓宽到三点五米,翁弄闭塞的历史才彻底一去不复返。

六十二岁的村民陆政科,亲身经历了路不通和路彻底通了之后的"变",也参与了村口那块功德碑碑文的撰写。他讲自己的故事有非常强烈的对比感。

因为路不通,卖粮食、卖农副产品,全都靠人用肩膀扛。有一次,外地的一名商贩到寨子购买肥猪,在赶猪翻越大山的路途中,因为坡陡路长,加上气温较高,买去的猪在乱石嶙峋的山路上奄奄一息,倒下死了。商贩捶胸顿足,说一辈子都不愿再来翁弄做生意了。

老屋老得不成样子,我下决心修建砖木结构的新房。那时,交通不便,无法到外地买砖和木料,再说荷包里没那么多钱,所以下了决心自力更生。

自己挖泥塘采泥,用牛踩泥,用长把刀砍泥,自己打砖、烧砖。三间房子需要一万多块砖,要烧8窑,全是我一个完成的。我还上自留山砍了一百多棵树,请人扛下山,到亮寨塘茂等地买了一万多块瓦,用马驮了二十多天才全部运完。

村村组级通硬化路,关于陆政科的所有故事都要重新开篇。

两个儿子、媳妇,分别在江西上饶和浙江金华打工,两对夫妻的月收入都超过万元。

又有路，又有钱，两个儿子建房就轻松多了，不似陆政科当年。两家建起的新房，都是两层半，都有三百多平方米，建房所用钢筋、水泥、砂石，全部用汽车运进山。

大儿子花十多万元买民一辆东风轿车，小儿子用九万多元购进长安越野车。他们开着车去浙江打工，春节开着车回老家过年。他们觉得蛮有意思，因为道路畅通无阻，一路风光也很新鲜。

为了干活方便，陆政科也花八千元添置了一辆半封闭的电动车，运送货物赶场，把肥料送到田间地头，又从田间地头拉回粮食。

大孙子陆俊熙，九岁了，在卡蒲小学读书。陆政科又花一万多元买了一辆全封闭三轮电动车，早晚接送孙子，一来二去，二十多分钟，与他当年走路到卡蒲上学形成鲜明对比。用陆政科自己的话说，就是一个地上一个天。

"幸福的日子没想到来得这么快，生活在这个年代是真幸福！"陆政科这话不是随意而言。卡蒲毛南乡已经修建硬化通组公路七十六公里多，惠及两千九百多户一千二百多人。二〇一七年五月，平塘县城至卡蒲的公交车也开通了，首班七点二十分发车，末班十八点整发车，途中招手即停。老百姓感受到从未有过的方便。

雷远方心一激灵，是不是该在卡蒲立一块新的功德碑，专门讲讲"黄金十年"路给群众带来的"变"。当然，其中一定要刻上他在卡蒲听到一首山歌："过去山高出门艰，今朝车行山中间；感谢政府施恩惠，千家万户路相连。"

说到山歌，纳雍县维新镇也有传奇故事。

哥家住在营盘山，想到想到好心寒。
上山是条毛狗路，要找媳妇难上难。

这是曾经传唱的一首旧山歌。
营盘山是维新镇马家包村的一座大山，有苗族民众世代定居。

第三章 造一个"高速平原"

营盘山人说不清营盘山有多高，说出来就是住在营盘山的难。

上营盘山的路有三条，都是村民一代代用脚踩出来的"毛狗路"，又陡又窄，上山脚发软，下山腿打战。

冬天里，营盘山的妇女要用裙子兜上煤灰，一步一把灰，背着捅下山背水。

孩子们上学来回要走近十公里路，有些孩子因山高路远不上学了。

有村民在山下地里收了豆子，爬梯子路回家时摔死在山崖；有人娶的媳妇，才过三天就被娘家接走。

二〇一七年春天，维新镇党委书记邓云办公室里，来了一群营盘山的苗族汉子，他们带来一封请愿书，几十个鲜红的手印赫然纸上："营盘山人为修路请愿，愿意无偿投工投劳，无偿提供土地。"

民心不可违，但从哪里找钱？"修！"这个字从邓云嘴里蹦出来，他心里全是苦辣酸甜。辗转在营盘山上，不成样子的路，村民真情的请愿、不知何时才能落地的资金，纠结得他彻夜难眠。

整合了"组组通""产业路项目资金""老区建设资金"，算是解了难。想着那帮苗族汉子火辣辣的眼神，邓云坐不住了。没等政策落地，资金到位，镇政府就把各项修路工程整包出去，想的是先干着，等工程验收完毕，各种项目款也就下来了。

马家包通组路项目竞标，村委会副主任中了标，所谓"中标"，就是由他垫资先修路。

听说营盘山开始修路了，隶属于申家沟村民小组，只有十二户人家的大坪子苗寨也坐不住了。虽然申家沟已经修了通组路，但寨子里人还是希望再修一条路，他们合计过这样会带来更多方便。

一天，邓云被请到了大坪子苗寨。为请这顿饭，寨子里最老的周银发老人拿出了自己的羊，村民们凑了八千元钱作"入伙"修路的"专项资金"。

二〇一八年春天，村委会到副主任马启武带领村民修整营盘山路。这条路需要硬化、修缮、加宽、清淤、填补。村民投工投劳一百余人次，终于在当年秋天，放响了竣工的鞭炮。

想有一条自己寨子通组路的马学忠，也用那八千元专用资金买了香烟，凡是修路要占用土地的人家，他都怀揣香烟去认亲戚、说好话、拉关系，终于统一了一个寨子人的思想。

马家包通组路按标准预算需要一百万元建设资金，马启武最终拿到手的只有九十万元，他不觉得吃亏，对人说："这账要看怎么算，路就修在家门口，最终还是要赚！"

这条通组路，拐了四道弯，从山脚下的申家河延伸到大坪子山顶，又蜿蜒下行连接水落冲邓家营，在申家河与维（新）姑（开）公路连接，又在邓家营衔接"组组通"路网。这是维新镇最耗财、耗力的一条路，也是唯一一条修上山顶，获得了"苗家天路"的声誉。

路虽不长，却连接营盘山周遭农民的心。顺着这条路小轿车开进了大山，农村的孩子沿着这条路走向县城、省城，一直走到省外。这条路成了产业路、致富路。

于是，营盘山新近流行起一首山歌：

营盘山人好开心，脱贫攻坚拔穷根。
水泥马路通寨子，四轮车辆开进门。

一个又一个鲜活的故事，说明路在贵州人民的心中和生活里，分量比山还重！修路的步子，不能停；交通建设的战鼓还要向天狠擂，敲得天摇地动。

二〇二一年，全省交通运输系统开展党史学习教育，最为普遍认可的共识是：修路，是最大的民心和民生工程。为贵州交通大展身手，贵州交通人仍然肩负光荣而神圣的使命，这正切合中国共产党的初心，一切为了人民！

这是一部壮歌的前奏，贵州"凿"路的壮举将更加振奋人心。

第四章 我们的绿水青山

一　南明河，你听我说

1

初识八十四岁的雷月琴，我的第一印象是：老人家的双眼怎么会像清洌的水那样晶莹透亮？

她很认真地回答："是吗？我是个一生爱水的人，这大概与我和两条河的情缘有关。"

一九四九年，雷月琴随父母从江西赣州来到贵州贵阳。十二岁的小女孩，见惯了赣江的波澜起伏，南明河的小巧和野趣则是从未见过的景象，她开始观察这条河。从市府路小学到贵阳女中，再到贵阳六中，小学、初中、高中作文，很多篇都是写南明河的。老师觉得好，时常拿到课堂上念给同学们听。

"南明河，好像绿丝带，一条清澈美丽的河。"

"南明河，清澈见底，游鱼万千，河底的沙石被太阳照耀，反射出金色的光芒。城周是青翠的山峦，河边还有挑水回家饮用的人，河里有撒网捕鱼的一叶小舟，船头上立着几只捕鱼的鸬鹚。这与赣江完全不一样，赣江上看不见渔船。这样美好的山水画面，是贵阳留给我的第一印象，我因为爱这条河而爱上了这座城。"

"南明河的水与河边住民的生活多半都有关。推开中山西路我家的后门，就是缓缓向南明河里流的市西河。从河边晃晃悠悠把两担水挑回家，是好多孩子早晚间都要干的事，那水用明矾沉一沉就能喝了。"

城市无论大小，但凡有条河流过，就有灵性和魅力。南明河伴着雷月琴成长，给她很多现实的欢愉和美好的梦幻。

终于有一天，她发现南明河在变。

二十世纪五十年代后期，河两岸不断有工业污水排入，各种生活污水、垃圾直接排进河里。她熟悉并爱着的南明河变得千疮百孔。鱼虾没有了踪影，河水变得又黑又臭，飞鸟不再翱翔，小舟渔人也不出现在水面。二十多岁时，她带着孩子上河里游了个泳，上岸发现满身都是黄绿色的泥沙，回家还得重新冲个澡才能把身上弄干净。那段时间，提起南明河，她心里一阵阵发凉。

南明河是乌江支流，流经贵阳市内一百多公里。雷月琴想看看这条心爱的河被伤害成什么模样。下班之后，她沿着河两岸漫步，景象让人心酸。南明河成了污水沟，刷马桶的、倒痰盂的、洗拖把、洗衣服、洗菜，只要想干，都可以在河边干。那条美丽的河哪里去了？翻出青少年时代写下的那些关于南明河的作文，雷月琴暗自神伤，她在想能为这条河重回美丽干些什么？

一九八四年，退休了的雷月琴成了行走在南明河畔的常客，不是看风景，而是具体看看河边到底有哪些污染源，劝人不要再对河道进行污染。她走一路、看一路、说一路；还带上把火钳，顺手捡垃圾。几十公里主河道，一天走不完，就分成几截走。坐中巴车，或者坐马车，上午到了花溪水库；然后沿着黄金大道往下走。步行一阵，坐车一阵，一截截往下游看，看完得十天半月时间。

我翻看了一个她在那段时间的日记，这样的记载最多：

上午走到清华中学，有人像修吊脚楼一样，在河边修了房子，所有生活污水都直接流到河里。

看见有人在河里洗拖把，我上前劝了几句，没想那人瞪我几眼：你是神经病哪？吃多了，要你管。

今天看到一家工厂直接向河里排污水，找工厂领导交谈，那领导把我浑身上下一阵打量，问的话让人哭笑不得：你是专家吗？

在花溪巡河时遇到一个在河边剐兔子的人，我劝阻他想把兔子内脏抛进河里的行为，没想到他竟挥刀向我冲过来。

在阿哈水库巡库时，发现有三个人违规钓鱼，劝了不听，其中一个还动手拧伤了我的无名指。

雷月琴心里充斥着孤独感，她不知道人们对母亲河的态度为什么如此漠然。但她没有气馁，她相信只要自己持之以恒就一定能感动别人，也一定看得到生活在这条河边的人们，为保护生态环境而做出改变。

她亲眼看到了这种变。

"孤掌难鸣"的情势在变。一天，巡河走到贵阳解放桥边，发现一个单位厨房墙上打了个洞，所有污水都向河里排，而且因为没有安排水管，还把整条路给淹了，人们过不去只好望"水"兴叹。她一气之下，急匆匆跑进附近的贵州电视台要求对这件事情曝光。也是巧了，碰上一位刚从部队转业不久的记者，他一听也火了，提着摄像机就和雷月琴一道往现场赶。要"曝光"的事不止一件，破房子、小餐馆、小商店，一溜溜沿河而建，远些的单位宿舍，甚至连化粪池都没修，都是大大小小的污染源。电视一曝光，引起有关部门重视，落实专人专管，污染面貌短期内就有所改观。

这件事让雷月琴想了好久，她悟出一个道理，把南明河的事情办好，要有一个大家关心、大家参与的氛围。

接下来发生的事情更让她提振精神。贵阳市相继成立环境法庭、两湖一库管理局、两湖一库环境保护基金会，号召人民群众拿起法律武器，保护与南明河治理紧密相关、悬在贵阳头上的三口大水缸——红枫湖、百花湖和阿哈水库。这条消息让她激动得整夜未眠。为喝上一口干净水，她一个人走过了这么多年的护河路，知道这条消息有多么重要。

二〇〇八年二月，她向刚成立不久的两湖一库基金会打电话询问，已满七十岁了还能不能参加环保志愿队？那边传来"欢迎、欢迎！"的声音，这边的雷月琴已是满脸泪流。报名时，她把身上的二百元钱全部捐赠了，她为自己成为基金会第一个注册志愿者而高兴。

这以后，她向基金会捐款捐物不断，最多的一次，把获得"全国十大江河护卫士"的五万五千元奖金都捐了出来。

学会使用手机，也让她的志愿服务方便多了。把巡河时拍下的照片发给各河段河长，反映情况或要求转给上一级部门解决。时常还会约着河长一同查看现场。

与平生第一次巡河相比，雷月琴发现市民的态度在变。

还是一个人去巡河，走到哪里，却常有人会来招呼她"老阿姨，累了吧，快休息一下！"有人把椅子、纸扇直接送了上来。她随身带着一个旅行水壶，不管里面有水没水，都有人取下来去掺上新鲜的凉开水。碰到有人朝河里丢烂菜叶、洗拖把、倒杂物，她还没来得及赶上前，早有群众出来劝阻。

"大家都把南明河重新变美当自己的事放在心上，想想我这几十年的巡河就没白干。"二〇二一年底，我在贵阳湘江花园雷月琴家里，同老人家有一次促膝长谈。谈起南明河的治理，她感慨万千，有时还流出泪来。

她拿出几张图，我一看全是她手绘的，从一九九四年到二〇一五年一共画了六张，图上画着粗线条的河流走向，上面明确标注沿河工厂、取水口、排水口具体位置，写明河水颜色、气味等情况，污染严重的还加注红色记号。她说，原图都用特快专递寄给市里领导同志了，现在这些图是复制的，与原件一样。我把几张图比较着看，污染点的记号是越来越少了。雷月琴指着几张图说："污染点越来越少，看得出党、政府和人民为保护河流作出了多大贡献。不过，我还想画最后一张图，等到母亲河彻底澄清那一天。"

让一条曾经污染的河重新清澈明亮，成了一位八十四岁老人的寄托和梦想。

贵阳市水务管理局的孙阳处长说："雷月琴老人起起伏伏的巡河故事，正好印证了南明河治理思路几经探索，最终柳暗花明越来越科学的过程。只有当全民都认识到'绿水青山'的好处和自己的责任，治河的事就不再难。"

治理贵阳"母亲河"南明河的思路和方案,曾经几经变迁,都带着鲜明的时代印记。

现在回想起来,很容易让人联想起大禹治水的故事。禹的父亲鲧治水,办法是"堵",加高堤坝,不让洪水为患,结果堵不住水的脚步。大禹一反鲧的做法,带领千军万马在"导"上做文章,结果水流其畅,大地安康。

工业化、城市化快速推进,一百六十五公里南明河流域内生态"欠账"日多,中心城区段水质长期处于劣Ⅴ类,被唤作"失去生命的河流"。回应百姓关切,二〇〇〇年以来,贵州省、贵阳市连续启动了对南明河的几轮综合治理,但受当时思想认识和治理条件所限,只是治标而不治本。那段时间,从省委书记、省长、贵阳市领导同志到普通市民,都参加了"淘河清淤"的义务劳动大军,运河泥的车停满南明河两岸,但"水清、岸绿、景美"的生态画卷并没有如愿出现。

二〇一二年以后,系统治理思路被引入南明河治理,从"治标"向"治本"转变。河流治污不再是水务、河道一两家单位的事,环保、城管、党政机关、人民群众要齐抓共管。也不再是单纯的"就河治河",而是把流域综合治理分"救急""治本""系统提升"三个阶段实施。目标是把流域治理同生态文明建设结合起来,串联沿线山水、人文景观,沿河道打造湿地公园、休闲广场、滨河空间,把流域文化因素融入群众休憩休闲的每一个生活空间。

贵阳市把他们的做法概括为"加""减""乘""除"。

加法:尽最大努力提升污水处理能力。到二〇一七年,沿南明河已建起二十多座污水处理厂,处理规模将近提升一倍。布局也更加合理,提升分段处理能力,让水一截截变清。

减法:用各种措施减少污水排放量。采取截污分流等办法减少生活污水总量,污水处理能力超出全市排污量四十万方。

乘法:在污水处理上追求倍加效应。老城区寸土寸金,地下修污水处理厂,地上建商业文体设施和商品房,土地利用价值和社会生态价值实现双赢。

除法：让造成污染企业"退城入园"。南明河畔可称"污染源"的工厂已有一百多家搬迁。

"加""减""乘""除"，再加上对七条支流综合治理、沿线排水大沟整治，"除臭""水清""景美"已然可见，全流域二十五处黑臭水体全部消除，七条重要支流水质全部达标，中心城区地段水质稳定达到Ⅳ类以上，部分区域在Ⅲ类或以上。清晨或傍晚，在南明河畔看沿河雕塑、观鸟飞鱼跃，成为城市一道新的景观。

南明河畔又成了贵阳市民爱去赏景游玩的地方，十里河滩、筑城广场、镇山村、酒文化一条街各有各的"密码符号"，分别代表着滨河空间、城市村寨景观和新的网红打卡地。不同的市民徜徉其间，会找到共同的获得感、幸福感。人与自然和谐共生体现在生活的点点滴滴、方方面面。

思路一转天地宽。南明河终于实现了文化特色与水城人景合一，"母亲河"人文底蕴一步步彰显。南明河综合治理的成功，为城市内河治理提供了"贵阳方案"。方案有很多闪光点引人注目，被省外城市借鉴。原有的"末端兜底"治污方式转变为"前端减量，沿途分处"模式。沿河分散布局再生水厂，每天向南明河提供一百五十多万吨生态补水，大大节省跨域调补水资源。中心城区新建的二十座污水处理厂，有十六座是下沉式建筑，地下地面都得到充分利用，实现了城市"负资产"向"正资产"的转变。

二〇二二年春节前一个多月，我在外省的一位老朋友出差来到贵阳。几十年未见面，他开口就对我讲："你们这地方同北方真不一样，入冬了河水还在流，漫山遍野都还绿意盎然。我待的时间不长，你选一个最能代表贵州特点的地方让我去看看。"

这可把我难住了，去黄果树、去龙宫、去梵净山，显然时间不够。突然就想起我曾经去过，坐落在河滨再生水厂的"水环境科普馆"。

以为老朋友会不以为然，谁知他去了大加赞赏："你们河治得好，在治好的河边上建水资源科普馆更是棋高一招。这样的展馆在我走过的国内很多地方并不多见。"

展览馆现代化馆舍周边是林木葱茏的花园和别具一格的休闲广场。刚修污水处理厂和展览馆时，周边居民不知就里，成群结队地闹着要阻拦开工。一俟建好了，才知道他们多了一个休闲娱乐和受教育的好地方。我和老同学去的那天，正有几队中小学生模样的孩子们在参观。展厅里安静不下来，这边孩子刚激动地说："我们明白了，为什么要保护顶在贵阳头上的三口'水缸'。"那边又有发现："原来南明河的水好不好，同整个长江水好不好都有关。"还有一群孩子站在模拟地下污水处理厂的设备边，看着一杯污水经过处理变成清水，竟情不自禁拍起了巴掌。老同学说："从小就让孩子们知道水资源如何宝贵，知道怎样去爱护和保护水资源，你们这里怎么会不永远是碧水蓝天？"

记得我一次去一个高速公路土地采访，站在清水江岸边的山头上远望工地，但见江水碧波荡漾，清澈透亮。不远处的江面上有小舟漂行，一幅水上渔歌画卷映入眼帘。于是，下山后便问一位正在施工的小伙子："你知道什么是绿水青山？"小伙子想了想才说："过去施工的时候，我们从来没有这样小心过，现在经常被提醒，不要随意乱丢杂物，要爱护清水江。我们是干活的，保护生态是怎么回事，我也说不明白，但能让这清幽的江水，一直保持着原样，我看就很好。"

这种景象，这样的语言，如今在南明河畔很容易碰上。

我在贵阳甲秀楼附近的南明河边步道上，遇上了清扫工杨敏。她指着河里正在打捞垃圾的一个人说，这是我老公。接着便是几声喊："黄开明，快上来，有人要和你谈。"黄开明、杨敏夫妻俩都是黔西市的农民，丈夫当打捞工已有二十五年，妻子当保洁工也快二十年，他们是南明河变化的见证人。当年河里臭水横流时，有时得捂着鼻子上班，现在下了班，时不时还相约着上河边散散步。黄开明说："南明河越变越漂亮，我也算个沿河的参与者。算下来还可以再干个十年，不知道那时河会美成怎样？"

愿河水的记忆回到童年时光，让清幽幽的江水一直保持原样，想看十年后河水还会美成啥样？是雷月琴、黄开明、杨敏这些普通百姓最质朴的愿望。领导者、设计者、管理者的责任就是实现这个愿望。"黄金十年"，在大生态的旗帜下，贵州大小江河综合治理，一直走在这条路上。

2

六广门是老贵阳的城门之一，是个有历史的地方。

五十多年前，我随父母来到贵州，定居贵阳。十多岁的孩子，新到一个城市，看什么都新鲜，就爱瞎逛。六广门离家近，去的时候自然多些。那时的六广门城墙城门早就没了，可抗战胜利后新建的"抗战门""胜利门"还在，浑圆的六个凸雕大字，厚实的石柱门，配在一起，给人的感觉倒是相得益彰。后来，几个大字被凿掉了，可两个门中间有当时贵阳最大的体育场和体育馆，始终是个热闹的所在。

几年前，传出消息，六广门周边区域将成为贵阳老城棚户区改造重点，最大的项目是要建一个再生水厂。不少"老贵阳"议论开了："那可是一块城中宝地啊，建个工厂，得占去多少地？"

项目是封闭施工，门口挂着"工程重地、闲人莫入"的牌子，着急的人、关注的人进不去，怎么修？怎么建？自然不得其详。

贵阳市水务局的同志告诉我，六广门再生水厂正是一个看点，可以体验什么是城市内河治理的"贵阳方案"。这地方，当然得去。

终于如愿以偿。

进施工现场一看，原本是运动场和看台的地方，现在地表之下正在浇铸竖柱横梁，周围空空荡荡的。水厂厂长但光耀、办公室主任李大勤说，这是正在建设的三层大型停车场，水厂还在停车场下面。停车场封顶后，地面上仍然要建个体育场，不过，肯定会比原来那个更大更好更漂亮。体育场周围，有绿地、服务设施和居住区，整个是立体工程，建好后像个城市花园。

第四章　我们的绿水青山

他们带我下到二十二米的地层深处，从这里开始一直再到三十二米深处，几万平方米的两层建筑，是六广门再生水厂的操作区。地底下的厂区道路七转八转，路面都被涂成怡人的嫩绿颜色，大气阔敞。路边隔不了多远，就摆放着一盆盆绿色植物。很容易让人产生错觉，要问"这是哪个三甲医院的住院部呢？还是来到什么重点实验室？"

"哎，你们这个再生水厂从地下三十二米一直修到地面，真是一寸土地也没有荒废啊！"我想起前些年在一处高铁工地，看到在狭小空间会战，"螺蛳壳里做道场"的动人场面。

但光耀知道我说的是惜土如金，他笑了笑说："其实我们都是被'逼'出来的。"

六广门再生水厂位于贵阳市中心云岩老城区腹地，日污水处理量十二万吨，而占地面积只有两万两千九百平方米，通常国内这种规模的污水处理厂占地面积应在四万平方米左右。两万两千九平方米建污水处理厂显然面积小了，但在城市中心地段又是块不小的土地。这就"逼"着设计者和建设者创造了两项全国第一：全国最深的全埋式水厂，全国首个与商业综合体紧密结合的再生水厂。

两个全国第一，带来一系列的创新。

资源、能源、生态被创新性融合为一个整体。百分之二十处理后的中水为地上体育综合体绿化、办公、生活回用；污水源热泵系统又为城市综合体供暖；新生水为南明河生态补水，逐步恢复支流贯城河两岸自然生态。正在用再生水洗脸漱口的一位值班员工做了个贴切的比喻："寸土寸金，把我们厂逼出了一箭三雕的创新效益。"

地盘狭小，无法建占地面积大的串联过滤池，那就要向新技术找办法。

走过一条污水处理线，看见水要流过几道像面条丝一样的帘子，但光耀说这叫MBR工艺，就是膜过滤工艺，MBR膜是一种高分子新材料，用上它节省了用地，提高了污水处理水平，但是却提高了生产成本。

· 255 ·

这下又倒逼着向新技术要效益。除臭系统、空气监测、投放药剂，全部通过大数据控制。六广门再生水厂加上附近的盐务新村再生水厂专门处理来自盐务街、茶店、冒沙井、大冲、麻冲、沙河街等贵阳数条排水大沟的污水，而六广门厂只有二十四名员工。在地下三十二米的控制中心，十几台电脑都在工作，现场只有几名操作员。

　　往大的方面讲，将"地上""地下"结合，把市政基础设施、生态环境、城市建筑融为一体，是更重要的创新。既满足了城市污水处理需求，又最大限度地利用了土地资源，得到了生态建设与城市发展的"双赢"。

　　贵州提出"大生态"战略，不只是鼓舞人心的口号，也不是一般性的工作要求。它的精髓是因地制宜、鼓励创新。南明河综合治理中出现的"贵阳方案"，从一个侧面印证了这个思路的可行性与科学性。贵阳把大半污水处理厂建在地下，创造出生态治理与城市建设共生共长的辉煌。

　　二〇二一年深秋的一天，遵义市汇川区文联主席肖维陪我走进市郊一家工厂。

　　这到底是什么地方？一泓碧水，一地绿色，池水四旁远远近近散落着一栋栋米黄色的楼层不高但很有特点的房子，初一看让人喜欢却不好判断其用途。

　　是一座供人休闲的城市花园？

　　是一处深藏山水之间的高级住宅区？

　　是一个得自然之趣的游学场所？

　　……

　　都不是。我们顺着几级石阶拾级而上，才发现入口门头上几个大字——遵义海螺盘江水泥有限责任公司。

　　这完全颠覆了我关于水泥厂的概念。曾经去过的水泥厂，无论规模大小，即便进行了一些技术改造，哪一个不是"蒙"尘"蒙"烟？而眼下这个水泥工厂，车间窗明几亮，园地里草木葱茏，说是个机械制造厂还勉强有人信，怎么就能与水泥生产有了关联？

一听来陪同参观的小伙子带些安徽口音，我便进一步打探。果然是安徽国企海螺水泥集团来贵州建厂。贵州方面盘江煤电集团也有发展意愿，两家一拍即合决定合建，于是有了这家工厂。

国家对水泥行业污染防治标准日趋严厉，贵州要下决心保护绿水青山，"遵义海螺"从一开建就划出几条红线：用新理念参与环保之战；靠大投入、凭新技术当节能减排尖兵；走新型工业化道路，在红城遵义建一座绿色工厂。

"遵义海螺"是"安徽海螺"在贵州布局的八大厂家之一，年产水泥四百四十万吨，贵州水泥行业排名前十，而在生产过程中，烟尘排放浓度却由20mg/m³下降到6mg/m³，远优于国家排放的标准。二氧化硫排放浓度更是从150mg/m³下降到30mg/m³，优于170mg/m³国家排放标准。有了两项超低排放，天蓝水绿空气新鲜，整个厂区像个幽幽深深的花园。

我在这家工厂厂务会议记录上摘抄下一些文字，可以想象当时思考与拍板的场面。

治污就要增加成本，企业这么干上不上算？

要看这笔账怎么算。当前投入当然不是小数，但往远了看，我们还是赚。水泥行业能不能在激烈竞争中发展，最关键争的就是能不能适应时代要求、符合政策规定，不给"绿水青山就是金山银山"制造麻烦。

争论的一个焦点是，电除尘要不要改成布袋除尘？

窑尾电除尘是水泥企业降低烟尘排放的重要技术，也有实际效果，但要优于国家排放标准，改用布袋除尘方为上策。"电改袋"意味着减排的更大成功，也带来不能不仔细算计的困难：布袋投入量大，势必引起经济成本上升；成千上万只布袋每年都要定期更换，日常维修也是不小的工作量，这又会导致人力成本上涨。

"遵义海螺"没有为自己设置退路，投资四千多万元，置换窑头窑尾电机、变频器、风机，生产线上布满专用布袋。烟尘排放大大优于国家标准，在行业竞争中就握着一块金光闪闪的"腰牌"，短期的大笔投入转化成长期的销量领先。

公司投入三千七百多万元，引进两套湿法脱硫系统，在二〇一九年投入生产。"遵义海螺"成为贵州省第一个主动实施湿法脱硫技改的建材企业。

遵义海螺盘江水泥股份有限公司建厂之后，总共投入一亿四千万元用于技术升级、环保治理，得到的实际回馈相当丰厚。二〇二一年产值和销售收入双超十亿元，达到历史最高水平。

我们在生产线上参观，发现工人们大多集中在收尘器边。他们每两个小时对环保设备进行点检。一位工人在现场回答我："全公司的人都知道，安全、环保、质量是企业的三条生命线，是不能动的底线。我们这活路看着简单，其实不平常。"

化解增加环保投入造成的成本上涨，"遵义海螺"有自己的招数。走进一间由众多电脑组成的辅助巡检系统，生产线的运作情况全变成了荧屏上的实时画面。借助电脑技术巡检比人巡检更精确，个人技能好坏会直接影响巡检结果，智能化巡检就不一样，各种参数在控制中心储存运算，各个车间里安装了众多的探头、测量仪器，精确程度肯定超过人的手和眼。

其实这几年来，公司的生产经营都是在智能操控进行。几座原料矿山生产在二〇一八年就实现了数字化、智能化，成本、产量、品种都能精确控制。这一边腾出来的盈利空间，就让环保投资有了新鲜血液。两条熟料生产线过去全靠人工调节。智能操控不仅确保产量质量，而且每条线上原来需要的六名管理人员也减为两人。向技术要效益，靠技术搞环保，一个规模本来要两千两百人的水泥厂，现在只有员工四百四十人。

"遵义海螺"建在遵义，也要为遵义的污染防治做贡献。二〇一九年，日处理遵义城区一百五十吨垃圾渗透液项目，在"遵义海螺"试生产。遵义市看中了企业治污工艺与水泥生产工艺相结合的优势。接下这个项目，头一个问题就是要增加不小用电量，对企业能耗指标有影响。

公司里又掀起一阵波澜。问题在于这种"倒贴"的事到底干不干？最后的共识斩钉截铁：遵义是座红色的城，也必须是座绿色的城。我们在遵义办企业，就得想尽办法为这座城添绿。

事实上也不一定"倒贴"。建垃圾渗透液处理线的投资由市里投入，公司再投入的几百万元加上电费，通过技术革新和加强管理是可以内部消化的。能为名城做一件功德无量的好事，这账，一头大，一头小，就看你怎么算。

一百五十吨垃圾渗透液处理线运转起来了，听到一阵阵的夸赞，公司的干部职工都很欣慰，觉得为遵义市民做了件该做的事。同时，还传来好消息，其他一些行业也有人来联系，能不能帮助他们处理渗透液？"遵义海螺"已经有这方面的经验和设备条件，回答起来就多了不少底气。

六广门再生水厂和遵义海螺盘江有限公司，是贵州实施"大生态"战略两个生动实例。六广门再生水厂"螺蛳壳里做道场"，把有限空间最大限度利用起来，创造了"地下+地上"的综合开发新鲜经验。遵义海螺盘江有限公司不负历史名城绿水青山，不惜自己投入，又通过技术革新加强管理，夺得防污治污和生产效益的双赢。两家企业双双建成了"绿色工厂"，为贵州的绿水青山添了一抹亮色。

"十三五"期间，贵州工业化一个鲜明特点，就是在加快发展中守牢生态底线，让工业经济"绿色名片"越来越亮眼。这是值得大书特书的贵州特色。这条路一俟走通，成效十分显著。

"十三五"规划末，全省规模以上工业企业单位增加值能耗累计下降百分之二十六，提前一年完成"十三五"目标；化解钢铁过剩产能二百二十万吨；停建水泥产能六百三十万吨，退出落后产能五百二十万吨；创造性施行磷化工企业"以渣定产"，二○二○年磷石膏基本实现"产销平衡"；大宗工业固体废物资源综合利用率较二〇一五年提高七个百分点；水泥窑协同处置城市生活垃圾项目获全国唯一试点省份。

贵州工业发展基础先天不足，后天又有很多因素导致迟缓，要用工业强省带动其他方面的赶与超，走的路径不能同人家一样，最大的特色要在"绿"字上做足文章。

二〇一一年至二〇一四年，我数次参加过省政府常务会议，听时任省政府主要领导在会上谈做足"绿"的文章，看到了这些观点逐渐成为全省上下共识的动人过程。他说的是城镇化，但与工业化一理相连。贵州是城中有山，山中有城。不久前还在浙江工作的他对此有鲜明印象。所以他说，要把这个特点发挥到极致，城市扩张不能摊大饼，我们缺乏平原支撑，没有这个条件。可是，看似城走到了尽头，穿过一片森林，凿穿一座青山，绕过一滩绿水，又是一个新的城区，不但城中有山，山中有城，而且城水相绕，城林相牵，这样的特色，其他大多数城市不会有。这就有可能让我们在发展上登上另一座高山。城镇化是这样，工业化同样也是这样。

贵州为什么会赢得"黄金十年"？一条重要经验是在统一的中央政策氛围里，看准自己的优劣之势，找准自己的发展道路，以"特点""特色"参与竞争，让"赶"与"转"的目标圆满实现。

3

贵州磷矿资源丰富到令人羡慕。

储量占全国三分之一，品位全国最优，贵州平均品位百分之三十，比其他省遥遥领先。

二十世纪五十年代末期，贵州开始有计划、成规模地开矿制肥；到二十世纪九十年代，建设磷化工的脚步更是震响了群山。中国最现代化的坑采磷矿——开阳磷矿集团，全国最大的重钙厂——瓮福磷肥集团，两只拳头握在一起,组建贵州磷化集团,源源不断生产出质价双优的"国字号"自产磷肥,滋润着北大荒的万顷麦浪、南国稻田的无边清香。

可这些年在贵州,却常常出现一种现象:谈磷色变。

二十世纪初,省内织金一带发现规模超大磷矿,有关方面也积极筹划开采方案。一位专家却屡屡"上书",中心意思是,大开磷矿,已经严重污染了贵州两条母亲河——乌江和清水江;如果再开采织金大磷矿,"蒙难"的就是贵州最后一口"大水缸"——乌江上的洪家渡水库,真到那一天,贵阳就该没水喝了。所以,这个项目坚决不能上!

缘何谈磷色变?究其根由,焦点主要来自两个方面。

从国家层面看,中国用全球百分之八的耕地,种出了全球百分之二十一的粮食,消耗的化肥占全球的百分之三十五。土壤环境恶化和确保食品安全,自然会成为热议话题,化肥"零增长"被提上国是议程。

从贵州情况讲,由于环保要求提高,传统磷化工企业环境污染问题成为社会焦点,过去粗放的生产模式,给自然环境造成无法忘却的伤害。

对于"磷"来说,其实这是个巨大的误解。危害环境的,不是磷,而是磷石膏。

磷石膏是湿法磷酸生产过程中的副产物,其主要成分与天然石膏基本相同,以固体矿渣形式出现。这些矿渣难以利用,且管理不善会对环境造成危害。磷石膏渣的无害化处理和综合利用一直是世界性难题,土地面积大的国家多采用堆存处理,小些的国家干脆直接排入海洋。

即便堆放的矿渣,也有渗漏风险。

乌江江畔,有个著名的"34#"泉眼;离清水江不远,有个"发财洞",开磷和瓮福堆存的矿渣,有害成分经过长期渗漏,从两处冒出来,直接污染了乌江和清水江,两江之水成了劣V类。多少人知道个中底细?不"谈磷色变"也难。

为解这个难题,贵州磷化集团一直在路上。我见到的贵州磷化集团安全环保部部长何廷明,是个有三十多年经历的"老磷化",他心中有一本贵州破解这个世界性难题的账。

科学技术水平突飞猛进,困扰磷化工行业多年的问题,在历史长河中逐一消解,贵州磷化集团率先实现了园区污染水循环利用,大气在线监测与达标排放,唯有防治污染"最后一公里"磷石膏综合利用,成了困扰行业发展终极命题。

在他的描述中,最初的办法有些像古代治水的"初级阶段"——堵。在磷石膏安全堆放标准建立之前,堆场只能参照尾矿库标准建设,存在环保和安全隐患,磷化集团下属瓮福公司,斥资数亿元,在国内率先引进国外铺膜防渗先进技术,自主创新双堤胶结法筑坝技术,在筑坝技术上跃居行业领先地位,并起草了相关国家标准,执全国磷石膏安全堆放之牛耳。为治理污染,贵州磷化集团累计投入资金十四亿元,"发财洞""34"泉眼水归清澈,从此无人称是污染源。

综合利用磷石膏矿渣,类似治水上的"疏"。"堵"只能解决矿渣渗漏问题,"疏"却要把矿渣变成别的有用产品,让污染彻底失去"源"。

一边是日渐壮大的工厂园区,一边是与日俱增的石膏堆场,利润和风险同时摆在了磷化人面前。贵州现有磷石膏堆存量约一亿两千万吨,每年新增约一千二百万吨。其中磷化集团省内基地年增约九百万吨,占全省的百分之七十五以上,怎样综合利用?这是第一难。要对磷石膏加以利用,就要舍得"砸线",舍得投入资金、舍得放弃产能。这对转型中的贵州磷化集团而言,不仅需要超前的眼界和智慧,还需要足够的定力和决心。这就使"难"上又加难。

开弓哪有回头箭?磷化人决心攻克磷石膏综合利用这个世界性难题,交出一份"世纪答卷"。"今不取,后世必为子孙忧。"将企业的"利"权且置于一边,把对社会的贡献这份"利"放在最前面。

其实,早在十多年前,磷化集团两个前身企业瓮福和开磷,就已持续探索磷石膏建材的新路径，在综合利用上取得"零"的突破。石膏制砖、石膏砌块、石膏水泥缓凝剂、纸面石膏板，一系列重大项目纷纷在贵州磷化落地。磷化人自信不负"世纪答卷"。

但就在这份"世纪答卷"背后，影影绰绰间总弥漫着一些犹豫、审慎的目光。行业专家投来问号，社会大众投来问号，甚至磷化集团周边地区也投来了问号。

一次大范围的业主维权事件，将磷石膏建材推向风口浪尖。墙体开裂、涂料发霉、强度变低等问题接二连三出现，"磷石膏有害""磷石膏建材质量差"的声音频出。为此，贵州磷化集团用了近十年时间，来改变磷石膏建材形象。

云诡波谲，潮起潮落，一时间，磷石膏的综合利用再少有人提起。问题根源在哪？发展出路在何方？企业到底该怎么办？磷化人希望找到答案。

党的十八大以来，习近平总书记高度关注贵州的生态文明建设，作出一系列重要指示。二〇一七年，贵州明确"大生态"是与大扶贫、大数据并列的追赶跨越三大战略行动之一。二〇一八年，"以渣定产"作为贵州重大战略部署，在全国率先提出，用"吃干打尽"的循环经济理念指导磷石膏综合利用，贵州再一次在全国超前。

时隔多年，磷石膏综合利用再次被置于前台，但今朝已然不同以往。它有更高的目标：保护贵州的绿水青山，创造贵州的绿水青山。

曾经的风言风语或许消磨了一些人的信心，但放眼整个贵州磷化集团，这个全国最大的磷化企业正是热血沸腾、自信满满，为了这一天的到来，磷化人始终潜心钻研，他们已早早做好准备。

机遇从不亏待有准备的人。

要在短期内扭转局面，摆在面前有"三难"。支持性政策快速落地难，发展路径选择难，社会大众接受难。洪流之下，岂能畏难。集团壮士断腕、刮骨疗毒，磷石膏资源化利用上升为集团战略，成立"双组长"领导小组，集团高层指挥督战，三套全球最大规模粉体装置很快成了贵州磷化集团引人注目的一道新"风景线"。

借助远端粉体优势，轻质石膏板、轻（重）质石膏砂浆、防潮石膏砌块……生产线相继建成，产品投放市场，贵州磷化集团石膏建材走进建筑工地，走进大众视野。轻质、环保、隔声、防火、保温、自呼吸六大特点被市场认可，"磷化"品牌建材市场占有率在不长时间内位居全省之首。

何廷明说，贵州磷石膏本就具有纯度高、白度好、无放射性等特点，提纯后可达国家天然一级石膏标准。贵州磷化集团已经成为国内产品功能最全、生产能力最大的磷石膏建材供应商，若产能全部释放，仅建材一项每年就可消纳磷石膏四百万吨。

仅此一项还不够，历史遗存和每年新增的九百万吨磷石膏矿渣，等着磷化人吃干打尽。实际上已经形成了矿山充填、建材生产、水泥缓凝剂、生态处置、分解制硫酸联产水泥五大"吃干打尽"的路径。

原开磷集团"锚杆护顶分段空场采矿法""磷化工全废料自胶凝充填采矿"曾经分获国家科技进步一等奖和二等奖。巨大的技术优势，为磷石膏井下充填提供了巨大的想象空间，开辟了磷石膏综合利用新的方向。磷石膏替代传统矿柱，使矿石回收率从原来的百分之七十五提高到百分之九十二点三；矿山贫化率从百分之六降到百分之四，每年可以消钠磷石膏三百万吨左右。节约资源，环境友好，可持续发展，凭借一个选择实现了"多赢"。

磷石膏代替天然石膏，可以用作水泥缓凝剂，又可年消纳矿渣一百二十万吨左右，市场主要集中在广西、湖南、江西等周边省份。

更有想象空间的是磷石膏的生态处置和利用。

何廷明问我："贵州最缺的是什么？"

还没等我开口，他自问自答了："缺土。"

贵州石漠化面积大，不少所谓的"地"，其实就是石窝窝里硬抠出来的一捧土。这样的土地既小且"瘦"，种啥不成啥。

这样的土地，需要生态修复。

通过科学技术，磷石膏可以"变化"为土，也可以帮助土地"变化"。石漠化治理，建设高标准农田，它都有用武之处。

还不仅仅于此，矿山生态修复、公路边坡治理，磷石膏都可以一显身手。

磷化集团磷石膏生态处置和利用的路子有几条：通过对磷肥产品养分精准调节，将磷石膏用作肥料调理剂，减少入库磷石膏量，每年可以直接从终端产品中直接带走磷石膏六十万吨，处置了磷石膏又肥了土。替代黏土，用于磷石膏筑坝工程，减少对黏土资源的依赖就是节约了土，每年又可消减矿渣三百万吨；加强与高等院校、科研单位合作，研究微生物菌剂改良磷石膏制生土，这样一来，磷石膏就不但有资源属性，而且有了生态属性。

变废为宝，贵州磷化工找到一条与绿水青山融合之路。

初心不改，贵州磷化集团在"大生态"战略行动中，展示的是有责任、有担当的铮铮风骨。他们让母亲河乌江、清水江的水质已从劣Ⅴ类上升到Ⅲ类，重新描出清风碧波、渔舟唱晚的幽雅画面。他们建成的产能和消纳条件，基本可使年磷石膏增量"产销平衡"，从根源上堵住了污染的路，又为企业找到了新的经济增长点。

贵州磷化集团磷石膏综合利用的成功，正是贵州实施"大生态"战略行动的一个缩影。告诉人们：保护绿水青山，要有初心永驻，要有牺牲精神，要有舍得"小利"追求"大利"的高大格局。

贵州磷化集团还启示我们，保护绿水青山，"堵"不如"疏"。人和自然本是一个和谐的世界，是一个循环始终的共同体，万物皆可找到安放处。就看你去不去认真观察、仔细思考、找到道路。

要分手时，何廷明告诉我，几天前他代表集团，约请七八个省里相关厅局单位相关负责人开了一个会，讨论的题目就是怎样让更多的磷石膏变成更多的土，在贵州的石头上造出更多地，让地上生出更多的绿。他说，今年新的国发二号文件《关于支持贵州在新时代西部大开发上闯新路的意见》，明确到二〇三〇年全省要建成两千八百万亩以上高标准农田。建这些田需要多少土？这无形中给贵州磷石膏综合利用增加了任务。现在再来谈综合利用这件事，要站上一个更高的高度。

贵州磷化集团安全环保部青年干部张煜冕，写了篇文章传给我，题目就叫《求解"磷"的最大生命周期》，文章中有这样的话："国人对'磷'的追求，是关于广袤大地生生不息的虔诚，是来自硕果丰盈、幸福美满的渴望。'磷'无虑，则粮无虑；粮无虑，则国无虑。十年磨一剑，贵州磷化集团自始至终在'磷'的最大生命周期中孜孜以求，这不仅是对保障国家粮食安全、服务社会大众的真诚交代，更是对党领导下实现企业高质量发展的有力回答。"

我想加上一句话：这也是他们保住绿水青山的火热情怀和生动实践！

二　最短的河，流向何方？

1

世界上最短的河在哪里？

在贵州。

作家叶辛写过《世界上最短的河》，盛赞江口县"中国土家第一村"太平镇云舍村的水，和那里的风土人情。河流虽短，给人的回味却是绵绵悠长的。

云舍村离梵净山不远，或者说，就在这山脚下，可它招人喜爱完全是因为自己的个性。

进了云舍村，最让人震撼，最让人不舍的就是水。一条河把村分割成两半，水流湍急，碧绿如洗。河上架着形形色色的桥，有三五成群的妇女在河边洗菜、洗衣，几只鹅鸭在一旁嬉戏。河畔的杨柳成荫，大道旁的小路又弯弯曲曲，一时在花草里，一时又是块平地；还有一个连一个的草棚，一汪汪水池。人说，那是早前土法造纸的遗迹。

再往上走，就是河的源头"神龙潭"了，这里的水就多了几分厚重，变成炭灰色，据说是地下碳酸钙所造成的。不知水有多深？老乡们说潭在地下面流出了一条阴河，很长，但地上的河只有八百米，流出了个云舍村，流出了难得的美丽。

这时候你会有些茫然，这是在江南水乡，还是在贵州的大山里？

全村五百多户两千三百多人，都住在土家吊脚楼里。初看全是青砖青瓦，木板木梁，再看仔细些，又各有特色。村委会主任杨慧办的民宿，叫"梦彧楠舍"。纯木结构，占地七百多平方米，建筑面积一千四百多平方米，古朴与典雅合为一体。最可人的是她家庭院，小桥流水，亭台楼榭，像搬来了个江南。花花草草种在农村最常见的盆盆罐罐里，间或还摆上对石磨、米碓，像是无心其实有意，感受到的是山里人的气息。大堂里长长的木桌，主人家说，木材是从非洲进口的，价格是一等一的贵，但却让民宿有了些"国际范"。

长桌上摆了好多小饰品，拿起来一看，最多的是一块块石头。杨慧说，这石头来自梵净山里，磨洗一番，包上几块赋了形的色纸，变成了工艺品。标价一块一百多元，还常常供不应求。一旁摆放着古筝，奇石古琴，相映成趣。二十一间客房就更有趣了，有的原是楼阁，有的本是猪圈，改建出来，各有各的意蕴。顺房形有的单间，有的一厅几室，一个人来，两口子来，一家人来，几家人邀约着一起来，都找得到合适的住地。房间里既有现代化的空调、卫浴设备，又有竹壳温水饼、土家族土布床单、桌布，在这样的房间里。枕着一屋木板的清香入睡，应该是惬意的事情。杨慧说，二〇二〇年五月开业，当年入住就有一万多人。二〇二一年虽然新冠肺炎疫情严重，但入住者还是超过万人，来这里住还得提前半个月预定房子。

我发觉"梦彧楠舍"客房、走道、厅堂里挂着不少幅手绘画作，有国画、油画，也有水彩画。问杨慧这些画从哪买来的？她说都是常住在这里的画家们送的。

三十六岁的杨慧是个土生土长的土家族姑娘，漂亮的脸蛋上施了淡淡的妆，貂毛夹克，高跟鞋，气质言谈倒像个城里人。十六岁到县城上职业中学，学的是旅游专业，毕业后到浙江温州打工，从事的却是养颜美容。后来回到家乡，主要目的是想结婚，当时她心头的想法就是："成个家，带下娃娃，做个完美的女人。"二〇一八年。梵净山申报世界自然遗产成功，游客量陡然大增，群众都想吃"旅游饭"。杨慧想了几个晚上，最后也下定了决心，自己投资一部分，贷款一部分，花五百八十多万元建起了"梦彧楠舍"。

要想实现这个计划，就得找出办法。杨慧伶牙俐齿。头脑也很清醒。青山绿水有的是，就看你怎么当作资源应用。干卖风景不如依托风景，来卖自己的设计造型理念，显示出独特之处，招来回头客，吸引新客人。办民宿，她的路子是雅俗共存，喜爱文墨的人，可以在这小桥流水、花丛树影的庭院，淡雅清新的客房中找到灵感，抒怀寄情。因此"梦彧楠舍"一年上万的游客中，有不少是这样的儒雅之士。他们一来，少说要住上三天，一周，多则会住上几个月，都是稳定客源。客房打造成不同样式，雅中带了一些"俗"的成分。是为了适应有不同需求的客人。父母带孩子出游，新婚燕尔的一对新人欢度蜜月，几个要好的朋友结伴同行，都能在这里找到家的感觉，不就实现了花五百八十万元办精品民宿的初衷？

杨慧口中新名词不少，她说，这就是旅游业供给侧的一次革命，按顾客需求制作产品。全省这几年来都是走的是这条路子，自己不过是先试先行。整个云舍村都在走这条路。再到另一家民宿"云舍里"，看到的人和事为杨慧的话做了印证。

"云舍里"与"梦彧楠舍"大不相同。整体感觉是"古旧"，更有山野风。

进院的路就很特别，长石条中夹着卵石，还拼成一些造型。屋子只有两层，残砖乱石旧瓦垒成围墙。墙头上像是不经意放着瓦盆瓦罐，种的花草也再普通不过，长得自由自在。

民宿主人叫唐吉。四十七岁，披着一头长发，还扎了个小啾啾，看着有些像艺术家造型。一问，果然是学美术专业出身，是第一个到云舍办民宿的。他在北上广"漂"了十多年，回家乡就是想创业，租下六百多平方米十一间房子，基本上保持原来风貌，一心想把它们做成文创产品。没动房子的一砖一瓦，只是在室内做文章、保持"野味"。带些粗犷，也有些艺术品位。圈定了主要接待对象："回头客"、研学朋友、校友、大专学校老师，围绕这些人做出特点，几天前，他才送走一批来自西安的画友。这样做，来客也不算少，平均日收入在一千至三千元。

最有特色的是"云舍里"的"文化体验长廊"。一色的老式乡村建筑，可以体验古法造纸，造出的纸又被制作成书画、折扇、灯笼，唐吉的工作室也在长廊里。可以想象，一个长发披肩的人，听着鸟鸣，拂着晨风；或者是月光下，斟一杯茶，握一支笔，在古法造的纸上挥挥洒洒，是一种什么画面？

说到茶，唐吉来了兴趣，风雨亭角落里，一个砂锅放在几根树根柴燃起的火焰上，锅里的水已经沸腾，熬的是从唐吉家乡带来的茶。他家在江口县一个偏远的村里。与黔东南毗邻，那里产古树茶，一般树龄在几百年以上。古树茶只能熬，不能沏。这锅茶熬了三个多小时，正是该饮的时候。我和他围炉而坐，他用木勺把茶盛进土碗里，两人对饮。喝一碗生津，喝两碗冒汗，再多喝几碗，恐怕就要醉了。这带着古朴、狂野又有文化气息的场景，回应了一类人的心理需求，"云舍里"自然不缺少回头客。特意从江口"两会"现场赶来的吴建芳认为，云舍村这几年特色旅游风生水起，与定位思维有极大关系。

吴建芳是江口县工商联党组书记、常务副主席，之前担任过多年的旅游局局长，对县里发展旅游业的思想了解得很清晰，对于梵净山和周边景区的感情也很深厚。她说，这或许来自儿时的记忆，小时候，上学看过一个梵净山科普展，才晓得家乡的山竟是如此神奇，产生了自豪感；成年后干的很多工作，又与梵净山有关，是参与者也是推动者，日久肯定生情。

二〇一八年梵净山申遗成功。县里一直在破解怎么用好资源问题，脱贫攻坚进入关键时刻，江口提出的口号是：用美丽战胜贫困，这本身就需要敬畏梵净山。梵净山入口处立着一块清朝道光年间政府碑文，就是告诫老百姓对梵净山要知敬畏。如果谁私自在山上砍了一棵树，全村人都会上他家吃上住上几天，让他算账算到心痛，下次再不敢为。

有敬畏才能保证定位不走样。

工业化，只建特色产业园，不修一家冒烟的工厂。贵州梵净山大健康医疗产业园应运而生。主要依托本地产的黄精、淫羊藿、铁皮石斛制造成中成药，污染极小。

城镇化，把棚区改造任务具体化为打造梵净山小城，关联县城七八条街道，山水风光和城市生活融为一体。

农业现代化，只发展冷水养鱼、中药材种植、茶叶、时鲜果蔬几个门类。贵州茶集团总部设在江口，"抹茶"产业落户江口。既追求经济效益，又与总体生态条件相宜。

旅游自身要放在品牌打造上。景区带景区，包括把部分临县景区都带起来，产生两个AAA级景区、两个AAAA级景区。大家都吃"旅游饭"，在保护中利用资源，实现"要你干"到"我要干"的思想转变。

梵净山遗产区保护地四百多平方公里，外围还有三百七十多公里缓冲区。定位一定要保护好绿水青山，又一定要依托资源发展旅游业，非这样做不行。

江口县文体广电旅游局副局长张兴屹，理解的定位，就是要做出人无我有的新业态。他拿出一个黔金丝猴毛绒制品给我们看，这猴子长尾巴，仰鼻孔，只有梵净山有，最有辨识度。游客愿意买，"别山无此物"，买一个带回家，能永远把梵净山记住。

有了定位才有品牌。

"黄金十年",贵州旅游走的就是这条路线。

贵州风景名胜资源十分丰富,素有"公园省"的美誉,自然风光神奇优美,山水景色千姿百态。溶洞奇观绚丽多彩,自然风景与古朴浓郁的民族风情交相辉映,这是贵州的优势所在。如何发挥优势,把旅游业做成重要的支柱产业,首先要在"定位"上下功夫。

"十二五"期间,打造世界知名、国内一流的旅游目的地和休闲度假胜地是旅游业界人人皆知的口号,所有重大规划,所有建设项目,所有宣传招商活动,都扣住这个主题不放。

"十二五"期间,五年来,全省接待游客三亿七千六百万人次,实现旅游总收入三千五百一十二亿八千二百万元,旅游增收值九百六十二亿三千七百万元,年均增长率分别为百分之二十七、百分之二十三点九和百分之二十五点五,呈现"井喷式"增长。二〇一六年一月,《纽约时报》公布,世界上五十二个最值得走访的旅游目的地,贵州是中国上榜的两个目的地之一。

"十三五"期间,贵州明确"山地公园省·多彩贵州风"的旅游业形象指标和建设目标,一系列活动迭起高潮。

二〇一七年,国际山地旅游联盟在黔西南兴义市成立。从"国家公园省"到"山地公园省",品牌形象更加鲜明。二〇一九年,贵州凭借多彩的民族文化,成为中国唯一入选美国《国家地理》二〇二〇年全球二十五个最佳旅游目的地之一。也在这一年,世界最大的私人旅游指南《孤独星球》把贵州作为二〇二〇年十大最佳旅游地区之一,推荐给全世界。

因为定位准确、思路清晰、行动有力,贵州旅游在五个方面让人改变观感。

文化和旅游产品发布推广精彩纷呈,成为营销典范。

文化宣传推广与节庆活动推陈出新,成为惠民样板。

与多地跨区域文化和旅游合作加速,成为融合示范。

全面创新,对外交流与推广突飞猛进,成为外宣奇兵。

灵活制定文化和旅游宣传推广政策，成为改革标杆。

连续开了十五年的全省旅游产业发展大会，内容不断创新。比如第十二届旅发大会。突出展示的就是"旅游+文化""旅游+科普""旅游+健康养生"等新产品。还推出了独山天洞、龙里孔雀寨、冰雪水世界等一批旅游扶贫示范点。在国内各省市举办多场旅游营销活动。"山地公园省·多彩贵州风"形象渐渐深入人心。贵州与多个省份开展了跨区域文化旅游合作，签订了一系列合作协议。

贵州开通五条洲际航线、二十二条国际航线。先后设立日本、韩国、法国等国家和港澳地区旅游营销中心；建设贵州旅游日语、法语、韩语咨询平台；推荐活动先后走进韩国、瑞士、德国、法国、匈牙利、英国、巴西、阿根廷、墨西哥、日本、澳大利亚、新西兰和南太平洋国家。"这里是贵州"的声音在全球响起，其效果自然是"天下何人不识君"。

"黄金十年"，贵州旅游发展有两个不可不提的节点。一是二〇一三年省委、省政府启动五个一百工程。投资十亿元建设一百个旅游景区是其中之一，结果是五十九个旅游项目入选"全国优选旅游项目名录"，成功创建国家ＡＡＡＡＡ级旅游景区三家，国家ＡＡＡＡ级以上景区增至一百家。二是在一百个旅游景区建设基础上，启动实施"一加五个一百工程"。

一场旅游重大项目之战在贵州打响，推动全省旅游及相关产业在二〇一九年基础上翻了一番多，旅游人均花费水平进入全国第一方阵。

二〇二一年十二月十六日，我结束了在铜仁市万山区的采访，专程赶来的市委常委、宣传部部长商友江言犹未尽，问我晚上愿不愿意夜游市区的中南门文化旅游区，也就是市民们喊的"古城"，他可以当向导。我一时有点懵，商部长加了一句话："到那里你可以看到重大项目是怎样推进旅游产业化发展的。"我这才赶快答应。

晚上七点多钟，我们从灯火辉煌的大桥上走进中南门文化旅游区。铜仁是座被水包围的城市，中南门就是古代的一道水寨门。进得门来商部长带我进了"飞山宫",古老的建筑共有四进。第一进是个戏院,市民在台上演自己编的节目,台下观众的笑声四起。顺着阶梯一直往上走,依次三个厅台,分别展示有古老家具、印江花伞、思南斗笠、民间剪纸、德江傩文化、玉屏箫笛、松桃苗绣等民族文化工艺品。整个环境古风古韵,仿佛穿越了历史。那边厢走出个小伙子,自我介绍叫杨卫磊,标准的北方人,北师大毕业后到韩国打拼了十三年,现在是贵州省飞山宫文化科技有限公司总经理,专门打理这片文化故地。

杨卫磊一到铜仁就被民族间文化的遗存震撼,花几百万元收购了一千多件藏品。他认为铜仁市建设中南门文化旅游区是步高棋:"过去人们可能认为铜仁缺了文化,有了这个旅游区想法马上就要改变,这样就增加了旅游的魅力。"

建设中南门文化旅游区是贵州旅游业重大工程项目。过去游客们从梵净山下来,多半就去了几十公里外的湖南凤凰,现在会回到铜仁城区夜游中南门,他们把这种玩法叫作"朝登梵净山赏自然风光,夜至中南门品人文古韵"。

铜仁古城虽然小但却精巧。市里在三万六千平方米的范围内整合文化旅游资源,保护性更新改造古建筑群,两座城楼和七座牌坊,保留了古城九门、三街、六巷的格局。中南门古城有三千多年历史,挖掘历史,修缮改建了东山古建筑群、梵净书院、古街巷、古码头、古城墙历史文化建筑;红二、六军团长征贵州纪念馆,周逸群烈士陈列馆,贺龙旧居,会师客栈等红色文化遗址;还建起了颇有时代气息的科技体验、文化创意馆。中南门文化旅游区成了铜仁城区夜间消费业态聚集度最高的地区,不论老少男女都能找到"看点""乐点""买点"。商部长带我游览古城后仍觉意犹未尽,晚上十一时许,我又打车去中南门一个人游了一遍,仍然是人流如潮,灯火通明。

铜仁市把梵净山和中南门称为全市旅游产业化的两核,中间那条旅游公路叫作"一带"。有了这个新定位,"一带"串起"两核",旅游业马上上了一个档次。我想起贾平凹《铜仁赋》里还有几句话："古人讲，纵是山城，不少读书之族；虽非泽国，犹为鱼米之乡。而今舟楫依旧，公路通达，集散繁忙，市容光鲜，人皆儒雅，一派太和。再是登东山，观文笔，云过瘦竹，肥泉鸣咽，探洞岩，读摩崖，天风吹下数声钟，水珠燃烧成紫烟。真是精神有所托，现象有空间，山水经典，一城神仙。"

先生好眼力，莫非一二十年前就看到了旅游产业化带给铜仁人的福祉？铜仁陪同的同志听我一说，竟个个大笑。他们说，只要方向抓得准，工作有力度，是有可能出现奇迹的。

还有两例，皆可印证他们话语。

石阡县平山乡佛顶山村尧上组，原来是贫穷的代名词，县里的定位，要靠发展旅游改变模样，二〇一二年打通了砂石路，但质量不好。二〇一六年换成了沥青路，从此越走越亮堂。

街上最红火的是"红梅餐馆"，但好多人不知道女老板叫席运梅。席运梅是从外边嫁进来的姑娘，刚嫁过来的时候，眼泪止不住淌，没想到尧上组会穷到这样。连着给在县城里的堂姐写了二十多封信，让她有机会把自己带出去。后来是一年比一年好，二级路二十分钟可以把车开到县城，自己一边开超市，一边办餐馆，餐馆能摆得下十四五桌，还带六间客房。尧上组家家参与旅游业，大家管这叫"放下砍柴斧，吃上旅游饭"，因为过去一寨子人吃不上饱饭，只能砍柴烧炭换菜饭钱。这个曾经最贫穷的村寨，现在排在全县农村发展的前五名，完成了蜕变。席运梅说："现在八匹马拉也拉不走我了。"

石阡县被称为"温泉之县"，但过去的温泉景区都是由国家开办的。

驱车半小时，便到了中坝村街道办事处。穿过一道既华丽又有古朴味道的大门，就是"中国石阡佛顶山温泉小镇"，由贵州交建集团投资建设。销售经理池霞说："贵州要建温泉省，吸引各方资金参与，我们来这里就有重重的责任感。目前投资已达十四亿四千万元多元，建设项目有禅茶汤浴、森林秘汤、温泉水上乐园、温泉度假酒店，提升了当地农民眼界，富了周边乡亲，也把建设队伍自己名字打响,获得多赢。"

这就是我们的绿水青山,定好位,铆足劲,干就干出个名堂,贵州到处都是金山银山。

2

好山好水不一定天生就是旅游产业化的一张好名片。

二〇二一年七月,我写过一篇雷山记事《白岩村,你用什么留住我?》,说的就是这个观点。

雷山,是藏在雷公山里的一个小县,可它却想依托青山绿水和浓得化不开的苗族风情,把旅游产业做大做强。

于是,便有了我的白岩村之行。

车子,像从一条由云雾、森林、农田和茶园组成的长廊里穿出来,突然就停在一处山腰上,停在一群我曾经去过的苗乡村寨从未见过的建筑物前。

房舍墙体,半是片石,半是原木,片石厚重沉稳,原木淡香飘逸;房子一座座顺山形展开,高高低低,曲折蜿蜒,从这座房到那座房,要拾级而上,但整体上又相簇相依。创意和造型,有点像带着古风的城堡,又有些像城市郊区别有意味的小别墅。只有屋顶那片片黛色小青瓦,只有把这些房子串联起来的栈桥、石梯,只有此起彼伏的蛙声虫鸣,只有看到路边不知名的野花、田里青葱的秧苗和顺树干围成的谷草垛,你才不能不相信,眼前这处所是藏在大山深处,原始底蕴与现代风情融为一体的苗家旅游民宿。

民宿的名字,同它的外形一样富有诗意——牧云涧,如诗如画的牧云涧,坐落在雷公山里神奇的小村落——雷山县丹江镇白岩村。

云怎么是可以放牧的?被放牧的云,怎么又同"涧"联系在一起?接下来的走访,让我知道了有心的雷山县是怎样为现有的旅游资源"赋能",让它们不一样地展现在世人面前。

县里的同志告诉我们，白岩村只有一百五十二户六百一十三人，苗语村寨名唤作"怎留"，意思是"层层梯田又大又宽的地方"。除了目光所及之处都是层层叠叠的梯田，白岩的云也很有特点，云彩里的梯田，就是难得的风景。牧云涧，则是中国扶贫基金会协调三星集团，捐赠一千万元打造的乡村旅游精品民宿示范点。

"精"要精在与别人不一样，人无我有，人有我优上。

"牧云涧"的客房，就全是木头建造的了。

这样的房子，我只是几十年前在一个遥远的风景区里住过一夜。但那里过于追求类似欧洲城堡的感觉，让人多少觉得有些不伦不类。"牧云涧"便不同了，涂了桐油，散着淡淡清香的木墙、林地、木天花板，会让人产生住进苗家木屋的联想。而室内室外一应设施又按城里酒店的标准配置，每套房间，古朴和现实都留下痕迹，配着农家物件改造成的小摆设，衬着种在砂盆瓦罐里的花花草草，住进去的人，就融进了山里一幅幅鲜活生动的民俗画。

木屋的窗子，做成苗家木楼"美人靠式样"。

从窗子里望出去，面前展现的，是一幅更撩人、更幽深、更美丽的风景画。

苍翠欲滴的山间，一湾湾大小无定、随山赋形的梯田，或像一口池塘，或似一条飘带，带着绿意，陈陈相因，块块相连，一直延伸到山谷底的小河边，在阳光的映照下波光粼粼。这时，山岚雾霭还没有完全散尽，那些飘系在梯田、山林、村寨上空，甚至有些就直接与它们相拥相依的云朵，不断变幻着形状，有时像奔腾的马群，有时像薄薄的轻纱，有时又像辛勤劳作的农人，面对奇异的云朵和苍茫的梯田，任你想象驰骋，无论年迈年轻，都会变成一个云朵里的牧童，这是不是就是"牧云涧"名字的来由呢？尽管村干部们的一再表示遗憾："你们来得不是时候，没赶上白岩村梯田和云海最好看的时节"，并且拿出一些照片作为他们这样说的佐证。可这个"梯田托起的村庄"，在我的心中的形象，已经美得无法抹去。

第四章 我们的绿水青山

二〇二一年六月二十三日中午,我参加省作协组织的"作家+旅游产业化"——百名作家走进乡村旅游重点村采风创作活动启动仪式,第一次来到白岩村。

活动进行了半天,在村里吃过原汁原味的"酸汤鱼"长桌宴晚餐后,省城一家主流媒体的记者拿着话筒问我:"这里发展乡村旅游,让你一见就心动的是什么?"其实问的不是就是"第一印象"吗?我想了想后的回答是:"暂时无法告诉你,因为我还在寻找感觉。"

这是真话,在我看来,乡村旅游应该是有魂的,再美的现象也不一定是魂,我想寻觅的恰恰是在现象后面已经发生、正在发生和将要发生的故事,它们或许会帮助我,找到了那个要去感觉的"魂"。

平静的小山村,也会涌起奔腾的波澜。

那天晚上,"牧云涧"门前的广场上,月光下,一堆干柴熊熊燃烧,远山近山的寨子,一簇簇闪烁的灯光,都像月夜里的星星。村民盛情相邀,我们参加了一场篝火联欢晚会,身着节日盛装的男女村民,吹响悠扬的芦笙,唱起欢快的苗歌,围着篝火手拉手踩着鼓点,迈出古老欢快的舞步。在欢歌且舞的人群中,我认识了一位身板结实的汉子。他对我还没有找准答案的问题,也产生了兴趣。

汉子叫刘安敬,不是村里的人,却在村里当过三年"第一书记"。几个月前,他才回县交通局去上班。他说:"作为一个亲历者,我今天不来不行。我最想告诉你们的是,发展乡村旅游,白岩村一找自己的路,乡亲们也认准了能带他们找路的人,找路、找人,这是不是你说的'魂'?"

两位苗家女走到我们身边,瘦些的叫余美,个子高的叫月华。她们一左一右拉住我的手,想邀我一同起舞。他们听见刘安敬最后几句话,脸上笑得更动人了:"你们说的不就是唐村长吗?"

村民口中的"唐村长",是三年前高票当选的白岩村村委会主任唐文德。

唐文德的人生经历有些传奇色彩。

一九八九年出生的这位白岩村苗族青年，大学毕业后去闯过几年"上海滩"，当然是希望在大城市找一片发展天地。或许是听《在希望的田野上》这支歌多了，他终于发现乡村才是创业的好地方。回乡创业，第一件事就是带头在村里办起"农家乐"，因为他太了解城里人喜欢到乡野山间放松心情、回归自然的想法，认定发展乡村旅游能让白岩村的资源活起来，白岩村的人可以依靠这些资源富起来。

乡亲们也看好这个年轻人，把票投给了唐文德，他们说话有些大声大气："白岩村山好水好人好，再有了有文化、有见识、有热情的年轻带头人，不搞出点名堂才怪呢！"

唐文德挑起了担子，心里却明白，要搞出"名堂"并非那么容易。

黔东南州被称为"人类疲惫心灵的最后家园"。西江苗寨、郎德上寨、排卡苗寨、格头村……光在雷山县，数得出的景区景点就有好多家，论山水人文各有各的亮点，白岩苗寨拿不出自己的"人无我有"，难得在乡村旅游中更加引人注目。况且，前些年白岩村旅游红火了一阵，多少借了些"地利"，离雷山县城近又是去西江苗寨必经之地。后来旅游公路改道，来白岩的旅游就越来越少，村里热闹一时的二十多家"农家乐"，最后只剩下两家。

路只有一条，找到把白岩村好山好风情盘活的"突破口"，当然，还免不了苦口婆心去引导村民：资源不等于品牌，乡村旅游并非招呼城里人来这里吃喝玩乐那么简单。他常常会和村民这样对话——

村民："城里人来我们这里玩，不就是图个新鲜？"

唐文德："晓得新鲜就好，现在新鲜的东西多了去，要让没来的人想来，来过的人还要来，就看你除了大家都有的东西，还有什么值得人家日思夜想。"

机会总是青睐有准备的人。

此时，大山外为一场竞争开展的准备工作正在紧锣密鼓地进行着。中国扶贫基金会协调中国三星，寻找"帮得准""扶得住"，具有发展潜力的贫困村，营造上档次的精品民宿，让乡村旅游的发展动力也上个档次。

满脑子都在想着"突破口"的唐文德，哪里会让这次机会擦肩而过？他要带着白岩村去搏一搏。

项目选点层层筛选，多轮竞争评比等着有想法的人。仅在雷山县，白岩村就要面对几个"对手"。这时候，唐文德说得最多的只有一句话："每一件事情都要做细做认真。"终于尘埃落定，"三星分享村庄"项目花落白岩村。选中白岩村的其中一条重要理由是：白岩村带头人的能力、热情和对未来的信心，足以让人相信民宿运营效益和带动脱贫致富奔小康的前景。

精品民宿落户白岩村，真正让乡村旅游柳暗花明。

雷公县云上人家农业专业合作社、雷山县梯田部落旅游专业合作社相继应运而生，引入高品质专业团队负责民宿运营，户户村民都是社员，二〇二一年春节，家家都得到分红。

二十九间风格独具的民宿客房，像一根纽带把白岩村的一二三产业连在一起，传统的苗族刺绣、古老的木勺制作工艺、乡土味道的果品茶品，都找到了展示的平台，变成村民手中的真金白银。

住进"牧云涧"，可以踏着苗家歌舞的鼓点，看着满天星辰，枕着蛙声入梦。可一些旅客却说了心里话："吸引我们的，还有你们想变的精神；其实，这也是一种让人心心念念的风景！"

不是再简单地依靠绿水青山展开经营，而是锻造和挖掘出其间的灵魂，进行再造，适应新的时代要求，这种初心再造了白岩村的独特风景。

这种风景让我怦然心动，沿着石板砌筑的田坎，走进村民李光和家。三层楼房里，只住着夫妇二人和老母亲。女儿、儿子大学毕业后，都选择在城里找工作了。老李说，自己离不开白岩村。我们坐在一块水泥敷面的院坝中，李光和提醒我们透过一处铁丝网络向下看，院坝下面竟是一个面积与院子面积相似的鱼塘，一群群大鱼自在地在水里游戏。这种亦景亦鱼的事我还是头一次遇见，大家都感到新鲜。"我要是离开了，谁把这些鱼卖到民宿去？"李光和幽默了一番后，发出开心的笑声。

这笑声有底气！他和其他村民都在品尝乡村旅游带来的惊喜。贫困发生率曾经高达百分之三十六的白岩村，二〇一九年整村脱贫，实现了从贫困村向小康村的华丽转身。旅游能让白岩村发生巨变，认准的路，当然还会不回头地下去。

一个头脑清醒有眼光的带头人，一群相信绿水青山可以变成金山银山的村民，一种一个劲找出资源禀赋特点做好特色文章的愿望和行动，是不是就是这个苗族山寨发展乡村旅游的"魂"？

回到贵阳不久，我急切地拨通了唐文德的电话。电话里，他说："这个'魂'我觉得叫'卖点''卖相'更合适些，搞清楚旅游客到底想要什么，才找得到'卖点'。你注意到没有？白岩村砌好的田坎边还留得有几块荒地，那是准备开辟成体验游农田的，城里绝对没有这东西，游客大人孩子一起来，上地里摘菜，下田里摸鱼，看粮食怎么生长，怎么入仓？说不定他们的兴趣会超过看水看山。村外的停车场怎么修？进村的路怎么改造？新的农产品怎么扩大加工量？第一书记陈亚丹都和我们商量定了，一件一件抓好，白岩村就有更好的'看相'和'卖相'！"

再后来，我读到"十三五"贵州旅游工作总结，才知道贵州旅游之"魂"的关键点，就是围绕特色来盘活资源。

不仅仅里有白岩村、雷山西江千户苗寨、兴义万峰林、安顺匠庐阅山、黔东南镇远镖局，这些年都在开发以中高端民宿、特色民宿为代表的旅游产业化重点项目，一面盘活乡村闲置房屋资源，一面打造独具特色旅游吸引物、吸金点。给客人以新鲜感，重新认识贵州绿水青山，喜欢上贵州的人越来越多了，自然会推动乡村旅游新业态和新产品出现。

火遍网络的开阳猴耳天坑·极限酷玩公园，开发之初也走过喀斯特地貌生态观光型景区的老路，靠卖门票赚钱，收入有限。后来，盯住盘活山水资源，从产品设计上创新，梳理天坑特点，开发超级网红大秋千、洞穴探险等高空极限运动项目，旅游观感立马大变。现在，投资上千万元的二期工程已近尾声，极限运动升级迭代，一批旅舍、酒吧也将以新的面貌和运营方式在景区出现。

锻造贵州旅游之魂，离不开融合发展。踩着乡村振兴的鼓点，乡村旅游与农业、教育、科技、体育、文创的深度融合一直没有断线，而且势头越来越强。徒步骑行，登山漂流、户外露营在全省布点，越来越多的人知道这些活动上贵州玩，才有最"酷"的体验。贵州地热资源丰富，这个资源必须抓住不放，要为中国打造出一批有品位、有品质还有品牌的高端的温泉康养旅游目的地，让贵州真正地成为人类灵魂干净安放的乐园。

二〇二二年春节后，我去龙里朵花温泉参加过一次研讨会。这个温泉景区由政府出资修建，但参会的有不少民营企业家，而且有几位省内旅游龙头企业的老总，从他们的发言中听得出一个共同心声："抓紧组建贵州温泉联盟，让贵州温泉名扬天下。"

"黄金十年"，贵州发展旅游经历了从"山地旅游"到"文旅融合"两个阶段。国内国际，真山真水何止千万，但贵州就要坚持找到此山非彼山、此水更修长的"看点"和"卖点"。有了这样两个点，旅游业后发赶超，就不是空想和空谈。

绿水青山，内涵不单单是好山好水。

有了"魂"的绿水青山，是一块尽情耕耘春天、不断创造奇迹的沃土。

贵州的绿水青山，同创新发展紧密相连。

3

还是坐着绿皮火车出行的年代，我和一个小小的山村仿佛就有了缘。而且不同于白岩村，只去过一次，是经常擦肩而过或是有缘相见。

十五六岁时，从贵阳去外地工作，时不时要找机会回家看看父母。一九七七年，恢复高考，上了大学的我，每逢寒暑假在贵阳成都之间都有一场"归去来"式的旅行。大学毕业后，单位里因公出差的频率高，我坐着火车走来走去更是家常便饭。再到后来，我突然起了游兴，想去看望某一位居住在远方的友人，或者游历名山大川。这些行走，离开省城，回到省城，记不清多少回了，总会在火车车轮"哐当哐当"的声响中，路过贵阳城市边上一个叫作"蓬莱"的铁路小站。站实在太小，很多车次都不曾停下来，拉几声汽笛就呼啸而过了。就算停下来吧，那时间也是极短，"蓬莱"到底是个什么模样？那里容得仔细看分明？

看不分明便产生出许多遐想，遐想皆因地名而生。遐想成了谜题，还终于等来了破解的机会。

二〇一三年仲秋时节，报业集团与贵阳市白云区开展业务交流，我应邀参加。

就这样真真切切走进了当年绿皮车只能呼啸而过的蓬莱村，这时叫了"蓬莱仙境"。

沿着成片的农田、苗圃往深里走，一个四百多户人家一千四百多人的布依村寨依山而建，一幢幢民居顺着山形排布得鳞次栉比，村道也就在这层层叠叠中起伏蜿蜒。那天去得早，薄薄的雾岚还没有散尽，山、屋、路，都还朦朦胧胧的，真还就有了些"仙境"的味道。

"真正的'仙境'还不在这里！"白云区的同志引我们到了村外一片开阔地，目光所及，既让人眼花缭乱，又使人心旷神怡。

水池中，除了荷花，还有水竹、水生美人蕉、鸢尾、黄苍蒲、白苍蒲，池边则栽种着八角金盏、三角梅、杨柳、含笑、蓝天竺等陆生植物。漫步池边，由不得会生出飘飘欲仙的感觉。

走过了一条长长的奇花异果长廊。长廊里种植的作物，大部分来自山东寿光。导游指点，这是天鹅葫芦，那是福禄寿瓜，还有红蜜南瓜；最吸引眼球的，当然要数比普通南瓜大好多倍的超人南瓜，手指般粗细长可及地的大豇豆。

这片"仙境"，是白云区着意融合农业文化和旅游文化，依托现代农业园区打造的一个特色景点。它让农业资源转化成旅游资源，给车程半小时以内的贵阳市民营造一个亲近土地、亲近自然、了解农业文明和品味乡愁的境界。"仙境"的形成，很大程度出自决策层的意识和顶层设计。

又过了几年，我参加一个全国性的诗会，再次来到蓬莱仙境。

这时，它已经被评为国家AAAA级景区。

诗会的会场很有诗意，近旁的风景就叫"荷塘月色"。

诗会上午十点才开始。省内一位老诗人，比我还大上几岁，看时间还早，便邀着在荷塘中曲曲弯弯的木栈道上穿行。

这荷塘好大！我们手牵着手踱步到荷花深处，满塘荷叶随风起舞，红的、白的、粉的荷花竞相绽放，花叶间还有群群白鹭嬉戏觅食。

我想起了朱自清那篇著名的散文《荷塘月色》，禁不住说："怕这风景的名字正是取了其中意蕴？"

老诗人莞尔一笑："我看，是，也不全是。你没觉得吗？脚下不仅仅是诗情画意的风景，更像是天时、地利、人和融为一体的一件作品，要不，为什么会叫'仙境'呢？"

这番话让我琢磨了好几年。真正把其间味道品清楚，要等第三次同蓬莱村有所交集。

二〇二一年八月九日，我又来到了蓬莱村。

"蓬莱仙境"已成"蓬莱仙界"，含义的范围更广，涉及的园区数量更大，参与打造的人也更多。

曾经担任过沙文镇人大主席的何正富，一九八八年来牛场乡工作，一直主抓文旅融合，还在蓬莱村当过"第一书记"。人说他头脑中有一本"蓬莱仙界"发展的活历史。

你听他把"蓬莱仙界"九大篇章介绍得活灵活现。

沿七公里樱花产业大道延展，二十平方公里范围内，九大园区，让"蓬莱仙境"洋溢出满满的"仙气"；更准确地说，是充满了人气。

都拉垂柳，透过随风拂动的柳条，看到的是游客休闲健身与村民文体活动的互动。到了春天，两千多株樱花盛开，谁能不怦然心动？

福田春韵，景观文化墙、精品乡村客栈，再加上美丽的历史传说，走进来，住下来，就像上了一场生动的布依文化民俗课。

金银滩·布依人家，集游乐玩为一体，与福田春韵有异曲同工之妙。

珠瑙驿栈，像是前两个园区的升级版，由布依村寨、村民安置点、村民广场、农家迎客栈和特色一条街组成。什么是我们要建设的美丽乡村？来到这里，相信会得出一个清晰的答案。

阿所大营，具有深厚的屯兵文化底蕴。

蘑菇世界，主要依托已经建成的食用菌产业园，打造提升的一个集各类食用菌生产、加工、销售、体验、品尝为一体的综合展示游览区。

它和神农庄园一起，把现代化农业从田间地头到市场餐桌的过程展示得形象具体。在浓浓的烟火味中，看得到科技和文化的力量。

还有荷塘月色，还有古镇记忆，其实就是让乡愁、历史感和美好的景色互相穿插构建出的景点。让人除了得到美的感受，还要产生超越美丽的思考。

这样的景区，不负"仙界"的名。

我问何正富，"蓬莱仙界"风生水起，最大的"亮点"是什么？

他回答得毫不犹豫："当然是文化！"

"蓬莱仙界"入口处，便是颇有些名气的"蓬莱三馆"：布依文化馆、农耕文化馆和神仙文化馆。何正富说，看了三馆，大体上就明白"仙界"之"仙"气的源头了。没有文化，旅游哪会来精气神？

"仙界"的另一张文化名片，是省级非物质文化遗产"蓬莱地戏"，也因为防疫和其他原因，没能看到。但造访"蓬莱书院"，却让我对倡扬文化与发展旅游的美景有了更深一层的认识。

"蓬莱书院"就办在曾经当过十二年村支书的村民刘深灵家里。

与村里别的家居比较,这家庭院和房舍都有些特别。小小院落里,有文化墙,有鱼池,有花圃,堂屋处一溜走廊,摆着藤椅、圆桌;堂屋里除了书架还有茶具,山野之中,这样的农家,透着掩不住的文化气息。

男主人不在家,家里只有他的老伴张鼎华和两个女儿。她们一边打电话催刘深灵赶快回来,一边讲了文化使家里走上旅游路的故事。

二〇一三年,"蓬莱仙境"旅游景区刚开始打造,接待条件尚显简陋。来自市里的几位游客,一眼看中她们家小院的干净幽静和书卷气,非要来家里吃顿午饭。这一吃,使她们萌生了办农家乐的念头,最盛时能同时接待几十人餐饮,为村民创造了就业机会,还让村里的农产品有了销路。区里也有意把一些文化活动安排在书院举行,自然而然形成蓬莱村一张新的文化名片。

说话间,七十七岁的刘深灵回来了。他摘下口罩,一脸笑容,指点着让我看堂屋门头上悬挂着的"进士第""教师世家"牌匾。清朝时,他祖上中过进士,做官来到贵州。父亲刘钟美是远近闻名的教书先生。刘深灵拿出几本珍藏的父亲日记给我看。这些用工整的毛笔小楷写于二十世纪四十年代的日记,被装订成线装书样式。翻了几页,一些字句就让人兴奋:"文化很重要,干什么事都离不开文化。""要是只顾自己一部分的工作,而不管其他的事,这是最坏的一种现象。""黄齐生老先生下周要来讲课,心里十分高兴。"……

七八十年前一位老教师的见识,不能不让人肃然起敬。几本老日记,引发了我、刘深灵和区里来的同志们一番讨论,最后的结论是:风景再可人,民俗再动人,缺了文化,一个地方的乡村旅游就无法引人入胜。

这不仅仅是"蓬莱仙界"一个景区的感悟,丰富旅游生态和人文内涵,实现旅游业高质量发展,"黄金十年"中,一直是贵州旅游产业化的一条主线。

在中国文化版图上,贵州虽然有过天荒地远的时光,但却不是一片荒芜。

且不说贵州六亿多年前就拉开了地球生命起源的序幕,早在二十四万年前贵州就有人类居住,著名历史学家白寿彝一九九六年主持编成的《中国通史》就称,旧石器时代早期的遗址,在南方"首推贵州黔西观音洞"。考古学家认为,北京周口店、山西西侯渡和贵州黔西观音洞,分别代表中国旧石器时代早期的三种文化类型。盘县大洞遗址是一个规模巨大、文化内涵丰富的文化遗址,跻身于一九九三年中国十大考古新发现。

春秋战国至西汉,夜郎在"西南夷"中崛起,《史记·西南夷列传》说:"西南夷君长以什数,夜郎最大。"据史家考证,夜郎的地域应包括今天贵州大部及滇东和桂西北。夜郎地区社会经济特征是"耕田,有邑聚"。清代贵州普遍建立官学,书院蓬勃发展,社学、义学及私塾在城乡设立,开科取士人数有较大增加,出现了"三千举人、六百进士""三鼎甲(状元)一探花"的盛况。

梵净山、荔波、赤水、施秉四个世界自然遗产地在贵州,贵州第一项世界文化遗产地海龙囤在遵义。贵州世界遗产地居全国第一。

拥有巨大的红色文化资源是贵州的骄傲。中国工农红军长征在贵州境内转战的时间最长,遵义会议彪炳史册、黎平会议、猴场会议、苟坝会议在党史、军史上也颇具分量。贵州八十八个县市区中有六十六个留下红军的足迹,也物化成弥足珍贵的文化符号。

农耕文化、阳明文化、移民文化、抗战文化、三线文化、酒文化、茶文化、传统医药文化,都从各自不同的角度,证明着贵州文化的源远流长。

"十三五"期间,贵州非遗文化省级名录已突破千处大关。走到再偏远的县,拥有十几处甚至几十处非遗文化项目的事屡见不鲜。

列入联合国人类非物质文化遗产代表作名录的《侗族大歌》和《石阡说春》,各有各的特点。

万籁俱寂的夜空,一轮明月下突然响起悠远柔长的歌声,无需指挥却自然唱成了三声部,《侗族大歌》从山清水秀的黔东南一直唱到法国巴黎,被认为是来自东方的"天籁之音"。

二〇一七年,时值"立春",山野村落,寒意尚未全然褪尽。村道上,几个头戴古装官帽,身着蓝色袍装的人,边走边唱。这是我在石阡县第一次见到的"春官",据说这职业源自唐朝。

每年"立春"前后二十天,是"春官"最忙的时节。他们要跋山涉水,走春串寨去"说春"。就是用说唱形式给家家户户送上新春的祝福;通俗易懂地讲解二十四节气;劝农惜时奋力,不误春播秋收。"说春"还见子打子、即景生情,生动讲述历史、天文、地理。颇受农家欢迎。

在石阡县花桥镇坡背村,我结识了"说春"遗产国家级传承人封万明。老人家几十年来年年自己动手印制内容不同的"春帖",他还在一幢老宅子里,兴致勃勃展示了"说春"的全部过程。

是仅仅把文化当作一块块"活化石",展示一个地方文化底蕴的厚重?还是让它与现实工作紧密结合,与时代精神契合,在保护中传承,在传承中保护,一直有争论。石阡县做了大胆尝试,让非遗文化为脱贫攻坚服务,用文化来提升贫困美丽的内涵,而且取得了成功。

贵州旅游选择了与文化深度融合的路,而且立志久久为功。

单说提升乡村旅游文化内涵这一块,"黄金十年"中,贵州省先后出台《加快农文旅融合和发展助推农村产业革命实施方案》《贵州省农村产业基地"六园一库"创建工作方案》等重要文件,引导农业种植基地和老旧粮仓按照"生产园、加工园、科技园、文化园、生态园、旅游园、文创粮库"的"六园一库"标准建设改造。

在从江县丙妹镇大歹村,我见过这样一幕真实的场景,一群苗族汉子正在古老的粮仓前挥汗如雨,他们要把粮仓改造成民宿。大歹村农耕文化很有特色,收下的稻谷要扎成串在"晾架"上吹干,送进高于地面几尺的粮仓里储存,防水、防火还能防鼠。粮仓之间都有一定距离,有些像艾青诗里讲的"一棵一棵孤立的树"。装些门窗、楼梯，这民宿就绝无仅有。住在里面想得起稻谷的清香，感觉得到乡村的古朴，也会让人体验从未有过的新颖。

对这种别具一格的文化旅游融合产品大加倡扬。先后组织评定了"贵州十大特色民宿"、十家"贵州特色民宿"、二十家"长征路上好民宿"，表明了指向和导向。

文旅深度融合，本身是一种大胆创新。

融合进贵州跨越赶超的时代背景里，每一个脚步，每一次探索，都显得新颖而厚重。

山水间闪射着文化的内涵，让人流连忘返。

旅游与文化携手前行，一处普通的村庄可以被打造成品牌；思如泉涌般的创新思维会努力寻找实践平台。贵州丰富的旅游源将从此水起风生。可以说，文旅深度融合是贵州旅游发展史上前所未有的革命。

三 造一片金山银山

1

沪昆高速公路坝陵河特大桥建成时，以"国内第一、世界第六"大跨径钢桁梁悬索桥之名让人震撼。建设期间，我去过工地，那天在微风中走上已经基本成型的桥梁，就发现这桥的不一般，除了高，桥下面奔流的河看上去像一根不起眼的绿带子；除了长，如同一支长长的肩膀拉住了两头高耸的山，还有桥面下的步道，人可以从隧道里走，这同我见过的大桥真不一样。当场就向工程负责人发问："如果大桥通车了，可不可以开辟成旅游景点？"负责人没有回答，只是笑了笑，大概他知道，步道的作用只能用于维修检验。

二〇一七年夏天，一个贵阳人自驾游到云南西双版纳，途经坝陵大桥，看见的事情让他终生难忘。"一路上翻山越岭,看尽无数的风景人文。但是,印象最深刻的,却是坝陵河大桥。"

坝陵河大桥不仅高、长、险,而且成了开展极限运动的好地方。坝陵河大桥蹦极平台,垂直高度距离桥底三百七十米,超过"世界最高商业蹦极设施"吉尼斯纪录创造者——澳门旅游塔二百三十三米的高度。

大桥上景象何等壮观!

桥面上车辆疾驰,天空中飘散着五颜六色的降落伞。蹦极选手和蹦极爱好者,从坝陵河大桥一跃而下,创造了新的吉尼斯世界纪录。

坝陵河特大桥真的成了一个富有特色的旅游景点。

二〇一七年二月,交通运输部、国家文化和旅游局等六部门联合印发《关于促进交通运输与旅游联合发展的若干意见》,交通与旅游携手并进的文章在贵州精彩开篇。

绿水青山并不只局限于自然,在贵州,道路本身就是风景,它也是一种新的"绿山青山"。

无中生有、借景生景,人们思路一下子天宽海阔。

"高速平原"让贵州人迅速走出了大山,交通一旦与旅游携手,能不能把更多山外的人吸引进贵州的大山?

交通基础设施除了满足出行需求,还有没有别的功用?

有。

已经在二〇一六年建成通车的赤水河谷旅游公路作了回答。

四个字可以把这条路的作用讲清:亦行、亦游。

亦行,不用说。亦游,那故事就多了。一条路把沿线景点串成珠链,茅台古镇、土城古镇、四渡赤水遗址、赤水国家级风景名胜区尽在其中。沿途驿站、服务点、景观点、休憩点、集散中心、房车露营地、各类住宿设施,正是发展三产的平台。

一份问卷调查显示:百分之八十五点二的游客是三次或是三次以上走过

这条路，所有答卷的人对路的评价是"早就知道，非常想去，很乐意推荐。"

中国科学院组织对贵州"公路+旅游"项目实地调研，结论是：贵州独特的喀斯特地貌，使高速公路沿线的景观独具旅游特色，全省具备世界领先的高速公路观光、山地旅游等资源储备，可开发旅游价值较高。

这一下该贵州乐了，不说路，先说桥，世界桥梁看中国，中国桥梁看贵州，创造了数十个"世界第一"。桥和路，完全可以转化为高质量而且别人难比的旅游产品。

雷厉风行，省交通运输厅和省文旅厅联合召开"山地旅游+高速公路服务区（桥梁）"调研成果论证会，确定贵州省大力发展"交旅融合"。

从此，在贵州的绿水青山上，又要造一片金山银山。

"最高、最美的天空之桥"平塘特大桥，成了新春旅游的网红打卡地。

每天一大早，天空之桥服区就热闹起来。络绎不绝的游人专程赶来看云雾缭绕中的世界奇观。

"雾里看高桥，新鲜。传说中的海市蜃楼是不是就是这样？"

"听说贵州山好水甜，不知道贵州桥也这么好，我要拍个照留念。"

二〇二一年春节是天空之桥服务开业以来迎来的第一个长假。七天里，累计两万四千多部车辆入场，游客人数突破七万。二〇二〇年国庆长假期间，天空之桥服务区开业始起，就迅速火爆了朋友圈。电影《我和我的家乡》曾到服务区取景，随着影片的热播，慕名前来的游客更是络绎不绝。整个国庆长假期间，入场车辆两万一千多辆，累计人流量超过十万。

事后人们总结，发现这座桥在旅游上的火爆，是因为有"谋划"在先。

贵州省公路开发有限公司接下建桥任务，就把景观设计融入桥塔当成项目的重点。三个主塔，外形设计都采取了"贵州小蛮腰+钻石型空间结构"的方案，宛若三颗钻石，闪烁在青山绿水间，而且因为其直冲云霄的"高"，让人感觉见所未见。

服务区设计也彰显贵州山区特点，特意建造了木质结构的观景台，服楼外立面使用了类似陶土肌理的漆，有历史文化的韵味；综合楼外立面则大量使用透明玻璃，采用大跨度钢结构，增加了建筑的通透感和神秘感，现代色彩浓郁。整个服务区以蓝、白色调为主，与雾中长桥互相对应，走进服务区，会有穿越时空、迈入星月之海的遐想。

有了特别的服务区，要真正吸引人，还得看它功能怎么拓展？

服务区有近四百个车位的停车场，配备了驾驶员休息室、加油站、餐厅、大型超市，处处让人感觉方便。

按照旅游公厕、智能公厕标准，设有第三卫生间，还有母婴室、化妆间，尽显人性关怀。

综合楼里可容纳两百人的会务中心，拓展了服务内容。

天萃阁，是古色古香的牙舟陶展示中心，古朴庄重的土碗、可使茶久经不馊的茶具、精雕细刻的工艺品，让人把玩之后，因为爱不释手，掏钱买下。

服务区也是个让孩子们开心和家长们放心的地方。UFO造型的滑梯、多彩的蹦床、跳动的喷泉、热闹的仿真沙滩，只要想玩，孩子们都会如愿以偿。

旁边还有五十个车位的房车露营基地，想探险想体验的游客也找得到欢快感。

超市里汇集了上百种特色扶贫农产品；特色餐饮区里，布依族传统美食"八大碗"、平塘特色剪粉、贵州牛肉粉不用吆喝，就有游客争先恐后品尝。

服务区里见缝插针地盛开着桃花、李花、梅花。综合信息服务平台，商场购物电子支付系统、Wi-Fi信号全覆盖，都让来这里的人找得到回家的感觉。

"交通+旅游"，贵州省公路开发有限公司并非只开发了一件产品。按照"多彩贵州·最美高速"创建要求，它旗下有十五对这样的高速公路服务区。杭瑞高速向阳服务区、铜仁服务区被评为"全国百佳示范服务区"，铜仁服务区还是"全国交通运输行业文明示范窗口"，省内首批"AAA级旅游厕所"获评单位。思南、虾子、湄潭、旺隆、德旺、团结、长耳营七对服务区，先后被评为"全国优秀服务区"。

二〇一四年之前，汽车是贵州客运的"主角"，百分之七十的旅客通过客车到达想去的地方。贵广高铁开通、新车保有量不断增长，意味着"主角"地位的不稳，只有转换角色，才能防患于未然。

贵阳汽车客运公司就是这样一个"主角"。

它被倒逼着转型，曾经给公司带来的挑战，又给公司带来了机遇。

贵阳汽车客运公司从开展联运开始转型。与贵州省机场集团合作，成立贵州陆空联运汽车运输有限公司。在省内各地机场设立城市候机楼，就地办理登机牌、托运行李，陆空无缝对接，方便旅客出行，也增加企业的业务量。

尽管谋划在先，但还是出现不愿看到的局面：二〇一五年后，车站日均客运量从巅峰时期的四万人大幅度下滑，最后日均客运量仅有两万人。

而另一番景象是，一条条高速铁路不断开通，源源不断的外省客人涌入贵州，其中相当大一部分是来旅游的。他们一下火车，往往四下茫然，不知道怎么找旅店，不清楚如何去景区，有时会急昏了头。

这不就是机遇？除了盯住从天而降的客人，高铁运来的客人量更大、而更广，公司转型先得转向。

贵阳汽车客运公司打出"组合拳"。

建立贵阳旅游集散中心，并在金阳客车站、贵阳机场、高铁车站等主要交通枢纽和青岩、天河潭景区、雷山县城成立分中心，游客可以在集散中心任意选择、组合旅游路线。用客运把旅客和景区紧密相连，游客称便，景点也大喜过望。

组建贵州全景通旅游有限公司、贵州交通旅行社，开展季节旅游专线、旅游直通车、定制旅游、旅游商品销售等业务，客运公司也像贵州视线超越山一样，业务向非"车"领域拓展。

在全国旅游集散中心联监指导下，公司牵头贵州九个市州核心道路运输企业，以贵州省旅游集散中心联盟为载体，打出了"贵州畅行全景科技有限公司"的牌子，意在让全省道路运输行业抱团取暖，共走交通运输与旅游产业融合发展之路。这次转型境界不可谓不宽。

交旅融合发展，让贵阳客车运输公司在"转型"的路上越走越意气昂扬。公司里流行一句话："融合创造了跨越的条件。"

"从二〇一六年开始，公司的发展可以用'神速'来形容。"北京神州汽车租赁有限公司贵阳分公司展示的数据，证明这"神速"不假。二〇一八年公司车辆比上年增加了近两倍，二〇一九年，车辆又在原来基础上增加百分之五十。

这"神速"同贵州"旅游井喷"直接相关。

二〇一七年，贵州向重庆等十个高温城市居民推出避暑旅游优惠政策。半个月不到，公司车辆出租率上涨至百分之九十三。二〇一八年，继续沿袭这一政策，将暑期贵阳分公司业绩推至全国前列。后来，贵州把暑期优惠政策实施范围从高温城市扩大到全国，公司"开疆拓土"的行动更是加快。

"交通旅游融合发展"，倒逼着服务不能成为短板。

凯（里）雷（山）高速西江服务区，距离西江千户苗寨景区北大门约五公里，距西大门更近，只有四百米。服务区协调西江旅游公司提供景区直通车服务，游客从服务区到景区往返路程问题解决了，阻挡旅游道路的"最后一公里"不复存在。

铁路和公路，多少年来是两个不同的运输体系，与旅游的关系更没有多少人去想。可在"十三五"期间，如何整合交通运输动能为旅游服务，成为贵州的一个"热点"，引起多方关注，汇聚各方努力。

能不能让旅客"下了高铁，就进景区"？

能！

凯里南高铁站每隔七分钟发出一班公交车，直通主要景区，真的能下了高铁就坐上开往西江千户苗寨、丹寨万达小镇、剑河温泉城的商务旅游车。

遵义高铁站加密客运线网，开往市内、市外、省外的客运线有五十多条。息烽县高铁站区开通十五条旅游线路，五十多辆专线包车，通过息烽中营、遵义会议会址、娄山关等著名景点。

全省首条景区直达高铁环线旅游专列开通。专列针对不同消费需求，设计了"高铁+直通车""高铁+直通车+门票""高铁+直通车+酒店"等多种组合旅游产品，从西至东把黄果树瀑布、西江千户苗寨、铜仁梵净山、安顺天龙屯堡、荔波小七孔等景点一线相连，把高铁加公路的交通优势发挥到极致。即便你与贵州某个旅游城市素未谋面，但"交通+旅游"已像一条隐形红线，把从城市到车站、从车站到景区无缝衔接起来，让你感受从未感受过的方便。

倒逼出来的还有"一码游贵州"。

游客来贵州，往往是凭几张推介资料，或者就是口口相传。真到了地方，哪个景点最有代表性？去景区有没有最佳路线？应该入住什么酒店才方便？那就是一头雾水，有时根本就没有选择权。"一码游贵州"，就是让数据技术与旅游产业融合，游客动一动手机，就能在第一时间多角度了解贵州文旅服务情况，做出自己的选择和判断。

青岩古镇是全国第一家一码游景区生态示范点，调研青岩古镇景区旅游业态和周边服务情况，一度成为省文旅厅领导的工作重点。找出游客购票、公共服务、线上商城、游玩咨询等功能升级空间，"一码游贵州"方能实至名归。一位参与者说："花了多大功夫，几天几夜说不完"。

"一码游贵州"带来贵州旅游的很多"变"。又"倒逼"着景区及周边业态实现智慧服务升级，提高景区互联网服务水平和电商运营能力。对接各大景区优惠政策内容，升级识别免票地区游客，提升购票体验。聚合共享酒店民宿、文博场馆、企业商户、游客流量、金融生态、投诉建议等信息数据，管理者最大的感受有几个方面：优化了平台数据和信息；创新了营销推广能力；加强了景区合作推广，游客则只有一句话："能让我们更方便地游遍贵州大美山河。"

早在贵广高铁开通之时，我曾听一位沿线乡镇负责人发表过这样的见解："看不大清楚高铁通车带来的好处，占了好多良田好土。我们县里只有一个小站，停几分钟火车就呼啸而过了，能给县里带来多大变化？"

他的误解在于把交通孤立起来看。跳出交通看交通，带来的都是机遇。一条铁路、一条公路、一条航线、一条水路，其实都是贵州的绿水青山。

"绿水青山就是金山银山。"

贵州交通旅游融合的努力，启发我们怎样更多地去发现和创造金山银山。

2

很多年前，去黔西南州兴义市参加马岭河首漂式，漂流筏在最险河段上的一个涡旋中翻了，被人捞上来，我们坐在岸边打着寒战晒太阳时，才发现远方的山真有些不一样。马岭河谷里的山又高又陡，却被绿色铺满，隔不远就有一眼流泉，水从几十米或者更高的地方倾泻下来，形成一条条瀑布，大小无法同黄果树瀑布比，但精致的程度却没得说。瀑布、群山、布满险滩的河，成了头脑中抹不去的印象。再后来，看了万峰林，一个个浑圆的峰峦，排得像方阵一样，有桂林山水的风韵，却又多出不少壮阔雄健。这是黔西南山水的最初印象。

二〇二一年夏天，我又去了一次黔西南。

知道我还想仔细看一看那里的水和山，当地作家蒙荣荣提了个建议：换个角度来看黔西南的山。

过去见识过那里山的雄奇俊美，也听说当地石漠化面积不小。可蒙荣荣说，现在"山"已经成为黔西南进入国际视野的一张名片。

山，可以从不同角度去看。

山，在路还没有打通、生产力极端低下的环境中，就是拦路虎，世世代代阻隔着想摆脱贫困走出封闭的希望。

山，在赶超跨越的贵州，却会被赋予新的意蕴，成为对接重大历史机遇的一根杠杠。它的千钧力量会让前进之路不同凡响。

二〇一五年，全国唯一一个以山地旅游为主题的国家级、国际性高端峰会——首届国际山地旅游大会落户黔西南，意味着一个新的支柱产业，将要在这一万六千八百平方公里的崇山峻岭中横空出世。

黔西南要向世界诠释自己的理念——看得见山，望得见水，记得住乡愁，守得住发展与生态两条底线，让山地旅游成为经济发展新常态下的新增长点，向全世界展示这方土地上的天蓝、地绿、水清和不断增强的发展期盼。

从二〇一五年秋天盛会与黔西南结下不解之缘那一天开始，首届山地旅游大会都在越来越深刻地诠释这个理念。

二〇一五年，首届大会主题："山地旅游·绿色运动·同向发展"。这以后，每届大会还加上"户外运动大会"字样，主题越来越鲜明："天人合一·山水贵客""天人合一·健康生活""天人合一·高品质生活"……认识到自然与人的和谐关系，山不再是压在干部群众心上的重负，而是可以凭借着去书写一篇改天换地好文章的重要资源。

绿水青山从此让人刮目相看。

绿水青山里，还要作出"无中生有""人有我优"的锦绣诗篇。

把山地旅游业打造成战略支柱产业，黔西南就能向全世界提供发展山地旅游的样本，更快程度地走出大山。

什么是山地旅游？至今还没有统一的概念。不过，在实际生活中，人们已经有了答案，起伏较大、坡度陡峻、沟谷纵深、海拔五百米以上的高地，在地理学上通常称为山地；现代山地旅游，包含观光、体验、运动、休闲、科考及文化交流，一切与山地资源有关的现代旅游活动。

国际山地旅游暨户名运动大会规格很高，由文化和旅游部、国家体育总局、贵州省政府主办，贵州省体育局、黔西南州政府承办。"养在深闺人未识"的黔西南山川河湖，一朝亮相，便惊艳了世界。

"国际山地旅游大会"举办地为何花落黔西南？这同州里高度重视山地户外运动、重视山地旅游资源开发直接相关。用当地同志的话说："为迎接这场盛会，我们已经准备了十几年。"

从一九九八年开始，各种与"山"有关的活动接连在黔西南举办。首届中国国际皮划艇漂流大赛在兴义马岭河山谷进行；首届中国万峰湖野钓大奖赛，吸引了除西藏之外全国八百多名爱好者；中国自行车联赛转战兴义万峰林；来自美国、法国、德国、加拿大、韩国、芬兰六个国家和国内十九个省六十家俱乐部的三百七十多名专业队员，参加"二○一四中国·黔西南杯万峰林国际峰林徒步大会"；成功举办三届"中国美丽乡村·万峰林峰会"。黔西南不仅积聚了人气，也积聚了承办全国性、国际性盛会的经验。

黔西南的山地资源条件更是让人称赞。

一位国家领导人在全国人大贵州团参加审议时，说了一番由衷之言："物以稀为贵，好山好水就是贵。今年将在贵州举办世界山地旅游大会，这是送给贵州的礼。"

黔西南州是一片神奇的土地。

当地球上还是一片寂静的中生代三叠纪时期，贵州这片汪洋大海中，贵州龙已经斩浪翻波，而贵州龙化石主要在黔西南发现。

在这片不到两万平方公里的土地上，喀斯特地貌复杂多样，汇集了一百多处自然风光、人文景观、历史遗迹、民俗风情景区景点。密集性、丰富性、独特性都为国内少有、世界罕见。看过马岭河峡谷、万峰林、万峰湖、双乳峰等风景后，游客们忙不迭地点赞：在黔西南，能看到世界喀斯特最杰出的景观。

经过多年努力，已经形成四百八十平方公里，包括万峰林、万峰湖、马岭河峡谷、则戎乡、南盘江镇、万峰湖镇、泥凼镇、贵州龙景区的"马岭河万峰湖国家级风景名胜区"，"万峰林"的品牌已经打响。

黔西南举办"国家山地旅游大会"地利人和皆有，"天时"就是贵州大旅游的战略思维来牵线。读一读在首届国际山地旅游大会上发布的《国际山地旅游贵州宣言》，可以清晰地看出山地资源保护与开发并重的思路：

山地旅游应当给当地人让利；政府应当制定发展山地旅游政策；国际合作机制建立将推动山地旅游发展；向全世界提供发展山地旅游的样本；向世界发出引领山地旅游的福音。

我在兴义市读到了一本名为《告别贫困——国际山地旅游大会让百姓生活更美好》的报告文学集，里面有很多鲜活生动的故事。

布依女的出走与归来

二〇一〇年以前，兴义市万峰林街道还只是城郊乡镇下午屯的几个村庄。为了谋求更好的生活，纳灰村的布依族妇女杨正琴和新婚丈夫踏上东去的列车，抵达东海之滨的浙江台州，在一家小工厂谋到一份工作。第二年厂子效益下降，夫妇俩又辗转南下到了广东深圳。

一去五年，每次返家，万峰林下的村庄都在变化。从老家亲戚打来的电话里，杨正琴听出了缘由："来万峰林旅游的人越来越多了。你舅老表家开农家乐，五个月买了一辆新车。"

万峰林的变化起于不经意间。随着乡村旅游兴起，人们陆续从海边回到山里，回到老家，吃起了"山地旅游饭"。杨正琴心中浪潮翻卷："每次春节过完离开兴义，就想着什么时候攒够了钱赶紧回家，翻修老家的房子。家家都建了新房子，我家没有理由一直住破瓦房。"

她催促丈夫，赶快动身回乡创业，赶上老家发展旅游业的车，就像当年紧赶慢干出外打工一样。

其实回乡后她生意做得并不算大，开了家蛋炒饭馆，兼卖些布依族特色小吃。丈夫学过几年厨艺负责掌厨，妻子既是老板又是服务员。没想到万峰林名气越来越大，夫妻店生意也越来越好，一天能收入两千元。

首届国际山地旅游大会召开，时任省委书记的话让人们注意到"出走又归来"的杨正琴，理解"农耕时代平原最值钱；工业文明时代沿海最值钱；现在到了生态文明时代，山岳最值钱。"这几句话的分量。

当地村民纷纷洗脚上田，原本外出打工的青年人一个接一个返乡创业就业，大家争着端"生态旅游饭碗"。

召开首届国际山地旅游大会那年底，统计数据显示：黔西南州游客量破天荒达到一千零八万三千五百万人次，增长百分之二十五；旅游综合收入一百四十亿元，增长百分之二十五点一。

种花还是种稻？

与杨正琴不同，五十多岁的鄢桂琴是被旅游业大潮推着走的，多少有些被动色彩。

几年前，村干部一次次劝说鄢桂琴在自家责任田里种非洲菊。她纳闷了，好不容易有了充足的口粮，好田好土不种水稻，却要去种中看不中用的花花草草，实在让人想不通。

"栽花和养马，外地来的游客都喜欢这些。"鄢桂琴知道这是政府对她好，可把非洲菊种进田里，总有些勉强。是后来到手的收入让她相信，种花远远胜过种水稻。

国际山地旅游大会连续举办成功，让兴义市雄心萌动，要借这股东风，启动万峰林旅游扶贫示范区建设，实施"千户万亩花海""花海跑马场"项目，鄢桂琴所在的双生村恰在其中。"花海跑马场"运营管理由贫困户全程参与，鄢桂琴也是一名参与者。鄢桂琴逐渐理解了村干部当年的苦口婆心。

让万峰林群众种植油茶花，同样经历了与做鄢桂琴工作相似的艰难过程。布依人是典型的稻作民族代表，对稻米有着难以割舍的感情。

为什么从种稻改种油茶花？

兴义油茶花有它特别的秉性。国内不同省区的油茶花可以从一月开到十月，一月从海南开始，二月开花的是云南罗平和贵州兴义，三月四月份江西浙江安徽一带最盛，七八月份青海进入花期，九十月份，还能到西藏和四川甘孜一带赏花。

黔西南是内地最早盛开油茶花的地方，比江西婺源整整早了一个月。即便是邻居云南，也要等半个月后才开花。二月多半赶上了春节，春节油茶花，是个多么美丽又温馨的创意？

一地花带起一地热浪，是观光农业的浪。纳灰村村民鄢福贵更有眼光，把自家房屋收拾出来实物入股，交给几位北京来的青年改造成乡村酒店，在花海中体验闲适的农村生活，这样的日子去哪里找寻？

知道了"种花胜过种稻"的农民，质朴地发表自己的感想："以前哪个晓得这大山值钱？现在靠着山地旅游这棵'摇钱树'，日子哪个不是一天过得比一天好！"

山地旅游与高山种茶

黔西南州茶叶种植历史悠久。一九八〇年，在普安与晴隆交界的云头大山笋家箐发现的茶籽化石，经过中国科学院南京地质古生物研究所鉴定，确定为四球茶茶籽化石，距今已有一百万年以上。据专家考证，此茶叶世界唯一，普安独有。

山地旅游与高山种茶结合起来，黔西南茶产业路子顿然宽敞。

普安的早春茶出芽要比其他产茶区早十至二十天，被誉为"黔茶第一春"。普安核心茶产区海拔一千一百米左右，高海拔低纬度，加上地下丰富的地热资源，出芽早成了自然优势。普安县正好藉此推动以"普安红"为代表的茶品牌建设。

正在这关口，总投资两亿一千七百万元，总长约七十五公里的普安国际山地自行车赛道开始修建，核心区二十八公里精品赛道要穿越茶山。可群众支持这么干，赛道只用几个月就建成了。他们会算这笔账，尽管占用了部分耕地茶山,可赛道从海拔一千一百米上升至一千八百米,穿过了高山茶园、河谷、山林、悬崖、村落,还打造出二十多个新景点,被称为"中国最美山地自行车赛道",能带动多少村庄和农民富起来?为什么不干?

册享县冗渡镇大寨村,是布依族转场舞的发源地。可山地旅游把一批批游客带进村里时,他们才发现,这里不仅养羊出名,民俗旅游也日益红火。册享县以基层组织联建为纽带,引导冗渡镇的大寨、江见、坛坪三个村党支部与企业党支部共同组建"羊博新村"村企联合党支部,种草养羊,很快发展为国家级种羊基地、省级乡村观光旅游中心、县三产融合发展试点企业。以"羊博新村"为中心,相关项目已辐射发展带动冗坪扩殖场、冗贝草饲料加工厂、五十万头生猪养殖等项目,山地生态畜牧业百里产业长廊其形初显。

黔西南把山地旅游打造成重要支柱产业,从"州"的层面上看,是把劣势转为优势的一次成功实践。

贵州鼓励支持黔西南发展山地旅游业,作为改变贫困面貌的"突破口",从"省"的角度讲,是认识论上的一次飞跃。

换一种思路,多一些办法,让绿水青山变成金山银山。

山峰很美,田园也很美,人却无比贫穷。要彻底改变,最初的动力,一定是政策的力量。

在首届国际山地旅游大会举办的二〇一五年,省委、省政府提出了全省发展山地旅游的"七个基本原则":

要把山地旅游作为贵州旅游业的基本定位;要把"多彩贵州风·山地公园省"作为贵州山地旅游业的基本品牌;要把全域旅游、全民参与作为发展山地旅游的基本方针;要把自然景观旅游与民族乡村旅游作为山地旅游的基本业态;要把外拓市场、内优服务作为发展山地旅游的基本抓手;要把旅游体现创新和大数据应用作为发展山地旅游的基本引擎;要把办好国际山地旅游大会作为发展山地旅游的基本平台。

省主要领导同志更是强调：发展旅游业是践行"两山论"的战略选择；发展旅游业是推动贵州经济转型升级的重要抓手；发展旅游业是决胜脱贫攻坚的有效路径；发展旅游业是贵州扩大对外开放的重要平台。

黔西南州委、州政府也出台《关于推动大山地旅游战略行动的实施意见》，明确山地旅游发展目标——打造黔西南旅游升级版，在全省树立全域山地旅游标杆，走出一条符合黔西南实际的发展新路。

黔西南的干部群众，开始再一次审视自己脚下的绿水青山。山，是贵州的宝贝，更是黔西南的宝贝。

喀斯特山地占地球陆地面积百分之十二左右，中国的喀斯特山地主要分布在贵州，占到世界的百分之六十三，被称为"喀斯特王国"。而黔西南的喀斯特山地面积又占到整个贵州的百分之七十二以上，几乎全域皆山，被人叫作"中国喀斯特心脏"。

地貌的复杂多样，造就了黔西南奇异多姿的自然景观。这片神奇的土地上，汇聚了自然风光、人文景观、历史遗迹、民族风情，其美丽、其独特、其丰富、其久远，都堪称独一无二。

脱贫攻坚的全面胜利，已经让这里的人民挣脱了守着大山受穷的千年羁绊；乡村振兴画卷徐徐展开，只能让"国际山地旅游大会"倡导的"天人合一"理念，在更大范围、更高层次上进行实践。

"黄金十年"，人民的生活变得富裕，生态变得更加美丽。但这不是奋斗的终点，山地旅游的蓬勃发展，好戏还在后面。

3

曾经听过一个"段子"，讲说贵州山地的一位老农，清早便出门了，在山旮旯里那不成型的地里种苞谷苗。好不容易干完了活，要下山了，便想顺便看看今天的"战果",怎知数了几遍,生生发现少了一棵苞谷苗,最后拿起丢在一边的草帽,才发现帽子下面扣着一棵苗。这不是什么"黑色幽默",通过一个小故事反映出来贵州山地的真实状况。那些从山石中一点一点抠出来的地块,经不住风吹雨打,连不成片,甚至满足不了农民们吃一顿饱饭的心愿。一些地方的山,最抢眼的是一大片裸露的石头,这些山永远没有春天。

这就是可怕的"石漠化"。"石漠化"像长在贵州身上的伤疤,破坏着绿水青山。暂时还有植被的地方,也存在"石漠化"风险。

我在黔西南州了解发展山地旅游的情况,还有一个意外收获,看到当地人民怎样探索治理石漠化、整治荒山的科学道路。这条路就是产业化治理,生态建设、产业发展、农民增收三者叠加,产生了"四大治理模式":

晴隆模式,岩溶山区高海拔地区种草养畜;顶坛模式,低海拔地区种植花椒;坪上模式,中海拔地区种植金银花;者楼模式,低河谷地区种植早熟蔬菜。

毕竟有些行色匆匆,最终没能了却到这些地方都去看看的心愿。倒是早前去过的一些地方,那里同"石漠化"斗争的场面堪称壮观。

在关岭县,人们都说花椒能适应石漠化的环境,花椒树给荒山抹上希望的绿色,群众由此获得远胜种苞谷的收入。关岭县板贵乡(后来并入花江镇)就创造了奇迹,用成片的花椒树,把已经石漠化的山重新变回绿水青山。

板贵花椒,带着泥土气息,又寄托着山里人改变面貌和命运的愿望,产品在市场逐渐打响牌子。据说,在盛产花椒的一些省外地区,本地花椒非得掺和上大半板贵花椒卖,价格才高出一截。世纪之交,板贵花椒的牌子很"牛",甚至成了抢手货。

可后来却渐渐有些趋淡了。二〇一九年八月里的一天,花江镇坝山村堡堡上村民组热浪蒸腾,地表温度在三十七摄氏度以上,坐着不动都流汗。我走进寨子,见着人第一句话就问:"现在板贵花椒到底怎么样了?"这个寨子原属板贵乡,是板贵花椒的中心产区。村支书兼村委会主任胡勇把我带到这里,说是要见一个人，他的故事就是这些年板贵花椒发展故事的浓缩版。

从村委会到堡上组，山路弯弯盘盘，虽然硬化了，但酷暑天气在上面走着也难。立在山腰上，胡勇指着山脚下远远一块地说："你看，他叫曾德春，正带着人打整花椒树，大热的天，走下去还要好远，干脆叫他上来吧！"其实，人是啥样，根本看不清。

当地同志说，望山跑死马，曾德春要从山底下爬上来，怎么也得几十分钟。我索性摸进路边一户农家，与女主人拉起家常。屋子里晾着一簇一簇的花椒果，主人家一开口就问："你是来访曾德春的吧？该好好写下，亏得有他带我们用新办法打整那些老树子，今年花椒的收入要翻番。要不，还不知道山上的石头会疯长成什么样？"

曾德春到底从山坡下爬上来了。他一身短打，T恤和花长短裤上汗渍斑斑，一头一脸还正朝外冒汗水。我有些诧异，干了那么久活，爬了这么多山，这人竟没有表现出气喘吁吁，反而一脸笑模样。他一脸平静："搞惯了，而且心里喜欢。现在村里相信花椒树要科学种科学管的人多了，我干起来心里也舒坦。"

村干部说，曾德春是村里依靠科技力量，让板贵花树重回春天的"第一人"，他带头"吃螃蟹，影响了一拨人。"曾德春家种有几十亩板贵花椒，算是先通过花椒致富的农民。二〇一三年，一位重庆客商的话给他当头泼了一瓢冷水："板贵花椒再不进行植株矮化，再不加强田间管理，我看果实只能越来越不好，石头长得要比树高，不但进不了市场，怕是自己吃都保不住。"

板贵花椒经过几十年经营，已经小有名气，治理石漠化也灵验。曾德春听了这话，第一反应是难以相信。照那个客商的说法，把长得绿油油的树都剪成几个桩桩，压不住石头，成啥样子？想着都让人心疼。

客商约他去重庆实地走走看看。

重庆之行让曾德春大开眼界。大刀阔斧修剪过了的花椒树，果真果实累累，远胜板贵这边的老树。回来之后，他对自己的花椒树动了"大手术"，让它们"瘦型"。一些村民质问:"好不容易长这么大的树,你一剪子下去,它还能结什么果?"第二年,产量翻番的事实摆在那里,就有人跟进。也还有人不放心:"别忙,再看个一年两年,看看有没有什么反复?"二〇一七年,村里按照县、镇安排,组织五十位村民集体上重庆学习参观,曾德春成了现身说法的"教员"。二〇一八年,全村动了起来,在专家指导下修剪花椒枝条、强化管理,花椒亩产从三百斤变成八百至一千斤,继续观望的人也就寥寥可数。

曾德春读书不多,但相信科学的力量,儿子在这方面对他很有影响。儿子二〇一三年从西南大学毕业。曾德春劝他,我们两个人一起干,把花椒做成大产业。儿子尊重科学的态度,成就了他教在修剪花椒上"拼死一搏"的底气。

花江镇人大办原副主任、坝山村脱贫攻坚指挥所指挥长向德宝,是土生土长的坝山人。板贵花椒发展的起起落落,他是知情者,更是参与人。

"板贵花椒从传统种植到科学种植,其实就是一个扶贫先扶志、扶贫要扶智的动态过程,也是真正战胜石漠化的认知和实践过程。县里决定把板贵花椒作为主导产业之一,这产业怎么做?关键在于上规模,要是靠科学技术先行。"这是他一直坚持的观点。

一九九三年,号召农民种植板贵花椒,好多人不情愿,问干部:"种花椒,这么小的颗颗,能吃饱肚子?"还有人质疑基层干部:"是不是你们又拿了什么项目钱,又想得什么好处?"破解这个题,需要示范效应。

曾德春做了这个示范。

干部首先承包土地做样子,像曾德春这样的致富带头人实地引领,拧成一股绳,就拉着"板贵花椒"这条船顺风前行。起初,政府出钱买苗给群众,有人不愿接手,怕接到个烫手的山芋;现在大家自己花钱买苗,他们掂出了这笔钱付出的价值,付出就是为了圆一个美好的梦。

二〇一二年,板贵花椒树开始老化,更新问题迫在眉睫。组织种植花椒农民去外地领略新技术带来的好处,让他们眼见为实。延请省内外专家到产区长期定点服务，把科技支撑落到实处。同时，也依靠基层干部和曾德春们的示范，群众理念又上了一个新台阶。花江全镇以种植花椒为主导产业的村已有十一个，种植面积两万五千亩，逐步推广使用新技术，花椒产量增加两倍以上是常事。

当初舍不得剪枝的农民，想起以往作为，有人甚至骂自己有些"犯傻"。那枝条长得又长又高，果实成熟了，甚至要扛着梯子去摘，人累不说，把枝条硬拉下来弄伤了，果实不越结越少才怪！现在树株矮化了，但阳光空气分更充足，产量反而上去了。"这办法要得！"你给农民讲解新种法，或许一时半刻他们听不懂，可实实在在的效果产生了，他们就会慢慢悟透"舍"与"得"的道理。

你看曾德春怎样为自己为乡亲们算账：目前，鲜、干花椒市场价分别是十五元一斤和六十元左右一斤，算下来种花椒亩产产值上万元，有新技术助力就不是难事。只要平均投入三千元，每亩获利就可超过七千元。说话的这年，他家销售花椒已收入四十多万元，全年获得可达六十多万元，这样的事会没有吸引力？

胡勇也在为坝山村算账。

全村近六千亩土地，已被花椒树覆盖，最明显的是综合效益。种花椒的农民普遍增收，花椒树给石漠化的山头披上绿装，绿树又给山村带来人变富、山变青的红利。"副总理、省委书记、省长、市委书记、市长都来看过板贵花椒！"山里人说话平添底气。

新技术与新目标紧密相关。"关岭板贵曾德春种植农民专业作社"正开足马力加工花椒。曾德春家屋子后门，望出去像一幅画，雄伟的水盘高速北盘江大桥连起两座高矗的山峰，看起来十分壮阔。他说起合作社的发展计划，让人显得也有些这幅画的意味。

曾德春说，种花椒的农户多起来，有人开始抱怨："为什么我们不让板贵花椒的价再往上涨一涨？"这样市场的价值谁控制得了？把板贵花椒质量做得更好，恐怕有助于取得价格优势。

他常和儿子嘀咕："做花椒产业，小了搞不成事，要干就干大的。"这"大"需要技术支撑，一些思路正在逐渐变成实际，加工厂进一步扩大，争取把周边土地和农户都纳入进来，原料基地有了规模，保质保量加工才有条件。攻下保鲜包装关，价格自然会上去。鲜花椒目前市价在十二元至十五元一斤，新包装有两年保鲜期，价格可以提高到每斤二十元，这空间不算小。

报贵花椒不仅仅属于板贵，提照产业部署，已经向邻近乡镇扩散。怎样把这篇文章作好，全县上下都在认真思考。

关岭一位乡镇干部的思考颇有代表性。他在一份建议中这样写着："板贵花椒发展的主要问题是规模还需扩大，这实际也是石漠化治理的需要，统一规划和统筹管理还有很大空间。能不能选准一些点，集中精力采取'公司+合作社+农户'返组倒包的形式，打造出一个可以复制的模式，然后逐渐向周边区域和其他乡镇适合种植的地方扩展？"

对建议本身我无法作出断语，但似乎可以视作大生态态势下发展农业现代化的一个产物。从这个角度看，"剪"出板贵花椒的春天，成功似乎并不遥远。

同样是在关岭县，我见到了人们在"关岭牛，牛起来"旗帜下，对"石漠化"的另一场苦战。

走进新铺镇卧龙村，直射的阳光灼人。这里是典型的山峡地貌，陡陡的山顶、山腰，直到谷底，见不到一块大点的平地。

和同行的人就着村名拉开了话，其实就是想解解在炎炎烈日下行走山道的"闷"："都说关岭县名取自关羽之子曾在这里转战的传说，所以又叫关索岭。像这卧龙村是不是也同卧龙先生诸葛亮有关呀？有什么精彩故事，讲出来让我们提提精神！"卧龙村村支书赵胜学想了想，脸上露出半笑半认真的神情："这我倒真没怎么考证。可卧龙村现在风光的是牛不是龙，有关牛的故事倒真不少。"

没待他继续讲，路边一个场景就作了佐证。齐人高的皇竹草地里，两个四十岁上下的男女农民，正在汗流浃背地割草打捆。男的叫陈永辉，家里原来是贫困户。

都是黝黑皮肤，都是瘦小身形，都一边答话一边不愿停下手中活路。他们说，这皇竹草就是养牛的上好牧草，为合作社割草，一个人一天可收入一百五十元上下。而且草割过了，一年可以再生四、五茬。"这当然比在石窝窝里种苞谷不知道强到哪去了！"陈永辉擦把汗，还带点幽默地抒发自己的心情："必须加油干，这一大片地的草在等着我们！有一分代价才有一分收获，干活苦干活累，但我们有使用不完的劲！"种草，已让陈永辉家脱了贫。

镇长罗斌说，像这样的人家户，在新铺镇为数不少。关岭牛的养殖已经有几百年传统，可过去牧草靠天然野生，石头函函里草会长多丰盛？养牛的农民常为冬天缺草困扰。没办法。只得到处放火，促新草生长，有点像"刀耕火种"，反反复复，石漠化会越变越重。县里明确把"关岭牛"作为主导产业，选择种草和养牛，给老百姓找到了一条因地制宜的脱贫致富道路，同时，也找到了治理"石漠化"的路。

新铺镇五千户两万一千多人，同种草养牛有关系的占百分之七十左右。

他们带我去参观了几个养牛场。一座养殖场，是几座串起来的大棚，养着一百多头牛。除了"关岭牛"之外，还有一些"洋牛"安格斯牛、西门塔尔牛。相较之下，关岭牛体型小些。新引进的安格斯牛，就是按县里统一要求，专门用来改良品种。

岭丰村合作社养殖场有牛二百四十头，四十一户贫户领养出去四五十头。有的养牛户无地种草，合作社索性划出一片草地由他管理。不愁草和牛的来源，村里头一下子出现了养着四、五头牛的贫困户，后来都脱贫致了富。

为了发展养牛，关岭县机构里出现了"草地中心""牛投公司"，甚至有一批专管"牛事"的"牛官"，"牛"在治理石漠化、探索产业路的场景下变得活灵活现。

第四章 我们的绿水青山

在黔西南，后来我还是听到了一些因地制宜治理"石漠化"的故事。

顶坛片区位于贞丰县北盘江镇右岸，地处北盘江南岸的河谷地带，最低海拔五百六十五米。所辖两个村有百分之九十五的面积是石旮旯，几乎找不到一块平整的土地，是石漠化危害最严重的地区之一。

有歌谣唱道：

> 眼望花江河，
> 有水喝不着。
> 石缝种苞谷，
> 只够三月活。
> 想要吃米饭，
> 除非坐月婆。
> 姑娘往外嫁，
> 媳妇讨不着。

后来创造的"顶坛模式"，实际上是以生物治理代替工程治理，因地制宜调整种植品种，投资小，见效快，还不改变原有地形地貌。

种金银花也能治理石漠化。安龙县德卧镇大水井村，是贵州人工栽培金银花的发源地。三十年前，这里还属于重度石漠化地区，人均吃粮不到一百公斤，纯收入不足五十元，种一季苞谷不够吃，剩下半年全靠国家救济。

种金银花发展成一个产业，情况就完全改观。

贞丰县珉谷镇坪上村，被人称为黔西南"只长石头不长粮"的地方，也是靠种金银花获得"双赢"，农民在乱石丛中大种金银花，茂密的金银花茶叶覆盖着满山遍坡的山石，形成壮观的"岩溶地毯"；农民也从上万亩金银花中得到不菲收入，有的农户靠金银花年收入六七万元。

兴义市则戎乡炸石造地解决了吃饭问题，但被炸开的石头光秃秃树在那里，让人心里不是滋味。冷冻村支书朱昌国也打起了金银花的主意，发动一村人种，中间反反复复，终于成了能使增加村民收入的产业。冷冻村的经验还得到了国家层面的肯定。

一位伟人近百年前写下过壮丽的诗句："装点此关山，今朝更好看。"

贵州保护绿水青山，与石漠化顽强斗争，在"黄金十年"里，也是壮丽的音符，是令人无法忘却的画面。

第五章 希望的田野上

第五章 希望的田野上

一 比山更高的，是人

1

二○二○年下半年，我用了三个月时间，在黔北的湄潭、凤冈、余庆三县山山水水之间踏访，最后写出长篇报告文学作品《乡场上下》，它与这本《十年一剑》同属《蝶变》报告文学系列。书中写到了几十个村庄，近百个人物，其中湄潭县的一个村庄和一桩事，让我至今难忘。

一是湄江街道金花村，那个原本不起眼的大清沟村民组，后来成了远近闻名的"七彩部落"。

整个村子都变成彩色的了。彩色的房子、彩色的村道、彩色的广场，连茶园进口，都搭起架子挂满让人眼花缭乱的彩色雨伞。只有一方方茶园，还显着深深浅浅的绿，像一幅色彩斑斓的画。"画"里面的村民都是"七彩部落"的"股东"，把乡村旅游经营得风光无限。

再就是那个把湄潭"兰馨茶"打理得四方皆知的金循，在"黔茶"里赋予了幽兰的秉性，把本来要借别人牌子销出去的湄潭茶，变得越来越有知名度之后，仍然心有不甘，还在不懈寻找做大品牌的空间，成立了省内八十多家茶叶企业抱团发展的大集团，贵州黔茶联盟茶业发展公司横空出世。

茶业抱团发展，至少可以从几个方面整合力量，为黔茶产业赋能：集聚资源、集群加工、统一标准、集约经营，最终让贵州茶叶飘香四海。

我把书里的相关章节再咀嚼一遍，发现两个故事还远远没有讲完。其实，"七彩部落"的变，湄潭"兰馨茶"发展思路的变，坚持当农村改革的排头兵，才是在"黄金十年"出现这些震撼人心"变"的源泉。资源不变资产，资金不变股金，农民不变股东，大清沟的村民怎么会想到把灰暗低矮的农舍改造成色彩斑斓的"世外桃源"？倘若没有农村改革释放出的能量，湄潭怎么可能会在原有茶山基础上，短时间在全省打造出种茶面积占比最大的"金山银山"？然后打造出有影响的品牌，然后向更高的组合形式"黔茶联盟"登攀，聚指成拳，让贵州茶业有更朝气蓬勃的力量？

二〇一五年至二〇二〇年间，贵州省委、省政府以及省委农村工作暨乡村振兴战略领导小组，发出多份事关农村改革的重头文件。

二〇一五年四月，省委办公厅、省政府办公厅印发《关于认真做好农村承包土地承包经营权确权登记颁证整省试点工作的实施意见》；与之同时发布的还有《关于引导农村土地经营权有序流转发展农业适度规模经营的实施意见》。

二〇一七年七月，省委、省政府出台《关于稳步推进农村集体产权制度改革的实施意见》。

二〇二〇年六月，省委农村工作暨乡村振兴战略领导小组印发《关于加快构建政策体系培育新型农业经营主体的实施意见》。

几个《实施意见》，一个共同目标跃然纸上，让既缺乏资产又缺乏少资金的农民兄弟，把手中土地这块文章做活，既要坚持农村土地集体所有，坚持家庭承包基础性地位，又要探索集体经济的表现形式和运行机制，不断解放和发展农村社会生产力。这一步，贵州妥妥地走在了全国前面。

改革需要创新思维，改革就是要打破过去一些束缚人们手脚的条条框框。但改革也有不可逾越的红线，不能把集体经济改弱了、改小了、改垮了，防止集体资产流失；又要坚持农民权利不受损，不能把农民的财产权利改虚了、改少了、改没了。既要防止外部资产侵占，又要防止内部少数人控制，严格依法办事，处理好各种利益关系。

改革目标是把农村土地资源和资金最大程度盘活，明确农村集体经济组织市场主体地位，完善农民对集体资产股份权能，实现好、维护好、发展好广大农民的根本利益、促进产业发展、集体经济发展，让农民继续增收，彻底摆脱贫穷的羁绊，走上富裕和现代化的道路，是改革的出发点和落脚点。

"七彩部落"和"黔茶联盟"都是改革的产物。

最早在贵州出现的"三变"改革，既促进了思想的解放，又携着革新、创新的风，让农村大变化、农业大发展的星火在全省燎原，直至上升为国家意志，写进中央文件，在全国农村推广。

要写清楚"三变"，就得写透陶正学这个人。

陶正学是六盘水盘州市普古彝族苗族乡地地道道的农民，又是联村党委书记，还是在外经商的成功人士。

已经有五亿元身家的他，看不下去家乡的穷，先后投入两千万元在家乡搞基础设施建设，改变缺路、缺水、缺电的困窘局面。二〇一二年，他回到家乡，成立盘州市普古银湖种植农民专业合作社，按照"一村一特"的路子，想靠产业发展带动乡亲们共同致富。

在贫困的山乡，陶正学是被公认见过世面、而且有成就的人，有人就问他了："好不容易在外边混出个名堂，又跑回来搞哪样？"

"正学，你说要我们搞产业，这可是个要先大笔投钱的活，能不再挨饿受冻已经是好事了，你叫我们从哪里拿出那么多钱？"

陶正学说，办法都是人想出来的。其实他早已盘算过了，农民手中的"干货"真还不少，就是缺乏"变现"，所以捧着"金饭碗"受穷，在痛苦和忧郁中周而复始，这不是天大个"黑色幽默"？

不要说农民是一无所有的"穷汉"，把隐性的财富盘活了，人、财、物都会涌流如清泉。陶正学带着发展观点和摸爬滚打积累的经验回乡，思路和市里发展方略逐渐磨合，一个全新的经济变革模式在全国第一个出现。

陶正学办的农民合作社实现破天荒的三个变。集体土地、林地、水域等自然资源要素，被赋予价格尽数入股，把"死资源"盘成"活资产"，捧着"金饭碗"过苦日子的理由，就此从根子上被推翻。多种渠道的资金变成股金，在不改变使用性质及用途的前提下，各级政府投入农村的发展类、扶持类资金，量化为村集体和农民持有的资金，投入各类经营主体，并享有股份权利。农民自愿将个人的资源、资产、资金、技术等入股，进入经营主体，自然就成了股东。"三变"直指长期以来的中国农村发展的"痛点"。

不说山高水长的贵州农村，各种生产要素零星分散，农民一辈子面朝土地背朝天，也无法从土里刨出"金子"来。就是条件远胜贵州的外省乡村，哪一个不是深受资源、资金，农村高度分散之害？小农经济式的田间耕耘，离真正意义上的果实累累的丰收始终距离太远。

土地的增值效应无法体现；农村的绿水青山没有条件变成金山银山；农民看不到前景，要么苦守苦熬，要么到城市里找创造财富的机会；本来内涵十分丰富的乡村，成了人们心中的痛，有的甚至走到凋敝的边缘。

"三变"让缺乏生气的农村出现"忽如一夜春风来，千树万树梨花开"的生动景观。"三变"是被改变贫困愿望倒逼出来的亘古之变。

盘州市境内，有座海拔两千三百一十九米的娘娘山，山脚下的普古彝族苗族乡舍烹村曾经长期"土里刨食、靠天吃饭"。陶正学牵头建立"贵州娘娘山高原湿地生态农业旅游园区"，成立合作社时，就讲明"农民入股多少，合作社就垫资多少"，带动相邻八个村四百六十五户村民用土地或者现金入股，在每股二十万元的股金中，农民只需入股十万元，另外十万元由陶正学垫付。村民想入股又缺乏资金，陶正学无条件借钱给他们，让村民们"股东"梦能够实现。

"三变"改革使社会资金、村民土地、闲散资金、集体资产，生态资源，政府帮扶资金和政策，被整合起来发挥最大效应。二〇一六年，娘娘山园区已实现农旅产值四亿元，一千四百多个贫困户脱贫。"三变"模式两次写进中央一号文件，舍烹村成为中国农村"三变"改革发源地。

有人说，"三变"是新时代农村调整生产关系与生产力的一次革命。我认为这种说法并不为过，关键是从哪个角度看。这种变，划出了"土地公有制不改变、农村基本经营制度不改变、耕地红线不突破、农民利益不受损"四条底线,以农村集体产权制度改革为基础,以股份制合作为核心,以产业选择和主经营体培育为支撑,创造出农民热情空前高涨、农村生产力充分释放,农村面貌前所未有的新局面。确定这种模式,是贵州对解决中国"三农"问题的重要贡献。

一经风浪起,冲击波就会接踵而至、波波相连。这样的事情,我在安顺市平坝区塘约村看到过。

走进塘约村办公楼,屋里传出好热闹的争论声。眼下正在"吵"的话题是:有人愿意投资,在小坉上村民组修整古村落,好发展乡村旅游,这事牵扯到若干繁枝细节,要把责任理清。

塘约村已经同步明确"七权",建起"金土地"合作社,地权、林权、水权捆在一起变成资产,九百多农户都当了股东,种菜、种果、建筑、运输,旅游几个轮子一起转动。整个村子像公司一样运营,一片红红火火。人均收入突破万元,过去不足四万元的集体收入也增加到几百万元。

村支书左文学有个说法,村子成了企业,干部就是股东们的利益代表和实现人,管干部的"规矩"就得跟着大形势变,这样大家看前景才觉得有望头,干起活才更有劲。

塘约村管干部的办法让人耳目一新。

无论是村民选出的干部,还是上面派来的干部,在塘约村身份和"待遇"一律平等。一周工作任务落实得如何?成败该如何认定?一定要当着村民面打分。连着一周被打"×",对不起,没办法,请你"让岗"。参加打分者范围不断扩大,村民打,村民组长打,村民代表打,班子成员互相打……年终不满六十分,不管你有什么来头,笃定下岗。这样一来,哪个干部还敢违了村民的心?谁还愿伤害群众利益和积极性?

在谷㛿种植基地地头上,我正好碰上负责人李从祥。他手拿着镰刀,衣上泥土斑斑,正在清理种植上季蔬菜留在地里的薄膜,全然没个什么"官"的样子。他说，现在干部的工作要计时计分，主动权捏在"股东"村民手里，工作不认真干不抓紧干不行。

李从祥十六岁起就去挖过煤，种蔬菜也有经验，左文学认准他是个"能人"。一搞计时计分，这"能人"心里也无法淡定。带着他的部下反复算账：咋个让地上多生出些效益？咋个让"得分"节节上升？这不，一年若是种上三季蔬菜，一亩土地就要多出几千元甚至更多效益，争分抢秒把地收拾干净，把菜苗种下去，有人带了头，大家都会跟着干。

塘约村还有个规矩也定得新鲜。

我想去洞门前村民组，走访组长张青松，哪知他正在街上忙得起劲。原来，组上一户人家结婚娶媳，张青松现场督办酒席。农村山看山、户对户，人情多，酒席多，份子钱的名目多。随了份子，误时误工损财，心里急脸上还得堆笑，不随份子，乡里乡亲，这面子又放不下去。

左文学看准了村民心里的纠结。他的口气很坚定："大家都是股东了，村子企业化管理，要包括管社会风气。"

"酒席理事会"在塘约，于是说话办事有些牛气。只有结婚、丧葬方可开办酒席，超过四十桌，多过八菜一汤，就过不了审批关。理事会还建有服务队，备料、做菜、摆菜、收摊，一应事务不用主人家操心出力。

同张青松摆谈间，村民们都围了过来，抢着搭话。一个胡子拉碴的老农民，说话大声武气："立这些规矩，要得！过去办次酒不下三五万元，现在才好多？有规矩，省好多力，多干好多事。"张青松说，你要农民讲"三权"促"三变"，怕不是个个都把道理讲得清楚，但他们只要觉得是把大家的资源盘活为大家谋利，样样都兴个规矩，就会感到这车有人掌着，偏不到哪里去。

六盘水乡下的人，爱夸他们的"小康菜园"，说是旮旮角角的地都盘得活，这天底下就没有盘不活的资源了。

我去六枝特区银壶街道杨丰村看"小康茶园"，路一直向高处攀，村子就在山顶上。

但见家家户户房前屋后，都被木栅栏或石头矮墙围出一块块园地，时鲜蔬菜有的刚从土里冒芽，有的已经长成气候。间或有果树棚架点缀其间，一些园地中搭起亭子，细一看，亭子都有名字，"百孝亭""勤劳亭""幸福亭"，它们与生机勃勃的菜园相映成趣，就成了让人念想的一种别样田园风光。"勤劳亭"里，绿树花田簇拥中，摆着几套原木雕成的桌椅。一问，竟是庄户主人的作品，只不过这阵子手中其他事情紧，暂时还没有来得及扫尾收工。见我们又是拍照又是讨论，杨丰村村委会主任郑恩中说开了话："如果你们去年上半年来杨丰，看到的就是另一番景象。"

村民们把奔富的眼光盯在成片大块的土地山林上，农舍房前屋后便成了被经济活动忽略的"死角"。有村民说："好多代人过去了，没想到谁还会靠这些地养家糊口。"也就是说，基本没人打这些"身边碎地"的主意。

房前屋后当然也有它的用场。

堆放杂物，放养鸡鸭鹅。产生不了经济效益，还成了整治乡村人居环境躲不开的一处"顽疾"。

杨丰村确定在东衙门村民组首先建"小康菜园"。这个组还真是早年间某个官府衙门的故地，有"文物保护单位"牌子。如果"小康菜园"在这样的地方推得开，村民腰包鼓了，人居环境美了，乡村旅游自然也会有戏。

村干部召集村民开"坝坝会"讲"小康菜园"的好处和道理，当场就有人"砸场子"。一个老汉一声咋呼："你们扛起嘴巴讲话不嫌累，过后不管我们死活。"他老伴也跟着吼："你喊我在旮旯角角种上菜，我们栽出来卖给谁？这点地我们不稀罕！"村民们本就有些不解和疑惑闷在心里，见有人出头闹，也都闷声闷气不表态。

干部们渐渐悟出了理，就是你想办法把农民的"死财产"盘活，也得找到切入点，学会"攻心战"。村里决定：带头闹的老汉，家门口的苞谷秆必须搬走，鸡鸭鹅一定要另行圈养。不过，硬的一手后面还有人文关怀，苞谷秆搬到什么地方堆放？哪里是鸡鸭鹅新居？村里已提前为他做了安排。

一天，村委会接到老汉妻子打来的电话："你们还不赶快来收菜！"这电话是冲着村里当时一项"包卖"承诺来的。郑恩中上门去摸底，其实他家两个月就自己联系了买家，卖出了几茬菜。打这电话的含义很复杂，但总的看来，还是高兴的因素多，不过换了个形式表达。发展"小康菜园"，村里家家增收，园里的菜，保证自家四季鲜菜不断外，每年会因为卖菜平均多出五千元收入。

二〇一四年一月，六盘水全市推进"三变"改革。

二〇一六年一月，贵州全省开始"三变"试点。

由于"三变"，只用四五年时间，曾经边远贫困的舍烹村和它背靠的娘娘山，成为国家AAAA级景区和省级双百园区。

因为有了"三变"改革，六盘水市创造性地推动农村资产的股份化、土地股权化，实现资金使用效益最大化。脱贫攻坚，乡村振兴都进行得热火朝天。

"三变"改革在全省的实战中，发展成"三变+N"改革，从方方面面同农民利益相连。

农业农村部在北京召开新闻发布会，贵州六盘水市、上海闵行区、黑龙江省克山县等三家农村改革试验区参加。贵州代表坦言没有"三变"改革，贵州农村不会迎来早到的春天，贵州农民心中也不会燃起农业现代化的熊熊火焰。

我手头有几组数据，简单明了，足以说明问题：到二〇二一年，全省有"三变"改革试点村一万三千七百九十九个，占行政村总数的百分之八十七点五九。农村集体经济组织成员确认身份三千六百四十三点零六人；量化农村资产总额五百二十八点六亿元，组建股份制经济合作社一点六八万个，覆盖全省所有行政村。

又是亘古未有的大事件，改革给贵州农村带来扑面春风。"三变"改革在贵州首创，成为点燃中国农民内心激情的火种。山和人的关系在变，人和土地的关系在变,人在发展生产过程中的地位和作用在变,改革激发的内生动力,让贵州农村、农民的"蝶变",跃然山川,万马奔腾。

2

和这个人总共接触了几个白天,促膝长谈了两个晚上,记得最清楚的是他爱说一句话:"没啥了不得的,要变,就要自己干!"

他是安顺市西秀区双堡镇大坝村党支部书记陈大兴。

去见这个不到四十岁就白了头的黑脸汉子,是要解心中的困惑:为什么屡败屡战,拼着命也要为村里找条发展的路?为什么标新立异,在沉寂的大山里建起一个别墅村?支持他的是什么精神?

后来,我肯定地告诉他,我看到的其实也是一种改革精神。"变"不就是不停步地改革?实现了"脱贫梦",还有"产业梦",圆了"产业梦",前面又是别墅梦、小康梦,乡村振兴梦。心如止水,安于现状,胸中没有激情燃烧的人,和这些梦是无缘的。

我把陈大兴的故事写进了报告文学《大坝大兴》。现在又写他,是因为"黄金十年"贵州一大批农村基层干部经历与他相类,他们的历史是这十年贵州农村发展史的一个重要部分。

陈大兴是"辗"家人,"辗"家人不是少数民族,而是汉族,只不过都是外地"辗"来的,所以这么自称。

"辗"来的大坝村,历史不足百年,大坝人世代种地,面朝黄土背朝天,可地不养人,只能种苞谷、土豆,还难碰上好收成。一年四季缺水,出山只有崎岖难行的小路。"大坝大坝,烂房烂瓦烂坝坝,小伙难娶,姑娘外嫁。"生活在大山里的大坝人,大山给他们的礼物是似乎永远摆脱不了的穷困。

陈大兴接手当村支书时,村里已经通了水有了电,也有简陋的公路出村，但就是产业这条路没有打通，一个村子仍然在受穷，他一干支书二十多年，初衷就是找一条适合大坝村的产业路子，改变大坝人的命运。

陈大兴说，自己和大坝村人苦干二十多年，就是为了圆几个梦，这是陈大兴的梦，也是大坝村党支部的梦，更是大坝村全体村民的梦。

几个梦，同产业规划、村庄规划、发展壮大集体经济暗暗契合。扣住了产业兴旺、生态宜居、乡风文明、治理有效、生活富裕的乡村振兴要求，与统筹推进农村经济建设、政治建设、文化建设、社会建设、生态文明建设和党的建设的乡村振兴战略同步而行。

要梦想成真，没有艰苦奋斗的精神不行，没有锐意改革的精神更不行。

二〇〇四年至二〇二一年，党中央每年发布一个聚焦"三农"问题的一号文件，分阶段对千方百计促进农民增收、进一步夯实农业基础、建设社会主义新农村、着力构建新型农业经营体系、健全城乡一体化体制、脱贫攻坚实现全面小康、实现乡村振兴战略，提出明确的政策要求。这也成为各级党委、政府持之不懈、全力推进的战略任务。大坝村和陈大兴的几个梦，正是这个时代背景下，因势而起、顺势而行、应势而成的。

不过，他的奋斗，他的改革，又体现出鲜明的个性。

上任之初，陈大兴同村"两委"、党员开会，找村民串门聊天，总爱问一个问题："大坝村究竟穷在哪里？"

有人说大坝村自然条件不好，地差、缺水、离城远。

有人说大坝村人差口志气，干啥都坚持不到底。一些人熬不过"穷"，还抬脚去了城里。

陈大兴说，讲得都有道理，但我看，根子还是我们缺乏能保证能赚钱且长流水的产业。没有看得见、抓得住的产业，大坝富不起来，大家过不上好日子。

多少年来，大坝是远近闻名的穷村子，村民们不愿意过穷日子，但又不知道用什么力量可以改天换地。

第五章 希望的田野上

陈大兴带着村民搞产业，用八个字可以概括十几年走过的艰辛路：屡战屡败、屡败屡战。

当上村支书那年，陈大兴用个人借来的钱，带大家承包荒山种植中药材黄柏，同时套种薏仁米和花生。山上缺水，黄柏长得又小又矮，秋收时不料又遇雨季，大部分花生霉烂在地里。黄柏也因为市价波动，没有盈利。年关时，债主上门，威胁说要抱走他年幼的儿子抵债，吓得妻子抱着孩子到处躲。

政府大力发展烤烟订单农业，陈大兴又发动村民种烤烟，当年见效有点收益，第二年扩大种植面积，可万万没料到，突然出现断崖式跌价，烟叶卖不起钱不说，好不容易投入的化肥钱也血本无归，村民的积极性再次遭到重创。

命运之手总爱捉弄陈大兴，种啥啥失败，几条路都没有走通。"这个村支书毕竟太年轻。"一些村民不愿意跟着再"折腾"。

"赚了赔，赔了赚，一路跌跌撞撞，不仅没有带领村民脱贫，自己还背了几十万元债务。"陈大兴回忆那段经历，说："我真的开始怀疑自己的能力。"

怀疑归怀疑，可他没有半点认输的意思。

这时，正好一个外村的朋友来看望陈大兴，见他一脸愁云，一边安慰一边向他透露一个信息："听说种竹荪比较好找钱呢。"

说者无心，听者有意，何况又是陈大兴这么个人。

"种竹荪！"陈大兴心里又有了新打算。

他跑到城里买回几盘讲竹荪栽培技术的碟子，白天忙完村里的事，晚上就在屋里看碟子学习。筹到购种钱后，陈大兴便马不停蹄赶赴织金县，引进五千瓶竹荪回来栽种，当年收入十多万元。

有几个村民主动找上门来，要求和他一起栽种。

第二年，陈大兴带着村民，把竹荪种植规划一下扩大到五万五千瓶。

每天都在小心翼翼管理这些"宝贝"的陈大兴，最担心的事还是发生了。

上一年还卖五百多元一斤的竹荪,第二年市价只有原来的十分之一。

屋漏偏逢连天雨。

一天早晨,他像往常一样走进竹荪栽培大棚,意外发现竹荪出现了严重病虫害。

翻阅资料,找技术人员咨询,能想的办法都想了,仍然救不了五万五千瓶竹荪。

"最后泡汤了,所有投入的钱都打了水漂。"陈大兴提起创业的辛酸,眼睛总是有些湿润。

国家开始全面启动退耕还林工程,不服输的陈大兴又看到了一条发展产业的路子。

育苗,看似简单的事,却也是个技术活。

对于陈大兴来讲,这正是他的强项。

在当村支书前,他当了几年护林员,通过自己的勤奋和努力,学会了育苗栽培技术,成了林场小有名气的"育苗专家"。

陈大兴腾出部分土地作为苗圃,发展起育苗产业。

松苗、杉苗、柏树苗,多品种一起上,市场只要需求什么苗,他就育什么苗。市场什么苗价最好,他先种什么苗。当年,他就有了可观的收入,在大家口中,被喊成"杨百万"。

村民在陈大兴身上看到实实在在的育苗效果,一些人又想跟他一起干。他来者不拒,作为村支书,自己致了富,忘不了"一定要带着大家摘掉穷帽子"的承诺。陈大兴毫不吝啬自己的技能,手把手、一个一个地传授育苗知识,渐渐地,跟他学的村民也成了能手。

有消息传来,说罗甸县香椿树苗需求量很大,当地已供不应求。

农历正月十四一早,天刚蒙蒙亮,满怀信心的陈大兴,带人拉着二十万株苗,直奔罗甸而去。

大坝村到罗甸县城,大约有二百六十公里的路程,时值隆冬,天寒地冻,运苗车在路上艰难爬行着。车窗玻璃上,早已结上一层白茫茫雾蒙蒙的霜,一股股寒气从窗缝窜进车内,驾驶员也冻得直哆嗦。

陈大兴顾不上那么多,想到这车满载着村民希望的树苗,不久就会变成真金白银,想到乡亲们渴盼的目光,自己受点苦值得。

几个小时的颠簸,货车终于到达目的地。

然而,由于信息不对称,当地种树季节已经错过,拉去的树苗并没有在罗甸找到市场。

这给兴致正高的陈大兴当头一棒。

眼前几乎不见人影的冷清市场,只剩下一阵阵刮来的寒风,让他有一种身子被抽空的感觉。

欲哭无泪的陈大兴,只好忍痛扔掉苗,黯然回村。

这次卖苗失败,主要是考虑不周所致,它不仅造成了经济上的损失,也又一次性伤了村民的积极性,全村刚刚发展起来的新产业,遭受到一次重大打击。

一而再再而三的失败,就如一盆盆冷水,浇在陈大头上。

难道大坝村就没有出头的日子?

回想这些年,大坝村的贫穷落后面貌难改,陈大兴比谁都着急。二十八岁当上村支书,不到四十岁就白了头,凭着一腔热情,立志带领全村要干出一个样子。他带着村里干部群众,摸索着选产业,失败了接着干,干了又失败,一次又一次。失败的时候,一些人对他有意见,甚至提出撤换他,但他顶住了压力,而大多数群众一如既往地支持他,这才是他始终不放弃探索发展路子,一定要坚持走下去的根本动力。

憧憬着大坝明天的旧貌换新颜,陈大兴一头扎进工作就没想着要回头。

"就算失败也要闯下去!"

越挫越勇的陈大兴,重新打起精神,又开始谋划下一步棋。

陈大兴为什么不服输,为什么要干到底?他相信,只有抓住既适合本地实情，又可以持续发展的产业，大坝村改变面貌不会总是难以实现的愿望。屡战屡败，是因为还没有摸清产业与市场之间、产业与群众之间、产业与乡村整体发展之间的关系，见子打子，见什么一时能赚钱，就急着上什么，最后还是事与愿违。可以说，大坝村产业规划的初衷，就萌发于这一次又一次的失败当中。

在许多年后，陈大兴说道："市场不相信眼泪，仅仅有激情是不够的。找产业，发展产业，必须有科学的规划。今天干什么，明天干什么？能够干什么，不能够干什么？心中要有一盘大棋局。把产业发展当成一盘棋来下，步步都要按计划走，步步都要争取赢，这就是我对产业规划的理解。"

陈大兴这不是在自说自话，他代表着一大批贵州农村基层干部对产业发展的共性认识，既要有撞断南山不回头的倔劲，又要有讲科学、实事求是的精神。

大坝村的干部、党员说，陈大兴为了村里的富、村民的富，有股"不成功不回头，成功了还要走"的"牛脾气"。大坝村的村民说，陈大兴是对我们做了承诺的，不看到大坝彻底变，失败千万次他也不会倒下。跟着他走，和他一起干，我们承受得起失败，也能承受得起一次次胜利。贵州何尝不是这样？没有这样的精气神，山地特色高效农业取得重要进展，是万万不可能的。

了解大坝村"黄金十年"发展史的人都知道，陈大兴为了改变村子面貌，有两件事做得让人称奇。

他知道"金刺梨"可能会给大坝村打开新的产业路，接受以往教训，没有贸然号召全村人一起种，而是出双倍价钱租下三十亩地自个试种，种了三年，村民们也看了三年。眼见着"金刺梨"成了"黄金果"，他又出了一招谁也没想到的棋。

"这刺梨我不卖！"说这话时，客商已经在三十亩地进进出出，收购价喊到二十元一斤。

"啥，你说啥？"

望着陈大兴，人们一脸诧异。

他要把六万斤刺梨拿来送人，让大家都到现场来免费品尝，在地里白采白吃。区里面召开了上万人参加的现场品尝会，市里领导认定"这可以作为安顺市农业种植项目推广"，他脸上才露出由衷的喜色。

再以后，全村"金刺梨"种植面积达到五千亩，"安顺市大坝延年果种植农民专业合作社"成立，全村农民通过土地入股分红，参加种植基地务工，承包管理刺梨，三个渠道获得一年多似一年的收入，陈大兴把它看作最丰厚的一笔收入。

有人笑他，"杨百万"成了"杨白劳"，他说："其实算账不能只算钱，我觉得值！"

更让人称奇的是，二〇一二年陈大兴参加省委组织部办的村支书培训班，去江苏华西村参观学习回村后，就张罗着村庄规划，要让土砖烂瓦的大坝村变成"别墅村"。

有这样的想法，不是他一时头脑发热，他有自己的算计，是金刺梨带来的产业兴旺给了他底气："金刺梨产业发展起来，农民收入会越来越多，该住好房子过好日子。规划一个好的整体环境，建起别墅村，旅游业也会大发展，村民会有财力支持建别墅。更不用说住好了有利于文明建设、文化建设。无论从哪个角度讲，这件事都得干，而且要快干。"

他让妻子把家里的五百万元积蓄全拿出来，请人来村里搞规划设计，还表示缺资金，先由自己垫付。正好村里获得三十万元美丽乡村建设景观整治项目资金，一并捆起来使用。他坚持规划设计要过五十年都不显落后，大坝村被规划成村庄别墅区、产业发展区、集中办公区、群众休闲区四大功能区域。种植区、养殖区、深加工区，旅游产业也各有所属。这件事，不但在大坝村开天辟地，在全省也"超"到了前面。

按照设计，每栋别墅三层，三百四十多平方米，刷白墙，盖红瓦，还有独立院落，两间客厅，七间卧室，两个卫生间，一间书房，一个杂物间，楼下还有一个车库。这日子大坝村以前哪有人过过，大家脸上只有惊喜。

二〇一八年五月九日，正是初夏时分，全省脱贫攻坚"春风行动"项目建设观摩会第一组代表，来到大坝村。刚一下车，看到眼前场景，没有不竖大拇指的。

大坝村绿树成荫，清新幽静。上百栋白墙红瓦的农家别墅错落有致，一条条宽敞整洁的柏油路通到别墅门前。水流穿村而过，阳光下波光粼粼。木栅栏内外，一簇簇木槿花、美人蕉开得正欢，漫山遍野的金刺梨，绽开白色的花朵。大兴延年果酒有限责任公司透着现代化气息的厂房，坐落在绵延大山里的溶洞——"穿洞"房，厂对面一排排整齐的蚂蟥养殖棚闪着银辉，村民们正忙碌着向棚内放置鲜草饲料。三层高的村委会楼前，鲜艳夺目的五星红旗在蓝天下高高飘扬。

村里的"农家乐"一家连着一家，开得热热闹闹，而且都开在别墅里。小超市里日用商品一层层摆放整齐，琳琅满目。一栋挂着"农村电商"招牌的别墅内，一位小伙子正聚精会神地在电脑前点着鼠标。

别墅若隐若现，闪在花丛、绿树和田地里。柏油路在阳下格外耀眼，有的通往民居，有的通往种植和养殖基地，有的通往村办的企业。这些柏油路黑得瓷实，人行道彩得柔和，路边竖着的太阳能灯杆透着现代气息。

村民休闲广场上，一群孩子，有的在骑自行车，有的在摆弄健身器材，玩得十分开心。年老的村民三三两两在阴凉处，聊着天，享受着一份清闲。河塘林荫间，一群中年老年男女正在散步。一听口音，不是本地人，他们都是从省外到这里来避暑的客人。

突然，又有一些场景能吸引你注意：山坡、地里一片片金刺梨园，男男女女的村民戴着遮阳帽，锄着杂草，剪着枝叶，施着肥料；几百个蚂蚱养殖大棚和刺梨树连成一体，在远处养殖基地里不时传来一些牛的叫声。你又会诧异，我到底是在城市还是在乡村？直到看到村里的孩子和城里避暑的孩子一起打闹嬉戏，来村里旅游的人们穿行于绿水青山之间，发出五湖四海的乡音，你才恍然大悟，在大坝村，城市和乡村，正在融为一体。

"这哪里是农村哟，简直太漂亮了！"

"大坝村村民有别墅住，有前景看好的金刺梨产业，大家逐渐过上好日子。行啊，大兴，你在山沟沟里干出大事情！"

代表们不停称赞。大坝村村民更知道，村里能有今天，全是陈大兴带着大家，一步一个脚印干出来的。要村民干的活，他先干；要大家试的，他先试。如果失败了，他一人承担损失，如果产生效益，村民可以纷纷仿效。大坝村每前进一步，都有陈大兴的酸甜苦辣，艰辛汗水。

陈大兴和大坝村党支部得到方方面面的认同和赞许。村里荣获"全国先进基层党支部"，村子是"贵州省农村整乡推进示范村"，他本人被评为"全国农业劳动模范""贵州省脱贫攻坚先进个人"。陈大兴说："现在我已不再年轻，但我的梦还在继续。"

他领着一个村的人，画出一幅农业现代化的美景，激励的不只是一个村的人。他团结带动大坝村民，百折不回寻找可持续发展的农业产业路子，屡战屡败，屡败屡战，"哪怕前面是堵墙壁，也要撞个了血洞洞"的决心，反映的是贵州农业现代化进程中的一种共性：只有倒在人面前的山，没有倒在山面前的人。

3

在思南县邵家桥镇渔溪沟村，陈建强是个得到公认的"人物"。

他胆子大，"算盘"拨得精，建酒厂、开超市、办工程队，在波及农村和城市的改革浪潮中挖到了"第一桶金"。二〇〇五年就在思南县城买下两套商品房，这个乡村致富带头人，理所当然赢得羡慕的眼光、鲜花和掌声。

二〇一〇年底，正是风生水起的陈建强，却遇到了一道人生难题。

镇党委书记罗凤三番两次上他家"登门"，就为一桩事，希望他参选渔溪沟村党支部书记。陈建强为难了。这位渔溪沟村的"首富",知道村里的底。

村里物质上的穷,看村"两委"的情形便知大概,穷到没个办公场地,穷到笔墨纸都买不起。但精神上的穷更可怕,全村党员平均年龄超过六十八岁,支部在群众眼里,没有凝聚力,更别说号召力。一边是人心涣散,连个村民大会都开不起;一边是家族宗派的力量反倒有市场。"人穷志短"的话也在村里应验,一些村民急于摆脱贫困的窘状,竟走上了违法犯罪的道路。三百四十一户一千三百一十人的村庄,因为各种犯罪行为被判刑的村民多达四十几人。

"这个支书干不得!"家属、亲戚、朋友异口同声。

陈建强也在犹豫,他知道自己性格风风火火,眼中掺不得沙子;要当支书收拾这么个烂摊子,说不准会吵多少次架,得罪多少人。

罗凤书记也耐不住了,口气越来越强硬:"你入党宣过誓没有?宣誓就是发了誓。战争年代,干发了誓的事说不定会牺牲生命。现在你去干这个支书,千难万难,最多损失自己的经济利益,总不至于丢命吧!"

振聋发聩,醍醐灌顶。

"既然信任我,我就试一试!"陈建强把接过担子后要走的路比作行船,"上了这条船,就要拼命划。不在这个位置上,想用劲也使不上力,到了船上,就得把想用的劲都使出来。"

这种劲儿,既有拼的味道,更有巧的成分,他要把多年在商海打拼悟出的"生意经",用来让渔溪村彻底变样。

我见到陈建强的时候,回忆当年的做法,他用几句话作了概括:"其实就是用经营的经验,一步步把人心搞活;学习企业的经营管理模式,在村里办企业,管企业,管村'两委'班子,让村子越来越兴旺。"

经营村庄,这是"黄金十年"在贵州出现的新概念。贵州提出工业化、城镇化、农业现代化三个轮子一起转,为赶超加速,农业现代化的推进,让

"经营乡村"的理念显示出特别的意义。

经营乡村，先得心中有底。村里有哪些急需盘活的资源？最宝贵的资源当然是人。渔溪村想变样，离不开全村一千多号村民，大家必须拧成一股绳，朝共同的目标发力。这共同的目标是发展产业，产业兴、经济活，党支部才能取得发展中的话语权。

二〇一三年，村"两委"一纸公告引人注意，村里要办砖厂，号召村民踊跃入股。大家看是看，谈是谈，可公告贴出去两个月却无人响应，还有人说开了风冷话："渔溪沟村一盘散沙，办得成企业，我不信！"

没有退路了，陈建强同另外三位村"两委"干部合计，四人各筹资八万元入股，先让砖厂冒烟，干部干给大家看。砖厂的活不好干，搬砖、下水泥、推车、当炊事员，一应角色干部们轮番上阵。当年砖厂盈利二十多万元，几位入股的干部平常在厂里没取一分报酬，这下投资者首先受益，说起来算天经地义，可陈建强不这么想。

"钱要拿来为村里办事。"

"凭啥？拿法律来看，走到哪里，都得认谁投资谁获利这个理。"几位村干部显然不同意支书的意见。

陈建强也没讲什么大道理，甩出当年经商时常说的"段子"："会吃的，吃一辈子；不会吃的，就吃这一顿。"他还是拿行船来打比喻"一条船，只我们几个人划不行；得让群众看到不是几个干部在为自己牟私利，而是千方百计为他们创造利益和保护他们的利益。越来越多的人跟着我们一起干，这船不就越走越快了吗？"

二十一万多元的盈利最终没有，其中十一万多元还被作为全体村民交付合作医疗和养老保险费用的基金。

从这以后，村里党员、干部说话有人听了。一些乡亲直夸陈建强："他干事干到点子上，我们看准了他。"最后，这座砖厂发展成村里第一家集体企业。

农村最重要的资源是土地。渔溪沟的村民说，看着村里的"康庄大道"，就知道土地资源在这里是怎样被经营活了的。

二〇一四年，全长九百七十五米、宽十七点五米的"康庄大道"开建，是体现"以地养地"理念的载体。规划农村集中建房、统筹基础建设资金、统一流转土地几件大事融为一体。修这条路，不仅让本村五十户人家搬进了新居，而且凭借地理优势，吸引了更多跨行政区域的地质灾害搬迁移民、生态移民、水库移民和返乡创业者，在大道两旁建房安家落户。一条路，前所未有地为渔溪沟聚集了人气，打造出休闲观光大道的基础，为新的产业诞生预留了空间。修建大道产生的上百万元的收益，又成了壮大集体经济的"新鲜血液"。

像办企业一样经营村庄，一手盘活资源，还有一手就得用企业的模式管村里的人和事。

"一业为主，多业共生。"村里的干部群众都知道，这是陈建强为他们谋划的产业融合发展格局。

以村办砖厂发端，村里各个集体专业合作社和股金互助社，经过一番分合，最后组建成集体经济合作联社，再由联社发起成立建明果蔬种植专业合作社、集群农业发展有限公司、建群劳务服务有限公司，收购了建军建材有限责任公司，生产经营涵盖了农业、工业、服务业三大产业，渔溪沟村企合一的路走得既扎实又大气。

"三三四"分配模式在经营村庄的进程中应运而生。

村集体经济企业税后利润被切分成三块，村民、村集体和企业各占其一。农民分得百分之三十的分红金，对发展前景吃下定心丸。村集体有了百分之三十的事业发展金，基础设施建设、低保兜底扶贫，公益事业资金都有了出处。企业有百分之四十的运营金，除大部分转化为日常管理经费和流动发展基金外，还有条件向村民发福利。"三赢"带来三只拳头握起来发力的格局。

这些年，一些回村创业的渔溪沟人，感觉到村上管事管人的"套路"，比他们在外打工时待过的企业还要清晰。村里的一些新机构和新做法，他们此前闻所未闻。

村企联管工作组，既高大上，又接地气。有权组织召开村民大会、社员代表大会，决定村级重大事务。能统筹送派村干部去企业担任管理员、指导员，还可拨优秀管理者担任村级事务助理，协助村"两委"，对接相应部门，争取更多项目落户企业。

党员和入党积极分子，被分别编入产业、维稳、文艺和志愿服务等不同的党小组，"支部建在连上"的要求实实在在地落了地。

督管联动机制，让村企生产经营和资金使用情况有迹可循，有人来管；工资聘评机制，使村干部、村企管理者、技术人员的奖与罚有理有据。

经营村庄的理念与实践，把昔日的贫穷村变成了小康村，先后获得全省"五好基层党组织""民主法治示范村""脱贫攻坚先进集体"称号。陈建强也被评为全省优秀村党组织书记、全省脱贫攻坚优秀共产党员。

走到这一步，他在想什么？他还想干什么？

在陈建强的办公室里，顺着他的眼光看出去，渔溪沟村产业村庄规划图差不多占了大半面墙，他在图上指指点点。他告诉我们，对接乡村振兴的目标，下一步就是把图上的规划更多地变成实际。

陈建强忙完活路，只要有空，总会爬到村里最高的坡上去看看，山上的产业，山下的企业，都是他带着一村人闯出来、干出来的。"经营村庄，我不算个能人，只是个领头人，带着大家抱团发展。"他和村委会主任黄再明有十分默契的分工，支书管山下的企业，主任管山上产业，携手把经营渔溪沟村的文章做到底。

"黄金十年"，贵州农村的变化与过去有很大不同，怎样培育农村经济经营主体？怎样兼顾集体、农民、企业之间利益？怎样形成内生动力，从脱贫走向乡村振兴？渔溪沟村只算是一例。

全国劳动模范冷朝刚也是思南人。

他担任了十六年支部书记的思南县塘头镇青杠坝村，从"穷山村"变成

"小康村",村子是个远近闻名的老典型,最大的变化也发生在这十年。

时间进入二〇二一年了,冷朝刚在干一桩事。他要梳理清楚这些年村子变化的来龙去脉,看看进入乡村振兴的路径怎样走才更有效,更精准。

我在青杠坝村见到冷朝刚,大概是接受采访的次数多了,开初我们之间的交谈,情形多少有些像他名字中那个"冷"字。讲的不过是一些已经见诸媒体和材料的故事,没有多少波澜。实然,他说起青杠坝村能走到今天,是靠了一把"金钥匙"。这"金钥匙"是什么?说者有心,听者也有兴趣,交谈迅速由"冷"转"热"。

冷朝刚说,作为青杠坝村的领头人,干的事有些自己都记不清了,但归根结底,不外乎促产业发展、抓乡村治理两件大事。为把两件大事抓好,他们朝三个方向使劲:打好"人"这张牌;做好"山"的文章,抓好自力更生教育。两件大事三张"牌",你发现没有,关键还是要把人们观念扭过来,不等不靠不要,不简单坐享国家政策的好处,提倡通过自己的努力,改变家乡面貌,把日子越过越红火。表面上是村子在变,实际是人在变,人的思想、精神在变。所以,我们说教育群众是把"金钥匙"。

冷朝刚的"金钥匙"真有那么灵?

先前一直在同冷朝刚商量事情的一个人答话,"确实很灵!这把钥匙打得开很多把锁。"他是村办企业幸福食品加工厂的负责人王朝轩。

王朝轩算是从青杠坝村走出去的能人,过去在浙江从事企业管理,几年前又作为人才被引回村。

他走的时候,这个两百多户千把口人的小山村,人均年收入不足七百元,种植经济作物仅五十多亩,贫困户有一百零五户三百五十人。由于贫穷,不少村民只有外出务工,外出务工人员最多时接近总人口的百分之五十。青杠坝村到底能不能变?继续待在这里会是怎样的前景?老百姓心中没有底,一些村干部说话也没底气。有的村民们说起来倒是振振有词:"我们自己改变不了村里的面貌,国家知道了会着急。"于是,一心向上面要政策,坐在家里等政策,等着外面的支持帮助,成了村里一些人的心思和行动。甚至,贫穷也变成人与人之间攀比、"竞争"的词语和项目。

他再来的时候,村里的变化让人刮目相看。

一条柏油马路进村,路两旁一排排白色小洋房与休闲广场、水池、楼阁、草坪相映成趣,全村绿化率百分之八十以上。到村里的花卉苗圃基地、种植园区、养殖园区、农副产品加工园区、乡村旅游园区走上一圈,会感到多元化产业发展的格局很清晰。全村人均收入超过一万五千元,户均年收入三万元以上的农户,占全村户数的百分之九十。村级集体经济收入六百多万元,累计资产四千多万元。

最大的变化在人心。

不少曾经依赖思想最严重的村民,如今成了村里自力更生推动"变"的主力,遇到问题和矛盾,村干部最爱说的一句话是:"国家的惠民政策,组织上的帮扶和社会方方面面的资助,都为青杠坝村的变创造了条件,但要让青杠坝村人日子越过越好,最终还要靠我们自己。"

为什么会变?冷朝刚给了王朝轩答案:"关键是要坚持不懈,又要适应对路地教育群众,让他们不是被迫跟着我们干,而是满怀激情主动跟我们干。这样,既有合力,更有后劲。"

青杠坝村的群众教育很广义。

二〇一六年,核查精准扶贫人口,上面给村里的指标是四十九户,全村最后核查上报的却只有十九户。这事当时就有些争议。

冷朝刚有自己的道理:"这些年国家在脱贫攻坚过程中对农村、对农民的政策实在是太好了。我们多占一些精准贫困户指标,就等于给国家又增加一份压力。应该让最贫穷的人享受好政策,不要再助长争当贫困户的不良风气。"说这番话时,冷朝刚有底气:青杠坝村集体经济不断壮大;产业发展取得了实实在在的效益。村里那些介于贫困户和非贫困户之间的农户,与其说是全靠国家政策、外界支持给他们"输血",不如说是村里帮着他们在思想和精神上"造血"，让他们活出威风，活出志气，把自己重新活出新样子来。

冷进刚问："我们总说要通过教育提高农民素质，这不就是绝好的一次教育机会吗？"

乡村治理的一个重要内容是环境整治，在整治过程中，不少村社发生过令行不止的事，却没有在青杠坝村发生。干部群众有个共同的看法，那是因为村里的教育方式、方法接地气。

大事小情都要请酒，是农村千百年传承下来的风气，这些年情况虽然已经大为改观，但要完全让这种习气消失，既非易事也无必要，如何使它规范化倒是当务之急。过去，青杠坝村民请吃酒，但凡席尽人散，已是满地狼藉。现在就不同，桌上有抽纸，桌下有垃圾桶，谁想在众人眼皮下乱丢垃圾，既没有勇气也不意思。村民们说，这当然少不了冷朝刚和党员、干部对村民的教育。他们请了两个"老师"，一是现实的生活环境，一是生活中发生在我们身边的实例。

这些年，青杠坝村抓基础设施建设的速度和质量有目共睹。小洋房、小康路、村民活动场地、民俗文化长廊，见证着农民生活水平的提高。冷朝刚说，不可能生活环境变了，生活在环境中的人还长期不变。响鼓不用重槌敲，只要我们稍加点拨，村民就会"近朱者赤"。

抓住生活中正反两方面的实例现身说法，这位群众教育中的"老师"不常露面，一露面就有实效。好的事情不断褒扬，让它传遍全村人户；反面例子遇上一个就决不轻易放过，当事人知耻知错，群众引以为戒。节庆日子鞭炮不能散放，公共场所不能晾晒衣服，村民不得随意去林地砍树伐枝，习惯成自然，都是两位"老师"教育的成果。

冷朝刚常常向村里干部讲自己的观点：为什么要对群众进行政策教育？就因为一些村民观点落后，自我发展意识差，难听到政策的声音，看不到外面的发展，才会对发展的道路和前景感到茫然。其实，他们内心也很想知晓政策与自己之间的关系，想去参与落实政策的过程。

"这就对干部提出了一个全新的要求,你真的把政策吃透了吗?你能对着群众把政策讲活、讲好吗?"冷朝刚认为,对群众进行政策教育是个双向运动,干部不加强学习,不了解群众所想、所急,缺乏理解政策和执行政策的能力,那他进行的政策教育,自然而然会被当成照本宣科和走过场,要大家接受也难。

靠着一把"金钥匙",冷朝刚带着一村人整体走出了贫困。他在想,乡村振兴路上,怎样才能让这么"金钥匙"大显威力?

从陶正学、左文学,再到陈大兴、陈建强、冷朝刚,从"三变"改革,到经营乡村,找到"金钥匙",多少贵州农村基层干部,在"黄金十年"里,展示着对农村、农民的一片深情,为建立新型农村寻找有效的路径。

二 耕耘山水间

1

"十二五""十三五"期间,贵州农业现代化的文章,一直浓墨重彩地把"眼"做在推动现代山地特色高效农业上。

"在全省来一场振兴农村经济的深刻产业革命。"二〇一八年,贵州省委、省政府把这个口号喊响。基于对农业资源的重新考量;目的是让贵州农民从思想观念到生产方式都有一次大的解放;方向是从一家一户,粗放量小的"田原牧歌"转向规模经营、面向市场的现代农业;从主要种植低效农作物向种植高效经济作物转变;从单一种植养殖向第一、第二、第三产业融合发展转变。十二位省领导领衔,成立十二个专班,把能利用上的坝区都利用起来,推进蔬菜、茶叶、辣椒、食用菌、刺梨等十二个特色优势产业。不管人们注意到没有,这都应该是贵州农业发展史上的千年一变!

石头缝里抠出的土地、高悬云海的梯田、面朝黄土背朝天只能种出几棒苞谷、土豆，难以自给自足的苦辣酸甜，都不能再成为贵州农村特有的符号，贵州农业，在"黄金十年"，大踏步向现代化方向转变。

请看省农业农村厅二〇二一年底的一份清单：

十二个特色优势产业持续壮大。全省茶园面积已达七百万亩、辣椒面积五百四十五万亩、李子面积二百六十三点五万亩，规模均居全国第一；猕猴桃、薏仁米、太子参、百香果等产业规模进入全国前三；蔬菜、食用菌、火龙果等产业规模也进入全国第一梯队。

带来的结果，就是农业农村经济持续发展；粮食总产量保持在一千万吨以上；蔬菜、水果、茶叶、中药材产量比二〇一五年增长超过百分之六十。二〇二〇年，全省第一产业增加值达到两千五百三十九多亿元，年均增长百分之五点二，全国排名拉升到十四位，比二〇一五年跃升三位，农业供给能力和质量效益稳步提升，农业综合生产能力显著增强。

十二个特色农业产业拉动经济持续增长，二〇一八、二〇一九两年，贵州农业产业增加值连续两年居全国前列，两年带动二百七十多万贫困人口增收，农民人均可支配收入突破万元。

贵州现代山地特色高效农业重点在"山"。不仅坝区农田效益要尽可能提高，山上也要瓜果飘香、牛肥羊壮。

习水县委常委、副县长贾文新用自己的感悟，对这条道路作了诠释。

他把我带到马临街道办事处沔山村九组最高的山上。浓浓的雾，把大山笼罩得若隐若现，顺着山路往上走，寒意愈发重了，在海拔一千四百多米的山坳里，隐约可见的是十二座占地三万多平方米的蓝色大棚。贾文新说："到了，这里真是个养牛的好地方！"我这才发现，雾气里模模糊糊能辨认出字迹的牌子是：贵州万牛牧业科技发展有限公司。

董事长陈永涛带我们参观了一座牛棚，正为看到的牛数量少奇怪，他赶快为我们释疑。大多数四百斤左右的牛已散放到农民家去育肥，一年后公司再去回收，村民们育一头牛可赚上个两万元钱。陈永涛干养殖业已有八年，其中辛酸尽知，他说："家有万贯，带毛的不算。老百姓说这句话，证明很长时间里，他们还是死死盯住土地，并没有把养牛养羊当成改变现状的取向。""万牛牧业"在习水干的事，就是要从根本上扭转人们的观念。

贾文新接上他的话头。他认为，像习水这样的地方，成片整块土地本就不多，农业现代化的重点更要放在山上，山上种庄稼不一定是好地方，可种果树却有优势，发展养殖业。

有句话问到了点子上。发展现代农业，最终目的不就是提高农业附加值吗？这里面有账好算。贾文新是从石化系统来习水挂职的干部，说起话来有板有眼。

山地与平原不一样，提高土地复种指数显然不是万牛牧业的优势，怎样搞农业现代化？逼着去做逆向思维，盯住市场需求，在山上农副产品的"特"和"优"上做文章。做好"特优"文章，就不能只满足于当个"放牛倌""养羊倌""卖牛郎""卖羊郎"，而要从高附加值入手，重新调整一、二、三产业格局，打造生产、加工、销售环节齐全的产业链。这样山地农业才有高效可言。

万牛牧业科技发展公司就在这样做，优质的牛，科学的养，现代化的管理，比着"特优"的尺子干；农民承担育肥任务，有了致富空间；公司还办屠宰场，就地加工，直接对接市场。龙头公司真正发挥龙头作用，山地高效农业的价值就此显现。

"万牛牧业"的屠宰场在九龙办事处伏龙村，租用的是"喜滋味供应链管理有限公司"的场地，挂着"顺龙屠宰有限公司"的牌子。陈永涛说，打造一条贯通一、二、三产的产业链，光县里支持不行，光一家企业努力也不行，得调动方方面面积极性，大家一齐干。

透过屠宰场外走廊长长的玻璃落地窗，可以看到流水线上正在分割牛肉的现场，这套省内目前最先进的肉类分割、包装设备，是上海通过东西部扶贫协作帮扶习水的。几百平方米的操作车间，只有几个穿着白大褂、戴着口罩的工人通过电脑指挥生产系统，完全颠覆了对屠宰车间血腥不堪的想象。已经形成了一年屠宰两万头牛、十万只羊，一天宰五百头猪、八万羽鸡的综合生产能力，把牛羊猪鸡集中到一起加工处理，省内也就唯此一家。

冷库门前，挂着"喜滋味"招牌的冻藏车排着队等待装车，把处理好的肉类产品拉往各地市场。贾文新说，万牛牧业只是一例，县里还有几家能够贯通一、二、三产的农业企业，是农村、农民、山里"特优"农副产品和市场之间的桥梁和纽带，习水县农业现代化越来越风光。现在，习水县养的牛，已经不用费尽力气去大城市找市场。定点定向供应品牌响亮的"盒马鲜生""叮咚"等国内最大零售超市。二〇二〇年，在"盒马鲜生"零售商中，习水名列第一；跻身"叮咚"供应商排名第二。

发展山地特色高效农业，带活了一个县的经济。二〇二一年，习水县生产总值二百零八亿元，农业带动增长的就占百分之二十左右；工业增长百分之四十五至百分之四十六，很大一部分也是农业加工业带起来的。

我和贾文新县长做过一次长谈，很赞同他的看法。全省像习水这样的农业县占绝大多数，如果都把眼睛盯住"山上"，做优做特农副产品，农业现代化的路只会越发宽广。

这不仅仅是一个基层干部的想法。"黄金十年"，贵州在发挥"山"的优势之战中反复摸索，认识在不断升华，实践的过程更是"百花齐放"。

在黔西南州兴仁市，我听到"小薏仁、大产业、奔小康"的说法。蓬勃发展的薏仁米产业，让农村面貌焕然一新，农民的获得感日益增强。

薏仁米是原产于中国的药食两用粮种之一，被称为"上等杂粮"。兴仁市是中国粮食行业协会唯一授牌的"中国薏仁米之乡"，独特的地理环境和气候条件，孕育了独特的"小白壳薏仁米"，兴仁市种植这种特色作物，已有近两千年历史。

近年来，兴仁市以全市之力打造"薏仁米"农业主导产业。薏仁米产业确立了"一县一业"的地位，市里有全国唯一的机构设置：薏仁米产业发展办公室；出台了全国绝无仅有的一些政策文件：《创建国家级出口薏仁米质量安全示范区建设工作实施方案》《兴仁市薏仁米毛谷调控收储方案》《兴仁市"中国好粮"油行动计划三年实施方案》。提出了"一年打基础、两年上台阶、三年出成效"的工作目标。围绕种植、研发、品牌、销售四个环节把产业做大做强。年种植面积三十余万亩，占全国的百分之三十一；周边县市、云南、广西，乃至越南、缅甸、老挝、柬埔寨等东南亚国家所产薏仁米，都汇聚到兴仁加工，年加工量约四十万吨。

兴仁薏仁米主要销往国内各大城市及中国香港、台湾地区，出口到韩国、日本、英国、美国、澳大利亚等国家，综合年产值五十亿元，占全球同行业市场份额的百分之七十以上。兴仁已经成为全国最大的薏仁米种植基地、加工中心、销售集散市场和研发能力最强的地区。"中国驰名商标""国家地理标志保护产品""中国百强农业区域品牌"等金字招牌闪闪发光。薏仁米，成了脱贫致富短平快产业，又是乡村振兴稳步小康的长效产业，富了农民，强了一方。

在兴仁市乡间的坡坡坎坎上，我仔细地打量眼前长成了一簇簇一片片的薏仁米地，有些诧异这看着并不起眼的农作物，怎么就成了撬动一个山区县经济起飞的杠杆？市里的同志说："百闻不如一见，要知道梨子的滋味，你得跟我们去看一个厂。"

厂在巴铃镇大普村，一排排现代化的厂房，掩映在绿意盎然的农田中间，再远处，就是苍翠的群山。厂子叫兴仁薏仁米产业有限公司，董事长、总经理叫夏召和，还兼着兴仁市薏仁米协会会长。

厂区占地四十三亩，还不算周遭邻近的有机种植基地两万四千亩、绿色基地两万七千亩，涉及巴铃、回龙、下山三个镇，光在厂区转一圈就得出一身汗。一栋厂房门前，工人们正忙着从传送带末端搬运装车加工好的白壳薏仁米；另一头，从几辆大型挂车上下的是还没加工过的薏仁米。一看，那壳又是黑色的。夏召和说，这是从云南文山运过来的黑壳薏仁米，加工之后出口日本。

企业和农户是什么关系？薏仁米产业怎样推动一个地方的发展？夏召和把企业所在的绿色生态经济区形容成是"山水相依、景田相望、农旅相生、产城相融。"他要我看，工厂和农村，工人和农民，融合在一起，像不像一幅生动活泼的画面？

公司建在村里，种子、肥料、种植标准，收购规范，绿色管护"五统一"，五万多亩土地，公司认证过后，再交老百姓托管，公司和农业合作社下订单。"五统一"讲究优质优价，激励村民增产、增收，薏仁散种时，平均亩产五百斤上下，按公司标准生产，亩产冲到六百至九百斤，而且市场价低公司加价收购，最高达到每斤五元。只要种出来就不怕卖不出去，价格也很划算。薏仁米产业在兴仁像股洪流，越来越多的人想下到水里乘风破浪。用当地农民的话讲："再在岸边看热闹，怕不怕有人说你有点憨？"

我问了几个正在生产线上操作的女工，她们一年前还背井离乡在外打工。回乡参与薏仁米产业有两种情形，一是留守家乡的亲人老的老小的小，在家门口找活干，来这里最划算；二是沿海新冠疫情起伏变化，那边的工厂回不去了，在本地加工薏仁米成了她们的首选。

一位面色里黑里透红的女工讲话不遮不掩："说起来在这边加工薏仁米，同我在浙江打工的月收入也大体相当，都是三千元左右，但含金量却是不一样，算下来还是这边好处多。"

浙江的三千元，伙食费、人情往来，各种不可预知的费用要占去不少，真正到手的没那么多；在家门口务工，其他开支减了不说，还能就近照顾家人，免了思念牵挂之苦，那女工也有幽默的时候："不信都不行，家乡的一个钱要顶外边的两个钱！"

我还认识一位叫王元仁的薏仁米种植大户，他对接公司流转过来的土地种薏仁米，面积和产量都在直接上涨。二〇二〇年二十亩，二〇二一年增加到三十亩，按二〇二〇年每斤三点六元的均价计算，三十亩薏仁米地一年可以带来四万元的纯收入，况且收购价逐渐定位至每斤五元，预计他的收入还得看涨。

我问王元仁："看来你是累并快乐着？"

王元任脸涨得有些红，连忙回答："反倒还没有过去累了，这么多地，人管不过来，就要请机械帮忙，种地、收获都要请机器来，耕地每亩一百元，收获一亩一百五十元，比请人还便宜。"

加工薏仁米要产生不少秸秆碎料，在兴仁薏仁米产业公司，它们还要派上大用场。

离厂房稍远些的一块坡地，圈养着几千羽鸡。近似于山野的环境，使鸡多少有些野性，有的跳上枝头，有的追逐嬉戏。饲养员来了，喂它们的食，以秸秆碎料发酵后再加上其他辅料为主，看它们吃的劲头，肯定蛮对口味。

再远处，还有有机肥料生产基地，也是"消化"薏仁米加工过程中产生废弃物的。

夏召和见我对他的厂不断称赞，赶忙解释："在兴仁，排得上号的薏仁米加工企业起码还有十多家。要说我们有没有特别之处？有！就是一直在画两个圈。"

这当然是一种比喻。

可这两个"圈"人们是有形无形感觉到了的。

一个圈在企业内部，加工白壳、黑壳薏仁米，"米"源源不断进入市场，加工废弃料又养鸡、生产有机肥，正应了"薏仁全身都是宝"那句话。这是个循环经济的"圈"，天生万物，万物都没有理由废弃，而实现的平台，恰恰是薏仁米产业在兴仁风生水起。

第二个圈更大，从占地五万多亩的乡村，到机声隆隆的加工生产线，再到需求各不相同的海内外市场，农村、城市被一种产品紧密地联系在一起，原料生产、产品生产、市场销售被广泛地融为一体，一、二、三产业无缝对接，脱贫攻坚，乡村振兴就有了新的动力。

兴仁市薏仁米产业发展公司的同志告诉我，这两个"圈"对兴仁意义重大，市里已经规划建立薏仁米产业示范园区，放大两个"圈"的效应。

示范园里，薏仁米种植、加工、销售、旅游、文化、休闲、康养多位一体，既是产业基地，又是山水田园，还是正在成熟的城镇。产业与产业、产业与城镇、旅游与康养、移民搬迁安置城镇建设，前所未有地找到一个同频发展的大舞台，业态多元化带来一片蓬勃生气。

示范区内正在建设的"薏品田园"小镇、苗村水乡旅游小镇、马金河景区，获得国家AAA级旅游景区；"中国（兴仁）薏仁米博览会·薏仁米文化和产业发展国际论坛"连续举办几届；成立了"兴仁薏仁米"专家委员会，聘请中国工程院院士、贵州大学校长宋宝安等三十多名专家学者建言献策，让科学技术推动产业发展；薏仁米研发中心也应运而生。

一个蓬勃兴起的产业，改变了一个地方的发展路径；一条日臻完备的产业链，不断激发着人们对乡村振兴、经济发展、人民幸福的想象力。

"黄金十年"，贵州现代农业经营体系已经初步形成，走如同习水肉牛、兴仁薏仁米，这样的"优特"农副产品一、二、三产融合发展之路，形成人无我有、人有我优品牌，激活县域经济，加快致富步伐的实例，不断出现在这片曾经长期为缺乏有竞争力农业产业所困的土地。

最新数据表明，贵州在这十年里，农产品初加工、精深加工和综合利用的产业链条不断延伸、质量效益逐步提升。到二〇二一年末，营业收入一百万元以上的农产品加工企业近六千家，农产品加工转化率超过百分之五十。贵州烟、贵州酒、贵州茶、贵州药、贵州特色食品，是五张耀人眼目的"贵州名片"。"老干妈"入选二〇二〇年全国农业产业化百强龙头企业，"贵州绿茶"获得全国农产品地理标志登记保护,"黔五福""贵三红"等一批品牌知名度迅速提升。

产业发展各显其能。农民成为令人尊重的职业。"走,去做一个幸福的农民!"在农村产业革命的洪流中,成为一个日渐响亮的声音。

十年努力不寻常。产业革命风起云涌,耕耘山水,绿水青山化作金山银山,贵州农村一片好风光!

2

有了草海,威宁多出些苍茫与神秘。

很多年没去威宁了,自然很多年没见草海。

二〇二〇年五月间,终于又踏上这片土地,为着走访几个扶贫人物。夜宿处本来离草海保护区不远。无奈早起既忙且急,要去的地方还在百里之外。临行前,只好朝人手指处远远眺望一下,不知道挡住视线的是晨雾还是水雾,反正没看见什么。草海,在我心中成了谜。

一个月后,省作协组织一次采风,活动的第三站,地点选的就是威宁。六月三日到达,第二天起个绝早去看"海",还真看到了,这是我们的运气。由于环保需要,草海已经不向游客开放了。二十五平方公里的水面不能一眼望尽,可看得见的粼粼湖水在晨曦下泛着蓝光,一簇簇水草像漂浮的小岛,一群群水鸟打破了静谧。九十六平方公里的保护区,更是只能看见眼前的一角,这一角的树木葱茏、花红柳绿,已足以让人感受到一种扑面而来的勃勃生机。

一位当地的同志知道我去看了草海,突然冒出一句话:"我们威宁现在可能不止有一片海!"

我明白这话的含义。

威宁自治县总面积六千二百九十八平方公里,总人口一百五十七万两千人,有"马铃薯之乡""中药材之乡""畜牧之乡""冷凉蔬菜之乡""苦荞之乡"的美誉。为了甩掉"乌蒙山片区连片特困地区县""全省十四个深度贫困县之一"的帽子,这几年,上上下下,省内省外,形成合力发展产业,规模之大,确实有些"海"的气势。

单说蔬菜种植面积,全县就发展到四十万亩。这是一个什么概念?想一想,站在高原之上,放眼由各种蔬菜形成的"海",由不得你不动心绪。走进威宁的那个下午,我就连着看了三个蔬菜生产基地。三个基地种植品种不同,经营管理方式也有差异。

草海镇卯关香葱基地,一千三百八十亩平整的土地上,清一色种着香葱。难得望到头的香葱地里,铺排着同样望不到头、数不清个数的喷灌杆,一片浓浓的现代农业气息。

这个基地的运作模式是"龙头企业+农投公司+合作社+贫困户"。基地年产值三千三百一十二万元,投资主体所获百分之四十九的利润中,百分之四十由县政府统筹,以设立公益岗位、特殊困难救助等形式惠及贫困户。香葱上市了,贫困户也笑了,基地带动了五百多贫困户致富。

中海村种植示范基地又是一番别样风景。"示范"两个字显示出定位不同。云南省农业科学院李晶博士的团队是技术研发领头人,经营管理基地的威宁沃涵冷凉果蔬开发有限公司专攻"产、供、销"一条龙。基地七百七十四亩土地上,甘蓝、西兰花、白菜、萝卜、紫皮莴笋轮番"上阵",直达北京、上海、广州、深圳、新疆市场,公司宗旨:"外创品牌,内带队伍。"

双龙镇高山社区标准化冷凉蔬菜种植基地气度更是不凡,它是时任省委书记明确的贵阳市定向帮扶点,是在威宁建设五万亩标准化蔬菜基地的组成部分。

顺着水泥阶梯拾级而上,到了海拔两千六百米的峰顶,远山的大字招牌格外醒目,绵延的菜地尽收眼底。一位头戴遮阳帽,脸庞被高原日光晒得有些微红的中年女子,走上前亮明身份:"我是贵州大学的'张蔬菜'。""张蔬菜"是贵州大学农学院教授、蔬菜专家,名叫张万萍。她和李文彪、祖贵东等专家组成团队，专门为基地提供技术支持。

"贵州大学？"这几年，我走访过这所大学的"潘核桃""龙猕猴"，他们把论文写在田野上，对贵州农业产业发展功不可没。第一次见"张蔬菜"，想她一定是有故事的人，谈兴也就越来越浓。

张万萍倒有些不以为然。她说："故事，也不是我一个人写的。"自从来到这个基地，她不但自己拼，还把学生们带上了山。她的专家团队，核心技术是选择优良品种、科学操作管理、绿色防控病害、产品商品化处理。这本来就是需要多方面协同的"合奏曲"。

"你脚下就是贵州海拔最高的蔬菜生产基地，两千六百米，年平均气温十六摄氏度，无霜期二百一十天，年降水量九百五十毫米，正是发展冷凉蔬菜的好地方。能在这里用技术的力量帮助脱贫攻坚，本身就是一个讲不完的故事。"说完，莞尔一笑，她又转身向其他人介绍情况去了。

"张蔬菜"的一席话在我心里荡起久久不散的涟漪。双龙镇党委书记冶伟苍介绍的一组数据也很提神：基地面积一万一千亩，覆盖高山、凉山、高坡三个村，吸纳一千多个农民实现就业，带动建档立卡贫困户二百三十二户一千多人。把这笔账往大了算一算，全县蔬菜产业发展风生水起，拉动了多大规模的经济？带动了多少贫困农民改变命运？

突然想起"苍山如海"的雄浑诗句，不过眼前这个"海"更加显得有活力。几级党政领导精心谋划，科技力量深度参与，企业和社会真情投入，群众揖别贫困殷殷期盼，条条江河汇聚起来，不是海是什么？

发展现代高效农业是贵州改变农村面貌的一条好路子，可打不通从田野山林到广大市场那"最后一公里"，往往会无功而返，前功尽弃。更要紧的是，伤了农民的心，增加了干部的工作难度，再号召大家来干什么事，很多人会顾虑许久，有人目光里甚至充斥着不相信和怀疑。

几年来，我在对乡村的走访中，确实碰到这样的实例。农民听说某种中药材卖价高，种植热情便一波高过一波。岂料等到产品从地里上市，在经历风雨起伏的市场上已经卖不起价，挫伤了一批农民的积极性。还有更极端的，一个祖祖辈辈没养过桑蚕的小山村，得到项目支持，不少农户干开了种桑养蚕的新活计，蚕丝下了架。却拿不到市场的通行证，一些农民又只好砍桑毁蚕。

不用说，搭建从农村产业革命现场直通大市场的桥梁纽带，是贵州农业现代化"十年磨一剑"的重要内容。

听说福泉市仙桥乡，这几年坚持创新推广"双订单"模式，优化利益联结发展特色产业，昔日的贫困乡，人均年收入从五千九百二十三元上升到一万零九百三十七元。这"双订单"里有文章，我得去看看。

乡干部们忙得很，乡党委书记匆匆和我见了一面，丢下"双订单""双公司""双支部""双保险"的话题，又匆匆铺排基地工作去了。

乡党委副书记建议，我们不妨去村上山里走走，这四个"双"都可以找到"原型"。

先去了大花水村。

一条硬化了的道路，曲曲弯弯在山村里穿行，我们到了夹炳山草棚养鸡示范基地。

基地由村办企业民旺农民专业合作社兴办。村第一书记，快五十岁的胡承华已经在山上住了半个月，因为基地第一批五千只草棚鸡，在海拔矮些的地方经过两个月驯化饲养，被送上山半个月。"得盯紧了，鸡上山半个月，我自然得上山半个月。"

一群群毛羽鲜亮、活泼好动的草棚鸡，围着胡承华和基地另外两个饲养员转。两个饲养员，一个是退伍军人，一个是贫困户。看见胡承华身后跟着上百只鸡，与我同行的一位省城来的专家有了兴趣："这不就像个鸡司令！"随手拍下好些张照片。胡承华也乐了："如果这个基地能带着全村人走上致富路，当鸡司令太值！"一边看鸡谈鸡，就挑出了"双订单""双公司"的事。

仙桥乡少数民族人口占总人口数的百分之五十六点三，群众对市场很陌生。搞产业革命，不通过市场，产品实现不了高价值，"双订单"就是要消除农民因为不熟悉市场、不了解市场经营，投身产业发展时产生的种种思想顾虑，帮助他们应对风险。"双订单"，一头是生产者，一头是销售企业；"双公司"，就是生产公司和销售公司。销售企业向农民定生产任务和品质要求，这只算是"订单农业"的一半，生产者也要向销售企业下订单，对他们如何开拓市场，保证应有尽销、提供技术服务、限期帮助脱贫提出要求。"双订单"给农民群众发展产业吃下了定心丸，产业革命的蓬勃发展就有了推动主体。

事实和数据做了印证。

民旺合作社草棚鸡基地向两家销售企业下了订单，养鸡不能没有鸡苗，小青草农业生态发展有限公司担起了这个责任。贵州润泉农业发展有限公司既当投资方又当销售商，投资三十万元，匹配乡政府资金二十万元，意在让草棚养鸡产业在仙桥早成气候。

"双支部"就是把支部建在生产和销售的链条上。有与没有大不一样。没有支部，生产企业和销售企业之间体现的多是经济关系；有了支部，带头人更有责任心和大局意识，不同企业对接更顺当，不再是单纯的生意伙伴。

大花水村几个建在产业链上不同部位的党支部，有一个共同的目标：通过科技养殖基地吸引人才、培养人才。现身说法，鼓励村里孩子读中职、上大学，将来整体提高产业发展中的农民素质。

"双保险"让农民搞产业更放心。

产量入保，遇到自然灾害导致减产，农民可以得到相应赔付。价格入保，确保市价波动不影响农民收益。最终结果，是确保特色农业、精品农业获得不断增长的效益。

大花水村干部们算了一笔账，按"双订单"模式，民旺农民专业合作社与小花苗扶贫发展有限公司签下订单，全村种姜六百亩、种药三百亩，产品不受市价波动影响保底回收。农民户均增收三千五百元到四千元。仅种大蒜一项，总收入可以超过七十万元。

"双订单"是实事求是、因地制宜的产物，正是因为面对农产品与市场销售的脱节，市场因素严重制约特色农业发展的实际，才会产生"双订单"的思路和实践。

在贵州，发展特色农业，高效农业，必须尊重贵州的实际；同时，也要从突飞猛进的技术进步中汲取营养，寻求动力。与全省"大数据"战略同步，农村电商这几年在山村农村迅速兴起，越办越红火，成为"黔货出山"的主要渠道。

在产业和市场之间搭起了一座桥，昔日不知产业为何物的仙桥农民，如今越来越多的人成了产业革命的主力，就在我去走访的二〇二〇年，全乡种植生姜、红蒜、辣椒两千多亩，茶园投产两千五百亩，种植天麻，太子参等中药材一千五百亩，林下草棚鸡计划出栏五万羽，说五业兴旺，尚为时过早，但现在再去看成绩肯定更加骄人。

熟悉市场的农民多了起来，但离规模化发展现代高效农业还有相当距离；农业没有规模，农民无法确保更多受益。产业发展怎样从星星之火燃成燎原之势？一些乡干部的话让我受到启示："仙桥乡没有五百亩以上的坝区，只能依托资源优势，向山林要经济。种植特色农产品壮大林下养殖，肯定是条走得通的路，不过怎么种？怎么养？值得认真考虑。"

这是在发展山地现代高效农业的拼搏中增长的智慧。

纵观全省十二个农业特色优势产业蓬勃发展，从无到有，从小到大、从弱到强的实际，处处体现这种创造激情和创造能力。

茶产业

全省茶园面积在全国占百分之十五点八。树立起全国茶叶质量安全标杆，农业农村部质量安全检测，贵州茶叶连续八年合格率百分之百，走在全国前列。产量从二〇一五年的二十二点五万吨增加到二〇二〇年的四十三点六万吨，增加百分之三百九十三点七八。湄潭县位列中国"十三五"茶业发展十强县榜首；石阡县位居"二〇二〇年度茶业生态建设十强县"第一,"二〇二〇中国茶叶区域公用品级价值十强";都匀类跻身前十。都匀毛尖、湄潭翠芽、绿宝石,遵义红、普安红飘香四溢。

食用菌产业

明确"打造全国优质竹荪产业集群、南方高品质夏菇生产区、建成中国食用菌产业大省"目标,全省八十八个县区中已有八十五个发展食用菌产业,规模化栽培食用菌三十多种。红竹荪,冬荪生产规模位居全国首位。形成五大食用菌产业带,产量产值预期可以进入全国前十。

蔬菜产业

已经成为贵州覆盖面积最广、带动能力最强、带动增收最明显的农业产业,种植面积、产量和产值都进入了全国第一梯队,全产业链从业人员近一千万人。全省重点发展大白菜、萝卜、菜豆、茄子、韭菜等八个特色优势单品,成为中国南方地区重要的夏秋蔬菜生产大省。

牛羊产业

总目标:打造"贵州黄牛——中国的和牛"。

路径:强基础,补短板、促改革、抓创新、破难题,实现了长足进步。

至二〇二〇年底,全省牛出栏二百零七万八千六百头,占全年目标任务的百分之一百一十八点八;羊出栏三万五千三百五十九只,占全年目标任务百分之一百一十四点四,实现"双超"。

水果产业

百香果从无到有,面积挤进全国前三;蓝莓、李子种植面积全国第一,猕猴桃、火龙果种植面积全国前三。贵州精品水果牌子越打越响。

刺梨产业

全力打造公共品牌，全力拓展线上线下市场，有效衔接乡村振兴，已有广药王老吉、娃哈哈、光明乳业三大巨头品牌赋能和使用贵州刺梨商标，抱团把刺梨小小金果果打造成富民强省的特色优势产业。

特色林业、生猪产业、中药材产业、生态渔业，辣椒产业，生态家禽产业，哪一个不是战火正酣烽烟急？

十年奋斗，产业大变局引发贵州农村经济社会发展大变局。

3

贵州为什么有"滴水贵如油"的说法？

不是没有水，而是地表存不住水。

你在贵州的山山岭岭走上十天半个月，奇特的地形地貌既让你赏心悦目，更让你胆战心惊。喀斯特岩溶地貌占了全省百分之七十三的面积，可以想象地底下有多大一个溶洞、暗河组成的"大漏斗"系统。"天无三日晴"说明贵州雨量很充沛，但再多的水也禁不住地下渗透的折腾。缺水，是千百年来贵州的大问题。

我在不同的贵州山区农村采访，很多次听到一个类似的故事。年老的村妇，幼小的孩子，肩挑、背扛、手提，翻越几座大山，走几个小时的山路，好不容易弄进来一桶或者一盆水。看看快要到村口了，或者出于激动或者因为疲惫，或者由于什么其他原因，水被打翻在地上。人们会号啕大哭一场，重新走上崎岖的山路，重复找水的艰难。甚至还听说赶快把浸了水的土捧起来装进了桶子和盆里。希望多少能沥出些水来。

不从根本上解决水的问题，贵州山地特色高效农业无从说起。

第五章 希望的田野上

贵州人一直在为水斗争，绝命崖上开渠的黄大发就是一例。

乡里乡亲把黄大发喊叫石头娃。因为他家乡遵义市播州区平正仡佬族乡草王坝村，几乎就是个石头的天下。在这个海拔八百多米的穷山村里，田、路、衣、食样样都缺，水的贫乏尤甚。

有作家描写当年为水所困的草王坝村，讲出来的故事让你止不住地流泪。风化形成的沙壤土，完全找不到水，只能等老天爷下雨下雪。雨来了像打起一场战争。村民们心急火燎赶紧跑，家里大盆小碗、盆盆罐罐，凡能装水的在屋外摆一地。平时渴得嗓子冒烟的孩子们等不及，趴在地上就吸水。吸得小肚溜圆满嘴泥，然后和猪崽子一起打滚儿撒欢。爹妈顾不上他们，把家里的破烂被单破烂衣服，还有身上穿的，也脱下来，一股脑儿铺在地上，让它们尽可能吸足雨水，然后小心翼翼捧回家，放在木板上，为的是挤出里面的水。

黄大发当上村干部，最大的心愿是改变村貌，最急迫的是解决水的问题，有水才有庄稼，有水才有活路。

他发现翻过几座大山，有个叫螺蛳洞的泉眼，常年川流不息。这泉眼比草王坝村高，打一条渠，水可以流进村里。

但修渠的建议附和的人少。多数村民没有信心当这个愚公，不相信自己有"移山"的本事。

这条渠从一九六三年元旦过后修起，那时候黄大发才二十八岁。一直修到一九九五年端午节，螺蛳洞引水工程终于通水。那年，他正好六十岁。

黄大发与一条水渠的故事，成为宣传贵州精神的一个生动范例，同时又启发着人们的思考水与贵州农业农村现代化的关系。

贵州不止一个草王坝村，不止一个黄大发，千千万万乡村，千千万万农民，都以令人难以想象的顽强精神，寻找道路走出严重缺水的困境。

我几次去石阡县，看见碧绿的龙川河从县城中穿越而过，却没想到缺水也是困扰县里已久的大问题。县里的同志告诉我，石阡缺水的情况在贵州具有典型性。生活用水与生产用水难，成了县城发展的瓶颈。二〇〇九年七月至二〇一〇年五月，贵州遭受百年不遇的特大旱灾，全省因灾直接损失一百三十二亿元。其中石阡是重灾区。

我想具体一些了解缺水造成的困境和治水带来的变化。县里的同志拿出一篇新华社记者的文稿《一个村的水之变化》，说是你仔细看了，心中就会有底。果然，关于水的画面活灵活现出现在我眼前。

二〇一九年夏。临近大暑，我到大坝乡芹菜塘村调研。在村委会大楼，现场听了村民们关于水的记忆。暑天的大太阳，炙烤着芹菜塘村的一块块巴掌大小的稻田，村委会主任刘泽辉在田地里检查了一圈，回到村委会办公室说，以前这个时候田都干得裂开几厘米的缝。今年引水工程使用后，一直没有缺过水，看来会有好收成。

不靠老天爷也有饭吃了。听到村主任的声音，几位在村委会歇凉的村民随声附和。芹菜塘村位于武陵山区海拔一千米左右的高山上，缺水困扰着村里的祖祖辈辈。说起村里的用水问题，村民们满肚子的苦水，恨不得一下倒出来。

以前别说灌溉水，喝的水都是大问题。有口水池在村子的最低洼处，深不足三米，直径不过十米，本是挖泥造砖瓦时留下的坑。装的是从高处流下来的雨水，一度是村里的饮水源。

村民排队取水。舀到最后，只剩下泥巴浆，煮出来的饭都是黄颜色。有亲戚造访，别的不送，就送一瓶水。小水池也有干的时候，村民们干脆家家户户把屋顶砌成水池装雨水，把院坝掏空存屋檐水。最后水池、屋顶、院坝底下水都用尽了，只好浩浩荡荡排排着队到五公里以外去挑水。

二〇一八年，投资三百一十六万元的引水工程竣工。结束了芹菜塘村缺水的历史。当自来水流进村民王登华自家厨房，他打开水龙头，用上哗哗流淌的水，听到哗哗流畅的水声，情不自禁地在大门上贴出一副对联"吃水不忘挖井人，感恩不忘共产党。"对联贴在王登华家门上，讲的却是全村人的心里话，芹菜塘村的"苦水"变成"活水"。六百亩茶园、六百亩中药材、五十亩八月瓜、五十亩石榴，在源源不断的水流滋润下，长势一片喜人。

如今再走进石阡农民家里。会发现农家院里往往会有两套供水系统，一套是农民自建的饮水系统，免费使用；一套是政府出资修建的安全饮水系统，需要支付水费。人们考虑的，不再是有水有没有水用，而是怎么"用好水"。

这不能不说是一个历史性的升华。

在省作协主编的《历史的丰碑》丛书中，我也看到一个来自黔东南的故事，说的同样是水。

清江水、都柳江、潕阳河，贯穿黔东南州，长江水系和珠江水系，在这里交汇。

但长期缺水。却是很多苗乡侗寨心头的"痛"，水，自然而然成为黔东南改变面貌的重要内容。

州政府分别与各县（市）政府签订目标责任书，明确二〇一九年度的农村饮水安全建设任务；

二〇一九年八月。印发《黔东南州脱贫攻坚农村饮水安全工程运行管护工作的指导意见》，进一步把各项工作落到实处；

二〇二一年一月，《黔东南州脱贫攻坚农村饮水安全挂牌督战工作方案》出台，成立工作专班。二点九三万人进村入户普查。

从江县大歹村被缺水困扰多年。二〇一九年六月投资两百多万元的饮水安全系列工程建成通水，如今很多很多村民家里有洗衣机，甚至装上太阳能热水器。

过去提起水就摇头的雷山县白碧村民现在吃上了旅游饭。因为有了稳定的水，许多曾经不起眼的处所成了风景。一些老的水井、水源现在不用了，但人们还是精心保护起来，回忆因为"水"走过的艰辛历程。

黔东南只是一个缩影。"黄金十年"，贵州倾尽全力解决工程性缺水问题，为农业现代化构建"血管"，营造"血液"。

一批大中型水库，相继建成和开工。基本实现县县有中型水库，全面解决和巩固提升农村人口饮水安全问题。水利工程设计供水量达到一百三十二亿立方米，主要河流出境断面水质优良率是百分之百。"为有源头活水来"在农业现代化大潮中到全新的注释。这些"活水"对喀斯特王国贵州显得是那么珍贵。

二〇二一年十二月十八日，夹岩水利枢纽及黔西北供水水源主体项目完工，胜利实现下闸蓄水。这意味着历经六载春秋的贵州水利建设一号工程，离全面建成还有一步之遥。庆祝仪式那天，有人即兴写下两句话："云贵高原铸丰碑，甘甜之水润民心。"这说出了贵州人的心里话。

夹岩工程是"十三五"期间纳入国家规划建设的一百七十二项重大水利工程之一，以灌溉和供水为主，兼顾发电。总投资一百八十六亿多元，总库容量十三万两千三百立方米，坝后电站装机容量九十万千瓦，设计灌溉面积九十万亩，总供水人口二百六十七万人。工程涉及毕节、遵义两个地级市，受水对象包括七星区、纳雍县、赫章县、播州区、红花岗区等十个县市区，八个工业园区、一个火电厂、六十九个乡镇、三百六十五个农村集中聚居点。工程之大、功用之大在贵州历史上都是"一等一"。

在白雨河上七十多米的高空中，已完成合龙的北干渠跨河拱桥，像一弯飞虹倒扣在近九十度的峭壁之上。横跨一百八十多米长的河面。这是水利工程中首次采用斜拉扣挂悬壁浇筑工艺施工的大跨径拱桥。建设者巧妙地利用岩锚索预应力结构及岸坡承台、镇墩永久结构物组成的混合式锚碇体系，完成了高难度施工。

大坝下游坝后电站注水渠右岸，一栋造型颇似苗家吊脚楼的建筑引人注目，这是贵州首例升鱼机设施，升鱼机的用途就是把六冲河的鱼收集起来，让它们坐电梯来到远离河面的平台，经过分选标记后，用汽车运至指定位置放流或在鱼类增殖站繁育，恢复保护濒危鱼种。

二〇二一年十月二十七日，二十万尾鱼苗通过放流回到了六冲河。水库蓄水后将持续二十年开展放流活动。盘活水资源，做足水文章，脚步匆匆，足迹遍布贵州大地。三年前，黔中水利枢纽一期工程总干渠试通水成功，乌江上游三岔河水从六盘水六枝特区一路向东，奔流一百四十八公里，顺利抵达贵阳市，乌江水润黔中大地，一梦终于成真。

二〇二一年十月，黔中水利枢纽工程与"强省会"行动共舞，贵州水投公司同贵阳水务集团正式签订供水协议书，存在用水隐忧的省城，得解水之忧。

安顺市探索河湖管理新模式，拓宽渠道多元治水，平坝区出台办法，支持和引导企业团体、个人进入"治水大军"，农村生活污水的处理和治理都有创新。

采用政府购买服务方式，将红枫湖流域五十六个行政村的生活垃圾收运、转运站运营维护管理、建城区范围内清扫保洁，贯城河保洁、非工程性绿化保护等组成一个PPP项目，由北京环卫集团组建项目公司负责运营，一把扫把扫到底，推进城乡环卫一体化，破解河湖管护"最后一公里"的难题。

水土流失十分严重的毕节市，抓住了引进龙头企业、做好产业选择、打造示范样板三个"抓手"。"十三五"期间，累计治理水土流失面积五百零三平方公里。二〇二一年又新增治理面积，超额完成目标任务。

铜仁市不仅要"喝上水"还要"喝好水"。

空间分布不均，降雨利用率不到百分之二十，乌江河谷深切，喀斯特地貌复杂，使德江河水利用难度大、使用成本高。破解的办法是：依托已建成或在建骨干水源工程为稳定水源，建设覆盖全县的"骨干水网"，打破常规乡村界限区域供水格局、实现农村安全饮水全覆盖。

黔西南以鱼为媒，构建和谐生态。高原平湖，碧水如镜，兴义市小龙潭水库似镶嵌在峰峦中的明珠。而冷水养鱼更像一幅生态画。

一百零八个冷水鱼养殖池梯次排列,从小龙潭水库引来的清水中群鱼欢腾。政企合作,推动了小龙潭冷水鱼项目,逐步实现产、供、销一体化。二〇二一年第一季度首批成鱼投放市场,已销售成鱼十五万斤,创产值一百三十万元。

今天,水与贵州的农业现代化,水与经济社会发展结合在一起,希望的田野上,也荡漾着不休止的水的涟漪。

有人说贵州是中国的一个宝贝,因为把"贵"字拆开就是"中""一""贝"。如果这个说法能够成立,水,无疑是其中的神来之笔。宝贝藏于山中,山水从来相依,要不,唐代留下的"又闻天下泉,半落黔中鸣"诗句为什么千年之后还被人吟诵?不过,在"黄金十年"里,在农业现代化的进程中,贵州的水,比以往任何时候都流得欢畅,流得有力,流得清新,流得有情!

三 乡村的诗与远方

1

在省住建厅,人们给我看了两份清单。

《贵州省入选中国美丽休闲乡村名单》,数一数,有十九个村庄或景区上榜。

《休闲农业和乡村旅游精品路线》,量不少,共有三十九条。

百里杜鹃、万峰林、花茂村、安顺市大坝村、凤冈县茶海之心……有的名字很熟悉;天柱县地良村、荔波县水甫村、独山县翁奇村,有些村庄从未去过。

第五章　希望的田野上

但它们都是最近十年贵州农旅结合、谱写生态美百姓富传奇的见证。

省文旅厅的同志拿出厚厚十一本文件，时间跨度穿越"黄金十年"：

《贵州省发展旅游业助推脱贫攻坚三年行动方案（2017—2019）》；

《乡村旅游标准化建设工程子方案》；

《旅游+多产业发融合展扶贫工程系方案》；

《旅游教育培训扶贫工程系方案》；

……

好家伙，方案就有九本。可见用力之大，用情之专。

旅游连着扶贫，旅游支持乡村振兴；

希望的田野上有了新的诗与远方。

贵州的山和水，贵州的人和村，本来有万千灵性，可过去锁进了"贫困"的云遮雾障，一旦启动了"变"的脚步，处处气象新，步伐不可挡。

让我们去希望的田野上看一看

湄潭茶、都匀茶、凤冈茶……哪怕你是走到贵州最偏远的角落，茶山翠绿、茗汤飘香都会给人留下强烈印象，名山出名茶，那里的茶园作为韵味独具的风景已经享誉四方。

到黔西南州普安县走走，怎么样？

普安偏居贵州西南一隅，但同样与茶有深远渊源。"中国古茶树之乡""中国茶文化之乡""中国十大魅力茶乡""全国重点产茶县"，是它头顶璀璨夺目的桂冠。只不过，成为乡村旅游网红打卡地，时间稍晚了一点，始于二〇一六年。

普安被誉为"世界茶源地"。在本书第四章，我已说过，世界上唯一距今至少两百万年的四球古茶籽化石，发现地就在普安与晴隆交界的云头大山，至今还有两万多株这样的茶树在这里翠绿地生长。县里举全力发展茶产业，重点打造的"普安红"名噪天下。普安茶产业核心区江西坡万亩茶场，成为"三产"协调发展的茶旅一体经济区域——世界茶源谷。

"茶旅+"迸发活力只等一个机缘巧合的时刻。

二〇一六年九月十九日至二十日，四百多名自行车运动健将，有中国的、有外国的，一起来参加普安国际山地自行车邀请赛，一场国际山地旅游暨户外运动大会的系列活动。那条穿越江西坡万亩茶海的"中国最美山地自行车赛道"，第一次上演了一场速度与激情的较量，同时也第一次打开了向海内外游客展示普安乡村大美的门窗。

乡村本来美不胜收，就是只等发现。一时间，来普安的游客如春江潮涨，见到的每一个镜像都让他们不想忘却。或徜徉茶海深呼吸，或骑行茶山最美赛道，或细品回味古茶意味悠长。有人甚至没忍住，扯开嗓子喊了一句："天下哪还有普安这样神奇的地方？"

在此之前，普安县的旅游几乎是"零"，山地旅游活动正是一个"机会之窗"。

县里的方略拍板：用好"世界茶源地"这块品牌，打好山地旅游的仗。让"茶旅+"成为普安跨越发展的推动力量。

除了不与"机会之窗"擦肩而过，普安还抓准了"节点"。

二〇一八年以来，普安以承办第四届黔西旅游发展大会为契机，完善基础设施，打造核心景区，让世界茶源地，换一种面貌，走上茶旅融合的大舞台。

这一来，很多场景使人难忘，很多故事意蕴深长。

当地作家蒙荣荣、查必芳描述了一条路通到青山镇哈马村马家坪组，当地高兴庆贺的盛况。因为这条五千八百米长的旅游公路，打通了到古茶树核心景区的最后一公里。道路从海马庄直通马家坪，把田园、村庄、林草串成一条五彩缤纷的"花带"。村民们知道，这一下子会走向很远的地方，很远地方的客人也会源源不断进寨子来，既看风景也品茶买茶，让村民的腰包鼓起来。

马家坪组几乎家家户户都种古茶树。十年以前，各家各户赶上春天，会采制一点茶，自家喝也送亲戚，最多就是拿到镇上去卖，一斤能就卖个二三十元钱。现在，不仅茶给村民带来丰厚的收入，而且外地人喜欢古茶里的文化味。本村人也觉得把村子整漂亮些，会吸引更多山外人的目光。围绕茶文化建设，整治村容村貌，寨子变了样。

江西坡万亩茶场，却要在希望的田野上做好另一篇文章。

除了加快古茶产品研发，与中国红茶标杆品牌"正山堂"合作，推出"正山堂普安红"系列产品，还要进一步扩大茶业影响，就是按照城在山中、水在城中、路在绿中、房在林中、人在景中的思路。创建一个茶旅康养健康城。

江西坡布依茶源小镇，就是一个样板。

小镇地处沪昆高速、晴兴高速、沪昆高铁和即将开工建设的纳晴高速公路结合部，是普安县易地扶贫搬迁居住区之一，又规划为县城东城区。站在小镇，远眺万亩茶山，近看楼台亭阁和新市民住进去的幢幢新楼。小镇里有凉亭、长廊、便当酒家、"民族文化"广场，手袋厂、家具厂、鞋厂、玻璃厂、茶叶加工厂等企业入驻。群众就近就业，很方便。既融入城市，又留住乡愁，旅游兴旺，百姓欢乐，茶叶飘香，像大山里的风情画卷。

石阡茶也颇不简单。

二〇二一年六月十七日，一盒"紫孔雀"苔茶种子，搭乘神舟十二号载人飞船，在酒泉卫星发射中心升空，遨游太空九十天。

石阡茶底蕴十分深厚，情调独特的《12月采茶调》，口口相传。

二月底来茶发芽，姐妹双双去采茶，姐采多来妹采少，采多采少都是宝；

三月采茶茶芽尖，采茶要采嫩尖尖，山山听得阳雀叫，茶乡处处是春天；

五月采茶逢端阳，采茶姐妹日夜忙，白天采茶歌满坡，月光相伴制茶多……

石阡苔茶，既是茶树品种名，又是茶叶产品名，源于绿树繁茂、流水潺潺、巍巍莽莽的佛顶山风景区。山中温泉汩汩、土壤肥沃，空气清新。此景正合生出茶中"精灵"。

客来茶当酒，汤沸火初红。以茶待客，饮茶养生，石阡人的生活没离开过茶。但在很长一段岁月里，石阡茶的发展势头并不强劲。

和乡村旅游携手，石阡真个"茶乡处处是春天"。

几次去石阡县，我都碰到一位叫林荣峰的福建宁德人，其实，三十五岁的他有十五年是在贵州度过的，他的想法是把石阡苔茶做成一种旅游产品，去带富石阡人。

二〇〇七年，二十岁左右的林荣峰，营销消防器材到了铜仁市，与石阡苔茶不期而遇。

"这茶还行？"

"我觉得可以，这茶让我想起家乡茶园的味道。"

"那我们干脆直接上茶园看看。"

请林荣峰品石阡茶的铜仁市一位领导同志，带着他去了石阡。

石阡茶历史悠久，穿县城而过的龙川河，曾是黔东物质集散的重要通道，茶叶贸易占了很大比重。石阡温泉文化也由来已久。旧时文化娱乐活动不够丰富，百姓活忙完了，饭吃过了，泡完温泉，再喝上几碗茶就直说"安逸"。至今，饭前饭后喝茶，还是当地一种雷打不动的民俗，再边远的地方都依这个规矩。石阡不仅有温泉，茶也是一个让人骄傲的文化符号，不泡温泉，不品苔茶，不算到过石阡。

县里想依托苔茶做成一个有竞争力的大产业。招商引资，发展茶产业，正是石阡的热门话题，欢迎加盟者。市里那位领导把林荣峰带到石阡，本有此意。

林荣峰老家福建宁德是茶叶之乡。他从小看着茶树长大，帮着父母长辈在茶园干过活，也去跑过茶叶生意。"石阡这边的茶树茶叶，同家乡做的'大红袍''金骏眉'的原料很相似，苔茶有条件做出顶级红茶！"

石阡的风土人情打动了林荣峰，石阡发展茶叶的信心，让林荣峰有了底气。来不来？干不干？他做出了抉择。

后边的日子，一处坎坷连着一处坎坷，老问题解决了又有新问题，他一直为之呕心沥血的"紫孔雀"真的飞出了石阡。

来石阡旅游的客人多了，就在温泉边上，点名要喝他的"红茶饼"，当然喝了还得带，送礼拿得出手，茶里蕴含一种别样的乡情。

省城的贵州饭店，他与别人合作开了一肆茶亭，"石阡苔茶"又让五湖四海都品味到它的香沁。

石阡人为之感动，一个外乡人为我们的茶旅融合如此上心，石阡人哪能按兵不动？

茶和温泉，真的成了石阡乡村旅游的符号。二〇二一年，石阡县地区生产总值突破百亿大关，达到一百一十五亿元，这里面有茶产业和茶旅融合的重大贡献，因为茶叶年产量已经有两万四千吨。泡温泉、品苔茶，了解民裕，成为越来越多游客游石阡的"第一目的"。关于苔茶，老百姓又有了新唱词。"长得矮矮的丫，开得白白的花，绿了那个千千岭，富了那个万万家"。

乡村旅游在黄金十年风生水起。

二〇二一年初冬，毕节市文联的同志，带我去看了位于大方县的"慕俄格古彝文化旅游景区"。景区最让人心动了的，有两个看点：奢香博物馆、奢香古镇。

生活于元末明初的奢香夫人，支持明朝完成统一大业。开凿联通川、滇、湘驿道，稳定西南政局，促进各民族交往，推动社会经济文化发展，名垂贵州发展史。朱元璋赞曰："奢香归附，胜得十万雄兵"。奢香博物馆是缅怀之地，而奢香古镇，则完全是文旅融合打造的一个乡村旅游新载体。

走进古镇那天，风和日丽，我们登上一座七层高的楼阁。在窗边坐下。才发现下面就是古镇的核心景观——花海梯田。

和风吹拂中的花海梯田，被一排排一栋栋彝族风格的民居由远而近地簇拥着，乡情浓郁，占地十万平方米，是中国的"唯一"。

俯瞰花海梯田。层次分明，规模宏大，气势磅礴。阡陌纵横交错，时闻鸟语花香。梯田里有农作物，也有各种植物。依照线条蜿蜒伸展，一派生机勃勃的景象。

花海梯田与古镇交相辉映，在落日余晖中，壮美如画。夜幕降临，梯田里灯光璀璨、流光溢彩，线条时明时暗，分块交换、整块绽放。相连的梯田线条，宛若大地上一枚美丽的指纹。曾有游客留言，如梦如幻，如诗如画，令人如痴如醉，让人流连忘返。此处合当"人间仙境，世外桃源"。

最有特点的是古镇商业街区，整个街区以奢香夫人当年修建九条驿道命名，龙场驿、六广驿、谷里驿、水西驿、西溪驿、金鸡驿、阁丫驿、归化驿、毕节驿，哪条街道的故事都很深沉，又被赋予了新时代的色彩。街道是灯笼的长廊，道旁店铺纷呈。模仿王阳明旧时在龙场驿居住的岩洞建起了主题酒店，它的前面就是大方漆器主题馆。大方漆器极富民族风格与地方特色，与贵州茅台酒、玉屏箫笛并称贵州三宝。走过十兽广场，看了彝族图腾和太阳历文化展示，穿越奢香行宫主题馆和六广驿，就到了谷里驿街区，主题是禅茶和九洞天茶的展示与品评。其他各个驿站街区各有各的主题。

奢香古镇其实是个易地扶贫搬迁项目，投资十一亿多元，占地一千五百亩，分两期完成，总建筑面积三十九万平方米。整个项目建成后，可安置移民三千多户一万二千人，片区常住人口将达到二十多万。

发掘历史文化内涵，发展乡村旅游，一揽子解决了当前城镇群众"稳得住、能致富"的问题。希望的田野上也因此多了新的五彩缤纷，从匆匆忙忙又脸带笑容的古镇村民身上，看得出这一结果得到了认同。

经过黄金十年洗礼的贵州，希望的田野上，处处有新风扑面而来。

遵义市区枫香坝花茂村，通过乡村旅游协会和农村专业合作社运作，把第一产业与第三产业融合变成旅游新业态，农业园区变成农业公园，黔北民居变成产业"孵化器"。

花茂村从一个籍籍无名的贫困村，一跃成为贵州乡村振兴的范本。走进花茂村，可以静默于苟坝会议陈列馆、红军纪念广场，徜徉于陶业一条街、根雕艺术中心、古法造纸特色商品馆、匠心园商业街，体验乡愁乡风。打造美丽乡村，带动村民平均增收十五万元。

同属遵义市的余庆县大乌江镇红渡村，红色文化、自然生态、自然生态、传统民宿资源都很富集。但没有开发前，却是个一类贫困村。他们的核心创意，是通过乡村旅游。与农家旅舍的完美结合，将资源优势转化为发展优势。

村里流行几句话：创建模式从"建设村庄"向"经营景区"转变；产业发展从"种土地"向"卖风景"转变；引导群众从"传统农民"向"新型农民"转变。

先规划，后建设。红渡村摸索出基础设施建设和民居既服务于本地居民，又满足外来旅客需求，功能更加完善，主题更加突出的主客共享模式。红渡村"四色梯田"远近闻名，黄色，春天油菜花铺天盖地；绿色，夏季秧苗勃勃生机；金色，秋季稻谷田野飘香；银色，冬季水田波光粼粼。传统产业成了红渡美景的内在元素。

资金入股理念深入人心。农户们把闲置房屋交由旅舍农家（北京）投资有限公司经营，实施宾馆化改造，完善配套设施，满足外来旅游客体验民居的住宿需求。公司按每平方米十五至二十元的价格给农户交租金，平均每户直接收益三千元。我在红渡村参观过这种经过改造的民居。墙还是木墙，瓦还是青瓦，楼梯走上去，甚至有些微咯吱作响，但室内有现代化的卫浴设施，床上用品很干净整洁，又有乡村独特的风韵。脱胎于农民的服务员受过专门培训，这样的乡村民居、自然大受游客欢迎。盘活闲置资源拓宽了村民收入渠道。就近务工可以增收；旅游服务，还可以创收，农民打心眼里高兴。

好花红镇好花红村距惠水县城十八公里。离贵阳也不远。是以布依族为主体的民族村，是著名布依族民歌《好花红》的发源地。唱响"好花红"民族绚歌，是省里制定的发展方略。乡村旅游带动经济社会发展，好花红乡村旅游景区获国家AAAA级景区，乡亲生活日益"好花红"。

我在最近几年，去过五六次好花红村，每次去都有新的感受，但最忘不了的是一个人、一支歌。像朱自清静夜荷塘边听到的曼妙歌声，有情、有趣。

唱歌的人，叫黄金凤，往五十岁奔的好花红村妇女。

那天，坐在"乡下人家"农家乐的院里，我们攀谈，谈得兴起，突然问了："会唱好花红？"

"会哩，能不会？"

黄金凤歌声不高，嗓子也说不上圆润，但听得出一种溪水似的韵律，畅畅扬扬，大方清新，像有压不住的欢喜。

"好花红，好花红，好花生在刺梨蓬。好花生在刺梨树，哪朵向阳哪朵红！"

黄金凤说村里好多女人会唱这歌，也爱唱这支歌。

"这是我们布依文化哦！没文化，不好找钱。"

黄金凤和丈夫在云南待过二十年，打过工，开过餐馆。二〇一四年，州里要在好花红开旅游大会，两人一合计，回来吧，有布依菜，有布依歌，办农家乐，两口子觉得干什么都有底气。

"乡下人家"渐渐成了块招牌，人好菜好歌好，远处近处城里人，休闲了，爱往这跑。客人点，或者黄金凤自己高兴，好花红歌声就会飞了起来。她说，一来让大家乐一乐，一来也想想发发自己心里的声音。

其实何止是黄金凤，好花红镇好花红村，都同好花红歌声连在一起。

第五章　希望的田野上

镇上一位女干部陪同我们。她说，讲不清楚，是好花红歌红了好花红村，还是好花红村让好花红歌更红。好花红镇是原来的毛苑乡，好花红村早前叫群岩村。六十多年前，两个农家妇女把好花红唱进了北京，毛主席同他们拍了照，夸他们的好歌声。这事成了毛家苑和群岩村抹不掉的记忆，乡和村就此改了名。好花红村前广场上那座雕像记录下六十多年前难忘的情景。

好花红没辜负了她的好名声。

渠水绕着人家，农家透着安宁。村里的房子，有些全砖，有些半木，有些石砌，有些干脆就是土垒成，全是一派"干栏"房样式。小巧、大气、朴实、幽静，道旁、门前、屋后，一盘旧磨，一个水桶，半片瓦盒，都像是被主人无心点缀了，盛开着一簇簇说不上名字的小花，又反过来点缀村里的风景。

村上干部有他们的说道："文化让我们扬了名，奔了富，我们要让人一进村就看到文化的颜色，闻到文化的味道。"

小径深深，再往里走，看到一块标牌——"叶辛作品阅览室"。两进大院，两层木楼，上楼去，《蹉跎岁月》《孽债》，柜子里一排排摆着叶辛好多作品。有些书多一些，有些少一些。工作人员说，这些书都是编了号，少些的是人借去读了。

叶辛是上海籍作家，在贵州当过知青，也在贵州成就了文名。他当知青不在惠水，可他喜欢好花红的温馨。我想，或许是他希望更多的人，在这片文化浸润的土地，读出文化更多厚重的分量。

与村子隔江相望，是建起不久的好花红文化小镇。

小镇里挂着的招牌，让人感到新鲜，像清风。

淘宝、京东、大数据服务站……看我们一脸兴奋，镇上陪我们的那位年轻女干部乐了。传统文化和现代文化结合，是不是开出了一个新的好花红？

一处店里面，浙江来的小伙子严文斌的笑容更是灿烂。

严文斌帮母亲打理这店。墙头、柜上，挂满色彩热烈、做工细巧的儿童服饰、红花小棉袄、蜡染衣裙、虎头鞋、虎头帽，让人目不暇接。

严文斌告诉我们，江浙人家生了小孩，就爱这些喜庆热闹的物品。有了那边的摸底，再一添上好花红的民族风韵，产品大受欢迎。

店里雇着不少工人，忙不过来，又把活包给村里几百个留守妇女，还是忙。

想去找几个揽活干的留守妇女问，竟都扑了空。说是她们在加工中寻出了"板眼"，又到更远、更好获利的乡镇，以自己的名义干起了自己的营生。

好花红村看"花红"。突然想到，这文化，像不像蒲公英？在人心里扎了根，开了花，也随着风飞，把人带到更远的天地。

文化、乡愁、民俗、风情、捏成一个拳头，催生休闲农业在贵州农村迅速成长，如拂春风。

全省明确了大旅游、全域旅游创新发展目标，"农业+旅游"融合发展步伐越走越快。湄潭茶旅休闲游、贵定花海一日游、兴义仲秋田间采摘游、雷山金秋农耕文化体验游，像触摸得到的清晨露珠，听闻得到山里的风和纯朴的气息；安顺市的羊场村、黔西南州的章磨村、黔东南州的隆里所村、铜仁市的薅菜村、毕节市的中营村、六盘水市的牛角村、贵阳市的偏坡村，村村都为观贵州风景、贵州文化、贵州精神敞开了风光各异的窗口，徜徉其间，感受各不相同。

往开了看，乡村旅游在"黄金十年"的崛起，不知道催开了多少"蒲公英"。飞遍贵州山山水水，为希望的田野增添了多少美丽？

2

"黄金十年"，贵州农村大地并不是清一色的金黄，它是五颜六色的。不断出现的新事物、新景象，让它在五颜六色中闪烁着耀眼的光芒。

赤水，一个响亮的名字。赤水，一座光荣的城市。

红色文化让它熠熠生辉，青山绿水使人在这里流连忘返。脱贫攻坚战中，赤水在全省率先出列，又一次展现出人民群众盼发展求发展促发展的强烈渴望和坚实努力。

从二〇一八年起，我三次去赤水。踏上这片土地，当地的同志就对我讲，脱贫攻坚并没有简单地画上句号，乡村振兴也不仅仅停留于号召。作为全国五十个新时代文明实践中心试点县市之一，用新精神、新思想、新文化占领农村阵地，成为干部群众一个新的奋斗目标。

元厚镇距赤水市区四十一公里，一九三五年中央红军四渡赤水，一渡的渡口就在这里。

第二次去元厚镇的路上，一连看到几支迎亲的车队，市委宣传部副部长孔德志打趣说："今天是个好日子！"

景色秀美的赤水河畔，"红军渡"石碑旁边，搭起一个大舞台，台上的人且歌且舞，台下的人欢声笑语，背景墙上几行大字，"情满赤水，欢乐乡村新时代文明系列活动之青山绿水好日子元厚镇首届乡村广场舞大赛"，点出了今天这番热闹的主题。

元厚镇党委书记马乃元、副书记牟中全都在现场忙。马乃元说，现场来参赛和表演的十二支队伍，一半以上都是志愿者。如今农村的文化活动、公益活动，离开志愿者就"唱"不成戏。目前全镇一万七千人中，有志愿者一千六百多人，差不多占了十分之一。

组建志愿服务队伍，党员干部是"关键少数"，他们发挥主导作用。有了旗帜和标杆的引领，被感染者、被吸引者、被带动者才有主心骨。

桂园林村老支书肖义伍就是这样一个人物，他坚持讲了三十六年红军故事，把传承红军精神当作天大的任务。

一九三五年，朱德的警卫员，在习水县土城青杠坡战役中受伤，被辗转送到元厚，肖义伍的舅妈、舅舅冒着生命危险承担起了救护任务。夫妻俩把伤员背到半岩烧炭的废窑洞里，精心照顾治疗二十多天。一九七五年朱德女儿朱敏来元厚，找到当年的恩人，协同地方对肖义伍舅妈的生活生产支持帮助，催促当地修起红军纪念碑。

舅妈、舅舅和红军的故事，像棵绿树长在肖义伍心里，而且越来越枝繁叶茂。他认定一个道理："当年红军流血奋战，是为了老百姓今天过上好日子。共产党的恩情永远感激不完，红军精神就该代代相传，让更多的人在前进中得到动力。"

肖义伍把发生在元厚和与元厚有关的红军故事收集整理起来，结合身边事、身边人和身边的变化，向本地外地党员干部、学生群众宣讲了好几百场。

二〇一三年，他被检查出患有膀胱癌、肾癌，去重庆做了两次大手术，但宣讲的事从未停下来过。不但有肖义伍是红军精神的传播者，他还带出了一支以自己名字命名的红色志愿者宣讲队。前前后后有几百人参加这支队伍，大多数是土生土长的农民和农家子弟。

为什么共产党和红军的恩情要世代铭记不忘？提起今昔变化。肖义伍开门见山："我心中有话要说！"

新中国成立前，桂园林只能种望天田。新中国成立后，村里修建起了二十公里的感恩渠，老百姓日子越来越好过。这几年，村里种了几千亩龙眼树，精品水果产业让村里发展的路越走越宽阔，这样的光景哪个年代见过？

用农民的话说农民的事，句句能讲进农民的心窝窝，说出老百姓的心里话，听着信服。听着新鲜，听完了当然要想为什么会有这样的天翻地覆的变化？跟着谁才能过上一天比一天更幸福的生活。

走进赤水市葫市镇小关子村，但见村口一块巨石。镌刻着"爱国有我"四个红色大字。再看，右下角一排小字，标识着这情怀满满的石碑，是小关子村全体村民集资建立起来的。

村里文化广场，大屏幕上滚动着一行字："知三史报三恩讲座"。几十个村民坐在屏幕前，正通过电视收看一位某著名大学教授的讲课。广场三面都是展示栏，中央历次重大会议，新中国成立后重大事件，党的十八大以来重要政策举措，小关子村解放前后特别是改革开放以来今昔对比……有文有图，仔细看一圈下来，对于这些内容，心中就有了个底。对比账，有的是粗线条，有的算得相当精细，衣食住行、医疗卫生、教育低保，件件都有理有据。

展示墙上一段文字引起了我的注意。镇党委书记袁桂平告诉我，文字提到的这个人。同村口立着的那块大石碑有关系。

一九一九年，第一次世界大战结束后召开的巴黎和会上，帝国主义列强无视中国主权，决定要让日本继承德国在中国山东取得的一切特权。帝国主义的这种强权政治，激起了中国人民的极大愤怒。这年五月三日，北京高校学生代表举行会议，小关子村人、北京大学学生谢绍敏，当场撕破衬衣，咬破手指，用鲜血写下"还我青岛"四个大字，他把血书高高举起，全场口号声此起彼伏。会议决定。把预定五月七日的大游行改在五月四日进行。谢绍敏因此被称为"五四运动先驱"，他的爱国义举，成为小关子村的骄傲。

开展新时代文明实践试点工作，提出并实施"九大工程"。涉及思想信念引领、文明习惯培养、人居环境改善、陈规陋习革除、科技文化普及、法制教育提升、产业发展致富、绿水青山守护、榜样典型品牌九个方面，简单地讲，就是涵盖了当前农村思想、经济、文化、生态、法治方方面面的工作。谢绍敏这位让小关子村人骄傲的"五四运动先驱"，能不能发挥现实的作用？

葫市镇的回答是：能！不过注意，小切口、大主题。

谢绍敏不是五四运动先驱吗？对于这位值得骄傲的老乡，小关子村人对他了解多少？从这个口切进去。讲爱国主义就能落地。人们对这位同乡先贤其人其事的关注，会逐步扩大到对他所生活时代历史的关注，进而对党史、国史产生兴趣。小关子村村支书对此有自己的体会，过去你对农民说，要知道党史、国史，百姓会引起一片诧异，那毕竟离他们身边事远了些。谢绍敏的历史本就是国史的一部分，和党史也有关系。从这个角度切入进去，教育群众、引领群众的天地就会豁然开朗，而且很接地气。村民对他的崇敬和怀念，自然而然地升华成为对了解党史、国史的期盼。

打破了与己无关这道关隘，学党史的活动在小关子村就开展得有声有色。村民大多不善言谈，可谈起爱国主义与自己有什么关系，却能把观点表达得很清晰：我们都是农民，不一定能为国家做出多大贡献，但能够把家打理好，把村子建设好，不给国家增加负担，在脱贫攻坚后把乡村振兴做出个样子，不就是爱国吗？不就对得起谢绍敏这样的老乡吗？村里集资修建"爱国有我"石碑时，大家争先恐后响应。有出几百元的，有出几千元的，还有的村民一下子拿出几万元，他们说，这"爱国有我"的碑上刻着我们的心声。

退了休的市政协副主席杨占春应聘做了葫市镇文化顾问，他引导的算账办法。让村民越算越有信心。

村民一算账，禁不住感叹，不算不知道，一算吓一跳。

一家农户在账本上这样写道：党的政策就是好，我用实际来证明。今年一年我能从政府拿到的钱有：一是三春补助三百四十二元；二是地方公林补助二十六元；三是生态林补助二百二十一元；四是新农合补助八千零二十五元；五是耕地地力补助二百一十三元；六是农村节育奖三百元；七是新农保五十元，合计九千一百七十六元。

一些村民还在账本上写下自己的感想："以前，我要几年才换一套新衣服、新裤子、新鞋子。现在，我春夏秋冬都有换季的新衣服、新裤子、新皮鞋。过去我们家人口多，条件差，没读过几年书。现在孩子们多幸福，不但念书，学校还有营养餐。""解放初期，住的是茅草房。改革开放以前，住的是土墙房；现在家家户户住的是砖木结构房，我们真心感谢党！"

村干部给村民上算了几笔更大的账。

仅在二〇一八年，小关子村就得到国家补助资金五十五万元。既有通村公路硬化方面的普惠性投入，也有退耕还林、养老保险、新农合、新农保等二十多项特惠性投入。

这些钱花到了哪里去了？农民能说清楚。

七十一岁的村民谢贤勋,新中国成立后交了四十年的农业税。他算账算得精:按每年三百斤稻谷计算,那就是四十年里向国家上缴了一万多斤公粮。可国家改革开放后发放的退耕还林补贴,半年他就拿到一万七千元,相当于国家把前四十年的公粮又加量变成钱,补贴给了自己。他还说,这些账要慢慢回忆,慢慢算,越算越觉得国家好。

低保户姚启华一年有两万多元的补贴款。过去还以为是村支书帮的忙,总想找机会还这个人情。等算清楚了账,终于明白应该感谢谁。

天堂村村民张铭,听说我们在小关子村算账的事,特意赶过来讲自己的故事。

她全家六口人,丈夫因病躺在床上六年,大儿子、大孙子也病的病、残的残。党和政府的好政策全部落到了她的头上。她家一年得到的政策补助超过三万元,党员干部引导她发展产业致富。

这些账算得让人口服心服。杨占春又有了用武之地。他把在大同镇黄氏家训基础上改写的《百好歌》,引入小关子村。《百好歌》用语浅显通俗,道理却不浅。"精神与物质,互相支撑好。""环境意识强,净化家园好。""消除人隔阂,当面沟通好。""鳏寡孤独残,尽量帮扶好。""年华莫虚度,青史流芳好。"纸面上的"好"农民喜闻乐见,潜移默化,就成了他们现实生活中的"好"。

赤水市的做法让人感到新鲜。关岭县的"道德超市"却显现出特殊的魅力。

大田是关岭自治县的深度贫困村,一个消息让村民们感到新奇又兴奋:"听说村里要办一家超市,而且进去买东西不收钱。"

这可让全村人喜出望外。

超市开业那天,人们一拨拨赶到村民广场。村民活动室"道德讲堂"隔壁,果然有一间大房子被收拾成超市的模样。几排大货架上摆放着油盐酱醋、锅碗瓢盆、食品饮料、洗涤液等几十种产品。有人乐了:"这都是居家过日子用得上的！"又问价格，也都适中。

接下来的场面就有些戏剧性。

农户张广华拿着个化肥包装袋，挤在最前面，焦急地向村支书徐代惠发问："徐书记，超市里的东西到底要不要钱？"

徐代惠把一干村民拦在超市门口："大家听我说，超市里的商品，确实不收现金。但想从超市里拿走东西，得用别的东西来换。"

"什么东西？"

"道德积分！"

这位年轻的选调生、女支书站在刚刚挂起的"大田村道德超市"招牌下，微笑着讲开了个中缘由："我们按照'以奖代补'的原则，对大家平时的道德表现进行评分。你们必须得到一百分的满分后，再每得一分相当于得到一块钱，然后用积分来超市换东西。"

那天，张广华的化肥口袋里只装回了一张"道德超市评分表"，同时也对超市里最贵的商品——复合肥的"价码"有了底，要用一百六十分来兑换。接下来的日子里，张广华大爷的生活像是有了新目标。他逢人就说："打扫自己的卫生，弄好自家的地，养好自家的牛，孝敬好自己的父母，处理好家庭和邻里的关系，这些本来就该我们做的事，现在做好了还能换商品。大家都争着做好事，我为什么不做？就算不希图那些个商品，我也得希图自己的脸面！"

道德范围很广，道德评分先从哪里入手？农村环境和家庭卫生事关每家每户。头三脚难踢，第一脚就踢这里。

有了这样的思路。曾因卫生不达标吃过"黄牌"的深度贫困村大田村，成了全县"道德超市"试点的首选地。

听说可以凭道德表现评分兑商品，有人不屑一顾，你那点东西我家都有，费劲巴力的，到底值不值？还有出了名的"酒鬼""懒鬼"，甚至放话："我才不会被这些小利收买哩。"

破解阻力，把积分评得公平、公正、公开，自然就有权威性，相信和参与活动的人会越来越多。

好！村组干部义不容辞地担起了组织评分的责任。村民组选出五名共产党员、寨老族老、离任村干部参加评议小组。每次评分结果在村民小组公示，对一些后进家庭的不良生活习惯曝光，还建立起"红星榜"，积分最高和最低的家庭都要上榜。

事实上，"道德超市"评分范围，早已超越了初始。二〇一九年我在大田村看到的一张"'道德超市'助推'乡村振兴'评分表"，评分内容包括五大类三十多项。几乎涵盖农村生活和生产的方方面面。评分实际上是推进乡村治理的"舆论场""竞技场"，让农村精神文明建设既有"镜子"可"照"，又有"尺子"可"量"，还有"标杆"可"比"。

大山里的农民把面子看得重，谁愿在比试中输给别人。你能够通过实干拿高分，我为什么不能？

后来的事实证明，"道德超市"能让希望的田野上又添一道风光。"道德超市"在关岭全县推广后，各乡镇村因地制宜，出现很多新"花样"。有的村探索"三问三比三带头"模式，让群众干的事，党员干部带头示范；有的村把规范环境卫生写进村规民约，道德评分更接地气；断桥镇"道德超市"直接设在城镇超市里，群众兑现商品选择面更宽、满足度更高。

如今，农村"道德超市"在贵州已不止十家百家。本来是脱贫攻坚这场社会大变革中应运而生的产物；变革的延续，又给它增加更多的新鲜内容和无尽活力。

沿着赤水市大同古镇河边起伏的古道，走到碑湾，亭廊里立着四块高高矮矮的石碑，三块德政碑，一块义渡碑。颂扬古代乡贤，尽其所能帮助百姓、造福乡亲，泽被后人。再往长街深处走，便是中共赤（水）合（江）特支遗迹。一九三五年，特支在镇里组织了石顶山起义，策应红军四渡赤水，写下一段光辉的历史。

这些都成为提高干部和群众素质的好教材。旧时乡贤尚能做到一生学习、思想开明、不忘乡里，受到万人缅怀和尊敬。当年的红军和地下党员，更是高风亮节，为着人民利益，不怕流血牺牲。历史文化、先贤文化、红色文化，就在老百姓身边，拿来发扬光大，就能出现可喜的局面：讲久远的事，想今天的事，干好该干的事。

"黄金十年"，贵州农村经济走出"洼地"；农村精神、文化则一步步走上前所未有的高地，走进了"活"的境界。

3

"黄金十年"，贵州农村改革和发展八面来风。

乡下人、城里人、本省人、外省人，共同把山河重新梳妆，希望的田野上前所未有地闪烁着希望之光。

这些记忆不会尘封，回望走过的十年不平凡道路，一个个场景，一个个音容笑貌，一个个质朴的故事，仿佛就浮现在眼前。

又一次凉都行，人的精神为之一振，我想去的目的地，是钟山区大河镇。

我坐的车，好长时间都在一条正在拓宽施工中的公路上颠簸。这路，将被打造成六车道城市型道路，而且年底便要完工。一路上坑坑洼洼，两旁地形地标生变，曾经来过的杨师傅有些晕头转向。车快开到汪家寨地界，才被电话指引着往回赶路。路途的不顺，倒让我"顺便"产生了想法：这不平常的路，笃定藏着不平常的看点。

果然，到了大河镇，镇党委副书记、大箐村第一书记尹努寻，话没说上两句，就提议："走，带你去看处好风景！"

车停了，眼前猛地一亮：山岭间起起伏伏飘洒着一簇簇、一点点、一排排造型奇特的建筑，青色石块勾勒出欧洲古堡式的外墙。却又盖着中国式青瓦大房顶。再往里面走,曲径弯弯,一些花谢了,一些花正赶着绽放。一拨拨游人擦身而过,那嗓音也是天南地北,广东、广西、四川、重庆、山东、浙江、福建……尹努寻说,这里是"无中生有"创建起来的"大河堡景区",时下已是一房难求,有些外省客人把预订明年客房的款都提前交了。

尹努寻是地矿系统派驻的扶贫干部。许是同地质有缘,对石头更显得情有独钟。他说,眼前这片土地,原来是严重石漠化地区,老百姓种啥收不了啥。镇里明确"农旅一体化"的发展思路,"资源变资本,资金变股金、农民变股东"的"三变"改革又为资源整合创造了条件。只用一两年,这片石旮旯地实现了精彩变脸,而且他学的地质技术,还派上了大用场。"过去农民看见石头烦,现在石头让他们喜欢,石头派上了大用场。你看景区房屋都是就地取材,变废为宝,用本地石头修的。过去为种庄稼揪心的农民,土地流转入股,还能被安排在景区工作,这样的变化真是一个地,一个天!"说这些话时,尹努寻好像没忘自己的"老行当",一会从路边捡起几块石头,仔细打量;一会儿用脚踏踏土,不知是想试硬度还是深浅?

登上大河堡景区制高点,山下以勒河缓缓地绕了一个弯,弯两边的两大片民居颜色有异。一片是蓝色基调里簇拥着一点红,一片是红色基调中跳出一缕蓝。欧陆风情的房舍间,又被花树点缀,有些像油画,有些像国画,让人连声称美。尹努对此有自己的看法,这很像中国传统的太极图案。一时间给了我启示,是啊,太极不就是讲个无穷变幻吗?从大河堡看大河镇。其间的变化,一定是可圈可点的。

大河镇有四万多人口,除去部分工矿城镇户口外,农民有两万多人。农民没少往脚下的土地使力,可土地却没让他们遂了把日子过好些的心愿。石漠化、煤矿采空区、地质灾害频发区,一个个难题横在大河镇发展的路上,穷则思变。"三变"为大河镇的"变"吹来阵阵春风,"农旅一体化",则为大河镇的"变"点明了方向。

世界上没什么不能变的事情,关键是想清怎么变的道理,找准变的途径。作为地矿工作人员，尹努寻清楚从一块矿石到钢铁的"变"的过程。一个贫穷乡村的变，除了苦干，还要有科学的眼光。

大河镇的"变"有它的先决条件，气候凉爽，离市区近。干部群众思变的愿望都很强烈。尤其是"三变"对生产力、生产关系的大调整，反过来又会促进生产方式的大变化。二〇一四年，镇上就有计划地发展四万多亩花卉、果蔬种植，农旅一体化先就有了平台。这几年基础设施建设抓得紧，通村路、通组路、通户路、机耕道、自来水，农电技改、宽带到村到组的覆盖率都达到百分之百，公厕覆盖率也达百分之九十以上。农舍改造更是突飞猛进，可以说是"箭在弦上"。过去贫穷的农业小镇变成今天美丽的旅游小镇，就有些水到渠成的意思。

当然。真要水到渠成，还离不开人们的努力。

在大地村，路边一字儿排开造型时尚、色调明快的三层农舍，这是镇上创造性发挥政策效应的产物。农民易地扶贫搬迁，镇里协调旅游公司参与建设。一楼归农户自住，二、三楼则打造成农舍旅馆，农户可"依"房就业，上楼就当上服务员、保洁员、保安员，参与分红。

尹努寻的"职业优势"帮了大河镇很多忙。利用职业优势，多方协调力量。已经打出和正在打两口地热井，使大河堡"温泉酒店"立之有据。协调周家寨温泉小镇建设。协调七十七户人家搬迁出地质灾害区，新建改善民居、兴办旅游功能兼具的搬迁小区。利用贵州省地质环境监测院优势，共建大箐村第六组老层基崩塌地新民居，获得二百五十多万元的资助。

关键是地矿系统促使贫困山区"变"的文章远不止这一篇。就在二〇二一年，我在脱贫攻坚的战场上认识了另一批更年轻的地矿干部。就像踏遍青山找矿一样，扶贫驻村、乡村振兴的足迹洒播在山山水水、村村寨寨，而且，步步踏石留印。

省地矿局和贵州地质文联要编写一本书，叫作《历程——地质队员的扶贫岁月》，为地矿系统在贵州的扶贫工作留下痕迹，并邀我写一篇报告文学，

第五章　希望的田野上

因此又有机会走进他们的生活。

我去的那地方叫"月照",也在六盘水市钟山区,过去叫月照社区,现在叫月照街道。"月照"自然风光很美丽,但却是"美丽的贫困"。十个村,曾经有一个一类贫困村,两个三类贫困村。建档立卡贫困户三百三十七户一千一百五十九人。

二〇一六年,根据省里安排,由贵州省地矿局联系帮扶钟山区脱贫攻坚。十六位地质一线干部住进了全区五个乡镇、街道的十六个村。十六个村的驻村故事各有不同,月照的故事占了四分之一。

我在"月照"认识了唐耀。二〇一六年,三十二岁的唐耀是贵州省地质矿产中心实验室的年轻工程师,一个地道的白面书生。在钟山区政府开完欢迎座谈会,社区的车送他下村。省地矿局在月照四个村派有驻村干部,唯独他要去的独山村最远。送完其他三个同事,车一下子从柏油马路拐上泥泞不堪的土路,一路颠簸,唐耀的心情也越来越糟糕。他,猜不到在这个唯一不通硬化路的村子里,有什么等着自己。出乎唐耀意料的是,独山村有他过去很少见到的山野味道。

月照社区得名于当地一座叫月亮的山,一个叫月亮的洞,洞其实是长在山上的天生桥。一入夜,月光透过洞子折射出来,就有种别样的韵味;到清早,从山洞里洒出来的晨曦,和着飘拂而至的雾,让你仿佛走进若隐若现的仙境。月亮山、月亮洞,都在与独山村毗邻的双洞村。这次去采访唐耀,车行路上,他一路喊停:"这是大天坑,穿过天坑,就是我们村……"又到一个处所,拉着我一定要下车看看。说这里是"十里绝壁画廊",亲切的口气,好像本来就是村里的一个农人。

四周石壁都像大自然泼墨的图画,鬼斧天工。唐耀笑得很灿烂:"这都是我们村的宝贝,怎么美你就怎么想象。"双洞村的害赖河流到独山村便成了三岔河,他手指着村委会团转三个村民组:"三岔河在这里拐个弯,河里升腾的水汽,遇到早晨的冷空气,就形成了像挂在山头上的平雾。起雾的时候,你

· 379 ·

来看整个村子,像是披上了件若隐若现的外衣。"

可惜,藏在独山村美丽后面的贫困,比美丽更抢眼。

全村五百八十六户。建档立卡贫困户就有一百二十九户。发展乡村旅游才刚刚破题,还没有产生直接经济效益。

干什么?怎么干?唐耀不知从何抓起。驻村头一个月,人瘦了八斤,每天晚上不到十一点就犯困,倒床立马睡着。

有些变故总是猝不及防。六月初的一天,也就是唐耀驻村的第二个月,突然传来村支书出车祸意外去世的消息。对独山村不适应的感觉继续放大:昨天还在同一间办公室里讨论工作,怎么今天就不在了?变故还没有停止。八月底,村委会主任被一个来"理论"的村民用药锄刨成重伤,唐耀在医院手术室外等到第二天凌晨,拖着疲惫的身体赶回村里。驻村才四个月的青年工程师,必须以新的身份回答自己人生中最难答的一道题。

村支书溘然长逝,村主任重伤长期住院治疗,可村里迫在眉睫的两件大事却拖不起:三十年一轮的土地确权,三年一度的村"两委"换届。月照社区党委作出决定:驻村干部代为主持村委会工作,唐耀当选为村民选举委员会副主任,也就是说独山村的工作重担,他一个人要挑起大梁。

除了压力,他甚至感受到了从来从未有过的沮丧和压抑。当时,他写了这样一篇驻村日记:"刚进村时,倒床就能入睡,现在刚好相反。累是累,坐着会犯困,但是躺在床上却怎么也睡不着,失眠早已成为一种习惯。"

独山村四周都是山,一有空,他就爬到村边的大山上,望着山下大大小小的寨子和更远处望不到头的群山发呆,没人知道他在想什么,或许他想对山说什么,但听不见他的声音。要么他想对着山喊一嗓子,一吐心中的郁结,可山里除了风,只有鸟掠过的身影。其实,唐耀是在空旷的山里反问自己:难道还没上场就认输,遇到人生的难题是不是就有理由放弃?

同志和战友的关心支持,像润物无声的雨,对乡亲们一步深似一步地了解,不断增加着他在两难选择中的底气。烦闷的时候,他会到老乡家走访那些双目失明或者长年卧病在床的老人，毫不避讳地谈起自己并不如意的生活；失去唯一儿子的老村民，把自己与儿子的故事编成山歌唱了出来……这些艰难而又乐观地生活着的人，让唐耀心中的压抑感在不知不觉中慢慢消失了，他想重新认识这个山村、这群农民；他开始认真掂量自己肩膀上的担当与使命。

村"两委"换届选举成功，给他莫大鼓舞，又推着他的心态调整向前迈进了一大步。

新上任的村支书马兴文是个"老人"，曾担任过两届村支书，他的一句话把马兴文感动得不行："村里的事，你全盘统筹，你来研究，你来安排，你来拍板。让大家从找我这个书记，变成找你这个书记。"

不是想撂挑子，是想让村干部身上都有压力。他已经开始把心融入独山村，不知从什么时候起，"独山村"的称谓在他口中变成了"我们村"，在感情变动中实现角色的转换。他想认认真真下好独山村发展中当前和今后的几步棋。

水井组，全村最穷的寨子。他要品尝这个梨子的味道。弄清楚为什么穷，现在谁最穷，靠什么彻底治穷？

他真把八十七户农家走遍了，心中也就有了底。论水井组自然条件，发展别的产业还真的不行，鼓励外出就业是条最现实的脱贫路径。不过，也得让留下来的村民想办法把土地盘活，靠种植、养殖增加收入。这样一来，那些既无力外出打工，又无法盘活土地的特殊困难群体的矛盾就凸显出来。

水井组搬迁的新址上。住着低保贫困户、大龄单身汉王志荣，一身病，性格有些孤僻。同邻居闹了矛盾，觉得这世上再没人理解自己，一斗气独自跑回搬迁前山上的老屋里，村民、组长劝了几次都不回来。

唐耀劝王志荣下山，像面对着自己的亲生兄弟。

他先不插一句话，认真听王志荣讲上山的原委，听他的委屈和心声，然后站在他的角度设身处地分析、引导和安慰。

"你是个病人啊，再怎么生气，也不能一个人跑到这没人烟的山上住起。"

"你的生命和健康，已经不光属于你自己，要真出了事，关系到我们所有人。"

王志荣这才知道，自己不是孤家寡人，真正关心自己的人就在眼前，他不禁放声大哭："就是老爹老妈也没这么关心过我。"

第二天，王志荣终于下了山，旧病复发被送进医院，好在有众人照料并无大碍。

这样的故事，独山村的人一讲起来就是一串，唐耀对这样的故事也听得认真。他很在意老百姓对他态度上的变化。去远一点的寨子，来回一般都不必叫车了，路上会有村民停下车来把他带上。开院坝会轮到他发言，先前还在私下交谈的人，竟然会自发提醒在场村民安静下来。临近两年驻村轮换时间，村里一位老人连说几声："你走了，可惜。"，说啥也要拉他到家里吃顿饭。

时任贵州地矿局党委书记、局长付贵林说："像唐耀这样的故事在贵州地矿人中很多、地矿人的责任不仅是要弄清大地的秘密，还要让脚下这片土地改变面貌，我们把它当成一场人民战争，有多大力，出多大力，这是我们的初心！"

有初心的何止是地矿人？希望的田野上看得到多少战士的身影？

兴义军分区按照贵州省军区要求，与黔西南州政府联合成立"军民融合脱贫攻坚团"，几千名退伍军人在另一个战场上冲锋陷阵。王秉跃退伍后当过义龙新区龙广镇党委副书记、镇人大主席。在脱贫攻坚团的帮扶下王秉跃带着扶贫搬迁农民去广东学技术，接订单，回乡成立制衣厂。在军分区的支持下，"退伍军人创业团"应运而生。十六个小微企业组建成集团公司，成员不仅有退伍军人，还有返乡农民工、残疾人。军魂在脱贫攻坚战场上闪亮，王秉跃成了全州退伍军人的一面旗帜。

第五章　希望的田野上

我约他见面谈谈，左等右等不见人影。正好在用手机看时间的端口，一个中年人急匆匆地走来。手里拿着一本《爱国主义教育展览馆》彩印设计图。

来者就是我要见的人王秉跃。

此时，他的职务有些特别，黔西南州义新区龙广镇纳桃村退役军人党支部书记。不用发问，他主动讲起了故事。

纳桃是个三千多人的大村。纳桃村有几代人的军魂。北伐战争、抗日战争的战场上，都有纳桃出去的兵，现在全村有四十七名退役军人。王秉跃拿着手中图纸，讲话声音越来越高："为什么要建这个展馆呢？那是因为我们军旅情怀和文化氛围太浓！这是多大一笔财富啊，不能不用它来教育和激励后人。"

安顺市有一支特别能战斗的"兵支书"群体，从一万两千多名退役军人中，选拔六百九十八名优秀者，担任村支书、村主任和村"两委"委员，成了改变农村落后面貌的带头人。每个"兵支书"都有一句"兵之誓言"，"退伍不褪色"，"召之能战，战无不胜"，"不管从事什么职业，军人品质就是一面旗帜"。"兵支书"，在希望的田野上弘扬起一种响当当的人文精神。

江口县闵孝淇鱼良溪村，团萱坡顶上一片建筑物，是村支书领办起来的残疾人就业基地，全村三十二个残疾人被集中安排吃住在这里，就像一个家，又热闹，又各司其职，有人负责打扫卫生，有人负责喂猪，还有人专门熏腊肉。现在这个村残疾人经办的专业合作社有五个，残疾人自主创业十七户，有一定劳动能力的残疾人就业率为百分之百。

扶着木凳，一步步挪着走路的江喜，七岁时得了"脆骨病"，这样的日子一过几十年。曾经他看到的世界很小，很无奈。把野蜜蜂养成家蜂，办起"息烽润峰农业科技发展有限公司"，他的世界变大了，不仅自己致了富，而且成了四方八面养蜂技术的传授人。他办的公司，主营蜜蜂蜂种和蜂蜜，经营范围涉及息烽县、龙里县、开阳县和遵义市播州区。每天业务不断，蜜蜂成了

· 383 ·

他打开新世界的媒介。

　　春潮涌动，惊涛拍岸。"黄金十年"，贵州农村大地，有说不尽道不完的传奇。信心、雄心来自哪里？力量来自哪里？来自一拨又一拨下了"夕烟"的"遍地英雄"！

第六章 一剑磨罢笑颜开

一　要的就是老百姓的"口碑"

1

贵州老百姓脱贫的标准是什么？

"一达标、两不愁、三保障。"

一达标：农民人均年收入达到国家现行扶贫标准。

两不愁：不愁吃，不愁穿。

三保障：义务教育、基本医疗、住房安全都有保障；贵州缺水地方多，饮水安全也要有保障。

提起这"一达标、两不愁、三保障"，贵州农民最有获得感。

这"一达标、两不愁、三保障"，让他们发自内心的笑很甜。

为了听这笑声，二〇一九年一月九日，寒风冷雨，我在去凯棠的路上。

凯棠是个镇，在凯里市东北面，距市区三十七公里。这三十多公里的路却不好走。在上面走，不像坐车，倒像坐船。

一车的人议论开了：能在这样的路上来回行走，少不了阳光的心态，少不得底气的悠长。

真还是这样。让我非去凯棠不可的，是因为一则电视报道，中央电视台《朝闻天下》栏目播出了"走基层"节目："贵州凯棠贫困乡镇的教育逆袭之路。"发生在黔东南苗族侗族自治州一个偏远乡镇里的故事，让很多人眼前一亮——凯棠，每一个留守儿童都能阳光成长；凯棠，没有一个学生因贫困辍学；凯棠，每一个读书出去的孩子，都会想办法为家乡出一份力。读书育人，在凯棠人的观念里，占有不一般的分量。

四十来岁光景,身强体壮的杨再宏,是我见到第一位凯棠镇的干部,他是镇党委组织委员,一见面,就亮出凯棠的家底。

凯棠曾是贵州一类贫困乡镇。

这里不仅土地贫瘠、水源缺乏,而且全镇没有一块坝子,望天的田地全挂在半山甚至山顶上。两万四千八百零一位乡民,百分之九十九是苗族。甘打豹、别书鲁、卡扎、板漏、羊就、甘光脸、羊嘎、干豆郎……听村寨名字,会想到深沟大箐、荒莽山林。

可"苗族文化之乡"的声誉也源远流长。

"终身之计,莫如树人"是凯棠不成文的古训。

和我交流,人们多次提到一位"九先生"。

"九先生"名叫顾明基,是清朝时凯棠羊别寨人。考取秀才后,地方当局准备聘他当乡官,他却要走弃官从教的路。顾明基回到凯棠,在自家堂屋里开办私塾,招收当地学子。一九二四年,全镇已办起十六家私塾。民国时期,不少乡贤为了上学读书,变卖家产远赴外地。其中一些人,新中国成立后加入了建设国家的队伍。

乡长顾军先和我谈话间也提起了"九先生"顾明基,不过他说:"'九先生'开了重教育重读书的一代乡风,但这棵苗要真正长成大树结满果实,还得在今天。"

顾乡长说的"今天",是指教育扶贫的大背景。

教育、医疗和住房是事关民生福祉的三件大事。中共中央、国务院《关于打赢脱贫攻坚战的决定》明确提出:"到二〇二〇年,稳定实现农村贫困人口不愁吃、不愁穿,义务教育、基本医疗和住房安全有保障,是贫困人口脱贫的基本要求和核心指标,直接关系攻坚战质量。"

教育是"拔穷根"的有效手段,老百姓感觉最深,获得感也最强。

我们继续看看凯棠的故事。

顺应了经济发展,脱贫攻坚的大势,这些年来,凯棠镇抓教育有不少

"大手笔"。

教育舍得花钱。凯棠民族希望中学投入已达一千万元，教学设备日益完善，图书馆藏书六万多册，是全市乡镇中学中的"唯一"。二〇一六年至今累计投入两千万元，修建凯棠二小。

教育扶贫政策落实到位，国家、省、州、市各个层面对贫困学生的帮助，一分不少地用到学生身上。

社会各界关心传递温暖，在外乡工作的凯棠人经常回来言传身教、建言献策。社会各界捐助凯棠教育钱物折合人民币一百二十多万元。

显然，最有说服力的还是不断提升的教育质量。

二〇一六年，凯棠民族希望中学录取重点高中人数，位列全市乡镇中学第四。

二〇一七年，凯棠民族希望中学考六百分以上人数居市乡镇中学第三。

二〇一八年，则更上层楼，这所中学中考六百分以上人数，是全市镇级中学第一。这一年，凯棠学子参加高考，二本以上录取一百零七人。

三年时间，从"第四"冲到"第一"，印证教育扶贫如何给力。

我注意到，顾军先在介绍情况时，时不时会翻翻手中一本紫红封面的大书。

"这是本什么书？"

"哦，这本书叫《凯棠人》。凯棠文脉怎样传承发展，哪些人做了什么事，书里面都有记载。我有时读着读着，就明白了是什么让凯棠这片天空星光灿烂！"

锲而不舍抓教育，凯棠因此有了无比绚丽的天地。

如今，凯棠镇已经出了十个博士生，三十六个硕士生，一千三百六十六个本科生，在外工作的凯棠人有七千多名。一个只有两万多人的苗族乡镇，发生这些不平凡的事情，不能不让人由衷感慨。

读书回乡的凯棠人，带回新的理念；读书在外创业的凯棠人，念念不忘桑梓情。

从凯棠镇走出去的清华大学博士生杨清华，回到凯里担任中科汉天下公司董事长，研发高新科技产品。公司里有不少员工是凯棠人。

凯棠镇梅香村一位到欧洲留学的苗族姑娘，建起网站，向一些欧洲国家推介宣传自己妈妈参与制作的苗绣、银饰，在当地广受欢迎。村里一帮妇女、老人借此建起"苗乡编织刺绣合作社"，不仅弘扬了苗族传统文化，而且让乡亲们获得了可观的经济收益。被联合国有关机构称之为"指尖上的扶贫"。

凯棠镇留守儿童多。凯棠民族希望中学在校生一千零七十人，寄宿生就有九百一十六人，其中绝大部分是留守儿童。

而就在这批学生中，学习成绩在全市乡镇中学名列前茅的不少。

校长顾业雍说，老师们都把留守儿童当子女看，把自己当做他们的父母亲，天长日久，学生和家长都会被感动。

一进校园，我们就发现教学楼上镌刻的校训："立志培德，学能健身"，也只有怀着父母般的感情，才能向学生讲出这样的殷殷话语。

学校老师杨有生，带的班上四十八人中有三十多个留守儿童，去年这个班中考成绩人人都在六百分以上，全部进入重点中学凯里一中。杨有生拿出手机翻看对话，回忆不久前与几个留守儿童学生一起过苗年的故事。

苗年是苗族的盛大节目。今年苗年，杨有生发现两个学生在校园里百无聊赖地转悠。上前一看，都是班上的留守儿童学生，一个叫张春勇，一个叫杨正田，家里分别住在南江村和凯哨村。路远难行，父母又都出外打工，这年没法过。杨老师把他们带回自己家里，吃饭，谈心，还用手机同他们父母发起了视频。

这边杨有生说："有三个小朋友到我家过年，吃清汤本地鸭，是我亲自整的年夜饭。"那边学生家长回应："谢谢老师关照，祝你们过年快乐！"有家长发话："问老师一个事，张春勇这段时间学习怎么样？成绩好吗？"杨有生作答："挺可以的，放心。"

第六章 一剑磨罢笑颜开

在家乡陪学生一起过年的老师,在远方无法归来的家长,心都牵挂在孩子身上。杨有生说,这就叫"心心相印"。大家一起用力,那就会"润物细无声"!

这样的故事每天都在学校发生。

一位老师发现留守儿童女学生平常洗脸洗脚用热水有困难,便天天在家烧好开水,规定女生们按时去洗脸洗脚,不去的要算"迟到"。有的老师看到留守学生们周末的日子过得随意,便在周六周日把全班几十个人都叫上街吃粉吃面。

面对这样的老师,那个曾经在杨有生家中过苗年的学生杨正田,几句话说出了留守儿童学生共同的心声:"谢谢老师!我们只有发奋学习才能报答你们!"

怎样去当好这个"父母"?顾业雍校长深有感触。他对自家一个亲戚的儿子,受社会不良影响,用课本打老师的情景记忆犹新。"孩子们父母不在身边,老师就是学生身边最亲的人,不但要管他们学习,更要管他们做人。"

凯棠民族希望中学七十八名教师被分成五组,从早上七点半到晚上十一点,对留守学生全程跟踪监管,让关心关爱渗透到学生起居和学习的每一个细节中。在学校专门为留守儿童设立的"阳光儿童室"。十三岁的苗族女孩杨明秋跟我们讲起心里话:"学校从方方面面关心我们。老师跟爸爸妈妈一样好,在学校没有爸爸妈妈不在身边的感觉。我爸爸妈妈一直在商量,怎样配合学校把我们教育好。这不,我爸爸已经决定不出去打工,专心一意地陪好我们三姊妹。"

"教育扶贫一个都不能少。"是雷山县下的"死命令"。

我面前放着一张心理咨询记录。

一位当过八年留守儿童的雷山县高中一年级女学生,无法摆脱心里的焦虑、迷茫和无奈,接受了县教育和科技局专门组织的心理咨询。

女孩两岁时,父母出外打工。她一直住在叔叔家里,关系倒处得很和睦。九岁那年，爸爸妈妈回到家乡，还带回了她早已不熟悉的弟弟妹妹。从此，姑娘的生活中阴云密布。她觉得爸爸妈妈只爱弟弟妹妹，而不爱自己。叔叔家那种开放爽朗的关爱再也回不来了。

她曾经这样表述自己的心情："爸爸妈妈打工为什么只带弟弟妹妹而不带我？这说明他们不爱我。我只有表现得乖、懂事，才能分得父母一点爱。所以我处处小心谨慎，把自己伪装起来，让自己看上去很懂事。可结果发现这样也得不到爱，反而离爱更遥远。弟弟妹妹经常和爸爸妈妈谈笑风生，而我和他们之间变得越来越客气。"

咨询医师对症下"药"，迅速与学校、老师取得联系：孩子经历了漫长的留守阶段，这个年龄段，儿童依赖心理较重，特别需要照顾和关爱。治女孩的病，关键在调整心智，理解父母。父母对她客气不是因为不爱，可能是觉得对她有亏欠；加之她本人也戴着"面具"，导致父母不了解她的内心世界。必须父母、学校和她自己一起努力，才能实现心灵上的"破冰"。

雷山县教育和科技局局长在高速公路出口接到我，才在局里会议室坐下不久，就忙不迭讲开了故事。这张"心理咨询记录"的来龙去脉，就是他讲的故事之一。

雷山县脱贫攻坚任务很重，因为地处少数民族地区，教育扶贫更是其中的一个重头戏。教育扶贫，少了哪一个贫困学生都不行，差一个孩子不到位就不能谈实际成绩。控辍保学、送教上门、关爱留守儿童、精准资助圆贫困学生"人生梦"，方方面面都有人在写感动人的故事。

确保该上学的孩子个个进校园，雷山从县委书记、县长到职能机构、学校、老师，大家都在出主意、想办法。

一些学生初中毕业后没考取普通高中。让他们"信马由缰"，就不能做到"没有一个人失学"。不怕！职业教育风生水起，学校的大门始终向这些孩子开着。

二〇一七年，雷山县政府与北京百年职校集团签订协议，由百年职校集团对雷山定点帮扶。当地孩子进了百年职校分校,学费、衣着被服费、来回交通费都可减免。学校还实行做好事积分制,积分可以兑现现金。也就是说,不用花一分钱,学生能接受系统的职业教育,而且确保就业。

最打动人心的,显然是这一条。雷山贫困学生走进职校。一些最开始汉语都讲不好的苗族少年,毕业时已经是满口普通话,对人彬彬有礼。职校教育确保雷山县学生入学一个都不少,职校生活也使贫困学生得到磨砺。

一位已经在贵州民族大学就读的曾经的雷山职校学生,在互联网上发出帖子,讲述职校留给她的美好记忆:"职校学生逆天了:昔日上不了高中,今日居然上本科!"她讲述自己的心路历程很真诚:"我初中毕业就选择了职校,亲朋好友都不支持。在职校,我找到了新的起点,不再迷茫,有自己的目标,学到了很多东西。我能有今天,真要感谢职校!"

二〇一八年底,一件不同一般的案子惊动了雷山县委书记和雷山县县长,惊动了县教科局和公安局。

当年国庆期间,随改嫁的母亲,从凯里市三棵树镇转学到雷山岔河小学五年级读书的苗族女孩李玉九,突然"失踪"了。其实李玉九本是雷山朗德镇老猫村人。这次随母回乡本就有些气,同妈妈大吵一架便离家出走。依据蛛丝马迹,研判出她的去向。后来终于在福建省晋江市找到了她,并让她重新入学。

父母出外打工,子女跟着出去。这批孩子的就学该不该管?雷山的态度很明确:走村入户,排查核实,一管到底。想留在当地的,一应材料准备齐全,配合家长让儿童就地入学;愿回家乡读书的,学校大门始终敞开。个别从外地嫁进来的女子,学龄期误了上学,也必须"回炉"。一些随父母外出的少年,已经进了当地工厂。不知跑了多少路,费了多大的劲,终于让他们重回课堂。一百八十六名散布在各地的雷山儿童都进了学校,老百姓感慨不已:"这样抓教育扶贫我们都在受益。"

雷山全县有两千多名留守儿童,要求老师像爸爸妈妈一样,真正把心交给他们。在雷山三小阳光儿童室，我们见到了一次这样的心灵碰撞。

学生们刚结束期末考试，一些人就急不可耐地跑进活动室。她们要与远在外省的父母亲视频聊天，孩子们知道爸爸妈妈也急着想知道这边的情况。校长、副校长、少先队大队部辅导员比学生们到得还早。他们想让留守儿童学生快些同远方的父母连上线。

五年级学生余建成，刚同在浙江义乌的爸爸连上线，那边大概正忙着什么事，又下线了。几位老师围在屏幕前，帮着余建成继续连线，看她们神态，比学生还急。同是五年级学生，妈妈也在义乌打工的余珍珍运气就好得多。她已经在屏幕上看到了妈妈的样子，听到了妈妈的声音。

妈妈："今天都考完了？感觉怎么样？"

余珍珍："还好吧。只是现在觉得没事干了，不知道该干些什么？只是想你！"

妈妈："考完休息一下，还是要看看书，不要到处跑！多学习点总是有好处。"

余珍珍："妈妈，你们啥时候回雷山来过年嘛？"

妈妈："快了。十八号你爸爸开车回来。"

余珍珍："真的想你们！不会让你们担心的。"

聊着聊着，从荧屏上看见，妈妈那边的贵州老乡都围过来，向余珍珍打招呼。

余珍珍这边，老师和学生也围了一圈。他们在分享余珍珍的幸福时光，在替珍珍高兴。

余珍珍说："我想爸爸妈妈，可我也爱老师，他们像我的父亲母亲。"

在雷山县，我还看到了这样一段视频。

崎岖的山道上，几位教师走得气喘吁吁，脸上渗出汗滴。这是大塘镇小学的老师：陈尚芝、吴贵英、吴隆明、任如泉。正在去镇上鸡鸠村，送教上门。

特事特办，这些年雷山县一百多名残疾儿童都入了学。但是因于生活无法自理等原因，还有些残疾儿童不能进学校。教育扶贫不允许丢下他们！二十四名教师承担起"送教上门"的特殊任务。

雷山县抓教育脱贫"一个也不能少"，受到外界热切的关注，方方面面的支持也很给力。

为了确保雷山没有一个孩子因为贫困而辍学，黔东南州教育基金二〇一八年专项资助一百三十万元；贵州省建工集团，从二〇一七年到二〇二〇年，每年资助一千万元，解决雷山贫困学生就学费用问题。

一些远在浙江的一些企业家，也伸出了激情相援的手。大家心照不宣，为的是一个共同的目标。

岂止是凯棠、雷山，全省目标都很一致，"守底线、走新路、重扶贫、抓质量、强服务。"

贵州在全国率先启动农村学前教育营养改善计划。二〇一二年初，全省各级政府机构*成立了营养计划领导小组，还被纳入当年全省十大民生工程。为农村学前儿童提供每人每天三元的营养膳食补助。实现了营养改善计划全覆盖，所需资金由省、市（州）、县（市、区）三级财政按照四比三比三的比例共同承担。铜仁市碧江区第五幼儿园园长刘诏说："以前，家长意见最大的就是伙食，担心孩子的营养不够。所以学前营养改善计划实施后，孩子们每天都能喝上牛奶，家长测评中最满意的就是我校的餐食。"

农村义务教育营养计划也在受益，全省累计下达营养膳食补贴二百三十六亿七千九百万元，惠及三百八十多万农村中小学生。形成了"校校有食堂、人人吃午餐"为基本特征的"贵州特色"，农村学生营养午餐。

不少农村儿童可以像城里孩子一样上幼儿园。截至二〇一九年底，贵州全省学前教育普惠率达到百分之七十九点八，学前三年毛入学率达到百分之八十八，超过全国平均水平。

办好易地扶贫搬迁点学校和大办职业教育，是"黄金十年"贵州教育扶贫的两大亮点。

把最好的学校办在搬迁区，让最好的教师去搬迁区，用最高的标准要求搬迁区，确保全市八百四十二个安置点一百八十八万搬迁群众子女，都有学上，而且上好"学"，从根子砍断贫困的代际传递。

职业教育借东西部扶贫协助发力，先后与上海交通大学、浙江大学等十所高校签订省级"战略合作协议"，教师前往宁波、大连、青岛、深圳等地挂职学习，并与杭州等八个城市的高校签订对口帮扶协议，贵州职业教育质量水平上了新台阶。

浙江学军中学原校长陈立群，本是农家子弟。他"从大山走出"，又"向大山走去"，退休后出任贵州台江县民族中学校长。不要任何报酬，只想让一座优秀的民族中学在群山中自豪地站起。他领着学生种了一片郁郁葱葱的"志向林"。他为学校设立了"励志节"。

中央宣传部授予他"时代楷模"，这褒奖后面，是贵州广大农家学子教育得到有力保障的喜悦心情。

2

在毕节市采访时，七星关区一位乡镇干部对群众幸福感的见解，让我感觉新鲜。

一达标两不愁三保障，既从生存层面上满足群众吃、穿、住的基本需求，又从生活层面上符合群众保卫健康与生命、普及教育追求进步的渴望，实现这个目标，是对"人民至上"理念的一次伟大实践。

这种实践，直击人心。人民看得见，感觉得到，它带来的巨变，就是老百姓心中的"口碑"。人生不足百，却难免疾病相缠。贵州的长期穷困，与困在大山严重缺乏医疗保障紧密关联。没有路走出大山，人有病，无处诊看。

我在前面写到过的那位中组部派驻台江县老屯乡当"第一书记"，后来

第六章 一剑磨罢笑颜开

牺牲在脱贫攻坚战场上的王小权，当地群众常说到他与一座桥的故事，就同医疗保障相关。

巴拉河在皆蒿村里拐了个弯，便把被唤作"阶南南寨"的村民四组甩到了对岸。有五百多年历史的阶南南寨，民风古朴、风景秀丽，头枕青山、脚锚流水，一年四季都有景可看。但三十五户人家一百五十四人的小寨，几代人却为一件事所困：要过巴拉河，只有靠渡船。

几年前，贫困户张有七孩子被跳蚤咬伤，他智力残疾的妻子情急之下，竟用农药涂抹孩子皮肤，造成孩子中毒昏迷。必须送往县里救治，但此刻巴拉河正涨大水，没人敢撑渡船。后来历经艰险终于把人送到对岸，可还要爬几十里的山路。天将大亮，被咬伤又中毒的孩子才被送到县卫生院。虽然孩子终于得救，可是提起这段往事，还是会触及寨里人的"痛点"。

王小权想方设法协调资金和力量，续建桥墩建起桥面，打通了连接阶南南寨的"最后一公里"，被当地群众一直忆念到今天。

"当代女愚公"邓迎香，凿开一个山洞，让山里的麻怀村与世界相连。她初衷的一个部分，也来自一个因为缺乏医疗保障而早夭的孩子。

她曾有过一个三个月大的儿子，吃完奶后还幸福地对她笑了一次。当天晚上却发起了高烧，山里面没有医生，只喂了几口熬好的草药，第二天晚上，孩子已经口吐白沫，眼睛上翻。只有急送县医院，可医院远在四十公里外的罗甸县城里，漆黑的夜里，邓迎香抱着孩子，踏着羊肠小道翻过了不知多少座大山。就在离县医院还有十几公里的山上，三个月大的儿子再没有生命的迹象。

因病因穷致贫，或者越发加深贫困生活，在贵州农村，曾经是普遍到再也无法普遍的现象，一户原来小康的人家，一旦出现一个危重病人，或是一个成员因伤致残，全家就会被拖累重新跌回贫困的深渊。因为没钱看病，小病拖着"好"，大病拖到死，随便到一个山寨走走，几乎都可以听到这样的故事。

就在我去采访的七星关区，这样的例子就不少。

碧海街道西冲社区马家坪组村民马金友，曾是一个在当地小有名气的泥水匠，夫妻俩勤劳苦干，不仅走到达到脱贫标准，而且日子过得红火。可谁料到疾病同时落在两口子身上，丈夫无法再干重活，他家成了建档立卡贫困户。

在小坝镇一家专业合作社打拼过的农民靳晓宇，原来一家的日子正在蒸蒸日上。谁料患了急性盲肠炎，这种病本来在城里不算大事，可却被工地附近的一家诊所误诊，造成肠穿孔，险些丢了命。最后，腰杆永远挺不直了，走路也一颠一簸。

没有健康保障，何谈挣脱贫困的羁绊？不保障人民健康，全面小康、乡村振兴的战斗怎么打响？

党的十八大以来，贵州一直在打一场健康扶贫的硬仗。"努力让农村贫困人口有地方看病、有医生看病、有制度看病和少生病"，是检验这场硬仗的标准。最广大人民群众有没有在医疗保障上感受到党带来的春风与温暖，既是初衷，也是想要实现的境界。

按照精准"到村、到户、到人"的要求，在全省范围内摸准贫困患者情况和参保待遇落实状况，把管理服务精准到人是首战，要"有的放矢"。

说到这里，我又想起六盘水市钟山区月照社区，那个独山村的第一书记唐耀。他去村里最穷的寨子水井村探访，第一个走进的就是文士学家里，这两口子都患有肺结核病。唐耀的第一印象是："这哪里像个家！"

几间老旧瓦房，间间屋墙透光见风，报纸东糊一面西补一张的墙壁，被煤烟熏得一片漆黑。一盏十多瓦的小灯泡，发着幽幽的光，照着缺乏生气的一家人。当年四十七岁的文士学，病病怏怏，说话有气无力："有点钱就拿去医病了，病又治不好。这日子没想头，好歹过一天算一天。"这样的人，需要帮他找回生活的希望和信心。

唐耀事前做过思考，不讲大道理，只讲他的病。"肺结核本不是治不好的病，关键是你自己要再重视些，上心去医。"唐耀仔细翻看了文士学的就诊记录，甚至细到看他每一张交费的清单，帮他算账："搞清楚自己搞点种植养殖能找下多少治病的钱，新农合能帮补多少钱，再看看村里组上能帮上多大忙？天下哪有过不去的难关！"

还建议他一方面抓紧治疗，一方面干些力所能及的农活，既能强身健体，又可以增加些收入。"现在党的政策好，再大的困难也挺得过来，不过你自己也要争气。"这话对了文士学的心，他越听越仔细。

让文士学树立信心是当务之急，唐耀为此没有少想主意。根据他家情况，易地扶贫搬迁和危房改造政策都沾不上边。经过唐耀等人努力，终于搭上了一条政策的车：未脱贫农户家居确有困难，允许拆除旧房在原址建新房。二〇一八年下半年，文士学全家住进了新居。旧房未拆新房在建时，唐耀自己都记不清上了他家多少回，千言万语其实就是一句话："对你我们要帮到底，可你也要有自立的志气。"

二〇二〇年七月的一天，唐耀带我走进文士学家新居。这是一幢近百平方米的砖墙水泥顶建筑，四间正房外带厨房卫生间。文士学坐在堂屋里同我们交谈，人看上去还有些病病恹恹，但眼睛却有神气："唐书记初来我家时，我想这下半辈子只有混着过了，现在却是还想往好的方向奔。"说话间，他还找出来一本存折，唐耀帮他算了一下，上面他一家今年各种政策性补助有四千多元。加上他还能干些力所能及的农活，家里面已经没有了看不见希望的沉闷气息。

一个因病致贫的贫困户同唐耀处成了好朋友，唐耀说，没什么了不起的诀窍，就是以心换心，他们急的事你一定要替他们急，甚至比他们还急；他们没主意的事你非得为他们拿主意，主意要对他们的路。这样才找得回他们的信心，也能得到他们的信任感。有了这一"心"一"感"，再难的事也找得到解决的办法。

唐耀与文士学的故事，可以说是贵州"健康扶贫"首战的缩小版。

心中有数，这一组数据就显得实实在在：到二〇二〇年底，全省建档立卡贫困人口中，已签约并规范服务高血压患者有四十八万一千九百人、糖尿病患者八万七千一百人、严重精神障碍患者七万六千六百人、肺结核患者一万六千六百人，实现了应签尽签。肆掠贵州农村千百年的多发病、常见病进入健康管理范围。截至二〇一九年五月，全省建档立卡贫困人口在我省参保七百六十八万五千四百人，全省建档立卡贫困户累计住院七百九十三万一千五百人次，补偿费用一百二十一亿三千九百万元，住院实际补贴比核定在百分之九十左右，基本实现应保尽保。

贵州省政府二〇一七年出台通知，将三十六种发病率高、医治周期长、医疗费用高、严重影响生产生活能力的慢性病种，全部纳入慢性医疗根治签约服务管理和健康管理。鼓励签约医生或医生团队制定个性化健康管理方案，在饮食、运动、心理等方面提供指导，有条件的地方，一年为农民进行一次体检。

一变跃千年。

还有很多真实的故事，不过它们已经不仅仅涉及为什么人提供健康保障，而是让贫困群众在什么地方看病？什么医生来看病？用什么制度来提供健康保障？

听老百姓讲这些故事，当得起四个字的评价：活灵活现。因为，那完全出于他们的个人体验。

先听普安县楼下镇糯东村上屯六组村民郭云标怎么讲。

搬到兴义救了我一命。要是不搬，我早就去见土地老爷了！这是我的心里话。

二〇一八年六月，我和老伴、孙子、孙女搬到兴义康平社区居住，成为新市民。

我和老伴在上屯六组住了七十年，叫我们搬家，离开熟悉的人，还有种了几十年的田和地，心里十分不愿意。为什么呢？我是个粗人，说句难听的话，搬到兴义，今后过世了，回得来糯东不？况且我已在糯东修了再生居（坟）。

第六章 一剑磨罢笑颜开

"郭伯，搬到兴义，路又宽，想吃什么买什么，医疗条件又好，有什么头痛脑热的，治疗又方便。"包保我们的扶贫干部一次又一次对我说。

搬到是好搬哦。听寨里的人说，城里岔路多很，我们文化低，出门后都难找到回家的路。

虽然不情愿，但在村干部和儿女们一次又一次的动员下，我和老伴终于答应搬迁。

天有不测风云。二〇一九年八月的一天，我从州中医院复查病情出来，走到宣化街，当天天气很热，突然晕倒，幸好两个好心人拨打120把我送到医院。医生马上用我的电话打给我老伴，"你老伴脑溢血，我们正在抢救，快来！"

听女儿说，当天我从州中医院转到兴义市医院，住进重症监护室并进行开颅手术。医生说："要是晚来十分钟人就没救了。"

我住院花了三十多万元，国家根据精准贫困户相关政策报销后，我家仅花了三万多元。

如果不搬到康平社区，还在糯东村，生这么大的病，从楼下镇到兴义就医，至少要走一个半小时，三拖两拖的，恐怕我早就没救了。还有，如果没有党的医疗扶贫政策，我去哪里找这么多的钱？医不起，只有等死。

出院一年多了，虽然我现在出行还挂着拐杖，可每天都要到社区，和搬来的老乡聊聊天。

托共产党的福，我还想多活几十年！

蒲斌的故事又不一样。

蒲斌是毕节市七星关区燕子口镇人，贵州城市职业学院大二学生。半年前他和父亲离开农村的家，在城里租房居住。父子俩进城租房，与家庭一桩变故有关。

患有尿毒症的母亲必须进城治疗，每月七八次透析，为了方便透析，全家才进城租房住下。高昂的费用对这个家简直是天文数字。加上妹妹也上了大一，家里恨不得把一分钱掰成两半花。

最后，还是医疗扶贫政策救了这个家。

家里的那本"账"他们几个都很清楚：妈妈做透析和平常治疗费用，通过医保和大病专项救助政策，差不多都能报销完，家里负担自然也少了。

他们知道该报党的恩，报恩的方式也很简单和清晰：蒲斌和爸爸在新冠肺炎抗病期间出来当志愿者，妹妹留在家专门照顾妈妈。

他家的房子租住在桂花社区，位于老城中心。只要有空余时间，蒲斌父子都总在防疫卡点值守。社区里不少像他们父子一样的普通人，都主动要求来当志愿者，为他们共同的"家"筑牢安全防线。

这些年来，贵州大数据产业发展让人眼前一亮。利用这个优势，全国第一个由政府主导建立的省、市、县、乡四级远程医疗服务体系在贵州出现，边远山乡也可以共享城市医疗资源。自二〇一六年六月实现公立医院全覆盖以来，服务总量一百六十二万例次，累计节约医保与群众的自付费用、外出各种费用约六百一十一亿元。"看不见的空中医院"，让更多人感受到党的温暖。

贵州医疗扶贫，坚持制度优先。全省贫困人口实现基本医疗保险、大病保险和医疗救助"三重医保"全覆盖，政策范围内费用保障水平达到百分之百。"新农合"参合率为百分之九十九点七，参加者为三千一百九十九万多人。应保尽保，应治尽治，守住了人民群众健康底线。

东西部扶贫协作，为贵州医疗扶贫打开一扇八面来风的窗。

二〇一六年秋天，贵州省政府和原国家卫生计生委签署《关于共同推进贵州医疗卫生事业改革发展的战略合作协议》，提出统筹借力全国优质医疗卫生扶贫资源，加速推进贵州医疗卫生事业发展。

两年之后，广州市越秀区妇幼保健院主治医师叶诏炜来到贵州长顺县。

作为对口帮扶援助的医疗专家,他挂任长顺县医疗集团中心医院妇幼院区副院长,主管儿科。

尽管他发现长顺县城很精致,但马上又发现长顺的儿科诊疗,有太多环节需要完善。因此,帮扶期快满时,他要求延期三个月。

请叶医生留下宝贵的技术和经验,是长顺县很多儿科医生的心愿。

授人以鱼,不如授人以渔。在长顺期间,他授课近二十次,培训一千多人。不少人经过系列培训,成为独当一面的科室业务骨干。

医院请他再留半年,他答应得异常爽快,因为他觉得要做的事还太多。

当地群众普遍缺乏正确的健康常识,他看在眼里急在心里,认为尽快堵住这个源头,可以减少疾病发生。

他建议以广州越秀区驻点帮扶的医疗团队为主,本地医疗集团中心业务骨干为辅,组成团队,到基层去向群众做健康教育宣讲。半年时间里,宣讲安排了十九场。

原来只需要在长顺县待上三个月的叶诏炜,为了在长顺留下一支"不走的宣传队和医疗队",整整干了一年,完成了预定的所有工作计划。现在,叶医生已经回到广州,可和长顺仍是热线不断,问他的问题五花八门。有请看B超结果的。有问儿童体检中疑难问题的。甚至长顺县一些准妈妈成立了"孕妈妈群",也强烈要求他进群做指导。

这只是贵州医疗扶贫中调动各种资源,加强人才队伍建设的一例。援黔医疗对口帮扶,留下很多支"带不走的医疗队",最大的受益者就是老百姓。

毕节七星关区柏杨林街道,是个规模很大的易地搬迁扶贫安置点,我在那里听到老乡们传唱的山歌:

过去生病无奈何,只能家中把病拖。
如今有病住医院,报销自有新农合。

听唱歌的一些农民喊起来:"岂止是报销自有新农合?要加上健康产业把贫脱。"

他们讲得有道理。大健康产业在贵州医疗扶贫中应运而生。健康养生、健康旅游、健康食药,哪一样不让农民群众增加了脱贫致富的路径?

3

居者有其屋,这口号从古喊到今。

只有中国共产党,一直把解决住房问题挂在心上。

因为贵州的"穷",所以更有告别"危房"的迫切愿望。

二〇一〇年,贵州就推行过农村"茅草房改造工程",让人看到了党急人民所急的火热心肠。

毕节市七星关区的同志给我讲过,在当时背景下,这也算是巨大的社会进步。七星关区曾是国家级贫困县,地处"乌蒙山集中连片特殊困难地区",农村住房问题比别的地方更突出。能住上"权权房"、茅草房就算说得过去了,有人还住在山洞里。所谓"房",下边是牛圈,上面是卧房,不过比牛圈多了一铺席子几层竹竿。人畜同居习以为常,这边人做饭,那边猪狗乱窜。

让茅草房能够遮风避雨,给茅草房开几扇透光透气的窗,标准尽管十分粗放,但改造后的农居至少比过去安全,虽然属于"救济式"的扶贫,但也算走出了解决"危房"问题的第一步。

"黄金十年"尤其是其中后几年,"居者有其屋"成为脱贫攻坚和迈进全面小康的重要组成部分,这个重大民生问题才真正拉开了解决的序幕。

贵州农村危房改造,在"黄金十年"经历了几个阶段,结果都让人民群众击掌称赞。贵州率先开展农村老旧住房透风漏雨整治工作。二〇一三年至二〇一七年,农村危房改造总数已有一百六十多万户。二〇一七年,贵州启动农村危房改造三年行动计划，以建档立卡贫困户、低保户等四类对象为重点，改造二十八万九千一百户，非四类重点对象，改造十六万五千八百户。二〇一七年、二〇一八年、二〇一九年，住房和城乡建设部和财政部组织的全国农村危房改造年底绩效考核，贵州连获三个第一。

与"危改"同步的改厨、改厕、改圈"三改"，仅二〇一九年，省级财政累计投入资金一亿五千八百元，对七万一千二百户群众房屋开展人畜混居专项整治，大大改善了农村卫生健康条件。

"危改""三改"效果怎样？我在省住建厅摘抄下一些案例，效果可见一斑。

案例一：

兴仁市潘家庄镇弥勒屯村林民王明书，四十岁时丧偶，女儿外嫁，儿子在外务工。以前，她的老瓦房下雨就漏，去年得到加固维修，更换檩条和瓦顶、粉刷墙壁、新建水冲厕所等。今年春节，儿女回家过年感慨，"国家好嘛，政府为老妈修房子。"她还说，有些受助家庭自建住房，花费七八万元，甚至十万多元。新房装修、家电、家具丝毫不亚于城市。

案例二：

关岭县沙营镇交界村超过一半是建了几十年的木瓦房，不少存在透风漏雨的现象。二〇一八年十月，村里大排查，在八个自然村寨分别开了八场院坝会。会前，村干部挨家挨户宣传专项整治的认定标准和程序；会上，大家就名单上村民的家庭条件、房屋实际情况等是否符合改造标准，挨个提出看法意见，确定初步报送名单。"名额分配是不是公平，群众都看在眼里，这样才真正公开透明。"交界村村支书介绍，名单报送后，台账数据实行"两条线""双签字""双责任"：党政线由乡镇（街道）党政主要负责人审核签字，业务线由住建、扶贫、民政、残联部门主要负责人签字。

村民主评议、张榜公示、乡政府审核、县里审批……二〇一九年初，村民毛昌文期待已久的改造工程终于动工了。毛昌文回忆，在十多天施工期间，"来了好几拨人查质量，还拍了照片"。他提的"好几拨人"，来自村镇和县里的住建、民政及财政等部门。

让村民全过程参与，贵州编印农村危房改造政策明白卡、简易设计范本等资料免费发放至各地；为保障住房改造质量，贵州建立农村危房改造"五主体、四到场"制度：乡镇规划建设机构、国土资源机构、村委会、承建人、建房人五合主体；建筑放样到场、基槽验收到场、主体封顶到场、竣工验收到场。"我的房子，政府比我还上心！"毛昌文说。

案例三：

午后的阳光透过明亮的窗户，照到坪上村六十八岁老人陶老八的脸上。"以前白天在家里都要打手电筒，现在可敞亮了。"老人对新改造的窗户十分满意。房子还是原来的房子，居住条件却大为改观。二〇一九年，陶老八家的房屋危险性被评定为B级，主体结构安全，却存在透风漏雨、门窗配件朽坏等现象，"政府组织的施工队来修理了十来天，屋子大变样。"

案例四：

"老房子是二十世纪八十年代修的，雨天怕漏，刮风怕倒。"紫云县猴场镇坪上村，村民张华军家的木质房经鉴定评为D级危房，可享受危房改造补助。但张华军长年卧病在床，没劳动能力。"改造？以前想都不敢想！"

二〇一九年，针对这样无自筹资金能力、无劳动力的贫困人群，当地政府以农村危房改造费用标准，集中统一建设安置点，将村里十三户贫困户统一搬到安置点。县里对自筹资金和投工投劳能力极弱的"4类重点对象"危改户，实施兜底改建。在保证质量的同时有效控制建筑面积，减轻贫困户建房负担。二〇二〇年四月，张华军一家特意挑了个好日子搬进新家，水泥房，间间宽敞，卫生间、厨房带都在屋里。"这房子真不错，这日子真有奔头。"

案例五：

五十一岁的陈正兰，是纳雍县勺富镇务井村的建档立卡贫困户，丈夫前些年过世后，她一直在外务工。二〇一九年，孩子大学毕业后参加工作，她决定回到村里。

"又漏雨了。"陈正兰的房子是二十多年前盖的，不知什么时候出现了裂缝。从二〇一九年到二〇二〇年初，村里前后帮着修补了三次，漏雨问题却一直没能得到根治。脱贫攻坚挂牌备督启动后，纳雍县抽调二百零二人组成二十六个工作组，对全县建档立卡贫困户和边缘户住房情况全面排查。

二〇二〇年四月，专业技术人员经过现场勘查，发现陈正兰家的楼板存在问题——埋在混凝土里的不是钢筋是铁丝，导致屋顶裂缝难以修复。更严重的是，墙体是用石灰代替水泥砌起来的，承重能力十分有限。房子被鉴定为危房，陈正兰拿着两万元补助，自己又加了些钱，拆旧房、建新房，"下雨再也不怕漏洞了，做梦都要笑醒呢！"从根本上解决老房子的透风漏洞雨问题，既达到了修复效果，又保留了传统民居的整体风貌。

贵州脱贫攻坚战中住房保障成果斐然，农村饮水安全成绩也可圈可点。

解决贵州农村饮水安全，跨越了五个历史阶段。一九九六年至二〇〇四年，先后实施"渴望工程""农村饮水解困工程"，累计投资二十一亿九千一百万元，累计解决一千八百万农村居民饮水困难，实现从"没水喝"到"喝上水"的转变。二〇〇五年至二〇一五年，累计投资一百三十三亿二千九百元，实现从"喝上水"到"喝好水"的转变。

让人记忆犹新的，是"黄金十年"里的三个阶段：二〇一六年至二〇一八年五月，实施农村饮水安全巩固提升阶段；二〇一八年六月至二〇一九年十二月，解决农村饮水安全问题攻坚决战阶段；二〇二〇年一月以来，开展农村饮水安全挂牌督战阶段。

历经三个阶段的鏖战，全省贫困人口已经全部达到饮水安全评价标准，全省脱贫攻坚农村饮水安全"歼灭战"取得决定性胜利。

以全省唯一一个毛南族乡卡蒲为例，一滴水可以折射阳光。听黔南州作家雷远方给我们讲那里水的故事。

"秀水井"，是卡蒲毛南族乡新关村一口井的名字，也是秀水井村民组的名字。其实"秀水井"原来叫"锈水井"。三十多户人家聚居在高山之上，仅仅靠村口大柏树下那口不大的井维持生活用水。井水来自地下的深层，水中含有矿物质，井埂锈迹斑斑，"绣水井"因而得名。

秀水井组真是"滴水贵如油"。寨子前面，有不少田，都是"望天田"，打雷下雨了才能栽秧，被人戏称为"雷公田"。"绣水井"经过三次改名，因为那口井经过三次修建，都没能彻底扭转寨子里用水难。

"黄金十年"，卡蒲乡所在的平塘县启动水利"三大会战"农村饮水安全工程项目。二〇一四年十二月，这个引水工程项目建设竣工，项目涉及卡蒲等六个村，惠及三十多个村民组。通水那一天，秀水井组全寨沸腾。拧开龙头，看到哗哗流淌出来的自来水，一位八十多岁的老太太热泪纵横。有一个喜欢唱山歌的妇女，看到梦想成真，抑制不住兴奋的心情，山歌夺口而出。

政府引水上山冈，

泉水顺管进村庄。

拧开龙头喝清水，

短短龙头幸福长。

什么都不用多讲，解了农民千年用水难，人民群众发自内心的喜悦和感激，增加着"黄金十年"的分量。

毕节七星关区一位农民说得好：教育、医疗、住房，包括用水都有保障了，肯定是"两不愁三保障"之后才会出现的事。几十年前，这里的农民人均口粮不足四百斤，极贫人口有二十一万多。现在光是人均收入就要过万元，贫困的帽子早被丢掉了。强烈的对比感，带来强烈的获得感与幸福感。

这，应该是"黄金十年"，贵州广大农民群众的一种共性体验。

二　阿妹戚托小镇的笑声

1

俗话说，一方水土养一方人。可现实是：有时一方水土养不了一方人。

那首歌是怎么唱的？

这里的山路十八弯，

这里的水路九连环，

这里的山歌排对排，

这里的山歌串对串……

贵州的山路岂止十八弯？"上山似登天，下山到溪边，两山能对话，走路大半天。"

乌蒙山、大娄山、苗岭、武陵山、麻山、瑶山、月亮山……云遮雾障的苍茫群山中，上千万贫困人口渴望着生活来一个彻底改变。

二〇一五年十二月，贵州历史上最大的民生工程、挑战贫困的易地扶贫搬迁战斗打响。

这个工程何等震撼人心！五年时间把一百九十二万农民群众从贫困山区搬进城镇的新楼群、新社区，一百九十二万农民"一夜间"成为"新市民"，斩断了贫困代际传递的根。搬迁总数超过长江三峡水库移民，是改变全省城乡格局、城镇格局、产业格局、生态格局的一次大行动，有人称为"新时代的一次壮阔大迁徙"。

一方水土养不活一方人的地方，实施易地扶贫搬迁，贵州在全国打响的是"头一炮"。再穷的家也是家，毕竟故土难离。贵州提出的口号是：搬得出、稳得住、能致富。别看只有九个字，掰开了却有很深的道理。其实是点对点回答"易地扶贫搬迁七问"——人往哪里搬、钱从哪里来、地从哪里划、房子怎么建、收入靠给啥增、生态如何护、新区怎么管。

五年奋战不一般，"贵州答案"准确清晰：

坚持城镇化集中安置。在县城周边，甚至是在市（州）所在地附近，建设易地扶贫搬迁安置小区，与城镇化通盘考虑，"新市民"既能享受到良好的公共服务，又为就业预留空间。

坚持省级统一贷款，统一还款。意在让市、县两级没有后顾之忧，一门心思谋划易地扶贫搬迁的大事。

坚持以县为单位，集中修建移民小区安置房。县级"包保"工程进度、质量、成本、面积、个人自筹标准，确保符合省里统一要求，贫困户不因搬迁而负债。

坚持以户定搬、以岗定搬，有多少就业岗位，就确定多大安置容量。保证搬迁户每户至少一人或一人就业，有经济来源。

坚持以自然村寨整体搬迁为主。贫困发生率在百分之五十以上、五十户以下的自然村寨，一户不落，一个不少地全部搬出大山，斩断贫困代际"遗传"。

这场前无古人的幸福大迁徙怎样创造着奇迹？让我们走进黔西南州晴隆县阿妹戚托小镇看个仔细。

阿妹戚托小镇就在晴隆县城郊，五年前的形象还只是挂在墙上的若干张设计图，远在深山的三宝彝族乡整体易地扶贫搬迁，六千多人搬出大山，占了小镇八千人口一大半，阿妹戚托才有现在的模样。

三宝乡没有宝。我在阿妹戚托镇上的陈列室里看过一个展示沙盘，三宝乡距晴隆县城七十多公里，中间隔着一层层的大山，坐落在一个陡峭的山顶上。

三宝乡名字起得好，其实无路、无水、无电、无地、无粮、无资源，二〇一六年时贫困发生率仍然高达百分之五十七点九，理所当然被划入贵州二十个极贫乡镇。

据说，当年州里来的扶贫干部走进乡里的三宝村，一座破木房前一个矮个女子穿得破破烂烂，怀里抱着婴儿，旁边还拉扯着两个孩子，他便发问：

"你多少岁了？"

"二十三。"

"这是你家老大？"

"哪里？老大在那边。"说的是身边大些的孩子。

"老大五岁，老二三岁，小的这个是老三。"三个孩子的母亲才二十三岁，十七岁就当了妈妈。

这样的地方，生存下去都困难，何谈脱贫攻坚致富奔小康？只能壮士断腕、痛下决心：搬！于是，三宝成了全省两个整乡搬迁对象中的一个，而且，要搬去的地方有个好听的名字："阿妹戚托"。

阿妹戚托是彝语，源于古老的彝族"姑娘出嫁舞"。历史往往会有巧合，这美丽的名字，恰恰同当初扶贫干部在三宝村看到的情景形成巨大反差，穷到顶了的三宝乡，要一步跨进天堂。

动员老百姓离开故土很难，"穷家难舍"在这里得到充分应验，其中产生的一些故事近乎悲壮。"难"的焦点，用老百姓的话讲，就是搬出去靠什么吃饭？这一点就必须"顶层设计"在先。

从村民到新市民，从田间到车间。

三宝乡的父老乡亲，到了阿妹戚托小镇，必须经历这样一场"蝶变"。

横空出世，建一个不一样的扶贫移民小镇，来了的新市民将来干点啥？"顶层设计"是"四点成一面"：既然是易地扶贫搬迁安置区，鼓励和组织外出打工仍是就业重点；把安置区建成文化旅游景区，"新市民"可以吃上"旅游饭"；以"阿妹戚托"民族舞为依托，组建演艺公司，让被列入国家非物质文化遗产的歌舞，也为"新市民"过上好日子做贡献。"四位一体"设计打造的阿妹戚托小镇，洋溢着浓浓的幸福感。

二〇二一年十二月四日，是个周末。早晨五点多，我从阿妹戚托小镇上的民宿里醒来，夜色还没有褪尽，窗外已有些人喧鸟鸣。想趁着早上人少，把镇子好好转转。

一对三十多岁的夫妇骑着摩托车过来了。他们从牛头山脚赶到虎头山下，花了十多分钟时间。这里有两口子经营的小吃店兼微型超市。两人动作都麻利，不一会儿，炸土豆片、烤鸡脚、火腿肠、手抓饼热腾腾地端了出来，准备迎接第一批食客。他们叫肖正英、王天星，靠这个小店，一天有一二百元收入，肖正英说："勤快就能找到钱，每天我们都起个大早，心里总是很痛快！"

七点多钟，路上的小汽车、摩托车和行人渐渐多了起来。迎面走来的保洁员杨顺英，她扫了一个小时的街，这会正拿着手机听苗歌，散步回家。她说，早上空气很新鲜，劳动一下再散步，真的很悠闲。她还告诉我，晚饭后要到对面的牛头山片区跳广场舞，那里的舞伴有一百多人呢。

再往前走，碰上一位叫吴吉凤的小姑娘，她在镇上教育园区里的晴隆六中上学，今天是星期六，拉着行李箱回自己在小镇安置点的家，明天下午再返校。这一说，我发现一路上竟有几十位和她年龄相仿的少年，和她一样拉着行李箱回家过周末。问他们："六中好不好？"许多人伸出了大拇指。正同他们说笑间，一辆公共汽车从我们身边开过去了，"阿妹戚托——晴隆县城"，车牌很显眼。

阿妹戚托小镇，新的一天开始了！

"虎头山""牛头山"都是让阿妹戚托小镇新市民寄放乡愁的地方。三宝乡搬迁之前下辖大坪、于塘、三宝三个村，搬过来的三个片区分别叫新坪、新宝和新塘，三个"新"字加得好，让人记住乡愁还有新的念想。彝族崇拜太阳和老虎，苗族的图腾就是牛。"牛头山""虎头山"，甚至小镇里的街道用的都是三宝乡的老地名，悄悄地就增加了搬迁农民的亲近感。

新宝社区边上有个规模不小的工业园区，可惜周末没人上班。居委会主任杨富云说："不怕，数字都装在我脑子里呢！"社区两千零五人，四百九十五人出外打工，剩下的多半进了工业园；还有一批人把临街门面打整出来，干起服务业。杨富云肯定地说："一户就业人数早不止一人，整个社区人均收入超过七千五百元。这同富的地方比不算什么，比三宝乡的时候，就是天和地的差别了。"

阿妹戚托小镇多"绣娘"。杨富云连着带我看了三家绣品服饰店。

三十多岁的苗族妇女陈勇惠，把"晴隆永惠服饰店"开在新塘社区街上。进店时，她正伏在掌上一针一线做一件苗绣服装。"好漂亮！"这服装红分几色，蓝白黄搭配精当，像工艺品一样。布料是她专门买来的，花全是手工绣的。陈勇惠说，值钱就值在这全手工上。店里还雇得有两名工人，也是镇上的移民，拿计件工资，月收入近两千元。

陈勇惠很欣赏自己的作品。二〇一九年开店以后，她制作的苗饰服装一直是做一套卖得出一套。"这套服装美吧？是上个月接的婚服订单，一套卖一万多元哩！"陈勇惠指指点点，笑容比五彩缤纷的服饰还要灿烂。

中年妇女李定英的店开张不到一年。开店的理由很简单："打工打了十几年，不想打工了。"

她的店只搞来料加工，手头一套民族服饰已做了一个星期。一边工作一边谈自己搬到阿妹戚托镇、身份变化的感觉。她有三个小孩，大的读中学，小的念小学，都在镇上的教育园区。过去在三宝乡，孩子上学要走一个多小时山路，现在十多分钟就到了。大人再不用外出打工了，看病、照顾老人、买东西都方便，也好找事干。说完这些，她望着我问："这下应该算个城里人了吧？"她说，现在谁要再让自己回三宝乡，打死都不会干！

最特别的是当天中午去的"毛章粉彝族服装店"。门头上挂着锁，七八个妇女围在店门前，我以为出了什么事，一问才知道这些人是从兴仁市大乡镇赶过来的，专为定做几套婚庆衣裳。年长的是妈妈，依次是女儿、孙女，从五十六岁到三十多岁、六岁。她带着一家三代人，跑这么大老远来是因为儿子要结婚，专门来给未来儿媳做民族服装。

毛章粉回家吃饭匆匆赶回店里，拿出样品一件件任客人挑选式样。

来客中的女儿看中一套白底起花的彝族衣裙，妈妈也很喜欢。

毛章粉乐了："你们眼睛还尖！这套衣服上的花是用十一种不同的红丝线绣出来的，一个月才做得出一套，新娘子穿上会更漂亮！"

她家的彝族服饰打出了牌子，普安、兴仁、盘州都有人来买。生意红火了，原料要外买，工序要外包。有人专管做花带，有人只绣衣服上几种花，直接间接带起镇上三十多户人，形成了一条"产业线"。把一个店子盘得风生水起，这位"新市民"说起理由却很简单："过去在三宝乡有手艺也赚不到钱，现在大家都有钱挣，在镇里把日子过得很幸福。我三个子女都在贵阳上大学，小女儿读的还是研究生。我再努力挣点小钱供娃娃们读书，将来他们会过得比

第六章 一剑磨罢笑颜开

我们还好！"

杨富云主任看我不停地往本子上记听到的话，微笑着开了口："要是放在过去，你可能根本不相信这是农民说的话，但它千真万确是现在小镇里'新市民'的所思所想。不过这有一个过程，从过了几千年农耕生活的村民，一步变成新市民，现在又成了ＡＡＡＡ级景区里的居民，这中间有几个跨越几次适应。"

第一次跨越，搬出大山、住进城镇，要适应的主要是新的生活环境、生活习惯。刚开始来的时候，垃圾到处乱扔，不知道怎样使用厕所，夜半三更还高唱大喊，要给一个适应期，慢慢他们会变。

第二次跨越，是身份的转变，要从农民变成工人，适应起来有一定困难。但是通过培训、宣传，搬进镇里的农民会逐渐懂得城市生活的规矩，从只会向政府张口变成主动找创业就业机会。就业渠道多了，人际关系变了，融入社会能力加强了，不再封闭了，不只总想着家乡那块土了，这是一次"凤凰涅槃"。

第三次跨越，真正把自己当作"新市民"了，不仅生活习惯、举止言谈、环境卫生要大变样，还希望把生活过得更美更好。镇上为什么出现那么多"绣娘"、那么多民族服饰店？就是因为老百姓日子越过越好，过去结婚只穿几百元的服装，现在婚服要值一万多元，才催生了开民族服饰店的想法："我们生活在这么美的景区里面，不但景要美，人也要美。"

所以，打造文化旅游景区的顶层设计也就显得顺理成章，推进的速度很快。

阿妹戚托小镇按照ＡＡＡＡ级景区标准建设，有民俗风情，有民族建筑，有林草湖塘，更有奇特的"阿妹戚托"。这个舞蹈只有十二个动作，上身不动，只靠脚踏鼓点，洒扫庭院、春播秋收、孝敬父母、和睦邻里都变成舞蹈动作，欢愉之中有教喻，看了让人喜欢。离小镇不远，便是赫赫有名的"二十四道拐"。两个ＡＡＡＡ级景区绑在一起，老百姓都知道这意味着什么？

听说镇里有个"阿妹戚托演艺公司",全团三十五人都是昔日三宝乡的农民,团长文安梅是省级非遗文化传承人。很想看看她们欢快的舞步,但不巧她带着全团去六盘水市演出去了。

于是,我眼前幻化出一个热烈的场面:文安梅们代表着阿妹戚托小镇的新市民们,载歌载舞,告别贫困的昨天,庆贺着身份的转变、生产生活环境的巨变。她们知道,没有共产党的好政策,没有幸福的今天,更不会有充满希望的明天!

2

感觉到幸福的不只是阿妹戚托镇里的人。

贵州一百九十二万农民在"黄金十年"搬出大山,与过了不知多少代的苦日子彻底了断。在几百个安置点里,每时每刻都有让人感知、使人振奋的"变"。

距离阿妹戚托小镇不算太远的兴义市洒金街道,是由栗坪社区、南兴社区、康家坪社区形成的社区组团。七千零八户三万三千一百七十九名"新市民"分别从晴隆、望谟、普安和兴义的偏远乡镇搬来,始建于二〇一六年。

去洒金街道那天,正是二〇二一年年末,冬日里的阳光,暖暖地散在身上。

好大一个市民广场!有树、有草、有宣传牌,广场那头是硕大的电视屏幕,正滚动着播放节目;广场这边是一排排木椅,椅子上坐满人,他们正在享受难得的冬阳。

朱云秀、田常英几位老太太正坐在阳光下聊天。朱云秀是从兴义市则戎乡搬过来,那里的石漠化和缺水出了名。她说,搬进社区一天比一天觉得幸福,"第一是这里平,不像老家,山都是直起的。"说着,她还伸出手指比画则戎山陡的样子。"这里逛街太方便了,坐三十三路公交车就进城了。兴义城大街小巷我差不多走'焦'了。去八一公园、小岛行人花园，找老年人聊天，看他们下棋、打牌，和他们唱歌跳舞自娱自乐。过去天天去，现在腿不好，隔个三几天去一次，坐车回家前一定要吃碗兴义羊肉粉。"

晒太阳的还有年轻人。三十一岁的易伟，来自晴隆县茶马镇大田村。二十八岁时就搬到社区来了，丈夫在浙江打工，她带着两个孩子在社区读书。这会孩子还没放学，正好到广场上看看热闹，放松一下心情。她说，广场晚上更热闹，会有几百个居民来跳舞，你不参加进去心里会有些痒痒。

和市民广场相比，三个社区的二十三个"扶贫车间"场景更为壮观。车间吸纳上千人就业，包括电子、医药、物流、服饰加工、家具生产、铁艺等多个行业。

筱天服饰有限责任公司就开在当街上，经理魏天坤是从普安县楼下镇小河村搬过来的小青年。他曾经在深圳一家服装厂打工，同老板处得不错。到社区后，先是投资四十七万元办服装厂，其实是深圳老厂的加工车间，原料和销售都由原来那位老板负责。后来投资六十万元办起一个新厂，专做连衣裙，这就有"自主产权"，利润高、员工收入也好。两个厂，解决了一两百号人的就业问题。

"扶贫车间"聚集区两公里开外，顺着山间公路走上去，就是新市民的"种植业就业基地"，占地两千八百亩，种菌、种石斛，高峰时期用工上千人，年龄最大的工人有八十二岁。光食用菌类产品，年产值就达到三百万元以上，二〇二〇年，产值冲破四百万元。

就业基地红火，不仅增加了新市民的收入，还带火了邻近的一个村寨。

洒金街道洒金村打柴山组，离社区四公里左右，距兴义市区七公里，海拔一千六百米，四十二户人家的老瓦房保存完好，寨子里有山有水，社区顺势把它当乡村旅游点打造。

寨子前边的宽阔处成了一个热闹的"卖场"，几十个摊位，吆喝卖的都是山货。我找到一个小摊坐下。摊主是五十六岁的徐文惠，她每天卖烤苞谷、烤土豆很受游客欢迎，一天摆摊收入能上百把元，加上负责给社区送矿泉水，又有一份收入；老伴在就业基地上工，日工资八十元，加起来一家收入还蛮可观。她热情地让我吃热烘烘的烤苞谷，一脸带笑地说："没有移民安置社区，就没有打柴山组这个乡村旅游点。前些年丈夫、儿子都摔伤了，干不得重活，我真是感到失望过，搬迁社区给我带来了新的生活希望。"

作为乡村旅游点，打柴山组不仅有保存完好的老屋，还有茶园、古核桃林，这些乡亲们见惯不惊的地方，在游客眼中都很新鲜。

我走进老瓦房群，几乎家家办成民宿。几盘石磨、半园竹子，盆盆罐罐里栽上不知名的花草，也成了让人流连的风景。那天的午餐就是在这样的老屋中吃的，原石毛墙上不抹白灰，保持着石头建筑的原汁原味，但餐桌却如同城里酒店一般；烟房、牛圈被改建成住房、厕所；一口石缸，盛满水，种上水草，分外好看。社区要在打柴山村民组逐步建起一个康养中心，到时候，新市民的就业渠道还会拓宽。

去阿妹戚托小镇之前，我还去过省内其他一些地方的易地扶贫搬迁安置点，具体的场景各有不同，但"新市民"们的幸福感都是发自内心的。

平阳社区占地数百亩，与石阡县城相距不远，建筑面积二十多万平方米，一千七百六十三家住户七千六百二十二人，分别来自石阡县里十九个乡镇和街道办事处。二〇一九年一月陆续入住，三月全部住完。目前，就业率已达百分之九十五以上；新住户介绍自己身份，越来越喜欢冠以小区名称，神情里带着日益强烈的自豪和自信。

这么短的时间，咋能实现这么高的就业率？必须去看看。

三十多栋谷黄色的楼房，错落有致地散落在树荫花草之间，不亚于甚至超过了我在贵阳或其他城市见过的一些居民小区。

去的那天，走访行程安排得紧了些，到达这个社区已是下午四点多钟，看看天色不早，便免不了发急，连提问都显得有些单刀直入。

社区半脱产干部龚晏刚脸上微带笑意："不急，别急！我们先看几个地方，说不定会看出什么结论呢！"

社区大门口，临街一排门面，门户上依次竖起几个"服务中心"牌子，"党政服务中心"最显眼。

进得中心大厅，拐了几个弯，眼前豁然开朗："这不分明是微缩的石阡民俗民风博物馆吗？"

"这是社区文化长廊，有人又把它喊做社区文化教育中心。不是说认同要从文化寻根开始吗？现在，它的独特作用，大家已经慢慢看出来了！"龚晏刚说。正是因为经过反复推敲，这长廊布置得高端也接地气，成了新市民们常常来的地方。

这边，整面墙上色调鲜明地展现出脱贫攻坚主要政策、重大举措、方向目标和习近平总书记作出的重要指示。往那里一站，像是有人无声地给你上课。再往里走，更是色彩缤纷。

石阡县有十多个世界级、国家级、省级非物质文化遗产，分别被用实物、模型、图片、图表等形式陈列出来，让人感到触手可及，仿佛身临其境。

那金黄色的毛龙，长长的龙身就是实物。配以图片面和文字，讲清了"舞毛龙"与石阡的历史渊源和文化联系。这是仡佬族嘣嘣鼓，从旁走过，忍不住想敲上两下。"说春"与中国农历二十四节气密切相关，二十四节气入选世界非物质文化遗产，"说春"自然成为其扩展内容。看那"春官"模型，几分逼真几分"卡通"相，煞是惹人喜爱。再过去，茶室、图书室、妇女活动室、工会活动室、四点半课堂一溜排开，石阡的浓浓茶香、乡土文化、历史底蕴、现代生活气息，在这块地方融为一体。

在易地扶贫搬迁点建起这样一个有模有样的文化长廊，其实是倒逼思维的产物。

七千多搬迁人口，原本生活在不同的文化"小区域"。贵州山高箐深，"隔山不同调，这山晴来那山雨"是寻常事，大到乡镇，小到村落，乡愁都有不同的含义。怎么对来自十九个乡镇和街道办事处的搬迁农民加以引导，使用他们比较快地对生活环境和新的身份产生认同感？问题摆在面前，破解迫在眉睫。办法总是人想出来的，这一逼，就逼出了主意：还是要靠文化来搭台唱戏，文化和思想，骨头连着筋，须臾不离。

县里决定，下力气把平阳社区打造成新时代文化实践活动中心。县里十多个部门协调跟进，一场新社区"文化文明战"风生水起。贫困农民世世代代生活在相互隔绝的乡村里，让他们在新环境里实现文化认同，当然不可能仅靠文化长廊毕其功于一役。

社区党支部组织委员罗小勇是社区工作的实际负责人，他的分析源于细致观察。真要把本来难"团"拢的搬迁农民"团"起来，关键是改变他们的生活习惯，转变他们和思想观念。话是这么一句，可石阡有自己的独特县情。既然贫困到需要易地搬迁，那原来生活所在地的山形山貌恐怕用一般的"大"和"险"形容还过于简单。一些山民在山里住久了，性格显得强悍，"口头带渣子"也不是个别现象。对症下药，文艺演出进社区、文化活动进社区，讲文明、讲礼貌、善待物、善待人，是重要宣传内容，"寓教于乐"四个字被认真演绎。社区举办就业技能培训班，也不忘记班班都要开设文明道德法治专题教育课。

文明与不文明拉开了距离，素质好与素质差比出了高下。勇于改变自己的"新市民"逐渐融入城市新的生活风尚。积习深些的搬迁农民日子久了也会慢慢产生距离感，"知耻近乎勇"，嘴不说，暗中较劲，行动也会变。满口脏话的人越来越少，乱丢垃圾的人越来越少，一言不合就开"仗"的人也越来越少了。

认同感最重要的基石，是让彻底改变了生产生活环境的搬迁农民不仅有事干，还看得到致富过好日子的前景。

能力强的人，支持他们出去工作。县里与对口帮扶的江苏省苏州市相城区携手，鼓励有一技之长的农民出省。依就业时间时长，分别发放数千元不等的就业补贴，这一来，从之者众。真正被"就业"难题困住的，往往是文化偏低、年龄偏大、缺少技能的群体，社区就向这个群体定点发力。就近就业、社区周边就业、公益性岗位就业，多管齐下就让"就业"有选择余地。

平阳社区就业率短时间内快速上升，奥秘全在这里。

黄昏时节，我敲开平阳社区二十一栋一单元一〇一室的门，这里住着一家从花桥镇柳塘村迁来的贫困户。男主人罗洪贵培训结束后获得电工证，现在既是社区协管员，又是石阡供电局下属单位工人，具体收入多少他不肯讲，很多人却记住了他最近常说的一句话："搬出来的那个老家，打死了我也不想回去！"

陶莹莹算是社区的老住户，从大河坝乡大河坝村搬来过的春节。家中三个子女，老大还有残疾，过去的日子没法再提。进了社区，有了转机。自己当协管员，丈夫开水果店，两人月收入，扣掉"三险一金"还有四千多元。陶莹莹是河北人，嫁到贵州也改了乡音。听说我籍贯是河北，竟情不自禁地说起了家乡话："这日子真可以说是美美的！"

正值立冬节气。惠水县却是阳光正好，让人享受到这个季节难得的融融暖意。

中午时分，县城边上的幸福移民社区，一群老人坐在花坛边晒着太阳聊天。三三两两的学童，在广场和步道上，喧闹嬉戏。社区党支部书记黎建、居委会主任丁成福，刚从社区巡查归来，想凑在一起说说事。

两人早前其实都是从大山里易地扶贫搬迁搬出来的农民。一个来自摆金镇水金村，一个来自雅水镇硐房村。他们乡音未改，觉得作为移民选出来的管理者，巴心巴肺地为移民办事，实在是天经地义。

幸福社区有移民七百七十三户三千三百二十二人，绝大部分是从不宜居住山区搬出来的贫困农民。

幸福社区创建伊始，就面临着与其他移民社区相类似的问题；除了共性问题，这个社区还有它的个性问题。

有一段时间，社区经常跳闸断电。

懂得水电维修技术的居委会主任丁成福，很快明确了自己的服务定位，教移民学会用电知识，促进他们交费用电。

移民在山里习惯了烧柴做饭，家家户户用电量都不大。乍一成了"新市民"，看到住进现代化新房不需自己交钱，政府还配套赠送床、沙发、茶几、电视机，便想当然认为，这电也该是国家白送的，可以敞开用。有人间间房里都开着电炉、石英炉、暖风机取暖，没日没夜运转，而且出门都不关掉。超负荷用电、长期拖欠电费，这样的事多了，不跳闸、不断电才怪。

居委会主任当起了义务电工。丁成福随身带的拎包里，除了笔记本和笔，装的就是各种电工工具。而且必须随叫随到，因为一旦跳闸或者被拉闸，受停电影响的就不是一户两户。

一天晚上十二点多钟。搬迁户杨少文打来电话："停电了，快来修。"已经回家的丁成福赶到现场解决了问题。可又有新发现：这家移民长期拖欠电费，随时有被拉闸断电可能。再一梳理，社区里这样的人家还不少，你有这难处那难处，长期欠缴电费，供电部门只能照章办事。做工作需要时间，于是，丁成福又有了新"工作内容"：替移民垫交电费。杨少文家的电费，他和当时县移民局一位副局长一人垫了一半。

思想观念总是慢慢转变过来的，干部的贴心服务就是催化剂。

越来越多的"新市民"逐渐知道，用电就得交费，用电就得节约，这是城市生活的一个基本规矩。过去一些谈到交电费就面有难色的社区居民，现在主动打听缴费地点、日期；行动有困难的老人，想办法请社区干部代转，他们不愿为迟交、欠交电费失信、丢面子。

除了教移民如何用电，还在家政培训中掺进若干"个人因素"。你要当"家政"，把别人家卫生打扫好，首先得把自己家搞干净，考核现场就在学员家中。众学员一齐到你家，看看床上是否整洁，碗筷洗得干不干净，家中老小养没养成卫生习惯？合格的，自然心中一喜；差评的，让你无地自容。这一步迈开，"新市民"教育就容易抓在点子上。

惠水县在易地扶贫搬迁中推出的"五个三"配套改革机制，都是冲着"新市民"的顾虑和需求来的。

搬迁户承包地、宅基地、林地"三地"，确权到户、权随人走、带权进城，该享受的政策不变。

保障就业、就学、就医，是移民进城后的三项刚性需求。

建好经营性场所、公共服务场所和农耕场所，既疏解了移民乡愁，又给群众创造了致富天地。

衔接"三保"，完善"三制"，核心就是用制度确保搬迁贫困群众该享受的政策一分一毫都不缺失，该管的事有人问、有人管、有人抓落实。干部的服务质量起着关键作用。

搬迁群众的新生活，印证着"五个一"机制的有效性。

惠水县明田街道办事处，是全县最大的"新市民"安置区，有易地扶贫搬迁农民三千一百一十八户一万二千七百七十人，分成四个社区。社区内，服务中心、文化活动广场、老年活动中心、青少年社区事务中心、红白喜事办理中心一应俱全。

走进新民社区老年活动中心，服务人员正在整理老人们刚离开不久的房间，平常每天总有三十到五十名不等的老人来这里，玩棋牌，弄乐器，摆龙门阵。

幸福社区专门修了就业、创业一条街。总部在广东的俊辉防护装备制造有限公司惠水扶贫车间就在这条街上。招工对专业无法去社区划企业上班，无法去外地打工，无法自主创业的"三无"移民。手脚利索的在这里月收入能达三千多元，被吸纳的残疾人每月也有一千五百元左右的工资。活人坊文化创意有限公司在幸福社区也开了扶贫车间，一部分工人集中在厂里上班，一部分移民领活回家加工，就业人员在一百一十到一百二十人之间。

整个移民区地处省级惠水经济开发区核心地段，周边有三百多家各类企业，依托这些企业，已有两千多名移民进厂，就业渠道多元，明田街道搬迁农民户就业率已达到百分之二点零三，比户均一人的就业要求高出一倍多。

明田街道办事处卫生服务中心，其硬件非一般乡镇卫生院可比。宽敞的入门大厅里，中心简介赫然入目：有病床二十多张，医技人员三十多人。办事处辖区内有两所幼儿园、一所小学，附近有高中、初中，师资都是优中选优。做这一切，就是要通过制度和服务，让贫穷的根再无法向下一代延伸。

快到下午五点，明田街道办事处办公室所在地新民社区，"四点半课堂"热闹起来。

一二十个学童放学之后，被统一安排在这里读书、做作业、开展活动。正在辅导孩子的西部志愿者钟定永，大学毕业后来到这里。问他为什么如此其乐融融，他的回答很简短，但笑得很开心："能在'新市民'转化过程中留下一点我的印记，这就是快乐！"

这种快乐，阿妹戚托小镇、平阳社区、明田街道的"新市民"都感受到了。

"黄金十年"，贵州一百九十二万"新市民"的快乐是从心底涌流出来的。

3

湄潭县这些年流行一个口号：走，去做一个幸福的农民。

"黄金十年"，幸福的农民在贵州农村比比皆是。

种茶大户张吉邦没想到，这辈子自己的名字还能同"导师"二字联系到一起。

他是地地道道的农民，正安县新州镇老城村金丰村民组组长兼村医。

张吉邦当导师的那所学校就办在本村，是全县第一个新时代乡村青年农民学校。大多数时候，课堂就在田间地头，来听课的，也是和他一样的农民。时下，这种学校在县里已办起一百八十多所，具有农民身份的导师超过千人。

张吉邦能当上"导师",源于群众和基层的首创。

二〇一八年初,老城村村干部面前摆着一堆不好理清的难题。组织村民种下四千亩白茶,成活率却一直不高,每天都有茶树死去。八百五十一户三千二百七十八人的村子,贫困家庭占了一百二十二户,有近七百人长年在外打工。农民文化程度偏低,党员趋于老龄化,村级后备力量青黄不接,常靠本村现有力量解"难",只会难上加难。

有人建议,何不以党支部名义,把县上、镇里的农技专家请到田间地头,现场指导农民种茶?这招果然灵,专家们人对人手把手教,农民听得进学得会,很快就恢复了种茶脱贫致富的信心。还有一个意想不到的结果是,村民、专家一来一往间,专家主动对点联系村里扶贫产业,村里致富带头人精准到位帮带村民,带着乡土气息的"导师制"开始萌生。

该不该支持和倡扬这个新生事物?

正在村里定点帮扶的县委组织部负责人和镇党委、政府给出了答案。县委组织部决定在老城村试办新时代乡村青年农民学校。其功能不仅限于提供产业技术服务,还要建成担负发现青年农民入党积极分子、培养村级后备人才、强化乡村治理、加强基层建设等多重使命的平台。

应运而生的新时代乡村青年农民学校很快在全县普及,并且大受欢迎。

全县新时代乡村青年农民学校,共聘请导师一千三百多人,党员、干部、致富能人、技术专家是主力军。导师分为县、乡(镇)、村(居委会)三级,涉及政策、文化、创业、技术指导、矛盾调解、治理管理多个门类,还因地制宜编写本土教材。授课不择时间,不限地点,灵活机动,往往十几分钟、几十分钟就能搞定学员需要掌握的技术或想要解决的问题。

农民说,这是真正属于我们自己的学校。我们想学什么,都能分门别类找到导师。

导师说,走上新时代乡村青年农民学校讲台,肩上就有沉甸甸的责任。在田间地头实打实讲授农业实用技术,有一种格外的亲情和激情。

干部说，开办青年农民学校，不仅让产业发展的路越走越顺，而且有效地解决了基层组织建设、人才建设和乡村治理中一些困扰多年的"老大难"问题。

在新州镇新州居委会明星村民组，我见到了导师向长会。

向长会是这个村民组的组长，几年来，一直在种蔬菜。起初，他是看到组里不少田地荒废了而心痛，才动起种菜的念头；后来，几个返乡青年农民工愿意向他学，他开始带徒弟。当上乡村青年农民学校导师后，他更是把组里的种菜事业搞得红红火火。教学不定点不定时，走到田间地头，大伙聚在一起，都可以随机上课。带的三十多个学员，基本是返乡农民工。发展蔬菜种植，明星组人均年收入达到八千元以上。钱袋子鼓了，生活越来越安全，偷盗、纠纷发案率直线降低，乡村治理顺利破题。

传世琴是返乡青年农民工，跟着向长会学了半年技术，就流转土地自己干，办起了种植园。她也成了青年农耕学校的导师。新州居委会辖区内共有农民导师十六人。

与向长会、传世琴、张吉邦相较，新州镇尖山子村导师张小勇更具传奇色彩。一见面，他对我说，自己是一个有故事的人。

张小勇在福建打工多年，二十四年就当上一家千人工厂的厂长。割不断家乡情结，后来回到贵阳、遵义等地创业。二〇一三年被查出身患癌症，医生告诉他只有三个月的活法。大家凑钱让他成功地动了手术。回乡休养期间，他常在海拔一千一百米到一千四百米的尖山子转悠。看着老百姓靠种苞谷、红苕度日，村里大片土地荒废的景象，想着自己死里逃生的经历，他下了决心：还要拼。二〇一七年，张小勇牵头组织尖山子养殖农民专业合作社。二〇一八年，他与新时代乡村青年农民学校的其他导师整合力量、抱团发展，成立贵州尖山子农业发展有限公司，以养殖为主，种养结合，从种牧草、青储玉米开始，发展到种蔬菜、种茶树。如今，他既是公司经理，又是村里的"第一书记"。

张小勇说，凭借青年农民学校这个平台，我还要带出更多新农民。让致富带头人带出更多致富能人，本来就是新时代乡村青年农民学校的使命。

新州镇是汉代贵州文化巨匠尹珍的故地。走访间隙，我去拜谒了尹珍基地和建于他故居上的"务本堂"。有感于这位先贤千里求学、传播文化、泽被故里的情怀和业绩，我问当地同志，青年农民学校的出现与尹珍会有什么联系吗？回答是：应该说有，这是"务本"精神在新时代的一种传承。

生活在这种氛围中的新农民，当然是幸福的！

黔西南州的十三万"绣娘"的幸福感，则体现在"指尖技艺"变为"指尖经济"的过程中。当地作家把这个故事写成了文字，我从文字中重塑这个故事。

兴义市泥凼镇的布依族绣娘们从来没有想到过，自己平常做的绣品，会与国际一线大牌——巴宝莉集团这么紧密地联系在一起。

二〇一八年一月二十五日，几位远道从伦敦来的金发碧眼客人，来到大山深处的兴义市泥凼绣梦小镇及色居绣梦古寨，考察绣娘工坊建设情况，体验原汁原味的手工坊工艺。

国际时装品牌巴宝莉集团董事会主席庄贝思说："这是我第一次来贵州。来之前，我脑中有无数想象，当看到真正的中国传统手工艺术和这些了不起的手艺人之后，我的想象被颠覆了，这一切太美了！我会在各个地方讲黔西南的故事，也会思考如何帮助黔西南手工艺者的产品走向更好的市场。泥凼绣梦小镇，就是抓住国际山地旅游暨户外运动大会契机打造的产业链条，它集交易、文化、旅游为一体，带动民间绣娘加入现代手工艺行业中，从分散生产转向产业化、规模化、市场化。培训到人，订单到户，绣娘可以做自己喜欢的事情，而又有经济收入，从而实现脱贫。中英建立大使级外交关系四十五周年之际，中国驻英大使馆举办的'绣梦'主题时装秀，四名来自黔西南美丽乡村的布依族绣娘，唱着古老的歌谣走进秀场，然后安静地坐在舞台上，一针一线做起了日常的针线活。她们将传承上了上千年的中国布依族文化，第一次用时尚的方式，带到伦敦，登上世界舞台。这份美好，惊艳了参加活动的中英政商界、时尚界、教育与媒体界，掀起一股民族风。"

黔西南州十三万名绣娘的幸福感是实实在在的。因为刺绣过去仅仅是一门手艺，而今它走向了世界，从"指类技艺"变成了"指尖经济"。

又是一次历史性的跨越。

提起刺绣，黔西南州少数民族妇女最熟悉。母传女、师传徒，千百年来风风雨雨传承至今。在黔西南，几乎每个村子都有技艺高超的女子，"村村绣不同，家家绣各异。"

脱贫攻坚让黔西南刺绣大放异彩，实施"锦绣计划"，全州所有绣娘数据精准入库，组织专家开展培训，实施百个基地、千家绣场、万名绣娘的"百千万工程"。"公司+基地+农户"模式，带动了两万名贫困妇女就近就业。

"绣娘"绣出了好前景。

追根溯源，贵州农民在"黄金十年"里不断增长的获得感、幸福感，源于日益强大的底气，是因为有了日渐被激发出来的内生动力。

我在关岭县采访到的一位"第一书记"，印证了这一点。

水可以至清，也可以至浊。一汪污水，不知存在了多久，蓄积在道路低洼处，不仅恶臭，而且车辆经过水花四溅；村民出入，必须涉水而行；老年人到了这里，更要多加小心。

二〇一八年十月，董贤江第一次走进关岭县顶云街道角寨村，角寨村的水竟给他留下了这样的印象。

他是安顺市委宣传部干部、市互联网舆情研究中心舆情应急科科长。也是接任市委宣传部派驻干部徐娟的人选，来做角寨村的第一书记。

一汪水积在村道上，时间很长了，这事是大是小？有人说大，有人说小。说小的人认为，这样的事发生在角寨，算是见怪不怪。臭水积得久了，群众当然有意见，可但凡真有干部过问了，村民基本上只是看而不动手。有人概括成"干部干，群众看。""为什么？"村民觉得干部有他的任务，完不成任务不好交差，于我又有何干？

缺了群众这番自觉性，干部常有挠头的事。一些干部最怕上级来检查，得了通知，知道动员群众也白搭，就会连夜请人突击处理，活生生整个"环境"出来。这样的事多了，再大的事不也成了小事，何必过分认真，角寨村"一汪污水"无人管，道理就在这里。

说大的人坚信，不是要和群众心连心吗？为他们解决"行路难"是不是大事？群众高不高兴，眼睛是死死盯着干部的。

董贤江持后一种观点。他分别向干部群众了解积水成因后，迅速与村"两委"商量解决办法，把它当成了大事来抓。

他和驻村干部实地查看后，制定了开孔引水入沟方案，联系施工方作业。施工方负责人听说第一书记进村就为村民解难，也就免收了工钱。但闻机器轰鸣，不到五个小时，水沟在路边开挖出来。"积水难行"成了昨天的故事，结果当然是群众和干部都很满意。

"一汪污水"的变与不变，以及变的过程，却让董贤江动起了脑筋。

都说脱贫攻坚、全面小康、乡村振兴农民是当然主体，"一汪污水"后面是不是就藏着村民的内生动力没有激发出来的问题？

好！何不就从整治环境入手，来次涉及每户人家的评比，让村民意识到在不整洁的环境里自己也过得不舒服，把整治环境当成自己的事来做，这不就是唤醒他们的内生动力？

一汪水，变成了要在村民心中鼓动的涟漪。他们将用自己的力量，来影响获得和幸福的滋味。

其实，前任"第一书记"徐娟已经开了头。不过，方案还未及实施。董贤江这下要和村干部一起来真的。

一个月后，全村五个组，开始逐家逐户评比在"爱我家乡·美化家园"环境整治中的优劣高下。上了"榜首"的农户自然喜笑颜开，"名落孙山"的免不得脸红心跳。一个得了倒数第二的村民组，组长觉得面上挂不住，赶紧召集全组老小开会，定下来按每人十五元的标准集资，组里请专人负责环境卫生，说啥也要把"倒数第一"的牌子退回去。

这一评，还评出了典型。村民伍升龙、刘仕华不要报酬，长年推着小车，自带扫把，打扫周边卫生。问他们图个什么？回答朴实但有道理："就是为了在寨子里看着舒服些，我们也不吃什么亏，不过是为大家的事出把力。"

几个月后，村里召开表彰会，驻村干部、派驻网格员、村"两委"成员、各组组长和评选出来的文明卫生示范户代表、村民代表聚集在一起。掌声响起来，奖状领过了，大家再回头一看，角寨村村民自觉自愿打扫环境卫生，真的已成为村头寨尾最美最炫的风景。

我在角寨村，和市、县干部一起听从"一汪水"到"一村评"的故事。某干部的一段话让我印象很深刻："氛围很重要。进入一个又脏又乱又差、大家还都得过且过的氛围，人自然缺少改变面貌的干劲。反之，就是另外一种景象。"角寨村的"一汪水""一村评"，可以看作是改变和营造氛围的实践过程。

这种实践，这几年在角寨村就没有停止过。

村"两委"办公场所原来在一座二层小楼，经鉴定是危房。在这样的场所办公，干部心里有顾虑，村民也会有些想法。从某种意义上讲，说是个影响大家信心和全村形象的标志物也未尝不可。其实，它就是"氛围"的一个组成部分。

村民没有活动场所，这教育那教育，有时就无从入手，村民精神文化生活也无所寄托。要把农民的创造力激发出来,这是不是也算"氛围"之一?

市委宣传部协调资金六十万元,在危房旁边新建起三层楼高、美观大方的角寨村综合服务中心,改善了村"两委"的办公条件不说,又为群众提供了看着就舒心的便民服务平台。

综合服务中心门前,是一千多平方米的村文化广场,也是市委宣传部支持修建的。周边墙上,绘制着各种图画和标语,大到国家政策,小到村规民约,都用农民看得懂的形式画出来、写出来,有时胜过你给他上很多次课,讲很多大道理。

这种广场不仅村里有,各个寨子里都有。

角寨组的广场只有篮球场大小,两边也还真竖着篮球架。我在寨上距广场不远处,碰到五十六岁的布依族农民潘金义。人贫才艺却不贫,他是布依民族的传承者。在他组织的五百多名村民中,有几十人能歌善舞。这几十个人在他带领下,把布依族舞唱和跳出了寨子,最远甚至到了六盘水市的六枝特区。寨里的小广场兼篮球场,既是他们的练习场,也是这支"歌舞队"的集结地和出发地。村民罗良芬讲不好普通话,却是唱布依山歌的好手。她一边说,边上有干部在当"翻译":"过去唱的是'有客来家我喜欢,请你吃酒吃粽粑',说明了布依同胞很好客,可那只是一种性格。现在唱的是'好日子不忘共产党,好道路全靠党指引'。唱的都是她们想说的真心话。"

苗族村寨白硐组文化广场别具一格,不仅宽敞,而且旁边有一溜缝砖墙的平房。一问,这别致的房子,原来是组里投入一部分来自砂石厂收入和集体资金,村民再集些资,用十多万元建起的公益活动中心。村民要办红白喜事,开展各种活动,再不用"遍地扎营、到处开花",来时哄闹一场,走时垃圾遍地。氛围好了,人心也静。但见中年苗族妇女王顺芬,做完农事悠悠归来,手上立马拿起绣花针,她要抽空赶绣一条裙子。见我们人多,她也兴起,转身到屋里拿出几套已经绣好缝成的苗族衣裙,红的红,紫的紫,绿的绿，上面的苗绣很生动。这些衣裙，她已绣了半年以上时间，全是为迎接儿媳进门用的。听我讲起组里的广场，她笑了笑，又轻轻叹口气："那地方好，过去没事我也去转，看到那里就想到我们生活会越过越好。只不过这阵子忙了，好久没去。"

我提取了二○二○年村里"我们的梦"文化进万家活动现场的一些镜头：

一首《关岭好风光》拉开序幕，美好的歌声立刻抓住人心；舞蹈《梦醒·乐花》、芦笙演奏《贵州有多贵》、快板《帮扶》，都像生活里的小插曲，而且不少演员就是村民，一个个节日渐渐把现场推向高潮。广场上，时而一片欢笑，时而一阵呼叫；如梦如幻的场景，从开场延续到结尾。好多天后，还是村民们喜欢摆谈的话题。

创造氛围，让政策的风一直吹进村民心里，角寨村还有很多自己的个性创造。

"各位父老乡亲，现在给大家播放脱贫攻坚'1+10'政策。今天播放的是教育扶贫方面的政策，凡是在档的贫困户子女，考上二本以上大学的，可申请四千元补助……"

每天早上八时，这样用汉语、苗语、布依语轮流播放的节目，就在村头寨尾响起。内容有新闻、有政策解读，还有天气预报和歌曲。

这是村里的"大喇叭"，"大喇叭"同驻村干部、村干部和骨干人员的"政策早读一小时"结合在一起，又带出很多"新生事物"。

"早读"连着"夜讲"。

院坝会、村民会、小组会，每当夜色降临，"小喇叭"配着此情此景，拉家常式地针对村民思想实际有的放矢，入脑入心程度非正规开次会可比。

在这种氛围中，品味出的获得感、幸福感是不一样的。

三　姹紫嫣红新风景

1

对一个地方的记忆，常常从城市开始。

二〇二一年十二月，我又去了一趟毕节，过去的毕节县已改名为毕节市七星关区。

我想看看城市的变化有多大？市里的同志说，别急，我们先去看"阳光城"和"幸福小镇"。

阳光、幸福，两个美丽的词联在一起，当然有去看的兴趣。

七星关区柏杨林街道，是全省最大的易地扶贫搬迁移民安置点，名字就叫"碧海阳光城"；相距不远的另一个安置点是"幸福小镇"。

两个安置点形成两个各有特色的小城。一城一镇，集中安置了七星关区三十八个乡镇、街道的易地搬迁人口，这当然是脱贫攻坚的大手笔，可同时也是加快城镇化速度的一步棋。

七星关区农业人口有一百多万人，应该算个农业大县，可长期处于尴尬境地：发展农业，土地贫瘠、人地矛盾突出、水资源缺乏，生产条件恶劣，面朝黄土背朝天，只能收获难得填饱农民肚子苞谷土豆。

推进城镇化，原有乡镇往往与中心城镇和交通干道有相当距离，交通、水利、电力基础设施和教育、医疗等基本公共服务落后，缺乏城市建设的起码条件。

易地扶贫搬迁，既从根本上解决了"一方水土养不活一方人"的问题，又在较短时间从人从物满足城镇化加快步伐的需求，"新市民"成为"新城市"的新鲜血液。

看看这两组数据，便知我此言不虚："碧海阳光城"集中安置搬迁群众六千三百七十二户两万九千零一人；"幸福小镇"涉及搬迁群众三千八百九十四户一万七千二百五十二人。

这么多农民变成新市民，他们在城里过得怎么样？我在这本书里已经用很大篇幅，讲述做好易地扶贫搬迁后半篇文章的故事，新市民在新城市看到了生活的新曙光，连每天的风都是新鲜的。

七星关区也是这样。阳光城注定要阳光灿烂，幸福小镇也必然要迎来幸福。

早晨的阳光下，柏杨林街道一百四十八栋楼房鳞次栉比。

"碧海阳光城"被分为和美、阳光、幸福三个社区。迎着阳光，上班、锻炼、买菜、摆摊、游戏……浓浓的城市气息，两万九千名"新市民"新的一天就这样开始了。

从"穷窝窝"搬到"别墅式"城市安置小区上过从前想都没想过的生活，阳光城的居民爱说，是有人帮他们打开了"幸福密码"。

"安家密码"：党建引领，群团聚力。

"六办一站一所四中心"的组织架构保证党政领导落到实地；工会、团委、妇联、残联、文联、红十字等十多个部门、群团组织的参与，让"新市民"方方面面需求有回应。

舒心密码："三联动"，汇聚力量源泉。

区级推动，部门联动、基层主动，聚多方资源，"新市民"就能享受到更细致、更高质的服务。

受益于"新市民·追梦桥"工程的搬迁户郭锦对此深有感悟。

郭锦突然患重病，改变了自己和一家的生活轨道。二〇一八年十月，从生机镇峨峰村搬进"阳光城"，阳光才重新照到身上。"做梦都没想到国家政策这么好,我们一家都过上城里的人生活。"通过群团部门帮助,郭锦当起了保安,妻子在农业园打工,两人每月近四千元收入,他现在只有一个心愿:"希望孩子好好读书,将来有更好的生活。"

追梦密码:精准服务,解释后顾之忧。

"我家厕所堵了,电视机也开不了,请你们帮助。"

"我家有两颗灯泡坏了,修了几次也弄不好,你们能不能帮忙?"

这些小事,在"新市民"眼中都是大事。在"阳光城"里,都是属于"后半篇文章"的内容。有求必应,不"求"也想在前边,点点滴滴的小事,"新市民"感受到的是阳光和温暖。"幸福小镇"规模小于"阳光城",也没有"幸福密码"的说法,但那里的"新市民"的幸福感同样强烈。

回到七星关城区,已是灯火万家,城里还是人影绰绰,与白天相较,热闹气氛不减。

第二天一早,我起来"逛"城。离碧阳湖不远,是碧阳广场。广场依地势而建,每上一些台阶便是一个小广场。广场对面是湖心的白鹭岛,绿荫掩映中是仿古的亭阁。沿着倒天河往上走,是我熟悉的人民公园,几十年前来的时候,是几堵围墙围着的一些树和草。现在河水变清了,园里还有长满莲荷的清澈池塘,东西南北四座大门古色古香,走在长长的林荫道上,让人想起诗与远方。

天河广场里修建了占地八千多平方米的农贸市场,摊位、门面有四百多个,还配套了一千一百多个停车位。来自田间地头的各种新鲜蔬菜,从山乡里走出来的猪、鸡、牛、羊……农贸市场一头连着农民的增收,一头连头市民的餐桌,城市与农村的交结,在农贸市场看得最为直观。这是早市,市场的人熙熙攘攘。想找几个来购物的市民交谈,但问到的都行色匆匆,顾不上答话。

随行的七星关的同志,见我采访未能如愿,告诉我回去可拿一篇文章让我参考,了解一位"把买菜当成享受"的老毕节人。回到住地看了他们拿来的一篇文章,从未谋面的一位老人竟在我头脑中我留下强烈印象。

今年六十多岁的王云芬,住在七星关区洪山路,从记事起就喜欢跟着大人赶早市。

成年以后,为了安排一家人的生活,她天天跑的是老城区咸宁路、桂花路一带民房背后的桂花市场。这个市场拥挤、嘈杂、脏乱,到处是污水,夏天还有一股怪味。

变化是在二〇一七年八月发生的。这天的市场里冷冷清清,只有少数的生肉摊、熟食摊还在经营。一束束电弧光和切割机的噪声告诉人们,打了三十多年交道的桂花市场,即将拆迁。

二〇一八年五月,迁移到新址的新桂花农贸市场商户入驻完毕。六月一日,新市场正式开放,出出进进的人都笑得和孩子一样。新市场位于老城的正中心,是省级重大民生工程,全城最大的综合农贸市场。占地一万多平方米,四楼、五楼是农特产品展销区和特色小吃区;一、二、三楼几百个摊位主营蔬菜、水产、水果、粮油、肉类、熟食,纷繁多样的品种让人眼花缭乱。工程投资两亿三千万多元,开业时就有三百多商家入驻。

"老毕节"王亚梅比王云芬还爱逛新桂花市场。她说:"以前每逢节假日去老桂花市场买菜,得有'功夫',太挤了,而且里面光线不好,环境嘈杂,叫卖声、吆喝声震天响,买菜简直像打仗。买一趟菜出来,感觉好累。"从新桂花市场转了一圈出来,她神清气爽,连声夸赞:"我以前不喜欢到菜场买菜,里面乱七八糟的。自从整改后,到处干净敞亮,现在买菜也成了一种享受。"

菜场虽小天地宽,从"不喜欢来"到"成为一种享受",这种心理变化,体现的就是人群民众的一种获得感。

七星关的变化,源于"五城同创"的思路:同步创建全国文明城市、国家卫生城市、国家环境保护模范城市和全国"双拥"模范城市。变化的基础是"一河一城四园十路"城市建设项目:项目总投资二百九十二亿元,为的是让城镇现代化,人民的城市面貌彻底改观。

七星关区水园林城市的创建，始自于爱民广场。

这里原是毕节军分区的操场，后来，连同周边的地块一起划给地方。七星关区还叫"毕节市"的时候，曾经评选过"毕节八景"，这个广场理所当然入选。如今，从这里沿河而下，碧阳湖、德溪湿地公园、同心林、滨湖小区，一路风景看不完。

二○一七年，"五城同创"开始时，七星关区就有了围绕中心城区建设"一河九山十五园"的规划布局，依托倒天河综合环境整洁项目和阳山、灵峰山、虎踞山、纱帽山等城区周边九座山体资源，打造提升同心文化城市公园、高山公园、天河公园、德屏公司、砂锅寨乡村养生公园、人民公园等十五个公园，促进城市旅游资源提质升级。二○二○年一月出台的七星关区旅游规划，"一河九山十五园"依然是重点。"大美七星关"既是市民生活的乐园，也是游客的必然挑选，一个新城市轮廓初现。

为什么我要用这么多笔墨写七星关城镇化的历程？这同七星关的历史有关。

七星关地处乌蒙腹地，被贫穷一困千年。一九八六年，时为"毕节县"的七星关区被国家认定为乌蒙山地区集中连片贫困县之一。当时有贫困乡一百零九个，占乡镇总数的百分之八十九点九，农民人均纯收入在一百四十二元以下。

七星关区城镇化的进展，像一面镜子，折射出曾经贫困的贵州天翻地覆的改变。七星关新城市、新市民的获得感，幸福感，在"黄金十年"贵州收获中具有不可或缺的分量。七星关城市的变化印证了贵州省委、省政府对城镇化发展的高度重视。

"十三五"期间，贵州相继出台《关于推进新型城镇化建设的实施意见》《加快推进山地特色新型城镇化建设实施方案》《提升城镇品质做强城镇经济推进新型城镇化若干措施》等政策文件。二○二一年四月，召开推进新型城镇化暨"强省会"工作大会，颁发《关于加快推进以人为核心的新型城镇化的意见》《关于支持实施"强省会"五年行动若干政策措施的意见》,城镇化政策日趋完善。

城镇水平大幅提升。二〇二〇年,全省常住人口城镇化率百分之五十三点一五,比二〇一〇年增加十九点三四个百分点,与全国平均水平差距从百分之十四点四个百分点缩小到十点七个百分点。"十三五"期间,全省进农业转移人口及他常住人口落户城镇八百七十五万人,较"十二五"期间增加五百六十六万人。

坚持以城促产、以产兴城,城镇经济加快发展,城镇品质不断提升,为开创百姓富、生态美的多彩贵州新未来提供强大动力。城镇化的一步步实现,让人们更有理由憧憬现代化的明天。

2

"黄金十年"有很多的热词。"同城化"是其中出现率很高的热点。这是经济全球化和区域经济一体化发展的要求,是城市化加速发展的新形式。

京津冀城市群、长三角城市群、粤港澳大湾区、成渝城市群、长株潭城市圈……哪一个不走着这样的道路:大城市中心区向近郊区远郊区扩散,城市发展由单体独立发展向群体发展、多样化发展模式转变。

贵州省会贵阳,中国第八个国家级新区贵安新区,"黄金十年"里,走的就是这条路线。

多彩贵州网记者彭奇伟专门对这个问题进行过调研,写成《贵州的同城化》文章,短短几个小时,阅读量接近两万。我仔细看了几遍也十分赞同文中的表述。

贵阳作为省会城市,是贵州发展的"火车头"和"发动机",近年来,贵阳市"城市中轴贯通、东西两城协同,南北双向拓展,组团分步推进",城市不断扩容,中环、人民大道、环城高速等路网完善,一、二号地铁线开通运营，三号和S1号地铁在建，城市化步伐越来越快。

二〇一四年初，贵安新区正式成立、包括贵阳市花溪区、清镇市和安顺市平坝区、西秀区的二十一个乡镇。初衷就是通过三大功能区、八大产业园和综合保税区，高起点打造现代产业集群，成为黔中经济最富活力的增长极。

一个蓬勃向上的省会城市，一个被誉为"整个贵州最适合发展产业之地"的国家级新区，实现一体化，那效应就不是简单的"一加一等于二"。

贵阳一直有决心迈入特大城市行列，但受制于人口，截至二〇二〇年底，贵阳人口为五百八十九万一千人，比二〇一〇年增长了一百六十五万八千人，年均增长率为百分之三点三，但主城区人口只有约四百万人，离"五百万"的特大城市标准有差距。结合贵安新区之力，有望实现特大城市的预期。

贵阳市的城市化，也受制于发展空间。几年前，贵阳市推出"规范推进城乡建设用地增减挂钩""采取收回、收购、督促开工乃至'腾笼换鸟'"等方式，提升土地节约集约利用水平等举措，破解用地瓶颈等举措，正是为了应对这一日益突出的矛盾。当然，随着城市的扩展，发展指标、产业布局、公共配套等一系列问题也接踵而至。

推进贵阳贵安同城化，就是要加快两地资源要素的配置和整合，从空间布局、基础设施、产业发展、公共配套、生态环境等方面统一考虑，力求"一加一大于二"的效应。

加快推进贵阳贵安同城化，是贵州贯彻落实中央决策部署的重大举措。

二〇一九年同城化战略实施以来，两个区域的壁垒被打破、人流、物流、信息流逐渐实现自由流动。

贵阳市总面积八千零三十四平方公里，贵安新区规划控制面积一千七百零五平方公里，直管区面积约四百七十平方公里。同城化使新概念的省城国土面积扩大百分之二十二以上。

农用地转为建设用地审批事项、土地征收审批事项、圭地征收成片开发方案审批事项，部分用地审批授权和委托给贵阳市政府和贵安新区管委会，创造条件释放基础建设红利。

轨道交通的建设，解决了贵阳与贵安新区的互通互联，同城化拓展了轨道交通的功能空间，拉大了城市布局。

贵阳地铁一号线于二○一七年底开通运营，使贵阳成为西南地区第四个开通地铁的城市。二号线开通后，贵阳地铁运营路线有七十五点七一公里。三号线、S1号线在建，S1号线将拉通贵阳主城区和贵安新区，并实现与贵阳地铁一号线、三号线、G1号线、S2号线的换乘。

贵阳市域快铁环线也已全线通车。动车组经由这条线路绕行贵阳贵安一圈最快需四十五分钟，同时，贵阳环线将与建成联运的贵阳地铁一号线、二号线，即将在"十四五"期间陆续建成的三号线一期，S1号路一期，共同形成更加畅达、安全、便捷的快速轨道网络。

贵阳龙洞堡国际机场T3航站楼的建成启用，使机场到二○二五年旅客量达到三千万人次，这也将为贵阳贵安的城市发展注入新的动力。贵阳至贵安新区的公交线路已达十多条，有利于两个区域融为一体。

以打造十五分钟生活圈，建好停车场和农贸市场、加快特棚户区、老旧小区和背街小区改造 的"一圈两场三改"建设，也在提高贵阳贵安同城化的含金量。

对人才高度重视更是贵阳贵安同城化之后出现的可喜现象。

二○二一年十一月，贵阳贵安举办人口人才工作暨市场的产业服务应用专题会，提出的目标就是"奋力打造全省人才""蓄水池"。

同年十二月，贵阳召开新闻发布会，提出打造全国落户改革"最宽松"，落户流程"最方便"，落户时限"最快捷"的城市。

几天后，贵阳市委主要负责人，向在黔高校毕业生发出热情邀请："落户贵阳、扎根贵阳、共建贵阳。"

就在此前三个多月，这位领导已经强调，把新型城镇化作为"强省会"

的重要引擎，作为扩内需促增长的关键领域，实现"六个抓"，抓城市规划，抓城市承载能力，抓城市经济，抓城市品质，抓城市治理，抓城乡融合。

贵阳贵安同城化，贵州城镇化向新的台阶迈进。

同城化的不止贵阳贵安，黄金十年，同城化在贵州"多点开花"。

七星关区—大方县同城化步伐在加快。

毕节市大力推动的七星关—金海湖—大方同城化发展规划中，金海湖新区是核心组成部分。

金海湖新区以城市路网建设为基础，建设日臻成熟，引入职校群尤为引人注目。在新区职教城里，已入驻毕节职业技术学校、毕节医学高等专科学校、毕节工业职业技术学院等六个职业学校，师生近四万人。以贵航新能源电池生产为代表的电池产业，以金城医学检测机构为代表的新医药健康产业等落地发展，形成了独具特色的产业体系。

大方县则主抓药品、食品、大数据、电子商务等产业，新城区逐渐与大方经济开发区联为一体。

飞雄机场、高铁站也在发力，毕节—金海湖—大方同城化的构想正在加速实现。发展起来的中心城区人口已达六十万。

凯里—麻江同城化，不仅联动凯里市和麻江县，对邻近的台江县也起了拉动作用。

古镇下司是"凯麻一体化"的直接受益者，高铁、高速公路、国道横穿境内，开司大道、炉下快道、都凯快道使下司与凯里市无缝连接，现代文明之风六百年的历史文化揉办一体，每天都有游客前来。

最近，我去了"凯麻同城化"后的下司镇，整个镇变成一个旅游风景区。

今天的下司古镇，最大的特点是幽静，幽静像个世外桃源。

走进静静的街巷，穿过阳明书院、广东会馆，走过风雨桥，便是我当年在凯里工作时来过的小河湾。当年，我们就在这里等待着农民提着鲜鱼、活虾、甲鱼来卖。小河湾现在变成了风景点，半干涸的水里泊着一列小船，任你想象涨水时这般"咿呀"一摇，会有多少情意绵绵。

黄昏时节，抽把茶楼里藤椅沙边空地上坐了下来，你就尽情地听那些虫儿们和着水微弱的流声，在草丛和树枝中嘶鸣。夕阳一缕缕把光芒抹在鼓楼和其他修旧如旧的房屋上，安静得你什么都不愿想。

清晨，这虫鸣又合了鸟鸣。鸟啼叫了还要飞，在天空中划出一道道弧线，不过，它也就像几朵浪花，跳跃过了，大海又归于平静。下司古镇有虫鸣，有鸟飞，但它们影响不了这是个平静的所在。

离几家乡间饭馆不远，推开一民居古色古香的门，墨汁的清香飘出来，屋子里随处堆放着写过字的毛边纸。这里的主人，是清江村一位七十岁的老村民。老人只有小学文化，却一生酷爱书法和篆刻，脑子里装着下司镇的古今风云。

他一九六二年离开家乡去了丹寨县，一九七〇年又回到下司。这一去一回，用他的话讲，就是舍不得家乡的好山、好水、好人。对下司的不舍，让他对下司从大到小的变化都看得很真切。

凯麻同城化带来旅游业水涨船高，旅游旺季、逢年过节，下司景区人流如潮，但再大的浪花，融进下司的天空和土地，到头来还是一片难得的安宁。他说："再过多少年，都是下司在人们心目中的面貌。"

下司古镇，被城镇化的风吹得波涛汹涌，看来仅仅用宁静来形容她是不够的；因为我在镇上见过这样两副对联："古镇深幽小憩何处，小街途中饮茶停驻。"说的是下司镇静可通幽，静能养神；"门前小桥连世界，户从清江达海湾"，那就是一种还要进入新天地的豪气，这豪气是贵州新型城镇化带来的。

"黄金十年"贵州城镇化还有很多亮点，遵义、六盘水、毕节辐射带动能力不断增强；钟山—水城、花溪—龙里，都匀—龙里、兴义—兴仁一体化步伐明显加快。一些小城镇也抓住机会发展，贵州城镇空间格局日益优化。

十年之间，贵州城镇生态质量提升可圈可点，贵阳成为全国生态文明城市和国家低碳城市国家森林城市试点。各种类公园已有一千零二十五个，完成"千园之城"创建目标，遵义市生态环境满意度在全国参评城市中排名第一；全省城市人均公园绿地面积已达到十五平方米。

城镇基础设施发挥能力量增强，城镇居民公共服务品质持续改善、城乡融合发展稳步推进，城镇化试点示范效应逐渐凸显，带来的变化，出现的新事，市民们可知可感，摸得着，看得见。这又是"黄金十年"贵州人民产生幸福感、获得感的源泉。

3

人民群众心目中的贵州"黄金十年"，一个重要特征是生活环境和生活习惯在变。

城市更新让城市更宜居，老百姓自然会想怎样适应新环境。

一座城市是否宜居？不光要看新城区是否高大上，更要看老城区是否静谐美。新型城镇化的核心是人的城镇化。以老旧小区、棚户区、背街小巷改造为重点的城市更新行动，让老城更加宜居，直接回应着人民群众渴求幸福生活的期盼。

红花岗区作为遵义市老城区之一，二〇二一年有八个旧小区实施改造，面积通路二十六万平方米，涉及两千四百零八户一万多名群众，是一项名副其实的民心工程。忠庄街道海尔社区政府二号小区，建于二〇〇〇年，道路狭窄，还没有规范停车场，同时存在管网破损严重、道路设施老化等老旧小区通病。

为解群众所盼，小区改造重点很清楚：补齐基础配套设施短板、提升整体居住环境。改造完成后，居民感慨万千。小区完全改变了模样，路更宽，绿化更合理，楼道里铺上地板砖，楼梯更换了新扶手。环境变得清爽又舒适，每当有人表现不良习惯，乱扔垃圾、随地吐痰，或者有其他不文明举止，居民都会自觉制止，理由很简单，把环境破坏了，你自己住着会"爽"？

新出台的《贵州省城市更新行动实施方案》要求，全省开工复工棚户区改造四十三万套（户），完成改造九万套（户），完成投资三百六十亿元；开工城镇老旧小区改造十七万零四百户，七百六十六个项目，改造完成十五万八千户，完成投资三十二亿四千二百万元；完成背街小巷改造一千二百七十三条，投资约八亿六千三百万元。目标任务实现，贵州城市要展示出一副全新的容颜。

刚刚过去的这个冬天，改造一新的贵阳青云路综合商业特色示范步行街正式开街了。贵阳市民或单独或相约或扶老携幼上街"赏新"。青云路曾经被称为贵阳人"深夜食堂"，改造后的青云路，烤鱼、烤脑花、烤豆腐……烟火气不仅还在，而且更加精致。文脉复兴段、跨界体验段、烟火餐饮段……为烟火气息、城市记忆、地域特点、城市风貌提供全新的展示空间。走进这条街道，人们如同走进一座文化公园，不允许任何不文明和破坏这里的整洁干净、秩序井然。

不仅城里人生活风气在变，农民也在变。

二〇一八年国庆节前后，开阳县南龙乡田坎村掀起一阵"唱歌热"。十一月间，村里组织了一场唱歌比赛。比赛的主要曲目，是叫作《醉美田坎》的"村歌"。比赛头天晚上，妻子还在灯光下拿着单练唱，丈夫劝她早歇着明天好精精神神地上台。妻子不依："这是我们自己的歌，唱不好心不甘！"几位七十多岁的老人，也要参加比赛。他们头一回穿西装、打领带，乡亲们都夸他们"帅"。这些"帅哥"们回答也有趣："帅不帅，唱下来才晓得，我们一辈子就唱这首歌。"

比赛过后，"村歌"的歌词旋律飘进了田间地头，村民们干着活会哼上一两段，村里人去外村论要做客，爱向人发邀请："我们村有稀奇事情，村里有'村歌'，不信你们来听！"田坎村的人觉得"村歌"唱出了他们的精气神。

"醉在田坎,美在田坝,贡茶故里,富硒之乡……"村民们唱着这些词,止不住议论,原来田坎村还这么宝贵,历史上就了不得,当个田坎人其实很自豪。"醉在田坝,美在田坎,水东硒州,诗画田坎……"村民不光在唱,还在思考"这么好的资源条件,这么好的扶贫政策,创造田坎村的美好明天,我们不尽心尽力怎么行?"

为田坝写一首"村歌",让全村人都唱《醉美田坎》,来自驻村第一书记陈海兵的首唱。

陈海兵从部队退伍前当过营职干部,做扶贫帮扶干部已有三年半。在另一个村帮扶两年期满后,群众曾用真情挽留他。二〇一八年四月,他来到田坎。

田坎村是贵阳脱贫攻坚过程中确定的最困难村。按市里的标准,全村八百三十二户三千六百七十七人中,就有二百三十二户七百九十八人属于低收入困难户,仍有建档立卡贫困户十四户五十九人。

初进田坎村,陈海兵感觉空气很沉闷。有人不相信政府,不相信干部,不相信凭自己的力量能改变田坎村面貌,对现状无可奈何。也有人盼望期待变化,却不知从何下手。

"精神上的脱贫最重要!"这是田坎村给陈海兵的第一印象,也是他为村里布的第一步棋子。可开始就很难,给村民讲国情大势、宣传政策,他们来得不紧不慢,上面开大会下面开小会,有人还露出反感情绪:"又来洗脑了!"也有人说:"要我脱贫,你能拿多少钱?"

陈海兵当过兵,深知一首歌能号令部队的神奇功能。在宣传系统的工作经历,让他相信这样的时候,得靠文化凝聚人心。

提出这个动议,各种意见都有,陈海兵初心不改。"最初的歌词,其实是我和帮扶干部、村干部,你一句,我一句凑出来的,酝酿时间都有一个月。"歌词有了雏形，他们从乡里跑到市里、省里，寻求支持与合作。贵阳市音乐家协会主席帮着改了歌词，副主席帮着谱了曲。省歌舞团专家、歌手配乐、演唱，并有老师到村里教唱。一时间，村头村尾家中田坎皆闻"村歌"声。

陈海兵用"几个三"概述"村歌"：三个月"村歌"从无到有；从三个层面教育农民，一是要唤醒大家的资源自信、文化自信；二是要珍惜时代和机遇，靠自己努力改变命运；三是要懂得感恩，相信党的领导。他说，这三个目的看来都在达到。创作和演唱"村歌"开启了田坎村激发内生动力的进程。

而养成全村人都爱唱歌的风气，却有些出乎意料，其实也在情理之中，谁不爱自己家乡？谁不说家乡好？"村歌"给了大家一个平台。

田坎村群众爱唱花灯，陈海兵又在花灯唱词"旧瓶装新酒"上动了脑筋。

从腊月唱到农历正月，调还是那个调，词却变了样："党建引领促发展，""组组通路会战忙，""推倒危房建新房，""寒门号子贴金榜，""年老爱幼是乡风，""同步小康显精神。"这一串多少显得有些生硬的说辞，一旦唱进花灯，不知不觉间就能入脑入心。

村干部们不止一次同村民一起听这些新编花灯。他们的印象是，过去喊上午十点开会，十一点人还来不到一半；现在喊听花灯，村民提前就会到场。"古人说暂凭杯酒长精神，我们现在是且听花灯长精神。"

过春节贴春联，是中国乡村的古老习俗。陈海兵组织村里给家家户户送春联，不过是这送的过程有些特别。

"你要拿春联吗？好，先回答我们的提问。"

"'贡茶故里留传奇''富硒之乡奏乐章'，你说说，田坎村为什么被叫作'贡茶故里''富硒之乡'，答对了，还得讲一讲，故人留下的传奇，该怎样奏成现在的乐章？"

第六章 一剑磨罢笑颜开

"上联是'共建共创共享文明村',你把眼光放这些,想想下联是啥?""对,'同心同德同圆中国梦'。"

春联是陈海兵们自己创作,请书法家书写再与村民一问一答,群众感知到干部的良苦用心,干部对群众愿望向往了解更深,意义远远超乎送春联活动之外。

田坎村距贵阳市区近百公里,留守老人和儿童都多。这些老人孩子谁来关心,谁来过问?陈海兵觉得,把这件事办好了,既能让党和政府的形象在群众心中更具体,又能很现实地增加群众在党政领导下改变村庄面貌的自信。

一个好汉要有三个帮。

二〇一八年农历正月十五,在贵州岑瀚建筑集团董事长石冰和开阳县夕阳红志愿者等社会各界人士支持下,一场别开全面的"饺子宴"在田坎村村委举办。

摆下二十桌流水席,村里老妇病残、孤独和留守儿童都是座上嘉宾,来者有三百多人。五百碗饺子,一碗十二个,有人平生第一次吃饺子,一碗不够碗吃两碗。他们说,这饺子热气腾腾,吃在嘴里暖在心里,曾经的一位村支书身患癌症,妻子身体也不好。陈海兵把饺子送到他们家里。老支书热泪盈眶道:"我在田坎村生活了这么久,没见过这样干事的,有你们带着干,田坎村不发愁明天。"

二〇一九年五月二十九日,田坎村召开党员大会,改选党支部。会上把已运行一段时间的"醉美田坎除陋队"组织形式明确下来,并宣布第一批九名队员。他们全都是党员,村"两委"还发了聘书。一些除陋队员当场表示:"村干部可以放开手脚去管村里发展的大事,移风易俗,调解纠纷,保持村容村貌这样的事,我们来管,一定要管出个样子来,给田坎人的信心再加几把火。"

也在这一天,陈海兵把南龙乡中心学校田坎教学点校长请到办公室里。

他同驻村干部、村干部一起商议，怎样把"六一"儿童节有三百多人参加的大型联欢活动办得精彩：这场活动，要唱"村歌"，要让孩子们向老师、父母诉说自己的感恩和心愿，要他们知道幸福都是奋斗出来的。

"村歌"其实早就藏在老百姓心里。

把它唱出来，是因为"黄金十年"的春风，让贵州人民看到了前景的壮丽。

尾章　再『磨』一把闪光的剑

尾　章　再磨一把"闪光"的剑

坐落在贵州平塘大窝凼的"中国天眼",是当今世界最大的单口径球体射电望远镜。

它能够探测一百四十七亿光年的宇宙边缘。

与天空对话,和时间交谈。

可以看到过往,可以看到未来。

未来已来,未来离我们本不遥远。

二〇二二年春天,山地里的春寒料峭也还没有结束,一个激情澎湃的声音,却像强劲的暖风一样吹拂着高原:贵州还要创造一个高质量发展新的"黄金十年"!

这不仅仅是一句鼓舞人心的口号,支撑它的是来自中共中央、国务院的关怀支持;它的底蕴,是贵州广大干部群众足以排山倒海的坚强信念!

贵州还要大跨越,贵州还要大发展。

"十四五"规划开局之年,又一个国发二号文件《国务院关于支持贵州在新时代西部大开发上闯新路的意见》(简称《意见》),贯穿通篇的就是这个观点。

《意见》高度肯定"西部大开发战略实施特别是党的十八大以来,贵州经济社会发展取得重大成就,脱贫攻坚任务如期完成,生态环境持续改善,高质量发展迈出新步伐"。

《意见》对贵州发展充满期盼,做出清晰的战略定位:

——西部大开发综合改革示范区。

发挥改革的先导和突破作用,大胆试、大胆闯、主动改,解决深层次体制机制问题,激发各类市场主体活力,增强高质量发展内生动力,保障和改善民生,为推进西部大开发形成新格局探索路径。

——巩固拓展脱贫攻坚成果样板区。

推动巩固拓展脱贫攻坚成果同乡村振兴有效衔接,全面推进乡村产业、人才、文化、生态、组织振兴，加快农业农村现代化，走具有贵州特色的乡村振兴之路。

——内陆开放型经济新高地。

统筹国内国际两个市场两种资源，统筹对外开放通道和平台载体建设，深入推动制度型开放，打造内陆开放型经济区升级版。

——数字经济发展创新区。

深入实施数字经济战略，强化科技新支撑，激活数字要素潜能，推动数字经济与实体经济融合发展，为产业转型升级和数字中国建设探索经验。

——生态文明建设先行区。

坚持生态优先、绿色发展，筑牢长江、珠江上游生态安全屏障，科学推进石漠化综合治理，构建完善生态文明制度体系，不断做好绿水青山就是金山银山这篇文章。

下一步贵州的发展目标分为两个阶段。

到二〇二五年，西部大开发综合改革取得明显进展，开放型经济水平显著提升；脱贫攻坚成果巩固拓展，乡村振兴全面推进，现代产业体系加快形成，数字经济增速保持领先；生态文明建设成果丰富，绿色转型效果明显；公共服务水平持续提高，城乡居民收入稳定增长；防范化解债务风险取得实际性进展。

到二〇三五年，经济实力迈上新台阶，参与国际经济合作和竞争新优势明显增强，基本公共服务质量、基础设施通达程度、人民生活水平显著提升，生态环境全面改善，与全国同步基本实现社会主义现代化。

新国发二号文件，给贵州经济社会高质量发展带来重大机遇。

新的十年,贵州责任如山。新的十年,贵州前景灿烂辉煌!

机遇不仅如此。

二〇二二年二月十七日,中国"东数西算"工程正式全面启动,贵州又有一方发展展示的大舞台。

国家发改委、中央网信办、工业和信息化部、国家能源局联合印发通知,同意在京津冀、长三角、粤港澳大湾区、成渝、内蒙古、贵州、甘肃、宁夏启动建立国家算力枢纽节点,并规划十个国家数据中心集群。

正在北京开会的全国人大代表、贵州白云山科技有限公司董事长霍涛在贵州团发言时掩不住喜悦的心情:"'东数西算'工程将持续推进西部数据中心上下游产业链建设,在贵州实现脱贫攻坚的乘数效应。"

上海钜成企业管理集团有限公司董事长薛成标表示,贵州加快构建以数字经济为引领的现代产业体系,加快推进"东数西算"工程,贵州数字经济发展前景令人兴奋。钜成集团要借这股东风,在贵州投资建设钜成未来5G产业园、城市互联网及大数据产业园。

好活集团联合创始人、高级副总裁、贵州好活总裁蔡俊更是快人快语:建设"东数西算"工程,贵州发展大数据的优势更加彰显。今年,好活集团将把部分业务研发阵地从北京转到贵州,让研发人员更真切感受一线业务场景,助力好活更好地服务新业态从业者。下一步目标是,让贵州每年近五百八十八万外出务工人员得到更多更好的服务和选择。

机会总是青睐有准备的人。

贵州要在新时代西部大开发上闯新路,在乡村振兴上开新局,在实施数字战略上抢新机,在生态文明建设上出新绩,"以四新"统领新型工业化、新型城镇化、农业现代化、旅游产业化。省委提出,在贵州围绕"四新"主攻"四化",推动高质量发展、创造高品质生活,建设高水平生态,奋力推进工业大突破、城镇大提升、农业大发展、旅游大提质以及产业大招商、人才大汇聚。贵州省第十三届人民代表大会五次会议上,《政府工作报告》把当务之急表述得更具体。

推动产业链优化升级，打造具有竞争优势的产业集群，不断增强经济增长功能。

巩固提升特色优势产业，主攻煤电能扩能增容提质、中小酒企转型升级，建设以茅台酒为引领的贵州酱酒白酒品牌舰队，提升贵烟系列产品市场占有率。

加快壮大新兴产业，依托磷化集团、宁德时代、比亚迪等龙头企业，大力发新能源电池及材料产业，培育以整车为牵引、以动力电池和汽车零部件作为支撑的产业集群。加快建设贵阳大数据科创城，打造数字产业和人才集聚区、数字场景应用示范区、生态文明展示区。带动两千户以上实体经济企业和大数据深度融合。

改造提升传统产业，着力提振服务业、加快促进旅游业恢复发展，要求都很具体。

通过深入实施"五大行动"，全面推进乡村振兴，加快推动农业现代化。

大力培育市场主体，夯实经济发展根基；全力转投资促消费，发挥有效需求拉动作用。推进改革开放创新，激活市场活力发展动力，持续改善生态环境，推进绿色低碳发展。《政府工作报告》用了四分之三篇幅，把为什么要做？应该怎么做？做要达到什么效果？逐条逐句讲得明明白白，仔仔细细。

奋斗"黄金十年"，贵州成功冲出"经济洼地"；新的"黄金十年"，战斗正未有穷期！

一个个捷报传来，一个个项目落地。

实施"十四五"规划第一年，贵州安排重大工程项目四千零七十一个，其中"四化"项目三千一百五十四个。

抓项目就是抓经济；抓项目就是抓发展；抓大项目就是抓大发展。强烈的共识正在变成实实在在的行动。

助力贵州实现碳达峰和碳中和目标,贵阳甲醇汽车提速驶入快车道。

吉利控股集团董事长李书福驾驶一辆贵A牌照的甲醇汽车,在吉利总部"兜"了一圈。他高兴地说,贵阳正是吉利甲醇汽车的生产基地,以后卖到全世界的吉利甲醇汽车,基本都是贵阳制造。

吉利控股集团深耕甲醇燃料汽车十六年,在工信部甲醇汽车试点项目中,投入汽车台试占总数百分之九十。目前,吉利甲醇乘用车已规模化运行两万七千辆,总运行里程八十亿公里,最高单车运行里程一百二十万公里。

走在贵阳街头,一招手,你有超过九成的可能,搭乘的是一辆甲醇出租车。每天,一万六千八百车甲醇出租车穿梭于贵阳的大街小巷,因尾气排放更清洁,对爽爽贵阳的好空气做出了贡献。

叙(永)毕(节)铁路是我国西部陆海通道——隆黄铁路中的一段。位于毕节七星关区观普音桥街道的五里坪特大桥,是贵州段的重点控制性工程。目前,工程已经过半,预计二〇二二年九月全桥主体工程完工。

站在桥下仰望,拔地七十米、相当于二十三层楼高度的桥梁跨越公路,蔚为壮观;走上桥面,寒风刮脸,现场一片热火朝天;桥面中央,架桥机正在紧张作业;施工人员有的在下料,有的在进行钢绞线穿束,有的在制作模板。

为抢抓工期,项目部全体人员没有节假日,每天奋战在一线。二十七岁的主管技术员殷虎男,去年两次放弃与女友拍婚纱照的机会,坚守在工地上。他说:"拍婚纱照往后推一点不怕,就怕耽误了工期。"

开阳县引进宁德时代贵州锂电池材料产业基地,完成一期所需四百零五亩土地征收,只用了五天时间,企业负责人夸赞道:"不愧是以企业为贵、以契约为贵、以效率为贵、以法治为贵的'贵人服务'!"

乡村振兴鼓点也越敲越急。

茶园进入抢摘期,榕江县两汪乡空申村村支书龙奎忙得不亦乐乎,每天睡不到六个小时;经常要去外地组织采茶工人,还要为基地一百多号采茶工做饭、称茶青、记账。同时,以最快速度把收上来的茶青送到镇上的加工厂。

"忙起来才有奔头，虽然很累，但也很开心。"龙奎说，今年村里仅明前茶就卖了四十一万元，利润二十多万元，全村村民可获得百分之六十的分红。有这么好的产业支撑，大家干劲很足，对乡村振兴有信心。

数字经济抢先机，"中国数谷"在贵阳贵安加快崛起。在二〇二一年全国重点城市政府数据开放评比中，贵阳位列第四，仅次于北京、上海和成都。全国一体化算力网络国家枢纽节点建设如火如荼，未来这里将成为国家"东数西算"工程的重要战场。

三个千亿级产业集群建设高速推进。

数据中心集聚区及关联产业集群建设势头不减。已建成的电信、联通、移动、华为七星湖、华为高端园、苹果、腾讯、富士康八个大型数据中心，累计完成投资一百三十一亿六千五百万元，围绕数据中心上下游，重点推进云服务"首位产业"和软服外包产业，华为云、腾讯云、云上艾帕、白云山等为代表的云服务企业，实现营业收入近一百四十五亿元。中国人民银行、京东、南方电网大型数据中心也将在贵阳开工建设，总投资约为一百五十亿元。到二〇二五年，贵阳贵安数据中心集聚区累计投资规模预计达一千八百亿元，贵阳贵安成为将连接粤港澳、京津冀、长三角、成渝经济区算力协作通道和"东数西算"工程的算力基地。

电子信息制造业集群建设马不停蹄。一百二十天是贵州云上鲲鹏科技有限公司从成立到发布首台贵州产服务器下线所用的时间。这一百二十天里，公司发起成立的"贵州鲲鹏计算产业联盟"吸引了三十多家成员单位，产业覆盖了整机制造、操作系统、数据库、中间件和产业应用。在达沃斯的厂区内，总投资近亿元的两条触摸屏生产线正开足马力，全力生产，已经实现产值两亿九千万元。贵阳市规模以上电子信息制造业工业增加值预计同比增速达到百分之六十五点八九。

软件和信息技术服务产业集群捷报频传。规模以上互联网和相关软件、信息技术服务企业营业收入达到二百一十八亿元，同比增长百分之七十二。收入在五百万元以上的企业已有二百六十八家,实现了云计算、人工智能、区块链从无到有,应用软件开发、数据加工分析、金融科技从小到大的转变。

三个千亿级产业集群建设加快推进,正把贵阳贵安大数据发展的先行优势和数据集聚资源优势,转化成为真正的产业优势。

赋能数字城市治理,对人民生活产生巨大影响。

社会治理更精准。"生活在贵阳,非常有安全感",这句话在贵阳市民中越来越耳熟能详。全国第一个"两抢"案件和命案破案率在百分之九十以上的城市是贵阳。

公共服务更高效。在贵阳,一千一百二十五个市政务服务事项网上可办,市级政务服务事项网上可办率百分之百,身份证、驾驶证、社保卡等证件实现全电子化,社保、医保、公积金一百六十三项高频民生服务事项实现"掌上办理"。"数据贵阳"用户超过百万。

场景应用更丰富。在贵阳龙洞堡国际机场,乘客通过5G网络,可以参加视频会议,上传文件资料。贵阳贵安建成5G基站四千八百零二个,启动建设应用市场项目四十个,智慧城市建设正向更深更广进军。

把生态做成产业,把产业做成生态。"十四五"期间,贵州要继续写好"绿水青山就是金山银山"这篇大文章。为此,贵州将实行最严格的源头保护制度,执行生态治理和修复制度、损害赔偿制度、责任追究制度,健全生态保护治理体系、资源高效利用制度体系、生态环境风险治理应急体系,更多运用经济杠杆和法治方式推进生态文明建设。

过去的"黄金十年",如果给它画一个坐标,横轴是发展,纵轴是生态;伴随发展和生态上行的,是和贫困的不断征战,人民的幸福安宁,是原点,也是终点。

未来,坐标就是社会主义现代化建设目标。立足新发展阶段、贯彻新发展理念、融入新发展格局,坚持以高质量发展统揽局面,进一步把全省上上下下、方方面面的思想统一到高质量发展上,心思集中到高质量发展上,力量凝聚到高质量发展上。这一切的起点和终点，就是人民利益至上，奋力开创百姓富、生态美的多彩贵州新篇章！

二〇二二年四月召开的贵州省第十三次党代会和省委十三届一次全会，强调在现代化建设新征程上，高质量发展是贵州全部工作的主题。为了推动高质量发展，确立了围绕"四新"主攻"四化"主战略和"四区一高地"主定位。这是习近平总书记对贵州工作重要指示精神的集中体现，这是近年来贵州省委重大决策与时俱进的深化体现。

围绕"四新"主攻"四化"，这是全省上下共同愿望的充分反映，是推动贵州高速质量发展的必由之路。

"四区一高地"，是国发二号文件赋予贵州的全新战略定位。更加注重改革推动、开放带动、创新驱动，体现了发展思路、理念、方式、路径的重大转变，为贵州高质量发展赋予了新的内涵。明确这一定位，就是要引导全省上下深刻认识贵州在全国发展大局中的战略地位和重要作用，使贵州在全国构建新发展格局中的比较优势进一步发挥，努力在全国建设社会主义现代的国家新斗争中贡献更大力量。

新的十年，每一天的太阳都会很新鲜。

新的十年，贵州再"磨"一把闪光的剑！

后　记

　　首先，要真诚感谢顾久先生为本书作序。

　　任何辉煌都不可能一蹴而就。走过来的路，必然是战胜困难与高歌猛进相依相伴。"黄金十年"尚且如此，要把这十年的历史痕迹在尊重历史的大框架下，文学性地、细节化地、故事性地展现出来，也绝非易事。我笃信"读万卷书，行万里路""用心用情用脑"是战胜困难的"秘器"。历经半年以上的时间，走访乡村、城镇、企业、单位和有关厅局，甚至走进了不少普通家庭，就是想真真切切去了解贵州发展历史上为什么会产生"黄金十年"？谁是"黄金十年"的参与者和推动者？"黄金十年"为一个省和一个省的人民带来了什么？当然，更要搞清楚"黄金十年"对未来贵州发展的意义和价值，以及它在新时代中国发展史上的位置和分量。感谢采写所至市（州）、县文联和作协的大力支援和协助，感谢一切在《十年一剑》创作过程中关注、帮助过我的单位和个人！

　　或许因为我是学历史出身，又搞过几十年传媒工作，因此总想让报告文学作品带上一些"史"的味道。为创作这部作品，相当大一部分精力用在了参阅一些好的作品和新闻报道上，我把它们看成"史料"，既启发思维，又言之有据。在采写过程中，参阅的主要作品有：蒋巍的《主战场》，钟法权的《人间飞虹》，潘灵、段平的《贵州时事》，省作协主编的《历史的丰碑》，贵州省社会主义学院编著的《一路有你》，贵州省交通运输厅编著的《贵州桥梁志》以及有关单位提供的相关材料和新闻报道，在此一并表示感谢！

　　《十年一剑》是"蝶变"报告文学三部曲中的第二部。创作这三部作品，意在用文字样式，通过宏观、中观、微观不同层面反映"黄金十年"贵州干部群众的前进历程。就在几天前，力求从人文角度讲述红色文化对贵州经济社会发展推动作用的"蝶变"系列作品第三部《红线》的创作活动也已开启。新的难题等待破解，我还将努力前行。

张　兴
二○二二年八月十五日